元史演绎系列
李治安 主编

冯苓植 著

震撼崛起
成吉思汗及其英武儿孙 上
读史随笔

内蒙古出版集团
远方出版社

图书在版编目(CIP)数据

震撼崛起：成吉思汗及其英武儿孙/冯苓植著. – 呼和浩特：远方出版社，2015.12
（元史演绎系列）
ISBN 978-7-5555-0632-4

Ⅰ.①震… Ⅱ.①冯… Ⅲ.①长篇历史小说–中国–当代 Ⅳ.①I247.5

中国版本图书馆CIP数据核字(2015)第312256号

元史演绎系列

主　编：李治安
副主编：包明德　苏那嘎
民俗顾问：托　娅
蒙语顾问：巴拉吉
史学顾问：阿拉腾巴根

震撼崛起——成吉思汗及其英武儿孙

作　者	冯苓植
总策划	苏那嘎
责任编辑	董美鲜
责任校对	张　旭
装帧设计	晓乔　韩芳
出版发行	内蒙古出版集团　远方出版社
社　址	呼和浩特市乌兰察布东路666号　邮编 010010
电　话	（0471）2236471 总编室　2236460 发行部
经　销	新华书店
印　刷	北京振兴源印刷有限公司
开　本	710mm×1000mm　1/16
字　数	460千
印　张	29.5
版　次	2016年5月第1版
印　次	2016年5月第1次印刷
印　数	1—5 000册
标准书号	ISBN 978-7-5555-0632-4
定　价	59.80元（全二册）

如发现印装质量问题，请与出版社联系调换

总序

◎ 李治安

冯苓植先生的四部大作《震撼崛起——成吉思汗及其英武儿孙》（读史随笔）、《一统华夏——忽必烈大帝之文韬武略》（长篇历史小说）、《宫闱秘史——蒙元帝国的后妃轶事》（读史随笔）及《重振北元——草原传奇皇后满都海》（长篇历史小说），即将汇编为《元史演绎系列》由远方出版社付梓面世。这的确是蒙元文化传播的一件幸事！嘱我作序，我欣然命笔，说几句自己的体会与感受吧。

我和冯先生是五年前在呼和浩特市的一次学术会议上认识的。他长我十岁，是兄长，也是小说家前辈。我们又都曾在山西太原读书和生活，所以那次谈得很投缘。之后，冯先生莅临津门，约定再次会见，面叙旧情。不凑巧，我因兄长突然病故，只得临时取消约定，急匆匆回太原奔丧。错过与冯先生的天津会面，我深感遗憾。

冯先生退休后，离群索居，当起了"游牧作家"，尽情遨游在七八百年前的蒙古游牧世界。初次见面时他已写完《忽必烈大帝与察苾皇后》和《大话元王朝》等，让我非常感动。于是，我对他说："历史的传承向来是靠双翼的，一翼是靠专家学者的探索和研究，一翼是靠通俗演义和野史笔记的普及和传播。如陈寿的《三国志》以及罗贯中的《三国演义》就是很好的例证。元史所欠缺的正是后者。"我这样说，也是有依据的。蒙元帝国是空前绝后的世界帝国，对中国和世界的影响巨大，乃至人们把13、14世纪视为蒙古世界。虽然元朝统治不足百年，但所留下的历史遗产丰厚而重要，随便就能举出几例，如行省制的实行和西藏归入中国版图，这是对我们统一的多民族国家发展壮大的不可磨灭的贡献。近九十年来，特别是改革开放以来，经过几代学者的不懈努力，中国的蒙元史研究后来居上，取得了许多引人瞩目的成绩，改变了"元王朝在中国，元史学在国外"的窘况。这诚然令人欣喜。另一方面，以通俗文艺方式写作的大众传播作品相对较少，除了20世纪蔡东藩的《元史通俗演义》和黎东方的《细说元朝》及电视剧《成吉思汗》影响较大外，其他蒙元题材的文艺作品寥若晨星，与蒙元帝国的显赫地位很不相称。目前国人对清朝史事相当熟悉，对清朝认同度较高，甚至略强于宋、明，而对元朝史事大多知之甚少，认同度颇低。虽然有多种原因，但以通俗文艺方式写作的大众传播作品偏少，面向亿万百姓同胞的文化熏染欠缺，恐怕也难辞其咎。冯先生以耄耋之年，撰写《元史演绎系列》这一皇皇巨著，可谓"及时雨"。该系列图书艺术地再现了被常年封存的蒙元精彩历史画卷，弥补了这方面的不足，难能可贵，值得称道喝彩！

冯先生之所以退休后老骥伏枥，知难而进，花费十六七年时光，全力以赴地完成《元史演绎系列》，主要动机就是回报草原。他大学毕业后，因为"家庭出身"，不得不"走西口"，长期生活在茫茫的大漠草原上。是蒙古族兄弟姐妹伸出温情的手，给予他许多照料和帮助，伴随他度过那段辛酸而又难以忘怀的岁月。冯先生由衷地感谢多年来无私帮助过他的那些蒙古族朋友们，也感谢蒙古草原！于是，回报草原，准确地传承和普及蒙元历史文化，就成为他人生的一大心愿。他还想得更多、更远：民族的团结，祖国的统一……"谁言寸草心，报得三春晖"，懂得感恩，是人类共同的文化取向。昔日草原恩惠，今朝回报草原。倘若我们都能如此行事，都能做到感恩奉献，那就能够超越自我，造福社会，携手铸成美好的明天。在这方面，耄耋之年的冯先生，已做先驱榜样，吾侪后辈理当效法追随。但愿我们能展开弘扬优秀传统文化的接力，以此回报祖国、回报社会，让未来充满大爱，充满光明！

（作者系中国元史研究会会长、南开大学历史学院院长）

序 大元王朝历史的艺术言说

◎ 包明德

冯苓植先生是我所尊重的一位当代著名作家,是我长久的文学诤友。

他在文学创作中颇具神思悟性,成果丰硕,但他在生活中却很低调淡泊。有人曾通知他参加内蒙古自治区"杰出人士"的评选,并告诉他说奖金是二十万元,而他却不解地回答:"我上午一碗面,下午一个馒头,要二十万元干嘛呀?"据我所知,他还遇诬不辩、与世无争,总想避开矛盾是非,实在不行了便过起云游山川或深入草原的"游牧生活",走一个地方写一篇文章,"以文养游",以至于文友们常常不知他的行踪。苏叔阳曾说他的动物小说是"杰克·伦敦式的",林炎也曾称他的动物小说为"形象化的哲理,哲理化的形象"。其实,这些评价都是很精当的,但他平素所展示的是大智若愚、大隐于市的姿态,绝少听到他议及自己的作品。即使有,也大多是反思性的叹惋。

他退休后停止游牧了,搬出了作家宿舍楼,住进一处偏远的六楼顶层,每天只下来一次散散步,交往戏耍的范围也只限于小孩儿和宠物犬。他退得比较彻底,多年来几乎再未踏进机关的大门。他不愿给别人添一点儿麻烦,好似在内蒙古作家群里蒸发了。直到有一天,我接到远方出版社打来的电话和随后寄来的书稿,我才知道这位老兄已改行扎入了历史的故纸堆中,而这叠厚厚的书稿,则正是他退休后多年来读史留下的随笔和札记。

翻阅着这部书稿,我被深深感动了,竟然夜不能寐,仿佛又被他那梦幻似的笔触带回到了七百多年前那金戈铁马的草原往事之中。翔实的史料,精辟的考证,独到的见解,客观的叙述,无不体现着这位老作家学识的渊博、功力的深厚以及求真务实、探索不止的精神。须知,在长期的文学创作中,冯兄的小说便是以不趋时、不媚俗、不追求时尚而深受同行敬重的。当然，这部分退休"隐居"后的读史随笔和札记就更突显他的一贯文风和品格了。或许是因为已经在内蒙古工作和生活超过半个世纪了，茫茫的大草原已和他结下难解的情缘，故在退休后的蜗居生活中，他远离喧闹一直在钻研和破译着这段历史。不求闻达，只恐对不住在内蒙古生活这大半辈子。后来多亏远方出版社看到了他这批雪鳞鸿爪的读史随笔和札记，并发现他的这种求索或许也正是广大读者所急需了解的。比如，成吉思汗身后蒙古民族的走向如何？第一位入继华夏大统的蒙古族帝王又是如何治理天下的？这个由马背民族所缔造的大元王朝，又曾对我们这个多民族组成的伟大祖国做出过何等历史性的贡献？而这一切又恰恰在冯兄的读史随笔和札记中均有所展现。随之，在出版社的动员和支持下，又历经两年的努力，这部大作终于完成了。

《震撼崛起——成吉思汗及其英武儿孙》对我国各民族间互动交融的历史进行了艺术的言说。

本书评述了成吉思汗及其儿孙的功过得失，重点突出了成吉思汗的嫡孙、大元王朝的缔造者、中国历史上一统华夏的少数民族第一帝忽必烈在文治与武功方面的韬略。通过介绍忽必烈那传奇而又多舛的经历，展现了他继承伟大祖父"海纳百川、与时俱进"的宏伟气魄。是他第一个在草原上"纳儒习儒"，主动去汲取农耕文明相对先进的治国理念；是他率先使用各民族的能臣名将，合力结束了自残唐以来藩镇割据的战乱局面，从而实现了祖国山河的大一统；是他建年号"中统"以示马背民族入继中华大统，成功地将一个游牧汗国转型为建都北京的大元王朝；是他广施雄才大略平云南、抚西藏，自秦、汉、晋、隋、唐、宋以来，首先奠定了我国各民族共有的疆域版图……故本书通过介绍他颇为复杂的一生，追溯我国各民族互动交融的源与流。因为，忽必烈的历史地位是值得彰显的，而大元王朝对华夏历史的贡献更值得大书特书。当代元史专家李治安先生对忽必烈就有过很高的评价，称他为"少数民族君主统一和治理南北的第一人"与"多民族统一国家发展的推动者"。法国著名的蒙古史学者格鲁塞也这样评价他说："在中国，他企图成为十九个王朝（原文如此）的忠实延续者。其他的任何一位天子都没有像他那样严肃地扮演着自己的角色。他恢复的行政机构治愈了（中国）一个世纪之久的战争创伤。"再看书中所提及的察苾皇后，也绝非是一个文学中的杜撰形象。有大量的史料可为佐证，她的确是辅佐忽必烈"入继中华大统"的杰出蒙古族女政治家。中外多种史籍都有她"光彩照人，聪慧绝顶"的相关记述。《后妃传》中更称她"受命于天，佐夫终成帝业"。而她的孙子元成宗铁穆耳更进而在对她的追谥册文中详述道："襄事潜龙之邸，及乘虎变之秋，鄂渚班师，洞识时机之会；上都践祚，居多辅佐之谋。"他们都是草原汗国传统思维的改革派和创新者，已不满足于半原始的扩张攻掠方式，即在为臣下时，便于王府之内广纳儒生士人。他们大胆地汲取以儒家思想为基础的汉法汉典，为缔造大元王朝预先做好了思想准备和人才储备。故《震撼崛起——成吉思汗及其英武儿孙》这样的书名绝非是可以借此"信口开河"，反而是为了更真实地再现历史。

但这段历史却鲜为人知，仍似一部未被打开的史书，未被探掘的宝藏。就连长期生活在内蒙古草原的人们，除熟知成吉思汗以外对大元王朝也不甚了解。究其缘由，或许有三：其一，大元王朝存在的历史相对短暂，取而代之的大明王朝却绵延了近三百年。除内修的《元史》相对客观外，无论是官方或民间大多是对前朝的诋毁和贬损。其二，民族性格、民族文化、民族语言的差异，导致了蒙汉史籍的混乱，仅以人名为例就有不同版本的译称，既混乱又难记，甚至还有意进行污名化，所以大元王朝的风云人物便大多被尘封于历史之中了。其三，那便是之后长期的以汉文化为本位的思想在作祟，就连清末的一些革命者也难以免俗地提出过"驱除鞑虏"这样的歧视性口号。只有在新中国成立后，毛泽东同志才适时而超拔地提出"国家的统一，民族的团结，是我们事业胜利的根本保证"的历史性论断。他将成吉思汗与秦皇、汉武、唐宗、宋祖并列，将其称为"一代天骄"。尤其是在改革开放之后，这段尘封的历史得以重新展现。成吉思汗的"武功"在影视屏幕上频频得到展现，现也有人已在为其孙忽必烈的"文治"进行艺术表现了。这是建设统一国家与和谐社会、加强民族团结、构建强盛中华文化的时代需要。

但冯兄却一再自谦没有那么"度量弘远"，他的所作所为只不过是在了却多年来的一桩夙愿：身为内蒙古人，当知蒙古史！我们纵观他这些读史随笔和札记，方知冯兄在退休后仍在"自讨苦吃"啊！须知，这段历史，所涉及古今中外史料之浩繁，蒙汉各民族历史人物之众多，地理、宗教、建制、风俗等诸多门类学问之庞杂，非潜心研读诸史者是难以下笔自如的。这就揭示出冯兄"躲进小楼成一统"似乎销声匿迹的真相——原来他潜心苦研已快成为元史专家了。在旁观者看来，他原本可以再稍加努力，便可将这些随笔和札记汇总为一部具有学术价值的史学著作，但他却始终声称《震撼崛起——成吉思汗及其英武儿孙》顶多是一部"通俗史话"。他在电话中坦诚地告诉我说，一方面是因为他的"功力"不够，另一方面是他所追求的也正是通俗易懂。

虽然我也深知冯兄所追求的"通俗易懂"之良苦用心，但在通读全篇后我仍为冯兄那种严谨的治学态度所折服。绝少主观的臆断，竟做到了每个历史人物均有籍可查，每个历史事件均有史可考，甚至就连书中引用的一些重要话语，均严格地注明了出处。更难能可贵的还在于，在这部"通俗史话"中他仍延续了他那"不趋时、不媚俗"的一贯文风，绝少为迎合时尚去拔高某个历史人物，而是严格地忠实于历史，客观地进行叙述。比如对待忽必烈,他就没有简单地将他写成一个别具雄才大略的"少数民族第一帝",而是严格依据史实将他放置于"二元文化"激烈的矛盾冲突之中,真实地展现了他复杂而又矛盾的心路历程。不仅记录了他对中华民族诸多杰出的贡献,而且也绝不回避他的失误、反复,甚至倒退。没有简单地直奔主题,而是强调了经过磨砺后的交融。这或许正是中国民族问题最鲜明的特色:各民族的大团结是久经历史考验的。

功不可没的大元王朝,是值得后人书写、认知、铭记、传承和借鉴的。

总之,中国蒙古族精神文化的演进发展,鲜明地体现着兼容开放的视野,渗透着我国其他民族文化的因子,特别是受汉民族影响最深。远古的神话、祭词、祝词、赞词、英雄史诗与民间故事,都受到突厥、匈奴和鲜卑等北方少数民族文化的影响。忽必烈的尊儒重儒,上可追溯到父兄时期,下则流传到现当代。尹湛纳希是近代蒙汉文化交流融通的杰出代表。"一种意义只有当它与另外的意义相遇或相接触的时候,才显示其深度。它们加入了一种对话,这就超越了这些特殊意义和特定文化的封闭性与单一性。"(米·巴赫金)尹湛纳希当年也开明通达地慨叹黄教室闷下的精神文化缺失,毫不褊狭地推崇引介汉民族诸子百家的文化成果。

中华民族是由五十六个民族构成的,中华文化是多元一体的文化。精神文化的联系与互动,是中华民族增强民族凝聚力、国家团结统一的重要纽带与标识。美国的莫里斯·罗沙比撰写了《忽必烈和他的世界帝国》,2008年在我国翻译出版。正如李治安先生所说,"与一般微观论著相比,罗沙比能够把忽必烈放在'蒙古世界帝国'和多元文化秩序等广阔视野内,娴熟地展开宏观思考与探讨"。如果说该著作是"西方人视野下的蒙古世界帝国",那么《震撼崛起——成吉思汗及其英武儿孙》则是中国汉族同胞眼中的成吉思汗及其儿孙和他们的帝国。一个是西方学者的论著,一个是中国作家的写史,二者可谓是相映成趣。这样的类比,我只是想再从一个侧面强调说明冯兄的这部大作充溢着非同寻常的文化意义和时代意义,着实可喜可贺。

感谢冯兄推出这样的力作,并把这篇读后感权作为序吧。

(作者系全国政协委员、中国社科院研究员、著名文学评论家)

目录

开　篇
　　元朝历史将从此被掀开　　　　　　　　　　002

第一辑
　　吃：从"乍马宴"到"一统全席"　　　　　　012
　　喝：奶茶飘香与酒歌高亢　　　　　　　　　024
　　穿：马背民族服饰实用而又绚丽多彩　　　　031
　　住：从居无定所到宫廷巍峨　　　　　　　　037
　　行：马蹄席卷起铁旋风　　　　　　　　　　047

第二辑
　　双图腾：黄金家族的源与流　　　　　　　　056
　　萨满巫师：神权与皇权　　　　　　　　　　060
　　女人们：一夫多妻和"继婚制"　　　　　　065
　　"斡耳朵"：毡帷宫帐里的后妃们　　　　　071
　　"幼子守灶"权与男人们的命运　　　　　　076
　　天葬与成吉思汗皇陵今何在　　　　　　　　083

第三辑
　　成吉思汗遗产之一：一部征服者的不朽史诗　090
　　成吉思汗遗产之二：千户制与权力架构　　　096
　　成吉思汗遗产之三：分封与战争跳板　　　　101
　　成吉思汗遗产之四：初创文字与制定"札撒"　104

目录

成吉思汗遗产之五：海纳百川和与时俱进　　108

第四辑

窝阔台大汗与"异化的白鹿"　　116

贵由汗：一页相对灰暗的历史　　123

圣洁的母亲与一个家族的命运　　129

蒙哥大汗：一位重振草原雄风的君主　　138

第五辑

忽必烈前期的政治角色：马前卒　　148

忽必烈早期的"纳儒"与"习儒"　　154

忽必烈抚治漠南初试汉法　　164

忽必烈迂回包抄远征大理国（上）　　174

忽必烈迂回包抄远征大理国（下）　　184

第六辑

蒙哥大汗的"再造辉煌"　　196

蒙哥大汗的"肃腐反贪"　　202

蒙哥大汗跨越前人的征服梦（上）　　213

蒙哥大汗跨越前人的征服梦（中）　　220

蒙哥大汗跨越前人的征服梦（下）　　225

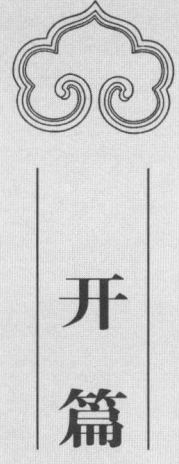

开篇

【内容提要】放心!此开篇非同彼开篇,绝不啰唆先讲一通大道理。我们将换一个角度说起,首先讲述一个类似神话的遥远传说。若不然,不仅《震撼崛起——成吉思汗及其英武儿孙》将无从说起,而且就连马背民族之"与时俱进"与"海纳百川"的胸怀也难得以展现。祖父的"武功",孙儿的"文治",世界征服史上还从未有过如此成功的转型。为此,在七百多年前的这一天,茫茫无垠的大草原似乎也在一片静穆中悄然等待着。神话般的传说眼看就要变成现实,一个即将继承和发扬成吉思汗伟业的婴儿就要诞生了——

元朝历史将从此被掀开

1215年阴历八月。

按常理一进入这个季节,地处漠北的蒙古高原当应为"萧瑟秋风今又是",早该随着阵阵寒风的袭来,满目尽剩一片凄黄。但有中外各种相关史籍可考,这一年似乎有些特别。寒风仿佛怕惊扰了什么,茫茫的草原也好像在挣扎着迟迟不肯枯萎。远远望去,天地间仍是一片无边无垠的葱茏翠绿。这一天,更令人称奇的事情发生了:飞翔的鸟群突然停落在草叶上再不鸣叫了,天上的白鹤也突然敛翅落在湿地上一动不动了,膘肥体壮的牛马驼羊也骤然停止了吃草抬首张望了。目标都很一致,似只顾盯视着克鲁伦河畔那座富丽的毡帷。一个个既紧张不安而又激动兴奋,仿佛都在翘首以待那伟大时刻的到来。唯有一只雄鹰似不甘寂寞了(也有史称:是受天命),竟悄然盘旋飞落于蒙古包旁的马厩上就近探视。

然而,毡帷内却仍只传出一个母亲痛苦的呻吟……

鸟群、畜群、那只飞落马厩的雄鹰,以至整个茫茫的大草原,却似在焦躁的守候中都悄然凝固了,仿佛在风和日丽中化成了一座座永恒的雕塑。太漫长了,太难熬了!但就在此时,蓦地却只见富丽的毡帷顶上飞挂起一道彩虹。无雨的彩虹,深

【开 篇】

秋的彩虹,这在漠北旷野里可算难得一现的奇迹。而几乎与此同时,便听得从那慌乱的毡帷里传出了一声婴儿洪亮的初啼……顿时,茫茫的大草原便似从凝固中复活了,万顷绿波荡漾中蒸腾起一片吉祥喜庆的气息。鸟群开始围绕着毡帷飞舞欢鸣,白鹤开始冲向天际张开双翼又搭起了一座洁白的天帐,牛马驼羊也纷纷欢叫着向那座富丽的毡帷顶礼膜拜。只有那只落在马厩上的雄鹰一飞冲天地离开了,它似乎果真是受天命要去传告这激动人心的喜讯。

毡帷内,那初生的婴儿还在洪亮地啼哭着……

婴儿的皮肤天生是黑黝黝的,体魄十分强壮。他那初啼的声音也洪亮得格外惊人,仿佛就是要用这种特殊的方式向全世界宣示:"我来了!我来了!!我来了!!!"但婴儿的初啼毕竟传播范围有限,远在碧野深处的那座巍峨金帐里还是从鹰翅的舞动间得知了这个喜讯。那只受天命而来的雄鹰到底是怎样盘旋起舞表达的,相关情节《蒙古秘史》等均无详载。但有一点却是肯定的,金帐至高无上的主宰者闻此喜讯激动不已,当即拍案而起,决定亲自去探望一下自己这个刚刚降生的小孙孙。

这位祖父,就是史称元太祖的一代天骄成吉思汗……

遍查《元史》和《蒙古秘史》,能受此殊荣的嫡孙辈似也只有这个黑黝黝的初生婴儿。圣驾的亲自光临当然会引起草原极大的轰动,但那黑黝黝的婴儿竟然能在众人的慌乱中"破涕为笑"。随后在祖父揽入怀抱时,更"握其一指吮之",致使成吉思汗大为高兴,风趣地对众人说:"我们的孩子都是火红色的,这个孩子却生得黑黝黝的,真像他的舅舅克烈部人!"似乎特别有缘,这个初生的婴儿竟在众人的议论声中,依偎在祖父的怀中安然地睡着了。但他还在吸吮着祖父的手指,似其中有吸吮不尽的智慧,有吸吮不尽的胆略。这更使成吉思汗十分激动,从此在众多的嫡孙辈中唯有对这个小孙孙"情有独钟"。十年后他更进而对这位带着神话色彩诞生的黑黝黝的婴儿,发出过这样令人惊叹的预言:"彼将有一日据吾之宝座,使汝辈将来获见一种命运,灿烂有如我在生之时……"必须指出:相关诞生的神话传说未必真实可信,但成吉思汗的预言却被以后的历史加以证实了。

震撼崛起——成吉思汗及其英武儿孙

成吉思汗

忽必烈

这个黑黝黝的婴儿，就是未来大元王朝的缔造者：忽必烈！

大元王朝，一个在华夏历史上颇值得大书特书的封建王朝。而那黑黝黝的婴儿在成年后，也果不负伟大祖父晚年"兼容并蓄、笼络八极"之遗策，在历经常人难以忍受的种种磨难之后，最终成功地完成了由"征服者"到"治国者"的转型。不可否认，作为大元王朝开国之君的忽必烈，面对数百倍于己的汉族和其他民族是曾采取过民族高压政策，基于为永葆马背民族的彪悍和骁勇也曾"穷兵黩武"过。但我们似乎却更应看到，这位"入继中华大统"的马背民族帝王作为一个"治国者"的杰出贡献，比如以"攻心为上"使云南"同于方夏"，使西藏永归祖国的版图。尤应提到的是，在围绕"重农桑"等诸多"文治"方面更是颇多建树，比如元曲、元历法、元建筑、元水利、元驿站、元青花瓷、元海上丝绸之路等。史称"世祖能大一统天下者，用真儒也！"似更证实了忽必烈那"欲求大治"与"海纳百川"的胸怀。确实，他从青年起即纳儒习儒，广学历朝历代治国的先进理念，最终成为少数民族一统华夏之帝王第一人。称帝后，不但年号取名"中统"（取自古籍所云："中华开统！"），而且在依汉制组建中枢内阁时，"任贤取能"，不分民族起用了大批儒臣。其中不但多有汉族，同时尚有契丹族、畏兀儿族、回族、

【开篇】

来自西域的色目人，以及阿拉伯圣裔等。若论蒙古族入阁者，仅仅才为三分之一左右，而汉儒竟占一半还多。从中不难看出，忽必烈当时是多么想当好这个"中国之主"，力图在七百多年前就开创"你中有我，我中有你"的这种局面。

但这一切差点被一场"趁火打劫"的叛乱毁掉了……

蒙古民族天性坦荡率真，最妒恨的就是背信弃义。一位汉世侯乘人之危的谋反作乱，几乎就造成了疑汉忌儒的历史大倒退。而草原母地野心勃勃的诸王也在趁机起兵谋篡，一代权奸更就势架空了多民族的中枢内阁。此时的忽必烈显然因内外交困也陷入迷惘，那严酷的民族高压政策就产生在此期间。眼见得通途骤然化为险道，就连他那"鼎新革故，务一万方"的雄心壮志似乎也就要化为泡影……这时多亏有各民族的儒臣良将合力相挺，不断向他提及他那"受天命而生"的神话传说，不断向他提及圣祖成吉思汗对他未来那辉煌的预言。而忽必烈也果不愧曾把伟大祖父的拇指当作过人初乳，痛定思过之后更进而展现他那超凡的雄才大略，最终实现了跨江一统天下的宏誓大愿，成为少数民族帝王入主华夏"勤于文治"之开先河者。就连取元而代之的明王朝在主撰《元史》时，似也不得不这样赞叹他——

世祖度量弘广，知人善任，信用儒术，用能以夏变夷，立经陈纪，所以为一代之制，规模宏远矣！

明初著名学者叶子奇在他所著的《草木子》一书中，更进而对他评说道——

元朝自世祖混一之后，天下治平者六七十年，轻刑薄赋，兵革罕用，生者有养，死者有葬，行旅万里，宿泊如家，诚所谓盛世矣！

而在明末修订的《新元史》中，更称赞他一统天下之后，"纪纲法度，灿然明备，致治之隆，庶几贞观！"听听！竟把忽必烈的文治比作"贞观之治"了。如果说上述种种似有吹捧之嫌，那么我们再听听外国学者是怎么评价的。为求客观，首

震撼崛起——成吉思汗及其英武儿孙

先听听马可·波罗是怎么说的——

> 告诉你们治理全鞑靼人各王中的最大的王……这最大的王就是大可汗，他的名字叫忽必烈……在臣民、土地、钱财各方面来说，在现世或是以前，自从我们的始祖亚当直到现今，大可汗是一个最有势力的人了……他是现在活的，也是从来没有的，一位大皇帝……忽必烈承嗣着成吉思汗直系皇统，因为全鞑靼人的君主必须属于那个宗系……他得到这个君位是用着他自己的豪气、勇敢和智慧……在他为君主之先，他差不多参加了每次战争。他是一位勇敢的兵士和优良的领袖……大可汗，是一个最智慧，在各方面看起来，都是一个有天才的人，他是各民族和全国的最好君主。他是一个最贤明的人，鞑靼民族从来所未有的。

当然，在诸多中外史籍中，对忽必烈的评价也不乏贬损之词，诸如"好大喜功，穷兵黩武"等。时诬时赞，褒贬不一。在我看来，直到1939年，法国学者格鲁塞在其重要著述《草原帝国》中，才率先提出了个全新的命题，将对忽必烈的评价提升到一个更高的境界。其文云——

> 忽必烈推行一种二元政策……从蒙古人的观点来看，他在原则上（如果不是在现实中）始终如一地维护了成吉思汗帝国精神上的统一。作为至高无上的汗，即成吉思汗和蒙哥统治的继承人，他坚持不断地要求成吉思汗各大封地的服从……在中国，他企图成为十九个王朝（原文）的忠实延续者。其他的任何一位天子都没有像他那样严肃地扮演着自己的角色。他恢复的行政机构治愈了一个世纪之久的战争创伤。宋朝灭亡以后，他不仅保留了宋朝的机构和全部行政官员，而且还尽一切努力得到了当时任职官员们的个人的效忠。在征服土地以后，他也完成了对人们头脑的征服，他想获得的最伟大的名声也许不是"他是世界上第一位征服全中国的

【开 篇】

人", 而是"第一位治理中国的人"!

但令人深感奇怪的是, 这段波澜壮阔的历史, 这位叱咤风云的人物, 除古今中外相关的蒙古史专家学者外, 一般老百姓竟知之甚少。就连长期生活在内蒙古的民众, 大多也只知道"忽必烈"这个名字, 却不知他对中华民族有何贡献。而大元王朝本来就是传承华夏文明的重要一环, 忽必烈也本来就是一位与秦皇汉武唐宗宋祖相比毫不逊色的治国明君, 但这段历史却被讳莫如深地变成了一段空白。六百多年来一直如此, 似有什么东西作祟有意淡化之。君不见! 中国有三百多地方戏曲剧种, 有数千个有关"帝王将相、才子佳人"的历史剧目。要知道, 在民间一代代就是靠这种手段传承历史知识的。但纵观数千个历史剧目, 其中竟没有一个涉及忽必烈和他麾下谋臣儒将的。难道是缺少曲折动人的故事和性格鲜明的人物吗? 否! 且不说情节的起伏跌宕, 能人的各具风采, 就单论美艳绝伦的察苾皇后"佐夫终成帝业"之事迹, 一连唱三天大戏也肯定会让人意犹未尽。

苏鲁锭

那到底是什么使这段历史成为空白呢？

说白了，首要的原因便是元王朝的奠基人成吉思汗太伟大了，太光芒四射了！史称他"用兵如神，灭国四十"，遂产生了一种"灯下黑"的历史效应。人们似乎只看到了他的震撼世界的征服"武功"，却淡忘了他的嫡孙忽必烈一统华夏出色的"文治"。总之，随着时光的流逝，"灯下黑"的历史效应也越来越强烈了，最终导致就连马背民族大多也只知成吉思汗所开创的地跨欧亚的庞大汗国，而对大元王朝之"文治"竟不甚了然。

汉白玉帝王像

其次，还有一个更重要的原因必须指出：那就是以汉文化为本位的思想在作祟。毕竟，这是中国历史上第一个由少数民族入主华夏建立的大一统王朝，对于以汉文化为主体的（汉族）地区来说，似乎总有一种惘然若失的感觉。虽然是忽必烈结束了近三百年的割据战乱局面并广施仁政，但后代史官却因"异族"二字大多还是采取了"敬而远之"的态度。既然留下了一段空白，那必然会有种种民间传说来填补了。况且元王朝也确实施行过分等级的民族高压政策，最终也因这种民族矛盾而使忽必烈对于华夏历史的杰出贡献几乎被抹杀了。

最后，似仍有必要提出另一个重要的原因，那就是民族间的种种差异，比如语言的不同、生活习惯的不同、民俗民风的不同、祖规祖制的不

元都城城垣遗址

【开 篇】

同等。这本来是由于农耕文化与游牧文化的差异而造成的，却在后世唯崇孔孟之道的史学家笔下变成了"不可理喻"。举例来说，依草原古俗"父死，子可纳父妾；兄亡，弟可娶兄嫂"，就曾被不问情由乱批为"大逆不道"，"有悖人伦"。再加上马背民族从没有文字到历经三次文字的变迁，早已造成了译音和译意的种种混乱现象。而叙述这段历史，又往往离不开一些汉字音记的专用名词，比如"斡耳朵"（后妃宫帐）、"兀鲁思"（国）等。故就连较为客观的《元史》也令人难以卒读，或许这也是忽必烈的"文治"多被遗忘的原因之一吧！

与时俱进，似乎应该重新审视历史的这一页了……

须知，我们伟大的祖国就是一个多民族和谐相处的大家庭，各民族对华夏历史的贡献必须首先应得到充分肯定。而且有人已经开始这样了，比如当代著名的元史专家李治安先生就曾将忽必烈评价为"中国历史上少数民族君主统一和治理南北的第一人"，"多民族统一国家发展的（伟大）推动者"。的确如此！他不仅比康熙早数百年就基本奠定了祖国的疆域，而且亲手推动了大元王朝主动入继中华大统。尤其值得称道的是，这位蒙古帝王汉语虽说得不如康熙乾隆那样顺溜，但若论应用孔孟之道大搞"文治"，忽必烈却当应为后二者的先师。比如，围困南宋国都临安（今浙江杭州）时，他竟一改祖风只围不打大搞起了"文攻"。再比如，终其一生竟未搞过什么文字狱，听任艺人们唱着"元曲"含沙射影却不屑一顾。

多了，多了，有关他多角度的有趣的故事多了——

你相信吗？七百多年前他就倒走过长征路。从六盘山开始，金沙水拍、大渡桥横、雪山、草地等样样不缺。

你相信吗？七百多年前他就高乘象舆去讨逆或游猎，在勇骑大象这一点上绝对称得上是"千古一帝"。

你相信吗？在七百多年前他还把比自己小二十多岁的雪域圣僧八思巴认作帝师，不但自己从此皈依了藏传佛教，而且也使西藏从此皈依了伟大的祖国！

像这样引人入胜的故事太多了，还需要再一一列举吗？

如果你感兴趣的话，就请打开这部有关忽必烈和大元王朝的"通俗史话"集

震撼崛起——成吉思汗及其英武儿孙

吧!照亮"灯下黑",爷爷的故事只作为铺垫,主要讲的是孙儿众多的"文治"故事。

拂去历史的尘埃,扫去文化的偏见!

这就追根溯源先从头说起……

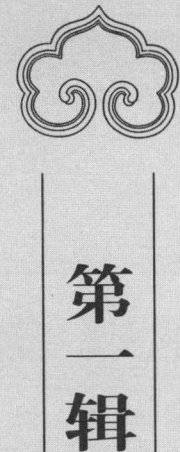

第一辑

【本辑提要】似乎有了神话传说般的"开篇",便可以一览无余地尽观大元王朝的风云变幻了。其实不然。须知,大元王朝虽是我国历史上第一个由少数民族入继华夏大统建立的封建王朝,但它的前期却仍处于游牧文化时期并保留着鲜明的民族特性。如果不了解这一切,《震撼崛起——成吉思汗及其英武儿孙》就会变得处处需加注释而难以卒读。故在"开篇"之后尚需用一些篇幅以解密古代的游牧文化,以助读者提前消除由于民族间的差异所造成的文化隔阂。而了解古代蒙古民族的最佳途径,莫过于从他们的衣、食、住、行入手。况且其中势必也会穿插一些古代蒙古族历史故事作为铺垫,使你更了解大元王朝由游牧文化向农耕文明的转型是如何的艰辛和曲折。当然,前提必须是既要有史可考,又要新鲜、生动、有趣——

震撼崛起——成吉思汗及其英武儿孙

吃：从"乍马宴"到"一统全席"

说到吃，这可算挑了一道难题……

要知道，入继中华大统的元帝国疆域面积可太大了，其所辖之地明显地超越了秦、汉、晋、隋、唐、宋等汉族皇帝所建的统一王朝。《元史·地理志》云："若元，则起朔漠，并西域，平西夏，灭女真，臣高丽，定南诏，遂下江南，而天下为一。故其地北逾阴山，西极流沙，东尽辽左，南越海表。"面积太大了，似就连康熙也只能自愧弗如。

地广人多，必然众口难调……

就拿中原地区来论，就有"南甜、北咸、东辣、西酸"之说。故如何深研大元王朝的饮食文化，的的确确令人难以"聚焦"。好在后代的美食家均以历朝历代的宫廷御宴为研究对象，以皇帝老儿餐桌上摆的佳肴美食为此朝饮食文化之代表。如流传至今的"满汉全席"，即清廷之代表性杰作。既要把主体民族摆在前头，又不否认与其他民族饮食文化的交融。好！那我们即以此为例，追溯一下大元王朝的宫廷饮宴到底有哪些特殊的地方。

"吃"来话长，必须从根上说起……

蒙古民族，又称马背民族。世代逐水草而居，一直在茫茫的大草原上过着游牧生活。吃、喝、住、行，甚至燃料，无不仰仗于畜牧业，故一谈到饮食文化就很难离开肉与奶。早期绝少接触粮食，但却吃出了自己独特的风味儿。比如架起牛粪火去煮手把肉，大多只煮到七八成熟，而且绝少加盐和佐料，最好是捞出来还带着血丝儿就吃。还称只有这样吃着才香，嚼着才有味，咽在肚子里才强身健体好消化。当然，大多时候肉往往是很难短时间吃完的。为此，牧人们也经常把多余的肉割制成条晾成肉干。晾成后也不再泡煮了，生着嚼也吃得津津有味。再者，在古代，牧人们似乎就会砌一种天然的"风干仓"，储存肉食的效果一点儿也不比现代的电冰箱差。至于说到奶，那更被马背民族视为圣洁之物，勤劳的妇女用灵巧的双手可将其分别制作为奶油、奶皮、奶酪、酸奶、奶茶、奶酒等，其中尤以马奶酒最受推崇。当然，似也需一些绿色植物做调剂。好在茫茫的大草原上也绝不乏沙葱、草籽、野韭菜，以及可作调味品的"高格德"花等。这也说明，早期的蒙古民族是以肉食乳品为主食，但也绝不乏遍尝百草的精神。只不过因为"居无定所、世代游牧"，没条件在这方面下功夫罢了。故一些史书便难免对游牧民族的饮食文化有所偏见，视其为落后，称其为野。其实不然，依现代营养学的观点来看，这种少用盐及不煮制过熟的种种做法，是颇符合现代科学的饮食理念的。难怪在那样严酷的自然环境中，古代的蒙古健儿个个体魄是如此健壮强悍，崛起之快又是如此令人目不暇接。

其间，成吉思汗更不愧"一代天骄"……

在这里也必须指出，在蒙古民族反抗辽金两朝的残酷统治中，饮食文化的被挤压似乎也是重要原因之一。须知，尤其在金代对北方少数民族的镇压更加暴虐。不仅年年逼之进贡金银珠宝，而且岁岁均迫之献上男奴女婢。不然就三年一剿、五年一伐，致使分散的各部族无力应付，竟然受其挑唆互相掠夺厮杀。比如，成吉思汗的先祖俺巴亥就是被塔塔儿人掳去，献于金主而钉死于木驴之上示众的。而金廷对茶、盐、糜谷等物资也严格加以封锁和禁运，致使宋初早已形成的茶马古道、盐马古道、粮马古道，均难以越过辽金地区再达漠北的茫茫草原。同时，尚必须指出，经过多少代农耕文明与游牧文明的交融与互补，此时马背民族的饮食文化已离不开

乍马宴（清）

正宗的食盐、急需的砖茶以及必备的炒米等。民以食为天，断粮等于毁人生计。而辽、金两代压榨之残酷，由此也可见一斑。这时多亏有了"一代天骄"之应运而生。成吉思汗之能量犹如骤然引爆的核裂变，短短二三十年间便引得全人类"当惊世界殊"。不仅统一了内乱无休止的无数蒙古族部落，而且引领马上健儿冲出朔漠、冲向辽金曾统治的中原，进而又西进马踏欧亚，创建了震撼世界的"也客蒙古兀鲁思"（"也客"，蒙古语"大"也。"兀鲁思"，蒙古语"国"也。合在一起即"大蒙古国"），中原也将其称为"大朝"。当然，随之便有了别具草原形制的宫廷，也有了别具民族风格的宫廷饮宴。

至此，蒙元饮食文化之代表作总算有迹可循了……

事实也确如此，马背民族的饮食随着马蹄声声也在与时俱进。到成吉思汗叱咤风云时，他那四大"斡耳朵"已出现了"烤全羊"。据说，烤制手法由西域传入，但又绝对无损于蒙古民族以肉食为主的饮食文化。将羊毛刮剃得一根不剩之后，连皮带头蹄尾整体烤制，非厨艺高手难以完成。烤制毕，尚需将全羊跪伏造型于大盘之中。油光闪闪，香味四溢，上再饰以红线和绸带，似已达到了中国传统饮食文化那色、香、味、形等最佳境界之要求。且礼仪颇为烦琐，先割哪后取哪绝对错乱不得，哪个部位该献于谁更是大有讲究，故一般牧人之家绝对难以为之。

更进一步，是该轮到说"乍马宴"了……

到了成吉思汗晚年，广袤的游牧帝国已达到了一个极盛的时期。虽然他仍坚持住在流动的毡包宫帐里，但大半个世界的财富、珍宝和被俘人才还是源源不断地向草原母地送来。要接受万方来朝，当然饮食文化也必须展现"也客蒙古兀鲁思"的辉煌无比。仅仅靠"烤全羊"待客已显得太小家子气了，取而代之的便是足以展现庞大汗国宏伟气魄的"乍马宴"。绝少中原汉地那种多少碟子多少碗的婆婆妈妈，而一经展现却绝对可让你目瞪口呆馋涎欲滴。但也必须指出，"乍马宴"并不说明也该轮到马倒霉了，竟也会变成背上主人的口中餐。要知道蒙古民族爱马是举世闻名的，残瘸者除外，自古以来就将自己的坐骑视为朋友甚至是亲人。据考证，之所以称之为"乍马宴"，乃说明此宴一经摆出便足以使草原众多马背英雄闻"香"策马而来。万马嘶鸣,马蹄欢动,颇为壮观,故名"乍马宴"。

那到底是怎样的珍馐佳肴呢?

肯定又会使你大出意料,绝没有后世"满汉全席"上那么多零碎和啰唆。诸如相声《报菜名》中的什么"蒸羊羔、蒸鹿尾儿、烧花鸭、烧仔鹅……"通通免去,展现在你眼前仍唯有一个精雕银饰的木盘,只不过要比盛"烤全羊"的更豪华更巨大罢了。里面再跪伏一只全羊似乎已显得过于渺小了,为突显草原帝国的疆域辽阔,盘中竟跪伏着一峰熟制的骆驼。但如果你仅为这道"菜"之大就惊呼不已,那你显然对马背民族如草原般辽阔的胸怀就欠缺了解了。须知,蒙古人向来不会做"金玉其表,败絮其内"之事,难道仅啃个大骆驼就能象征着"也客蒙古兀鲁思"的如日中天吗?原来,大只是外表,内在还有更丰富的内涵。骆驼腹内尚填充着一头牛犊,牛犊腹内尚填充着一只全羊,全羊腹内尚填充着一只天鹅,天鹅腹内尚填充着一只野鸭,野鸭腹内尚填充着一只鹌鹑,鹌鹑肚里尚填充着一只野雀,野雀腹内尚填充着一颗金蛋……当然,正史和野史中对相关填充物或顺序也有不同说法,但仅从此说已足可一窥"乍马宴"的全貌了。但"吃"的礼仪却颇为复杂讲究,稍有不慎就很可能造成厚此薄彼的混乱。故主持人非大智慧者不可。近日出版的长篇历史小说《忽必烈大帝与察苾皇后》中,就曾写到忽必烈登基时为诸王权贵摆功所设的"乍马宴"。他所选中的分赐者竟是自己那美丽绝伦、智慧超凡的大皇后察苾,现将有关文字引录于后以见一斑——

> 察苾似还是在忽必烈身边表现得唯唯诺诺的,除了目露忠诚之外绝不轻易开口。但忽必烈却越喝兴头越高,竟带着浓浓的醉意下令察苾"代朕赐食",即把层层美味佳肴分赐予诸王勋贵。这不仅对受赐者是一种极大的荣誉,而且依照草原古俗怎么分赐也是一种极大的学问。绝不能让人有厚此薄彼之感,而且尚需使人人均感到对自己的看重与尊崇。就像每个蒙古族的贤惠媳妇必须会熬奶茶似的,一位大哈敦(大皇后)的"分赐"往往还能看出她的政治智慧。而且过程颇为复杂,每个部分代表什么意义

【第一辑】

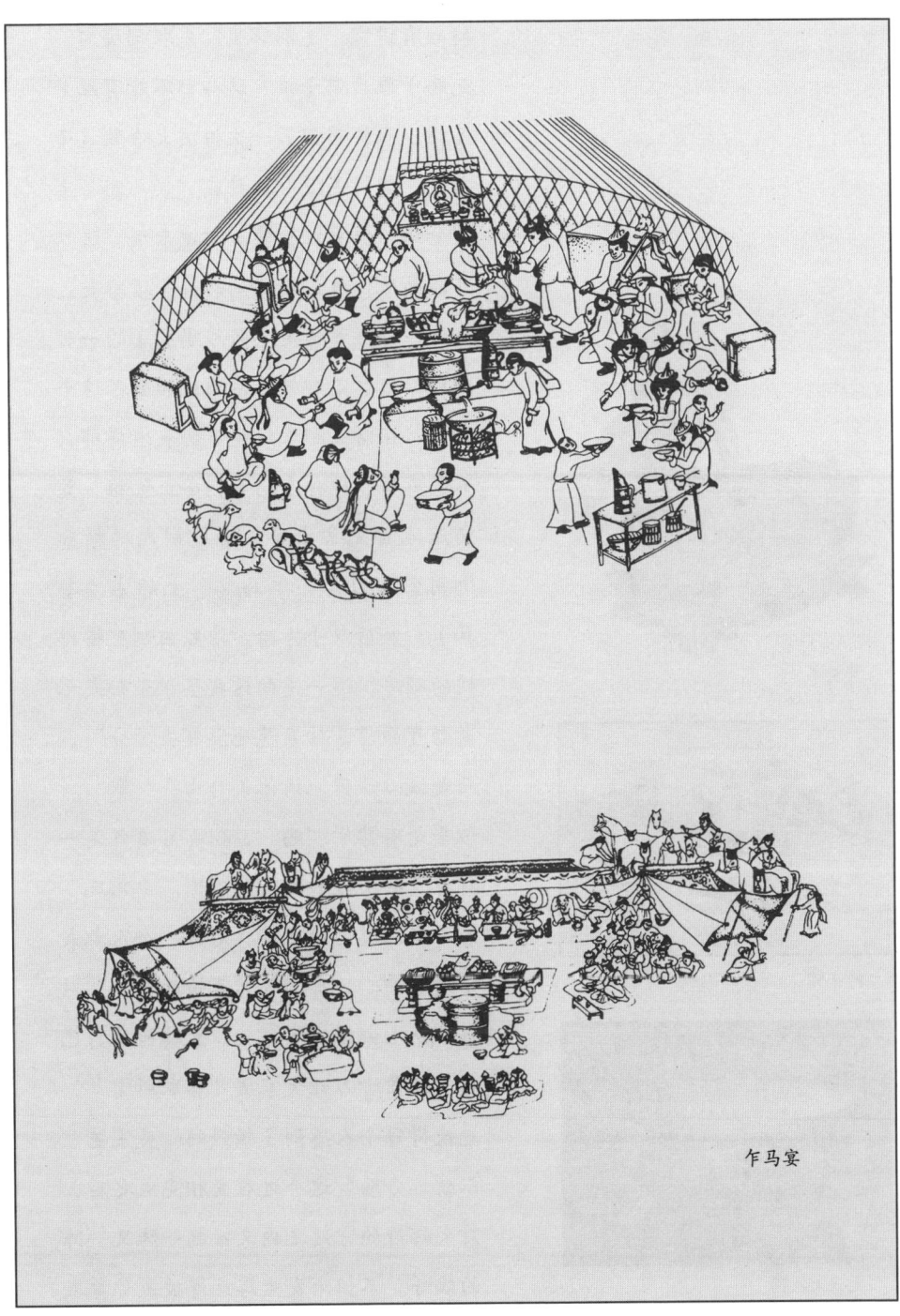

乍马宴

均颇有讲究。先削哪里？先取哪块肉？先赐予谁后赐予谁？这些都不能有丝毫差错。而察苾似第一次扮演大哈敦这个角色，绝对是没有这种在"乍马宴"上"分赐"佳肴经验的。对她来说，这很可能是地位改变后遇到的第一道难题。或许，这可看作是忽必烈喝高了的一时冲动？但察苾却颇为恭顺地接受了这个任务，在诸王勋贵注视下仍表现得那么不急不躁。她神态高贵，举止优雅，竟安然地首先拿出了大哈敦剔肉的精致御用蒙古刀（"乍马宴"上的主要餐具），然后双手捧着，依照祖制严格排列的顺序，逐一走向这些圣祖子孙或元老勋贵面前，破天荒地没有去"分"，而是诚心诚意地请他们自由去"取"。似乎是有悖于"赐"，但也可看作是一种善意的回报和无言的答谢。更何况，她那充满魅力的微笑，对每一个人都表示着尊重。她那闪动着真情的双眸，对每一个人都溢满了信任。尤其她用自己精美的蒙古刀让大家去"各取所需"，更使得每个人感到了强烈的心灵震撼。以致"分赐"这个过程变相完成之后，灯火辉煌的宫廷之内又掀起一阵又一阵的欢呼。不但未发生厚此薄彼或你尊我

烤全羊

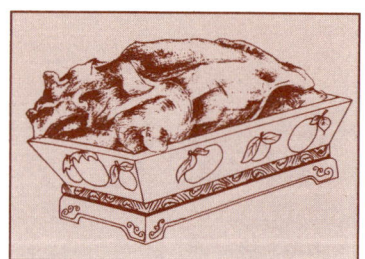

烤羊背

元代大铁锅

【第一辑】

卑的情况,而且诸王贵戚似乎也都找准自己的"位置"了。一种超凡的凝聚力,更为忽必烈扎实了基础……

至于是分别烧烤煮制,还是套在一起总体烹调完成,那很可能早已随着调味提香等诸多厨艺绝技失传了。要知道,从成吉思汗起即设有专司御用膳食的世袭官职:博儿赤。博儿赤由最亲信的贵族将领担任。为突显忠诚,这种唯有大汗能独享的"乍马宴"之炮制秘籍当然会深藏不露了。为之,随着后来忽必烈在中原称帝及西域饮食文化的流入,"乍马宴"反而因其"大"渐渐将绝艺失传了。记得改革开放之后,在内蒙古的鄂尔多斯也曾试图恢复这种顶级的民族盛宴,但也只见穿饰古典盛装的演员们在场中表演,而众多的观众却只能"目睹"而无法"大饱口福"。至于说到青城一些高级饭店现在又出现了"乍马宴",我很怀疑这是否属原汁原味古典版的,但马背民族的饮食文化并未因此而失去鲜明特色,在入继中华大统缔造大元王朝之后,反而有了更具鲜明特色的发挥。

终于该轮到说大元王朝的顶级宫廷御宴了……

"一统全席",这个名字是有感而起的,但绝非杜撰。因为就在蒙元饮食文化达到巅峰之时,也正是偏安于江南的腐朽南宋小朝廷败亡之日。1276年,元世祖忽必烈派名帅伯颜终于统兵跨江拿下了南宋国都临安,迫使"垂帘听政"的老太后谢道清携四岁的小皇帝赵㬎只能出城请降。至此结束了当时近三百年的封建割据和战乱局面,从而诞生了历史上第一个由少数民族一统大江南北的中央政权,即定都于大都(今北京)的大元王朝。老太后谢道清和小皇帝赵㬎率皇室当然会被押北上,亲往元大都跪伏请降称臣纳贡。而忽必烈毕竟已于长江以北经营汉地达二十多年,也自然会豁达大度地设最高规格而又别具特色的盛宴来款待这些来降的"尊贵客人"。

故而所谓"一统全席"之名即由此而来……

而宴席的宏大场面却绝非杜撰,有诗人绘声绘色的诗文为证。汪元量,南宋亡国后的落魄文人,著有《增订湖山类稿》多卷(也可能为后人收集整理)。其中《湖州歌九十八首》,就对这次"盛宴款待"有着颇为详尽的记述,似已将当时蒙元饮食文化巅峰状态展露无遗,为此特将全诗引用于后——

皇帝初开第一筵,天颜问劳思绵绵。
大元皇后同茶饭,宴罢归来月满天。
第二筵开入九重,君王把酒劝三宫。
驼峰割罢行酥酪,又进雕盘嫩韭葱。
第三筵开在蓬莱,丞相行杯不放杯。
割马烧羊熬解粥,三宫宴罢谢恩过。
第四排筵在广寒,葡萄酒酽色如丹。
并刀细割天鸡肉,宴罢归来月满鞍。
第五华筵正大宫,辘轳引酒吸长虹。
金盘堆起胡羊肉,乐指三千响碧空。
第六筵开在禁庭,蒸麋烧鹿荐杯行。
三宫满饮天颜喜,月下笙歌入旧城。
第七筵排极整齐,三宫游处软舆提。
杏浆新沃烧熊肉,更进鹌鹑野雉鸡。
第八筵开在北亭,三宫丰燕已恩荣。
诸行百戏但呈艺,乐局伶官叫点名。
第九筵开尽帝妃,三宫端坐受金卮。
须臾殿上都酣醉,拍手高歌舞雁儿。
第十琼筵敞禁庭,两厢丞相把壶瓶。
君王自劝三宫酒,更送天香近玉屏。

全诗录毕,咱们从中先来看看这场元宫御宴的"菜谱",以便了解蒙元极盛时期饮食文化代表作的诸多特点。"驼峰割罢行酥酪"、"割马烧羊熬解粥"、"并刀细割天鸡肉"、"金盘堆起胡羊肉"、"蒸麋烧鹿荐杯行"、"杏浆新沃烧熊肉"、

"更进鹌鹑野雉鸡"种种。当然,因有的难以入诗,这些绝非是"一统全席"的全部,但从中可看出仅肉类就动用了诸如熊、鹿、麋、驼、马、羊、天鸡(天鹅)、鹌鹑、野雉等,真可谓"天上飞的、地上跑的"应有尽有。唯不见"水中游的",这很可能与其时大元宫廷已皈依喇嘛教有关,早期的藏传佛教是忌食"扎木斯"(鱼)的。而素食仿佛也只有"又进雕盘嫩韭葱",另加"割马烧羊熬解粥"中那点米谷而已。至于说到"一统全席"上的酒,那倒有点让人大感意外了。似乎绝不仅仅是疏忽,诗中竟没有提到蒙古民族引以为傲的马奶酒,或宜于豪饮的老白干。反而提到的是"葡萄酒酽色如丹",并且是"辘轳引酒吸长虹"。气魄是够大的,只是茫茫大草原是从来不种植葡萄的。似乎有些"野的够野、洋的过洋"?但这或许正是元世祖忽必烈"别有用心"的安排:一方面要展现祖先从狩猎到游牧生活吃得如何尽情和豪放,一方面又要展现地跨欧亚尚有西方进贡来的美酒与佳酿。而面对前来请降的南宋君臣,要的就是让他们在"一统全席"威慑下败亡得更加"心悦诚服"。典型的另类民族自豪感,就连饮食文化上也绝不愿输分毫。

然而,似乎还绝不仅仅于此……

要知道,蒙古民族的胸怀如草原般辽阔,从来就是"与时俱进、海纳百川"的。拿上述一道道大菜来说,为照顾老太后和小皇帝之口,肯定

黑釉"内府"铭瓷罐

元青花

银餐具

已经过中原汉家名厨之手。若不然，进入明代后"驼峰"、"熊掌"等怎能渐渐进入内地的各大菜系中了呢？但更应重视的是，至元世祖忽必烈时期已绝不仅仅是闷着头只顾大吃大喝了。既然称之为"饮食文化"，当然要杂糅百家使"客人"吃得更加尽兴。随之，便如汪元量诗中所说，这场国宴上出现了诸如"乐指三千响碧空"、"月下笙歌入旧城"、"诸行百戏但呈艺，乐局伶官叫点名"、"须臾殿上都酣醉，拍手高歌舞雁儿"等种种欢腾的景象。这才叫吃出"文化"来了：眼睛看着，耳朵听着，鼻子闻着，嘴巴品着，高兴过头了，还能像贾作光那样来段"雁舞"……请想想！"乐指三千"该是多么大的乐队啊？而"乐局伶官叫点名"更说明了早在七百多年前，大元宫廷的国宴上早已可以指着歌星点歌了。盛况空前，足可以和尼克松七百年后访华的国宴相媲美。不对！好像后世的乐队只奏了一首美国的乐曲《美丽的阿美利加》，热闹远逊于大元王朝。

蒙古汗王夜宴图

当然，元世祖忽必烈也自有他的用意……

史称他"度量弘广"，而事实也证明他颇具"远见卓识"。忽必烈在江北经营"一统天下"二十多年中，不仅已汲取儒法一改早期的原始攻略方式，而且还汲取了前朝金灭北宋时残酷手段得不偿失的教训。多种史书均有记载，金兵在攻破汴梁俘获徽、钦二帝时确实手段残忍。当时宫女多缠足，被用牛车押运北献时，在凛冽的寒风中难免捂着冻伤的小脚哀号。而金兵竟举刀"俱断其足"，致使这些少女血流一路弃尸一路。尤对徽、钦二帝更无一丝"文化"可言，竟分别置之于阴冷潮湿的枯井之中囚禁。每日仅垂之于"猪狗之食以饲之"，徽宗死后更"燃其悬尸取其膏，以作灯油用"。故反使南宋军民更加"同仇敌忾"，致使金之一代终未完成一统江山的霸业。而忽必烈这场不惜血本的盛宴款待，果然使南宋的老太后和小皇帝"感激涕零"。不仅连连下诏命江南各地"缴械投降"，而且就连闻名天下的皇族大书法家赵孟頫也深受影响"北上仕元"了。但如果仅把这一切看成"政治操作"也有点失之偏颇，似也和忽必烈那种大度、宽厚、包容的个性有一定关系。绝没有枯井和断足，有的只是继续展示"饮食文化"的魅力。对南宋老太后和小皇帝随后的待遇，也有汪元量的诗为证——

每月支粮万石钧，日支羊肉六千斤。
御厨请给蒲桃酒，别赐天鹅与野麋。
三宫寝室异香飘，貂鼠毡簾锦绣标。
花毯褥裀三万件，织金凤被八千条。
……
雪里天家赐炕羊，两壶九酝紫霞觞。
三宫夜给千条烛，更赐高丽黑玉香。

只可惜！来降的太后、幼君、皇室贵胄、文武百官，只适应临安那种吴侬软语式的宫廷生活习惯，就连胃口似乎也只适应精致甜润的江浙菜系。故一连十几日豪放热情的"一统全席",竟把南宋君臣们大都吃得跑肚拉稀,有位小太后更因此大病一场。由此可见,文化交融也是件颇难的事儿,即使在吃喝上也不例外。忽必烈的好心也有副作用,史称还有个无耻文人——南宋状元兼末代宰相留梦炎,却在大嚼大啖之后上火怎么也拉不出屎来。

再大的热闹总会过去的,从未有过千年不散的筵席……

但马背民族的饮食习惯却基本保留了下来,而且还仍然保留着草原文化的鲜明特点。至今无论是居住在都市还是生活在牧区的蒙古族同胞,依然是那么爱吃煮到八成熟的手把肉,爱喝必不可少的鲜牛奶、浓奶茶以及待客的马奶酒,爱尝诸如酥油、奶酪、奶糖、奶皮子、奶豆腐等衍生的奶制品。而且,改革开放后内蒙古自治区的首府呼和浩特市很快便被誉为"乳都",这难道和草原饮食文化的源远流长没有关系吗?

来吧!别具民族风情的美味佳肴正在等着您!

草原就是您的家……

熬制奶茶

饮具

喝:奶茶飘香与酒歌高亢

古人说:茶可"清心",酒可"忘忧"……

但这一提不要紧,马上就又得涉及茶文化与酒文化!而这两者似乎又和"饮食文化"既有关联性又可自成一家，如若说到马背民族而不分别提及这两样，似很难揭开古代草原的神秘面纱。

咱们先说茶……

茶文化在我国各民族间真可谓"异彩纷呈"，比如蒙古族的奶茶、土家族的擂茶、藏族的酥油茶等。而说到以汉民族为主体的农耕地区，士大夫们喝茶就更加讲究。为突显潇洒飘逸，竟改"喝"为"品"了。故有了《红楼梦》中"一盅为品，三盅则为牛饮也"之说。茶在汉族地区雅俗共进，逐渐发展成为"茶道"，甚至还推出了一位"茶圣"陆羽，因他写出了一部颇具权威性的有关茶叶之专著《茶经》。

草原上的茶文化没有那么复杂，却自成一系……

一切皆缘于游牧生活的需要，不理会"潇洒飘逸"而推崇自己的民俗民风。至于茶叶是何时传入茫茫草原的，史无详载，说法颇多。有人说这很可能是昭君出塞带来的，也有人称这更可能是逐鹿中原掠归的。但更可信的考证似乎是这一种：早在古代，我国西部那条举世闻名的"丝绸之路"开辟的同时，东部有一条"茶马古道"也在形成着。虽然没有运输丝绸那样轰轰烈烈，但是茶已悄然无声地开始进入到莽莽苍苍的大草原了。这很可能纯属一种官商勾结为钱财的暗箱操作。须知，中原的达官贵胄和文人雅士品茶唯追求极品，如首茬嫩芽和顶极毛尖等，余下的次茶才供平民百姓饮用。而更多剩下的却为粗叶和茶梗，但茶商们却仍将其发酵压制成"砖茶"。理由很简单，因为他们早发现漠北草原对这种茶制"板儿砖"特别欢迎，"废物利用"竟照样能引来滚滚财源。

似有些歧视，却正中马背民族的下怀……

也难怪！漠北草原属高寒地区，自然环境特别严酷。而且世代以乳肉食品为主，用现代话来说显然是缺少各种维生素。多亏了这种"歪打正着"，砖茶的流入似正好弥补了这种不足。起初他们很可能仅仅发现酽酽的浓茶有消食、提神、御寒、解乏、发汗等种种功效，随之再加入适量的乳汁后竟变得更加醇香可口，颇具民族特点。茶散发出浓郁的草原风味，奶平添了更加丰富的内涵。长城内外茶文

震撼崛起——成吉思汗及其英武儿孙

化"合二为一",马背民族最终独创了别具一格的"奶茶"。流传有几千年了?已很难详考。但有一点是可以确信无疑的,从此"奶茶"便成了蒙古民族饮食文化的"主打品牌"。别看"烤全羊"、"乍马宴"、"一统全席"上均未提到它,但散筵后上至皇亲国戚下至平民百姓首先找的就是它。时至今日,蒙古同胞们仍然是一日可无食,绝不可没奶茶。究其原因,据一些牧人朋友对我说:"一天不喝就大脑子疼,提不起精神……"故即使在"文革"时期的混乱岁月里,也有解放军严守着堆满砖茶的仓库。呼和浩特的仓库就在火车站附近,基层草原更守护颇严,大意不得,稍有疏忽就会出大乱子的。这段史实,详见于商业厅相关档案。

既然一日难离,那必然会发挥成一"门"艺术……

没错儿!虽然没有像内地那些文人雅士那样吃饱了只顾讲"潇洒飘逸":又是尊"茶圣",又是崇《茶经》,又是论"茶道",又是讲"品茗",临完还要一比"茶风度"……马背民族天生豪放坦荡,绝没这么多的啰里啰唆,也绝不会在精致的茶具或名泉之水上下功夫。照样铁锅熬茶,大碗豪饮,甚至就连茶壶也不屑一顾。既然只认准了奶和茶是"绝佳组合",那他们也会高傲地把自己的"奶茶文化"别具一格地推向极致。据史载,早在成吉思汗时期就有专门为他熬制奶茶的后妃,而从此这门绝技的传承似乎便只落到女人身上了。其间熬制奶茶的学问大了去了,如火候、成色、调配的比例、搅动的适度、恰当的口感等,也绝非是三言两语或一朝一夕可学会的。外来的草原旅游者喝奶茶总会觉得是一个味儿,但行家却能喝出千差万别,不仅能喝出这个女人的手艺高低,甚至还能喝出这个女人的个性及贤惠与否。为此,蒙古包中待嫁的姑娘,稍懂事后早早就跟着母亲学习熬制奶茶了。这似乎也成了母亲的一块心病。她们深知女儿如若过不了这一关,那将来很难成为一个受公婆欢迎和丈夫喜爱的好媳妇。因而至今在别具草原风情的蒙古族婚礼上,仍保留着这样一个古老的遗俗:新娘子在婚宴上尚需亲自动手熬制一锅奶茶,与新郎一起捧献于公婆及众宾客面前请他们品尝。这可是个令送亲人提心吊胆的过程,只有当公婆和众宾客面露笑容时方能长长松口气。随之,另一个更重要的婚礼仪式也就要开始了,即眼含热泪的婆婆要把自己掌管大半生的熬奶茶勺子交给儿媳妇了。这不但是象征着无条件地接纳了新人,而且象征着一种别具民族特色的传承关系,婆婆将放心地退居二线,新媳妇完全可以放手去当家做主。多么富有民族特色的人情味儿啊!长勺子作为亲情的传承物,足可见茶文化在马背民族生活中的重要地位。为此,"奶茶飘香"竟成了祥和草原的象征。

当然,更应提到的是马背民族的酒文化……

一提到辽阔的草原,人们或许马上会联想到那劝酒的酒歌。热情、高亢,但却常常使外来旅游者"闻酒色变"。很显然这是被外界种种传说吓怕了,对蒙古民族的酒文化欠缺应有的理解。其实,这只是一种豪放的待客方式,只要你能回报以热情和尊重,喝多喝少甚至不喝都没有关系。除此之外,你似乎尚需了解草原是因何和酒结缘的?往事悠悠!你应当知道:马背民族绝非是天生嗜酒的,而是严酷的自然环境和特有的游牧方式所造就的。要知道,古代的漠北草原比现在还要冷,而且严寒的季节特别漫长。再加上数百年前放牧畜群的草原同时也是野兽出没的地方,即使在滴水成冰的日子里也似须经常在野外守候在畜群旁。而任你再吃苦耐劳,仿佛也需要借助外力激活你的热血,增添你的热量,以应对严冬诸如暴风雪的侵袭。况且除了野兽外不定期有外敌,似也需借助外力激发勇气来捍卫自己的草原部落。

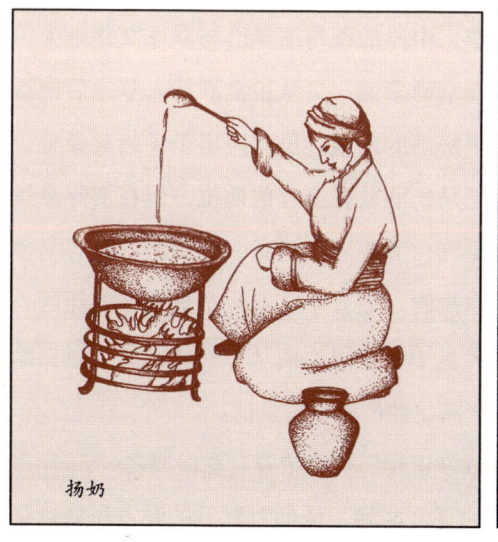

扬奶

兑奶

震撼崛起——成吉思汗及其英武儿孙

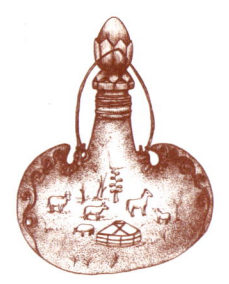

皮制酒壶

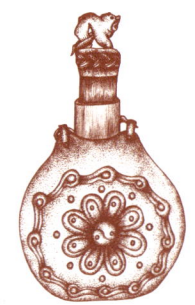

皮制酒壶

青花梨形执壶

青花高足杯

这个外力便是酒，从古到今一直在重塑着草原强悍的灵魂。有史可考，就在成吉思汗崛起时，马上健儿们往往可凭着几条肉干和一革囊酒往来奔袭上千里。遇到暴风雪，他们大多会挖个雪洞钻进去就可和衣而眠。完全凭的是一革囊酒，不但可以使他们耐得住彻骨的严寒，而且第二天更可出其不意地突现在敌人的面前。

但酒和茶不一样，绝不是舶来品……

据史载，大约两千多年前或者更古远，我国北方的少数民族就已学会酿酒了。但不是果酒、葡萄酒或是粮食酒，与他们的游牧生活有关，"就地取材"，最早出现的当是奶酒。如前所述，其中最珍贵的应数马奶酒。至于白酒（粮食酒）是何时进入漠北草原的，大多数史学家的意见较为统一：大约在秦汉前后，乃农耕文明和游牧文明交融与互补的必然结果。或通过战争，或通过和亲，中原的茶与酒早已与草原文化融为一体了。就拿酒来说，自从粮食酒传入草原后便逐渐超过了奶酒的用量。虽然说出于民族自豪感，他们仍把马奶酒放在至尊的地位，但在实际豪饮中已感受到白酒更烈、更猛、更刺激、更容易使全身热血沸腾。而其中还有一个更重要的原因，即奶酒数量毕竟有限，而从中原涌入的大量白酒却可充分满足他们的尽情豪饮。

这或许正是历代统治者有意促成之……

比如辽金两朝，他们对背后的蒙古民族就是

如此。为防止"后院起火",除了不断地挑起草原部落间的纷争,还要定期进行征讨和物资禁运。有史可查,他们对酒却总是满足供应的,意在使草原部族间永远神志不清、内斗不止。我国史学大家翦伯赞先生于1959年访问呼伦贝尔大草原时就曾慨然言道:"这里曾是北方少数民族的演兵场,一经演练成熟便冲向前台逐鹿中原,演出了一幕幕波澜壮阔的历史剧。北魏的鲜卑、辽之契丹、金之女真、元之蒙古、清之满族,莫不如此……"这似乎是一种宿命。很显然,辽金两朝的最高统治者似乎也意识到了这一点,随之便想用武力和酒防患于未然。但"机关算尽,反误了卿卿性命"。酒文化仍继续在蒙古草原上发扬光大,金王朝却难逃历史的宿命,最终还是被马背民族灭亡了。

酒,从此似乎和草原文化更密不可分了……

但有其利必有其弊。随着地跨欧亚大陆的"也客蒙古兀鲁思"之崛起,在频频举杯的欢庆声中,狂饮似成了一时之风。而最令牧人不解的是,在一代天骄成吉思汗功成辞世之后,由他钦定的继承人本来干得颇为出色,但后来却突然急转直下变成了一位"嗜酒之徒"。他放任自己的老婆乃马真皇后(原名:脱里哥娜,史称"六皇后")擅权乱政,几乎将接班以来的种种努力尽皆"前功尽弃"。很显然,这是指成吉思汗嫡三子、草原帝国的第二代最高统治者窝阔台大汗而言。的确,一

加工奶酒场景

震撼崛起——成吉思汗及其英武儿孙

开始他果不愧伟大父亲的杰出儿子，继续留用前朝重臣契丹大儒耶律楚材，改税制、设站赤、禁屠城、报世仇、灭后金，组织封王长子第二次西征，大败日耳曼与波兰联军于多瑙河畔，并且在草原上前无古人地建起了宫殿巍峨的汗国都城，以及有条件地保留了中原的农耕文明……只不该，正在就要续写辉煌的巅峰时刻，他的幼弟拖雷竟"代"其神秘地死去了。此类"杯弓蛇影"的事件本来在古今中外的皇室中早已屡见不鲜，但或许是因为天性淳厚，恐惧回忆，他却开始沉溺于狂饮之中了。再加上乃马真皇后为了擅权也从旁大助酒兴，竟利用色目商人奥都剌合蛮引进了西方的果酒、葡萄酒，以及欧亚各地应有尽有的各类名酒佳酿。更何况！还有一位被俘的呼罗珊美少女法提玛专司伴酒，致使又把草原帝国的酒文化"海纳百川"、"色彩缤纷"地推向了一个新高潮。

为了忘却，似也只能为"酒文化"做出牺牲了……

绝非杜撰，上述均有史为证。同时期的波斯史学家拉施特就曾在《史集》中这样记述说："合罕（指窝阔台）很喜欢喝酒，经常喝得酩酊大醉，并且在这方面无所节制。这使得他的身体日益虚弱，无论近臣们和好心肠的人们如何阻拦他，都未能成功。相反的，他喝得更多了。"《元史·耶律楚材传》中也有类似的记述，这位契丹大儒就曾专门捧着被酒腐蚀的盛酒铁槽进谏道："铁器尚如此，何况五脏乎？"而其间就连觊觎汗位的乃马真皇后，随后成为宠臣的奥都剌合蛮，以及呼罗珊的美少女法提玛也均非野史人物。诸如《元史》《史集》《世界征服者史》等中外史籍中，均详细记载了他们是如何"狼狈为奸"、如何别有用心地掀起了这场"酒海孽澜"。酒不醉人人自醉，最终使曾大有作为的窝阔台大汗还是在醉梦中"驾崩"了。

这很可能是当时淹死在酒海中地位最高的统治者……

历史从来是为尊者讳的，但从字里行间却仍可隐约看清这场酒文化所酿成的宫廷悲剧。显然大多数臣民尚对窝阔台大汗充满了惋惜和同情，而那几个狼狈为奸的始作俑者后来也均下场很惨。详情后面将有相关随笔叙述，在这里只能告诉你马背民族并未因此废酒。

【第一辑】

绝不可能！因为酒早和游牧生活密不可分……

漫长的冬季，严酷的自然环境，分散的蒙古包，孤独的寂寞长夜，还需应对种种突发事件，似也只有酒才能给他们注入热血和勇气……除了严惩令大汗纵酒的恶人、彻底将那些从西方引来的怪酒摒弃外，一套与酒文化相关的礼仪还是逐步形成了，蒙古包里开始回荡起高亢的酒歌。主人用哈达托着银碗向你敬酒，那是充分展现他们对你发自内心的热诚欢迎和祝福。随后点酒向上而弹，那是敬天；点酒向下弹酒，那是敬地；点酒抹向额际，那是敬祖先。天地人都敬过了，自己随之才带头一饮而尽，难道你能不深受这种诚挚的感染吗？总之，马背民族的酒文化充分反映了他们的性格特点：真诚、坦荡、好客，还有豪放的热情！

婉转的敬酒歌，独特的酒文化！

你也来一杯吧！

元代服饰

穿：马背民族服饰实用而又绚丽多彩

在北方民间常流传着这样一句话：人生一世，吃穿二字！是有些消极，但确也反映了"温饱"乃生存的起码要求，而且将"温"放在前头，足可见"穿"的重要性了。

北方少数民族在这方面均有非凡的表现……

元代服饰

民谚又说：靠山吃山，靠水吃水！其实这不仅仅在说吃，而且就连穿也涵盖进去了。比如，世代居住于黑龙江畔的渔猎民族赫哲人，早在古代就琢磨出用鱼皮制作衣服。这种衣服不但可保暖，而且做工精美，把姑娘们打扮得挺漂亮的。再如，生活在大兴安岭里的狩猎民族鄂伦春人和鄂温克人，很早就学会了用野兽的皮毛来御寒遮雨。不但毛裘制衣可度严冬，而且柔革为装也可把小伙子们打扮得更英武。总之，古代北方各少数民族由于各自的生产方式不同，服饰文化也颇为异彩纷呈。难怪成吉思汗在一统漠野各部族后对他们并不歧视，将赫哲人称为"鱼皮鞑靼"，将鄂伦春和鄂温克人称为"山林鞑靼"。鞑靼，有人读之为鞑子，乃蒙古人之又一称谓。仅在服饰上加以区别，实质上已将他们视作同类。

当然，从狩猎文化向游牧文化过渡也算一种进步……

但归根结底，马背民族的"穿"还是很难脱离自己那特有的游牧生产方式的。与吃、喝、住、行、烧（燃干牛粪）一个样，穿也是主要依靠畜产品得来的。只不过因为游牧文化毕竟比渔猎文化更进了一步，就地取材的范围也更广了。比如

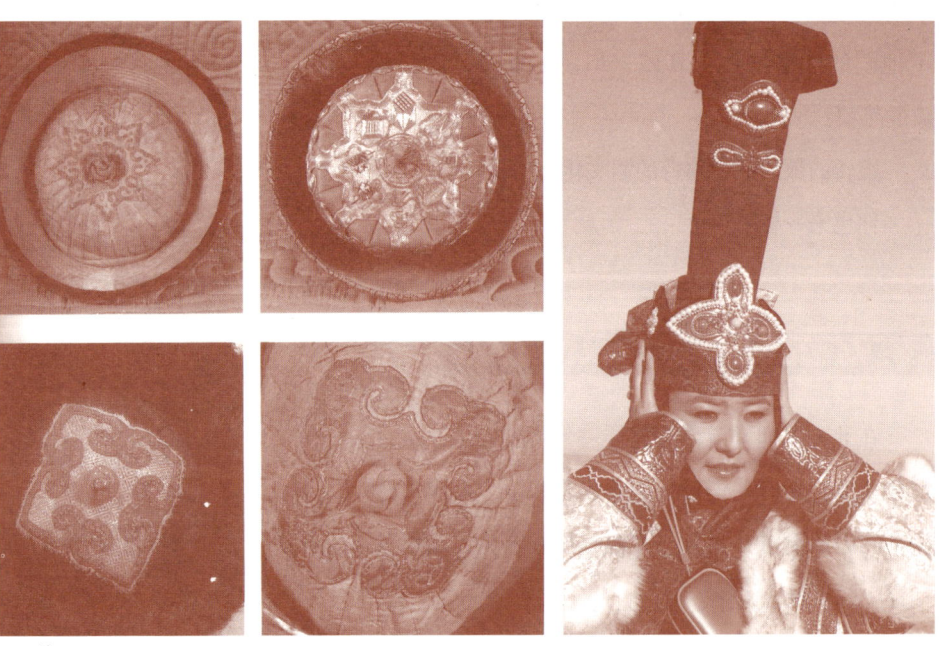

佩饰

说皮裘,就又可分出羔皮、老羊皮、高级的滩羊皮等。再比如制革,也已可制成衣革、靴革、铠革、盔革以及坚硬的盾革等。况且尚有大量的羊毛羊绒,牛毛驼绒,甚至马鬃马尾等可以广泛利用,妇女们甚至能把吃剩的骨头、废弃的犄角,经雕刻染色加工制成装饰品等美化自己。据《中国北方少数民族服饰文化史》记述,早在七百多年前蒙古民族在服饰文化上就有了飞跃的进步。不仅彻底告别了"冬天毛朝里,夏天毛朝外"的原始装束,而且在绒织毛编等缝制装饰的诸多方面均突显出民族的审美情趣。前面曾多次说过蒙古民族是海纳百川的,随着一次次崛起的征战当然也会有更多的绸缎布帛和珊瑚珠宝流入草原。绝对的"润物细无声",却在悄然地改变和丰富着马背民族的服饰文化。

但却不能忘了他们那强烈的民族自豪感……

绸缎饰物可以引用外来的,那也只是为说明自己的高贵绝不逊色于其他民族,而样式和格调却必须是传统的,让人一看就能明白自己仍是蒙古祖先的子孙。比如说流传至今的蒙古袍,宽松、阔大,似乎从来就不讲什么造型。但如果你认为这是不懂得审美,那肯定是大错特错了。须知,尚有一条长长的绸腰带所发挥的特殊作用:男人一经扎好,似乎立刻就突显出他的体态是如何强悍健壮。而女性的扎腰就更加讲究,既要扎出苗条的腰身又要扎出自己的婀娜多姿。一条长

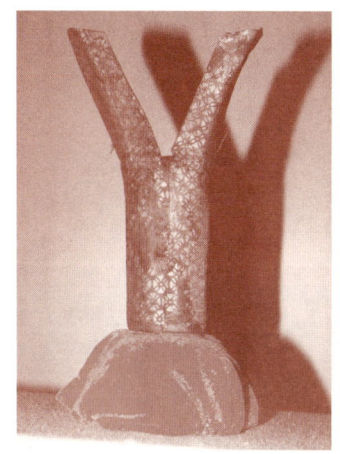

罟罟冠

元代服饰

佩饰

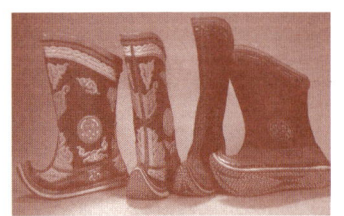

蒙古靴

头饰

头饰

绸腰带尽可代替裁剪的功夫，其间学问大了去了。但不管怎样，说到底这一切还是由牧野的特殊游牧生活方式所决定的。居无定所，男人常骑在马背上伴随女人赶着勒勒车逐水草而迁徙。一切从简，讲究的就是一物多用。对于女人来说，紧扎的蒙古袍襟怀常常就是婴儿的襁褓，或是自己私密珍宝的隐藏处。对于男人来说，纵马天下那襟怀里可放的物件儿就更多了。况且，白天穿在身上是衣服，夜晚又铺又盖是被褥。难怪少男少女偏偏要唱着《十五的月亮》去敖包相会，男人宽大的蒙古袍足可以把少女紧紧裹在怀里共度良宵了。

特有的生产方式决定了一个民族特有的服饰文化……

纵观蒙元一代，即使在宫廷内当着大汗或皇帝的面，文武百官的穿着也没那么多繁文缛节，重舒适、轻炫耀。有史可考，就连成吉思汗和忽必烈大帝着装也很随便。胸前未出现龙的张牙舞爪，颜色也不讲究什么深黄呀明黄的。似乎一直穿着传统的蒙古袍，有时甚至连腰带也不扎，好像一切只图个方便和自在。而女人们就不一样了，不仅天性爱美而且也在不断追求着美。尤其在发饰上颇为讲究，常为"高髻"费尽心思。崛起前似只能用经过雕饰的骨和角做支架盘绕而美发，崛起后有了更多的珊瑚和珠宝，当然更会在"高髻"上大做文章了。日久天长居然成了一种工艺水平极高且又别具民族风格的顶戴头饰,史有记载,名为"罟罟"。在女人们的头上开始显现等级,后妃、贵妇、平民百姓的"罟罟"的含金量大有不同,当然从珠光宝气上更可看出贵贱高低了。

下面便是一个有关"罟罟"的传奇故事……

原来,在古代,蒙古大军的奉命远征往往是要带妻儿的,在后卫部队中就有一个家属组成的"奥鲁"营。这或许和自古居无定所的游牧生活有关,他们把战争也看成了一次"大游牧",随时准备着在新征服的土地上驻守并重新开始放牧生活。但这和蒙古族的服饰文化有什么关系吗?有!首先表现在"奥鲁"营中。每当遇到敌人偷袭和包抄的时候,后卫部队总会奋力搏杀保护自己部族的女人和孩子们。而这时的妇女们也表现得格外大无畏,一个个从容盛装并在头上戴好耀眼的"罟罟",合力组成一圈人墙并把孩子们紧紧围在中间。鲜艳的服饰,珠光宝气的顶戴,上头尚插有珍奇鸟类的羽毛,摇晃间不仅令来袭的敌人眼花缭乱大惑不解疑为奇阵,而且也更激发起自己勇士奋勇保卫的必胜决心。即使偶有几个敌人冲到近前,那令他们更不解的意外事情还是发生了。女人们背后隐没的那些小小的男子汉们,也会以母亲的身躯为掩体射出一支又一支的冷箭,把那极少敢于来犯之敌一个个射杀了。只可悲这些来敌眼晕目旋得至死也不知是怎么死

佩饰

佩饰

佩饰

的，还以为这些女人身上艳丽的盛装和顶上耀眼的"罟罟"是施了魔法。由此可见，蒙古族女人的爱美，更多的还是体现在热爱自己的民族上。但还有一个女人对民族服饰的改进已似乎绝不仅仅是为了美，好像还在关系着战争的进程。

这就是历史上杰出的蒙古族女政治家察苾皇后……

前面说过，由于成吉思汗的出现，13世纪蒙古民族的突然崛起是如此迅猛，以至于在多方面均准备得不够充分。比如，在当时尚只有语言没有文字，还多亏了"一代天骄"用畏兀儿（维吾尔）符号草创了马背民族第一份拼音文字。再比如，就连与生命相关的战袍与战盔也存在着诸多缺陷，常常令骁勇的骑士们也因此受伤或受困。由于马踏欧亚攻略战争的频繁，这些问题直到第二任和第三任大汗时期尚未来得及彻底解决。直到蒙哥大汗即位之后，才有一位杰出的女性开始思考解决这个问题了。她就是忽必烈的妻子、来自"美女草原"弘吉拉部落的察苾。有关她的传奇故事后面还有专文叙述，现在先只讲讲她对战斗服饰的创新与改进。似乎皆源于忽必烈在一次狩猎中眼睛被日光灼伤，内里的战袍也因扭扯被撕裂。忽必烈当时并未在意，她却看在眼中牢记于心中了。全是因为爱。须知当时的忽必烈即将奉命远征大理。南天骄阳似火，长途奔袭汗湿甲胄，让他和勇士们忍受这一切她能不心疼吗？随之，她几经研试便开始在革盔前缝钉上一个帽檐，后来更发展为缝钉上一圈帽檐。无论革盔铜盔均是这样，既美观又遮阳。作为一种时髦，很快就在千万铁骑中推广开了。随后，为解决古式蒙古战袍的种种缺陷，她又开始创制一种甲胄内衣，史称其"前有下身，但无衣襟。后身是前身的一倍，却无衣领和衣袖。缀以两襻，起名曰'比甲'。据说，这种"比甲"一经出现，便引得草原各部族"争先仿效，终传于军旅"。但因已无实物流传至今，仅靠上述文字记载已很难考证它的形制。而国外学者却对此颇为重视，有的专著竟肯定地说，"比甲"即后世广为流传的"马甲"之由来。而四周带檐的头盔，即今日仍在使用的现代钢盔之雏形。

女人啊！总是引领着服饰文化的潮流。当然，马背民族也不例外。

但她们绝不仅仅是为了美，还在为民族的崛起服务！

总之，蒙古民族服饰文化的特征就是实用！

【第一辑】

而又美不胜收……

住：从居无定所到宫廷巍峨

翦伯赞先生将呼伦贝尔大草原称为"北方少数民族的演兵场"、"中国历史的大后台"，确系大师级的历史性感慨。三十多年前，当我到此进入隐没于山林中的嘎仙洞时，似受这种感慨的影响更觉得历史是如此令人神往。嘎仙洞，古代鲜卑民族穴居的山洞。晦暗幽深，神秘莫测，悄无声息，空旷死寂。却谁能料想到，古代竟会从这人迹罕至的山洞里冲杀出一支北方少数民族的骁勇们，冲向中原，攻克六朝古都洛阳，建立了名震一时的北魏王朝。但更可能使你大感诧异的还在于，这些曾穴居于野岭山洞的鲜卑人，随后又曾在华夏大地创造累累文化奇迹，如云冈石窟、龙门石窟以至敦煌石窟等，均为世界闻名的历史文化遗产。虽不能完全归功于

搭建蒙古包

蒙古包内景

这些山野的穴居人，但他们继承了、参与了、发展了却是不争的事实。而从中也可看出，中华民族辉煌的文明史，早反映出了各民族间的"你中有我，我中有你"绝非虚言。

但这一切又和马背民族的居住文化有何关系呢？

我只是想告诉大家，鲜卑人的崛起要比蒙古民族还要早好几百年。鲜卑人的祖先靠狩猎为生，为此而穴居于嘎仙洞中当然不足为奇。而随后蒙古民族出现时，他们早已由狩猎文明走向了游牧文明，彻底远离了山林洞穴，开始纵马于茫茫的大草原上了。当然，为此马背民族的居住文化也肯定必有自己的特点，即史称之"居穹庐，无城壁栋宇，迁就水草无常"。"穹庐"，即指毡帷或蒙古包。无"城壁栋宇"，即指起码在窝阔台大汗前茫茫的大草原上从未有过城池和房子。而"迁就水草无常"，即指牧人们是长年赶着牛羊"逐水草而居"的。但这并不等于说，茫茫的大草原上永远就是那么孤寂冷清。有时候也会如"海市蜃楼"飘然出现一般，碧野间也会偶尔闪现出一座"城镇"。但这并不奇怪，比如拔都大王就有二十七位正娶的王妃，而二十七位王妃每人都有一座自己的"斡耳朵"，后面又都有专门伺候这位王妃的许许多多家臣宿将男仆女侍的帐篷。请想想吧！这样汇集在一起有多大规模？而拔都大王又偏偏爱携众妃整体"逐水草无常"。来时人欢马叫，去后两眼茫茫……难怪古人们综合上述，将马背民族的住文化归结为四个字"居无定所"。因而也可以这样说，为适应游牧生活，"居穹庐"乃蒙古民族的一大发明。

其中，尤以蒙古包最具典型性……

越是随着时光的流逝，就越证明了它是古代马背民族高度生活智慧的结晶。就连当代许多国内外学者专家也纷纷不吝赞扬，从科学的角度给予它极高的评价：有的称它为"世界上最防震的人类居所"；有的称它为"历史上最环保的流动房舍"；有的甚至还从抗拒强风、保温散热、适合人居、拆迁迅捷等诸多建筑构架学角度给予探研和肯定，并称之为"游牧文化时期最具代表性的居住杰作"……的确，蒙古包的一切用材均取自于游牧生活之所得，比如用羊毛擀毡搭顶并围成毡壁，用牛毛捻成绳索借以捆扎和加固，用山野伐回的木条木杆编制成"哈那"等作为内部支撑物等。除此之外，你在搭架好的蒙古包里，却绝对见不到一根横架的梁和立支的柱，果不愧史书称之为"穹庐"。环壁穹顶既增大了利用面积，又便于拆卸以利于下一轮的游牧。故所用的木料大多也只是木条和木杆，如用木条编制的"哈那"，做工精巧可伸可缩，用时张开则为支撑毡壁的骨架，拆时缩在一起仅为一捆木条，搬迁方便。因而有时在构搭蒙古包时有人便会问你：是用六片还是八片"哈那"？可见蒙古包的大小与"哈那"多少片有关，也是因人而定的。至于说到"穹顶"，那是一个圈形木制的"出烟口"（蒙古语名：陶纳），而四周绑架在"哈那"上的长杆（蒙古语名：乌涅）却可把它高高顶扎托起。"出烟口"上也有由人可控的卷毡以防日晒雨淋。除此以外，蒙古包的好处尚有多种：如它的四周是圆形而顶部为流线型，因而抗风能力极强；它的用材多为轻质毛毡及木条，

毡庐

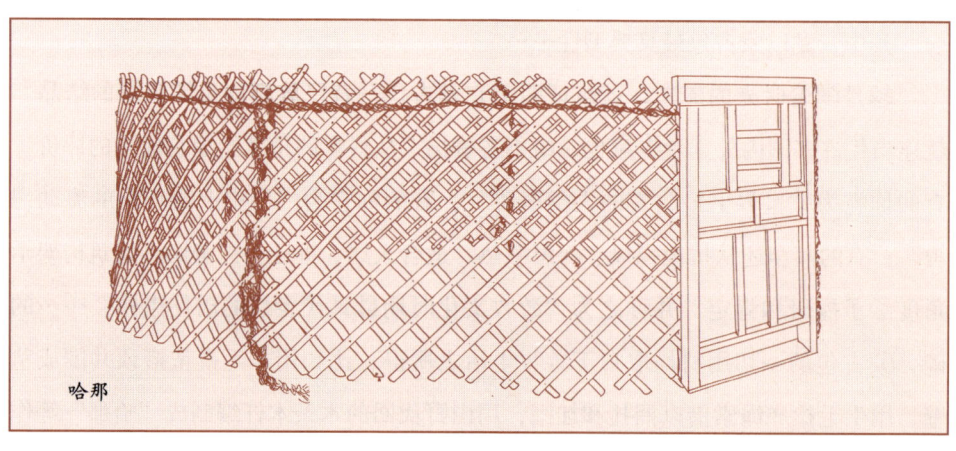

哈那

故再大的地震也很难对人畜造成伤害；更何况夏天可卷起壁毡以通风，冬天可加厚壁毡以保暖……总而言之，蒙古包是古代马背民族在居住文化上的一大杰作，故历经千年至今仍在草原上深受牧人的喜爱。只可叹！有人竟在歌词中将它比作雪莲花，似有点颠倒是非之嫌。如果真像雪莲花那样绽放开了，那不等于蒙古包头朝下散了架吗？

姑且按下不表，还是继续围着"住"往下说为好……

没错儿！一般牧人是喜欢蒙古包的，适于居住，游牧起来也极其方便。但对于迅猛崛起的"也客蒙古兀鲁思"来说，如果再"居无定所"而"逐水草"搬来搬去那就实在太煞风景了。须知，一代天骄成吉思汗早已统率他们马踏欧亚重新认识了世界。庞大的草原帝国也确实需要一个建在母地的政治中心，以便更好地统领东西道诸王和他们广袤的封地。好在老子把一切均为儿子安排好了，在窝阔台大汗继位后终于破天荒地开始在草原上建筑自己的都城。1234年夏五月，他在斡耳寒河上游的达兰达葩建起了自己第一座砖木结构的行宫。1235年春，他又大动土木进一步兴建城郭宫阙。城内有城，即以万安宫为核心的皇城。外城方圆约十二里，城内有东西向、南北向两条大道交会于城中心。道路两侧尚建有店铺、作坊、官舍、民居等，显赫地段更建有各大封王的藩邸和"异密"（达官重臣）的豪宅。到1254年法国使臣卢布鲁克前来觐见时，这里突然崛起的草原都城已使他眼花缭乱了。他在《卢布鲁克东行记》中对皇城皇宫这样描述道：

> 大汗所居的万安宫在城西南隅，四周宫墙环绕，中间是一座占地二千四百余平方米的宏伟大殿……万安宫巍峨高耸，两侧是两排柱子，南面是三道门，大汗坐在北面的高台上，御座下左右两侧是诸王和后妃的座位……

这座兴盛的汗国都城便是蒙古史上有名的"哈尔和林"，从此便彻底改写了草原上"无城壁栋宇"、"居无定所"的历史。

但尚有一点特别值得指出……

此即城郭宫阙的形制，也就是建筑风格的源与流。就连卢布鲁克似乎也注意到了："其形制大异于欧洲宫廷，其格式布局似完全仿照中原汉地的宫阙制度。"而事实也确如此。有史可考，主持汗都哈尔和林设计和建设的大总管，即燕京权威大工匠汉人刘敏。而窝阔台大汗也对他极其信任和支持，尚从中原各地为他调集了大批能工巧匠。这似乎已不仅仅是与马背民族的"海纳百川"有关系了，好像还和历代北方少数民族追求的"入继中华大统"之源与流有关。北魏之鲜卑，辽之契丹，金之女真，一经冲向中原所建宫阙莫不如此，当然作为北方少数民族之后起之秀的蒙古民族也绝不会例外了。建筑文化作为中华民族传承的历史象征，从七百多年前的草原万安宫到现在的北京天安门，的确是可加以总结写出一部民族交融史来的。而更值得提出的还是马背民族的博大胸怀，如茫茫无垠的大草原可容纳一切。据史载，七百多年前的汗都哈尔和林除了宏大的宫阙和豪华的藩邸外，城内尚分有"回回人区和汉人区"。除此之外，还有十二座佛寺、两座清真寺，以及一座基督教堂。从中不难看出，蒙古民族除骁勇善战外，他们那种对多元文化的包容性也绝非历朝历代可比的。

当然，牧人们最钟爱的还是自家的蒙古包……

但开弓没有回头箭，汗都哈尔和林的出现还是深刻地影响着草原的居住文化。除了封王贵胄纷纷建筑豪宅以显示自己的地位外，就连东西道各大封国也在仿效汗都修筑自己的"王城"。甚至在民间也出现了一些土木结构的"蒙古包"，被人俗称为土"拜庆"。这显然是农耕文明与游牧文明交融的必然结果，而"也客蒙古兀鲁思"的战略眼光这时却又转向了一个全新的领域。果然，到第四任大汗蒙哥登基后，下一个征服的目标似已确定为当时全世界最富足的地域——南宋。为此，他特命自己的"皇太弟"（大兄弟）忽必烈抚治漠南汉地，并特恩准他于漠北漠南交接处修筑自己的"王城"。既作为连接汗廷和中原的枢纽，又作为灭掉南宋的前沿指挥部。这座"王城"是由元代开国名臣刘秉忠选址并亲自勘察设计的。择地"龙岗"（今内蒙古正蓝旗内闪电河一带），故汉人有忽必烈"向龙借地"之说。也为

【第一辑】

汉式宫阙,即日后所称"元上都"。只可惜!蒙哥大汗出师未捷身先死,竟使得这座王城一时间又变成了争夺汗位的大本营。有关这段忽必烈与幼弟阿里不哥为汗位兵戎相见的历史后面还要详细讲述,这里只是想指出这座草原王城的崛起对"也客蒙古兀鲁思"的历史走向还是有划时代意义的。总之,在蒙哥大汗急于求成灭宋猝死于四川钓鱼城之后,忽必烈经过周密策划最终在这里抢先登上汗位。年号中统,定都于此,并赐名开平。在此期间虽有种种内乱外患的故事,但作为新都的开平却一直没有停止大兴土木。举例来说,历任大汗均惊羡宋金故都汴梁"熙春阁"之宏伟,到忽必烈称汗后就将其整体拆迁移建于自己的新都开平。据史载,仅从"熙春阁"拆下的木料构件竟多达"万计",但忽必烈却不惜"水浮路辇、耗费巨大",一定要把它原样复建于几千里外的开平。年号中统,源自于史籍"中华开统",怎么能不把这么有象征意义的庞大古董搬来"为我所用"呢?当然,改朝换代得取个新的名字,复建后遂赐名"大安阁"。大安阁为开平宫殿群的主体建筑,时人周伯琦就有诗赞云:

蒙古包天窗

大安御阁势岧亭，华阙中天壮上京。
层甍复阁接青冥，金色浮屠七宝楹。

从中你注意到了吗？还是中原宫阙结构，似要的就是继承宋金以来的"正统"。而马背民族却是马踏过欧亚大陆的骁勇民族，他们为什么不为那些古罗马式或古希腊式的欧式宫廷所动？为此，似乎还得回叙一下翦伯赞先生留下的那段话：茫茫的漠北曾是我国北方各少数民族的演兵场，一经演练成熟便冲向中原，演出了一幕幕波澜壮阔的历史剧……这似历史的宿命，更似民族血脉交融的必然。既然逐鹿中原，那当然是得把中原象征的宫阙搬到身边了。

但为了一统中华，忽必烈已不仅仅满足于此了……

1264年，当与他争夺汗位的幼弟阿里不哥惨败前来请降之后，他不但改年号为"至元"以示庆祝，八月又颁《建国都诏》，彻底废掉了哈尔和林汗都的地位，改开平府为"上都"，定燕京（今北京）为"中都"。率草原政权步步南迁，最后将燕京定名为"大都"，即史称之"元大都"。蒙古人又将其称之为"汗八里"，源于突厥语，可译为"汗都"。但忽必烈却把它当作"京师"对待，一大兴土木即达十余年。主持设计勘测的依然是开国名臣刘秉忠，其建筑样式和

建筑构件

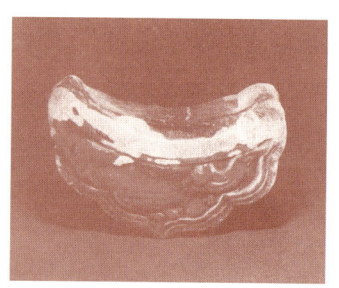
建筑构件

景教墓顶石

风格依然沿袭历朝历代宫阙的传统。如"青花石础，白玉石圆碣、文石充地，上藉重裀，丹楹金饰、龙绕其上。四面朱琐窗，藻井间金绘，饰燕石，重陛朱阑，涂金铜飞雕冒"等。而在这富丽豪华的皇城宫阙群内，位于大明殿以北的延春阁尤为突出。史称"东西长一百五十尺，入深九十尺，高一百尺"。飞檐斗拱，三重架构，为元大都最高宫阙建筑。直耸云天，宏伟无比。金碧辉煌，耀人眼目。时人张昱早有诗赞颂这以大明殿为主体的皇宫建筑群：

黄金大殿万斯年，十二丹楹日月边。
伞盖葳蕤当御榻，珠光照耀九重天。

而外城的建筑也颇具特色，竟破了传统建筑的对称偶数。据说这是刘秉忠故弄玄虚为增添神秘色彩有意而为的，竟以传说中哪吒"三头六臂两足"之形象设置单数城门。东边为光熙门、崇仁门、齐化门，西边为平则门、和义门、肃清门，南面为文明门（哈达门）、丽正门、顺承门，北面仅两座为健德门、安贞门。而元大都的外墙更奇特之处还在于，不用砖石却是苫草夯土建成。面对这种种怪举，时人张昱却又有诗赞曰：

大都周遭十一门，草苫土筑哪吒城。
谶言若以砖石裹，长似天王衣甲兵。

而皇城内除了巍峨高耸的宫殿群外，尚有人工挖掘成的湖泊、葱茏翠绿的假山、曲径通幽的林园、畜养多种猛兽的猎苑……难怪马可·波罗在他的《马可·波罗游记》中大加赞颂，称元大都为"万国争相来朝"的世界顶级大都城。盛极一时，可见七百多年前北京就早闻名于世了。

但有三点也颇发人深思……

其一，从史载的"丹楹金饰，龙绕其上"中可以看出：马背民族似已接受了

震撼崛起——成吉思汗及其英武儿孙

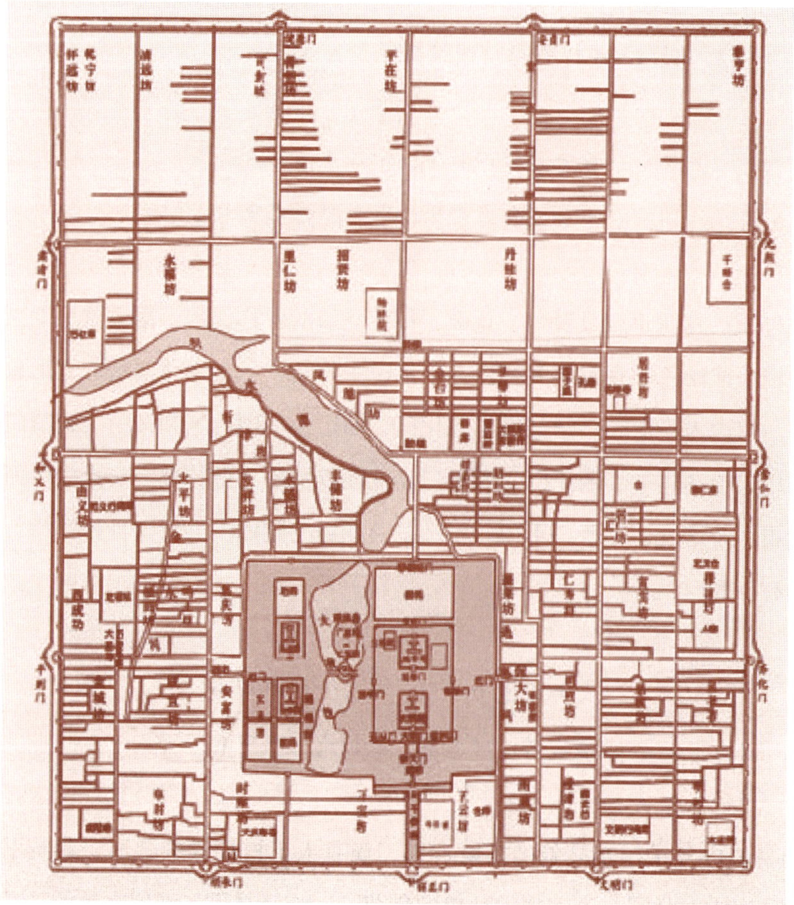

元大都平面示意图

"龙为中华各民族共同的象征"这一现实，忽必烈似在民族交融上跨出了更大一步。其实，这似乎也可看作是一种历史的宿命。此前入主中原的各少数民族也均经历过这个过程。原本他们大多有自己所崇奉的图腾，但既要"冲向中原演出一幕幕波澜壮阔的历史剧"，"龙"势必就成了"正统"的象征。况且，"龙"本来就是个"梦幻组合"，从中似乎也隐现着自己所崇奉图腾的踪影。忽必烈的"丹楹金饰，龙绕其上"，正证明了他"入继华夏大统"之决心。其二，在主殿大明殿完工之前，特命蒙古重臣从草原将成吉思汗发祥地之一株青草带到元大都，并亲手植于大明殿的丹墀前。史称："欲使后世之孙不忘勤俭之节，名之曰：誓俭草。"其实这很可能只是浅层次的史学家之言，而从更深层次的思考绝不仅于此，而更可能的是出于马背民族的一种高傲的民族自豪感，在民族交融中仍发誓不忘记祖先不忘记草原。仅借圣祖成吉思汗身畔一株草，就代表了蒙古民族的根本。看似矛盾，却又隐含着和谐。其三，忽必烈对草原汗都哈尔和林的逐步废弃，似乎更具有深远的意义。是有现实政治斗争的原因，但忽必烈或许更深远的是在思考如何给草原母地留下一片原生态的净土，严格禁止汉人汉法流入并严禁开垦。果然，在哈尔和林彻底衰败后，蒙古包又成了草原居住文化的主流。

好一个雄才大略的蒙古帝王，眼看就要一统华夏却不忘给子孙留下一条后路。

北京，至今仍保留着元大都的遗存；草原，也至今仍处处可见到蒙古包升起的炊烟。

这就是历史……

行：马蹄席卷起铁旋风

若谈到"行"这个话题，人们必然会联想到马！

也难怪！蒙古民族自古就被称为马背民族，千百年来早形成了一种人与马密不可分的关系。确实！据蒙古学专家考证，古代的蒙古人终其一生几乎都是在马背上度过的。初生的婴儿即把母亲的胸襟当作襁褓，随时准备和父母一起跨马驰骋在茫茫的大草原上。两三岁即可抱骑在父母身后，任桀骜不驯的骏马在蓝天下风掣电闪。四五岁便开始了单骑独行，只需父母抱上马背便敢于纵马飞奔。十岁左右早成了娴熟的骑手，一个个便可在"那达慕"赛马中争雄夺冠。成年后更如焊接在马背上一般，顺理成章地成为彪悍的驯马手和马上骁勇。最后，即使是他们老了死了，也很可能是由骏马拉着他们的遗体默默走向草莽深处。天葬，来自草原，回报草原。

当然，这一切均是由特殊的生存环境决定的……

就像农耕文明重视牛一样，马背民族与马的生死与共也是自有其道理的。且不说"逐水草而居"那四季的游牧迁徙难以离开骏马，就单论茫茫大草原的无边无垠，离开了它也会使人茫然失措。须知，在草莽深处的一户户畜牧点是如此分散，一座座蒙古包往往相距少则十数里多则甚至数十里。靠什么维系家族间的亲情？靠什么维系部落中的意志和行动？马，只有快如疾风的马！20世纪40年代，苏联曾做过一个试验，在一百公里之内马和火车比速度。结果证明，在八十公里内火

成吉思汗陵神马

车往往不是骏马的对手。美国的西部片也曾多次出现过这样的场景：牛仔好汉们纵马追赶飞驰的火车，最终都能赶上并跃身进入车内与对手殊死一搏……由此可见，马的速度至今仍是举世公认的，更何况在古代的茫茫大草原上呢？为此，早在千百年前骏马就在蒙古民族的心目中占有特殊的地位。它的忠诚无比，它的奋勇向前，它的不屈不挠，以至它的扬蹄毙敌，均成为古代草原行吟诗人讴歌骏马的内容。

速度、强悍，渐渐使它也成为民族性的另一象征……

这似乎不仅仅是蒙古民族，更像是自古以来北方少数民族的一个共同传统，要不然怎么会流传下来"马上得天下"之说呢？只不过轮到蒙古民族蓄势待发之际，随着骏马地位的突显，更进而从驯马、调马、爱马，以至特有的马装备，渐渐形成了一套别具草原魅力的"马文化"。或许正是由于这一点，它也就自然而然地成为华夏各民族交融的重要纽带。是的！农耕民族似乎更看重牛，颇为欣赏它那种"俯首甘为孺子牛"的好脾气。但历朝历代的帝王们却似乎更欣赏马，以至也把它推上了一个更为崇高的地位。从汉武帝不惜发动战争向西域搜求汗血宝马，到唐太宗即使"驾崩"后也要在他的地宫上雕刻"昭陵六骏"（为唐太宗打天下屡立战功的六匹爱马），进而随着茶马古道与盐马古道等的悄然兴起，不

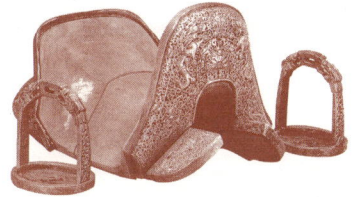

成吉思汗陵供奉的马鞍

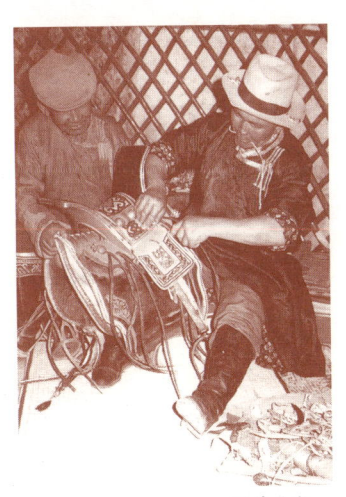

制作马鞍

毡帐车及女俑

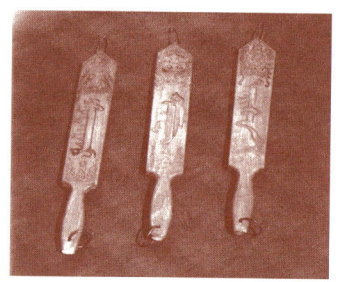

赛马比赛的名次牌

马镫

但加速了华夏各民族间的交流和融合,而且使"马文化"也有了更进一步的发展。君不见!早在盛唐的"昭陵六骏"石刻之前,汉代即有了"马踏飞燕"的铜塑,有了"马踏匈奴"的石雕。也难怪!在冷兵器时代,汉族皇帝的"得天下"与"守天下"似乎也离不开马,只不过霍去病坟前那石雕有点太张扬了,过于笼统,少数民族看着不顺眼。

好在马的地位在汉地越来越高……

世人皆知,龙为华夏各民族的共同象征,世界各国均把它视为中华民族共有的图腾。马是至高无上的,唯有皇帝方可称"真龙天子",血亲后代方可称"龙子龙孙",僭越不得,仅仅涉嫌用它的图案往往便可招来"满门抄斩"之罪。但奇怪的是,据史学家考证,早在汉代就有了"龙马精神"之说。到唐宋之后,甚至更有了"龙驹"之称谓。而再到明代吴承恩笔下,唐僧西天取经的白马竟为小白龙所化……这就奇了!人僭用不成,却听任马来冠称,似对皇室的大不敬,但竟未见一人因此而"灭门九族"。究其原因,有些史学家认为,龙纯属是一个"梦幻组合",用它来神话马绝对无碍于皇权的稳固。况且民间早有马王爷的种种传说,甚至还立了庙,故皇帝也就对龙马的转化听之任之了。而一些近代史学家却有不同的看法,他们认为这正是游牧文化和农耕文明相互碰撞、磨砺、交融的必然结果。作为北方少数民族象征的马,作为中原历代帝王象征的龙,终于通过"你来我往"演化成了"你中有我,我中有你",形成了一种中华民族共有的文化现象。难道不是这样吗?据史载,大元王朝的缔造者忽必烈最崇拜的前代帝王当数唐太宗李世民,从少年即立下欲学其身兼"大皇帝"兼"天可汗"之雄心壮志。故唐太宗能在其陵寝上留下"昭陵六骏",而忽必烈也能在元大都新建的宫阙里使"丹楹金饰,龙绕其上"。历史,这就是历史!但也必须指出:骏马能在冷兵器时代如此大受推崇,似乎除了文化内涵之外还有一定的科技含量。只可叹!太不显眼了,很容易被人忽略——

这就是马镫……

当代顶级的科技史学者、英国的李约瑟爵士,在他的中国籍妻子鲁桂珍博士的协助和参与下,历经数十年的呕心沥血,终于完成了一部数十卷的学术巨著《中国科技史》。其影响深远,令全球均对中国人刮目相看。而就在这部学术巨著中,李约瑟爵士专门设一章节介绍了这不起眼的马镫。颇令人大感意外,他竟把马镫称为一项"改变历史进程的伟大发明"。在他看来,马镫的出现和逐步完善,最终使人和骏马"焊"接为一体,"使人具有了马的速度和耐力,使马具备了人的智慧和追求"。而事实也的确如此,即使到了春秋战国时代马镫的问题似仍未解决,顶多

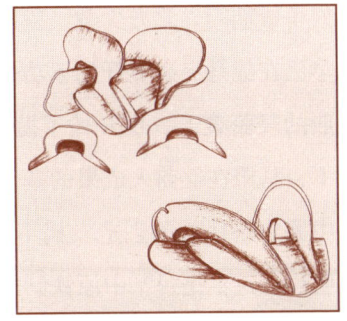

马鞍

马镫

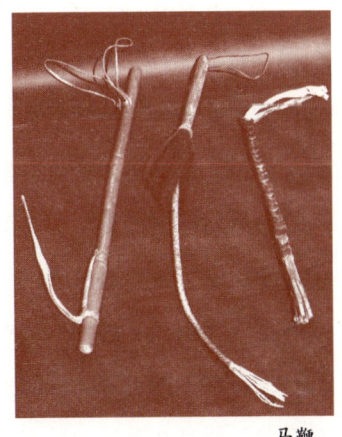

马鞭

震撼崛起——成吉思汗及其英武儿孙

做到了在马鞍一侧垂下一皮条，环套一大足趾以解双腿长期夹马之疲劳，故即使在秦统一六国时也未充分发挥马的作用，马最大的功能似用于驾驭战车。为此，史书上才有了"千乘之君"、"万乘之国"等种种说法。这个"乘"是战车的计量单位，似和骑兵没有多大关系。马镫的出现很可能在秦的后期，而完善当应在汉与匈奴争雄期间。北方少数民族的生产力尚未发展到打造"千乘万乘"战车的阶段，故早已在战马突袭上开始下功夫。而汉家天子也早发现"乘"多了反而难以应对闪电般的轻骑袭击，也开始了抛战车全力打造骑阵。最后，在双方的一次次冲撞磨砺下，马镫在继前人成果的基础上终于完美地展现了。是北方游牧民族的发明，还是中原农耕民族的创造？搞不清了。或许还是李约瑟爵士的结论最为中肯：中国发明！难道不是吗？中原铁制的马镫，草原革制的马挂，冲撞磨砺后随之便是各民族智慧的交融。而至于说到"改变历史进程的伟大发明"，那更绝非虚幻而有大量史实为证。有了马镫，人和马才会融为一体，马背民族才能在草原上史无前例地卷起一股铁旋风。到了一代天骄成吉思汗率领蒙古民族崛起之时，最终更进而挥师马踏欧亚，彻底改变了世界历史的进程。而在华夏大地，成吉思汗的子孙也在纵马改写着汉族帝王轮流坐庄的历史。到他的嫡孙忽必烈称汗后，也终于跃马飞跨长江一统天下，成为"入继中华大统"之少数民族君主第一人。

时至今日，马蹄声似沉寂了，但马的传说却经久不衰……

蒙古民族太爱马了，至今仍把它当作最亲密的伙伴。牧人们甚至会很固执地对你说：马通人性，懂人话，甚至能按主人的眼色行事。就是不会说话，但在沉默中却保持着永恒的忠诚。从古到今有多少可歌可泣的故事啊！骏马可舍身为主人遮挡风矢箭雨，骏马可冒死拖救回身负重伤奄奄一息的主人，骏马会围绕战死的主人久久哀嘶然后不食而死……是的！随着高科技的发展，骏马已逐渐淡出了历史舞台，但在草原上，牧人对骏马的"情有独钟"却丝毫没有改变。听听吧！蒙古族歌王哈扎布那《小黄马》的歌声仍在四处回荡着；卓越的长调歌后宝音德力格尔讴歌骏马的旋律仍在不绝于耳；其间顶级马头琴高手齐•宝力高的演奏尤为激动人心，《万马奔腾》似又在激昂的乐声中再现着古代历史的辉煌场景；更值得一提的是，尚有

【第一辑】

一部有关骏马的长篇史诗——《成吉思汗的两匹神驹》（译名颇多，仅选此名）流传了下来。诗中不但讴歌了成吉思汗对骏马"驾驭有方、收控自如"的博大情怀，也反映了小马驹从调皮、任性到远去、回归的全过程，颇具人情味，令人百"吟"不厌。据说，这部有关骏马的史诗是完全根据历史的真实而吟诵流传下来的，故至今仍可在伊金霍洛旗成吉思汗陵园前看到它们后代的身影。两匹马已被鄂尔多斯的牧人们奉为"神马"，沾了圣祖成吉思汗的光，年年也跟着享受祭祀。

不信？那你就去成陵亲自瞧瞧……

最后还必须特别慎重地指出，千万不能因为看了上面有关马的叙述，就以为古代的蒙古民族总是在马背上风驰电掣般度过的。不然！游牧民族向来是遵循自然规律有急有缓的，通常在"逐水草而居"的过程中更多用的还是车——一种用牛拉的木轮勒勒车。上面尚有用毡围搭的毡篷，也可称之为世界上最早出现的"房车"，悠闲得很，车轮总是引领着边吃边走的畜群缓缓向前滚动着。在到达水草丰美的目的地前，随时都可以停下"房车"在牧野里过夜。若不然，怎么会出现"天苍苍，野茫茫，风吹草低见牛羊"这样静止的画面呢？当然，要搬运所有家当不只是一辆勒勒车，"房车"只不过是专为老人孩子所用罢了。总之，骏马和勒勒车的结合，最终使古代的蒙古民族既能"动若脱兔"，又能"静若处子"；既能保留自己特有的生产方式，又能马踏欧亚谱写历史的辉煌。

就连一代天骄成吉思汗也不例外……

据史载，这位曾改写世界历史的巨人虽拥有当时最珍稀的宝马名驹，但他却严遵游牧民族的祖制，将宫帐设在一辆巨大无比的王车之上。史称"驾车的牤牛多达五百，车上驭手少说也有三十"。四周被无数马上健儿簇拥着，可称之为从古至今宏伟无比的流动宫殿。声势浩大，气魄宏伟，其情其景足以使对手闻风丧胆。但也许有人会问：牤牛牵拉，行动迟缓，哪儿来草原卷起的铁旋风？其实不然！史称成吉思汗"用兵如神，灭国四十"，只要他站在巨大的王车上用鞭一指，便有众多传令轻骑如飞箭一般驰向四面八方下达他的战争指令。往往流动宫帐还在缓缓行进之中，就早已决胜于千里之外了。车与马的结合，急与缓的结合，最终创造了世界战

震撼崛起——成吉思汗及其英武儿孙

争史上的奇迹。

当然，成吉思汗也绝非是因为有了车而舍弃了马……

纵观他的一生，他绝对可称得上是位绝代的马背英雄。一生重马、爱马、善于调驯骏马，并从始至终未尝离开过马鞍。上述流动宫帐中展现的情景，那也只不过是他需要和亲信将领研讨下一步战略部署。而更多的时候，他还是愿与众多的骁勇一起，万马奔腾于茫茫的大草原上。1227年，他已经六十七岁了。这对于在古代严酷大自然里生活的蒙古人来说，绝对可算作高寿中的高寿了。而他在灭西夏（李元昊所建立的党项族王国）眼看就要大功告成的前夕，却依然老当益壮地跨马张弓要去贺兰山下偷闲狩猎。《蒙古秘史》详细记述了这个过程，译成汉文大意是说："一天，他骑着一匹青色的豹花马，手握劲弓，率众围猎狂奔的野马。突然，许多惶恐的野马为突围转向疾驰而来，青色豹花马受惊蓦地一跳竟把年迈的成吉思汗重重摔于马下……"多么悲壮的一种宿命！是骏马助他塑造了一生的辉煌，也是骏马为他画下了人生的句号。但成吉思汗的伟大之处，却更表现在他临终之前的豁达大度和高瞻远瞩上。有史可考，他既未重责护卫之失职，更未杀戮青色豹花马以泄恨，而是在指令自己死后"秘不发丧"以尽快灭取西夏之后，竟坦然向诸子密嘱起有关整个马背民族的长远战略部署：借道南宋，攻取潼关，直捣汴梁，联宋灭金，尽收中原，以图天下！

难怪西方史学家将成吉思汗称为"战神"，而蒙古民族更把他尊奉为"圣祖"。

似乎他的在天之灵仍挥鞭指引着万马奔腾！

令子孙为马背民族续写辉煌！

铁旋风必将席卷江南……

第二辑

【本辑提要】至此,解密古代草原文化的内涵也只能算进行了一半。若你真想了解大元王朝之前那个游牧汗国,那还得继续从古代蒙古民族特有的民俗民风入手。须知,独特的生存条件、独特的生产方式、独特的生活习俗,才会造就一个民族特有的文化传统。而这一切,游牧文化与农耕文明又是如此不同,甚至大相径庭。比如说,祖俗"幼子守灶"就曾使忽必烈的父亲拖雷死得不明不白,而传统的"继婚制"更使他的整个家族差点被变相吞噬。但应指出,在严酷的自然环境下所产生的这些民俗民风本来是无可厚非或诟病的,但一经被守旧集团和阴谋势力所利用也会为缔造大元王朝带来重重险阻。为此,如不了解游牧民族这些古代的遗风遗俗,就很难理解忽必烈由"武功"向"文治"转型是如何难上加难。好在这些别具异域风情的故事可读性都极强,况且还能有助于弄懂一些蒙古语专用名词和术语的内涵——

震撼崛起——成吉思汗及其英武儿孙

双图腾：黄金家族的源与流

据民族学家考证，世界上几乎所有的民族都有自己所崇奉的图腾。比如，中国的龙、俄罗斯的熊、英国的约翰牛、法国的高卢雄鸡、美国的山姆大叔（系一只长胡子的山羊所演化而来）等。追根溯源，似都带有神话色彩。有的只不过是因为一个美丽的传说，由此把它作为自己民族的标志；有的只不过是因为能突显自己民族的性格，而把它作为自己民族的象征；而更有甚者，也把图腾视作自己民族人种的起源。这并不奇怪！即使在远古的蒙昧时代，人类也没忘了刨根问底。当时尚没有达尔文的进化论，更不知人是由猿进化而来的。人们只困囿于原始的山林丛莽里，由于生活的环境和所接触的事物不同便随之产生了种种神话。比如，汉民族的"梦卵入怀"及女娲的人身蛇尾形象，就莫不如此。

图腾绝无褒贬之分，充其量只不过是一种历史的遗迹……

只不过进入到现代文明时期，似乎反而有些倒退了。人们竟纷纷与被污名化的图腾划清界限，一些少数民族更忌讳谈及此事。比如说，二十多年前我曾深入大兴安岭最后一个狩猎部落，就发现他们对在森林里出没的野熊有一种颇为复杂的敬畏感情。即使在误猎不得不食用熊肉时，他们的神情也格外严肃，在进食时必先学乌鸦"呱、呱"叫上几声。据说,这是在向熊解释:熊啊!这不是我在吃你,而是乌鸦在啄食你的肉……这实在令人感到困惑,恍然又回到原始时代的幻境中去了。好在我不是人类学家,也绝无兴趣涉及这一主题,没有打破砂锅问到底,匆匆走了。所幸时代在发展,社会在进步,现在人类终于发现动物是绝无善良和凶恶之分的,与人类一样,均为生物链上平等的一环。况且图腾也绝非仅仅是一种标志,而更重要的还在于它仍为后代传达着一些重要的信息。

就拿蒙古民族的双图腾来说,这在世界上很可能是独一无二的!要知道,在一般情况下,一个民族只崇奉一个图腾,但蒙古民族不仅成双成对,而且反差是这么大,似专为鲜明对比,竟会是:苍狼和白鹿!在《蒙古秘史》里是这样说的:在远古的茫茫大草原上,"一个受天命而生的'孛儿帖赤那'(意为:苍色的狼)娶了一个受天命而生的'豁埃马阑勒'(意为:白色的鹿)。随后生了一个儿子,取名为'巴塔赤罕'!而这个巴塔赤罕就是蒙古民族公认的"人文始祖",由此苍狼和白鹿也就成了马背民族共同崇奉的双图腾。奉白鹿作图腾似还没什么,而奉苍狼为图腾似就有点"那个"了。其实,世界上崇奉狼的并非唯有古代草原。在意大利的罗马就有一座标志性的青铜雕塑,即一只母狼正在哺乳着几个婴幼儿。古罗马人一直认为他们是喝狼奶长大的,是狼的强悍造就了古罗马人的所向无敌。因而并不"那个",也不值得大惊小怪。况且草原的狼图腾也早有解释,并请特别注意"受天命而生"这句话:不仅充满了原始宗教的神秘气息,而且还涂抹上了一层迷幻的蛮荒色彩。其实说白了看,在远古恶煞煞的黑丛莽中人类见到最多的很可能便是狼和鹿。狼的强悍和勇猛,鹿的矫健和敏捷,为适应在严酷的大自然下"适者生存"的法则,两者似乎均成了早期牧人顶礼膜拜的对象。就像古希腊许多神话的产生一样,随之狼和鹿结合的神话便出现在远古的草原上了。上述观点是一些学者为消除图腾被污名化提出的一种推论,似仍有些值得商榷的地方。但其中有一论断却颇值得重视,那就是蒙古民族双图腾的定型当应出现在从母系社会向父系社会转型期间。

这就是双图腾传达给后代的重要讯息……

显然,苍狼代表男性,白鹿代表女性,是在男女相对平等的情况下达成的某种妥协。绝不像日耳曼民族所推崇的"双头鹰",即使是两个脑袋也强调的是同为一体。当然,蒙古民族双图腾的反差这么巨大,对比这么强烈,这也必将影响到后世蒙古族妇女的地位。果然如此,即使在大男子主义盛行于整个漠北林莽草原后,对鹿图腾的崇奉也丝毫未加减弱。即使在允许男人们"一夫多妻"的情况下,她们也能犹如神鹿一般在蒙古民族的崛起中展现着自己的政治智慧和才华。仅拿成吉思汗家族来说,一代代妇女就确曾为危难中的男人撑起过半边天。首先应该提到的当是成吉思汗伟大的母亲诃额仑。当丈夫被害、整个部族面临被吞并时,是她召集众子演绎出那场千古流传的"一支箭一折就断,十只箭百折难断"的历史场景。这不但激励了成吉思汗率领众兄弟力克危难维护整个部族,而且在为父报仇后终于东拼西杀统一了四分五裂的全蒙古。再应提及的便是成吉思汗的嫡正妻子孛儿帖。每当丈夫统率着无数铁骑远征他方时,总是她留守于草原母地坐镇四大"斡耳朵",治理后方支援前线,确保了成吉思汗的攻城略地永无后顾之忧。即使到了第二代、第三代,杰出的妇女仍层出不穷。比如,成吉思汗嫡幼子拖雷的正妻唆鲁禾帖尼,就曾被波斯史学家拉施特赞誉为"高过举世妇女之上"。再比如,成吉思汗嫡孙忽必烈的正妻察苾,在《元史》中更被赞誉为有"经天纬地之才"、"佐夫终成帝业"之杰出女

鹿神面具

狼鹿图案

蒙古国匈奴墓出土的地毯

性。当然，也有"异化了的白鹿"，如乃马真皇后在窝阔台大汗后期的"擅权乱政"，海迷失皇后在贵由汗时期的"蠹权误国"……由此可见，"苍狼"和"白鹿"也可算作绝配，但大多数女人却没有这么幸运。"苍狼"似乎已要求"白鹿"仅向"驯顺温柔"乃至"战战兢兢"方面发展。这种现象似有关古代的民俗民风，后头尚有详述的章节。

最后，当应回归到黄金家族……

黄金家族，汉文史籍中绝少见到，很可能早已用"皇室"一词代替了。但在外国的史籍中却经常涉及，似已成为研究蒙古史的一个专用名词。相关解释大体分两种：一种认为在成吉思汗统一各部族后，其家族成为全蒙古的最高统治集团，故被称为"黄金家族"。另一种却颇为复杂，似仍需从蒙古民族的源与流去追溯。此说严格遵循《蒙古秘史》的记述，认为在"受天命而生"的苍狼与白鹿结合而生巴塔赤罕后，"十传至朵奔篾儿干。朵奔篾儿干娶了美丽贤能的阿阑豁阿为妻，两人生活得十分美满。但好景不长，朵奔篾儿干生了两个儿子就死去了。多亏了阿阑豁阿的能干，扶持着子孙终于形成了一个名为'乞颜孛儿只斤'的部族。而乞颜孛儿只斤氏族，也就是日后所称的黄金家族"。内地读者读起来很可能觉得颇为杂乱，其实说起来却很简单。意思是告诉你，自从蒙古民族的"人文初始祖"巴塔赤罕出现后，随着人口的繁衍逐渐出现了许多分支，形成了许多部落。十传至朵奔篾儿干时分支之下又出现了分支，子孙中又形成了一个乞颜孛儿只斤氏族。由于成吉思汗就是这个部落的直系后裔，故这个氏族也就被称为黄金家族……再看上面两种解释，似没有什么本质上的不同，只不过前一种更直截了当，而后一种却在寻根问底去探索。总而言之，无论哪一种均沾了成吉思汗的光。

一句话，只有你了解了远古时代大草原的生存环境是如何严酷，你才不会觉得蒙古民族的双图腾荒诞和落后。

而只有你了解了蒙古民族的源与流，你才不会对马背民族的突然崛起感到诧异。

古老的神话，民族性格的塑造！

这才有了震撼世界的历史……

震撼崛起——成吉思汗及其英武儿孙

萨满巫师：神权与皇权

早在春秋战国时期的文献巨著《左传》中，就曾指出了远古帝王们的主要职责是"祀与戎"。其中，"祀"系指祭祀天地和祖先，"戎"系指攻伐战争。司马迁曾说："左丘失明，始有《左传》。"而就是这么一位瞎子，却早就看出了"神权与皇权"必须高度集中于一人之手，不然两权纷争必将酿成国之大乱。难道不是这样吗？古埃及的多位"法老"死得不明不白皆源于此，凡是执掌神权的"祭司"权力过于膨胀必造成天灾人祸。而中国似乎在全世界进入封建社会最早，故在夏、商、周时期历代帝王就假"天子"之名逐步解决了这个问题。难怪当代杰出的哲学家任继愈先生就曾这样总结过：中国向来是"政教合一"的，最高统治者既是君王又是教主。

而成吉思汗起步较晚，当然也会遇到同样的问题……

在远古茫茫的大草原尚处于蒙昧时期，当时的蒙古族各部落普遍崇奉原始宗教——萨满教。坚信世上万物皆有神，遇事必向主宰一切的"长生天"祈祷。而萨满巫师又被视作唯一可通天达地预卜吉凶祸福的人，故在各部间都有极为广泛的虔诚信众。再加上他那一套极具原始野性的作法仪式，在一种神秘的氛围中就连氏族首领也需向他顶礼膜拜。当然，萨满巫师的一些巫术也绝不能仅仅用迷信来解释，比如敲起法鼓驱鬼祛病，就很可能包含有一些世代积累的原始治病手段。加之，他们大多为师徒或父子承袭的，结交广泛，地位也日渐不同凡响。而各氏族首领为稳固部落也离不开他们的装神弄鬼，故大多萨满巫师也渐渐开始涉政。尤其值得提到的是，一些野心勃勃、利欲熏心的人也改行去当了萨满巫师，蒙力克的第四子阔阔出就是极为成功的一例。蒙力克乃成吉思汗之父临终前的"托孤家臣"，为人忠直老诚。但他的儿子阔阔出却是个极有心计的家伙，偏偏要走这种"捷径"。就在蒙古纷乱的各部族即将统一之际，这位日渐老练的阔阔出竟以萨满巫师的特殊身份出现在了成吉思汗的身旁。

【第二辑】

居心叵测，却又不乏"远见卓识"……

据《蒙古秘史》载：1206年春，成吉思汗已经统一了蒙古草原内斗不休的各部族，正于斡难河源头（今内蒙古呼伦贝尔海拉尔河一带）召开议事的"忽里台"（首领聚会或贵族会议），目的在于推选出蒙古草原的"共主"。这是氏族社会的一种遗风，不经过这道程序即使登上大汗之位也很难服众。而面对各有盘算的众多部族首领，似还得借助长生天之口方能尽早完成这项心愿。也就在关键时刻，阔阔出终于先声夺人地适时"挺身而出"了，他要代"忽里台"西去天庭请示长生天的旨意。但话是好说，真正要突显通天的"异兆"可就难了。谁料第二天阔阔出竟袒露双臂光着双脚就跨马出行了，果然这形象当即便令众人蓦地一惊。要知道，当时虽已入春，但草原依然非常寒冷，夜晚照样可滴水成冰。而他却一反平时萨满巫师披挂兽皮法衣舞动吟咒的常态，竟赤膊裸脚义无反顾地向着远天的地平线下策马走去。是夜朔风怒吼，却迟迟不见他归来。到第二天日出还未见到他的身影，大多数人均以为他由于"求功心切"肯定被冻死在荒野深处了。谁料就在这时，他竟出人意料地缓缓闪现了。他不但跨在马上赤膊裸脚未被冻死，而且浑身蒸腾着一层雾一般的白色热气，远远望去，犹如腾云驾雾而返一般。这情景当即令见者莫不惊伏于地，均认为他是真正能上通天庭的伟大萨

萨满服饰

萨满巫师

震撼崛起——成吉思汗及其英武儿孙

满。而他也就趁势向众人庄严宣布：他已见到了长生天！长生天已把天下恩赐给铁木真（成吉思汗的本名）及其子孙……随之，一切均变得那么顺理成章，铁木真被推举为各部族公认的大汗，号成吉思汗，意为普天下之大汗，从此再无人敢直呼其名，这就是成吉思汗名号的由来。再后来便是竖起"九脚白旄纛"，建国号为"也客蒙古兀鲁思"。

而当时成吉思汗正忙于整顿和改组一盘散沙似的各部族，似只顾了集中掌控汗权而对神权有所忽略。只可悲！阔阔出得寸进尺后却更加骄横跋扈，竟以长生天的传旨人自居趁机挑战汗权了。用心阴恶！明知成吉思汗对二弟合撒儿心存芥蒂，他却偏要从挑拨离间入手开始动摇黄金家族的权威了。这一天，为了试探他更进而借口长生天的旨意，公然当众毒打了前来觐见大汗的合撒儿。果然成吉思汗在得知消息后，竟认为这是长生天代自己教训这个功高震主、桀骜不驯的兄弟，反而斥责合撒儿："你平时说人不能敌，如何却被他打？"语多嘲讽，气得这位战功颇多的兄弟也只能垂泪不辞而别。而阔阔出见成吉思汗并未因此怪罪自己，于是便变本加厉

制作萨满服饰

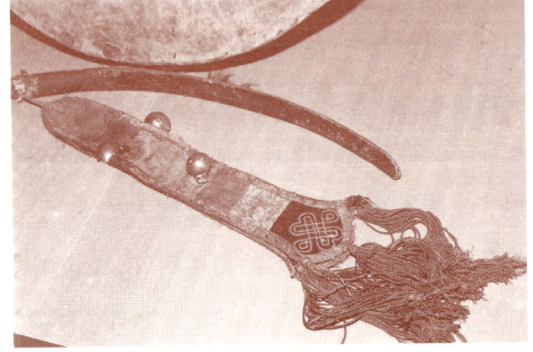

萨满教器物

地进谗言道:"长生天的圣旨神来告说,一次是叫你铁木真管百姓,一次却又说是叫合撒儿管百姓。若不将合撒儿去了,事未可知!"岂容他人觊觎大汗之位,就是亲兄弟也不成!果然成吉思汗又中了神汉的奸计,竟率阔阔出和众随从连夜来捉拿合撒儿。多亏伟大的母亲诃额仑的及时出现,罕见地大动肝火袒露自己的胸膛说:"你们兄弟都是吃着我的奶长大的!合撒儿何罪,你自将骨肉残毁?你有智慧,合撒儿有力气,那是长生天所赐的绝配啊!是谁教你敌人刚刚尽绝,你就要对自己的亲兄弟下狠手了?"母亲义正词严的训斥,阔阔出一旁尴尬的奸笑,终于使成吉思汗若有所悟了。只不过当时因初登大位尚需借助神权,才使他犹豫不决迟迟未对阔阔出动手罢了。

女性的直觉往往能先一步洞察事物的本质……

但阔阔出却把成吉思汗暂时的犹豫不决视为可欺,随后竟变得更加嚣张起来。他不仅不再把任何人放在眼里,而且就连一些附势的人众和一般巫师们也纷纷投靠于他的帐下,俨然以萨满教总教主自居,明摆着神权要和汗权分庭抗礼了。据《蒙古秘史》记述,当时"就连成吉思汗处也不如他这里红火"。事态发展到最后,致使成吉思汗最宠信之幼弟斡赤斤的一些部下也改投阔阔出了。斡赤斤派人前去要人,阔阔出不但不给反而将来人毒打一顿,甚至"还将马鞍鞴在来人的身上",以极大的羞辱方式命他回报斡赤斤。次日,斡赤斤亲自前去索要,阔阔出对成吉思汗的幼弟却更为不客气,竟率亲兄弟七人围上以毒打威胁,迫使斡赤斤跪在帐后认罪受罚,以示对黄金家族更进一步的羞辱。这简直是神权公然叫板汗权,可以说是已到了无法无天的程度。而对于成吉思汗来说,或者是因为相距遥远事发突然,或者是因为忙于大政无暇他顾,或许是有意纵容让其自我暴露,总之,似仍被蒙在鼓里茫然不知……直到第二天凌晨斡赤斤逃归,跌跌撞撞闯进了大汗的宫帐,跪地哭诉了被阔阔出羞辱的经过,尚未起身的成吉思汗似这才知道了事态的严重。但他却久久沉默着一语不发,这时又多亏了正妻孛儿帖继伟大的母亲之后来"点破迷津"了。只见她尚来不及穿衣,听后坐起用被子捂着前胸就失声痛哭起来。女人的哭声本来就极具打动人心的力量,更何况她的泣诉又那样发人深省。她一针见血地指

震撼崛起——成吉思汗及其英武儿孙

出:"阔阔出只不过是个萨满巫师,为何敢这样胆大妄为?在前将合撒儿打了,如今又要斡赤斤下跪,是何道理?你今健在,他尚将你桧柏般成长的兄弟们如此残害。以后你老了,如乱麻群鸟般的百姓,又如何肯服你又小又弱的儿子们管?"真可谓句句切中要害,声泪俱下地道出了神权侵蚀汗权的可怕后果。而成吉思汗又是何等远见卓识的人物,只不过听后思谋良久仍然沉默不语。谁料孛儿帖泣诉后还在捶胸顿足继续号啕,终于促使成吉思汗痛下决心提前解决这个问题。但回应特别简单,只是恩准斡赤斤"阔阔出由你随便处置"。

但私下的布置却是格外周密的……

这一天恰好是百官、众将、部族首领、重要的萨满巫师觐见大汗的日子,成吉思汗要的就是这种当众突显汗权的至高无上、不可侵犯的场面。只不过方式略显原始而野性,他听任斡赤斤挑了三名凶悍无比的大力士隐伏于帐外。当然,阔阔出以神的代言人自居必先进入汗帐,而斡赤斤也就趁机率力士猛扑向了这位功高震主的首席巫师。要的就是这种当着各路权贵展现汗权的威力无比,以挑战摔跤为名三下五除二便将阔阔出放倒了,不但将其脊骨折断当场一命呜呼,而且也将神权的美

萨满作法图

梦彻底击碎，令诸萨满巫师从此一蹶不振。再看成吉思汗，不但身旁禁卫森严，而且自己也神眉佛眼的，态度颇为超然。也难怪！挑战摔跤在觐见前是常有的"以悦天颜"的项目，要怪也只能怪阔阔出违法犯上，长生天早抛弃了他。果然，杀一儆百的效果极佳，没过几天，战战兢兢的萨满巫师们便纷纷出面代为解释了：长生天既然把天下赐给了大汗和他的子孙，当然人间的萨满教也该归大汗及其子孙管了。阔阔出违背天意，自取灭亡……旁观的各路权贵本来尚沉迷于原始的宗教信仰，但看到的却是，在灭了神的传话人之后，大汗及其黄金家族竟毫发未损。故也就认同了巫师之说，从此也只能对成吉思汗更唯命是从了。

汗权与神权之争就此告一段落……

而直到此时，成吉思汗才成为整个蒙古草原真正的主宰者，拥有了真正的至高无上的权力。不但萨满巫师们把他视为神在人间的代表，就连各路权贵也绝不敢再违抗他的旨意。直至达到了"坚信变为迷信，听从变为盲从"的程度，整个马背民族均纷纷向他尽献忠诚。但也必须指出，成吉思汗非凡的雄才大略和独特的人格魅力，也是形成这种"众星捧月"态势的重要缘由。是他，使广袤的蒙古草原由四分五裂最终实现了统一；是他，使马背民族由饱受屈辱最终昂起了高傲的头颅。人有了尊严，马有了动力，随之他的意志便成了全民族的意志，他在马上健儿的心目中渐渐演化成了一尊神——

在游牧民族中最终也实现了真正的"政教合一"。

而在神权和汗权的决战中，伟大的母亲诃额仑功不可没，贤能的正妻孛儿帖功不可没！

难怪蒙古民族除狼图腾外还要崇奉鹿图腾……

女人们：一夫多妻和"继婚制"

但妇女的另一面呢？那就必先指出：并不是每一只白鹿都可以崭露头角的，绝大多数都得听任命运的摆布而随波逐流。

震撼崛起——成吉思汗及其英武儿孙

须知,在当时男人们早已主宰着草原上的一切……

为此,各部族间均奉行的是一夫多妻制。据《蒙古秘史》载:"在那时每一个男人能供养多少个妻子,便可以娶多少个妻子。有人有一百个妻子,有人有五十个。"但其中只有一个为正妻,相当于汉地的嫡正。不但绝不允许她有任何妒意,而且还要让她"掌管其他众多妻子,分配她们各司其职。或放牧羊群,或放牧牛群,或专司挤奶制酪,或专司缝制皮裘,甚至还要安排该轮到谁陪寝……"完全可以这样说,女人早沦为男人们财产的重要组成部分。多一个妻子便多了一份生产力,劳作之余还得当男人们泄欲和生儿育女的工具。在那男人强势主宰草原的遥远而古老的年代里,渐渐的,无论男人和女人竟习以为常地认为这是"理所当然"的。男人们在战马上变得越来越强悍,女人们在畜群旁变得越来越温顺。发展到后来,竟然出现了这样的现现:嫡正的妻子常常会望着该分群的牛羊说:"人手又不够了,该再给他添个妻子了。"而另一方面,一些父母也会在为女儿择婚时这样议论道:"他已经有了十八个妻子,他至今一个也没有,太穷了,还是选妻子多的吧!"而今人也不必为此大惊小怪,要知道即使在现代非洲乌干达的牧牛部族里,此类现象仍屡见不鲜,更何况这还是在七百多年前部族纷争的草原上。男人们经常是跨着战马穿梭于刀光剑影之间,而女人们在严酷的自然环境下,似以"家"的这种形式抱成团儿更容易苦度四顾茫茫的岁月。

最悲惨的还要数那些族破家毁被掳掠的妇女……

须知,12世纪的蒙古草原,部族间无休止的相互攻伐,使恶煞煞的黑丛莽间到处充满着动荡和血腥的气息。正如《蒙古秘史》所载:"有星的天,旋转着,众百姓反了,不进自己的卧内,互相抢劫财物;有草皮的地,翻转着,全部百姓反了,不卧自己的被儿里,相互攻打……"而在这部族间的攻杀抢掠中,除了牛羊、马群及财物外,妇女似乎也成了更重要的掠夺目标。就连伟大的成吉思汗在青少年时期也难以幸免,他的新婚妻子孛儿帖就曾被篾儿乞部在偷袭中掳走过。好在古代的马背民族天性豁达,尚未受汉地"贞节观"的侵蚀,而一贯把性和忠诚看作两码事,被掳走的妻子夺回来照样是恩爱夫妻。更难能可贵的是,当孛儿帖把被掳期间怀上的孩子生下时,成吉思汗竟扶着毡包的门框照样探头激动地哈哈大笑说:"嚙嚙!终于把我的小客人盼来了!"这男孩便是成吉思汗的长子术赤,后为钦察汗国的国主。就连他的名字也是成吉思汗亲自起的。术赤,即客人或朋友的意思。由此可见,一代天骄那淳朴宽厚、豁达大度、坦荡豪放的性格,真不愧一代伟人的胸怀。但话又说回来了,当成吉思汗逐渐崛起节节胜利的时候,每击溃一个部族他也总把俘获的妇女当作主要的战利品。十二岁以上的均分给彪悍的骁勇享用,十二岁以下的也分配给部众权当奴婢养着。最姣好的女人当然归于黄金家族,大多为被击败的部族首领的女儿。比如,在最大的对手王罕部族被击败后,王罕之弟扎合敢不与其三个女儿同时被俘。因三个女儿均长得"貌美如花",成吉思汗就把其长女阿必合留为自己的妃子。而当时成吉思汗的四个嫡子也均已长大成人成为年轻的统帅,他又把扎合敢不的次女必里图迷失赐配给长子术赤,即日后威震欧亚的拔都汗之生母。再把其三女唆鲁禾帖尼赐配给幼子拖雷,即日后大元王朝缔造者忽必烈大帝的生母。但大多数被掳的妇女就没有这份好命了,均背负着家破人亡和生离死别的巨大悲痛。或就势被搭在马上疾驰而去,或被皮索串成长串在皮鞭驱赶下号泣而行,从此便开始了那任人蹂躏及充当牧奴和性奴的苦难生涯。

牧民

蒙古族服饰

震撼崛起——成吉思汗及其英武儿孙

婚礼

是值得诟病，但也有其历史原因……

翻阅《北方少数民族史》，似乎各民族都经历过"内争——统一——崛起"这个过程，从北魏到辽、金、元、清莫不如此。更何况！在辽金两代均唯恐自己成功的故事在"后院"重演，故除了残酷的镇压便是挑动蒙古各部族间的火拼和恶斗。比如说成吉思汗的先祖俺巴亥，就是被金人利用塔塔儿部偷袭俘获献给金人残酷处死的，从此成吉思汗便和塔塔儿人结下不共戴天之仇。随后金人又强迫各部进贡大批草原美女为奴，由于自己部族的不足遂更发展为抢其他部族的以充数。最终，由于宗主国强征得过多和过于频繁，致使女人日渐稀缺，就连娶老婆也得去其他部族去掳掠。比如，伟大的母亲诃额仑也是在他人迎娶的过程中，被成吉思汗之父也速该中途打劫回来的。虽然诃额仑也看中了也速该，结婚后相当恩爱，但结果却是环环相报，多年后也速该还是被仇家以毒酒害死了。这样的"杀父之仇、夺妻之恨"日积月累，一般的妇女在部族火拼中势必也会沦为悲惨命运的牺牲品了。唯一的出路，似乎也只有听天由命、任人摆布。

终于该说到"继婚制"了……

这或许是和汉文化最相抵触的一种草原古俗，竟被一些儒家史者认为有悖于"人伦天理"。而"继婚制"又是指什么呢？实乃指古代北方少数民族所流传下来的有关婚嫁的祖风祖俗。比如"父死，可纳父妾"，"兄亡，可娶兄嫂"种种，均可归为"继婚制"。其实，这种现象早就见诸古代史籍了，汉代王昭君去匈奴"和亲"的遭遇就是最著名的一例。老单于（老王）死了，她还得再嫁给他的儿子小单于。她似乎还曾请示过汉朝的皇帝，但得到的御批却是："从胡俗！"胡俗？即说明这绝非是蒙古民族之独创，而是古代北方少数民族共有的一种民俗现象。其实，古代的汉族皇帝也不乏这种情况。有史可考，隋炀帝就纳了他父皇的许多嫔妃，而唐太宗"临幸"过的武则天后来也成了他的儿子唐高宗的皇后。多了！多了！只不过当时尚未形成一种"传统"，而史学家也大多曲笔"为尊者讳"。直到宋代有了程朱理学，大力提倡"从一而终"的贞节观，这个问题才变得严重起来。没法抵挡马背民族的崛起和强大，就在这草原特有的遗俗上大做文章了。什么"上烝下

震撼崛起——成吉思汗及其英武儿孙

报",什么"有悖天理",什么"纵欲乱伦"……彻底放弃了汉代"从胡俗"的客观态度,转而以道德家自居,极为夸张地用史笔去大加抹黑了。

其实,"继婚制"也是不得已而为之……

要知道,在古代的茫茫大草原上,游牧民族的生存条件是极为恶劣的。绝非是只有古诗中那种"天苍苍,野茫茫,风吹草低见牛羊"的梦幻境界,而更多的却是突然降临的雷鸣闪电、狂风暴雨、严寒乍至、冰雪席卷、野兽出没、畜群惊奔,以及突发的部族战争……似乎一切均处于一种神秘的不可知之中,难以预测、难以抗拒。尤其是女人们在这种环境下的命运,更引起随时准备赴死的男人们的关注。在历经种种的天灾和战祸后他们终于明白了:男人们只是表面强悍,而女人们才是繁衍后代壮大家族的根本。男人们会死,女人们能生!随之一种适应游牧生活的古老婚俗便渐渐形成了,即"继婚制"。儿子在老子死后继娶生母以外父亲所有的妻子,兄弟在兄长亡后继娶兄长所有的老婆。这在茫茫的草原上却好像并不是什么"有悖人伦",倒仿佛是男子汉该主动承担的一种责任。起码有三大好处:其一,不使家族艰难积攒的财产分散和外流;其二,不使家族因此失去血源的凝聚力;其三,不使孤儿寡母从此失去亲情的呵护……农耕文明与游牧文化有很大的差异,绝不能以现代人之心去度古代牧人之意。但也绝不能否认,即使在古代的草原上也绝不乏借"继婚制"施展阴谋的人物。而且是一只白鹿向另一只白鹿暗下毒手,几乎就要将大元王朝扼杀在摇篮里。

以后再讲,这里先补充说说"抢婚"……

抢婚?这里绝非是想续写大人物的掳美故事,而纯属讲的是一种草原上的民间行为。要知道,古代游牧民族的男女青年也有青春的萌动,也知道追逐爱情。虽然他们穷,甚至一无所有,但牧马人和牧羊女还是会由相遇触电直至相恋的。他们大多没有一夫多妻或身为贵妇的追求,只为两人能在同一顶蒙古包里厮守终生。情炽如火,颇具野性,相互均可为爱情赴汤蹈火而舍弃一切。要不然草原上悠扬的情歌怎么会那么多呢?但男方大多均会因贫穷受女方父母阻挠,而这时小伙子被逼无奈也只采取非常规举动行事了。大都是找上几个身高力大的好友,与女孩子事先约好采用突袭的手段将其"抢"了回来。女孩子表面哭哭啼啼还需做出难舍父母状,其实早投入小伙子怀抱巴不得尽快跨马去"成其好事"。这就是"抢婚"!明面上是不被允许的,但私下里,从繁衍人口的角度出发,就连部族首领也"乐观其成"。而对于女孩子的父母来说,大多在年轻时也曾演绎过同样的故事。见生米已经煮成熟饭,也就假作搏斗阻拦一番便"顺水推舟"了。久而久之,抢婚竟成了一种不成约的民间婚俗。不经"抢"这么一回,有的父母反倒会觉得没面子。难道自己的女儿就这样缺少魅力吗?怎么迟迟还不见有小伙子打主意来"抢"?总览上述一切,便可看出在古代的茫茫大草原上,民间男女青年的婚恋又是相对开放和自由的。敢爱、敢追求,甚至敢去抢,也从另一个角度反映出马背民族豪放的性格特点。

当然,那些依权仗势、恃强凌弱的"抢婚"不在此列。

古代草原上的女人啊!你们到底是幸还是不幸?

"斡耳朵":毡帷宫帐里的后妃们

后妃们,当然属草原汗国的最高层级的妇女了。为此,必须对一些相关的音译专用名词先加以解释。尤其对帝王后妃们的音译称谓,就更需先说明白了。不然你

帝后画像

读起来就会产生混乱,这也就是《元史》令普通读者难以卒读的原因之一。

得!那咱们就边讲故事边解释……

有史可考,蒙元一代的君主们,对外是非常喜欢"皇帝"这个最尊贵的汉式称谓,但对内却仍愿被尊称为"可汗"或"合罕"。据查,"可汗"或"合罕"均源于古突厥语,又可简称为"汗"或"罕"。其实完全是一个意思,即"首脑"或"首领"之意。而和汉制之不同之处就在于:中原的帝与王是按层级严格区分的,而依蒙制"可汗"或"合罕"用得却颇为笼统。如被成吉思汗击败的王罕与太阳汗就是这样,较大部族的首领均可称为"罕"或"汗"。高低尊卑之分全看前面的冠称,如唐太宗曾被北方少数民族公认为"天可汗",贵就贵在那个"天"字上了。而成吉思汗也不例外,尊就尊在"成吉思"这个冠称上了,可译为"普天下之大汗",这起码说明他已成为统一后全蒙古最高的统治者了。他的子孙也大多可称为"汗"或"罕",黄金家族也就名副其实地成为"也客蒙古兀鲁思"最高的统治集团了。这里,再插叙一下"王罕"这个名字的由来:"王"乃金王朝赐封的王号,

草原上的豪华巨帐

"罕"乃部族中首脑的称谓。他竟把二者合而为一作为自己的名字"以示尊荣",这也足可见我国各民族间的文化交融有多么源远流长,即使在封号上也不例外……总之,"可汗"就是"合罕","汗"就是"罕"。不论层级高低,凡到了这个分上就可以给自己的老婆立"斡耳朵"了。

"斡耳朵",也可译为"宫帐"或"妃帐",是流动的……

依古俗,只要成了"汗"级人物,那更可以娶老婆不限量了。但也只有正妻和几个重要的老婆可称为"哈敦",只有她们方可立"斡耳朵"。其他妻子分别从属于这几个"斡耳朵"之下,也有自己的毡包,却需接受哈敦的管理。哈敦也是不论层级后妃们共用的。上至成吉思汗之大皇后,下到封王们的小王妃,均可笼统地称之为"哈敦"。高低尊卑之分,除了赐封的名号外就全靠跟着丈夫"水涨船高"了。

当然,再高也难高过成吉思汗和他的哈敦们……

《元史》早把他们称之为"皇帝"或"皇后",故他们的宫帐或"斡耳朵"也是在这一统的游牧大汗国中属最高级的了,极其豪华,却仍不见"城池栋宇"。据史载,成吉思汗在斡难河畔登上大位后,即在鄂嫩河至克鲁伦河之间的草原母地,选择水草丰美之处构筑自己的统治中心。不久在茫茫的大草原上,依山傍水出现了一片宫闱殿帐群。古代蒙古民族崇尚白色,远看一片洁白闪着银光。但臣众们却仍愿把成吉思汗居中的宫帐称之为"金帐",以示他们的大汗是如何前无古人的至尊至贵。但成吉思汗似乎也绝不想学汉地皇帝那样,把三宫六院通通深藏于皇宫大内,而是按古老的游牧路线,将自己麾下的四大"斡耳朵"分别置于东西南北的远方。一边可随时准备迎接自己的按春夏秋冬巡幸的到来,一边可代自己坐镇于此并及时通风报信,而且随时都会有马上的战争,更会有新掳来的妃子要交付这四大"斡耳朵"调教管理。

只有正妻孛儿帖常常留在大汗的金帐里……

以汉地史观来看,这位最大的哈敦是身有"瑕疵"的,但成吉思汗却对她越来越情深意笃。这除了孛儿帖相继为他生育出四位杰出的嫡子外,她那非凡的政治才华也是成吉思汗难割难舍的原因之一。也是,孛儿帖从他艰难创业伊始,到他最终的功成名就登上大位，在许多关键时刻均起到了不可磨灭的作用。难怪许多外国的蒙古史学者在其著作中，把她称为"神鹿的化身"、"苍狼的绝配"。以至于她的出生地弘吉拉草原也随之声名鹊起，就连伟大的旅行家马可·波罗也闻风专门走访过，并在他那部著名的《马可·波罗游记》中盛赞当地的姑娘们"其人甚美"。而马背上的行吟诗人也早就这样歌吟过弘吉拉草原："啊！神鹿的故乡，美女的摇篮……"

孛儿帖！蒙古历史上第一个使"斡耳朵"生辉的大哈敦！

如何驾驭毡帐后宫的女人们，似乎也可算作一门大学问。好像除了至高无上的权威外，尚需要一种特殊的男性魅力。英国《每日电讯报》网站报道过成吉思汗，其标题是"成吉思汗是勇士……和性神"（《参考消息》曾经全文转载）。文中这样写道："曾经建立了世界上最大帝国的蒙古首领成吉思汗，不仅热衷于攻城略地，还擅长征服女人。经研究发现，他征服女人的本领是如此厉害，他（散布于全球）的后代（可能）多达一千六百万人。"并特别指出，这是"俄罗斯和波兰科学家"经"Y染色体分析"多年研究得出的结论……这结论似有点玄乎，但就连古代史籍中也不乏类似记载。比如说，乃蛮部首领太阳汗的妃子古尔巴速便是一个才貌双全、极具个性的女子。在族破夫亡被俘后，她竟

帝后画像

能面对征服者成吉思汗桀骜不驯、坚贞不屈。然而仅仅经过一个晚上，她就被成吉思汗超人的男性魅力彻底征服了，还在私下对人说："差点白当了一回女人，这才算得上真正的男人！"由此可见，成吉思汗"征服女人的本领是如此厉害"。但也应特别指出，无论他攻城略地征战得再远，无论他在征服的花花世界里再"阅女无数"，他却总会在隆冬前收兵，匆匆赶回草原母地。似有一块温柔的磁石吸引着他，那就是镇守母地的大哈敦孛儿帖。他不但需要她的政治智慧为来年的征服事业重新加油，更需要依偎在她的怀里度过一个"暖冬"。

孛儿帖在成吉思汗心目中的地位是从未动摇过的……

以现代人的眼光看来，这种"阅女无数"和"感情专一"似乎是很矛盾的。但别忘了，这种情况是发生在七百多年前仍处于蒙昧时期的大草原上。更别忘了，前面已提过，在当时确实"性和忠诚"是两码事。特殊的民风，特殊的民族习俗，尤其是"一夫多妻制"更造就了这种"相互不悖"的现实。更何况，历代汉族帝王不也是这样吗？三宫、六院、七十二嫔妃、三千后宫佳丽又当作何解释？而且从某个角度讲，孛儿帖也似乎更符合儒家皇后当"母仪天下"的要求。再加上人家还有杰出的政治才能，似已早超越了汉室皇家那"不嫉不妒"的标准。倒是人家的子女颇了解自己母亲的伟大，第二代大汗窝阔台继位后不久，便很快把母亲的故乡弘吉拉草原提高到了一个特殊地位。他不仅把自己的母弟按陈加封为王，而且也与母亲的家族相约"生女当为后，生男尚公主"。这显然是因幼弟拖雷不明之死愧对母亲而为之，但此后确实在"斡耳朵"里曾出现过几位来自弘吉拉草原的贤能大皇后。比如，忽必烈的正妻察苾，元成宗的正妻阔阔真等。

但绝非每位主掌"斡耳朵"的哈敦均是如此……

不可能个个都是"天降的神鹿"，而且也有"异化的白鹿"。比如，窝阔台大汗的大哈敦乃马真便是最具典型性的一个。她绝不安于掌控后宫，而是深居在"斡耳朵"里"擅权乱政"。她既不乏白鹿的机敏，又绝不乏豺豹的野心勃勃，以极阴柔的身姿挑动皇室内斗、手足相残。她不仅借萨满之手使成吉思汗的嫡幼子拖雷死得不明不白，而且还想继续阴谋利用"继婚制"将拖雷家系整体吞噬。此计虽后未

震撼崛起——成吉思汗及其英武儿孙

能实现,但她又转而利用窝阔台大汗因愧疚而"嗜酒如命"的弱点,故意大加纵容终使其"溺死于酒海之中"。尽将窝阔台大汗的前期功业毁于一旦,自己却堂而皇之地登上了大蒙古"监国"的宝座,大权独揽,恣意妄为,成了草原上第一位吕后式的女主。但最后她自己也死得十分突然,也极其蹊跷……再一位该提到的,便是第三代大汗贵由的妻子海迷失大哈敦。贵由大汗不但身残而且资质极其平庸,在第一次"长子从征"时便因狂妄与堂兄拔都统帅结下仇怨。海迷失却在丈夫登基后,借"清污正史"为名力挑贵由汗远征拔都的封国。好在贵由汗于中途突然死了,这才避免了蒙古汗国的连年内战和四分五裂。但海迷失仍不知悔改,反而继婆母之后又登上"监国"之位。蠹国乱政,与子争雄,几乎把成吉思汗所创大业毁之殆尽。天怒人怨,最后死得更惨。

但鹿图腾主要象征的还是圣洁……

果然,就在"异化的白鹿"大搞阴谋之时,也有"天降的神鹿"在暗中力挽狂澜了。这就是拖雷的遗孀、忽必烈圣洁的母亲唆鲁禾帖尼。她在远离汗廷且毫不起眼的"斡耳朵"里,纵横捭阖地施展政治才华。最终与拔都家系结盟而成功地召开了"忽里台"贵族大聚会,充分利用天怒人怨彻底将海迷失哈敦和她那两个不成气的儿子赶下了历史舞台。

乃马真哈敦婆媳两代,前后任"监国"弄权竟达八年之久。有的学者认为,这是母系社会残留遗存的回光返照。但更多的学者却认为,这仅仅是一场汗权之争。不论孰是孰非,其结果也只能造成草原历史的大倒退。

神秘的"斡耳朵"啊,变幻莫测的"鹿"!

对于男人,到底是祸还是福?

茫茫的草原沉默着……

"幼子守灶"权与男人们的命运

参观成吉思汗的陵寝,有一种现象常常令人百思不得其解。

就连长期生活在内蒙古的人也不例外,眼望着这座屹立在伊金霍洛大草原上的巍峨的皇陵,也会发出这样的疑问:这不是成吉思汗和孛儿帖长眠的寝宫吗?怎么还会同时祭安着他们的小儿子拖雷夫妇的遗骨?这和中原历代帝王的陵寝体制差异太大了,就连笔者也曾为此大惑不解。但如果经由元史专家解释,似这才豁然开朗:这正体现了古代蒙古民族的遗俗遗风——只有幼子方可继承父母全部家业并侍奉老人始终。生当如斯,死后更应如此——依草原古制,这里展现的正是马背民族传统"幼子守灶"权的原始场景。

幼子守灶权?似和内地完全不同,甚至截然相反……

据史载,早在两千多年前,虽然尧把大位禅让给了舜,但在家族财产的传承上却首先提出了"长子守业"。以至于尧的家业所在地古称便是"长子",即今日山西省境内的"长治市"。受其影响,大禹将"长子守业"也定位为一种皇位传承的定制。而在古代的茫茫草原上却反其道而行之,偏要另辟蹊径提出什么"幼子守灶",故被一些儒家史者认为有悖常理,颠倒了圣人留下的"长幼有序"之遗规。

那"长子守业"和"幼子守灶"到底谁优谁劣?

其实,以现代人的眼光来看,这二者之间很难分出优劣。应当说,均为天意!二者均由各自独特的生存环境和生产方式而造成。农耕文明渐

元成宗

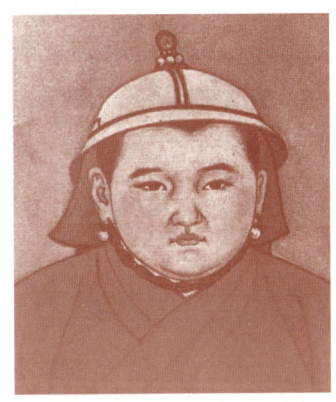

元宁宗

元仁宗

渐确立了"孝悌"的传统，当然由早已成人的长子维护整个家族产业更为合适。而游牧民族以不断的迁徙流动为常态，当然也不能拖着越来越大的家族到处游牧吧？面对茫茫的大草原，似也只能长大一个送走一个。让他们独自去闯荡生活，在大自然中接受磨炼再凭本事去"自立门户"。而只把幼子留在身边继承全部财产，等他长大了也正好供养已经年迈的父母。但这并不能说明父母对前面的孩子们缺乏感情，须知马背民族疼爱孩子是出了名的。当有了小的后，他们就会对大的付出更多的心血、更多的爱。教他们娴熟弓马，教他们放牧技能，更教他们如何去应对外面的风风雨雨。长大了，该独自去闯荡生活了，父母还会为他们牵来最好的马，备好最好的衣物，还有那无尽的嘱咐……故蒙古民族虽无"孝悌"之说，却有自己独特的传统。靠着天生的赤诚和豪放，到必要时血缘亲情还是会把整个家族凝聚在一起的。故就在成吉思汗亲自主持制定的大法典"札撒"中，便明确地做出规定："父业当传于幼子。"这在《蒙古秘史》中是有详细记载的。但也必须指出，成吉思汗却又似是专为他人而定的，他自己反倒颇为超然。

成吉思汗及后妃、四子受祭图

【第二辑】

"一代天骄"仿佛还有更深远的思考……

为此,还得再进一步说到黄金家族,说到成吉思汗的子孙们。既然如前所说这位极具男性魅力的大汗"阅女无数"、"后妃极多",那他的子女数量也是颇为可观的。多亏也早有祖制规定,儿子的地位是随母亲的地位而定的,一般嫔妃之子的地位必定很一般,故经过层层筛选也就只剩下大哈敦所嫡生的儿子了。而按祖制,也只在这几个嫡子中那最小的才最有资格。当然,这也不是绝对的。比如父逝幼子仍太小或者幼子虽已长大却仍难负重任等。总而言之,一般民间家族大多从祖制,而对于黄金家族来说那还是老子说了算。

尤其对一言九鼎的成吉思汗来说,更是如此……

孛儿帖大皇后共生下四个儿子:术赤、察合台、窝阔台、拖雷,均可称为嫡子。而其他后妃所生的男孩,却只能称为庶子。这也就是说,只有属于嫡子的这四个儿子才具有角逐大汗继承人的资格。若按"幼子守灶"的祖制,嫡幼子拖雷理应"当仁不让"地成为头号候选人。他不但可以继承成吉思汗的全部家产,而且也应该继承他那至高无上的汗位。但成吉思汗最终做出的决断却让臣众大跌眼镜:既没有学汉制的"长子守业",又没有从古俗的"幼子守灶",而是"别有用心"地偏偏钦定嫡三子窝阔台为汗位继承人。这是为什么?是他不喜欢这位嫡幼子,还是拖雷无所作为令父汗大失所望?

似乎完全不是,正好恰恰相反……

有史为证,成吉思汗是极为喜爱这个小儿子的。不但公开称他为"斡惕赤斤"(灶主),而且还把自己的宫帐、牧场、财产、"怯薛"卫队及绝大部分部族武装,均提前全权交于拖雷管理和统领,似乎是在依祖制加紧培养自己的接班人,故众臣将也尊称拖雷为"也客那颜"(大官人)。父子俩配合得相当默契,致使成吉思汗后来竟又把拖雷亲昵地称呼为"那可儿"(同伴或伴当)了。况且!在蒙古宗王中,拖雷率军攻打的城邑和疆土最多。在呼罗珊,他曾在三个月内攻占和征服其全境。由此可见,他极具军事才能,是一位天才的杰出军事统帅。为此,成吉思汗又进而任命他专门负责军事的组织、调动及装备,并曾激动地预言说:"你(指拖雷）将拥有许多军队，你的儿子们将比其他宗王们更为独立和强大！"不过，拖雷也有弱点，但他的弱点似乎也就是他的优点：襟怀坦荡，光明磊落，尊长敬兄，好像从来就不懂什么叫防范。忠直到略显单纯，淳厚到竟不知兄弟间也会有阴谋出现。为此，这位嫡幼子虽在众臣将中有着极高的声望，但成吉思汗却对他爱之愈深也忧之愈深了。

直到一场突发事件的当众发生……

据史载，那还是在成吉思汗统率诸子第一次西征前，有一天偶尔在那流动的宏大宫帐里议及汗位的继承。不知为什么，嫡次子察合台竟突然向长子术赤"发难"，根本不顾母亲的颜面，抢先表态说，绝不能"让这篾儿乞惕的杂种管辖"！而术赤的性格又是如此暴烈，随之二人便当着父汗之面公然厮打起来。多亏成吉思汗的亲信大将木华黎及时出现，经过艰难的劝阻才算平息了事态。从此，成吉思汗便在尴尬中陷入了深深的思考，似乎对祖制"幼子守灶"也产生了怀疑。他对拖雷的单纯和坦荡更加忧虑了，最终似也只能"忍痛割爱"钦定嫡三子窝阔台为汗位继承人了。此事当时即在众臣将中引发了对"圣意"的种种猜测，有些人甚至因为拖雷是幼子却不能"守灶"而暗暗替他鸣冤叫屈了。但拖雷面对父亲的决定却显得更坦然和忠诚，当即对三兄长窝阔台表态说："兄跟前忘了的提说，睡着时唤醒；差去征战时，即行！"此乃《蒙古秘史》汉译原文照录。意思是说：我在你跟前时如有忘了的指示，即使我睡着了你也可以随时派人唤醒吩咐；如果是命令我统兵前去征战，我肯定也会马上出发……成吉思汗听后对幼子的表态大为满意，而拖雷也因此越发展现了他超凡的人格魅力。这就是多年后拔都为什么还要打出"幼子守灶"旗号的原因，全是因为拖雷的武功和人品足以证明祖制是正确无误的。后来果然在"忽里台"上产生了极大的影响力，在成吉思汗孙子这一辈终于促使汗位重归拖雷家系。

而难道当时的成吉思汗就彻底否定了"幼子守灶"吗？

未必！其后所发生的一切，似乎又印证了他对这项祖制依然念念不忘。就在成吉思汗于被征服的欧亚广袤的疆域内分封诸子为"西道诸王"时，他却把四个嫡子中的术赤、察合台甚至就连自己钦定的继承人窝阔台，均远远地分封了出去。

而唯独把幼子拖雷留在汗廷中心，和自己一起管领其余的牧户及鄂嫩河至克鲁伦河之间的草原母地。随后他又命拖雷统领自己的宫帐四大"斡耳朵"，使其俨然成为大汗的代言人和发号施令者。但这还不算，在分赐军队时似更唯重"幼子守灶"之祖制。据史载，成吉思汗亲自统领的诸部将士共计为十二万九千人。他分赐给术赤、察合台包括汗位继承人窝阔台，均为同样的是四千。除此之外，便是分赐给自己的兄弟合赤温三千、斡赤斤五千、合撒儿一千；自己伟大的母亲诃额仑三千，庶出的幼弟阔列坚四千；而所剩的十万一千，竟全部都分赐给了拖雷。请注意！除嫡子外，上述分赐较多者，似乎均沾了"幼"字的光。由此可见，成吉思汗并非对"幼子守灶"藐视或舍弃之，而从另一个角度似乎对"幼子守灶"更加强了。正如当代著名的蒙古族史学家道润梯步先生所指出：最终的结果便是"窝阔台继承了汗位，拖雷继承了实权"。

南辕北辙，看起来十分矛盾……

但成吉思汗是何等雄才大略，又怎能干出这种糊涂事儿？反倒从他那一贯的高瞻远瞩来看，这肯定又是深谋远虑对未来的安排。时人均不敢妄加猜测，但后人却有着多种推论。有些史学家认为，这是成吉思汗对幼子拖雷尤加钟爱的表现，既不愿让他提前卷入权力矛盾冲突的旋涡中，又要在自己身后为他预设防范。如此变相处

复制的成吉思汗玉玺

玉玺印文

震撼崛起——成吉思汗及其英武儿孙

理"幼子守灶"权,实乃万不得已的结果。有些学者则认为,这皆源于成吉思汗对四个嫡子的了如指掌。窝阔台虽宽厚包容,却因和察合台过从甚密难免受他挑唆。而拖雷和术赤因同娶了姐妹俩虽关系尚可,却分别因脾气暴烈或过于单纯难以应对叵测。或许也只有一方许以汗位,一方交于实权,变相依祖制而行,似方能既可服众又可在诸子间取得平衡,以求得黄金家族大业永固。众说纷纭,但笔者却只认为另一位当代元史学者之说更符合成吉思汗那宏伟的气魄。他在文中特别指出,当时成吉思汗为报世仇,已挥师进入中原攻占了金都燕京,将后金政权撵到了黄河以南的汴梁一带而从此一蹶不振。这是成吉思汗第一次走出了草原而经略中原,全新的农耕文明当然会给他留下极深的印象。而就在当时他又把一代大儒契丹人耶律楚材招至麾下,这更加速了他对华夏历代明君治国之道的了解。后来他虽又因种种原因转向挥师西征,但他却仍把处于中世纪蒙昧时期的中亚和东欧与华夏文明反复进行了对比。随之,一个雄心勃勃的伟大计划便渐渐形成了,他要纵马飞跨长江征服世界上这片最富裕最繁荣的疆域。他要一统天下,誓让马背民族入主中华。他那临终的遗嘱句句都证明了此事,拿这个来解释他对"幼子守灶"权的互相矛盾做法,似乎各种问题均可迎刃而解一通百通了。窝阔台在政治上较为成熟,那就先钦定他为汗位继承人。而拖雷尚需进一步历练,那就让他掌控实权多加历练以待入主华夏。兄弟合力,超越北魏与辽金共建一个前无古人的新王朝。一个为草原的大可汗,一个为一统天下后的大皇帝!面对祖制,似乎这样安排才更能展现子孙的虔诚!

却谁料,到后来"幼子守灶"权竟变成了不祥的梦魇……

但即使是梦魇,却好像也只能暂且压下不表。说完皇室子孙,似乎也该讲讲平凡的牧众在"幼子守灶"权下历经的坎坷的命运。因为不仅他们是马背民族的主体,而且也可从旁说明为什么在当时对征服战争变得如此狂热。男孩子们一个个长大了,他们即将依祖制自觉告别父母、幼弟,还有那充满亲情的蒙古包。但他们却毫无怨言,有的只是面对未来足够的男子汉勇气。一般来说,初期大多均会去投奔"那颜"、"贵族之家"或"巴音"(富裕户),先做几年不卖身的"牧奴"以求安身立命。或去放马驯马,或去牧羊放牛,风霜雨雪中只企盼暂得一时之温饱。却谁料，就连这样的机会也不多，绵延数代的部族之争早已把草原上的游牧经济破坏殆尽了。剩下唯一的生存之途，仿佛也只有跨上战马为"那颜"或部族去充当"战奴"。去杀去攻、去抢去掠，而首领们又是从来重奖"奋勇当先"者。不仅可被赐予少数牛羊（毕竟是"大羊下小羊三年六个羊"啊），而且在立大功后，首领甚至还可能赏他一个被掳来的妇女为妻……为此，后代史学家点评成吉思汗之说"在统一蒙古各部后，不知恢复生产，却只愿发动战争"，是绝对有欠公允和缺乏历史感的。须知，在当时的草原上牧业凋零，积习已成。如果任士卒"马放南山"，反而可能使内乱故态复萌。战争绝非好事！但在那样的历史状况下，为巩固蒙古民族的凝聚力，成吉思汗似也只有把战争引向草原之外一条路。而在民间广为尊奉的"幼子守灶"权，又恰好为他造就了无数马背上无畏的勇士。

"幼子守灶"权啊！造就了无数骁勇铁骑的"脱颖而出"。同时，也埋下权力之争的隐患。

几乎危及大元王朝……

天葬与成吉思汗皇陵今何在

人的一生，似乎都必须历经生、老、病、死这个过程……

在这一点上，不论民族、不论信仰、不论高低贵贱、不论荣辱尊卑，最终均一律平等，也可称之"殊途同归"：这就是死！只不过帝王之死被称为"驾崩"，乞丐之死被称为"馁毙"。其实没什么两样，死了就是死了，余下的只有丧葬文化上的差异。

而在汉地和草原，更是大相径庭……

谁都知道，汉地老百姓大多都很崇奉"落叶归根"的葬俗。一般来说，做子女的都会想尽办法使逝者入葬祖坟，尽量风光地使先人"入土为安"。为此，古代竟出现过董永"卖身葬父"感动七仙女的故事，可见不惜一切大多做的是"地下文章"。而马背民族却不一样了，似乎是在"反其道而行之"。他们好像更推崇"回

成吉思汗雕塑

成陵内供奉的汉白玉像

报草原",从无一家一族的"祖坟"之说,而是将茫茫大草原处处皆可当作自己的最终归宿。不但从未有过尽量风光地在地下大做文章的想法,而且公然坦坦荡荡地将逝者置于草莽深处"仰天野葬"。汉地和草原葬俗强烈的反差对比,常令偶遇者大感莫名惊诧。

其实,这皆由于农耕文明和游牧文化的差异……

一般来说,蒙古民族对生死的态度均相当豁达,即使在临终前也要保持人的尊严。他们唯崇"来自大自然,回报大自然"的祖制,从不幻想在地下再构筑什么人间世界。因而也绝不需要什么"卖身葬父"置棺举丧之举,而是仅装裹上生前最好的一套蒙古族服饰就"上路"了。悲哀的子女将父母的遗体搭于马背或搁置于光板勒勒车上,经萨满巫师占卜指明方向,便向着茫茫大草原深处缓缓走去了。四野是那么静穆,子女们对父母又是那么难分难舍。故在古代那原生态的草莽中,这段历程还是相当漫长的。但毕竟终有尽头,最后遗体几经颠簸还是滑落于草丛之中。这便是神示的终点,而也就是逝者选中的回报自然之地。如果跌落的姿态是仰面朝天,子女们会欣喜万分,认为是长生天已经接纳了父母的灵魂。如果是朝地,便难免有些惶恐,但求萨满巫师(后来是喇嘛)念咒作法,大体还是能圆满解决的。随之子女们便会为逝者整容整衣后依依惜别而去，只能在三天或七天后再来一看结果。而在七八百年前的草原丛莽恶煞煞的，到处出没着野兽，还有天空上盘旋着的鹰鹫和成群的乌鸦，等子女们再来时大多早已不见父母的遗体了。如果偶出意外，也会有萨满巫师或喇嘛祈祷苍天，最后也会"终成善果"……这就是蒙古民族从古俗的"天葬"，但却又和藏族的"天葬"大为不同。直至20世纪六七十年代，偏远的荒漠草原上仍很风行。即使在城市里推行火葬后，许多蒙古族同胞却仍然推崇自己民族这种古老的葬仪。比如，我国著名的蒙古族军旅作家格日乐朝克图逝世后，他的女儿们便严遵父亲的遗嘱，将他的骨灰带回故乡撒在了他出生的茫茫大草原上。有很多牧民也纷纷前来为他送行，似也可称之为另类"天葬"。总之，生产方式的不同，必然造就民俗民风的不同。故汉地和草原在这点上又见差异，当然也就不必大惊小怪了。

至于说到历代大汗的葬仪，也莫不如此……

也许会有人当即反驳：不对！历代大汗从不进行蒙古式的"天葬"，而是已经开始"埋"了！但却必须指出：这样仅仅从一个"埋"字上便下断言，似乎也太只顾"小同"而忘"大异"了。没错儿！已无从可考，草原历代大汗之"埋"是受了

成吉思汗陵

震撼崛起——成吉思汗及其英武儿孙

中原历代帝王之影响还是马背民族因尊崇自己大汗的至高无上特殊而为之，难下结论！但确有史可考，此"埋"绝非同彼"埋"！依汉制，历代帝王登基之日即为自己修建"地宫"的开始。乾隆在位六十年再加上当"太上皇"的三年，总共六十三年，为了自己那"地下陵寝"可没少费了心思。如果这还说不明白问题，那咱就再看看秦始皇陵。穷奢极欲，无所不及，仅掀开兵马俑阵的一角，便被全球公认为"世界第八大奇迹"。再查《史记》，更可想象在当初围绕高耸的坟头儿那些配殿宫阙群是如何富丽堂皇。总之，汉地历代帝王讲究的就是"突出"与"彰显"。似生怕别人不知道，还愣让大"神龟"为自己驮着一块巨碑铭刻上自己的名号。而草原历代大汗讲究的却只有两个字："隐"和"融"！比曹操那七十二疑冢可彻底多了，谁见过历代大汗在草原上立起过一个坟头？旷野茫茫踪迹难寻，就连日本、美国、俄罗斯等多国科学家用尖端仪器一再探测，至今却依然一无所获。说白了，蒙古大汗的"埋"绝不同于内地皇上的"埋"。绝不会为身后事一连好几十年的折腾，更不会为永垂不朽让"神龟"去"驮"碑。虽然贵为大汗，却仍唯崇祖俗。"隐"就是"来自草原，回归草原"，"融"就是最终彻底融入大自然，只不过和平民百姓有所不同罢了。当然，为了实现这两个字也必须采取一些应有的措施，随之海海漫漫的旷野里也会蒸腾起一片恶煞煞的野性气息。

那历代蒙古大汗到底是怎么下葬的呢？……

古代重要史籍《黑鞑事略》与《草木子》中均有记载。其中《草木子》为明代著名学者叶子奇所著。因其生活于元末明初且又"博学多闻"，故他的记述当应更为真实而客观。在他笔下对大汗下葬前的准备是这样记述的：经萨满占卜择地，先于起辇谷（后人又称：帝辇谷）广袤的荒野上"插矢以为垣，阔逾三十里，罗骑以为卫，见人皆灭之"。用现代汉语说，那也就是先在三十里的方圆内插箭为墙，以示这里是严格保密的禁区。尚有众多的铁骑巡逻，如还有人胆敢擅入就得掉脑袋……表面看来杀气腾腾，荒野上充满着一股血腥的野性气息，但又有多少深知祖俗的牧人会去犯这个傻呢？而也就在与此同时，毡帷宫帐里也在依祖俗祖制忙于装殓。选坚实粗直的珍稀楠木中分为两半，"凿空其中，类人形大小"。然后再汗装盛殓"置遗体其中，合为棺"。虽无外椁之说，但尚需在这另类"棺"外"加髹漆毕，再以黄金为圈（箍），三圈而定"。随后，便是择日浩浩荡荡的大发丧。除特定的人选外，依然是"铁骑往来，误入者尽皆驱杀"。绝不同于中原帝王高起坟冢并配建享殿与陵围，而是"反其道而行之"。灵柩运到起辇谷之后，在占卜选定之地绝对强调的是"深埋之"。葬后更还要纵万马往返践踏"蹂之使平"，绝不允许地面上稍有一点"突显"的痕迹。再后，便更有神秘之举，只见竟牵来一峰尚带着驼羔之母驼。面对着大汗依稀可辨的下葬之处先将驼羔"宰杀之"，然后却放任母驼百般嗅血哀鸣不止。这段葬仪进行完了，方才把悲痛欲绝的母驼强行拉走。借动物的嗅觉留下永恒的记忆，随之便下令"千骑守之，以待来年百草萌生"。果然，来年眼前便是万顷绿波荡漾，茫茫的旷野上竟不知大汗究竟下葬于何处。来自草原，回归草原，终于由隐没而融入天地之间。从此军帐尽皆撤走，只留下一个个千古之谜任后人猜测。后人欲祭，"则以失幼羔之母驼为导，视其踟蹰悲鸣之处，则知葬所大体方位矣！"从此，这峰母驼便成为神驼，由专人照管。若死再如法炮制一峰新的神驼，代代不息反复轮换。纵观上述，中原皇帝与草原大汗之"埋"确实内涵大相径庭，只不该随之而来的便是更令世人关注的大问题——

成吉思汗帝陵今何在？

成吉思汗陵牌楼

震撼崛起——成吉思汗及其英武儿孙

乍猛提出这个问题，很可能使人感到一时迷惘从而反问：你不是说历代大汗依古俗祖制，早已长眠于地下融入了茫茫的大草原了吗？难道是那导路的神驼意外绝了后？……听听！想到哪儿去了？融入大自然是没错儿，但在这里却系指争论：成吉思汗辞世后到底埋葬在何方？一说是若按史实，"成陵"当应在内蒙古鄂尔多斯境内的伊金霍洛大草原。一说是若按传统，"成陵"当应在蒙古国肯特山下的起辇谷。各执一词，争论不休。依笔者看来，还是严格遵循史实为好。据史载，1226年，成吉思汗亲率大军伐西夏，曾途经现今鄂尔多斯这一带。见伊金霍洛大草原"水草丰美、牛肥马壮、碧野连天、美不胜收"，遂大加赞赏。很可能因他当时已属"烈士暮年"，故赞赏后又感叹道："他年愿长眠于此……"诸子众将环绕四周，皆静听未语。却谁料次年，正当他"用兵如神"灭掉西夏大获全胜的前夕，却因围猎时的一次意外身染重病终于不治。在他去世后，诸子与众将均想起了来时之感叹，皆视之为"圣祖遗嘱"，便遂其愿从祖制，将他的遗体埋葬在"碧野连天、水草丰美"的伊金霍洛大草原上。一切都严格遵循蒙古民族的古俗古风，不仅留下了一支世袭的守陵卫队，留下了那峰痛失驼羔的导向驼，而且就连成吉思汗那两匹神驹也留下来永远陪伴自己伟大的主人……随后，元、明、清、民国均在伊金霍洛大草原设立过"八白室"——八顶专门祭奠成吉思汗的白色毡帐。就是在日寇侵略蒙绥期间，人们为保护"一代天骄"的象征"八白室"，也首先将其转移在大后方的青海塔尔寺。直至20世纪50年代初才又将其迎请回伊金霍洛大草原，并为其建起了规模宏大的地上陵园——成吉思汗陵。当然"迁灵"只不过是指成吉思汗的一些珍贵遗物，但极具象征意义，仍表达了蒙汉团结共同抗日的决心。故虽已历经了漫长的七百多年，但成吉思汗仍长眠于伊金霍洛地下。那支世袭卫队的后裔依然在守卫着成陵，那峰神驼的后裔也依然在年年导向，那两匹神驹的后裔更依然在为主人长嘶……依笔者看来，即使有分歧，尚可存疑。须知，他既是华夏民族公认的元太祖，又是蒙古民族公认的大可汗！各执一词，并不能改变历史的真实。

姑且存疑！谨把他视为各民族共同推崇的民族英雄！

他不仅代表着整个蒙古民族，而且也代表着一个时代……

第三辑

【本辑提要】通过对古代草原一系列民俗文化的回顾和解密，现已可以全力以赴地"大话"元王朝了。但水有源、树有根，若没有成吉思汗的前期"武功"，就很难有忽必烈的后期"文治"；若没有成吉思汗前期所开创的庞大游牧帝国，就更难有忽必烈后期所缔造的大元王朝。"一代天骄"被他的后代追认为"元太祖"当之无愧，而他到底给嫡孙忽必烈留下了哪些政治遗产呢？虽然说有关成吉思汗的传记、文学、影视作品早已多不胜数，但追根溯源似乎还得从他说起，不然就很难弄清草原汗国发展为大元王朝的来龙去脉，更搞不清忽必烈登基后即提出"鼎新革故"的前因后果。一句话，没有伟大的祖父，就难有杰出的嫡孙。

震撼崛起——成吉思汗及其英武儿孙

成吉思汗遗产之一：一部征服者的不朽史诗

1227年，贺兰山麓。

一代天骄成吉思汗与世长辞了，享年六十七岁。翌年，后人遵其遗言将他葬于内蒙古鄂尔多斯境内，从此他便长眠于伊金霍洛茫茫的大草原上。他的一生似在永恒的静穆之中，渐渐地化成了一部千古不朽的伟大史诗。

然而，史诗的开头承载的往往是苦难……

只要简单地查阅一下《蒙古秘史》便可得知，成吉思汗在少年时期所经受的种种苦难，绝对是常人难以想象和承受的。尚未成年，作为部族首领的父亲也速该便被塔塔儿人下毒暗害了。但他无力复仇，也只能随母携弱弟幼妹四处避祸。刚等成年欲凭胆识重聚部族时，却又被本族谋篡者偷袭得手而被械枷束缚，准备献于仇部以杀之。后来虽经人暗救脱逃又重振了父亲遗留的部族，不料新婚不久的娇妻孛儿帖又被篾儿乞惕人掳走了……真可谓"福无双至，祸不单行"。仅在二十岁前后，他便历经了杀父之仇、夺妻之恨以及被"安答"（朋友）出卖的种种奇耻大辱。史书记载，他曾多次死里逃生，要是放到一般人身上，早就被吓破胆子就此沉沦了。

但成吉思汗毕竟是成吉思汗！

似正应了中国那句老古话儿："天将降大任于斯人也，必先苦其心志，劳其筋骨……"这位"蒙古民族的骄傲"果然也历经磨难百折不挠，不但磨炼出了胆识，而且磨炼出了谋略。大丈夫韬光晦略能屈能伸，他竟甘认最强大的克烈部首领王罕为义父，又与札只拉部的首领扎木合结为兄弟。联横合纵，不久便向二人借得铁骑三万，大败篾儿乞惕部的首领脱脱汗，不仅夺回了娇妻孛儿帖，而且同时也初显了他卓越的军事才能和天生的领袖气质。

从此苦难结束，史诗只承载他所创奇迹——

1189年，由于他的"出手不凡"和超群的人格魅力，父亲死后散乱的部落贵族与部众又纷纷向他聚拢，并推举他为统领乞颜部族的"可汗"。

1189至1200年，他已厉兵秣马，吞并附近的一些小部族。史书曰"归附者日众，势力日渐强大"，终使乞颜部成为蒙古草原最具实力的部族之一。在此期间，他还曾借斡里札河战役东攻世仇塔塔儿部族，而且是"败其精锐，掠其民众"。虽未捉住杀父仇人，但"统一蒙古各部"的构想却日渐成熟。

1201年，"义父"王罕与"义弟"扎木合均唯恐他"坐大"，相继背信弃义与他反目成仇。先是扎木合亲率塔塔儿与泰赤乌等部族联军来攻，成吉思汗率自己的乞颜部族沉着应战，突显统帅才能，一举击溃了数倍于己的来犯之敌。

1202年春，他再次出兵奔袭，彻底消灭了世仇塔塔儿部族。他生擒了下毒凶手，终于为父亲也速该报了仇，不仅恢复了乞颜部族的荣誉，而且也向"统一蒙古各部"又迈进了一步。

1203年，他与"义父"王罕彻底决裂，两个最强大的部族先后在合兰真与折折运都山展开激战。雄才大略的成吉思汗率乞颜部越战越勇，而老迈昏聩的王罕却因志大才疏使克烈部族彻底败亡。从此成吉思汗就更加威名远扬，统一全蒙古已变得指日可待。

1204年，他迎战最后一个劲敌——乃蛮部族的太阳汗。他不仅在纳忽山一带大败强悍的乃蛮大军，而且彻底灭亡了领土面积最广大、百姓最众多的乃蛮部落。从此，成吉思汗所统率的草原铁骑已变成一股摧枯拉朽的力量，追随他四处征战已成

震撼崛起——成吉思汗及其英武儿孙

为马背民族最大的骄傲和光荣。

1205年,宗主国金王朝早因腐朽不堪,无力阻止成吉思汗,似也只能眼睁睁看着他追歼各部族残余反抗势力。到了年底他已经彻底统一了蒙古高原,终于结束了马背民族自古以来部族林立、战乱不断的一盘散沙局面。

1206年春,受万众拥戴,在斡难河源头(今内蒙古海拉尔河一带)的"忽里台"——贵族和勋将的大聚会上,在万千铁骑的欢呼声中,他被尊为"成吉思汗":普天下之大汗!从此他无视宗主国金王朝的存在,另立自己的大旗"九脚白旄纛",建国号为"也客蒙古兀鲁思"。

但这仅仅是史诗的一半,最辉煌的部分还在后面……

纵观上述,由衰败、重振、崛起,直到史无前例地统一全蒙古,电石火光一般,成吉思汗仅仅用了二十年左右便完成了前人不敢想象的伟业。这证明了他不但是个伟大的军事统帅,也是个天才的政治领袖。比如,在统一后他又将下属臣民不分部族一律统称为"蒙古人",这就更产生了一种不可估量的民族凝聚力,致使人人均以蒙古人而自豪,个个皆愿为蒙古民族的荣誉去赴汤蹈火。而与此同时,一个更加深谋远虑的计划也在他的心中形成了。他明白,就此便马放南山、重归游牧是

金戈铁马

不现实的。死灰还会复燃，故态还会复萌，宗主国金王朝也会乘虚而入。眼前似乎只有继续征战这一条路：必须把战火引向隐匿流窜敌手的邻近诸国，必须把战火引向世仇金王朝所在的中原大地，必须高举复仇的旗号，浴火重生！征服者的地位高于一切，权且把它当作一场面向世界的大"游牧"罢！

随之，震撼欧亚大陆的后半部史诗便算掀开了……

1205年，即在登上"普天下大汗"大位之前夕，他便已经开始尝试对外用兵了。首个目标便是党项族建立的西夏王朝，并曾多次亲率铁骑攻入西夏境内。他总是以曾收留重要的世仇人物为借口，只打得孱弱的西夏国主似也只能称臣、纳贡、献女、听候征调，直至最终被屠城灭国。

1211年，曾杀害先祖俺巴亥的宗主国金王朝，成了成吉思汗的第二个征服对象。他高举复仇的旗号，于1211至1215年先后四次攻入中原，曾在野狐岭和居庸关两地歼灭金朝精锐数十万，并于1215年攻占金中都燕京，迫使金王朝皇帝匆忙迁都河南汴梁以避之。从此，黄河以北的广袤中原地区继鲜卑、契丹与女真之后，又迎来新一轮的少数民族征服者。

1218年，当听说太阳汗之子屈出律率乃蛮残部投靠"黑契丹"之后，成吉思汗又命大将哲别率数万铁骑前往讨伐之。"黑契丹"史称"西辽"，乃辽王朝覆灭后一支皇室遗族逃往今俄罗斯托克马克以东地区所建立的政权。哲别受命后很快便以迅雷不及掩耳之势打通了今新疆与中亚一带，直插"黑契丹"的境内。而此时的西辽皇权已被太阳汗之子篡夺，哲别便利用了契丹人的不满而里应外合地进行决战，追杀屈出律于巴达哈尚山中，灭西辽而将其纳入大蒙古国版图。这是远离本土西征的一次尝试，从此成吉思汗的征服欲望便超越亚洲大陆了。

1219年，这样的机会终于到来了，蒙古的商队和使者在花剌子模国被掠被杀。成吉思汗又遣四使前去质问，不料其中二人被当即砍头，另二人则被以最大的羞辱方式——拔掉胡须逐归。这回成吉思汗勃然大怒了，竟亲自统率二十万铁骑开始了举世震惊的第一次西征。但花剌子模国也不是毫无防备，陈兵四十万于各要塞并以坚壁清野来迫使蒙古大军不战自退。而此时成吉思汗更突显了他那超凡的军事天

震撼崛起——成吉思汗及其英武儿孙

才,充分展示了他那无与伦比的指挥艺术。他表面上继续命察合台与窝阔台轮番佯攻讹答拉军事要塞以吸引对手的增援兵力,实际上早暗中派术赤率右路军奔袭锡尔河下游诸城,又派出左路军突袭锡尔河中上游诸城,自己则与拖雷亲率主力横穿沙漠奇袭西南方的不花剌城(今中亚名城布哈拉)。他将蒙古铁骑的优势和特点发挥到了极致,人马合一,兵贵神速,继续突显马背民族奔袭、突袭、奇袭之能事。大军声东击西,各个击破,势如破竹地很快就连克诸多名城,不仅将花剌子模国彻底灭亡,同时还占领了呼罗珊全境,而且还向南入侵印度河流域,向北攻入了俄罗斯南部的广袤地区。仅以忽必烈之父拖雷为例,作为成吉思汗的嫡幼子就更为战功卓著。他单独率军,便先后攻陷马鲁(今土库曼斯坦境内)、你沙不儿(今伊朗之尼沙普尔)、也里(今阿富汗赫拉特)等地,一时间竟成为蒙古民族的战争英雄,时年也才不过二十多岁。成吉思汗的军事指挥艺术由此可见一斑,此役也就因此成为世界战争史上的一个"范例",甚至有人还把它称为"闪电战"之"鼻祖",难怪后世史书称他"用兵如神,灭国四十"。

马踏欧亚、震撼世界,史诗终于达到顶峰……

1224年,成吉思汗班师回到了草原母地。这次游牧民族史无前例的军事大征服,最终成就了一个地跨欧亚规模空前的游牧大帝国。忽必烈时年刚刚十岁,他曾随长辈亲自去迎接伟大祖父的凯旋,从此常伴于成吉思汗膝下,对伟大祖父充满了敬佩之情。但也毋庸讳言,蒙古骑兵对中原汉地的原始征服攻略方式,曾产生过一些血腥的副作用。还是当代著名元史专家李治安先生的评价较为中肯,现将相关部分引录于后——

> 由于蒙古草原游牧文化与汉地农耕文化的隔阂、冲突,由于蒙古父权封建国家对外扩张掠夺的(原始)属性,成吉思汗一方面无愧为杰出的草原帝王和新兴的蒙古族领袖,一方面又不可避免地充当了汉地先进文明的破坏者和毁灭者。

文中提到的"不可避免"显然是一种历史局限性,几乎所有北方少数民族入主中原时都经历过这个过程。况且成吉思汗在任命亲信大将木华黎主持中原大政后,也随即又御批了"兼容并蓄、笼络八极"治理汉地之策。就连李治安先生在文中也提到,随后"才逐步有所改变"。

只可惜史诗到最激越时却戛然而止了……

从此,一代天骄成吉思汗便长眠于茫茫的伊金霍洛大草原下,在一片静穆中似只等着儿孙们续写更辉煌的史诗篇章。

但儿孙们却永远难以逾越他……

须知,他仅用二十年就统一了部族林立的蒙古草原,又用二十年便马踏欧亚,创造出了震撼世界的伟业。难怪西方史学家编纂的《世界征服者史》也称他"前无古人,后无来者"!但也必须指出,他所留下的空前绝后的庞大游牧汗国,对儿孙们来说却又显得是如此沉重,似处处潜藏着隐患,似处处暗伏着权力之争。这伟业

十几头牛拉的大帐

不仅难以逾越,似乎就连维系也困难重重。

路在何方?难道成吉思汗生前就没有留下宏伟的遗愿?

显然是有,后面将逐渐提及。但天不假年,当时似也只能留下一部服务于征服的巨大战争机器。

猛将如云,而汗廷内外却鲜见文臣……

成吉思汗遗产之二:千户制与权力架构

首先必须指出:在成吉思汗统一蒙古之前,在普通牧民的脑海中根本没有什么"国家"的概念,心目中只有自己所属的那个部落、那个族群以及那个世袭首领。

为此,只要部族存在,内争便永无休日……

成吉思汗乃大智慧者,焉能不知此乃造成蒙古草原千百年来"一盘散沙"的根源所在?为消除这种历史弊端,就势必要打破古老的部族制而以新的体制取而代之。

这就是成吉思汗所推行的千户制!

借着一统草原、百战百胜的威慑力量,凭着初登大位、至高无上的权威,他雷厉风行,说干就干,不久便公然宣布了废除祖传的世袭部族制,也算得一次"鼎新

成吉思汗统一漠北图

革故"。随之又以极大的魄力,将麾下的部众重新组合划分为九十五个"千户",而每千户之下又有分属的百户、十户,并分配划定相应的牧场和草原。这是按他那雄心勃勃的规划设计的:"千户"既是军事单位,又是地方行政组织。史书记载,他要求千户下属的牧众"上马则备战斗,下马则屯聚牧养",尚必须在划定的"千户"范围内"游牧与应役,不得擅自离去",并且"严禁重提昔日部族名号"、"凡大汗下属臣民,不论贵贱一律统称蒙古人",以此来激起马背民族前所未有的民族自豪感,并从而扎实"千户制"的基础。

真可谓,天翻地覆慨而慷……

从总体上看,一个"千户"所辖人口和面积,大体和过去的一个氏族部落相等。后人总认为这肯定会"打乱了重来",以彻底取代旧有的氏族部落制。其实不然,成吉思汗虽气魄宏大,但在处理此事上却相当慎重。他奖惩分明,组建有序,以矢忠为最高的衡量标准,分别采用了下列三种不同方式:

其一,对那些始终忠心于自己或后来依附于自己的部族首领,恩准其将本部族众统一改组为"千户"。

其二,对那些矢忠追随自己打天下、功勋卓著的亲信将领,也被特许收容其他散亡的部落族众组成"千户"。

其三,这是最主要的部分,对那些在统一战争中众多的被覆灭瓦解了的不同氏族,委任心腹重将收容其部众,分别混合掺杂而组成若干个"千户"。

以上均可见于《元史·兵志一》……

而各"千户"的首领,汉史称之为"千户长"或"千户台",蒙古史则统称为"那颜",也可译为"官人",后又兼有"贵族"之意。但不论名称如何,均需由大汗亲自任命勋戚和"那可儿"担任。"那可儿",也可直译为"伴当"或"同伴"、"亲信心腹",系指那些追随大汗打天下的亲信功勋将领。但即使如此,似也不能掉以轻心,故又在各"千户"之上,又分设左右翼两个"万户"之职,代大汗行使监督之权,以节制各自所辖的下属数十个"千户"。

就这样,原始的氏族部落制就被彻底瓦解了……

震撼崛起——成吉思汗及其英武儿孙

从中不难看出成吉思汗的胆识和雄心，他破旧立新，树立了自己至高无上的绝对权威。"千户制"作为整个民族"军民合一"的新体制，彻底结束了昔日部族林立、仇杀不断的混乱局面。马背民族从此有了命运的主宰者，茫茫的大草原上从此也构建起新的统治秩序。但这似乎也只是个基础，对实现宏誓大愿仍远远不够，因此作为千百年来统一蒙古高原的首任大汗，成吉思汗又采取了更高度集权的举措——那就是充分利用旧有的"怯薛"制。

怯薛，似也可直译为"亲兵"，源于草原部族首领的护卫，带有浓厚的父权主义或大男子主义色彩。而原部族首领的"怯薛"，大多人数有限且是轮值的。即使到成吉思汗登上大位时，他身边的"怯薛"护卫也只不过五百五十人。而在"千户"改制完成后，成吉思汗发现原有的"怯薛"已难以适应新形势了。为更有利于号令天下、威慑四方，随之便又更具魄力地改造起旧的"怯薛"，由五百五十人扩建为上万人，由亲兵轮值改为专职护卫，尽收精锐。其中包括一千名宿卫、一千名箭筒士、八千名散班。散班，即随时候命矢忠于大汗的骠骑勇士，大多从贵胄勋将及各大"千户"的儿子中挑选。只有弓马娴熟、体魄强悍者方能入选，是带有人质的色彩却又前程无量、光荣无比。当然"白身人"，即平民庶众中的出色者也在入选之列。为此，能成为大汗驾前的近卫军，莫不人人尽献忠诚，个个争比骁勇。很快，"怯薛"就从质上有了根本的转变，不久便成了这游牧帝国中最精锐的核心部队。故而从此"怯薛"又被延伸译为"大中军"、"御林军"或"禁卫军"！

有了核心的武装，尚需核心的将领……

以成吉思汗的深谋远虑，似早就有所选择了，这就是史称"开国四杰"的博尔忽、木华黎、博儿术、赤老温！这四人皆为成吉思汗深信不疑的"那可儿"，从少年起就跟随他出生入死，转战南北，以成大业，不但都具备统帅资质，而且个个均久经考验，忠贞无比。因为"怯薛"的主要职责是：保卫大汗金帐，随从大汗出征和分管汗廷的各类事务；千名宿卫轮流负责夜间值班，千名箭筒士和八千散班轮流负责白天值班。而且是"分四番入值，每番三昼夜"，故而总称"四怯薛"。为此，成吉思汗即把上述"四杰"任命为"四怯薛台"（台，官将之称，即怯薛长或怯薛统领），从而又在大汗周围形成了一个最高的军事参谋总部。

但执政核心也并不乏另类人物……

这又是成吉思汗掌控汗权的又一大特点，即绝不蹈袭原宗主国金王朝所使用的汉地汉法，没有什么"文官组阁，武将守边"之说，而启用了一批似与文武均不靠边的执事人员。此等人员统称"赤"，也可译为"执事"，乃专门负责大汗金帐某部分事务的世袭官员。用汉文化去思考实在令人难解，这不就是在深宫大内打杂的吗？总之，他们似乎只是一群贴身的奴仆。比如——

成吉思汗骑射图

博儿赤：掌烹饪饮食者。

昔宝赤：掌鹰隼者。

阔端赤：掌从马者。

答拉赤：掌酒者。

火儿赤：主弓矢者。

云都赤：带刀者。

札里赤：书写圣旨者。

必阇赤：掌文书者。

速古儿赤：掌内府尚供衣服者。

怯里马赤：译员。

……

看看！一个个职卑位轻，根本不具备被重用的条件。其实不然，这些这个"赤"那个"赤"

成吉思汗碑文拓片

的执事，不仅绝大多数出身于草原的名门望族，而且是凭着累累的战功一步步提升到大汗身边的。他们才不在乎干这干那的，能常伴于"普天下之大汗"驾前便是他们最大的骄傲和光荣。他们绝不同于中原地区的人追求封王封侯，能得到大汗的信任才是人生最值得自豪的。更何况，成吉思汗既然能把他们选拔到"高层"，也自然会充分发挥这些人各自的潜能。如"火儿赤"与"阔端赤"，后来竟分别被委以"军备"与"后勤"等重任，并得以进入汗廷的核心集团，参与高层的机密议事。

就这样，草原汗国的中央政治架构初步形成了……

一切均以成吉思汗的雄心壮志为出发点，所有进入核心集团的成员均为战争经验丰富者，足可见七百年前，"先军思想"便在茫茫的大草原上产生了。但很可能是没有想到形势会如此迅猛地发展，到后来单靠这种"先军"的架构似乎已经无法应对现实的需要了。好在辽金两代尚留下种种文官名号，实在不行了就抓上几个先顶在头上应付着。总之，后来便混乱极了……而在成吉思汗初期却绝没这种问题，一门心思就为了打仗，怎么有利于战争就怎么来。随后，成吉思汗又下旨规定，

成吉思汗雕塑

"怯薛"护卫的地位高于在外分布的九十五个"千户台",再加上那些好战的文职执事(其实原来也多是军事将领)的参与,一部战争机器就这样缓缓启动了。

真是典型的游牧君主制……

"怯薛"的扩建,执事的参与,不仅使成吉思汗牢牢控制着一支强大的近卫军,而且也协助他行使了中央的诸多政治职能。成吉思汗是深知如何凝聚民心浴火重生的,最终金戈铁马地冲出了草原,开始了那马踏欧亚、震撼世界的军事征程。

攻无不克,战无不胜,战果的辉煌突显于被占领的广袤地域上。

以蒙古草原为中心,东西两翼不断在扩展着……

成吉思汗遗产之三:分封与战争跳板

分封,这在中原的历史故事中也不少见。比如,汉代的七王之乱、晋代的八王之乱,均是由分封种下的祸根。

但成吉思汗的分封却颇具自己的民族特点……

1214年前后,他就在不违背蒙古民族祖俗"幼子守灶"的情况下,把被征服的广袤无垠的土地当作家产进行了分封。他把包括了下属九十五个"千户"及以蒙古母地为中心的东西两翼,均分封给自己的诸子与诸弟,出手不凡,豪迈大方,自己唯留下了位居大蒙古国中心的草原母地。但这样也绝无后顾之忧,因为在他的心目中从来就没有过"鞭长莫及"这个词儿。

先说对诸弟的分封——

大弟合撒儿的封国在也里古纳河(今内蒙古额尔古纳河)、斡难河(今内蒙古海拉尔河)、阔连海子(今内蒙古的呼伦湖与贝尔湖)等一带。

次弟合赤温的封国在兀鲁灰河(今内蒙古乌珠穆沁旗乌拉根果勒)南北地区。

幼弟斡赤斤的封国在哈勒哈河流域。

另一异母庶弟的封国在怯绿连河(今内蒙古克鲁伦河)中游地带。

以上受封诸弟总称"东道诸王"或"左手诸王"。

然后再说对诸子的分封——

长子术赤的封国在海押立（今内蒙古巴尔喀什湖东南卡帕尔西）到花剌子模地区，并向西北延伸至如今伏尔加河流域的撒合辛及不里阿耳（均古地名），再加上顺这一方向"蒙古人马蹄所能达到的地方"，将其打发到最偏远之处，含意颇深。

次子察合台的封国包括畏兀儿地区，以及西至中亚的撒麻耳干（原花剌子模国都，今撒马尔罕）、不花剌等繁荣发达地带。

三子窝阔台的封国在额尔齐斯河上游与巴尔喀什湖以东更加富庶的辽阔地域。因他已破格被立为"汗储"，故离草原汗廷最近。

幼子拖雷未被立储，也没有封国，但似仍需留在中央汗廷为父母"守灶"尽孝。虽多有遗憾，却也保留有茫茫的吉里吉思（今叶尼塞河中上游）大草原为封地。

以上受封称王者统称"西道诸王"或"右手诸王"。

从此，拥有"分民封地"的诸弟和诸子，便受命开始各自组建起自己的"兀鲁思"。在这里"兀鲁思"已不能单纯以"国家"来译了，似还含有封国之意。再加上"分民"时也必然分得若干"千户"，那些统领众多牧民的"那颜"也就逐步转变为各封国的"家臣家将"了。这也是个消除隐患的好办法！除了中央核心架构的集权统治外，还有诸子诸弟又一层分地域的严格治理。从此，对诸子诸弟的分封，便与千户制与"怯薛"制并存，成为另一项基本国策。

黄金家族至高无上，大汗权威主宰一切！

分封，把家族利益的分配延伸到了对整个草原汗国的管理，难怪后代史学家将其总结为"大汗直辖与诸子诸弟分领的复合（统治）体系"。这才是雄才大略，绝没有中原古代帝王分封时那种无可奈何，而是意气风发地把目光向更遥远的地方眺望。

征服！征服！战争机器还在他胸中运转着……

很显然，他是想把东西两翼诸弟诸子的封国当作跳板，以利于他向东、向西、向更遥远的地方扩展。"普天下之大汗"必须名副其实，正在创造的历史辉煌绝不能中断。

【第三辑】

赛马

震撼崛起——成吉思汗及其英武儿孙

的确！分封曾给草原帝国的征程注入了巨大的驱动力……

但也必须指出，分封同时也给大蒙古国未来的发展与转型带来了重重阻力，也为最终的"合久必分"埋下了隐患。

在他看来，这一切似乎均应"顺应天意"。

重要的是留下民族凝聚力……

成吉思汗遗产之四：初创文字与制定"札撒"

凝聚民族的意志，似乎是更艰巨的一项"工程"……

无可否认，成吉思汗能彪炳史册、名扬千古，确实主要是靠他那震撼世界的赫赫武功。古今中外，至今尚无人能及。是武功使他曾经改变过世界的格局，是武功曾使他改写过地缘政治，也是武功曾使他列于20世纪以来二十位伟大历史人物之中。姑且免谈那些破坏性的副作用，13世纪好像就是他的世纪。

但如此骄人的伟业又怎能离开一定的文治"工程"呢？

有史可考，当契丹大儒耶律楚材被召至他的麾下时，就曾在沉浸在战争狂热中的汗廷上下引起一片哗然。一位善制强弓的"火儿赤"便当众进谏说："国家正当用兵之时，如耶律楚材这般

外国人眼中的成吉思汗

蒙古国为纪念成吉思汗
诞辰830周年而发行的邮票

的儒士留之何用？"谁料耶律楚材竟能挺身而出自辩道："制弓尚需请良匠，难道治天下能不用治天下之人才乎？"众皆错愕，唯成吉思汗颔首"引以为然"。由此可见，这位至高无上的大汗还是颇为认同治国尚需文治的。而事实也确如此，就在耶律楚材到来之前，在文治方面他就做了几件意蕴深远的大事：

其一，初创蒙古文字。

前面已经说过，在13世纪，蒙古民族的崛起如核裂变一般，以迅雷不及掩耳之势便建立起如此庞大的地跨欧亚的游牧帝国。其速度是大出人们意料的，什么都来不及准备，蒙古民族当时就连文字也没有。据史载，崛起初期，即使是发布号令、传递讯息以及派遣使者，均也只能用"手指刻记"。这实在是影响征服的脚步，而且和奔袭、突袭、奇袭的战术极不相配。面对这样一个严重的缺憾，首先给予其高度关注的仍然是统率着千军万马的成吉思汗。戎马倥偬间，他仍无时无刻不在想着如何解决这个亟待解决的问题。一次，在攻灭强敌乃蛮部的大捷声中，他并没有注意缴获的种种令人目眩的奇珍异宝，而唯独把俘获的乃蛮部掌印官塔塔统阿叫到了身边。史书载，成吉思汗"捧其部金印反复把玩"，并"审视其上铭文百端询问之"。原来乃蛮部已先一步开始用畏兀儿拼音字母拼写记录本氏族语言，盖此金印后即可行文"出纳银谷、委任人才，一切事皆用之，以为信验"。成吉思汗闻之大喜，并大受启发，很快便将塔塔统阿纳于麾下，令其也用畏兀儿字母拼音试创统一的蒙古文字。成吉思汗亲自主持，历经反复试验，最终大获成功，后来便有了用这种初创蒙古文刻就的大汗御用金印，他下旨传令诸子诸王"皆随塔塔统阿习用之"。传说中的仓颉造字已成中华文明的一大亮点，难道成吉思汗主持初创蒙古文不算文治吗？

其二，制定"札撒"。

"札撒"，蒙古语，又可直译为"法令"或"法典"。它的制定和出现，似可视为马背民族由战乱向文明社会跨进的一大步。

而"札撒"也是由成吉思汗亲自主持制定的……

就在蒙古草原即将大一统之前，这位"一代天骄"就对这个问题开始深深思索了。他似乎早已深知"没有规矩难成方圆",要推行他那征服政策,就必须先有一套安内的法则。1203年,就在成吉思汗攻灭最后一个强大对手王罕所率的克烈部后,他已初步订立出一套颇为严峻的"札撒",并召开大会,当众宣布。1219年,在他已成为功成名就的征服者之后,又几经修订,几经完善,最终在西征前夕的"忽里台"贵族会议上将"札撒"公之于众。史书认为,这是一部"重新确定了训言、律令和古来体例",并受命写在羊皮纸卷上的更加完善的"大札撒"!有法可依就算时代的一大进步,这难道不算成吉思汗的文治吗?而且是先抓根、先固本,力图使草原母地无后顾之忧。只可惜这部草原法典后来遗失了,唯留部分条款尚散见于中外相关史籍之中。

现仅举几例,以一窥"大札撒"之原貌——

例一:"那颜"们(系指官僚或贵族阶层)不得背离君主而投靠他人,不得擅离职守,违者处死!

例二:挑拨是非,构乱皇室者处死!

例三:收匿逃奴而拒不归还原主者处死!

例四:盗窃牲畜者九倍偿还,否则偿以子女!

例五:强盗寇掠者处死,籍没其家赔偿受寇方!

例六:说谎诈骗,以幻术惑人者处死!

例七:禁便溺于水中,禁留余烬于草场,禁……禁……

总之,"大札撒"是成吉思汗为草原汗国制定的最高法典,从而也为统一后的蒙古"兀鲁思"提供了法律依据和法律秩序。尚必须指出,除"札撒"外,还有一种史称"必力克"的条文作为辅助。"必力克",系记录在册的成吉思汗之训令和训言,似古代蒙古草原的"最高指示"。发展到后来,凡举行议定新汗或征伐等重大事务的"忽里台"贵胄大会,都必须首先捧读"大札撒"或"必力克"以为训。

但西方史学家因历史成见,对"札撒"评价并不高……

谁料,最近由于全球气候变暖,绿色环保运动兴起等种种原因,突然间他们竟又一反常态捧读起这部古代马背民族的大法典。据说,这是因为他们在"札撒"中发现了游牧民族古老的"环保意识",比如"禁便溺于水中"、"禁留余烬于草场"等众多游牧中的禁忌。而这却说明了成吉思汗绝非仅仅是个狂热的征服者,更是个热爱草原深懂保护大自然的先驱者。更需指出,有些国外环保专家竟进而把"札撒"中某些条款统称为"世界上最古老的,也是人类第一部《环保法》"!这点姑且存疑,因为还得重归原有主题:文治!

其三,提前设置专职的司法高官。

1206年,成吉思汗刚登大位不久,即任命自己的养弟失吉忽秃忽为"扎鲁忽赤",成为汗廷少有的高级文职人员。"扎鲁忽赤",汉译为"大断事官",其职责主要是"掌管民户分配"与"刑狱词讼"。据史载,成吉思汗任命失吉忽秃忽后曾对他说:"如有盗贼诈伪之事,你惩戒着,可杀的杀,可罚的罚。百姓们分家财之事,你料断着。凡断了的事,写在青册上,以后不许诸人更改!"而"惩戒"与"料断"均离不开法,因此失吉忽秃忽便成了成吉思汗修订和完善"札撒"的主要助手,功不可没,史书称其终生"不辱圣命"。为此,当代著名元史专家李治安先生曾对此评价说:"大断事官是大蒙古汗国的最高司法行政长官,相当于'国相'。它的问世,意味着草原帝国国家机构的逐步正规化。"既有法,又有最高的司法行政长官,这难道能不称之为文治吗?

前进中的鼓手

成吉思汗的蒙古骑兵

除此之外，文治之例还有很多……

但为什么成吉思汗"文治"的方面很少有人提及？这很可能是被他那赫赫的征服武功所遮掩了，也算一种"灯下黑"现象。人们似乎只知道他怎么马踏欧亚，缔造了空前绝后的庞大草原帝国，而将上述文治功绩视为"细枝末节"，不予重视。

其实，成吉思汗不但是个超凡的天才军事统帅，而且也是个拥有大智慧的杰出治国者，主要的特点便是：目光敏锐与胸怀开阔！

他始终引领着蒙古民族不断向前，永远立于不败之地……

成吉思汗遗产之五：海纳百川和与时俱进

年轻时的成吉思汗

提到成吉思汗的胸怀，常会联想到两个人的名字：耶律楚材与丘处机。

有相关中外诸多史籍可考，这位前无古人的征服者确实天性坦荡，襟怀如茫茫草原般开阔。早在一统蒙古的部族征战中，就知"不计前嫌，广纳智勇，不分部族，为我所用"，气魄宏大得很，由此奠定了他必成大业的基础。

且放下耶律楚材与丘处机不提，先以蒙古族名将哲别为例……

成吉思汗的旗帜和帐篷

哲别，原为敌对部族一员智勇双全的猛将，

曾于双方激战中射伤成吉思汗的颈部,血流如注,按氏族传统当被视之为"奇耻大辱"。但成吉思汗在灭其部族,将哲别俘获后,竟力排"皆欲杀"之众怒而带伤对其"百般抚慰之",比"诸葛亮收姜维"还做得细致彻底,使得哲别最终成为死心塌地追随他的常胜将军……而由收哲别,还可引出成吉思汗在征战中另一个用"文"的故事:1218年,哲别奉命直穿中亚,跨南俄罗斯,攻打"黑契丹"(西辽)以追剿太阳汗之子所率残部。因中途所经之处多伊斯兰教信众,故成吉思汗适时点悟他曰:"吾之所崇奉之长生天何其高远阔大,星星或月亮均缀其上。神意如此,何不容之?"这真可谓大征战中之大"文",怎能不使哲别顿时"大彻大悟"?随之便一路征战一路高声宣示:"每个人均可有自己的信仰,保持自己祖先的宗教规矩!"似可视之为世界上第一部宣示"尊重各民族的宗教信仰"的公报,果然威力无穷,最终大破"黑契丹"而收其国土。但正如翦伯赞先生"后台演兵场"之说,中原大地对成吉思汗似仍有一种宿命似的吸引力。

终于该说到两位中原文化的代表人物了……

耶律楚材(1190—1244),契丹贵族后裔,生于今北京香山且久居汉地。自幼丧父,仅靠慈母养大,史书称其"饱读经书子集,深谙孔孟之道"。后曾因避战祸入报恩寺"礼佛三年",故才有日后他那"从政以儒教,修身以佛法"之说。被召入成吉思汗麾下后,他不久便因"才识过人"成为驾前亲信重臣,又因身材伟岸,尤显一脸浓髯,被成吉思汗戏昵地直呼为"吾图撒合里"(蒙古语意为"大胡子")。耶律楚材来到草原之初,就开始向成吉思汗大讲中原历代王朝兴衰的故事,并也借机在汗廷上下大肆宣扬起"君君、臣臣、父父、子子"等孔孟之道。用现代人的语言来说,这应属一种"软实力"的乘虚而入。但成吉思汗却越听越觉得,"大胡子"所讲的这种儒家学说似对加强自己的"硬实力"更有所用,随之便海纳百川地采取了"拿来主义"的态度,对耶律楚材有利汗国的"献策"大多言听计从。据史学家考证,木华黎所奉"兼容并蓄,笼络八极"治理中原之策,源头很可能来自这位契丹大儒之谏言。再如,开国初期,征战频繁,所征服广袤国土当如何管理,尚无制度,确实曾发生过"烧杀掳掠、任意屠城"等血腥暴行。而在伴驾

震撼崛起——成吉思汗及其英武儿孙

西征途中，耶律楚材便又以"自毁金盆"为喻进行了及时的谏阻。但更难能可贵的还是成吉思汗那超凡的统帅气质，一踏出草原冲向世界，便更加眼界开阔、胸怀天下。几经"大胡子"的暗喻明点，顿时下了一道与时俱进的诏旨："不是汗廷的命令，不得随意征敛财物，死刑必须上报汗廷，违者处以极刑！"这可以说是翻天覆地的转变，从此耶律楚材的地位就日渐突显。只可惜传统守旧势力是如此顽固，而有历史成见的中外史学家也大多只侧重笔伐他早期的攻伐杀掠……史称耶律楚材为深入"漠北第一儒"，果然由于他的影响，追随他而来的各族儒者也越来越多，相辅相成，从此儒家学说便得以渐渐传播于茫茫草原。而成吉思汗也深谙如何利用儒家的软实力，故而更日益突显了他的雄才大略。"从政以儒教"绝非妄言，这位契丹老夫子的故事，后面还要继续讲到。

丘处机（1147—1227），汉族，祖籍山东登州栖霞，全教全真派之第二代掌门人。他深得老庄哲学的要义，尤对《道德经》更有精深的研究，并且是"儒道同源"的推崇者。自号长春子，信众尊称他为长春真人。自幼学道，有关他的神话传说颇多，故到木华黎奉命治理汉地时，他已是闻名中原的"神仙"。据史料记载，是"骆驼将"扎巴尔向成吉思汗宣传和推荐了他，因而这位老道似也只能奉诏去拜见这位震撼世界的征服者。历时三年，方才追上正在西征途中的成吉思汗。1222年五月十五日，二人相见于今撒马尔罕郊外一座大帐里。其实，成吉思汗想要的是那传说中道家长生不老之药，但开口却问的是治国之道。丘处机直言回答道："欲统一天下者，必在乎不嗜杀人。治国之方，以顺天爱民为本。"与耶律楚材宣扬的一样。成吉思汗似也只能改口坦求"长生之药"。没想到丘处机这次回答就更直白，曰："世上本无长生之药，更无长生之人，只有益年益寿之法，其要以清心寡欲为本！"这曾使成吉思汗大失所望，但又不得不佩服这位道长的正直与坦荡。丘处机老实中显出了一身的仙风道骨，致使成吉思汗想通了之后更想与他畅谈。他从广纳"天人合一"、"顺天爱民"、"上善若水"等诸多道家思想中，似乎理解了丘处机为何仅为给自己讲"清心寡欲"四个字，便可不顾老迈年高跋涉三年而来。从此，再没有听到过成吉思汗提"长生之药"的事，反倒有史可查，他开始考虑起对未来的安排……虽然说长春真人的出现并没有耶律楚材影响那么大,但中外史家对他此行均有很大篇幅记述。这不仅是将他作为一位古代的"和平使者",而且也是为了突显成吉思汗征服方式的转变。丘处机回到中原不久便于1227年逝世了,享年八十岁,尚留下一篇七言绝句以供后人了解古代的草原,现全诗抄录于后——

　　极目山川无尽头,风沙不断水长流。
　　如何造物开天地,到此令人放马牛。
　　饮血茹毛同上古,峨冠结发异中州。
　　圣贤不得垂文化,历史纵横只自由。
　　坡陁折垒路弯环,到处盐场死水湾。
　　尽日不逢人过往,经年时有马回还。
　　地无木植唯荒划,天产丘陵没大山。
　　五谷不成资乳酪,皮裘毡帐也开颜!

耶律楚材

此诗出自于古籍《长春真人西游记》,姑且不论其中谬误(如饮血茹毛),只供参考用。但成吉思汗确是在丘处机走后不久,便于1224年听耶律楚材之劝谏班师回到草原了。儒道同源的"顺天爱民"之说,的确对他产生过很大的影响,而"清心寡欲"之言也的确使他从此开始考虑草原帝国的未来走向。上述绝非虚言,细研《元史·太祖本纪》便可尽知其详。

这就是古代马背民族"走出去、请进来"的

太乙壁画

震撼崛起——成吉思汗及其英武儿孙

成果……

有史可考，从此成吉思汗竟有两年再没有亲自统率出征。诸子诸弟都在遥远的东西两翼守护遥远的封国，身旁只留下一文一武帮他出谋划策。文即契丹大儒耶律楚材，武即忠诚无比的嫡幼子拖雷，他们早已成为草原汗国权力架构核心中的核心。还有一个人也必须提到，那就是已过十岁的忽必烈。由于伟大祖父对他的特殊钟爱，他得以常伴于圣驾身旁，故也常听到大人们议事，只是没有发言权。再由于父亲拖雷和那"大胡子"因志同道合相处得格外亲密，故也有的史家称"耶律楚材乃忽必烈儒学之启蒙导师"。

海纳百川，与时俱进，草原汗国到底走向何方？……

似乎翦伯赞先生所说，"大后台"与"冲向中原"那种磁石效应更强了，成吉思汗经过近两年的思考后，竟突然起兵，要彻底灭掉仍偏安于甘宁一带的西夏王朝。难道这又是"只识弯弓射大雕"吗？非也！此次重新转向中原显然与成吉思汗对未来的安排有关：荡涤北方汉地最后一个残存政权，然后再越黄河灭掉汴梁的后

蒙古贵族出行

金王朝，统一长江以北的中原大地，便直指当时世界上最先进最富庶的地区——南宋的天下！他的目标非常明确：要完成此前匈奴、突厥、鲜卑、契丹、女真等诸多北方少数民族未尽之志———统华夏！然后，给子孙们留下个更美好更广阔的生存空间，以利于他们再继续"海纳百川，与时俱进"地实现"长治久安"。

他欲以"武功"为子孙的"文治"先奠定扎实的基础……

这一点只要详查《元史》，就可从成吉思汗临终时留下的"战略部署"遗嘱中初见端倪。纵观上述，这位前无古人的征服者给后代留下的遗产确实是丰富厚重的，既有地跨欧亚的庞大游牧帝国，又有海纳百川和与时俱进的伟大精神。但也必须指出，过于丰富厚重的遗产往往最后也会转化为难以负载的包袱，比如，崛起初期确立的世袭千户制、世袭执事制、世袭"怯薛"制、世袭的"大汗直辖与诸子诸弟分领复合体系"制等，没有了成吉思汗那种至高无上的绝对权威，最终在转型期也会因利益冲突转化为一道道艰难险阻。

大有大的难处，登上巅峰后眼前往往就是低谷……

除上述之外，成吉思汗的去世还埋下了个"承载着人类共有弱点"的可怕的隐患。这就是法国格鲁塞在其名著《草原帝国》中一针见血所指出来的："成吉思汗为子孙们留下了地跨欧亚庞大的草原帝国，同时也为子孙们留下了无休无止的权力之争……"这的确也是个难以回避的要害问题。好在伟大祖父逝世时，忽必烈刚刚十二岁，虽然说他非常聪慧，也深知祖父对未来的宏伟愿景，但尚轮不到一个孩子为此忧虑或置喙。

况且早有了既定的继承人，父亲还被公推为"监国"，而且耶律楚材也在汗廷中发挥着越来越大的作用。

少年不识愁滋味，小忽必烈擦干眼泪，已在暗下决心！

翘首以望未来，只感到满目辉煌！

心中唯有圣祖遗愿……

震撼崛起——成吉思汗及其英武儿孙

御座上的成吉思汗

第四辑

【本辑提要】你可能以为,伟大的祖父去世后接着就该是杰出的孙子。其实不然,在此期间草原帝国还历经窝阔台大汗、贵由大汗、蒙哥大汗以及乃马真与海迷失两位女"监国"的轮番执政。而少年忽必烈就突然变成了"政治牺牲品",刚满十八岁便几乎陷入了"万劫不复"的灾难之中。而成吉思汗的宏伟遗愿也几近化为泡影,随之而来的竟会是守旧势力的复辟和历史的倒退。如不先理清楚这阶段混乱和复杂的情况,就很难理解忽必烈缔造大元王朝的艰难和必要性。往事悠悠,那么就从游牧帝国随后的几位大汗和女监国说起——

震撼崛起——成吉思汗及其英武儿孙

窝阔台大汗与"异化的白鹿"

窝阔台,成吉思汗的嫡三子,于1229年登基,成了"也客蒙古兀鲁思"第二任大汗。

前期的窝阔台大汗确是符合史称的"睿智英明",并以实际行动证明了父亲弃"幼子守灶"而选中他是绝对正确的。他继位后仍在"武功"方面倚重幼弟拖雷,在"文治"方面倚重耶律楚材,配合得相当默契,为实现成吉思汗宏伟的遗愿曾经是不遗余力的。仅从他严遵父汗遗嘱之"战略部署",先后灭后金、镇南宋、饮马长江边等,更可看出他曾是"全力以赴"的。

绝不是一开头就是个酒鬼……

再以他更加重用契丹大儒耶律楚材为例,似更突显了他的"政治谋略"要比"统帅型"的幼弟拖雷"略高一筹"。早在等候"忽里台"贵族大会议决他何时登位时,窝阔台便听从了宠妃乃马真之策,开始亲近耶律楚材,充分利用他那满嘴"君君、臣臣、父父、子子"的唠叨。而这位契丹大儒也早就觉得这种"兄弟搭配"有悖于儒家治国理念,焉能就这样"君不君、臣不臣"长久下去?故二人"一拍即合",耶律楚材随之便以"托孤之臣"的身份开始游说两方了。

好在这一切尚可被视为正面的努力,为了急于早日实现父汗遗愿,似无可挑剔。再加上拖雷相对年轻且又颇具草原般坦荡的胸怀,于是很快便被这位"大胡子"的一番宏论所打动了,如:不顾国家动荡便是"不忠",不遵父汗遗愿便是"不孝",不思手足之情便是"不仁",不恤百姓忧虑便是"不义"……总之,效果奇佳!在光明磊落的拖雷顾全大局之带头拥戴下,1229年,窝阔台终于顺利地登上了大汗的宝座。但"从政以儒教"的耶律楚材却似乎仍嫌不够。当时远在钦察草原的老大术赤也已故去,他竟又动员老二察合台带头率领皇室宗亲行跪拜大礼,并声称:"宗王虽为兄,臣也!大汗虽为弟,君也!若按天地君亲师而论,合当跪拜如仪也!"察合台本来和窝阔台就是一党,当然会欣然允诺。只不过是掺揉了民族古俗:摘冠,解腰带搭于肩上,然后再跪拜行君臣大礼。拖雷也只好如此,以示臣服。这似将草原汗国又向"礼仪之邦"推进了一步,似可无愧于圣祖成吉思汗的在天之灵了。而窝阔台大汗也深感欣慰,望着匍匐在地的皇室宗亲文武大臣,终于可以松一口气了。

随后对耶律楚材的擢用也似正面的、积极的……

窝阔台正式登上大汗之位后,不但对幼弟拖雷更加信赖和尊重,而且也将耶律楚材擢升为"中书令",依中原体制,当"丞相"用。并且在汗廷对臣众宣布:"今后凡遇军国要务,必须先交贤相议处之!"胸怀如父汗般开阔,难怪《元史》称其为"帝有宽宏之量、忠恕之心"。而耶律楚材受此重用,当然会更"不用扬鞭自奋蹄"了。

而"从政以儒教",是他一贯坚守的原则,一经施展,果然也真"政绩斐然"。比如说,窝阔台大汗执政初期,尚有惯于征伐掠杀的悍将别迭建言:"尽管我们征服了汉人,却毫无所获。汉人对国家没有用处,不如把他们连同城池统统去掉,以让土地长起繁茂的青草,好让我们去放牧!"耶律楚材当即反驳说:"怎么能言留之无用也?以仁术而治之,每年可得税银五十万两,帛八万匹,粮食四十余万石,足够南下灭金之用。放牧所得可比乎?"窝阔台大汗将信将疑,但尚且能授命他分管中原"以仁术而试之"。翌年,耶律楚材伴驾再到云中(今山西大同),

太宗窝阔台

蒙古国邮票上的窝阔台

窝阔台汗国银币

见到果然如耶律楚材所说。窝阔台大汗高兴之余竟惊讶地问道："你每天都在我的身边，怎么能弄来这么多白花花的银子和谷物、马匹呢？"耶律楚材答之曰："孔孟之道……"因汗廷确系缺少这类人才，后来窝阔台大汗恩准了耶律楚材所倡导并主持的"戊戌选士"。中选者四千余人，还有千余名儒士由此脱离了驱奴之籍。而在蒙古大军南征灭掉后金王朝时，也是耶律楚材援引前例力谏窝阔台大汗切勿屠城，极论"以仁治国"，遂使在大梁避难的一百四十七万庶众免遭惨祸。其时，窝阔台大汗尚能从谏如流，兄弟间也能齐心合力，均以成吉思汗"入主华夏"的宏誓大愿为目标，故以儒家理念治国之方在高层尚未遇到过多抵触。那真是一段"前程似锦"的时期，只不料在满目辉煌中却早有人暗中操盘，正在策划一场阴谋，目标对准的竟然是大汗的亲兄弟、杰出的军事统帅拖雷……

而又有谁能想到，这只伸出的黑手竟来自宫帐大内深处，而且尚是一只柔嫩纤细的女人之手——此人即史书中所称的"六皇后"脱列哥娜。她因首先为窝阔台生下三个嫡子，故在六位"哈敦"中后来居上，被赐封为乃马真皇后。史书称其"面貌妖冶、行事阴柔、久掌大内、累干朝政"，但确也为窝阔台大汗"终成大业"立下了汗马功劳。而且从客观上来说，她也绝不乏超常的狡黠和胆识，例如就是她建议窝阔台继续重用儒臣耶律楚材，利用他的"君君、臣臣、父父、子子"以巩固汗位的。而此刻眼见得丈夫"功成名就"，她就更加紧了扬"文"贬"武"的步骤：不断向窝阔台大汗诬告拖雷有种种"图谋不轨"之迹象，时刻向窝阔台大汗提醒时下汗廷似"只知有其弟而不知有其兄也"！且不说枕旁风是如此"振聋发聩"，而事实上仿佛也确是如此。也难怪！拖雷越是不提"幼子守灶"，越是只顾维护汗兄至高无上的权威，人们便越加惋惜，越加对他充满了敬意。尤其在统率大军围困汴梁，即将彻底灭金时，他本可继续攻城一举大获全胜，但他却围而不打，只等汗兄到来下令破城，把灭金之功全部拱手让给了新登大位的汗兄，致使他的威望在马背民族中日隆，甚至进而在这游牧帝国里私下还有了"还是祖制有道理"等种种感慨。更何况，拖雷受封的千户最多，受封的部队最多，而且长期受命统领"怯薛"中军，其中必定亲信也最多……为此，"六皇后"的谗言竟然在窝阔台大汗心目中渐渐发酵，他的防范也渐渐加严。他初尝至高无上独享尊荣的滋味儿，似也只能放手任"六皇后"暗中操盘以应对了。窝阔台大汗一开始似乎只同意将幼弟的长子蒙哥入质，但后来为彻底除掉"幼子守灶"、"受封最多"等诸多隐患之源，似也只能舍弃手足深情，睁一只眼闭一只眼放任"六皇后"不露痕迹地去"一了百了"了。

最终，一位蒙古民族杰出的军事统帅就这样难逃厄运……

虽历史总是为尊者讳，但拖雷之死依然是不明不白。相关的故事后面还会详细讲到，这里只能先告诉你忽必烈从此便似坠入了劫难的深渊。有史可考，为突显窝阔台大汗的"无比英明"，稍后"六皇后"又开始削弱"贤相"手中的权力了。但在挚友家族危难时刻，这位"从政以儒教，修身以佛法"的契丹大儒还是挺身而出及时干预了。当然，灭金归来后，他已逐步被边缘化，无力再"从政以儒教"，但尚可借机用"修身以佛法"来试图阻止事态的发展。他对拖雷之死一直心怀莫名的愧疚，故而急舍孔孟之道，有机会便向大汗讲佛家的"善恶轮回，因果报应"之说，致使窝阔台大汗夜夜噩梦不断，宫廷内萨满巫师天天作法不停。再加上1236年钦定的汗位继承人——大汗最挚爱的皇三子意外死于征伐南宋的途中，这更致使他精神日渐崩溃，最终导致了他在问政上的一蹶不振。这也足以说明窝阔台大汗本性仍不失善良，起码还保留着应有的负罪感，绝不像后世某些帝王级人物，祸国殃民之后还死认自己崇高无比。总之，在深宫的一片惶恐之中，拖雷的遗族总算逃脱了被柔性吞噬的命运，但窝阔台大汗从此处理朝政越来越少，相反，酒却越喝越多。

与此同时，"六皇后"也在日显她那"庐山真面目"了……

有充分的史料可作证明：原来这个女人策划的一系列阴谋绝不仅仅是针对拖雷和耶律楚材，甚至也包括自己的丈夫和儿子。窝阔台大汗的纵酒沉沦就是她又一大成功的"杰作"，目的似在于由自己彻底操控整个庞大的游牧帝国。弄权可以使人成"瘾"，而权欲则更可扭曲人性。但这一切竟然发生在一个娇美纤弱的女人身上，确实令人有些匪夷所思，故后世人便有了种种评说。图腾学家解释说，这是一种"白鹿向狡狐异化"的现象。人类学家分析认为，这是一种"母系社会残存影响"的余音。不论如何，她靠着"放任暴敛"拉拢封国诸王，靠着"宽纵滥赏"结交传统的守旧势力，还是一步步接近了权力的顶峰。

然而，窝阔台大汗总归还有清醒的时刻……

但"六皇后"也依然"锲而不舍"，直到有一天为大汗作法的老萨满也突然暴毙了。据说，那老萨满临终前已浑身溃烂，死时曾直瞪双目恐怖地呼叫："圣祖啊！不是我……拖雷合罕！饶命啊……"说来也怪，亚洲的原始宗教大都与佛教很容易相融相通，从此窝阔台大汗便隐居深宫再不露面了。为了老萨满这令人惊悸的呼叫，他竟在汗都哈尔和林建起了十二座佛教寺庙，但老巫师那魔鬼般的身影却再难挥之而去。往日的雄心壮志顿时灰飞烟灭，暴饮中他竟绝对禁止他人提及儿时，提及兄弟，尤其是提及母亲……这或许是一种草原男儿善良和淳朴本性的流露，只不该反倒被贪权成瘾的"六皇后"充分利用、加以发挥了。她为他带来了从呼罗珊俘获的异国美少女法提玛，挑逗他酒后纵欲，干脆不理朝政。她为他引进了西域色目人奥都剌合蛮充任理财官，彻底陪他暴饮无度，还授之以"房中之术"。最后窝阔台大汗发展到干脆放手，让"六皇后"独掌朝纲，竟听任其把耶律楚材和一些正直的蒙古大臣全排挤出了汗廷。昏聩到同意奥都剌合蛮"以二倍之价买断中原税收"，就连呼罗珊美少女法提玛也成了宫廷红极一时的风云人物。似为赎罪，似为消灾。宽纵滥赏成了时髦之风,致使国库空虚,下属封国大行其私、横征暴敛。汗廷内外一片混乱,成吉思汗那伟大遗愿也跟着眼看就要化为泡影。

最后,窝阔台大汗终于死在"酒海孽澜"之中了……

然而即便如此,纵观窝阔台大汗的一生,他仍不失为一位颇有作为的君王。武功方面:如灭后金、镇南宋、固中原、图西藏、组织第二次西征等。文治方面:如建新都、设驿站、改赋税、赦士人、重汉地、勤纳谏、废止一些原始野性的攻略方式等。尤值得一提的是,在第二次西征组织"长子从征"时,他能任命长兄术赤之子拔都为统帅,而让自己的长子贵由听命于他的指挥。当二人发生冲突时,他又将己子交拔都处置,并下诏斥责贵由,罚其"立功自赎"。其胆略和风度,由此可见一斑……毕竟他清醒的时候居多,所建功业至伟,难怪当代史学家李治安先生依然这样评价他说:"在对待中原文明和改变汉地统治方式上,窝阔台汗比起乃父有了较明显的进步","有条件地保留了中原农耕文明"。或许这正是成吉思汗的初衷,子孙只不过依遗嘱而行罢了。

只可惜,他后期对幼弟是"一失足成千古恨"……

随之,"六皇后"也终于从后台走向前台,在顽固守旧势力的拥戴下登上了

敖包

震撼崛起——成吉思汗及其英武儿孙

"监国"的执政宝座,并且一当就是五年,成为游牧帝国第一位吕后式的女主。而她却还嫌短暂,不够过瘾,在专权乱政之余竟又打起小孙孙的主意。原来,在钦定的接班人阔出伐宋意外死亡后,窝阔台大汗生前爱屋及乌,又曾继续钦定了阔出之子、自己的小孙孙失烈门为汗位继承人。现他已日渐长大,盼其早登大位的舆论也日盛。"六皇后"深知,如此下去必将影响自己的权位,小孙孙的母亲将代自己而"君临天下"。为此她视小孙孙与其母为"劲敌",欲谋改立对自己依赖极深的一臂痉挛的长子贵由为汗。她本以为此举可使自己长期"垂帘听政"以继续掌权,谁曾想却因贵由在"长子从征"中曾受过统帅拔都的惩戒而受阻。困难重重,就连推举新汗的"忽里台"大会的贵胄们也难召集起来。

而"六皇后"也果不愧是一位善弄权术的阴谋家……

她似早已懂得:在权力面前没有永远的朋友,也没有永远的敌人,为此她又转而去拉拢曾视之为大敌的拖雷遗族。这不仅因为拖雷的吉里吉思封地上依祖制仍保持着强大的实力,更重要的还在于拖雷的遗孀和拔都的母亲是亲姊妹。为此,她首先以"监国"的身份恩准放归入质汗廷的拖雷长子蒙哥,随后的交换条件便是由蒙哥去说服拔都前来推举贵由为汗。须知,二人除亲上加亲之外,在震撼欧亚的第二次西征中还是配合相当默契的战将与统帅,不但大败日耳曼与波兰联军于多瑙河畔,而且也打出了手足之情!

得其二人即得天下,贵由的汗位全在此举了……

于是"六皇后"便层层加码,加大封赐,从封地、千户、部众、弓马、粮秣直到主管汗廷军事的顶级官职等均可讨价还价,直到达成这笔"政治交易"。忽必烈显然沾了长兄的光,不仅彻底摆脱了困境,而且也开始受命出没于汗都哈尔和林。

这笔政治交易终于达成了!虽拖雷的诸子又得以重新崛起,但深宫大内里那位精于谋略的女监国却在窃窃暗笑。她早做好了准备,只要一达目的,她就将重演除灭他们的父亲和放逐耶律楚材的故事。

这绝对有可能!因为她尚有许多死忠的亲信,并且还掌控着上万人的精锐大中军——"怯薛"!

1246年，贵由终于登上了大汗宝座，是为第三任大汗。

游牧帝国，前途变得更加莫测……

贵由汗：一页相对灰暗的历史

对这个名字，除史学专家外大多数人肯定都感到陌生……

也难怪！贵由汗不仅没有祖父那样的雄才大略，没有父亲那样的前期功业，而且甚至无法与任何一位远在汗廷以外的王兄王弟相比。但这又该怨谁呢？说白了看，他就是凭着这份缺智少谋、反复无常、永无主见、尚需扶持等"综合素质"，而被他那身为"监国"的母亲"破格启用"的。而那"异化了的白鹿"现又"转型"为幕后操盘手，暗中窥视着汗廷上下的一切异动。

贵由汗

她唯愿永远"垂帘听政"，重写除灭对手的新故事……

此时，虽然成吉思汗的四个嫡子术赤、察合台、窝阔台、拖雷均已先后去世，但他那第三代的嫡孙们却仍不敢对这位久掌大内的老鹿怪掉以轻心。就连重振家威的蒙哥也绝不愿冒险轻易涉足汗都哈尔和林，如遇汗廷召唤，往往也是派大弟忽必烈前往周旋应对。好在忽必烈如落难公子初获救似的，身上竟无一丝王者之气，总算唯唯诺诺地每次都能糊弄过去。即使如此，远方的拔都

蒙古服饰

震撼崛起——成吉思汗及其英武儿孙

也经常派人快马前来提醒，万万不可放松警惕！总之，这笔政治交易虽收获颇丰，但仍让人在"六皇后"老谋深算的阴影下活得提心吊胆忐忑不安……但谁料就在这时，却突然传来一个令人意外的消息：某夜，这位令人畏惧的老太后竟"寿终正寝"于大内深宫了！证据之一便是整个万安宫内均陷入一片悲痛欲绝的号啕声中。

但哭声越大，便越显得蹊跷……

虽然正史均为尊者讳，大多将"六皇后"之神秘死亡定论为"终了心愿，遂撒手人寰"，但从诸多中外史料中寻找蛛丝马迹，似仍可隐约若见另一个女人的身影：这就是贵由汗登基后新封的首席大皇后海迷失，一直伴随于婆婆身边并亲历她如何擅权乱政的见证人。海迷失佩服她、敬畏她，并且也曾努力学过她……仅此而已，除此之外，便没有更多的史料来破解"六皇后"匆匆而去之谜了。

也许是"螳螂捕蝉、黄雀在后"？只可悲也太迫不及待了……

但对于整个游牧大帝国来说，这也可算得一场由女人专权所造成的噩梦的结束。虽然"弑母"的传说越来越多，但人们却怀着一种被"解放"的心态，又对新汗寄以更大的期望。而随之竟也出现了奇迹，在这"一页相对灰暗的历史"上，突然也真出现了几个闪光点，大出人们意料，计有下列几件"大快人心事"：

其一，继续消除隐患。

贵由汗在真正成为名副其实的汗国最高统治者之后，首先就是对母亲"六皇后"留下的亲信人物加以清除和严惩。他第一个便对准了从呼罗珊俘获的美少女法提玛，直指她为"秽乱宫闱，陷害忠良"之首恶！背后，明显地带有女性介入的色彩，这说明海迷失皇后已取代了婆母的角色，开始登台亮相了。她唯恐法提玛再以"美色惑主"，故怂恿贵由汗对其首先下手。而法提玛也确实早已引得"朝野共

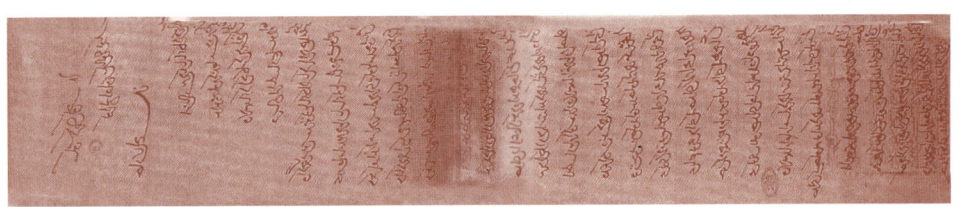
蒙古汗王贵由致欧洲教廷的信

怒":她不仅凭"狡黠和干练"成了"六皇后"的私密近宠,不经她往往很难办理任何汗廷大事,而且勾结另一宠臣奥都剌合蛮插手政务,促使"六皇后"对一些忠直之臣(如镇海、耶律楚材等)先后进行了罢黜和迫害。仅以契丹大儒为例,不但将其贬出汗廷使之忧郁而死,而且在其死后仍诬陷其"先后为相近三十年,天下一半钱财尽入其家矣",在其刚死便下令抄家,准备籍没其产。虽然后来仅抄出"阮琴与书卷"而已,似也只能不了了之,但"六皇后"却对二人更加恩宠……故对法提玛的审讯,在汗廷上下大得人心。随之贵由汗在海迷失皇后的督促下,下令用棍棒逼其承认罪行。果然立竿见影,服罪后便又下令将法提玛裹于大毡内投之于大河波涛中淹死。对"六皇后"另一男性宠臣奥都剌合蛮也绝不手软,也是棍棒之下令其坦承"祸乱朝政,窃空国库"等诸多罪行,随后也以更残酷的手段将其处死,当然更引得汗都哈尔和林"满城尽是喝彩声"。但也有人开始怀疑背后似有高人指点。谁呢?显然不是指海迷失。

其二,着手重振朝纲。

重振朝纲?这似乎和这位新任大汗的"综合素质"极不相匹配。他从小靠母亲,母亲死了又靠老婆,而只靠这两个女人,恐怕就是再狡黠也不会想到"重振朝纲"。据史载,此时已有一位"怯薛"高级将领转而矢忠于新汗。此人名叫野知吉代,曾对贵由汗建言:"蒙哥虽曾入质,但与大汗相伴长大。若倚重于此人,兼可使拔都难以妄动!"贵由汗听后"纳之",但这仍不算"高人指点"。况且蒙哥也只顾了在吉里吉思大草原上"厉兵秣马",竟只打发了大弟忽必烈应召来到汗都。综合各种史料可做出以下判断:此时的忽必烈已一扫浑身晦气,早在自己的封地里就试着纳儒习儒。他似已把伟大祖父对自己那辉煌的预言忘了个一干二净,只想着先试试这些初学到手的新鲜玩意儿……但这一试不要紧,他竟莫名其妙地成了那幕后指点的"高人"。此后,贵由汗那为巩固汗位和树立绝对权威的"三把火"也开始点了:一、重新启用曾被母后罢黜的忠直之臣,如镇海、亚拉瓦赤等;二、拘收在"汗位空虚期间"诸王擅发的牌符命令;三、严以"札撒"为标准,痛斥了相关宗亲贵胄的不法行为。这真可谓项项击中要害,"三把火"竟烧得人们顿时又想起

震撼崛起——成吉思汗及其英武儿孙

了成吉思汗那宏伟的遗愿。从此不仅朝纲得以初步整顿,而且贵由汗在人们心目中的形象也大有改观。

其三,杀一儆百,以示权威。

重振朝纲是取得了一定的效果,汗廷的文武百官也开始规规矩矩各司其职了。但力度似乎还不够,对于那些远在各自封地里的宗亲贵胄还是影响甚微。他们早被"六皇后"的收买人心骄纵惯了,哪能再受这位新汗的狗屁约束?多亏那幕后的高人又及时给予指点,提醒他必须严惩大贪以示至高无上的权威。谁料海迷失皇后偏要"杀一儆百",以报当年汗位差点被夺之恨!为此,一件旧案又被重提了,竟然也和"幼子守灶"的古俗有关。原来,成吉思汗的幼弟斡赤斤·铁木哥在窝阔台大汗暴饮猝死之后曾言称:"得如此下场乃违背祖制所致,当从我以正之!"遂率军前往窝阔台大汗所遗"斡耳朵"宫帐附近,欲凭武力染指汗位。谁料"六皇后"早有防备,一面以"怯薛"中军严阵以待,一面遣使者前往,"卑辞质问之"。软硬兼备,很快就迫使铁木哥"悔恨其为"而率军匆匆退去,此事也就不了了之……而现在贵由汗却偏要旧事重提,将这位早已老迈年高的爷爷辈的人物"捉拿归案",由从弟和悍臣严加审问,最后依"札撒"律而逼他自刎"谢罪"。歪打正着,此举在广袤的草原汗国里引起的震动极大,至此很少再有宗亲贵胄敢藐视这位一臂痉挛的新汗了。其至还有人从中看到了游牧帝国复兴的希望,竟开始对他欢呼"满达图改"(万岁)了。这次的"指点"实在是显得有点混乱,到底该归功于谁已"无史可考"了。但确有史可查,在此期间汗廷上下均改称忽必烈为"贤王"了。

谦虚使人进步,骄傲使人落后!

谁料在七百多年前,贵由汗竟提前也犯了"骄傲"这种老毛病。他在一片"歌功颂德"声中,"装样"还不到半年就再也支撑不下去了。飘飘然地,竟真以为自己"圣明无比,前无古人"了。从此,便开始自以为是、颐指气使,逐渐暴露出他那"综合素质"里所潜藏的各种劣根性。更可悲的是,那第二次西征中所留下的那屈辱心结已使他再难忍耐,根本不顾什么"本是同根生",便秘密遣心腹重将野知吉代远赴中亚掌管镇戍波斯的"探马赤军"(如抗日时期的皇协军),准备去"清污"了。几乎与此同时,他还有另一败招:干涉察合台封国的王室内务,破坏祖宗成吉思汗留下的"大汗直辖与诸子诸弟分领"的复合体系。察合台遗命将王位传给孙子,他却偏要把王位转让给与他关系密切的另一个儿子。好好的一个封国从此埋下了战乱的祸根,难怪又有臣众私下里改称他为"昏君"了。而他却浑然不知,从此更加穷奢极欲、纵情酒色,很快便使自己果真"名副其实"了。

他就这样原形毕露,最终走上了自取灭亡之路……

1248年初,贵由汗为了"一雪前耻",以证明自己的"一贯圣明",一场蓄谋已久、不计后果的险恶军事行动就要开始了,目的只有一个:对"长子从征"中的统帅拔都发动突然袭击,出其不意、攻其不备,并杀其人、灭其族、荡除其封国,以彻底一报当年饱受屈辱之"深仇大恨"!而且当应指出,此次行动策划还是相当严密的,特派野知吉代前往波斯统率"探马赤军"就是计划的一部分。还有精锐的"怯薛"卫队之一半,现已绕道于拔都封国背后,只等着"两翼夹击"了……再看贵由汗这方面的出发却保密性极强,他病歪歪地声称自己这是要去原有的封地叶密立(今新疆额敏)去疗养,表面一丝痕迹不露,其实两翼夹击之势业已形成。而拔都此时正足疾复发,且又是个不善心计之人。战事一触即

陶俑

震撼崛起——成吉思汗及其英武儿孙

发,后果不堪设想!

这时又多亏了一个无比圣洁的女人……

如果没有她,历史很可能将要重写。只要这次内战一起,无论谁胜谁负,成吉思汗所缔造的地跨欧亚的游牧大帝国必然分崩离析,他那临终的宏伟遗愿也必然跟着灰飞烟灭!有关详情随后还要讲到,但她毕竟只不过是个女人……而现实中那借疗养为名的贵由汗,却仍在统率着更多的精锐铁骑悄然行进着。当留在汗都的臣众逐渐明了他的真实意图后,均认为各封国闻之为自保必纷纷策反。大祸将至,眼看汗国的末日就要临头了。

但没有!贵由汗竟突然莫名其妙地死了……

机密行动戛然而止,使人们枉担了一场虚惊。这虽仍属爆炸性新闻,但没有金戈铁马的惨烈交锋,没有悍将猛兵的恶斗厮杀,他却似乎死得也太平淡无奇了。时间:1248年三月。地点:横相依尔(今新疆青河东南)之草原上。(见《元史·定宗纪》)。

就连史学家也大失所望,似也只能曲笔以记之……

但众说纷纭,莫衷一是,竟使得真相更加扑朔迷离。有的史学家称贵由系病重

1235年在漠北建立的第一座都城哈尔和林

致死,有的史学家说系中毒而亡,有的史学家称系一位荆轲式的蒙古义士行刺并与之同归于尽,有的史学家说系被拔都合罕突然杀出的大军惊毙于马下……总之,他绝没有留下任何惊天动地的战绩,反倒是就这样糊里糊涂地匆匆一死了之。

虽一代不如一代,但国不可一日无君……

汗廷上下仍死寂得可怕,似战战兢兢正等待着又一次吉凶莫测的汗位更替。臣众们均聚焦于海迷失皇后,只盼着这位大汗遗孀能够幡然悔悟。谁料,丈夫一死,海迷失皇后竟更加"权"令智昏,独崇萨满教,仅靠着几个巫师就想永霸汗廷独掌大权。而其有婆母乃马真皇后的野心,却无婆母那种魄力和手段,首先便遇到互争汗位的两个儿子之激烈反对和挑战。忽察与脑忽分别新建了自己的汗府和汗廷,公然叫板母亲,致使汗都哈尔和林一时间出现了汗权"三足鼎立"的局面。纷乱中人心惶惶,政出多门更使得群臣不知该听谁的是好。随之,亲信野知吉代干脆溜到波斯真的去就任"探马赤军"之统帅,只留下一位佞臣巴拉押宝似的尚留在海迷失身边。"怯薛"将领游走三门,早已人心涣散失去战斗力,而宗亲贵胄却正好借此滥征赋税、目无国法。忠直大臣镇海累谏海迷失皇后当应扶正祛邪以国家为重,但海迷失不仅"屏而不纳",反倒如史所载,以"抑沮贤良为乐"。短短时间内,还是继续为非作歹,把一个偌大的蒙古汗国拖向了灾难的深渊。

国之命运堪忧,民族命运堪忧,但路在何方?

似必须首先掀过这"一页相对灰暗的历史",以证明腐朽的窝阔台家族已无力再扭转乾坤!

寄希望于家族更替,以维护圣祖成吉思汗的伟业!

而早有一个女人已在远方精心规划着未来——

她的名字就叫:唆鲁禾帖尼……

圣洁的母亲与一个家族的命运

为什么不直接叙述第四任大汗的产生,而偏偏要从中插此一笔呢?说白了看,

震撼崛起——成吉思汗及其英武儿孙

不了解她的高贵与圣洁，柔韧与坚强，远见与卓识，就很难理解庞大的游牧帝国如何能"劫后重生"。而与前面两个擅权乱政的女人相比，她没有一点"异化"，称得上传说中那"圣洁的白鹿"。

况且，她还培养出四个关系草原汗国未来的儿子……

这就是前面所提到的那位从被击溃的王罕部掳来的少女，杰出军事统帅拖雷的正妃，忽必烈、蒙哥、旭烈兀、阿里不哥的生母，广受马背民族推崇和爱戴的唆鲁禾帖尼。但如果只看结果的辉煌而不谈当日的屈辱和灾难，似仍很难理解她现时对窝阔台家族发起的挑战。

那就必须先从拖雷之死说起——

《元史》显然是为尊者讳，记载此事仅有寥寥的数十字。但从冷漠的字里行间，却仍可窥到当时的情景：大军灭金凯旋已近漠北，窝阔台大汗竟突发重病倒下了。战马驻足，立在荒原上的汗王宫帐笼罩在一片愁云惨雾之中。铁骑垂首，将士噤声，唯闻夜风幽灵般在旷野里呻吟徘徊。蓦地，穿透云隙闪露出一弯冷月，随之便闻阴森森的法鼓敲击声传来。谁都明白，这是随军萨满在为大汗祈福消灾作法了。果然，宫帐内烛光摇曳、盆火熊熊，老萨满穿着原始宗教那充满野性的、由兽皮缀连的服饰，正在如痴如狂地为重病缠身的大汗请神驱鬼。窝阔台气息奄奄，宫帐内怪影幢幢，似也只能用金碗盛水念过咒语来洗涤他重病之身，即史称"巫觋祓除釁涤之水"。这时已有诸多悍将泣告"愿替主死"，而唯有襟怀坦荡的拖雷焦急地拨开众人，猛捧起那碗咒水诚挚地祷告说："长生天在上！大蒙古国离不开善良的窝阔台大汗，以弟代兄，要召就把拖雷召去吧！"说毕，他竟毅然仰头把那碗涤病的咒水全部喝下。手足之情，君臣大义，果然感天动地产生了"奇迹"：没几天窝阔台大汗便豁然痊愈，而拖雷竟也果真被长生天"召"去了，死时年仅四十。噩耗传来，唆鲁禾帖尼的悲痛欲绝可想而知，史书载，"暴雨连绵三日，苍天与之共泣"。此时忽必烈年方十八岁，三日后也曾悲愤地问计于母亲，谁料得到的竟是母亲木然地回答："继续忠于大汗……忍耐、等待……"可见唆鲁禾帖尼已预知灾难还会接踵而来，为了保护四个儿子正在含泪想着应对之策。

果然,随之便有了那"削兵激变"之举——

似乎是因为在拖雷死后他那封地显得太过于"平静"了,反倒激起了汗廷的更大疑虑。窝阔台除了在整个汗国继续大力表彰拖雷的"精忠报国"外,私下里却遣使下诏将其遗部两千骑转赐给自己的次子阔端。这明摆着是作为一种挑衅,意在激起拖雷部众的匆忙反叛,并以此为借口,以求挟灭金之余威一举除掉这块心病。谁料唆鲁禾帖尼竟"力排众怒",谦卑地当着汗廷使者对众部将说:"军队和我们,本该就是同属大汗的。大汗知道他在做什么,我们要服从大汗的命令!"以上均可见于拉施特所著的《史集》之中。好一个"大汗知道他在做什么",其中显然在暗示窝阔台有悖于圣祖遗规。窝阔台大汗一时竟进退两难了。多亏"六皇后"及时又献上一条"一劳永逸"的解决之策。

最后一招,竟会是由"削兵激变"突然转向"柔性吞噬"……

这一天,窝阔台大汗似突然体察到"遗孀的苦楚",特命亲信重臣远赴吉里

折箭训子

吉思下了一道"抚慰"性的诏旨，声称：手足情深固然难忘，但遗孀凄苦也须体察。为万全计，故遵祖制劝谕唆鲁禾帖尼王妃再嫁于皇长子贵由……好像大汗顿失男儿强悍，倒多了一份女性的温柔。难怪唆鲁禾帖尼接旨后一时双手颤抖、面如死灰，绝望之情霎时便笼罩了全身。可怕的关怀！要知道，这一方面并不违背草原上的古俗古风，弟娶寡嫂、子纳父妾是天经地义的；而另一方面只要接了这道诏旨，那拖雷家系也就永劫不存了。因为她不但要去给过去的汗兄当儿媳，而且"子随母走"，孩子们也只能给人家当孙子去了。残酷的皇族内争，柔性的斩草除根！但这时唆鲁禾帖尼却在家臣家将的一片慌乱之中渐渐恢复了常态，竟气定神闲地对使臣俯首而言道："我怎能违背大汗的诏旨呢？"只是尚未等使臣来得及喜笑颜开，她又继续说了下去："但我有一个愿望，要抚养这些孩子，把他们带到成年和自立之时！"无须再多说下去！再明显不过了，这已是对大汗给足了面子的"婉言谢绝"。有礼有节，致使一皇一后闻后也手足失措了。据说，随后"六皇后"为此还曾要亲自出马逼她就范，却未料唆鲁禾帖尼闻讯后却先发制人地派人宣示说："不劳大驾，我对拖雷的忠诚和责任是不可更改的。为了圣祖成吉思汗的这几个亲嫡孙，我会将皇族荣誉看得比自己生命更重！"话中有话，似表明不惜一死以呈心迹了。而拖雷忠君之

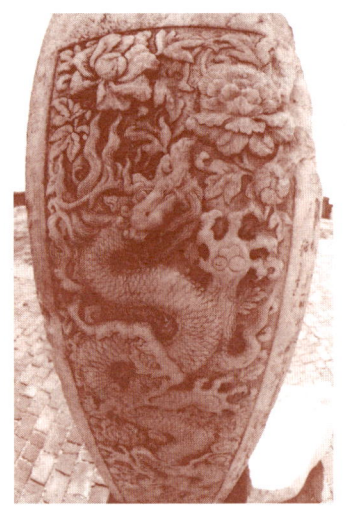

浮雕

成吉思汗祭祀图

死已被塑造得光芒四射，再加上耶律楚材那"从中作祟"，窝阔台大汗在一片惶惶然中似也只能叫停"关心遗孀"了。

往事悠悠，不堪回首……

而上述一切，也在拉施特的《史集》中均有记述，并且为此他还在书中对唆鲁禾帖尼发出了这样的感叹："她极为聪明能干，高出于举世妇女之上！她具有最充分的坚定、谦逊、羞耻心和贞洁！"这位生于波斯的犹太史学家曾在蒙元时期先后为臣，他的这种评价很可能代表了当时蒙古民族普遍的看法。而事实上也确实如此！她不仅忍辱负重地为拖雷维护了家族的荣誉，保存了一定的实力，而且还在悉心地教育着每一个儿子。据史载，她曾为幼子阿里不哥远聘中原名士李槃为"讲读"，很可能这就是造就了忽必烈"习儒纳儒"的源头。这一举措极具远见卓识，可称在宗亲贵胄家引进儒家治国理念之开先河者，但又不拘一格。当长期入质汗廷的长子蒙哥得以放归后，她又充分发挥他"西征英雄"的作用，深知崇尚武功的部将们急需一位经验丰富的统帅，便及时当着众人之面将长子蒙哥推举为"一家之主"，自己虽隐退幕后却仍发挥着超常的凝聚力，静观着汗廷的风云变幻并适时给予指点。

"继续忠于大汗……忍耐、等待……"终于要到头了……

不可否认，唆鲁禾帖尼对窝阔台家族积怨甚深。不管是不是"六皇后"这个女人在幕后操盘，她都认为窝阔台大汗及其家族是不可原谅的！忠实和忍耐只不过是为了等待，而忍耐和等待却有着更宏远的目标：那就是不能让丈夫白白死去，她要让儿子们继承父志，进而去实现圣祖成吉思汗的遗愿！1248年，当她从耶律铸耶律楚材之子、宫廷御用"必阇赤"那里得到密报，预先得知贵由汗正在暗中策划剿灭拔都及其封国时，她便当即看出"家族更替"的时机已经到来。随之，她又当机立断地把诸子召集于自己的寝帐，晓以圣祖遗愿及汗国未来等诸多大义后便当即委以重任：其一，命长子蒙哥率亲随数名连夜出发，严格保密，不惜累毙携带之骏马，也必须提前赶到拔都营地，亲口告知贵由汗阴谋并嘱之防备。其二，命次子忽必烈"悠然"返回汗廷，继续扮演"贤王"角色，静观其变，以游走于宗亲贵胄之间，不惜重金提前"广结善缘"！其三，余下两个儿子与自己一起坐镇吉里吉思封地，加大封赏，继续抚军，团结众将，厉兵秣马！

难怪贵由汗尚未与拔都交锋就会神秘地不战而死了……

随后所发生的一切也果不出唆鲁禾帖尼的预料：海迷失皇后的继续擅权乱政，两位皇子争位的政出多门，汗廷内外的一片混乱，朝野上下的人心惶惶……庞大的游牧帝国似就等着崩溃了。而此时忽必烈在汗都哈尔和林的"广结善缘"也在发酵，就连宗亲贵胄间也开始出现了"家族更替"之类的窃窃私语。而此刻的唆鲁禾帖尼却显得格外冷静平和，只允许长子蒙哥公开去探视生病的拔都，仿佛目的也只有一个：继续加深兄弟之情、将帅之情，还有母亲间那姊妹之情带给两大家族的特殊亲情……等到海迷失皇后和两位昏聩的皇子惊觉之时，似乎已经无力再威慑和掌控这两个强大的皇室旁系家族了，慌乱中似也只能病急乱投医，竟又重新推出当年窝阔台大汗钦定的"汗储"皇孙失烈门来"抵挡"。这显然是想以"正统"为旗号，先把汗位稳固于窝阔台家系然后再说。除此而外便是遣使游说于拔都和拖雷家族双方，极尽挑拨离间之能事，并欲以重赏厚封力促两家尽快分化瓦解。

但唆鲁禾帖尼闻之竟平和地"笑而待之"……

也难怪！拔都是个极重信义的人，在整个马背民族中享有极高的威望。他为人坦荡、个性豪放、作战骁勇，乃一位极具人格魅力的杰出军事统帅。如果他会受重赏厚封的诱惑，当时早就借贵由汗之死亲率铁骑趁势杀向汗廷问罪了。放着大汗的空位都不要，又有什么能动摇他重振圣祖成吉思汗伟业的决心？果然，就在海迷失带着两个败家子又在做梦时，1249年，他就于自己的地处今新疆的疗养地召开过一次"忽里台"贵族会议。据拉施特在《史集》中记述，面对着来自汗国各地的宗亲贵胄，拔都第一次公开提出了"圣祖大业为重，当择贤能子孙"之"家族更替"主张。并无视海迷失皇后派来的亲信巴拉以重臣兼暗探的身份与会，更进而直截了当且又庄严地"点名"宣示了自己的看法："在所有的宗王之中，只有蒙哥具备一个大汗所必需的禀赋和才能。因为他见过世上的善恶，尝过一切事情的甘苦，不止一次地统率军队到各地作战。他才智出众，在大汗和将领战士的心目中，都受到了最充分的尊重。按照蒙古人的习惯,父位是传给幼子的。而蒙哥正是圣祖幼子拖雷之子,因此他具备登临大统的全部条件!"又是"幼子守灶"权?随之巴拉便也公然跳出,以"窝阔台大汗已钦定皇孙失烈门为储"之"正统"论来抗衡。而拔都却丝毫不为所动,最终在双方力辩后竟"一锤定音"称:"我已向圣祖成吉思汗的后妃、窝阔台大汗的后妃和儿子们、唆鲁禾帖尼王妃及其他宗王和将领们,派去了紧急使者加以说明:在所有的宗王之中,只有蒙哥耳闻目睹过圣祖成吉思汗的'札撒'和诏敕。为今之计,要重振大蒙古国声威,大汗之位非蒙哥莫属!"

但唆鲁禾帖尼虽身在远方却知道:问题并不这么简单……

要知道,海迷失皇后和那两位败家子虽已"人心尽失",但毕竟尚掌控着窝阔台大汗留下的御玺汗印,足可以号令天下。且不说可用其重赏厚封再拉拢其他封国诸王,就单论不盖御玺就难召开名正言顺的"忽里台"确认新汗会议也是一道难题。果然,事态的发展又变得那么吉凶难测,就连蒙哥返回草原母地也需拔都派弟别尔戈领兵护送……谁料此时的唆鲁禾帖尼却显得越加安详和从容,竟累累劝诫起儿子们"少安毋躁"。史书云,她又充分发挥忽必烈"贤王"之能在皇室周旋,很快

蒙古汗国哈尔和林宫殿遗址

汉白玉雕龙柱

浮雕

便把从不受重视的窝阔台次子阔端也激发得对海迷失皇嫂"义愤填膺"了。再加上其他两位皇子也均怪怨"母后无能",又先后"另立山头",至此皇室开始分裂,海迷失皇后也日渐陷入了孤立。

唆鲁禾帖尼也难得地可以专心"含饴弄孙"……

难怪李治安先生这样评价她:"唆鲁禾帖尼以其智慧聪颖巧妙地运用了拖雷系的实力和诸王之间的派系矛盾,从而使自己的儿子们在新一轮汗位争夺中处于比较有利的地位,为汗位最终向拖雷系的转移铺平了道路。"当然,这"比较有利的地位"若无拔都那坦荡无私的挺身而出,这"铺平了的道路"也很难延伸至汗位。而作为术赤亲定的继承人,拔都统领的封国在东西道诸王中面积最大、国力最强、精兵最多、勇将最众,他也最具人格魅力,在整个游牧大帝国里是影响最大、最举足轻重的人物。不用拖雷家族自己"鼓与呼",由他出面参与更选新汗,似早"大局已定矣"!而从中也不难看出,唆鲁禾帖尼当初那命长子冒险的"通风报信",随后又命蒙哥远奔的"探病慰问",是多么睿智又多么具有远见卓识。

但令人不解的是,另一个女人竟突然同意召开"忽里台"……

似也不难解释。大难临头,汗位不保,海迷失母子三人似也只能惶惶然重新合成一伙。而海迷失皇后重打"正统"的旗号显然也产生了一定的效果：一些窝阔台大汗的旧日部众竟又纷纷转向当年的老主子，似乎认为只要能实现旧主遗愿，把皇孙失烈门扶上台，就算赌上一把也是值得的。再加上察合台封国的新主就是贵由汗违制亲手扶持上台的，为了报恩似也只能加盟于窝阔台家系。就这样，成吉思汗嫡子所统领的四大封国便日益形成二比二的对决之势。更何况，还有贴身亲信巴拉所统领的一批尝尽甜头、力保高位的旧臣旧将，这样天平就更加倾斜于自己。开！为什么不开？权令智昏！随之海迷失竟又做起擅权专政的女皇梦了。

时间：1251年一月二十五日。地点：母地阔帖乌阿兰草原。

说实在话，召开会议还有一个重要的原因，那就是这次确认新汗的"忽里台"贵族会议再难拖下去了。整整拖了三年，再拖很可能要拖出大乱子来！见好就收，改用他计！随之便将前来赴会的东西道诸王贵胄拦于半途，并遣亲信悍将横马厉声宣示："贵由大汗尸骨未寒，有人就敢胆大妄为！皇后命臣将告知诸位，汗廷有议，绝不同意另立其他家系之人为汗，更视私自召开那'忽里台'之议立为谋篡！"可视之为预先定调，预先设限，预先以威胁公开警告！谁料拔都闻之竟哈哈大笑曰：谢过提醒了……可见早有成竹在胸，说毕扬鞭策马率众继续前行！

海迷失此举只能适得其反，激起诸王共愤……

她此时才得知拔都是有备而来。海迷失明白，只凭自己操控的两大家系之实力，没有一个人可与这位马踏欧亚的统帅相匹敌。既然不能动武的，那就继续来阴的。好在还是二比二，就让其他权贵跟着"无所适从"去吧！随之，就在"忽里台"贵族会议的诸多贵胄刚刚凑齐时，海迷失竟联合窝阔台家系与察合台家系所有宗王贵胄突然宣布拒绝参加，并命巴拉陪同一位德高望重的宗室长辈前来质问拔都："汗位应当是窝阔台家系的，你怎么能擅转给他人？"巴拉也趁此欲展辩才："合罕也欲谋逆行篡，欲效斡赤斤·铁木哥乎？"语未了，已被拔都一声怒喝提离地面："好你一个奸佞的小人！"继而顺手一掷将其掷于门外，然后这才转身又不卑不亢地对宗室前辈解释起来："感谢前辈提醒！但我已有言在先，绝不能就此收回！我之所以拥立蒙哥，并非一时之感情冲动，而是考虑到要统率领土如此广袤的

震撼崛起——成吉思汗及其英武儿孙

大蒙古汗国,并不是贵由汗所留下的那几个不懂事的孩子能担当得了的。考虑再三,也只有蒙哥才能担当起这个重任!敢问前辈,国与家孰重孰轻?"

长者闻言匆匆走了,只留下拔都抚案欲仰天长啸……

这突显了一个刚毅男子汉在此时此地此情此景下,那种特有的责任感、悲壮感,尤其是那饱经沧桑的苍凉感!但他没有发出声来,只是按着腰刀把柄久久地向茫茫的大草原凝神远眺……而"忽里台"召开前夕,阔帖乌阿兰营地里一切已经布置就绪,但窝阔台家系和察合台家系的所有宗王贵胄依旧顽拒参加。海迷失以为没有他们"忽里台"绝难开成,致使其他宗室贵胄也变得犹豫不定了。当拔都之弟别尔戈回来急禀后,拔都合罕真的动火了,再不令人传言解释或劝说,顿时拔刀在手,再现悍帅本色,厉声曰:"你尽管与忽必烈安排蒙哥即位之大事,那些胆敢违背'札撒'的人都得掉脑袋!"拔都的性格,向来是说到做到,从不含糊,更何况是有备而来且又手握重兵!此令一经传出,东西道诸王拼命纷纷赶来赴会。再加上号称"贤王"的忽必烈四处游说,首先策动窝阔台大汗第二子阔端率先"起义"。软硬兼施,致使海迷失皇后所掌控的两大家系也开始土崩瓦解了。至此,这次与草原汗国命运攸关的"忽里台"开得特别顺利,最终圆满地将汗位由窝阔台家系转给了拖雷家系,从而结束了前后两位皇后近十年的监国乱政,成为马背民族公认的汗国历史转折点!

正当举国欢庆之际,首功之臣拔都却早已返回远方的汗国了。

而那伟大的母亲从此似乎也隐没于历史之中。

他们均找准了自己的"位置"……

蒙哥大汗:一位重振草原雄风的君主

1251年,即蒙古史称的"猪儿年"夏初。

蒙哥大汗在汗都哈尔和林正式登基即位,是为"也客蒙古兀鲁思"第四任大汗。从此,汗位的承袭彻底转换到拖雷家系。

【第四辑】

蒙哥大汗治国以严，极具鲜明的个性特点……

史书称其"刚明雄毅"，他即位伊始便严遵母命，开始雷厉风行地重振汗国了。在忽必烈的辅佐下，他首先从窝阔台晚期及贵由当政时留下的种种弊端入手整顿朝纲：废"宽纵滥赏"，行"严控财赋"；停"政出多门"，行"集权一身"；禁"群臣滥权"，行"唯遵汗令"等。更进而任命忠直旧臣镇海与芒哥撒尔为统领大臣，从而很快便恢复了成吉思汗之"札撒"（法令）和"必力克"（语录）所规定的秩序。蒙哥大汗的做法之所以能"立竿见影"，关键均在于他"以身作则，律己甚严"。他不仅"不乐燕饮，不好侈靡"，而且还常常"日理万机，通宵达旦"。再加上他自己又天生"威严寡语"，他所用的重臣如芒哥撒尔等也均"忠勇偏执，生性严酷"，故登上大汗之位尚不到一年的工夫，蒙哥大汗便将宗室大权、汗廷阁权、"怯薛"军权，集三权为一体牢牢掌控于自己手中。这也算是"顺应民心"，突出的成就便是让每一个马上健儿又充满了民族自豪感！

蒙哥大汗为何能迅速地取得如此辉煌的成就？

究其原因，似乎还得从头说起。虽然史书为窝阔台大汗极力掩饰，只称"爱之难舍，遂抱养于金帐之中"。稍长，又称对其"宠信有加，敕建王府，并亲为之选妃成家"，颇为骄纵，致使

蒙哥大汗

蒙古汗国帝都——哈尔和林

震撼崛起——成吉思汗及其英武儿孙

他几乎忘掉自己"质子"的身份。多亏后来窝阔台命他参加了"长子从征"（也有史称这或许是"借刀杀人"），在拔都统率的"第二次西征"中他才逐步开阔了眼界，明白了真相。尤其是父亲拖雷神秘之死对他的刺激和震动最大，只不该他竟认为这是耶律楚材用中原那一套先软化了父亲的骨头。从此，他不但对窝阔台大汗及"六皇后""久蓄异志"，而且也对儒家学说"深恶痛绝"。同时，他成为"西征英雄"之后，即已开始选用追随自己征战的忠实将领培植亲信，比如父亲的托孤老臣芒哥撒尔，自己从小的护卫统领兀良合台，唯崇祖制的悍将阿兰答儿等。当然，对他影响最大的还是母亲唆鲁禾帖尼。她那和"六皇后"形成强烈反差的高尚人品、睿智与远见、从容与镇定、善良与坚韧、柔顺与果断，还有那对丈夫的矢忠与对孩子无尽的爱……这一切均坚定了他力挽狂澜、实现圣祖遗愿的决心，一登上汗位便全力以赴地抓根固本、重振河山。

有关蒙哥大汗这方面的历史记载颇多，现仅举几例——

其一，史称他"御群臣甚严"：不仅每日命"必阇赤"耶律铸常伴左右，以将众臣功过优劣分记入册作奖罚用，而且对有功之臣也专门下旨训诫曰："如果汝辈得到朕的奖谕之言，从此就得意忘形志气骄逸，那么灾祸能不随之至乎？汝等诫之！"

"常乐站"铜印

蒙古军攻城图

其二，史称他"不徇私情"：就连对自己昔日的统帅、今日之恩公拔都的两项请求，他也只为了"防患于未然"而仅诛杀了贵由汗所任命镇守波斯的统帅野知吉代。却对另一项"奏请降赐白银一万锭以购珠宝"之请求，蒙哥大汗竟下谕驳之曰："祖宗所积之财富，岂能滥赐予诸王？现送上白银一千锭，尚须充今后岁赐之数！"而有史记述，拔都接谕旨后也哈哈大笑道："果不愧为吾选中之大汗也！"

其三，史称他"严崇祖法"：虽说斡赤斤·铁木哥谋篡贵由汗位时曾"互为对手"，但在他继位之后却唯遵"札撒"和"必力克"。他不仅以"敬长之礼"恢复了斡赤斤·铁木哥的封国，而且召其孙塔察儿继承了王位，迅速平息了圣祖诸子与诸弟的对立，受到东道诸王极大的拥戴。因此激发了塔察儿对拖雷合罕"丰功伟业"的怀念，遂率领东西道诸王跪请追谥拖雷为第三任蒙古大汗（史称"睿宗"），并追谥唆鲁禾帖尼王妃为"圣母皇太后"。蒙哥大汗虽此时也"有暇顾私"，但直到母亲逝世之后才敢"纳议追谥"。

其四，史称他"事必躬亲"：虽然说他也"藐视汉制"，一封皇后就是四五个之多，但他更多时候却往往独宿于窝阔台时期建成的"御书房"里，只不过把陈列于书架上的儒家经典和中原史籍统统撤掉（他认为此皆父罕被害之祸源），改为一张卧榻以供夜眠。《元史·宪宗纪》对他的"事必躬亲、日理万机"曾有过这样的描述："凡有诏旨，必亲起草，更易数回，然后行之。"这在蒙元大汗中是绝无仅有的，后人曾有过"与始皇帝（指秦始皇）之躬决大政相比，有过之而无不及"之说。况且蒙哥大汗尚有夜读圣祖"札撒"与"必力克"的习惯，常持卷沉思通宵达旦，是已微露从一个极端走向另一个极端的倾向，但其"励精图治"的精神还是震撼了朝野，能不"上行下效"吗？随之便是"朝纲大振"，草原汗国又现昔日雄风。但他似乎还不满足，为彻底尽除从"六皇后"到海迷失皇后的"祸乱宫闱"之根，他竟首先从自己的后宫下手了，同样也绝不手软，而且是"一石多鸟"……

有史可查，这一日蒙哥大汗将深宫后妃齐聚内殿，并命诸弟也携妃妾均来参与。在旁观者看来，这显然是一次皇室内部的宫闱亲情聚会。却谁料亲情未现，竟先见到两个神情严肃的"外人"：文的即因"报讯有功"继续留任的"必阇赤"

耶律铸，武的即随后将更加"赫赫有名"的亲信悍臣阿兰答儿。文的倒也继承其父耶律楚材之遗风，举止温文尔雅，颇显谦谦君子风度；而武的就不一样了，昂首而立，尽显一脸骄横。也难怪！此时的阿兰答儿已绝非仅为战将的阿兰答儿了。他的地位越来越高，不仅成为蒙哥大汗的亲信重臣，而且也是审判海迷失皇后谋逆案的主审官之一。海迷失皇后是又一个死不悔改的皇后级的女人，正好拿她当作反面教材！原来，正当蒙哥大汗与众宗王贵族在怯绿连河畔举杯欢庆大局已定时，海迷失皇后仍然不甘心失败而大搞阴谋，唆使皇孙失烈门暗中策划行刺，并伪应之成功之后由其入继汗位。据史载，武器均密藏于车内，伪装成进贡食物，士兵也手无兵器改扮成进贡的牧人。眼看渐渐接近宫帐，大事就要成功，却被一个叫克萨杰的鹰夫偶然发现，遂致彻底暴露。随之，蒙哥即派出重臣芒哥撒尔率阿兰答儿前往平叛，剿灭后又命二人继续审理此案。追来查去终于揪出了幕后元凶，还是这位"蠹国乱政"的海迷失皇后。取供的方式相当残酷：先用湿牛皮紧紧裹扎其双手，而湿牛皮遇晒则越缩越紧。一个女人娇嫩的双手怎么能忍受由此产生的剧痛，故也只能任人牵着饱受折磨。后又剥光了她的衣服，让她赤裸裸地当众受尽羞辱。虽然海迷失也曾哀叫抗议："我之肌肤只能裸于贵由大汗面前……"但无用，后为求速死，似也只能"尽皆招供"。最后，海迷失与失烈门之母两个女人被一张大毡裹起来，"命人托举抛之于大河波涛之中，以谢罪于天下……"这一切均是阿兰答儿引以为傲的"杰作"，而且也是蒙哥大汗将其召至深宫大内的重要原因：命其向拖雷家系的后妃们绘声绘色详述海迷失的下场，并在后妃们的一片战战兢兢中，又当即命耶律铸宣读事前专为后妃们拟好的三条谕旨——

一、后妃们不准干政，更不准私下擅权，违者当以海迷失下场自省之！

二、后妃们之衣食消费，均应自律并严加限制，绝不允许恣意挥霍，违者当以海迷失下场自警之！

三、后妃们均轮幸入宫侍奉，非应诏者不得擅自返回。平时均住守于各自在草原之"斡耳朵"统领属下诸臣，以教习子孙熟读圣祖之"札撒"与"必力克"，并娴悉弓马为己任。

此举是显得有些冷酷和偏执，但蒙哥大汗能先从自己的后宫入手，彻底解决后妃们擅权乱政的问题，似仍不失为一位草原君主刚毅之举。至于说到"一石多鸟"，让诸弟带着王妃们来"旁听"，似目的也已经达到了。一方面他"以身作则"告诫诸弟要活得更有男子汉气概些，一方面又"旁敲侧击"警示弟妃们不得祸乱皇室，行挑拨离间之事。总之，蒙哥大汗整肃后宫之举一经传出，他在朝野上下的威望急骤升高。可也就是在此时，那早已隐没于幕后的伟大母亲终于悄然去世了，临终只留下了一句话："不许你手上再沾上兄弟们的血……"原来母亲并不完全放心，或许是她老人家已预感到了什么。史称蒙哥大汗"事母至孝"，他当然明白母亲遗言的深刻蕴意。

其实，他也早已预防着此类历史悲剧的重演……

当历经家族种种劫难、兄弟们重新团聚后，他似更理解了什么叫"手足情深"；当历经种种波折，家族齐心重新夺回汗位后，他似更理解什么叫"兄弟合力能断金"！应当说，他除了深深地挚爱着诸弟外，对每一个人进而是非常了解和颇为宽容的。比如，对老二忽必烈的"纳儒习儒"虽不以为然，却尚能睁一只眼闭一只眼"广纳其议"，史称"大率言听计从，赐允施行"。而对老三旭烈兀的"欲学拔都统帅，异域自辟封

元上都南城门

元上都东城墙

石像

震撼崛起——成吉思汗及其英武儿孙

国"却大为赞赏,竟公然予以肯定、鼓励和支持,史载其赞曰:"此乃我圣祖真子孙也!"唯对幼弟阿里不哥从小那"骄纵任性、自以为是"有点头疼,但由于偏爱却也能常带身旁施之于教,史称兼显"对幼子守灶之不忘"……总之,当一个杰出的大汗是难,当一个好的兄长似更难!只不该思来想去,竟又把彻底解决的办法归为"皈依祖制"。然而,这重新再提古俗古风尚需一个重要的前提:以圣祖成吉思汗的遗愿为号召,继续发动征服战争!为此,便有了史书记载的这一幕——史称蒙哥大汗喜"走马田猎",随之便召集诸弟狩猎于野性勃发的草原与林莽深处,带头纵马猎射,所获猎物颇丰,遂有了他那段在蒙元历史上颇为有名的论述——

骑兵骑射陶俑

骑兵骑射陶俑

  吾等的父兄们,过去的君王们,每一个均建立了自己的功业,攻下了某个地区,在人们中间提高了自己的名声!没有战争哪有大蒙古,没有大蒙古又何来吾等?成吉思汗的每一个子孙都应是天生的征服者,为大蒙古继续开疆拓土将是吾等永远的天职!

此言极具煽动性!一经传出,便当即引得马上健儿又是一阵阵狂热的欢呼。也难怪!两位女性监国先后擅权乱政将近十年,都快把圣祖所创的伟业毁之殆尽了。而蒙哥大汗所提及的"天职"之说，顿时便又激发起马背民族"群体性"的热血沸腾。更何况，随后便又传说大汗又有谕旨："每一个蒙古人一出生就是战士！终身的职业就是战争！"从此草原上便只闻磨刀霍霍战马萧萧，无数铁骑均亟待着重新冲出草原！

随着圣祖最初"以战治乱"之策的重启，"文治"也就此告一段落……

由此可见，蒙哥大汗虽被史称"刚明雄毅"，却绝非是"有勇无谋"。在向亲兄弟们透露之前，即做过长时间的思考，围猎之后又做过周密的布置。如旭烈兀颇具统帅之才，他就为之配足兵马，于东西道诸千户中每十人抽二人，以充实军力，迅速突袭波斯并不断扩大战果。而忽必烈则擅长运筹帷幄，他便为其广选良将。由于漠南汉地情况颇为复杂，又兼为草原腹地的粮库与银库，他又授权忽必烈可见机行事、蓄势待发，以最终彻底灭掉"南家思"——南宋！在顽固守旧的宗亲贵胄看来，这就是蒙哥大汗在彻底"皈依祖制"。他先将两个年长的王弟打发出去，而只将幼弟留在身旁辅政，这也可算在确确实实严遵祖制的"幼子守灶"之训。为此，当然又会获得一片喝彩和更广泛的支持！由此可见，蒙哥大汗虽已摈弃儒法，却似仍不忘圣祖遗愿，只不过将"入主中华"改为了单凭硬实力，重归无休止的武力征服！

但不管怎样，古今中外的史学家尚对他的评价不低——

《世界征服者史》中说："游牧君主和蒙古大汗的属性，始终在蒙哥身上得到了完美的体现和延续。"

而波斯史学家拉施特则说，"他具有强烈的蒙古中心主义和骄傲感"，乃"继成吉思汗之后又一代杰出的蒙古君王"。拉施特，曾以色目人臣的身份亲身经历蒙元几代的风云变幻，他之观点尚是客观可信的。

中国近代学者更总结说，他是"入继中华大统"的探路人。

性格即命运！当然他还会雄心勃勃地去为自己续写"辉煌"。而欲超越前人的丰功伟绩，必须先有人去"前仆后继"，即使亲兄弟也不例外！

随之，继旭烈兀率领千军万马冲向中南亚之后，忽必烈也即将带着他那批"奇形怪状的废物"出发了——

震撼崛起——成吉思汗及其英武儿孙

抚治漠南！为大汗武力征服整个华夏先行"搭桥"。

大元王朝仍很遥远，尚犹如"海市蜃楼"般。

但又似在步步走近……

蒙古汗王猎鹰图

第五辑

【本辑提要】到此，游牧帝国的前四任大汗均分别概略介绍过了，但直到此时，忽必烈也只不过是蒙哥大汗"征服华夏"通盘部署的一个"马前卒"。历经四任大汗，似乎汗位和他越来越不沾边儿，当然大元王朝就更无从说起。而且自伟大的母亲去世之后，他好像从此就失去了庇护。由于治国理念等诸多不同，他竟在皇室中日陷孤立。蒙哥大汗更对他由信任逐渐转为猜忌，此次派他抚治漠南就多少兼有考察其"忠诚"之意。果然，未曾出师，这第一道难题就已经摆在他的眼前了——

震撼崛起——成吉思汗及其英武儿孙

忽必烈前期的政治角色：马前卒

蒙哥大汗到底给他出了一道什么难题？姑且按下暂时不表。为了证实他的前程并不明朗，似尚需回顾一下他那命运多舛的前半生。

起伏跌宕，不堪回首……

好像史书中所记载的有关他出生之种种"瑞兆"均为痴人说梦，就连那"马厩上的雄鹰飞报喜讯"的传说也似无稽之谈。但神话可以不信，而正史却对那"辉煌预言"有记载。1224年，成吉思汗西征凯旋，年刚十岁的忽必烈也曾随大人们一起前去迎接。为让伟大的祖父高兴，他和三弟旭烈兀还当众表演了一场儿童围猎，骑马张弓，角逐草原。忽必烈射中了一只狡兔，旭烈兀射中了一只小野羊。按古俗，儿童们第一次得到猎物后，长辈要为他们举行一种名为"牙哈拉迷失"的隆重仪式，即将初获猎物之血涂在长者的拇指上，以示将无愧于马背民族的子孙。但旭烈兀动作粗鲁，把祖父的拇指搞得生疼，而忽必烈却轻轻捧起成吉思汗的大手，极有礼貌地将兔血涂抹在祖父的拇指上。野性的仪式在脉脉的温情中结束，成吉思汗当即给予这个懂事有礼貌的小孙孙热情的赞扬。从此，小忽必烈得到了祖父特别的喜爱，常陪伴其身旁不离左右。成吉思汗有时还命贴身文侍耶律楚材给这个小孙孙讲些人生的大道理，故这位契丹大儒很可能就是忽必烈认识儒学的启蒙者。史书载，耶律楚材为他讲了许多中原历代帝王兴衰更替的故事，其中尤以唐王李世民的为多。后来，成吉思汗虽又去远征西夏，但对这位小孙孙依然关怀备至，并留下了这样惊人的预言："彼将有一日据吾之宝座，使汝辈将来获见一种命运，灿烂有如我在生之时……"圣祖此语一出，似已注定了少年忽必烈必然前程似锦！

却不料圣祖辞世不久，辉煌的预言竟突然化成了一场场噩梦……

1232年，父亲拖雷年方四十岁，便成了实现圣祖遗志彻底灭金的最大的功臣。但正当忽必烈为英雄父亲欢呼雀跃时，却蓦地传来了父亲神秘死于北返途中的噩耗。在随之而来的草原暴风雨中，母亲似经受不住这意外打击，一直在悲痛的沉思中"与天地同泣"。其时，忽必烈刚刚年满十八岁，但似已从母亲悲恸的泪水中意识到了什么。而他毕竟才是个"初长成"的青年，随之便纵马驰向暴雨乍停的茫茫草原。满腔的悲愤需要宣泄，狂奔中他高举双手向着黑暗的苍穹呐喊了："主宰一切的长生天啊！神不是谕示忠诚之人必有好报，为什么我的父王却遭此灭顶之灾啊？"夜幕沉沉，久未见答，他又呐喊着质问起祖先："无所不知的圣祖啊！您不是向孙儿的父王预言过，'你将拥有许多军队，你的儿子们将比其他宗王们更为独立和强大'！为什么没有应验却反遭如此横祸？"《蒙古秘史》确有记载，但圣祖已不可能答复。蓦地，远方似有什么动静，再抬头望天，便只见云隙中竟闪现出一弯残月。冷光幽幽，又陡然看见凄凉的原野上正屹立着一群狼，但并未发出哀号，而只是莫名地仰视着残月，久久地一动不动。第二天他再请示母亲："当如何应对之？"母亲木然间只回答："继续忠于大汗……忍耐、等待……"言简意深，致使青年忽必烈一夜间便骤然成熟起来。

也就是在此时，他才彻底理解了久久不见长兄蒙哥的原因……

为尊重大汗的威严，母亲从来就是为尊者讳的。原来，窝阔台早已把长兄当作"人质"，化作笼头牢牢控制着忠于圣祖遗愿的父亲，难怪父亲会喝下那杯萨满的巫水"以弟代兄"而死。但此举并没有换来"质子"的解脱，却反倒迎来了接踵而来的劫难。似汗廷的目的不仅在于人，而是圣祖分封给幼子那高出其他诸子的雄厚

忽必烈像

蒙古文书

实力。没有任何人敢公然去改动成吉思汗生前的安排，即使包括新汗在内，稍有妄动也会被马背民族视之为大不敬。况且拖雷在游牧帝国中威望又是那么高，要想夺取他那遗留的实力似必须变换手法。随之，忽必烈便在质兄、丧父之后，又先后经历了削兵、激反、辱母、柔性吞噬、变相灭族等种种屈辱……应当承认，主要是凭着母亲那圣洁的忠诚与睿智、高尚的柔韧和坚强，带领整个家族渡过了一道又一道难关。但也不可否认刚刚十八岁的忽必烈在其间所起的作用，因为两个弟弟尚小，似乎他就必须"提前成熟"以代替父兄维护家族的生存。他整日里为统领部将、联络千户、听候母亲的调遣往返驰骋于茫茫的大草原上。完全可以这样说，这阶段他是在劫难中奋起，在屈辱中成长，同时也在悲怆中痛苦地思索着自己和汗国的未来……好在那柔性的吞噬竟突然不了了之了——当然忽必烈并不了解内幕——因为他正遵母命完成他的第一次婚姻。夫人虽来自一个小贵族家庭却美貌绝伦贤惠无比，名字叫：帖木古伦。这是一段相对幸福的生活，竟使他试用耶律楚材所讲中原帝王治国之法管理部众颇有成就。史称，好像也是由于这位契丹大儒的引见，他的大帐里第一次出现了一位汉儒：晋人赵璧！但他的噩运似乎并没有到头，随之迎来的便是对他个人情感生活的连续打击：好不容易盼来的第一个胖儿子，刚满六个月就不幸夭折了。

这还不算，到第二年帖木古伦再次临产时，又因难产，大人和孩子一起全没了。失去爱妻帖木古伦几乎使忽必烈精神崩溃，一蹶不振，致使草原汗国到处都在传说拖雷的二儿子原来是个倒霉透顶的人。

后来，多亏母亲把他的注意力引到治理封地上……

而忽必烈原本就是个极具雄心壮志之人，为了彻底忘却丧妻失子之痛，也就更全身心地投入到重振家族之中，在年轻汉儒赵璧的帮助下累试新法，使拖雷家族日渐摆脱了濒危的困境，初现了昔日的雄风。而此时的兄弟四人面对内忧外患确实也能"合力齐心"，就连长兄蒙哥"西征荣归"汗廷后也在暗中对他鼎力相助。比如，忽必烈的第二次婚姻，就是长兄蒙哥出于稳固和扩大家族实力的考虑撮合而成的。这在蒙元转型史上可算得一件大事。这里似必须先插上一笔补叙之：弘吉拉草原，成吉思汗大皇后孛儿帖生身之地。不仅以盛出美女而闻名，而且在历任大汗的心目中均具有特殊崇高的地位。就拿窝阔台大汗来说，登基后"为报母恩"又曾对弘吉拉大加封赏，不仅将母亲的幼弟晋封为王爵，赐号"国舅"，而且尚与其相约"生女当为后，生男尚公主"。尤其在拖雷不明不白猝死之后，似对母亲深感愧疚，更对弘吉拉"宽纵滥赏"，致使按陈王逐渐成了外戚之首，在皇室宗亲中有着极大的影响力。更重要的是，蒙哥早已探知忠直的按陈王对外甥拖雷神秘之死也颇有看法，悲痛间曾表示将极力扶助遗孤，而他正是看准了窝阔台大汗晚年从不问政，趁机秘密向按陈王提出了"联姻"的要求。史称"王尚犹豫"，却谁料他那"回眸一笑百媚生"的十七岁的小女儿却因"深知忽必烈累遭不幸"，竟出人意料地"挺身而出"，"劝父应允"。按陈王这个极具远见的小女儿名叫察苾，正是一位即将为改变蒙元历史进程做出杰出贡献的女性……此后不久，忽必烈终于又有了个"家"，而唆鲁禾帖尼也平添了一个贤能的小助手。虽后世也有史学家称"蒙哥不纳，畏引火烧身也"，而将由"生女当为后"可能带来的猜忌转嫁于一个公认的倒霉蛋儿身上，似仍不失为一种"既可避祸又可结盟"的两全之策。但不管怎样，这个阶段兄弟四人为家族的崛起确是齐心合力的。

而在这时，窝阔台大汗也正好驾崩于万安宫中……

震撼崛起——成吉思汗及其英武儿孙

按说,再无人顾及这桩可疑的婚姻了,而这也正是重获幸福的忽必烈施展身手的好机会。因为,就连"六皇后"这时也发现自己有点"操之过急",虽汗位是空置以待,但没有了丈夫前期功业所形成的权威,也再难拉虎皮作大旗了。正如前面所讲过的那样,为扶植长子贵由成为"傀儡"以达永享权瘾之目的,似乎也只能改为"权力交易"了。随之,拖雷家系的长子蒙哥才得以以解脱"人质"的身份回到母亲身旁,但这一切就意味着忽必烈的地位必须会被"西征英雄"取而代之,从此再不能依托广袤无垠的吉里吉思大草原再实践自己的种种设想。但他对母亲这种极具远见卓识的安排还是极为敬佩的,因为他已深知长兄那赫赫战功能对部众产生更大的威慑力、凝聚力、号召力。随之他的命运就又发生了根本性的改变,从一个家臣家将的统领者又迅速转变成为一个唯命是从的"马前卒"。再后来,长兄又以为壮大家族实力、难以脱身为借口——其实是怕"六皇后"暗下毒手,竟干脆让他远离家族权力中心而到汗廷去应对种种不测。日久天长,窝阔台大汗为长兄事先建的藩邸竟成了他久居之所。历经"六皇后"到海迷失皇后的"擅权乱政"的全过程,他竟因左右逢源而混得个"贤王"之名。其实对于马背民族来说这也不无贬义,只有那些无兵、无马、无战功的宗亲出于无奈才求这种"好名声"。其间,他曾想为新登基的贵由大汗助一臂之力,没想到"三把火"没点完就受到长兄蒙哥的警告。命运蹉跎!对一般人来说,早已"三十功名尘与土",再何谈实现圣祖成吉思汗的遗愿和预言?

但忽必烈毕竟是忽必烈……

果不愧史称他"度量弘广",似十年来一直甘愿诚惶诚恐地扮演好一个"马前卒"的角色。他尊兄敬母,顾全大局,忍辱负重,唯命是从,似只知为拖雷家族之强大和崛起而无私奉献。难怪他那首位召纳的贴身文侍赵璧常对外帮他宣示曰:"人言,三十而立,四十而不惑,吾主则三十已知天命不可违也!"效果颇佳!总算维系了拖雷家族"兄弟合力能断金"的局面,彻底实现了母亲的最后心愿:最终将汗权由窝阔台家系转归了拖雷家系,蒙哥也从而登上了大汗之位。

虽为兄弟,但作为人臣,他似乎活得更战战兢兢……

也难怪！史称蒙哥大汗"刚毅雄明"，其实他早从自己归来前的诸多政绩上看出了忽必烈的"出手不凡"。但越是这样，他就本能地越加提防，日久天长竟将忽必烈在诸弟间视之为"异类"。多亏其时母亲尚在，似也只能"广纳其策"以示信任。除此之外，还在登基之后将忽必烈改称"皇太弟"以示尊崇。但实际对待他却与另外两位兄弟大有差别：幼弟阿里不哥依祖制"幼子守灶"，承袭了吉里吉思的草原封地和大量的千户与部卒，二弟旭烈兀为准备向中南亚扩张，也统领了众多的猛将与铁骑；唯有忽必烈未封寸土尺地、一将一卒，似仍只能留在汗都的藩邸继续扮演那"贤王"的角色。

好在忽必烈始终是那样无怨无悔，唯命是从⋯⋯

所幸蒙哥大汗胸中那壮怀激烈的征服大计终于形成，久经考验并一贯恭顺的忽必烈才终于得到个"外放"的机会：未雨绸缪，利用其习儒之所长，受命抚治漠南，为最终跨江征服"南家思"一统天下而"搭桥"。

却谁料，他命儒僧刘秉忠带几位家臣赴漠南选定驻跸之地，但眼前却只有大汗任命的诏旨，并没有开拔的日期。

蒙古汗国哈尔和林宫殿根基

显然在这道难题下还隐没着一个更深层次的原因——

有关那群"奇形怪状的废物"……

忽必烈早期的"纳儒"与"习儒"

确实形象欠佳,而且影响不好……

这不仅仅伤害了"唯崇祖制"的蒙哥大汗那引以为傲的民族自尊心,而且也引起了汗都哈尔和林的一些宗亲贵胄的强烈不满:这算哪家的皇太弟?不思弓马,不思征战,成天尽和一群"奇形怪状的废物"搞到一起!

确实如此,这就是早期儒者留给草原都城的印象……

有史可考,经赵璧四处代为"招贤纳儒",早期出现在忽必烈藩邸里这批侍从谋士确实颇引人侧目:有的着僧衣,有的着道装,有的披蒙裘,有的穿汉服,有的衣着半蒙半汉,有的穿戴似文似武。有的光头,有的长发,有的嘴上无毛,有的却蓄着浓须。即使蓄须也分门别类:有的仅上唇留"八"字胡,有的则是蓄五绺长须,有的乃中原式浓密的络腮胡子,有的乃西域人经修剪的连鬓短须。而且,他们还有的白眼看人,有的则低眉自吟,有的高傲寒酸,有的则摇头晃脑。但也有一个共同点:肩不能挑担,手不能提篮,既不会放羊,也不会牧马,更不会拉骆驼。

汉白玉像

建筑构建

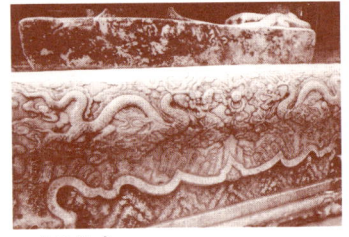

建筑构建

其中大多数为中原所来汉人，但又不乏女真人、契丹人、畏兀儿人，甚至蒙古人等。故将忽必烈这批藩邸侍臣称为"奇形怪状"，也似并不过分，但"废物"却未必。

但他们的确是显得和新兴的游牧帝国的都城格格不入……

须知，哈尔和林发展至今已颇为繁华了。除巍峨的万安宫外，各宗王贵戚的豪宅也纷纷竞起，而与之相适应的酒肆、饭店、珠宝铺、脂粉店、粮行、柴市、盐帮、茶庄，甚至连青楼妓院也随之应运而生。唯和中原城市不同者，城郊是里三层外五层密密麻麻的蒙古包，而稍远尚不乏一座座宗王级的"斡耳朵"。这说明城里府邸只为摆谱，此才真正为享受之地！虽多有中原制式建筑，仍是典型的草原蒙古城市。故这群"奇形怪状"之人物，行走在闹市间，与宗亲贵胄、"怯薛"行伍、文武官员、行商臣贾、王孙公子、贵妇小姐、侍女仆从等相比，特别显得"异类"而且引人注目。为此，大多人皆同意阿里不哥宗王之说，一群"奇形怪状的废物"！更有甚者则称此乃"贤王贤痴"，养了这么一批专门靠嘴皮子混饭吃的文人叫花子！

而忽必烈却暗中视之为"国之瑰宝"……

确也如此，这批人中是出了不少日后大元王朝的开国勋臣。但首先应提到的即1242年就成为忽必烈贴身侍从的赵璧。赵璧，汉族，今山西怀仁人，金末活跃于北方的年轻名儒，忽必烈一直昵称他为"秀才"，并命察苾亲手为其缝制皮裘，肩负重要使命之一便是"驰驿出使四方，广诏天下名士"。故这批"奇形怪状的废物"之出现，大多均与他有关。忽必烈并命他习蒙古语蒙古文，在马背上译讲《大学衍义》。入元后曾在一封诏书中这样夸他："素闲朝政，久辅圣躬，柱石庙堂，经纶邦国！"此是后话，但当时却为这帮"奇形怪状的废物"之统领。他由蒙哥入质期间先在封地内的"小打小闹"，到后来被遣汗廷趁朝政混乱之"广招广纳"，借宗室间争权夺利无暇他顾之机，先后在藩邸之内招揽了一批此后必将影响蒙元历史进程的人才，如亡金状元王鹗、金末理学大师许衡、中原儒学名家窦默、涉身于儒释道三教的和尚刘秉忠，以及诸如姚枢、廉希宪、张德辉、郝经、张易、李冶等一批

震撼崛起——成吉思汗及其英武儿孙

名闻一时的文人与墨客。

虽可谓"群贤毕至",但也只能仅挑三位略加介绍——

姚枢,汉族,今辽宁朝阳人,却生于今山西汾阳。自幼即苦读儒家经典,青年便有名儒称其有"王佐之略",在窝阔台大汗与海迷失后期曾两度应诏北上,后均因"未得明主"弃官而归。虽仍"戎服虮虱",但隐居中却以刊印儒家经典为己任。广络知友与门生,是为北方理学领袖之一。此次应诏随赵璧北上,见忽必烈"聪明神圣,才不世出,虚已受言,可大有为",就留于藩邸甘为谋臣。又因其通晓蒙古语,并能兼顾蒙古宗王的认知与接受程度,忽必烈"奇其才识",颇为倚重。史称"动必见询",很快便难离宗王左右了。

廉希宪,畏兀儿人,世代贵族。其父孛鲁海牙随国主归附成吉思汗后,遂举家移居于燕京。虽笃信伊斯兰教,但儒家学识也颇深。因孛鲁海牙曾任"燕南诸路廉访使",故择"廉"为姓,生子取名廉希宪。而史称廉希宪"自幼魁伟,举止异凡","因其父崇尚儒学,故广延名师教其读经"。1249年随其父赴汗廷述职,经赵璧举荐入侍于忽必烈的藩邸,时年十九岁,已蓄连鬓短须。因其伴驾之余总是手不释卷,故得到忽必烈的嘉许并称其为"廉孟子"。史载此称"广为传播,伴其终身"。然其武功也非同小可。有一次近侍们在忽必烈面前校射,欲取其腰插三矢,廉希宪喝止曰:"汝等以为我不善射乎?"遂取强弓一试,三箭皆中。忽必烈赞曰:"文武全力,吾又得一儒将也!"后在大元王朝创立时,他文武均能独当一面,累建奇功。

郝经,汉族,今山西陵川县人。自幼即"好学敏思",不尚程朱理学,似乎是一个传统孔孟儒学的探索者。金亡之后客居保定,好像仍想在中原"择主而事"。曾在汉族世侯张柔家塾任教,但不久便大失所望,弃之而去。幸遇赵璧奉忽必烈之命来请元好问漠北一见,遂随同这位北方文学巨擘来到汗廷。一见忽必烈竟如姚枢感受一般,送别元好问后便单独留在了藩邸成为重要儒僚之一。虽尚年轻,史称其已"上溯洙泗,下迨伊洛诸书,经史子集,靡不洞究",但忽必烈却尤喜其"不学无用学","不作章句儒"之说。而其也曾面对宗王慨言自己的抱负:"务为有用之学，以复兴斯文，道济天下为己任！"故有相见恨晚之感。果然，在日后献策中"上下数千年，旁征博引，援据古义，多为救弊更化之良策"。而忽必烈则也"喜其所言，凝听忘倦"。后在大元王朝大一统华夏之中，郝经确系功不可没的重要谋臣。

一时间，忽必烈竟成了凝聚他们的绝对核心……

也难怪！往上且不说，仅辽金两代就已经入主长江以北数百年了。契丹皇帝、女真皇帝轮流坐庄，早已使北方的汉族儒生士人习以为常了。好像是在明代后才又特别重提"异族入主"，而在当时大多数儒生却早已"择主而不择族"了。契丹人完了，女真人完了，现在又来了蒙古人，当然这回儒家门徒也只好押宝押在某位可称"贤"的蒙古宗王身上了。还应当指出，从全球范围来看，自汉武帝"罢黜百家，独尊儒术"以来，儒家学说历经千余年，早被历代封建帝王规范成为一种行之有效的统治之道，经久不衰，挥之难去，这在世界史上也是独一无二的。难怪忽必烈竟如此珍视这批"奇形怪状的废物"，这起码说明他仍对"入继中华大统"若有所思、若有所图，只不过后来已将其改称为"思大有为于天下"罢了。

但儒者也有弱点，总在寻找主心骨，还常被统治者捏来揉去上演"变形记"。再加上"文人相轻"也是儒生们常演的好戏，故忽必烈的幕僚们又渐渐分化为：

铜印

邢州术数家群、程朱理学家群、金源文学群、经邦理财群、宗教僧侣群、王府宿卫群种种。这倒不坏，绝对有助于维护忽必烈至高无上的核心地位。

祖父的武功曾震撼世界，为何孙子却突然转习孔孟之道？

除前面已说过的种种原因：是由于受祖父的特殊钟爱，过早地得到过什么信息？是由于和耶律楚材接触，过早地从他的故事中受到了某种启示？还是由于从父母忧国忧民的交谈中过早地受到了某种感染？……似乎均兼而有之，却又不够全面。难怪有关他的中外史籍中均这样总结道：劫难！主要原因是劫难！事实也确如此！从质兄、丧父、辱母、变相的夺权、柔性的灭族等自己亲历的劫难中，他突然意识到一个严重的问题：一个最辉煌的家族可以由极盛的顶峰突然跌向黑暗的谷底，难道伟大祖父开创的庞大游牧帝国也要重蹈这种覆辙吗？为此完全可以这样说：是劫难使青年忽必烈开始思考，是劫难使他开始求索，也是劫难使他的毡帐里罕见地出现了一位年轻的儒者——晋人赵璧！此时长兄尚在"入质"，两个弟弟又均年幼，只有靠他这个"男人"出面，全力维系着岌岌可危的拖雷家族。多亏幕后有伟大的母亲操控全局，并且全力支持他继续引进"高人"以探索一条全新的出路。为幼子阿里不哥聘请中原真定名士李槃为师，就是最

元上都汉白玉雕像

五子登科浮雕石板

为明显的一例。再加上娶回的那按陈王小女儿察苾，虽然年龄比他小十多岁，却越来越显出"生女当为后"的那种贤惠人品和卓越见识。她不但代他接待新来投奔的秀才和儒生，而且坐而旁听，对儒家治国之道竟也能触类旁通。

拖雷家族日渐转危为安，就连长兄也被放归了……

这一切果然不出忽必烈预料。但为顾全大局似也只能听从命运安排，赴汗都改任蒙哥"驻京办事处"的代办了。虽被逐出家族的权力核心，倒也落得个更大的自由空间。长兄蒙哥鞭长莫及，汗廷两位相继擅权的女监国也绝不敢轻易触动一支强大皇族势力的代表人物。故而，国家越乱，他便越广纳群儒，似急不可待地要为治理天下寻找到一条出路。为此，外头人只看见藩邸内养了一群"奇形怪状的废物"，却不知这位"贤王"成天和这些"废物"到底聊些什么。

《元史》倒有详载，仅择录两段以见一斑：

一段为与河东交城名士张德辉的夜谈，忽必烈似乎又犯了学而不厌、刨根问底的老毛病——

忽必烈首先发问道："孔老夫子辞世已千余年矣，时至今日他那精神还能存在于当今乎？"

张德辉当即答之曰："圣人与天地同始同终，只要天地存，圣人即无所往而不在。如若宗王能奉行圣人之道，宗王即为圣人，而圣人之精神也就固在此帐殿中矣！"

忽必烈又问："那为何尚有人谓'辽以释废，金以儒亡'？若有其事，当如何解释？"

张德辉答之："辽代之事臣未经历，故有关佛教之事不敢妄加评说。而金代乃臣之所亲历亲睹，为此尚可为儒家一辩。纵观有金之一代，虽然内阁中也用一二儒臣，但余者大多为马上打天下之武弁世爵。若论军国大计，这一二儒臣又难能参与。再看其内外杂职，以儒生入仕者也不过三十分之一，而且大多只不过用于阅簿书记与听讼理财而已。国之存亡自有应负责任的当权者，怎么能归咎于儒家学说呢？"

忽必烈有感而发:"然行儒家事何其难也?"

张德辉未解原因,却应对说:"锲而不舍,常思大有为于天下,此乃圣人之道之精髓也!"

忽必烈释然了,重启话题:"祖宗法度俱在,而未设施者甚多,将如何相待之?"

张德辉知话题已转入汗廷,似也只能借案上银盘以喻之:"创业之先祖如制此器,亲选白金与良匠精心规划而使之成形。欲传于后辈,世代无穷。今当传谨厚者司掌,使其日臻完美永为宝用。否则错择其人而传,不仅可能缺坏,而更令人不堪设想乃被人窃之以代。"

忽必烈听后思之良久而言道:"此正吾心所不忘也……"

另一段系与真定栾城名儒李冶之长谈,却直奔主题专论儒家"治国用人"之道了——

忽必烈刚待落座,便迫不及待地请教于李冶:"当今天下,应如何而治?"

李冶也颇有个性,竟如此作答:"不过立法度、正纲纪而已!"以简对简,一言中的。

忽必烈也不见怪,又问道:"魏征(唐之名臣)、曹彬(宋之名将),汝如何评价之?"

李冶慨然应对:"魏征忠言进谏,知无不言,以唐代诤臣总观之,其当位列第一。而曹彬南伐后唐,尽收其地且未尝妄杀一人。仅此而言,汉之韩信、彭越、卫青、霍去病,均可在所不论也!"

忽必烈又问:"今日众臣有如魏征者乎?"

李冶答曰:"天下从来未尝缺少人才!求则得之,舍则失之,此乃世人皆知之理也!当今儒者如元好问、王鹗、姚枢、郝经、许衡等人,均堪当大任,举而用之,何所不可?但唯恐用之不尽,逆耳则弃之也!"

忽必烈再问:"回鹘人(泛指:畏兀儿人)可用否?"

李冶再答道:"汉人中有君子有小人,回鹘人中亦有君子有小人。俱存矣,全在国家择而用之耳!"

忽必烈大笑曰:"吾尽知矣……"

总之,在草原汗国皇族间明争暗斗的这段岁月里,忽必烈却能"超然物外"潜心研究起儒家的治国之道,韬光晦略,在外人看来他似已成了个"舍弃弓马、抛弃武功"之"废王"了。但《元史》却有诸多史料佐证,也就在这段混乱时期,他不仅在自己身旁汇聚了一批"亡金诸儒学士及一时豪杰知经术者",而且还组织蒙汉兼通的色目学者,将一些汉文的儒家经典和历代明君治国之道均翻译或汇编为蒙古文。更有甚者,当亡金文学巨擘元好问北上访友时,曾与张德辉等藩邸儒僚共同尊奉忽必烈为北方"儒教大宗师",史称他也"欣然接受"。而更在此前,忽必烈就曾支持过亡金状元王鹗"携孔子画像举行释奠礼",并且"尚与左右饮食其胙物"。由此可见,在这阶段忽必烈为草原引入儒文化真可谓"不遗余力"。成果之一,便是他那别具超人智慧和见识的小王妃察苾,竟也饱读经史子集,逐渐成了一个颇为卓越的"儒家治国论者"。忽必烈虽心中仍"唯崇唐王李世民之功业",但为避嫌却绝口再不提"大皇帝"兼"天可汗",而仅剩寓意颇深的此类感叹了:"孔子言三纲五常:'人能自治,而后能治人;能齐家,而后能治国!'"(见《元史》)不可谓不深。但也必须指出,忽必烈也不是那种"玩儒上瘾"而辜负母

蒙古汗国帝都哈尔和林遗址

命之人，最终他还是"纵横捭阖、里应外合"，使汗权彻底转归到拖雷家系。

他终使长兄蒙哥来到哈尔和林，成为游牧帝国第四任大汗……

史称，蒙哥大汗"鄙弃儒学"，是一个典型的"民族主义者"，一登基就"自谓唯尊祖宗之法，不蹈袭他国所为"。显然与忽必烈的所作所为大相径庭，兄弟二人必将产生矛盾。难怪后人有评曰："一个思大有为于蒙古，一个思大有为于天下，日久必生隙也！"多亏了当时母亲尚在，而忽必烈也的确助兄登上汗位有功。比如，他那另两位王妃——伯要·兀真与塔腊海，就是蒙哥在登基前为"政治结盟"一次次强加于他的。但忽必烈不但能"逆来顺受"，并且还能承袭祖父的男性雄风，使其一个个服服帖帖"为我所用"。但母亲辞世之后，矛盾便似乎不可避免了。好在蒙哥大汗又重提圣祖遗愿，借以跨江征服南中国而成就盖世伟业。权衡利弊，最终他还是派遣忽必烈前去抚治漠南，提前为征服大业"搭桥"去了。漠南是个什么概念？即围绕汗国母地四周的今之内蒙古、宁、甘、陕，直至新疆的广袤地带，历史上便是汗国的"金库"和"粮仓"，故从中仍看出大汗尚含一定的"手足之情"。但从另一个方面讲，离汗国最近，鞭长可及，附近之燕京等地又有自己的

元大都遗址公园里的元大都地图浮雕

亲信重臣坐镇，谅他也只能继续规规矩矩当好自己的"马前卒"！

还是"马前卒"，但这也足以使藩邸激动不已了……

似并没有什么大汗留下的难题，反倒是圣旨上明白写着漠南的军政大权均归"皇太弟"一把抓！但正当几天后众儒才知，举杯齐向忽必烈祝贺时，却只见得智囊姚枢一人仍面带愁容。忽必烈忙停杯询问缘由，姚枢沉思片刻反问道："敬请贤王思之，今天下土地之广，人民之殷，财赋之阜，有超过贤王所受封之汉地乎？"忽必烈答："大汗也曾多次提及……"姚枢进而言道："此正乃我所虑也！军民吾尽有之，天子何为？异时必有奸佞借此离间，而天子也必悔之而加以剥夺。今日只顾弹冠相庆，他日必失君臣大义！"忽必烈忙问："吾当如何？"姚枢回答曰："依臣所见，财富尽献天子，贤王唯掌兵权足矣！兵马之需求，当由汗廷加以解决。此乃'供亿有须，取之有司'！处理得当，则'顺势理安'！"王鹗当即拍案叫绝："姚枢所言，可驱凶化吉！"忽必烈沉思片刻，突然掷杯在地，慨而言道："所幸姚枢及时提醒，不然将为此误我大事！贤王虚名，谏臣实谏，此乃天赐姚枢予吾！哈哈哈哈，罢宴！"

一道隐含的难题就这样迎刃而解了……

果然，次日再奏禀蒙哥大汗便迎来了"龙颜大悦"，再不拖延而准其"择日出发"。明摆着嘛！忽必烈从未统率过兵马，却偏自请"唯掌兵权"，而忽必烈身边汉儒颇多，却偏又自请"卸去政务"，似将自己身上已经放松的缰绳重又交在大汗手中，显然要比空口白牙地高宣忠于大汗更能打动"圣心"。更何况！从这份奏折中只能看到使酸儒们失去"用武之地"，而让忽必烈把他们尽快带走也有利于清除他们对"草原的污染"。随之，蒙哥大汗又将自己昔日的潜邸彻底赐予忽必烈为王府，当夜便在万安宫内大摆皇室家宴为"皇太弟"饯行。

忽必烈终于平生头一次跨出了草原母地，但在新赐的王府内也留下了"牵挂"。从古俗，他只能带走察苾王妃，而另外两个小王妃只能留在汗都"固守"了。

更令人揪心的是，察苾为他所生的次子芒哥喇，方才五岁，胖嘟嘟的十分可爱，也依过去的"故事"被留在万安宫内了。

诸多遗憾，诸多惆怅，诸多不可知的未来！

但总算迈出人生关键的一步……

忽必烈抚治漠南初试汉法

忽必烈之"自请唯掌军事"，显然避免了兄弟间权力冲突的过早发生，为他于中原一试身手带来了宝贵机会。

谁料他刚跨进漠南，面对现实就深感失望了……

原来，眼前的漠南汉地绝非是"沃野千里，人寿年丰"，反倒是"民不聊生，满目疮痍"。再一打听，方知黎民百姓竟受着三重盘剥：最高层为大汗派驻于燕京的"扎鲁忽赤"（大断事官），多为大汗的亲信重臣，负责中原汉地的税赋及征收各种战备物资；中层为诸王宗亲派驻中原的家臣，因其主子均在汉地也有分封的"食邑"，故其职责就是代主追讨贡物和税银；最下一层便是历任大汗所分封的汉世侯，唯听汗命，称霸一方，不仅军民兼管，而且世袭罔替，大有唐朝末期藩镇割据之势，同时尚不时因争夺利益发生"火拼"。再加上凡到此主政的高官与家臣，谁又不想借权大捞一把，随之横征暴敛与贪腐之风日盛，黎庶小民似也只能生活在水深火热之中。

木华黎与耶律楚材前期的改革功业早已毁之

阿拉伯文金幻方（是伊斯兰教徒配以护身的信念物，带有一定的神秘性）

汉白玉石狮

殆尽……

　　故《元史》上才有了这样的记载：虽和尚刘秉忠已于金莲川之龙岗为忽必烈选定了漠南驻跸之地（今内蒙古正蓝旗一带，古属幽燕之地），但他却面对着新搭建起的毡包王城犹豫起来。恰好此时有木华黎之孙霸突鲁来访，因二人还是连襟，忽必烈便私下对其一吐心思曰："今天下稍定，我欲劝主上（令我）驻跸回鹘，以休兵息民，如何？"回鹘，系指畏兀儿或突厥后裔所居西部游牧之地。表面看起来是忽必烈不习惯于汉地生活，仍留恋草原游牧民族那种特有的亲和性。但其实不然，他是面对如此严酷的现实，唯恐陷入"不可自拔"的困境：大汗钦命的驻燕京之封疆大吏，"食邑"家臣背后的诸王贵胄，手握重兵的割据世袭汉世侯，哪个方面是自己这个"马前卒"轻易能惹得起的？何不远避回鹘，以防止"窝阔台家系异动"为名另谋"东山再起"？显然是因为一时的心烦意乱，他竟忽略了自己"皇太弟"的特殊身份，也忽略了皇室内争尚未为外人所知的现实，更忽略了姚枢建言"唯掌兵权"其中突显的儒者大智慧。

　　多亏了木华黎之孙霸突鲁一直生活于中原汉地……

　　听忽必烈发出"欲驻跸回鹘"之问后，他当即慨然而答："幽燕之地，龙盘虎踞，形势雄伟。南控江淮，北连朔漠，且天子必居中以受四方朝觐。大王果欲经营天下，驻跸之所，非幽燕不可！"忽必烈闻之一振，再经霸突鲁点示其"皇太弟"身份及手握之"漠南兵权"之种种优势，遂拍案而起感叹道："非卿言，我几失之！"

　　史书载，他"顿感神清气爽，毅然驻跸于幽燕之地"……

　　而他驻跸于金莲川毡帐王城后的第一件事，便是奖赏姚枢和刘秉忠等诸儒之卓识和远见，开始筹建自己的"参谋本部"，即史书上所称的"金莲川幕府"。此地原名曷里浒川，因夏季盛开金莲花而由此得名。正是由于这批"亡金诸儒学士及一时豪杰知经术者"之汇聚，才得以青史留名。当然，也不能成天尽听酸儒们的穷嚷嚷，关键还在于如何"量才而用"。为此，忽必烈除将一批高级智囊，如姚枢、刘秉忠、王鹗、许衡、窦默等人留在身旁外，便很快又将一批久经考验的藩邸旧臣，

震撼崛起——成吉思汗及其英武儿孙

如廉希宪、商挺、张易、郝经、赵璧以及王府宿卫蒙将昔班与阔阔等，分别遣于漠南从东到西的阔长辖地去掌控兵权、下达王命、安抚庶众，严禁横征暴敛……其实，早在七百多年前，人们业已知"战马蹄下出政权"，故这时忽必烈更深感姚枢"唯掌兵权"之建言是多么高明了。果然效果奇佳！由这些儒臣这么纵横捭阖地暗施汉法，漠南周围的中原地带竟纷纷传扬出这样的声音：老天保佑！草原"贤王"现身汉地了！

而在此时，忽必烈却又在充分利用他那"皇太弟"的身份……

因为就在此前，"新锐"文侍郝经与商挺等均向他建言：大王不应只困囿于驻跸之地，而应以皇室之特殊身份跨出幽燕，主动"巡幸"燕京。燕京者，辽金两朝故都，今汗廷所辖中原汉地之中枢。如得燕京民心，则尽得中原汉地民心矣！同时也提出，只要大王"依托'札撒'，言必称大汗、行必尊大汗、功必归大汗，则可后顾无忧也！"忽必烈焉能不知其间"奥妙"，遂轻装简从以皇太弟身份"巡幸"燕京。谁料进城当日即闻一事：蒙哥大汗新任命的大断事官布只尔与亚剌瓦赤，上任第一天即以"大开杀戒"树立自己的威严。史书载："仅一日便诛杀二十八人。其中有一名盗马人犯，本已施杖刑而释放。恰好有人献上环刀，布只尔便令人追回，为试刀锋亲手而斩之！"忽必烈详查后当然不会放过这个机会，遂在召见时当众对两位封疆大吏严词斥责道："凡死罪必详献而后行刑，尔等一日杀二十八人，必多非辜！既杖复斩，此何刑也？"布只尔听罢错愕无言，又唯恐上告大汗会触犯"札撒"里"构乱皇室者处死"之大罪，故日后对忽必烈大多是"唯命是从"。随之，便是在豪华接风盛宴上那更加出人意料之举，他面对宴席，似"不忍卒看"落泪道："当今大汗，一日三餐也只不过是一碟沙葱，数把炒米，几块干酪，一壶奶茶而已！今日之如此奢靡，吾难以下咽！"遂离席"罢宴"而去……真是颇得儒家之精髓！上述二事一经传出，顿时震动了燕京全城。从此忽必烈更加"贤"名大噪，一些早不满现状的汉世侯与前朝遗臣也纷纷投靠于他。其中最具代表性的人物便有颇具实力的汉世侯史天泽，太极书院的掌门人、燕京大儒杨惟中等。据说，蒙哥大汗闻皇太弟在外仍处处高宣"大汗圣明"，也多有感慨，随后依祖制将忽必烈手下的一员色目家臣孟速思，也轮派到燕京担任"扎鲁忽赤"。大汗感慨与否待考，但此项任命确见于史。

真可谓"旗开得胜"，却似少块"试验田"……

也难怪！面对现实，又经众幕僚引经据典的多方面开导，忽必烈早彻底明白了一个真理：要想"思大有为于天下"，再仅凭马上的功夫是绝对不行了。中原世代依农桑为生，焉能再用游牧方式加以治理？而一统天下所需的粮秣、弓矢、鞍鞯、兵器、棉帛、军备物资等，均无不来自于汉地农耕地区，再加上务农者数百倍于游牧者，似只有得此民心方可得天下。而如欲显胸中雄才大略，也唯此途可行：广施儒术，汉法治汉！然而，忽必烈虽决心已定，却苦于自己只统领漠南军务，很难在"天子脚下"名正言顺地"蹈袭他国所为"。为此，他曾打过一片尚无人问津之"千里赤野"的主意。原来，在灭金之后，汴梁之南至长江北岸广袤地带，因蒙宋隔江对峙不时相互袭扰，且蒙将不知农耕之重，攻防间又大肆对边民劫掠，致使民户背井离乡，四散逃生，日久天长便形成了赤野千里的无人区。忽必烈为"英雄有用武之地"，遂上书汗廷向大汗建言："为一统天下计，当招抚流民，令兵将屯田戍边，恢复农桑，以使其成为陛下之前沿粮仓械库……"一句话，即以为圣上灭宋隔江"搭跳

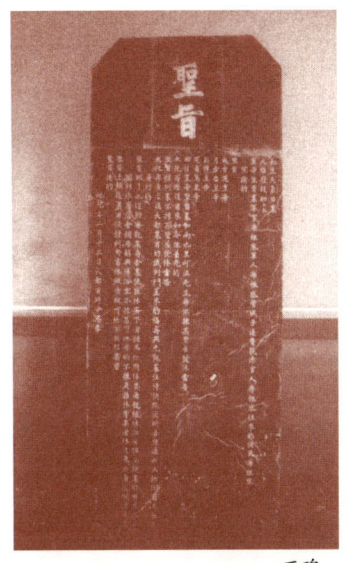

石碑

石碑

板"为名，行自己欲一试"汉地汉法"之实。只可惜此奏后来竟如"石沉大海"，至今仍毫无反应。中原大地茫茫，但均各有其主，何处才是自己施展身手之地？谁料正当他大失所望时，竟会有人主动把"实验田"送上门来。而且是不求有任何回报，并且亲自上门跪地哀告……

前来觐见者乃一位"异类"贵族，史称"塔剌罕"。皆因"救驾有功"受此封号，并享受一切贵族待遇。而此次前来觐见的塔剌罕之祖先，曾在危难之中救过圣祖之驾，故封赏更厚，遂在中原也有了封地。来人因久居汉地，人们已不记其名，只取谐音仍将其称为"答尔罕"。答尔罕祖先之封地邢州原属黄河以北富庶之地区，下辖十数县，人口超过一万户，且地处交通要冲，来往商贾不断。这里本应是个天然的"聚宝盆"，然游牧民族侵占后却根本无视先进的农耕文明，似作为征服者只顾了横征暴敛。加之这里又是驿站枢纽，使臣也随意到此敲诈勒索，上下夹击，遂使这里庶民百姓受尽凌辱，惨遭冻饿。人们苦不堪言，难以忍受，最终也只能背井离乡逃往他处谋求一线生机。据史载，到了答尔罕这一代，短短不过二三十年，邢州地区之人口便由原来的"一万户"急速下降到"五七百户"。答尔罕又并非真正的黄金家族成员，绝对无力扭转这种势态，故一筹莫展束手无策。越来越空的"聚宝盆"，也变成了他越来越沉重的包袱。此次闻听

古京城水池图

排水兽

"贤王"忽必烈渡大漠南来,遂带家臣跟踪而至。当然,答尔罕绝不会言自己的"苛政猛于虎",但忽必烈闻后已叹之曰:"又是一片水深火热,民不聊生!"而答尔罕也直白讫告说:"早闻皇太弟贤名,故恳请救我于水深火热之中!请务必看在圣祖的面上,或请大王代管,或请大王抚治,或请大王接收,或请大王转奏干脆收回这块封地也罢!"

显然是一根没肉的干骨头,然忽必烈竟慨然应允了……

随之便命其上报汗廷,以待御笔亲批。更出群儒意外的是,蒙哥大汗对忽必烈的"亲情"又在突然升温。按现代话来说,似乎是距离产生了美?反正他是有章必批,有奏必准,信任有加,包容一切!他不仅钦准了答尔罕"抚管邢州"之请求,而且还对那"石沉大海"的有关屯田戍边的奏章也突然有了"准奏"之御批。甚至就连跪别大汗时偶尔提及的南下需建"王城"之事,此次竟也顺便下旨宣示"可于漠南择地而筑之"!真可谓圣明到不能再圣明,大度到不能再大度!难怪谋士姚枢当即忧心忡忡地感叹道:"圣上恩泽如大网般撒下,大王尚需谨慎应对!"但圣明依旧圣明,大度依旧大度。1253年,蒙哥大汗大封皇族,又将"南京"(汴梁一带)与关中(今陕西西安一带,西安古称京兆),命皇太弟二者择其一为自己的食邑封地。忽必烈又是听从了姚枢之建言,为回避汴梁乃"后金帝都"之嫌,而选中了"厥田上上,古称天府陆海"的关中地区。有求必应,恩宠有加!就这样,原先忽必烈只嫌"英雄无用武之地",这一下竟突然多得"目不暇接"!漠南、邢州、汴梁、关中,甚至还涉及燕京,竟一时间均成为他施展身手、一试"汉法治汉"之地!

至于蒙哥大汗为何对他如此放手?到时便会自见答案……

这里必须先插叙几句:1252年,蒙哥大汗为完成其"迂回包抄"南宋的战略部署,又命令忽必烈统率蒙古铁骑避开南宋锋芒,绕道而南下,先取大理国。而于1253年却还在为他加封食邑封地,至此前前后后他那"实验田"加在一起似乎也太多了吧?按常理来说,这铺开的大摊子总得理出个头绪再远征吧?但蒙哥大汗似乎偏就要这样"宠信有加"。再说了,依祖制,即便成为统领漠南之宗王,也绝不能

震撼崛起——成吉思汗及其英武儿孙

因为"家务繁忙"就不再接受"外差"了吧？悠悠万事，唯此为大！忘了征服即忘了根本，还是得依从圣命，以皇族荣誉为重！但有史可考，忽必烈虽统兵已踏上南下征途，却仍能在各地试行"汉法治汉"，均有所成就。究其原因，似可综合中外相关史料找出下列原因——

其一，由于其推行"汉法治汉"乃至"汉人治汉"，在中原汉地大得人心，不仅精英豪杰纷纷投靠他的帐下，而且就连一些开明的汉世侯与留守中原的蒙古贵胄也先后追随于他。故他手下人才济济，于各地一试汉法绝不乏能臣干吏。

其二，南征初期，由于汗廷调动等诸多原因，军队直到1253年才得以进驻六盘山。由于离漠南较近，一年多的时间内忽必烈绝对可以从容加以指点和部署。再加上他早已命亲信文侍赵璧专门组建一支快马轻骑的驿使队，日夜疾驰于各地，尤其是金莲川，承担通讯联络以及下达王令等重任。

其三，乃最重要的一个原因，即察苾王妃那日渐显现的杰出政治才能。她从十七八岁嫁给忽必烈之后便伴其一起"纳儒习儒"，十余年后早成为一位深谙儒家治国之道的贤内助。她身上颇有婆母唆鲁禾帖尼的遗风：内刚外柔，极具亲和力与凝聚力；睿智果断，更让毡帐王城臣僚皆服而无不争先效命。故有她坐镇金莲川，忽必烈似完全可以放心和放手远征大理。

为何以上非要交叉道来？……

为何放着轰轰烈烈的战争不讲，却只顾反复解释这些？

其实目的只有一个：为了能不受干扰而更集中地讲述远征的故事，那就必须先对忽必烈在"文治"方面的建树有个"全景式"的交代。要不然东一榔头西一棒子交叉着进行，将很容易使人瞻前顾后地被搞糊涂了。而现在总算从史书中理清了这个特殊的历史大背景，那就先将忽必烈初试汉法，经略中原的概况大体讲清楚了再说。有史可查，分为三地：

一、邢州治绩。

1252年秋十月，忽必烈便传谕任命赵良弼为"安抚司"幕长（兼），以张耕为安抚使，以刘肃为商榷使。他们赴任后，历经脱兀脱之抗命（藩邸蒙将，因勾结当地蒙吏作乱，后被遣回严惩），以及春播时之艰困等种种波折，邢州终于迎来了流民复归后的第一个丰收年。史书载，这批干练的儒臣在此期间还"兴办铁冶，充实官府财用；印制纸钞，满足民间贸易流通；整顿驿站，严控横征暴敛；修官廨馆舍仓廪，力挽颓败之象；对不法官吏，诛尤为民害者一人，其余或黜或降；申严法禁，使文书钱谷奉行严谨，无所奸欺；又在州之北廓新建石桥，以便官民通行；遂'流亡者复归，户口增至十倍；诸路州考课时，邢州为最'"。（以上政绩均摘自《元史》）史书又载，"新政大兴"故"邢乃大治"。若以现代目光来看，这当属忽必烈推行"汉法治汉"之第一块"试验田"。难怪这位远征途中之皇太弟接驿使快传后，竟激动地立即召见姚枢、刘秉忠等随征诸幕僚曰："儒者，有为也！汉法，济世也！若二者兼用，天下则可大治也！"

二、河南治绩。

1252年春，在蒙哥大汗批准他治理那汴梁以南的无人区后，忽必烈即将其扩大于河南全境，故史书也称为"河南之治"。先在亡金故都汴梁设屯田经略司衙门，并任命四位顶级精英人物：藩邸首席蒙将忙戈、汉世侯史天泽、燕京大儒又曾为汗廷中书令的杨惟中、自己的贴身亲信赵璧（专门从驿传使位上调来）为经略使、陈

北元时期的美岱召壁画

纪与杨果为参议。除蒙将忙戈显然是为"充门面"之外，其他三位经略使都是有胆有识的大实干家。果然，在忽必烈远征鞭长莫及之情况下，治理经略河南却日见成效。据史载，赵璧受命重返河南后，即将境内军队"分屯要地，且耕且战"。而经略司也向所属州县"派设提领，严察奸弊；均平赋税，以纾民力；更新钞法，以通贸易；修筑城堡，保全边民；整肃吏治，诛杀奸恶……"，从而以全方位推行"仁政"。而在"整肃吏治"方面，史书上更有许多翔实的记载。如经略使杨惟中在此前仅为燕京名儒，而赴任后竟敢面对为虎作伥的河南道总管刘福，历数其"贪鄙残酷，害虐遗民二十余年"之种种罪恶，当堂"手握大梃（权杖），击杀之"！此事影响极大，不仅大快人心，而且震惊燕京，致使掌控中原税收大权的亚剌瓦赤闻之战栗，而忽必烈之王府侍臣孟速思则迅速地掌控了燕京之军庶大权。几乎与此同

战争场面

时，赵璧又将亚剌瓦赤在河南之爪牙董主簿（史无详名）以"强娶民女三十余名"问罪斩首。这使亚剌瓦赤受到了更大之打击，遂忧恐成疾终致一病不起，一年多后便死去了（卒于1254年）。至此，"河南大治，流民争归"。

三、关中治绩。

关中，即指今日之陕西西安一带，辽金时称京兆。这可和此前的"托管"、"代治"大为不同，因为忽必烈至此才总算在中原有了属于自己的食邑和封地，当然会更加珍惜，倍加重视对这里的治理。京兆，也曾是中原一座历史悠久的著名古都，下属八州十二县，计有三万三千余户，因文化积淀极厚，故选用官吏更加注重贤能。1253年，忽必烈尚在南征途中，即命"王府尚书"姚枢前往设置宣抚司、从宜所、行部等各种机构加以管理。随之便任命王府习儒的蒙臣孛兰、急从河南调来的杨惟中任宣抚使，商挺任郎中，赵良弼与杨奂任宣抚参议。孛兰和杨惟中到任后，主要政绩是"提拔贤良、锄暴黜贪、制定规程、印制纸币、颁发俸禄、薄税劝农"等。尤其对诸军将的"横侈病民"更绝不手软，史载"郭千户杀人而夺其妻，杨惟中戮之以徇"就是一例。事后杨惟中还公开宣称："非吾好杀，国家纲纪不立，臻此辈贼虐良民，无所控告。不去不仁，何以为仁政乎？"后杨惟中因病回家疗养，即由畏兀儿族儒将廉希宪前来接任，商挺也升任为副宣抚使，仍广施仁政，继续推行"扶贫弱，摧奸强，去'羊羔利'征取之弊，行本息对偿"等诸多史载惠民之策。后来更为"多重教化"，又举荐一代大儒许衡为"京兆提学"（类似今日之教育厅长），并且还"释为奴文士而附之儒籍"，更可见施行汉法之彻底……这还不算，1254年忽必烈还曾特别委派姚枢为劝农使，"负责关中的劝课农桑事"，而《元史》中也称，姚枢曾"躬自遍历京兆所属八州十二县"，亲自宣示忽必烈"重农桑之旨意"。综合上述似可以看出，一位蒙古族的宗王在远征途中竟能如此而为，足可见他那"文治"与"武功"齐头并举之"雄才大略"绝非同一般！

但目的绝不仅仅是为"泽及三地"……

事实也确如此，当忽必烈于邢州、河南、关中初试"汉法治汉"大获成功之后，其影响早超越了三地之范围。不仅幽燕之汉世侯纷纷归心于他，而且就连远征

震撼崛起——成吉思汗及其英武儿孙

途中所结识的诸多汉世侯也个个求其"庇荫"。这样一来,他的势力已于无形中从漠南向秦陇以至陕、川、青、康等地延伸。尤其更值得提及的是,忽必烈在三地的施政已开始不分民族,竟逐渐由"汉法治汉"更进而大胆改为"汉人治汉",由此大得人心,受到中原士大夫的普遍赞誉。元代史籍《陵川集》卷三十七就有这样的记载:士大夫均称忽必烈为"贤王",并认为他"能用士而能行中国之道,则中国之主"!

当然,察苾王妃在此期间也"功不可没"。她主政于漠南毡帐王城,代行着忽必烈统领诸地的王权。按现代话来说,她既是"后勤部长"又是"组织部长",还暂代行"总理"之职。在忽必烈远征大理这个阶段,她越来越显示出一个卓越蒙古族女政治家杰出的理政才能。

蒙哥大汗在遥远的汗廷也越加大度,越加沉得住气,更进而越加放手。

忽必烈仍在漫漫的征途中艰难地跋涉着。

目标:大理……

忽必烈迂回包抄远征大理国(上)

再回头说起:忽必烈是如何第一次担任军事统帅的……

1251年年底,初登汗位的蒙哥大汗已不满足于"重振朝纲,唯我独尊"之诸多成果了。在重新激起朝野狂热的征服欲之后,一个雄心勃勃、规模空前的战略部署终于完成了。先是命三弟旭烈兀统兵西征攻入中南亚,后又命归顺的窝阔台次子阔端继续荡平"乌藏思"(西藏)。目的明确:一方面为转移或迷惑南宋的注意力,使其认为蒙古铁骑只会重复西征或南掠吐蕃;另一方面为扫清障碍,准备让忽必烈统兵去"迂回包抄",先行灭掉大理国。终极目标只有一个:南北两面夹击,彻底灭掉南宋,以实现一统南北、征服天下之大梦!当然,这一切也只能算作前期的铺路,而完成最后一击的还应是他这位"前无古人的伟大征服者"!

历史已经证明,这是历代北方少数民族摆脱不了的历史宿命……

【第五辑】

就是在这种大背景下,忽必烈于1252年六月"授钺专征"大理。大理国,古称南诏国,所属面积大体为今之云南全境,东稍及云贵,西稍及川康一带。史载当时"国主段兴智孱弱、奸相高祥专权",看来似乎也是个因腐败必亡之国。但毕竟地北天南,相距遥远,千山阻隔,万水横截,且尚不能与宋军正面冲突,为保存实力似也只能专挑危途险径而行。这样一来,万千铁骑顿失奔袭优势,似比旭烈兀与阔端的出征还要艰险莫测。再加上阔端平藏因受汗廷歧视已草草收场,致使必经的藏人区尚处处深藏着隐患。也难怪!阔端至今仍在凉州挟持着人家视之为神的藏传佛教教主萨迦班智达——窝阔台大汗初期应邀北上与汗廷谈判的人,至今仍把他作为一张手中的"王牌"向大汗讨价还价……总之,困难颇多,艰险颇多,感慨也颇多!但忽必烈毕竟是圣祖所钟爱的嫡孙,似乎天生就遗传了一种特有的军事统帅之

战争场面

基因。且不说现实已绝不允许他抗命,就单单一提战争,那也会使他本能地热血沸腾。更何况!这也是他"思大有为于天下"的重要组成部分,而且早已与察苾王妃达成一种共识:是要坚持试行汉地汉法,但作为一个蒙古宗王,也势必尽快补上"武功"这一"课","文武之道,一张一弛",缺一焉能知自己是否有匡扶天下之雄才大略?

为此,他在临行前还曾将众多儒僚蒙将做了特意安排……

据《元史》记载,除留下王鹗、许衡、窦默、张德辉、郝经、李冶、阔阔、昔班等众多儒臣蒙将辅佐察苾王妃坐镇金莲川外,自己只带走姚枢、刘秉忠、廉希宪、张文谦、赵秉温、郑鼎(乃藩邸唯一巨无霸似的宿卫汉将)、字儿速等十数人随军南下。其中董文炳、董文忠兄弟还得负责督办粮草与襄赞军务。虽史称"此乃忽必烈总领漠南后承担的第一项重大军事征伐"任务,但为在蒙哥大汗眼前避嫌,他还是尽量少带汉族的儒臣谋士。谁料就在这种境遇下,王府尚书姚枢却偏向他大讲起宋太祖遣曹彬取南唐未尝杀一人的故事。曹彬,宋初名将;南唐,即那位"问君能有几多愁"的诗人皇上李煜李后主所掌之国;未尝杀一人,系指用"仁义之师"终使其开城请降。姚枢在南征前夕大讲这样的历史故事是大有深意的,意在提醒忽必烈不但能在文治上施

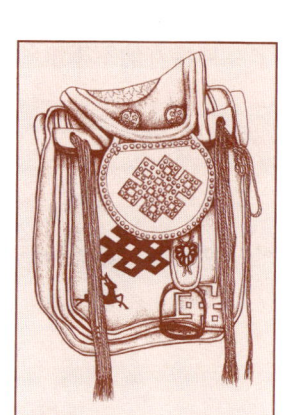
军用马鞍

攻城图

"仁政"，而且也必须在此次远征中一改马背民族原始的攻略方式。二者相辅相成，不然则可能徒有"贤王之名"而前功尽弃……但忽必烈却闻之久久未语，似有什么难言之隐。

显然，他在此时已很难独自做主了……

原来，就在前不久，蒙哥大汗似为体现对皇太弟"无微不至"的关怀，特为他远征大理又加派了一位"得力助手"。但忽必烈刚一听"兀良合台"这个名字，充分展示统帅才能的激情顿时冷却了一半。原因何在？听听下面介绍便知道了：兀良合台（1201—1272），乃成吉思汗之"朵儿边·那孩思"（直译"四犬"，但绝无贬义，在马背民族这里只寓意忠诚与勇猛）之一速不台之长子。其家族隶属成吉思汗统领，曾受托抚养过幼年的蒙哥，蒙哥成年后兀良合台便又为其执掌王府卫队。此人骁勇善战，累建奇功，曾在"长子从征"中追随蒙哥大败波兰与日耳曼联军于多瑙河畔。后又在拥戴蒙哥登上汗位时作用非凡，故和当今大汗关系非同一般。忽必烈深知这段君臣史，因而也清醒地意识到当今大汗拿出此张"王牌"的复杂心态：既要张扬拖雷家族汗位的正统性和权威性，又唯恐自己无能或怀有异心。而面对这样一位具有特殊背景的前辈勋将，自己岂不也只能扮演"九脚白旄纛"一样的幌子角色？好在他已深得儒家学说之精髓，对"小不忍则乱大谋"从少年起就深有体会，也就主动给汗兄台阶下，几次谦逊让"帅"。最终不仅使蒙哥得以从容安排，"大将兀良合台节制管领，皇太弟居上统辖"，而且也使兀良合台深感"贤王果贤"，竟建议大汗补授予皇太弟远征途中"生杀大权"。

有史可考！后来蒙哥大汗也果然补而授之……

1252年七月，远征大军从漠北的玛牙祭旗出发，从此踏出了草原母地，向远在天之南的大理国缓缓进发。此时忽必烈跨在白鬃烈马之上，已可以扬鞭兴奋地向姚枢呼喊："汝所言曹彬不杀者，吾能为之！吾能为之！"这可以说是彻底改变蒙古族征伐史的一声振聋发聩的呐喊，从此马背民族之用兵便更多了理性的掌控和思索。而忽必烈之所以敢于这样纵马公然宣示"我能为之！我能为之！"，却全在于一代名将兀良合台的老成持重。他早从忽必烈的种种前期部署中，看出忽必烈果不愧成

震撼崛起——成吉思汗及其英武儿孙

吉思汗的嫡孙,似天生就是个杰出的军事统帅。比如,他已经早暗中派出小将玉律术携王君侯潜赴云南进行打探。再比如,他对随征诸王和汉世侯的"探马赤军"之调动又显得那么从容不迫。总之,他绝少蒙古宗王在征伐中那种骄横颐指的威喝怒呼,更多的却是凭个人那种特有的人格魅力来凝聚军心。再加上忽必烈已把自己的儿子阿术提拔为帅帐主要将领,至此兀良合台心服口服早已甘作"副手"了。

远征大军还在稳扎稳打中向南行进着……

据拉施特在《史集》中记载,此次远征云南的大军"计有十万之众"。其中包括有诸王抄合与也只烈所率的蒙古铁骑、兀良合台的部下千户军、汉兵组成的"探马赤军",以及忽必烈藩邸随从所组成的宿卫军……可能有人会问:蒙古铁骑擅于长途奔袭,为什么这次行军竟十分缓慢,半年以后才东渡黄河来到盐、夏二州(今宁夏一带)?这除了应问蒙哥大汗当时是如何"居高临下"指挥调度的之外,似也必须扭转一种错误的印象:奔袭、奇袭、突袭均为到达目的地之后的一种战术,如果从草原开始即长途奔袭,直穿整个中国而到达云南,那是不可能的。不但古代不行,就连当代率"十万之众"也很难做到。更何况此次强调的是"迂回包抄"以避免"打草惊蛇",当然就更不能只顾"长途奔袭"了。否则,未达目的地人马早就全累毙了。

战争不是猎奇!历史也不能靠"好玩"来续写……

据史载,1253年春,忽必烈才率军穿过西夏腹地盐、夏二州。夏四月,才出萧关,又驻军六盘山不动了。但这绝非是"将在外君命有所不受",而实乃实施全盘战略部署之重要之举。而此时老帅兀良合台已和这位皇太弟磨合得十分默契,他不仅近距离地越来越体会到了忽必烈那种非凡气度,而且确实看到了他那种圣祖子孙与生俱来之统帅才能。驻军六盘山更体现了他的深谋远虑,此举将决定远征大理之走向和前程。须知,目标不仅仅是大理,而是包括吐蕃在内的整个南部中国。十余年来,蒙古铁骑对南宋的进攻在江淮和四川遭到顽强抵抗,若此次直插近道或急于求成,必然会遭遇重重阻截而重蹈覆辙。舍近求远,离坦途而择险径绝对是英明的决策。但窝阔台家系的阔端大王却因遭受封赏供给不公等种种歧视,对吐蕃掠夺一空后竟返回自己封国去了,只留下自己的长子在甘肃凉州遥控,笑看皇太弟如何通过危机四伏的藏人区。就这样,藏区与汉地变得同样艰险,致使兀良合台老帅眼见得远征大军面临两难抉择而忧心忡忡。这时又多亏了皇太弟之汉臣幕僚中确有高人!只见经刘秉忠窃窃私语一番,忽必烈竟豁然开朗,重又面露笑容,随即派出文武全才之能将廉希宪亲自前往凉州,依高人指点去寻找一位藏传佛教萨迦派的圣僧。

六盘山上高峰,旌旗漫卷西风……

渐至盛夏,但忽必烈等待得是那么潇洒,那么耐心,那么超凡脱俗。只不该贤王之名远扬,竟难得清静。虽久等刘秉忠推荐的萨迦圣僧不至,却引得八方拜谒者络绎不绝。据史载,大多是就自己"官资之崇卑,符节之轻重",请求皇太弟"开恩庇护"。唯有延安兵马使袁湘,面对忽必烈如实禀告本路军户"困乏之弊"并力陈"改除之法"。而这位皇太弟也能分别待之:对于袁湘,不仅采纳了他的建议和意见,并予以极力的肯定和赞扬,然对其他"言私不言公"之官员或要人,则一概"责备训诫"。随之,巩昌统帅汪德臣也赶来觐见,当面禀告新城益昌"民生多艰",应免除"赋税徭役"的事宜,忽必烈也欣然批准并与其结为知交。故贤名越发远扬,一路上远征大军颇得汉地民心。姚枢首先向他祝贺曰:"大王果然'才不世出',一路已将'汉法

壁画局部

蒙古军

治汉'推展于广交汉臣汉世侯矣！"而忽必烈竟也能谢而答之道："本王岂能忘出征初衷：行军一路，施一路仁政；纵马千里，得千里民心？"

终于要把能"化解危难"的圣僧盼来了……

须知，藏传佛教早已在吐蕃地区影响深远，在"乌思藏"（今西藏拉萨一带）已逐步形成了"政教合一"的统治架构。而萨迦班智达即一位颇孚众望的藏传佛教圣僧，在藏族人民心目中有着极高的威望。1246年，他应窝阔台大汗之诏赴凉州商谈如何避免"兵灾血祸"，谁料未能觐见大汗却被其子阔端软禁于凉州，"一心礼佛"至今。但其影响却在藏臣中更加深广，信众得其一语往往视之为"神示"。刘秉忠向忽必烈推荐他的意义就在于此，有他的出面，军队在川康藏区绝对"通行无阻"。而忽必烈在六盘山驻军的耐心等待，也正是欲借这位圣僧之"高宣佛号"，以图不损一兵一卒而完成这次"迂回包抄"的战略进军。却谁料就连廉希宪这样文武双全、精明干练的能臣也未能请得动这位圣僧，老人家仅派了一位少年弟子代表自己前来觐见忽必烈。这位少年僧人看来顶多也不过二十岁，却双掌合十颇为自

蒙古汗王赏赐金腰带

尊,一脸庄严法相,两目微闭若入无人之境。

此人即后来被尊为"雪域圣僧"之八思巴……

八思巴(1235—1280),原本名为罗追坚赞。因其自幼聪明颖慧,三岁能颂莲花经,八岁能讲述佛本生经,故被人尊称为八思巴(藏语"圣者"),随后八思巴即为其名。十岁时出家于拉萨大昭寺,乃伯父萨迦班智达亲自为其授沙弥戒。由于这层特殊关系,十一岁又追随圣僧谒见窝阔台大汗于凉州。虽未果,却再未返西藏,滞留至今。忽必烈初见之,虽也深感八思巴举止脱俗,气度超凡,但因其毕竟比自己小了二十余岁,仍乃一个十八九岁之少年僧人,故稍显怠慢。但转念一想,此分明是年迈圣僧对自己的特殊眷顾。圣僧年龄不饶人,已难随军解危,看来这少年僧人必定自有不凡之处,否则圣僧也不会遣其代己而来。为此,忽必烈马上"肃然起敬",而八思巴也竟"受之无愧"地应对道:"毋庸汝语,吾师有言:藏法治藏,大路通天;高宣佛号,法力无边!"忽必烈也乃大智慧者,一听焉能不心灵相通?原来,廉希宪赴凉州去请圣僧,竟遇诸事不顺。一方面萨迦班智达的确年迈而行动不便,另一方面阔瑞大王之长子也唯恐有违父命。这不,即使最后萨迦班智达同意让八思巴代己前来,阔端长子也竟相偕前来尾随左右。故这才有了史书上所载的忽必烈之"赠一百名骑兵以换取八思巴暂留身边"的故事。这代价不可谓不大,但刘秉忠却又双掌合十念佛曰:"阿弥陀佛!超凡脱俗,广结善缘!"果然,在忽必烈答应"尊其信仰,藏法治藏"不久之后,八思巴便跨马悄然进入康藏地区"向佛借道"去了。忽必烈闻其业已先行,也当即派文臣张文谦、蒙将孛儿速率少量士卒尾随,暗中加以保护,并命二人不得横加干预,唯少年僧人之命是从。

六盘山上旌旗招展,六盘山下鼓角相闻……

八思巴前脚一走,忽必烈后脚便下令准备开拔。王命如山,战马嘶鸣。在兀良合台老师的总体指挥下,千军万马终于又开始浩浩荡荡向南进发。但也必须指出,战争的节奏似乎一直是在受着遥远的蒙哥大汗的操纵和掌控。突显军事才能的青年将领阿术,早已接过赵璧之任务建立起更加四通八达的驿站,致使与汗廷往来互动不断,与金莲川讯息传递也畅通无阻。显然是蒙哥大汗对皇太弟之战略部署尚大体

震撼崛起——成吉思汗及其英武儿孙

满意,随着一道道谕旨的到来,战争的节奏显然是骤然加快了。

1253年秋八月,大军抵达临兆……

其间尚有一段插曲可叙。据史载,"京兆鄠县人贺贲,修建房屋时从毁坏墙垣下获白金七千五百两",遂以"殿下新封秦(京兆),金出秦地,此天以授殿下"为名,持其中五千两呈献忽必烈"以助军资"。而当地某军帅(史未记其名)竟以"不先禀白"为由将贺贲下狱。忽必烈闻之大怒,几欲动用"生杀大权",后多亏"念其勋旧家世饶其不死"。而献金以"助战"的贺贲后被擢用,并送其子贺仁杰"入置宿卫",跟随忽必烈远征。据史载,二十年后,忽必烈"召贺仁杰至御福前",取五千两白金对其曰:"此汝父六盘山所献者,闻汝母来,可持以归养!"贺仁杰坚辞不受,忽必烈笑而不允。足可见其蒙古族君王之特点,颇具信誉且有浓浓的人情味。由此可见,"行军一路,施一路仁政;纵马千里,得千里民心"还是可信的。

1253年秋九月,大军到达川康交界之忒拉……

忒拉,今甘南迭部县与四川若尔盖县接壤之达拉沟,至此似将要结束从北到南漫长的行军阶段,今后即要转入真正战略性的"迂回包抄"。作为具有成吉思汗基因的天才军事家,忽必烈为此下令在忒拉安营扎寨三日以重新进行军事部署。兀良合台元勋及随征的抄合与也只烈等诸王,也都因敬服于他的人格魅力与指挥才能,静候着他重新调遣,而忽必烈却在王帐之内陷入深深的思索。幕僚们早已看出他正在为下一步军事行动进行着大胆的抉择:是严遵大汗部署,合十万大军继续统一行动,还是面对危途险境分而行军,然后再会师于大理通力合击?

明摆着,千军万马再挤"独木桥"是不行了……

好在这时,奉命前去京兆封邑安排治理的姚枢已赶回来了,不但带回诸多的好消息,也带回了用兵之策。而几乎与此同时,伴随八思巴先行去"向佛借道"的张文谦也归来复命了。据他说,八思巴虽然年少,却在藏人藏地无人不知无人不晓,威望极高。"藏人治藏"、"尊重信仰"两项王令一经宣示,似有神佛相助,竟不等人至便早已远播于千里之外……当然,张文谦所言颇带神话色彩,似乎少年八思巴能飘然而来飘然而去突显佛法无边一般。最终更突然要对宗王不辞而别曰："大体无碍矣，佛示我速返侍奉多病师尊。若有缘，我当与大王来年于忒拉相见。"说毕竟纵马飘然而去，张文谦似也只好命字儿速尾随继续送往凉州……有缘？忽必烈似感受到了一种莫名的神奇力量，已使他向日后皈依藏传佛教悄然迈出了第一步。

当然，更重要的还是姚枢助他做出了抉择……

随之，又有了玉律术与王君候"潜探云南"不辱使命的归来，这使得忽必烈更加意气风发了。明知老帅兀良合台身份特殊、使命特殊，但他还是准备与这位老帅彻底摊牌了。谁料兀良合台一进得王帐便直言相问："大王欲分兵乎？"一语中的，使忽必烈大感惊讶。老帅却曰："此乃正常用兵之道，末将也常做此设想！十万大军相随而行，目标庞大，行动缓慢。而我蒙古铁骑，贵在神速机动！如不分兵合击，必难早日取胜，末将甘愿冒大不韪，敬听大王调遣！"忽必烈感叹道："知我者，国之元勋也！然岂能让老帅去冒风险？即使天塌下来也先由本王顶着！"这是忽必烈第一次"将在外君命有所不受"。是夜，在一王一帅主持下，军队兵分三路。据史载，兀良合台率西路军，诸王抄合与也只烈率东路军，忽必烈亲

蒙古重骑兵征战

自率领中路军，并由小将阿术领数十轻骑负责协调联络，不久便分头穿过康藏高原迂回向大理包抄而去。

相互摆脱羁绊，各自大显身手的机会终于到了。

但首先面对的便是风雪弥漫的康藏高原。

神秘莫测，吉凶难卜……

忽必烈迂回包抄远征大理国（下）

1253年初冬，忽必烈正取道吐蕃东道艰苦跋涉……

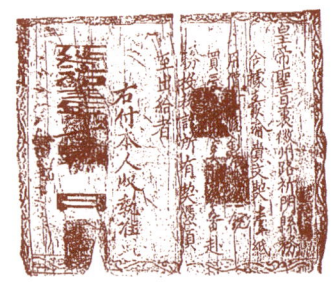

元代地契

但他的情绪却是振奋的，斗志也是高昂的。须知，他虽已和兀良合台达成了高度的默契，但在这位百战百胜老帅的光环下还是很难"青史留名"的。而现在好了！不但可使老帅和诸王尽显其能，而且自己也能独领着一路征服大军以示无愧于乃圣祖子孙，是平生第一次，却似更有利于激发出源于血脉的那种征服者的潜能。左有廉希宪，右有玉律术，身后还有姚枢、刘秉忠、张文谦等众多高人谋士，使忽必烈踌躇满志，感慨颇多。眼望荒凉的茫茫高原荒野，他纵马驰骋于万军之中振臂高呼曰："此乃天助本王练兵也！"一呼百应，声震旷野，群情激荡，随之便引来了万马奔腾。

元代百姓生活

谁料，未来的征途比预想的还要曲折凶

险……

有关元史资料均有详细记载:"经吐蕃曼陀,涉大泸水,入不毛瘴喘沮泽之乡,深林盲壑,绝崖狭蹊,马相縻以颠死";"前行者雪三尺,后至及丈,峻阪踏冰为梯,卫士多徒行,有远逾千里外者"。据《中书左丞姚公神道碑》载,王府尚书姚枢就曾因"坐骑瘠瘦"而"徒行千余里"。而经雪山时,更因山路盘旋曲折,包括忽必烈在内,也都必须"舍骑徒步"。作为一支马背民族组成的远征大军,现已不得不人马分离甚至"马相縻以颠死",似已举步维艰,陷入绝境。谁料此时,身为统帅之忽必烈偏又足疾突发寸步难行,顿时更使得进退两难军心大乱!而此时却只听忽必烈猛地一声呼喊:"郑鼎速来!吾即钺,负本王前行即奉钺专征!"声震雪岭,回荡冰峰。"巨无霸"郑鼎闻之早激动而来,背起忽必烈便果真"奉钺专征"了。又闻行进中大王那声声豪放之笑,激荡起勇士们一阵阵欢呼。小将玉律术陪伴左右,遂千军万马又斗志昂扬地跋涉向前。

从此,郑鼎即成为忽必烈格外关心的爱将……

据史载,"巨无霸"不仅背负自己的大王奋力向前,而且"遇敌军据险扼守",则将忽必烈交于玉律术守护和疗足,自己竟率众又奋不顾身"力战而败之"。忠勇无比,略少智谋。但郑鼎在当时那种特殊情况下,却受到了忽必烈"赐马三匹"之奖赏。后足疾渐愈却对这背负之义永记不忘,《元史》之中就有多处记载忽必烈对这位"有勇无谋"爱将的特殊关怀之举,人情味颇浓,作为佳话流传一时。而忽必烈足愈之功,当首推玉律术!虽远离金莲川万里之遥,但仍不忘王妃之嘱托,千方百计照顾着自己的宗王。这里尚需插叙一笔:《元史·后妃传》中载,"后亲制皮袭,以寄思念"。这时,察苾亲手缝制的皮袭也果然发挥了巨大作用,在冰天雪地中为忽必烈捂脚、暖身,更重要的是温暖了一颗孤寂而又激荡的心。

1253年冬十月,军队强渡大渡河……

据史载,大军"仍在山谷中行进二千余里",而忽必烈"率领之劲骑始终领军在前"。人与马又能"合而为一",总管后勤的董文忠、董文用兄弟功不可没。前面就是大理国境,刘秉忠过后感慨颇多,曾以诗叙怀(见《藏春集·西蕃道

震撼崛起——成吉思汗及其英武儿孙

中》）——

> 鞍马生平四远游，又经绝域入蛮陬。
> 荒寒风土人皆怆，险恶关山鸟亦愁。

此诗似远不如七百年后毛泽东的诗"气魄宏伟"，但回顾所历经地点又何其相似乃尔？一个是由北到南：六盘山、草地、雪山、险岭、大渡河、金沙江，直逼大理！一个是由南到北：金沙江、大渡河、雪山、草地，直至"六盘山上高峰，红旗漫卷西风"！当然前半段大不相同，志向也各异。但这后半程历经线路之重复，似也可称之为某种历史现象之巧合？

姑妄议之，且留后人评说……

1253年十一月初，军队"入大理境内，行至金沙江畔"。云南四季如春的气候，遍野一片翠绿之景象，重又激发了蒙古铁骑的征服欲。据史载，忽必烈豪气勃发，单骑驰骋于金沙江边，一跃竟"情不自禁立马巨石之上，俯视波涛汹涌之江水"，烈马扬蹄惊嘶，忽必烈却控缰仰天大笑。情景极为壮观，却又险象环生。多亏小将玉律术忙下马扑上去护卫，才未发生意外。十一月中旬，蒙古大军已"乘革囊和木筏渡金沙江"，并逐个"攻下负固自守之诸多砦栅"。

外围逐步扫清，大理王国覆灭之日近在眼前……

按说，段氏大理王国已雄踞大西南达三百余年，中原王朝均奈何它不得。土地丰饶，就连插根筷子也能长出大树来。只要稍加治理，黎庶之温饱尚且不成问题。加之大理城"依点苍山，傍洱海"，地形相当险要，易守难攻，史称"固若金汤"。如有明君主政，似尚可绵延国祚。只可悲传至这一代"国君段兴智孱弱，奸臣高祥专权"，仅"腐败"两个字，便将这历经三百余年的南诏古国蛀蚀得摇摇欲坠。

大难临头，贪官污吏却纷纷背主弃城而逃……

合围在即，忽必烈在简易王帐里又与众文臣幕僚夜议取胜之策。姚枢首提曰：

"当学曹彬仁取南唐,未尝妄杀一人!"刘秉忠更建言道:"应先礼后兵,务差干练使者劝降!"张文谦则附议称:"臣代大王整理文牍,尚有一函留王妃嘱语:不战而屈人之兵乃上上策!"姚枢进而概而言之:"和尚与张公建言极是!先礼后兵,派出使者;施'不战而屈人之兵'之策,取'兵不血刃'之胜!大王必将改写战史,鹤立鸡群于蒙古诸帅之上!"忽必烈均欣然纳之曰:"出征之前,本王已与王妃有言在先!今决战在即,又岂能食言?本王已打算派出玉律术、王君候、王鉴三人为使……"

随之,三人也果然慷慨进入这座南诏古都!

1253年十二月,忽必烈命令廉希宪统领中路军先行包围大理城。与此同时,老帅兀良合台所率之西路军也在攻取龙首关后直逼大理城下。一王一帅之大会师,更使蒙古铁骑声威大振。完全出乎意料,一位身经百战之常胜老帅,竟稍稍落后于一位初出茅庐之圣祖嫡皇孙。再加上,忽必烈已深知对手将有何种阵法,而我方将如何破之,从此,兀良合台更对忽必烈与生俱来之军事才能心服口服,完全听命于这位皇太弟的通盘部署与指挥。刹那间,声震洱海,势逼点苍山,将一个大理城围困得水泄不通。金戈闪闪,呐喊声声,唯等忽必烈一声令下即可破城。而此时这位皇太弟却按兵不动,竟在廉希宪的陪同下,亲自登临点苍山,久久俯瞰大理城内之

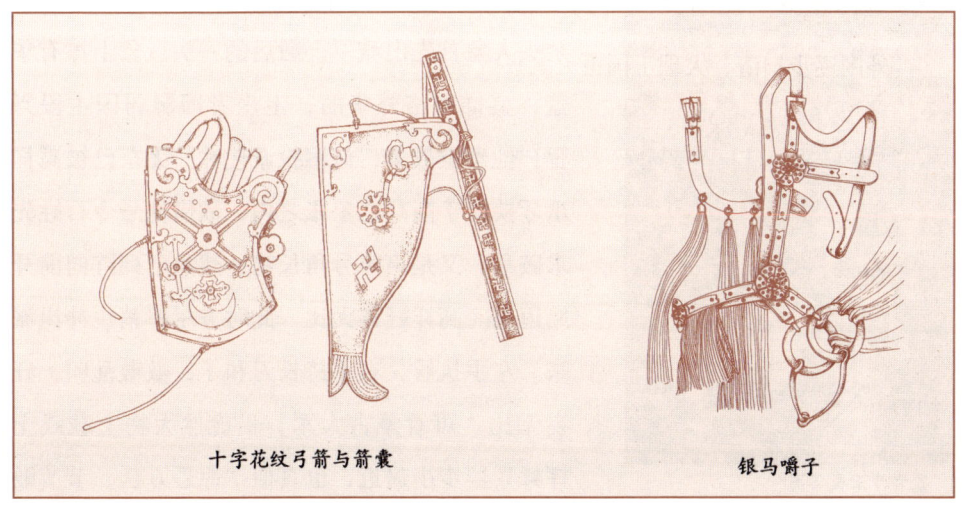

十字花纹弓箭与箭囊　　　　　银马嚼子

震撼崛起——成吉思汗及其英武儿孙

元代歌舞图

蒙古汗王夜宴图

动静。须知,此时尚有爱将与亲信幕僚在城内劝降。谁料一连三日竟毫无反应,似偏要以挟人质逼蒙古大军不战自退。忽必烈显然被激怒了,三日后遂怒指城内果断喝令:"攻城!"是日,大理国主段兴智受权臣高祥之挟持,似不愿被瓮中捉鳖也只能背城一战了。高祥此时手中尚有一张王牌,即象阵!他欲驱使上百头盛饰披挂之大象于前,先以此庞然大物吓退从未见过此阵之蒙古大军,然后借大象之掩护亲率精锐扑杀之,大破围困之军于苍山洱海之旁。进而杀国主以代之,凯旋之日即登基之时。谁料兀良合台早听令布下三千强弓手、三千马上健儿,只待忽必烈一声令下。原来,忽必烈从玉律术与王君候探知的消息中,即已知权相高祥会有此举!为此,象之特性,马之所长,他早了如指掌!

一场史无前例的马象交战即将开始……

果然,声声号角响起,在象奴驾驭下,百余头大象首先出城了。殿后的一头巨象上撑有华盖,盛饰得格外华丽,上坐者即孱弱国主段兴智!他恐惧战争,似愿投诚乞和。无奈已被高祥爪牙挟持于高高之象帐之内,欲借他号令百姓先求破敌。又是声声号角长鸣,战象已列阵向前开始迈进。高祥奸诈无比,此时方尽率精锐冲出城来。左手执盾,右手持长刀和矛,嗷嗷乱叫,狂妄无比。再看蒙古大军,见庞然大物上载武士挥舞兵器步步逼近,也真似"惊恐万状,节节败退"。就不该！前沿刚刚闪出一片空旷之地而任高祥挥戈叫骂之时，便见得忽必烈一声号令，无数支利箭已经密集射出了。专射象奴，专射上面的武士、专射巨象的眼睛等薄弱之处。一波又一波的矢风箭雨，霎时便使象阵大乱。还不等高祥控制住阵脚，却又见得小将军阿术率数十轻骑，已冲入象阵展开了第二波近距离穿袭。巨象毕竟动作拙笨，而轻骑似乎早已人马合一。近距离的骑射，近距离的劈杀，小将军阿术率轻骑穿梭于大象之间如刀搅对手心脏一般。再听忽必烈一声令下，廉希宪已率成千上万蒙古铁骑尽将高祥的残兵败将围困于城门之下。本可一举破城，但忽必烈却命小将阿术纵马喊话："限半日之内，交出使节、献城投诚，大王将确保王族及全境黎庶平安！"而高祥却挟持国主段兴智伪作允诺，趁势率部分亲信爪牙逃回城内，紧闭城门，竟置绝大多数残兵败将与大象任蒙古铁骑俘获。

忽必烈又再次登上点苍山俯瞰大理战况……

此时天色渐晚，却又见廉希宪已组织起被俘之大理军卒，用本地语言向城内发出声声呐喊："只擒高祥，为众除害！大军所到，保境安民！"这本来就是兵卒们之心愿，再加上有美食和甘泉之奖励，致使声浪摧城，大理危城震颤不已。是夜，权臣高祥早已吓得魂飞魄散，似也只能挟持国主段兴智，率残部趁夜色另择暗道潜逃。谁想到早在忽必烈与兀良合台意料之中，分派少将军阿术与王府猛将也古率轻骑追击之。野史载，高祥于半途"欲杀国主窃王印而去"，所幸少将军阿术及时赶到"救之，并夺回王印"。而正史却只记载"大将也古领兵追击，擒杀高祥于姚州"。次日，大理城不攻自破，忽必烈命老师兀良合台领万军驻扎城外，自己亲率众幕僚仅带百余骁骑入城。虽已大获全胜，但忽必烈却忧心忡忡地对众幕僚言："破城而我使不出，计必死矣！"即将功成名就，却仍不忘玉律术、王君候与王鉴等三人。对于一位蒙古宗王来说，这在当时实属难能可贵。

随之，除安民抚众之外寻找三人踪迹便成了首要任务……

据《元史》载，忽必烈即"命令姚枢等搜访大理国图籍，搜访之际发现了三使者之尸体"。在四周一片悲泣声中，忽必烈闻讯赶来，泪眼中渐渐开始冒火。随着那浑身野性烈血的沸腾，顿时便是一声惊天动地之呐喊："屠城！"阿术等小将

震撼崛起——成吉思汗及其英武儿孙

听后一跃而起,拔刀在手狂怒中就欲去"大开杀戒"。此时,多亏了廉希宪命人将其一把拉住,而姚枢、刘秉忠、张文谦等众幕僚又及时跪阻,和尚曰:"冤有头,债有主,切勿滥杀无辜!"张文谦则说得更明白:"杀使拒命者,其国主尔,非民之罪!"而姚枢更进谏道:"即使国主,也应审清论处!且尚需用其上达汗廷,下平云南全境!还盼大王三思而后行,以告慰小将玉律术等人在天之灵!"史称忽必烈竟也似如梦方醒而"从谏如流"并"特免杀掳"。而且似仍嫌不够突显"贤王"之"仁义",竟特别下令姚枢"尽裂所携之帛为帜,书写止杀之令,分插公布于街衢"。这样,蒙古大军才一概不敢进城抢掠,大理黎庶的身家性命及官民财产才赖此得以保存。

随后又对玉律术、王君候、王鉴,各"另赐民户数十,抚恤死者遗属"。以上《元史》均有详述,岂容妄加杜撰?一句话:忽必烈已从原始的征服战争中跨出了关键性的一步!

最终,被俘的大理国主段兴智也彻底归降了⋯⋯

曲折艰险的漫漫征程,波澜壮阔的战争场面,使晚年的忽必烈每当回忆起仍激动不已。1304年,相隔半个世纪后,忽必烈之孙元成宗遵其遗命在其曾登临俯瞰大理的点苍山崖上,终于镌刻完成了"平云南碑"以志其丰功伟业。铁骑对阵巨象,似连今人尚有怀疑。但绝非杜撰,刘秉忠在《下南诏》中就曾壮怀激烈地以诗详述其事:

> 天王号令如迅雷,百里长城四合围。
> 龙首关前儿作戏,虎贲阵上象惊威。
> 开疆弧矢无人敌,空壁蛮酋何处归。
> 南诏江山尽我有,新民日月再光辉。

"象惊威"三字,即指此而言!总之,远征大理的成功,又使忽必烈成了东方征服者中之大赢家,不仅初步改写了13世纪的蒙古战争史,而且向整个黄金家族乃至整个"也客蒙古兀鲁思"展现了他的"另类"军事征服才能。他不仅完成了对南宋战略性的迂回包抄,同时也打开了向南亚、东南亚扩展的通道。而更重要的还在于,从此使云南"衣被皇朝,同于方夏",进而纳入蒙元王朝的直接统治之下,加速了云南"新民"与蒙汉等民族间之融合,促进了多民族统一国家之发展壮大。

1254年初春,忽必烈奉旨班师北返……

这也可看作蒙哥大汗对自己皇太弟之一种"防范之举",唯恐其"功高震主,自行其是",不利于自己的"通盘部署"。早有阿里不哥率阿兰答儿等悍臣暗中挑唆在前,绝不能再看其在云南真的"坐成气候"了。须知,忽必烈在善待抚慰国主段兴智之后,利用其影响,早已尽取大理国下属王城之八郡四府,现目标已直指赤秃哥(今贵州西部)、罗罗斯(今四川凉山地区)以及乌、白蛮等三十七部,乃至占有整个南中国。如任其如此经略下去,那继圣祖成吉思汗之后,黄金家族最伟大的征服者将会是他而不是自己了。见好就收,以免"尾大不掉",仅留下与自己自幼相伴的亲信老将兀良合台继续经略,以看他日"谁主沉浮"!

蒙古式摔跤

忽必烈是"壮志未酬"凯旋的……

但据史载，这位皇太弟果不愧为"思大有为于天下"者，而老帅兀良合台也早成为他的心腹知己。虽就此分离，但内心早有默契。忽必烈遂留下了幕府能臣刘时中任宣抚使，以继续抚治和经略云南，并遣使专程前往乌思藏，以进一步宣抚吐蕃僧众。并命文臣张文谦、武将也右专门负责抚慰和保护大理国主段兴智，一起北上去觐见蒙哥大汗以示臣服。同时，又进而与老帅兀良合台继续研究如何攻占上述战略目标。据史载，老帅后来也果然一一完成了。总之，以现代人的眼光来看，忽必烈虽人必须要走，但他却通过"软实力"仍在牢牢遥控着大西南之"硬实力"。

但付出的代价也不容忽视……

据拉施特在《史集》中说："当蒙哥大汗派遣自己的兄弟忽必烈合罕率领十万大军到哈剌章国（大理国别称）之时……那十万军队回来的还不到二万人……"而且还"亡失马，凡四十万匹"。但有的学者也称之"似显夸大"，并指出"死者多为汉人与色目人之'探马赤军'打前锋者"，多卒于"雪山险径冻馁伤病"之中，而且兀良合台尚有大军留驻于云南……但不论孰是孰非，这次成功的远征付出的代价确是沉重的。

但也不必为古人大惊小怪，历史向来就是"一将功成万骨枯"……

而在蒙哥大汗一道道下达的诏旨中，这一切就更显得无所谓了。除了对皇太弟的高度肯定、丰厚的嘉奖、急切的盼归，便是早已准备好的万众欢呼，为他"庆功祝捷"了。但不知为什么，越是这样忽必烈便越找不到那种胜利者的感觉。似乎等那激越的战争喧嚣突然沉寂下来后，剩下的也只有清醒后的孤独和彷徨。明明是大汗道道诏旨均下令其"速归汗廷、共商大计"，他却带着这些疲惫之师在归途中越走越显消沉。

由温暖的云南出发，向北似又跨入了寒冷……

有史可考，果然越往北走便越显不祥之兆。首先便是王府尚书姚枢积劳成疾倒下了，似也只能把他留在京兆一带以"重农桑"为名加以疗养。随后便是杨惟中的因病请辞，又似乎只能派首席儒将廉希宪去接任宣抚史。主要的文臣武将都离自己而去了，这更使得统率疲惫之师北上的忽必烈更感孤寂。多亏重返途经忒拉时，那少年圣僧八思巴竟果不食言，早等候于此。是有缘！经与刘秉忠多方考察其学识人品后，从此便和他探索起如何以佛法解悟人生。

离草原母地越来越近，兄弟俩即将于汗廷相逢……

忽必烈依祖制于盐、夏二州即扎驻军马，只有等待汗廷调走所有部众方可前去觐见大汗。这时他才彻底解悟到：不论自己在远征大理中是一位如何轰轰烈烈的"统帅"，其实在蒙哥大汗眼中却依然只不过是个"马前卒"。

近代法国史学家格鲁塞早说过："当权力彻底归于一个家族后，也就意味着这个家族分裂的开始。"

手足深情变得并不重要，主宰一切才是当务之急！

蒙哥大汗将决定忽必烈的命运！

他似也只能等待着……

震撼崛起——成吉思汗及其英武儿孙

作战图

第六辑

【本辑提要】首先必须说明，此时的蒙哥大汗正"如日中天"。无论忽必烈再突显"文治"与"武功"之雄才大略，但总归仍笼罩在"蒙哥大汗时代"的光环下。其至高无上的地位，其超越前人的追求，尤其是那"唯崇祖制，绝不蹈袭他国所为"的高傲自尊心，势必和忽必烈产生矛盾和权力的纷争。再加上传统守旧的宗亲贵胄因中原利益受损而纷纷上告，致使蒙哥大汗终于感到时机业已成熟了。随之，忽必烈便再次从人生的高峰急骤地跌入谷底，由"贤王"转为"闲王"甚至成为一个"废王"，前途暗淡，一蹶不振。而此时的蒙哥大汗却"坐收渔利"，一跃而达人生最辉煌的巅峰时刻：至高无上，唯我独尊，万方臣服，众将归心，最终亲率铁骑展开了马踏华夏的全面征服战争——

震撼崛起——成吉思汗及其英武儿孙

蒙哥大汗的"再造辉煌"

必须指出：蒙哥大汗是游牧帝国又一代杰出的君主，史称其"刚明雄毅"绝对当之无愧！

自1251年初登上大位，到1254年忽必烈的应诏归来，短短不到四年时间，他便将一个由于"两后乱政"濒临崩溃的庞大汗国，从危险的边缘上力挽狂澜，重振起来。这除了他"唯崇祖制，严遵札撒"，"严厉驭下，强化汗权"，"事必躬亲，不喜宽纵"，以至"不乐燕饮，不好侈靡"，"以身作则，严控后宫"等"严整内政"外，那就是他充分汲取了圣祖成吉思汗立国初期的经验："以战治乱"！当然，他更深知，马背民族历来最崇拜的就是"战争英雄"，但这种荣誉必须首先用来"重塑皇族"。随之，为了实现他那心中宿命似的宏誓大愿，登基不久他便按自己的战略部署，分别打发两位皇弟去当"英雄"了——

西指波斯、南征大理，顿时激起草原上一阵阵野性的狂热欢呼……

史载，蒙哥大汗在此期间作为长兄，对旭烈兀和忽必烈真可谓"殚精竭虑，朝乾夕惕"（白天努力工作，夜晚认真反思）。而两位皇弟也果不负他的期望，为在金戈铁马间拖雷家族赢回了更大的荣誉：旭烈兀"独自统兵第三次西征，开局便灭掉了盘踞波斯北部山寨的'木剌夷国',随之又攻克报达(今伊拉克巴格达),征服黑认大食(古阿拉伯帝国阿拔思王朝),更分兵三路攻入叙利亚"……战果赫赫,震惊朝野,突显了大汗的"用兵如神";而忽必烈则"过雪山,涉草地;强渡金沙江,智破大象阵;收大理、平云南、抚西藏、经略中原……"又再现征服者之辉煌,似更突显了他这位大汗决胜千里之外之"文韬武略"。总之,近四年的心血绝没白费,西征南伐之成功不仅早已使拖雷家族的汗位"固若金汤",而且也使他"威名远扬,威震四方",成了"再造汗国辉煌"的一代英主。

唯我独尊,又为他提供了"防患于未然"的可能……

皆因在蒙哥大汗驾前,早就形成了一个"唯崇祖制"的"智囊团"。其中多以悍臣悍将为主,阿兰答儿便是最具代表性的人物。《元史·阿兰答儿传》只说他"性情苛刻,乘势横暴",并未点明他为何"终身与忽必烈为仇"之原因。唯有野史中隐隐有所流露,据说是因为多年前"也曾求娶按陈王小女被婉拒"所致。野史传闻是虚,但死盯忽必烈不放却是实。随之,在他力陈忽必烈种种"假公济私,暗行汉法"的提醒下,蒙哥大汗似乎也将"防患于未然"的焦点渐渐聚焦于自己的皇太弟身上了。这次乘胜急召忽必烈的归来也似乎是阿兰答儿所献之策,为此这位悍臣还曾一针见血地向圣上指出:"旭烈兀西征波斯自辟封国,乃圣祖子孙英雄所为也!而皇太弟灭大理欲不归,则久蓄异志必有他图!闻其现已东进云贵、西抚川藏,若养痈成患,必拥兵北灭南宋自行王事,毁大汗征服天下大业于一旦……"史载蒙哥大汗"威严寡语",这回听后竟出人意料地突开金口斥其曰:"汝知'构乱皇室',依'札撒'该当何罪乎?"但事后却又连连下诏命忽必烈速归。

一代雄主果然有一代雄主的展示……

1254年秋,忽必烈应诏历经数月跋涉,心怀忐忑地北返汗廷,却谁料蒙哥大汗竟然格外大度,不仅亲自来到城外给予远征英雄以高规格的倾城欢迎,而且大摆御宴为其庆功并大肆进行封赏。据史载,多亏忽必烈尚牢记姚枢临别所嘱,也当着文武百官与宗亲贵胄之面,尽将灭大理之功归咎于大汗跨越万里的"运筹帷幄"与"用兵如神",并当众呈上一道道诏旨,以证实"几日不见圣旨诏示,则惶惶然六神无主矣"！一唱一和，效果奇佳，既彰显了皇室坚如磐石的团结，又无形中将蒙哥大汗进一步推上了神坛。

最终，忽必烈得以安然回到金莲川与妻儿相聚……

难道说蒙哥大汗就这样只顾"手足深情"而甘愿平庸吗？这显然是低估了历史对他那"刚明雄毅"的评价了。究其原因，历代史家有多种推测：一说"圣上事母至孝，唯劝诫其'严遵祖制'，皇弟叩诺"；一说"西征南伐，国库已亏。欲成大业，必先借其手充盈粮秣军备"。但不管怎样，忽必烈又总算能暂不受干扰而专心于经略中原了。难怪后代又有史者称："一个思大有为于蒙古，一个思大有为于天下，二者能有一段相对平静期，这实属不易而更显难能可贵。"

机不可失！忽必烈也果然坐镇漠南，又大显身手了……

1255年春，据史载，忽必烈的经略中原已"大见奇效"了。由赵璧与史天泽掌管河南，廉希宪与商挺掌管京兆，赵良弼与刘肃等掌管邢州，再加上孟速思与赡思丁已操控了燕京，大力推行"汉法治汉"以至"汉人治汉"，忽必烈贤王之誉"已在中原之地日隆"。正如赛典赤·赡思丁在向蒙哥大汗密奏中所言："皇太弟凯旋，言必称大汗，行必尊大汗，尚未显异心，唯王妃已皈依藏佛教只知诵佛也。然今年税赋又可大增，大汗宏愿指日可待。"

是指日可待？但似仍需耐心与时间……

而忽必烈此时虽和八思巴交往日深，察苾王妃也开始崇奉藏传佛教，但坐镇漠南仍不改其政治信仰，似对以孔孟之道治国的理念反而是更加坚定了。不但为战乱时期身陷绝境之儒生"尽解奴籍"，而且还为大多孔门弟子"尽免税役"。故元代著作《秋涧集》即有诗赞曰："圣代崇儒意非轻，征车相望半儒生。"并在任命大儒许衡为"京兆教授"初步取得成功后，他更在中原地区广设学堂与修复孔庙。《元史·赛典赤·赡思丁传》中即载，在其主管燕京行省财赋曾受忽必烈令旨"负责增修文庙与兴办学校"。故元代又有诗人张昱赞其："要将儒释同尊奉，宣谕黄金塑圣人。"更值得一提的是，为奖励身旁儒臣谋士之功，忽必烈在1254年南征归来后当即下令"复立抚州"（今河北张北），以改变众幕僚终难适应"居穹庐，无墙壁栋宇，迁就水草无常"之现状，好让儒臣文侍早日"终有定居之所"。随之便依照"群儒之议"，开始放手任刘秉忠占卜测量，主持筹建"开平王城"。此举对"天下归心"影响极大，遂汉地汉人中有了蒙古宗王"向龙借地"之离奇传闻。虽表面看似荒诞，但内在含义极深，"龙文化"又一次出现在民族交融之中。

但蒙哥大汗却遥在汗廷仍然置若罔闻……

除此之外，史称忽必烈似对其他方面也"涉猎颇广"。他以"遵照汗廷之命尽早筹措调集粮秣布帛器械，以备如期供给大汗南征军需"为名，触角已广伸于京兆之外的川、陕、甘、康等地区。再次启用病愈的杨惟中出任"陕右四川宣抚使"就是一例。总之，忽必烈除派出姚枢等重要谋臣四处"劝农桑"以示其"以仁治世"之志外，进而与史天泽及张柔之外之众多的汉世侯也有了很深的交往。据史载，就连"唯我独尊"、"不可一世"的汉世侯李璮也曾遣使前来"以求庇荫"。为此，仅仅才一年多时间，忽必烈这位异族宗王便越加受到了汉地士大夫的广泛赞誉。

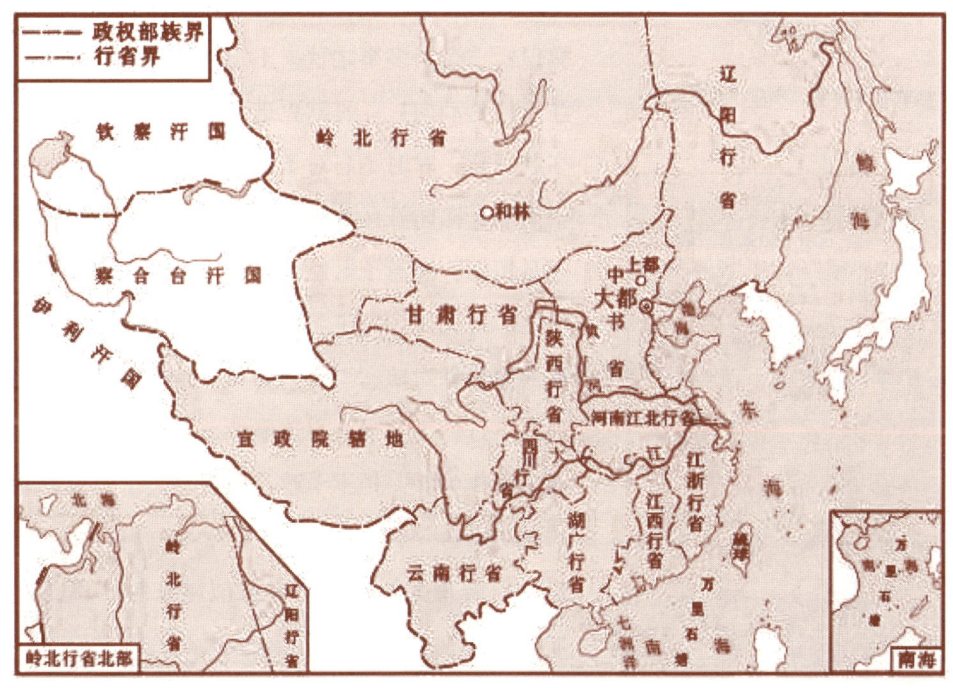

元朝行省图

中土有识之士均称其为"贤王",又广为重提他"能用士而能行中国之道,则中国之主!"之议(见《陵川集》卷三十七)。

汗廷早为此议论纷纷,而蒙哥大汗却仍然稳如泰山……

这实在不符合这位大汗"唯崇祖制"的一贯作风,致使忽必烈的成就越大,整个金莲川幕府就越感到惴惴不安。但忽必烈却如蒙古谚语所说的那样:看准方向撒缰的骏马,是九十九头牤牛也拉不回头的!而"思大有为于天下"又绝非一句空话,似也只能置个人的荣辱沉浮不顾而一搏了!这一天,王鹗与窦默两位老夫子终于忍不住了,趁忽必烈不在便直接进入妃帐慨然进谏。王鹗曰:"今乃多事之秋,王妃当应时刻提醒大汗注意汗廷动向!"窦默更进而补充道:"大王当多赴汗廷,时时不忘对圣上效忠,事事不忘向圣上奏明!谨防奸佞从中离间皇室,而自己却只记手足情深,疏忽于君臣大礼!"谁料察苾竟淡然应之:"无用。"王鹗忙问:"何出此言?"王妃遥望帐外对曰:"黎庶尚知:是福不是祸,是祸躲不过!为实现圣祖遗愿计,又焉能唯求自保而无所作为?"拒不干政,两位老夫子似也只能"无功而返"了。

但蒙哥大汗却对皇太弟似越来越"恩宠有加"……

有史可考,1256年初似又达到了一个新的高

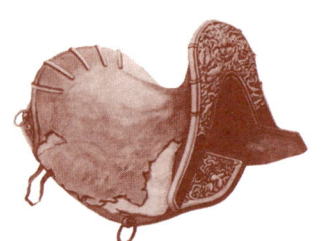

驮载官方印章、寺庙神祇用马鞍

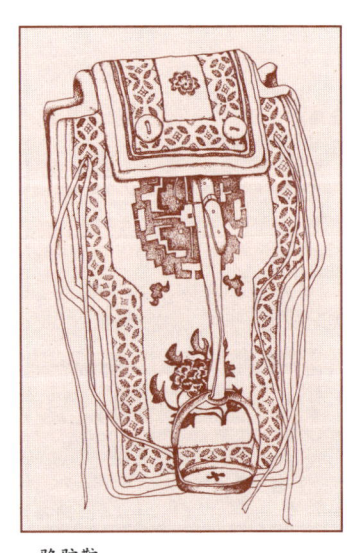

骆驼鞍

峰。正当群儒遥望汗廷"察言观色"之际，蒙哥大汗却又"将怀孟之地（今河南沁阳一带）补赐予皇太弟"。这样，忽必烈之京兆封户三万三千余，加上怀孟封户一万一千余，共计四万五千余户。虽比幼弟阿里不哥仍少得多，却远远高于旭烈兀等其他诸皇弟。忽必烈似也"受之无愧"，当即令商挺兼治怀孟，"打击豪强，重农劝耕"。这显然使群儒们松了一口气，而忽必烈麾下的一些蒙将竟更放心地开始在京兆城内"大兴土木，兴造府第"，而且均以"豪华奢侈相尚"。王鹗等老夫子这时才看到，察苾王妃终于不顾身怀六甲挺身而出进谏了。似乎也是忽必烈有意利用她的影响，察苾又罕见地现身王帐，当着文臣武将直谏曰："现乃多事之秋，大王当不应如此放纵麾下！现今诸将所作所为，似已超越大王总领漠南之权限，更不符合大汗来日征服'南家思'之用兵之道！"言辞犀利，但宗王竟也能"从谏如流"。遂在"诸将猛醒"之余，当日即下令"分遣诸将于兴元等各州戍守"。

而汗廷方面却似"意犹未尽，欲罢不休"……

1256年春，又蒙"皇恩浩荡"，金莲川下的"开平王城"终于破土动工了。刘秉忠深为理解宗王"会朝展亲，奉贡述职"之需要，遂在原毡帐王城之附近选定龙岗为建城中心（又是龙）。并推荐丰州丰县人谢仲温为"工部提领"，藁城人董文炳、获鹿人贾居贞为副共同监筑之。忽必烈亲自前往视察，见"龙岗蟠其阴，滦江经其阳，四山拱卫，佳气葱郁"，遂授权予谢仲温曰："汝但执梃（权杖），虽百千人，宁不惧汝耶！"随之，"向龙借地"，以汉法筑汉制王城之传说，很快地便传向了漠北的汗廷。

似乎就是这"龙"惹的祸，蒙哥大汗突然态度骤变……

有人说，这是因为"桥已铺好，跳板已搭成"，故姚枢多年前之"撒网说"今日终于被验证了！也有人称，"非圣上不知皇弟之功，乃忽必烈得罪宗亲贵胄日众矣！"为汗国计，似也只能舍弃亲情！

总之，该发生的必然要发生，忽必烈又面临着另一次命运的转折——

跌至人生的谷底……

震撼崛起——成吉思汗及其英武儿孙

蒙哥大汗的"肃腐反贪"

哈尔和林，万安宫内一时风向顿转，阿兰答儿等守旧的悍臣悍将又频频出没于御书房之中。

且别先怪蒙哥大汗的"出尔反尔"，首先当应指出的是：忽必烈的所作所为，确实早已激起一批传统的"草原中心主义"者的愤慨和不满了。尤其是那些在中原汉地拥有食邑和封地的宗亲贵胄们，更深感推行"汉法治汉"以至"汉人治汉"早触动他们的特权并要断他们的财路。在这些宗亲看来，征服者还要纳税？不交就不发给"廪粮"？简直违背祖制！征服者还必须遵守被征服者之法？不能纵马享乐，反倒要去河南屯田戍边？简直是对胜利者的羞辱！现在更要筑什么"汉制龙城"去当什么"中国之主"，今后自己还能再从汉地源源不断地获得金银珠宝和美女健奴吗？简直是"也客蒙古兀鲁思"之叛逆！而蒙哥大汗明明知道，忽必烈所做的这一切是完全必要的，甚至还是自己授权或默许的，他顶着骂声和诽谤，仅仅两年就为自己征服"南家思"奠定了物力和人力之基础。但他还是采取了"攘外必先安内"之策，准备充分利用这股反忽必烈的势力以剪除自己兄弟在中原"尾大不掉"的影响。当然也不排除另一种可能：征服南宋战争启动在即，一统华夏指日可待，在名垂青史的巅峰光环中岂容再现他人身影？只能暂舍手足之情，要怪也只能怪忽必烈自己的"不知深浅，好高骛远"了。

也难怪！历朝历代最忌讳的就是"功高震主"⋯⋯

而在此时，幼弟阿里不哥为了"幼子守灶"权，也日渐成了这批反忽必烈势力的"领军人物"，竟动员出往日与拖雷家族结怨甚深的窝阔台家系与察合台家系的西道诸王或其代表，纷纷向大汗反常地"尽表忠心，轮番进谏"。史载，他们攻击忽必烈主要有两点：其一是"中土诸侯民庶翕然归心"，其二是"王府诸臣多擅权为奸利事"。前一条显然是指忽必烈"心怀异志，图谋不轨"，后一条则专指忽必烈"多用汉法，不遵祖制"。最后，有一位坚守游牧祖制的年迈老王竟挺身而出愤然曰:"修筑汉式龙城,欲称中国之主!其心中还有草原祖地乎?眼中还有当今大汗乎?其已成背叛圣祖之叛臣逆子,吾等均愿听命于少汗阿里不哥统帅,齐率重兵以迅雷不及掩耳之势攻占漠南,以将此背主叛蒙之贼火速擒获,早日除灭大汗之心腹大患!"蒙哥大汗闻之一怔。按现代话来说,他这才蓦地意识到:他想利用舆论,舆论也在利用他!

蒙哥大汗果不愧"刚明雄毅"……

史载,他"闻众议未见喜形于色,却又突现威严寡语"。他不仅一眼便看出阿里不哥幼稚的"暗怀鬼胎",同时也看出了窝阔台与察合台家系的险恶用心。若从此议,势必引起同室操戈,天下大乱!不仅会授人以"皇室相煎"之柄,而且将会耗尽粮草辎重,自毁征服天下之大业!但他内心却犹有不甘,又绝不甘愿就此把火烧向忽必烈,这把火灭了。先王们即使烧杀抢掠也是坦坦荡荡的,为此他终于选定在为蒙古人所不齿的"王府诸臣多擅权为奸利事"上大做文章了。这样既可"釜

猎鹰

底抽薪"，先行剪除忽必烈"羽翼"，又可使其尽早成为"孤家寡人"，做个尽失颜面的"闲王"。毕竟母亲尚有遗嘱，他也只能毁其誉而不能伤其身。

为了皇室这尊严，为了手足之情深……

随之，蒙哥大汗再会见群臣之时，又再现"唯我独尊"的王者风范。似只顾谈及尽快征服"南家思"的诸多部署，而仅在最后才涉及忽必烈之事，且仍突显对皇太弟之"信任"，竟下了一道诏旨曰："皇太弟天性仁厚，而王府诸臣多背主擅权谋奸利事。今为解众惑，并为皇太弟正名，将遣阿兰答儿、刘太平等诸臣前往中原'钩考'，清查积账，严惩恶吏。朕于此重申：今后将'唯崇祖制，绝不蹈袭他国所为'。钦此！"最后之重申，效果尤佳，顿使宗亲贵胄无不心领神会地跪伏于朝堂齐声赞曰："大汗圣明！臣等愿舍生忘死追随圣驾早日灭掉'南家思'！"一箭双雕！既是消除隐患（虽然是兄弟）之檄文，又是调动宗亲贵胄积极性的动员令！

钩考者，若用今日话语即审计。但受命执法者，却皆是对此道一窍不通的横暴悍臣。阿兰答儿前面已提到过了，现在就略说一下刘太平。据史载，此人自幼即入质于汗廷，是一位典型的彻底蒙古化的汉将。汉语早已生疏，汉字更不识一个，全凭着跟随蒙哥大汗西征之勇猛战功，逐渐成为驾前的亲信重臣。而在此尚需再插叙一事，

忽必烈狩猎图

元杂剧

即早期的游牧帝国并没一定的文官体制，后来随着汗国的迅猛扩张已不适应形势发展。实在不行了，便依前朝辽金体例临时抓几个官衔以应急。比如这次"钩考"，阿兰答儿便被委任以"陕西行省左丞相"之官衔，刘太平也被委任以"参知政事"之官名，其他随员也莫不如此。二人临行前均曾受大汗密令，"不事声张，悄然而至，全面钩考，见机行事！"当然，两人受此"殊荣"也绝不会辜负大汗的器重和宠信，随之忙又精选了一批酷吏与悍将为部从，当即便神不知鬼不觉地日夜兼程跨漠南下了。

如此之"肃腐反贪"，真可谓"大家手笔"……

果然，正当中原仍在试行汉法为大汗"扩军备战"时，阿兰答儿与刘太平却率众突然问罪而至，并以"不便惊扰皇太弟"为名，在不告知忽必烈的前提下，刹那间便"奉旨"突然出现在邢州、汴梁、京兆、怀孟等地的宣抚司内。阿兰答儿更是"擅作威福"，将其"性情苛刻"、"乘势横暴"之特质发挥到了极致。首先在关中（今陕西西安）设立了"钩考局"，随后，更"坐镇指挥"对其他各地也"以各路酷吏分领其事"。召集忽必烈请命于各地所设置的宣抚司、经略司、都转运司、从宜府等众多官员，开始了"惨绝人寰"、"不择手段"之所谓"钩考"。阿兰答儿曾当众扬言："俟终局日，入此罪者，唯刘、史二万户以闻，余悉不请以诛！"就是说，等到审完，凡他认为有罪者，除刘黑马与史天泽两位汉世侯尚需请示大汗外，其余的他想杀谁就杀谁！

而当忽必烈尽知此事后，已绝对无能为力了……

史称他"度量弘广"，但面对如此严酷的现实还是深感意外。他从未曾忘却过姚枢"撒网"之告诫，只不过绝没想到"收网"之时竟先被浇灌上一头粪水。自己的"思大有为于天下"即将被搞得臭不可闻，还将祸及群僚众儒个个身遭不测！这时多亏相对年轻的儒僚郝经挺身进谏了。他不像姚枢那样"言必引经据典"，而是一针见血直言道："大汗并未指名道姓问罪于宗王，若此时即一怒而发，不是等于自报'此地无银三百两'乎？如若再因宗王失控，而影响王府诸臣与骠骑宿卫出现过激之举，则更是等于授人以柄自投罗网！既然大汗尚且称'皇太弟仁厚'，倒不

震撼崛起——成吉思汗及其英武儿孙

如先稳如泰山'仁厚'下去，纵观事态发展，静思对策！"忽必烈从之，似也只能静观事态的发展。

但事态的发展竟是更加横暴施虐，惨不忍睹……

据史载，阿兰答儿坐镇关中，不指名地将罪状"列一百四十二条，大开告讦，互相揭发、锻炼罗织、无所不至"，包括"征商细务，皆被摭拾无遗"，绝大多数官吏"难以逃祸"。仅在京兆一地，阿兰答儿即在盛夏酷暑之际，竟将所谓被钩考的官吏"尽皆械系于烈日之下"，"顷刻之间，人即毙命"。仅一天之内"被威逼折磨至死者，即多达二十余人"！而这些被械死之人，大多均为金莲川幕府派出的儒家有识之士。遭此不测，当然是对"汉法汉治"致命的打击，致使贵戚豪强重又横行不法，而百姓黎庶则又重陷水深火热之中。而阿兰答儿却仍然"决不手软"，意有他图！随之他竟不管是不是大汗亲自任命，只要是忽必烈的左膀右臂便对之一一动手了。京兆宣抚使廉希宪、副使商挺、从宜使李德辉，邢州宣抚使赵良弼、副使张耕及刘肃，河南经略使史天泽、赵璧、忙戈等，有的受他"长期关押"，有的受他"穷治百端"，有的受他逼使属吏"当面点污"。更有甚者，他竟公然派出使者前去金莲川，当着忽必烈之面将京兆榷课使马亨（主管税赋）逮捕而归。种种迹象表明，阿兰答儿是在将忽必烈一步步逼向"势在必反"的道路（这显然并非蒙哥大汗之本意）。

所幸这些文臣儒僚尚不忘孔孟之"舍生取义"……

有史可考，在此期间竟没有一位身负重任的文臣儒将"变节叛主"。如史天泽为了保护同僚忙戈、赵璧及下属官吏，竟敢公然挺身而出，慷慨应对曰："经略使司我实主治，是非功罪，皆当问我！"而众下属也皆能"舍生取义"，在被胁迫"当面点污"上司赵璧时，竟面对酷刑而使之最终"未果"。（见史天泽与赵璧之神道碑文）更何况，此时忽必烈在纳郝经"静观"之谏后，又进而更得了姚枢的真传。其实，这位首席谋臣只讲了一个孔子问道于老子的故事，说老子不答仅张嘴示之，孔子却曰，牙全没了舌头还在，我明白了：硬者亡，软者存！忽必烈听后顿时大悟，故他那"大忠大义"也发挥到了极致，任阿兰答儿再"百般凌辱"，仍对汗廷"恭顺有加",不但毫无一点反意,反倒是好像更遵从"君君、臣臣、父父、子子"那套老规矩了。

蒙哥大汗的"重拳出击"似打在了羊毛堆上……

随之,便有燕京行台等诸多衙门之"人心大乱,税赋锐减,流民日众,赤野复现"等类似奏章纷纷驰报于汗都哈尔和林。蒙哥大汗阅后这才得知,这一"网"拉得好不上算啊!是把忽必烈的羽翼"一网打尽"了,但同时也把为征服南宋搭建的"桥"和"跳板"差点连带给毁了……而蒙哥大汗果不愧"刚明雄毅",刹那间便把这一切归咎于阿兰答儿和刘太平等的"愚蠢施虐",忙收回那桶"粪水"改泼于二人头上。故才有了后来那"钩考"的"日渐手软",如对赵璧仅判"偿还奸利财物",而忽必烈也恭顺地甘愿代为偿还,此案遂就此了结。而另一蒙臣河南经略使牸戈,也以"国人"之名得以赦免。就连从王帐逮捕走的马亭,当时忽必烈曾担心地问其曰:"汝往,得无搣汝罪耶?"(原文)生怕他在严刑之下被定成死罪。而此次仅以"长期关押、穷治百端"保住了一命。尤其对待汉世侯史天泽,因明知此次南征必将启用,故以"勋旧"之身给予了特别的"宽容"……但这并不等于对忽必烈的重新恢复信任,蒙哥大汗似乎反而对这位皇太弟更加"猜忌日重"。威严

押送战俘

寡语,虎视眈眈!甚至在南征灭宋前夕,据野史载:还曾经想到过"不择手段"。

眼见就要"自身难保",就看忽必烈如何应对了……

明摆着,再只靠"静观"或"柔性表态"已经不合时宜了。须知,原先静候是为了表达忠顺,而现在仅靠忠顺已远远不够了。显然令大汗不安的是那身在中原的影响和手中的权,那倒不如回到草原交他个干干净净。大汗之网就是要网这一切,交个干净也就等于自我先行解脱了。交换!以此交换停止钩考,从而可保中原实力。随之,王府首席尚书姚枢几经思考终于又及时地进言道:"帝,君也,兄也!吾,弟且臣!事难与较,远将受祸!未若尽是邸妃主以行之,为久居谋,疑将自释!"(原文照录)意思是说,他是大汗,你是藩王,绝对无法与执掌全部权力的汗兄硬抗,还不如带着所有的老婆孩子回去,做出久居草原的打算,以化解大汗之猜忌与怀疑!姚枢此谏的背后明显包含着另一层意思:"留得青山在,岂怕没柴烧?"却谁料这回年轻的郝经竟不嫌其先行用孔孟之道"包装",慨然愿化身奴仆"以伴宗王赴汤蹈火"。也难怪!其他儒僚或名声太大或已为汗廷所熟知,似仍可引起怀疑。唯他因来之较晚,故尚不为汗廷所知……但还有一位自愿前往者,此人便是日后被称为"雪域圣僧"的八思巴。他绝不涉政,似只想远赴漠北草原"弘

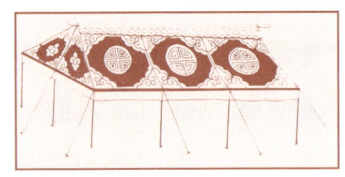

帐篷

元朝攻宋遐想图

扬佛法"。至于说到"邸妃"察苾，似乎日益显现蒙古族女政治家的才智，也"早有此议"。遂于1256年夏初，几经议决，忽必烈与察苾最终还是带着眷从前往觐见长兄蒙哥大汗了。

却谁料，热脸竟碰上了个冷屁股……

据史载，1256年夏，蒙哥大汗"征服南宋"的计划已进入全面启动的阶段。为此，他便"渡漠南来"，亲自于河西走廊一带开始进行"战略部署"。虽中原尚存问题，但这次"肃腐反贪"还是凝聚了草原上"唯崇祖制"之诸王贵胄的民族自豪感。此时不战更待何时？再说了忽必烈大多数的谋臣儒将尚在拘禁之中，他只要稍敢异动就别怪"手下无情"！却不料正当蒙哥大汗"胸有成竹"时，忽必烈竟突然一连两次派使者前来禀告曰："恳求恩准，皇太弟欲来河西觐见大汗！"这本来是忽必烈为防止大汗多疑，事必请示之举，谁料竟被蒙哥大汗视之为公然跳出，"图谋不轨"之先声，情绪极为紧张，当即下令安营扎寨以防"居心叵测"。后来虽经探明皇太弟"随行护卫仅数十骑"，但还是传旨命忽必烈一行"就地待命，不得擅自继续前行"！这时，又多亏有一位忠勇的"怯薛"将领进谏道："大汗用兵在即，万不可皇室再生纷争！皇太弟是'天性仁厚'还是'居心叵测'？正可借此以严苛条件考验之！"蒙哥大汗从其言，又立即下诏忽必烈："许其留下辎重随从，乘驿传觐见，日行二百里。"（见《元史》）这就是说，命令忽必烈必须解除随从宿卫武装并先将老婆孩子留下，自己退回去改乘汗廷专设驿站之驿马或驿车，方可获准觐见，而且日行最快不能超过二百里！

条件苛刻，顿似解除了忽必烈皇族的一切特权……

真乃是对人格的莫大污辱，对尊严的莫大伤害，对手足之情的莫大亵渎！忽必烈闻之"痛不欲生"，精神几乎近于崩溃。而察苾王妃却有不同看法，进而从容相劝曰："条件越不近人情，越有'尽释前嫌'之可能。此乃大汗之最后一试，但愿宗王胸中能容万马奔腾！"不久，她便携儿带女随大汗派来的使者远赴哈尔和林甘当"人质"去了。随从者除了几位侍女外，再有的便是那位专为王妃诵经的藏地小僧人。郝经遥望那远去的身影，竟不由得为自己的宗王"痛彻心扉"……而蒙哥大汗显然是知

震撼崛起——成吉思汗及其英武儿孙

道的：带走察苾王妃犹如断了忽必烈之左膀右臂，但他还是坚持命令忽必烈必须回到原地再乘驿车或驿马而来。

皇太弟身价暴跌，尚不如诸王家臣小吏之待遇……

谁料忽必烈经"别离之痛"后，竟很快便能"安之若素"，听任驿使摆布，给人以一种"没了老婆就若丢了魂"的深刻印象。好一位没出息的宗王！当然相关种种讯息也早就通过驿站传到了大汗耳边了。岂不知！私下里忽必烈仍在与郝经"纵论天下"，常思如何"有'闲'方可静观其变，有'闲'方可以图未来"。更何况郝经还多次提示宗王曰："燕京总管已直言相谏：中原大乱，税赋顿减，流民日众，赤野复现！上却置之不理仍只顾同室相煎！今又闻上即将空国而南伐，为突显'唯我独尊'实乃自断其臂！猜忌日重，自伏隐患。大王此次见上，当更彻底'尽脱其网'！臣以为，不出一年之内必可见圣上反将启用大王！"

早有"成竹在胸"，自然会身姿更加柔韧……

1256年岁末，忽必烈历经夏、秋、冬，眼看就要到汗都哈尔和林了。谁料蒙哥大汗却又突然改变了觐见的地点，下令忽必烈改到一位宗室亲王的草原封地前来相会。身为一国之君自有他的考虑：一方面是唯恐忽必烈与察苾相会，陡然变生叵测，另一方面是生怕忽必烈在汗廷当着群臣的面情绪突然失控！为了维护皇室的尊严，为了避开朝野的众目睽睽，更为了及时地应对和处置，蒙哥大汗遂在这冬季的荒野上特架起豪华富丽之高大宫帐，仅率十数名亲信大臣与众多的护卫骁骑等候于此。

这是汗兄对王弟"有无异心"的最后考验……

是日，寒风凛冽，断根的沙蓬被吹得漫旷野乱跑。很快便传来了皇太弟即将奉命前来的消息，蒙哥大汗竟"为之动容"，亲自迎接于恢宏而温暖的宫帐之外。而此刻相随围扎起的座座毡包之前，所有的随从大臣、骁骑护卫，以及本地的那位封王等，也纷纷相继涌出，"严阵以待"。果然，不久便见得一片沙尘中隐隐闪现了忽必烈的身影，由驿站驿使及驿卫簇拥着飞马而来。蒙哥大汗心态难免复杂不安，却谁料皇太弟在五十步外即下马，仅率一文侍仆从蹒跚而来。蒙哥大汗放眼望去，只见得这漫长的一路风尘竟使得忽必烈脱了形。往日之魁梧从容不见了，眼前似只剩下一副皮包之骨架。颧骨突出,两目深陷,丛生的胡子间好像多了几根白须。但那恭顺有加的眼神却一直未变,虽眼穴深陷,却仍溢满了"诚心诚意"、"尊兄敬长"、"忠贞不贰"、"无怨无悔"之手足深情。蒙哥大汗似乎再看不下去了,毕竟是一母同胞,便难免产生了恻隐之心。

相见场面相当尴尬,却又十分感人……

据史载,蒙哥大汗"见皇弟遵旨而来,渐转怒为喜",视其"并无异志,遂相拥落泪"。是夜,他便放心地于豪华宫帐内为忽必烈设盛宴接风洗尘。蒙哥大汗竟罕见地"两次亲为皇弟斟酒",而忽必烈也诚惶诚恐"进退如仪",又再次使"兄弟之情油然而生",竟"相对潸然而涕下"。而最令在场者所感动的还在于,蒙哥大汗竟在"不让皇弟有所禀白"的情况下当即"下令停止钩考"。而忽必烈也"心领神会"及时地"回报圣恩":彻底交出了河南、陕西、怀孟、邢州等地的全部权力;尽快撤回已外派的全部藩邸人员以严加管教,完全同意立即撤销自己原先设立的河南经略司、都转运司、京兆宣抚司、从宜府、行部以及邢州与怀孟等地所设立

美岱召壁画

的种种机构。而且是在严遵"不让所白"之圣谕下进行的,仅呈上一道事前写好的奏折便完全做到了"体察圣意"。(详见《元史·世祖本纪》)

蒙哥大汗终于大笑了,从而,夜宴尽欢而散……

又一日,忽必烈经过精心的梳洗打扮和"包装",终于又和蒙哥大汗出现在汗都街头了。虽然经历这通另类的"肃腐反贪",差点成了个"大贪污犯",但他的出场还是绝对有助于展现蒙哥大汗的"宽厚仁慈"、"尊母爱弟"、"委曲求全"、"重振家风"等种种为草原牧众所敬仰的崇高美德。由此马背健儿莫不被感动得落泪,均纷纷摩拳擦掌,表示愿为皇室荣誉马踏江南!忽必烈心里明白:大战即将开始了!但绝没料想到,好不容易盼得在臣民连呼万岁中的"游街示众"结束之后,在一次皇族欢聚的夜宴上就有一位宗亲别勒古台说:"忽必烈已经出征过一次并且完成了任务,如今他正患脚疾,若蒙降旨,他就可以回家去了!"而蒙哥大汗竟然当即"同意"了。这说明顷刻间他所掌兵权也被彻底解除,大战在即,他却从此变成一个"闲王"甚至"废王"。以上史实详见于拉施特《史集》之中,而汉文史书中也有记载可以印证,即元代典籍《牧庵集》卷二十四中所云:"岁丁巳,

大汗亲征

宗亲间之，遂解兵柄他王……"意思就是说有宗亲挑拨离间，便解除了忽必烈的军权而交于其他宗王了。

至此，忽必烈就成了一个既无兵权、又无民权，甚至连封地权、食邑权也通通丧失殆尽之皇室中独一无二的"无产阶级"。真像是被大网打捞上来的大鱼，被晾晒到"皇恩浩荡"的沙滩上了。

而这时却只闻鼓角声声、战马嘶鸣，蒙哥大汗高扬着圣祖成吉思汗征服之大旗，唯我独尊地统率着千军万马，已向江南挺进！

权力面前无亲情！一个正向人生的顶峰踏去，一个却又重新跌入人生的谷底！

当"仰天长啸"，尽吐"壮怀激烈"！但没有——

忽必烈仍在等待着……

蒙哥大汗跨越前人的征服梦（上）

1257年冬，浩浩荡荡的蒙古铁骑已冲出了草原母地！

蒙哥大汗"唯崇祖制"，一丝不苟地依照圣祖成吉思汗亲征的规模，将自己的汗帐扎立在上百畜力拉动的巨大战车之上，史称"汗舆"。在成千上万的"怯薛"骁勇护卫下，正势不可当，如铁流般向南滚滚而来。

史无前例、声势浩大的征服南宋之战争终于启动了！

蒙哥大汗高站战车之上，心事浩茫，意气风发，巍然屹立，恰好似一尊铜铸的战神。随即便激起无数铁骑一阵阵野性的欢呼，似刚刚出师便早已奠定了胜局。好不快哉！"蓄谋已久"的雄心壮志眼看就要实现了，不远便是那唾手可得的前无古人之辉煌！

重操战争旧业，自有独到的战略安排……

蒙哥大汗是高傲的，自信的，睥睨一切的！时年尚只不过四十八岁，正当是突显"用兵如神"之盛年。遥想当初，在拔都统率的第二次西征中，他也曾独领一支大军"败钦察，破斡罗思，攻克乌拉基米尔城，大败萨儿客速人和阿速人"，百战

震撼崛起——成吉思汗及其英武儿孙

百胜,被草原母地公认为"后起之战神"。而现在他更坚信自己的"用兵如神",必将"旗开得胜,马到成功"!为此,他宁舍忽必烈为其铺就的坦途,也要以"独到之目光"重新进行全盘战略部署。绝不授之以柄给后人,而以此来证明确是他一人运筹帷幄直达胜利顶峰的!

军兵分三路,特做如下安排——

东路军,由东道诸王中最有实力的塔察儿大王统领,从征者除诸多蒙古封王及宗亲贵胄外,尚有老谋深算的张柔及其他汉世侯。这支队伍穿越忽必烈所经略过的中原汉地,跨长江攻战荆襄之地,然后直指潭州(今湖南长沙)。

南路军,由身在云南的元勋老帅兀良合台统领,率领征服大理之蒙古驻军及"蛮僰军"(收编的各少数民族部队),北上进攻,越贵州、经广西,目的地也是潭州。

西路军,由蒙哥大汗亲自统率,乃重中之重,故从征者皆为东西道最有实力的诸王以及驸马等善战之宗亲贵胄(因其名太多且又难记,故不一一列举)。除此之外,尚有能征惯战的著名汉世侯史天泽、刘黑马、汪德臣等。真可谓猛将如云,精兵如雨!其路线为直插川蜀,攻城略地,在东路军配合下以使"南家思"首尾难顾,腹背受敌,然后再顺嘉陵江而下,也直指潭州。确实如此!据史载,早在征途之中,蒙哥大汗已遣使下旨与其他两路统帅约定:必须于后年(1260年)正月会师于潭州,然后沿长江东下,直取南宋京都临安,彻底征服"南家思"以实现一统天下之霸业!

似无懈可击!正在充分展示着"硬实力"……

此时的蒙哥大汗是踌躇满志的,更坚信自己的蒙古铁骑是所向披靡、战无不胜的!因为即使在后方的部署,他也自认为是别具"雄才大略"的:阿里不哥虽无能且又骄横,但他那"幼子"的特殊身份却仍可大加利用。故他把留守的"怯薛"军权暗中交于自己的次子玉龙答失后,仍将幼弟阿里不哥任命为"监国"。至于说到忽必烈,等大功告成后再进行抚慰也不晚,时下也只能让他亲眼看看,没有他自己也能在汉人汉地"降龙伏虎"、"通行无阻"!总之,蒙哥大汗将此次征服当作

"也不过一两年"的事情，故早在走出草原母地之前已下令塔察儿所率的东路军和兀良合台所率的南路军分头立即行动，并下令自己所统率的纽鳞及史天泽部，也先行杀往四川夺取成都。

南宋王朝虽已呈败亡之相，但仍具有一定的软硬实力……

据史载，1258年初，蒙哥大汗已率大军"渡漠南来"，过黄河、经秦陇、越盐夏，直抵六盘山。而此时已是凯歌高奏，捷报频传：东路军正在向前，已直逼荆襄；南路军也走出云南，正向贵州推进；而自己所统率的纽鳞和史天泽部，已成功地攻占了成都。蒙哥大汗一时间声威大振，似真能和圣祖并称"用兵如神"！但其间也发生过一件颇令人扫兴之事，即忽必烈竟然还"有脸"上书奏请大汗允准他参加南征以"将功补过"。原来，在备受蒙哥大汗冷落之后，色目家臣康里人燕真曾提醒忽必烈曰："主上素有疑志，今乘舆远涉危难之地，殿下以皇弟独处安全，可乎？"忽必烈猛悟，但上书也只不过是一种表态，以免将来被怪罪而已。果然，蒙哥大汗阅后哈哈大笑，随之便顺手掷之于地，多亏随军"必阇赤"耶律铸过后收起。足可见蒙哥大汗当时是多么笑傲一切！

他遂更置生灵涂炭于不顾，只欲求尽早成为前无古人的伟大征服者。

随之，蒙哥大汗即留辎重于六盘山，命亲信

大汗军队出发

大汗军队中的长矛手

震撼崛起——成吉思汗及其英武儿孙

大将浑都海驻守。自己则亲率大军又分三路南进，尽显自己与生俱来之超凡统帅才能。果然，又是过关斩将，又是节节胜利。不仅蒙哥大汗亲率之大军不久便由陇州攻入大散关，而且指挥皇庶弟末哥所率另一军，也很快由泽州攻陷米仓关；同时还协同万户孛里叉所率的又一军，也火速由渔关攻入沔州。三路大军合一，在蒙哥大汗统率下更是攻无不克，战无不胜！虽血流成河，尸骨遍野，但蒙哥大汗的卓越战功已被草原母地传颂得神乎其神！

但私下里也有截然相反的看法……

捷报频传，在茫茫的草原母地更激起一阵又一阵的战争狂热，唯有圣上御赐给皇太弟的疗足牧场是宁静的。这一天，忽必烈就与王妃察苾在王帐里，正看着这样一份名为《东师议》的呈文，进言者还是那位化身为奴的郝经。忽必烈因对汉古文已不如妻子精通，正在听她解释。郝经的呈文就是持这种截然相反的观点的，大意

蒙古官员玩双陆图

为:"夫取天下者,有可以力并,有可以术图。力并者应该出奇制胜,术图者则不可急。蒙古大军早期之所以能够所向披靡,主要是因为善用骑兵以奇取胜。出其不意,攻其不备。而今大汗亲征川蜀,则六师雷动,实乃舍奇而用正。再看川蜀,限以大山深谷,扼以重险荐阻,迂以危途缭经。我之乘险以用奇则难,彼之因险以制奇则易","竟且被就地迎战,我远征而来,日久必被供给所困。若被坚壁清野以待之,我则无掳掠以为资,无俘获以备役。"这就形成了"以有限之力,冒无限之险,虽有奇谋秘略,无所用之",最后必然"进退两难,主动性尽失",以致"兵势滞遏难前"。此即"所谓强弩之末,不能射鲁缟都也"!忽必烈听察苾解读后,不由得暗暗赞叹起这确系高人之见,仅凭饱读孔孟之书,已预测出战争未来之风云变幻。但毕竟同为圣祖嫡孙,毕竟是一母同胞兄弟,忽必烈竟不由得为蒙哥大汗担忧起来。

谁料川蜀倒很顺利,反而是地势开阔的东线首先出了问题……

1258年初夏,在蒙哥大汗钦命下,虽大将纽鳞以及刘黑马等留守成都,沿沱江南下又取得了攻取叙州、生擒宋将张实的重大胜利,但他所率的"喜寒恶暑"之蒙古铁骑,已开始经受南方酷热的考验了。但好在有节节胜利之鼓舞人心,有无数的战利品之激励士气,故斗志尚且昂扬。只不该在地势相对开阔的江淮地区,却传来了东路大军受挫的消息。原来,按蒙哥大汗的战略部署,塔察儿所统率的东路大军初战还算顺利,很快就推进至郢州沿长江之地。但等十万铁骑奔袭到荆襄战略目的地时,却遭遇到宋军早有准备的顽强抵抗。围攻襄阳与樊城两座城池不仅久久难下,而且损兵折将,只能撤回自己的营地驻屯下来。这对一直沉浸于胜利喜悦中的蒙哥大汗来说,显然是个出乎意料的重大打击。壮志未酬先折一翼,主大不祥,遂大发雷霆,遣使申斥东路统帅塔察儿道:"尔等回来之时,朕要下令狠狠惩罚你们!"而另一位曾随忽必烈远征云南的宗王也派人来说:"皇太弟曾夺取了许多城堡,而汝等却带着烂屁股归来,也就是说你们只忙于吃喝了!"(见《史集》)

一翼先折,绝非小事,将影响灭宋大计……

蒙哥大汗暴怒之余,终于暂停自己胜利的步伐以应对眼前之不测了。此时,皇

震撼崛起——成吉思汗及其英武儿孙

庶弟末哥才敢于战战兢兢加以提示说:"不是尚有二皇兄请求从征之奏报吗?"蒙哥大汗这才蓦地想起,自己阅后曾一笑而掷之!而御用"必阇赤"耶律铸也见机行事曰:"臣已代大汗收之归档,以备圣上或急需所用!依微臣所见,塔察儿此次失利非同小可,足以使'南家思'可再遣兵力堵截我西路大军!而皇太弟自请从征,大汗也正好借此'恩准'以彻底扭转战局。一来可突显一统天下非神圣的拖雷家系不可,二来可使皇太弟感恩图报,永效犬马之劳!而大汗早节节胜利,已经功可盖世,若从皇太弟所愿,必将更彰显圣上之'知人善任,用兵如神'!"蒙哥大汗闻后几经考虑,终于罕见地"从谏如流"了。他当即下诏曰:"皇太弟奏告朕'足疾已愈,怎能再坐视大汗出征而自己家居休息?'朕恩准其奏,特命其率领塔察儿麾下之军队向'南家思'边境推进!"(见《史集》)

是出于万般无奈,也是出于形势所迫……

经过快马驿使的层层传递,蒙哥大汗重新启用忽必烈的圣旨终于送达汗都。忽必烈跪接后,顿即想起郝经之语:"不出一年之内必可见圣上反将启用大王!"从此竟视其为"患难之交",对其之远见卓识更加敬重。而身为"监国"的幼弟阿里不哥似对此诏颇"不以为然",但已无济于事。史载,忽必烈当日即命郝经写好一封"谢恩效忠"奏章,并已托下诏钦差十万火急地转呈圣上了。

历经万水千山,奏章终于送到焦躁不安的蒙哥大汗手中……

此时,这位马背上的君王仍转战于川蜀的崇山峻岭中,目标是嘉陵江畔的当时大西南之政治、经济、军事中心重庆。展忽必烈的感恩效忠奏章之后,见字字似均显感恩之泪痕,行行似皆有效忠之血斑,全篇都是"唯大汗之命是从,唯大汗之威严为重"之誓言,除此之外便是"愿供大汗驱使,虽肝脑涂地马革裹尸而还绝不悔矣"之决心。且有消息说自己这位皇太弟接旨便已经雷厉风行出发了。

唯我独尊!随之蒙哥大汗还是勉为其难地大笑了……

再无侧翼之忧,全军上下似注入了一针兴奋剂。而蒙哥大汗虽仍感有伤自尊,但一想到"成功登顶"后再加"弥补"便也就释怀了,顿时似从战争困顿忧烦中解脱出来,又勃发活力,开始"用兵如神"了。据史载,1258年十月,他即亲率主力过关斩将直达利州与汉世侯汪德臣之汉军会合。接着移师西南,渡白水江与嘉陵江之会合处,直取剑门,攻陷苦竹隘,然后沿嘉陵江上游南下,直指战略要冲重庆。

真可谓势如破竹,锐不可当!再看——

1258年十一月,即攻占长宁(今四川广元西南),又攻克鹅顶堡,进军大获山(今四川苍溪东),迫使宋将杨大渊率部投降。

1258年十二月,又占领军事重地大良坪,南宋大将宋元圭率部出降。

1259年初,蒙哥大汗又率全军渡过鸡爪滩,转战石子山,包围了四川合州的钓鱼山城(今四川合川东)。

重庆已遥遥在望,大获全胜似乎就在弹指之间!

蒙哥大汗果不愧为第二次西征时名噪一时的"年轻统帅",这一路的所向无敌好像已印证了他是个"天才的征服者"。

郝经之《东师议》似也只能被看成腐儒之见。他好像错了,事态正向他判断的相反方向发展。

蒙古军队攻城

震撼崛起——成吉思汗及其英武儿孙

蒙哥大汗已有足够的资本,正盼望东线也能旗开得胜!

他寄希望于远方的忽必烈……

蒙哥大汗跨越前人的征服梦(中)

1258年初冬,忽必烈终于得以重返金莲川……

而此时龙岗之上的开平王城在刘秉忠的规划设计下,历经将近三年,已初具规模。该城为何没有作为"罪证"被毁弃?据史载,此皆因蒙哥大汗也觉得在大一统之后,自己似乎在汉地也需要这样一处君临天下的冬宫,而此次忽必烈率众渡漠南来,因毡帐王城早已拆除,为此也正好暂时驻跸于城内。皇太弟之到来,顿使东线大军人心大振!几乎与此同时,原有的"金莲川幕府"文臣武将,如姚枢、刘秉忠、赵璧、商挺、郑鼎、赵良弼、张文谦、董家兄弟、阿里海牙等,均闻讯或奉命纷纷赶了回来。众人一时间相见甚欢,感慨颇多,均愿舍身助贤王"重塑辉煌"。

但留给忽必烈的时间不多了,必须尽快赶赴前线……

为此,这位东路统帅当即召集重要幕僚于王廷,在稍作总结后即果断地进行

举行庄严的庆典

人事安排曰："东线战事之失利绝非仅是塔察儿大王之无能！钩考所造成的权贵之重新横征暴敛、黎庶之再陷水深火热，乃此次败于荆襄之最根本之原因！本王思之多日深知，欲不辜负圣意则必须重头收拾旧河山！当以仁施政，以仁治军，以仁惠民，以仁取天下！故首先宣布：在本王南征之后，当由察苾王妃坐镇开平，直接处理后方一切政务，并重新任命姚枢为王府尚书，刘秉忠与孛儿述为副，协同王鹗与窦默诸公一起辅佐王妃见机行事！而廉希宪、郝经、商挺、赵璧、阔阔、郑鼎、张文谦、阿里海牙等，则即日起随本王南下，相会从征诸王，并由赵璧重领数十驿使轻骑，专门往来于开平王府与前线之间！"

雷厉风行，众人莫不敬服，又重现昔日王者风范……

1258年十一月，忽必烈率藩邸人员从开平出发，一路上仍频频传来蒙哥大汗西路大军大捷的消息。压力颇大，致使他"急切求功"之心也曾随之欲起。好在相伴多时的郝经已猜出他的心思，当即策马随护而及时进言曰："万万不可随风起舞！眼下是捷报频传，乃尚未至强弩之末也！战线越拉越长，时日越拖越久，此已埋下骄兵必败之大患也！退一万步而言之，即使侥幸而得手，也必当焦头烂额、大伤元气，内忧外患首尾难顾！而大王却早如雄鹰展翅冲出牢笼，凌空俯视半壁江山，又有谁奈何得了？已无网矣！宗王切勿再有后顾之忧！"忽必烈闻之笑而不答。

1259年二月，忽必烈"会诸王于邢州"……

在这里的诸王，系指随塔察儿从征的东道诸王。他们的封国大多在东北部辽金两朝的发祥地。因辽之契丹人、金之女真人，后来已渐渐由游牧生活转向了农耕生活，故他们比起西道封国和草原母地诸王更容易接受汉地的中原文明。原东路统帅塔察儿即是他们颇具代表性的人物。按说，是蒙哥大汗为其祖父——成吉思汗之幼弟斡赤斤·铁木哥洗刷一切罪名平了反，并且又扶助他这个孙子重返封国再掌王权，真可谓"恩重如山，终生难报"，但他却在感情上更加靠近"汉法治汉"的忽必烈。更有甚者，塔察儿还是第一位敢于和汉世侯公开联姻的蒙古宗王，竟将其妹下嫁于称霸一方的山东汉世侯李璮，并由此进而广交汉儒谋士，后成为元初建国重臣的王文统便是他向忽必烈首先引荐的。而王文统的女儿也是李璮的妻子之一，这

震撼崛起——成吉思汗及其英武儿孙

足可见塔察儿在汉地的关系颇为复杂。欲学忽必烈又无其见识和才干，故也只能为自谋其乱伏下隐患。姑且按下不表，只先记住两个名字即可：李璮、王文统！

而忽必烈此次"会诸王于邢州"乃为重振士气……

果然，东道诸王是颇为不服气的，竟纷纷埋怨西路大军"集精兵、聚名将、铁骑无数、给养充丰"，言下之意乃沾了"御驾亲征"之光。但又不敢直指大汗之名，随之便大骂主管粮草的燕京总管赛典赤·赡思丁，指责其"见风使舵、办事不公"，并将东线失利的原因通通归咎于他。忽必烈一到邢州，曾对诸王进行过百般抚慰，允准"既往不咎"。今日见众竟变本加厉又想各推其责，遂击桌尽显皇太弟之威曰："皇恩浩荡，本王得以来此统率东路大军，本来已对诸王尚寄于再战必胜之期望，谁料今日仍不知反思，唯知口吐怨言。名为咒骂燕京总管，实为句句暗指大汗。怪不得有人称汝等带着烂屁股回来，真乃是可忍孰不可忍！"诸王本以为忽必烈为"仁义之王"，根本没想到也会有此"雷霆之怒"。塔察儿首先吓得拜倒哀告曰："吾等之失！吾等之过！从今后愿唯皇太弟之命是从，必将以再战必胜赎已之过失！"忽必烈也"见好就收"地应道："那就看在塔察儿大王面上，权且将'首战失利'与'亵渎大汗'之罪暂寄于本王这里！如今后能尽听帅令奋勇征战，则一概'既往不咎'，否则二罪并罚，莫怪大汗手下无情！"诸王诺诺，均连拜称是。这是忽必烈有备而发的。虽说这些牢骚也不无道理，但他也深知对待这等脑满肠肥的诸王，光靠"仁"也是不行的。

是得给个下马威，但关键却在于找出问题的症结……

而此时开平王城的姚枢与刘秉忠，前沿阵地的郝经与赵璧，也均对此有相关奏章。虽分属前沿和后方，但看法却相当一致。原来，塔察儿所率东道诸王，皆只重"攻城"而根本无视"攻心"，甚至还继续施行原始的攻略方式，纵兵到处烧杀掳掠。故南宋政权虽已腐朽不堪，但百姓"畏虎狼之师"，反而拼命抵抗。为此，1259年五月忽必烈率东道诸王抵濮州（今河南濮阳东），似并不急于调兵遣将、攻城破阵以"回报大汗"，而是与当地的一些儒家名士首先打起了交道。史载，当时东平名士宋子真与汴梁大儒李昶具在濮州，便当即决定召见他们，与随征侍臣共议对南宋的用兵方略。谁料，宋子真一身傲骨，竟很不客气地开口道："本朝威武有余，仁德未洽！天下之民，饥寒失依（原文：嗸嗸失依）！"只因见这位蒙古宗王竟能含笑倾听，方口气稍稍缓和继续曰："所以拒命者，此因畏死耳！若投降者不杀，胁从者勿治，则宋之百城，驰檄而下，太平之业，可指日而待也！"而忽必烈让人家骂了一通"崇武缺德"，却乃能采纳其"驰檄而下"（纵马于前沿宣示自己之政策）之言，故李昶也当即进言道："论治国，则以用贤、立法、赏罚、务本、清源为对；论用兵，则以伐罪、救民、不嗜杀为对！"忽必烈闻后更深以为然，竟赞之为"治国用兵之要"！其度量弘广，由此可见并非妄言。在场的随从幕僚也纷纷重提南征大理之往事，再提"曹彬征南唐不妄杀一人"之典故。忽必烈显然明白群儒之心思，乃在于为此次南伐荆襄定调，听后竟哈哈大笑，均欣然纳之，并当众为"不妄杀一人"而宣称："保为卿等守此言！"（见《元朝名臣事略·左丞张忠宣公》）

不久，便有"仁义贤王"、"仁义之师"之名远扬……

1259年七月，忽必烈率军抵达汝州（又作蔡州），与自己的相知至交霸突鲁所率大军会合。两人似都等这一天好久了，不用语言，仅在举杯碰盏的欢笑声中便达到了高度的默契。而随着

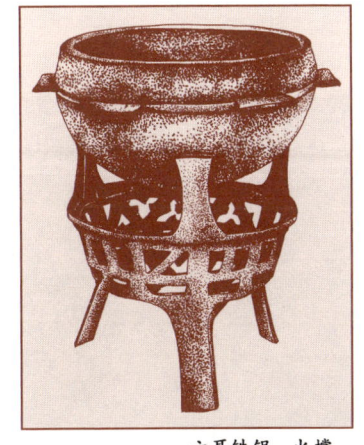

六耳铁锅、火撑

铁锅

震撼崛起——成吉思汗及其英武儿孙

东道诸王贵戚的服服帖帖，以张柔为代表的诸多汉世侯也纷纷赶来矢志效忠。再加上总管灭宋后勤的正直之臣赛典赤·赡思丁也亲自押运粮秣来了，对皇太弟（其实是察芯王妃在开平所为）给予他的理解感激不尽。面对"仁义"二字，他第一次敢于"延误圣命"经多方筹措而亲临弥补。但更重要的还在于，忽必烈当即便令霸突鲁等先行率军前往汉水之畔，严整军纪，告诫南征兵将不得"妄自杀戮"，以飞马传示檄文，务使江南人尽皆知。

一句话，一切均为了"凝聚军心，统一意志"！

但忽必烈似乎觉得这还远远不够，遂依廉希宪之建言而进一步经略江北汉地前沿。特重新启用"三朝旧臣、一代名儒"杨惟中任"江淮荆湖"南北各路的宣抚正使，任曾与自己"患难与共"的儒臣郝经为副使，率领归德一带的军队先行南下，至长江北岸先行设立行台衙署。主要任务便是"宣布恩信、招降纳附、节制并约束蒙汉诸军将帅"。可以看出，忽必烈此时在总结"南征大理"的经验基础上，正利用儒家"仁义"之说更为彻底地改变着前人原始的攻略战争方式。但作为一个天才的战略家，他也绝不手软。当闻听有的军士竟敢截扣"换取粮秣之数百万斤调运食盐"，忽必烈当即下令"戮之以号市"，致使"诸军上下凛然有序"，再没有人敢违抗军纪帅令。（见《元史·世祖本纪》等）

陶俑

陶俑

尽显雄才大略，似不日便可大功告成……

但在私下，无论是在开平王城的察苾王妃，还是在战事前沿的忽必烈宗王，似乎都在心头有一片挥之难去的阴影。因为蒙哥大汗，因为这场"空国而出"的战争……郝经就曾私下对忽必烈曰："圣上此刻空国伐宋，时机极不成熟。应简选贤能将相，结盟保境，兴文习武，育才恤民，培植元气，等待时机成熟，方可以图取南宋！"而忽必烈也叹而答道："卿言正合吾意！"（有史可考，多年后忽必烈灭南宋即严遵此策）再看，已被称为具有"儒将之才"的商挺，竟然也与郝经"不谋而合"，忧心忡忡进言曰："蜀道险远，瘴疠时作，必难有功，大汗乃万乘之尊，岂宜如此轻动？"（以上均见《元朝名臣事略》）而在开平王城的察苾王妃，也正与姚枢等众幕僚在一起，更关切地注视起西线的军事进展。

总之，南宋是明摆着的提心吊胆，而这边却也是私下里的惴惴不安！

所有人的目光都集中到了西线之川蜀，集中到了钓鱼城！

蒙哥大汗早已率精锐兵临城下！

且看他如何"用兵如神"……

蒙哥大汗跨越前人的征服梦（下）

钓鱼城，原本无城，只有钓鱼山。

钓鱼山巍然屹立于嘉陵江畔，山势险峻。江水汹涌澎湃，自北滔滔迎山而来，因势又蜿曲绕西折南奔腾而去。故形成了三面环水、"一夫当关、万夫莫过"的独特地貌。

好在南宋偏安初期，尚知"居安思危"……

早在南宋名将彭大雅任四川制置副使时，就因其易守难攻，已开始在山上垒石筑寨。到南宋名将余玠继任四川制置使时，更因其为扼守川蜀的战略要冲，遂继而命冉进、冉璞两兄弟干脆将其筑为钓鱼城，并将合州治所迁到城内，驻以重兵以防外族入侵。到蒙哥大汗急欲一统天下时，虽南宋已日益沉沦腐败，但后任合州守将

震撼崛起——成吉思汗及其英武儿孙

王坚却是一位少有的能与士卒同甘共苦之忠勇良将。据史载,其幼饱读经史子集,深谙文韬武略。自1254年到任以后,即闻风而大规模固城筑防。川陕一带民庶知其"忠勇",也纷纷投奔而来,致使钓鱼城很快便发展为十余万人的军事要塞,扼控嘉陵江要冲,成为大西南军政中枢,重庆的天然屏障。

果然,蒙古铁骑所向披靡地杀过来了……

1258年十一月,蒙哥大汗统率西路大军即占长宁,克鹅头堡,进军大获山,迫使杨大元率众投降。十二月,又攻占大良坪,迫使宋将蒲元圭率众出降。1259年初,更连战连捷,强渡鸡爪滩斩获宋兵无数。二月底,已遥逼重庆,将近在眼前的钓鱼山城围困得水泄不通。难怪蒙哥大汗骄横满志不可一世,认为距离夺取大西南的军政指挥中枢似也只不过一步之遥。为此,他曾直指钓鱼山城喝令全军:"乘摧枯拉朽之势,必为朕尽快拔除之!"虽此时的将士历经北人难以忍受的夏之酷热、冬之阴潮、山之险阻、道之崎岖等种种折磨,但仍为"百战百胜、斩获颇丰"所鼓舞而挥刀狂叫,尽显凶悍。

看来,又要旗开得胜,马到成功……

1259年夏初,蒙古铁骑已将钓鱼城合围成一座孤立无援之城。水陆两路均被阻断,已渐渐陷入"弹尽粮绝"之困境。虽南宋朝廷也曾派大将吕文德率千艘战舰溯江驰援,但很快被蒙哥大汗派史天泽部阻截而大败,又被迫退回重庆。而蒙哥大汗在扫清外围之后,也身披统帅盔甲,坐跨烈马,往来于万军之中亲自督战。先攻伸在江边的"一字城",后又号令骁骑轮番进攻东、西、北三面城门,并为了速战速决以集中兵力拿下重庆,还曾派了个新降的"汉奸"晋国宝进城去劝降(史载确有其人)。

钓鱼城岌岌可危,守将王坚似已"孤掌难鸣"了……

却不然,13世纪似绝不可能有软硬实力之说。但以现代眼光来看,王坚却在七百多前仿佛已懂得了软硬实力是可以转换的,核心便是儒家学说之"孔曰成仁,孟曰取义",在此基础上更进而形成的"众志成城"。而因避祸后迁至钓鱼城的数万庶众,他们大多都亲身目睹过原始攻略战争的血腥和残酷,现已绝无退路,一见主将"我自岿然不动",遂也自告奋勇成为他的坚强后盾。这样,钓鱼城就不仅有巨石筑就的坚实外城,也有了"众志成城"凝聚的精神内城。一时间"杀身成仁,舍生取义","生当作人杰,死亦为鬼雄"的种种誓言响彻了山城,突显了军民生死与共之悲壮豪情。而身为主将的王坚更借降人晋国宝进城劝降之机,及时地率部于阅武场举行誓师大会,并当着同仇敌忾的众百姓愤而砍了降人晋国宝之头颅,率山城军民振臂高呼:誓死守城!决不投降!随之便尽散家资充公,自己甘愿与士卒一起吃草根啃树皮,奋勇守城,致使士气大振,民情激昂,竟纷纷写下血书:誓与山城共存亡!

钓鱼城久攻不下,蒙哥大汗深感屈辱,怒不可遏……

也难怪!钓鱼山城山势高耸险峻,易守难

急速递令牌

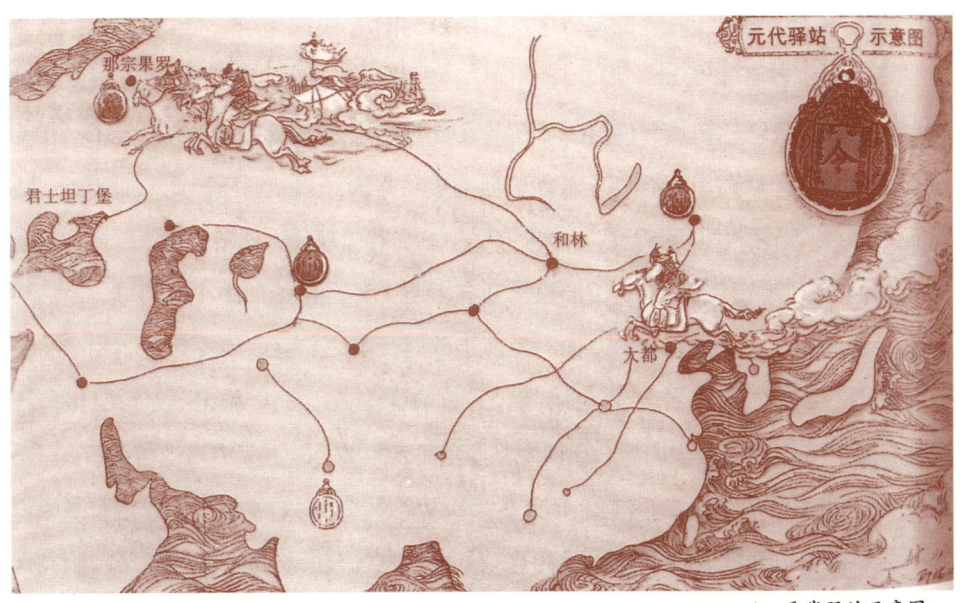

元代驿站示意图

震撼崛起——成吉思汗及其英武儿孙

攻。据史载,"炮矢不可"、"梯部不可接",纵有"如蝗精兵"却对小小山城奈何不得。然蒙哥大汗又焉是轻易服输之人?越遇硬钉子越誓必拔除,绝不能留一丝屈辱来玷污圣祖战无不胜之征服史!随之便展开了旷日持久的对峙战,攻守双方均损失惨重而陷入了胶着状态。蒙哥大汗凭借兵多将广、粮草充足,不断由下向上轮番进攻,而王坚却弹尽粮绝,依靠"众志成城"居高临下、据险力守。你有装备精良的千军万马,我有就地取材的滚木檑石。你来我往,战况空前惨烈。

时日既久,蒙哥大汗"用兵如神"之神话开始破灭……

远征大军历经一年多的奔袭苦战本已疲惫不堪,现又遇此"难啃之骨",渐渐开始军心涣散。蒙古铁骑那"出其不意,速战速决"之优势丧失殆尽,思念草原之情也悄然开始在军中蔓延开来。加之又进入了盛夏,不仅酷热难耐,且暴雨不断。晴时烈日如火,雨时身陷泥泞。这对于习惯于凉爽干燥的北方人来说,失去了"斩获颇丰"的支撑便犹如坠入炼狱。更何况还有可怕的瘴疠之气,无名的疫疾……而对于坚守钓鱼山城的主将王坚来说,这一切却早习以为常,甚至于趁暴雨之夜几次出城偷袭蒙军营寨,而且也"斩获颇丰"。

骄横一世的蒙哥大汗一时陷入了进退两难的困境……

据史载,终于有人敢于挺身而出向"神"提出建议了。如亲信宿卫速忽里就曾献策:放弃攻取钓鱼城,仅留五万精兵在此与重庆之间牵制。还应率大军沿江而下,尽快与其他两路大军会师于长沙。但均被蒙哥大汗以"业已至此"而拒绝。史称此乃继续"逞匹夫之勇",其实也未必尽然。如若以现代人的眼光看来,或许这正是蒙哥大汗高明之处。试想:历经数月尚拿不下个弹尽粮绝的小小钓鱼城,今后势必还会遇到更多更大的钓鱼城。而只要能击碎其高悬之仁义大旗而拔之,则必将引发连锁反应,导致南宋之全线崩溃!随之,他不顾连绵大雨,派出了亲信汉世侯汪德臣架云梯再次强攻钓鱼山城。汪德臣首先单骑来到城下,声嘶力竭地喊话曰:"王坚!吾来活汝一城军民,宜早降!"史载,"王坚冷笑以对,遂命士兵发炮石猛轰以作答"!汪德臣怒而率部架登云梯而攻城,谁料,此时突然雷电交加,暴雨倾盆而下。而王坚也不失时机地令士兵将弹石集中于此厮身上。又是一声惊雷,只见得云梯俱折，汪德臣为飞石所击中，也随断梯坠落城下，不久即死，时年仅三十六岁。

这对蒙哥大汗来说，绝对可称得上是一次致命的打击……

还是那句话：看准方向撒缰的骏马，是九十九头牤牛也难拉回头的！只可悲蒙哥大汗与忽必烈在这一点上却大为不同：一个是唯我独尊过于偏执，一个是放眼天下顺应潮流！果然，蒙哥大汗为给斗志全无的诸王贵胄树个榜样，又愤然而起，亲自出马前去督阵。却不料骄阳当空，瘴疠之气四起，刚一出动便备受炙烤汗如雨下，而对方却习以为常，越战越勇。更不幸的是，激烈攻防间，蒙哥大汗竟被"宋军炮石所伤"。万般无奈，似也只好鸣金收兵。关于这段令人沮丧痛苦的过程，波斯史学家拉施特在其所著《史集》中有过这样的叙述："当蒙哥合罕正在围攻上述城堡时，随着夏天的到来和炎热的加剧……在蒙古军中也出现了霍乱，他们中间死了好多人。世界的君主（指蒙哥大汗）用酒来对付霍乱，并坚持饮酒。但突然（他的）健康状况恶化，病已到了危急之时。"拉施特曾服务于蒙古汗廷，故很可能多用曲隐之笔以掩蒙哥大汗之惨状。但从中仍可看出当时的场面，是多么的混乱不堪与惨不忍睹。

一代英雄正在悄然走向末路……

据史载，蒙哥大汗也果不愧一代雄主。阵前虽被炮石击中，但仍能强忍剧痛支撑下来。回到汗帐之后马上严令封锁受伤消息，并被迫传旨进行"战略转移，转而南攻重庆"。但为时已晚！天还是那么炎热，路还是那么崎岖，瘴疠还在那么蔓延。再多的酒也无济于事，最终蒙哥大汗竟在转移途中抱恨而终，痛苦地死于金剑山温汤峡（今重庆北温泉），年仅五十岁。

又是严密地封锁消息，甚至不惜杀人灭口……

钓鱼山城转危为安了，甚至还在战争史上创造了个以弱胜强、以小胜大、以软实力转化战胜了当时世界上最强大硬实力之一大奇迹。但王坚后来却似乎并没有更大作为，好像越来越贪腐的南宋政权容不得他这样一位杰出的将领了。而对蒙哥大汗的评价，仿佛也有失偏颇，只提他"心胸狭窄，刚愎自用，不改陈规，不思变通"，甚至还批评他"逞匹夫之勇，舍万乘之尊"种种。但纵观他的一生，仍应算

震撼崛起——成吉思汗及其英武儿孙

一位"励精图治,力挽狂澜"之杰出大汗。他"不乐燕饮,不好侈靡,事必躬亲,御臣甚严",及时制止了前两代"女主"所造成的"宽纵滥赏,群臣擅权,诸王离心,政出多门"之种种弊端,为避免庞大草原汗国的过早分裂或崩溃发挥过历史性的作用。故《世界征服者史》说:"游牧君主和蒙古大汗的属性,始终在蒙哥身上得到了完美的体现和延续。"似并不过分。就连他那"唯崇祖制,绝不蹈袭他国所为",好像也是因为目睹了北魏之鲜卑、辽之契丹、金之女真逐渐被消融以至消失之史实,而为本民族的未来忧患才采取的预防性措施。其可悲之处似在于,他并不理解其祖成吉思汗"入继中华大统"的真正含义,仍沿用原始的征战方式,欲成为跨越前人的伟大征服者!

随之,便自觉或不自觉地渐渐走向了神坛……

神是至高无上的,故"刚愎自用,唯我独尊,不改陈规,不思变通"也是理所当然的。现在尚未踏上巅峰便突然夭折了,当然仍应严密封锁消息继续高扬胜利的旗号。这时,历经钓鱼城下鏖战五个多月,又经转向温汤峡近一个月,已近1259年的八月中旬了。

尚有东南两路大军,似再不能隐而不发了……

第一个把蒙哥大汗死讯传出去的是皇庶弟末哥。由于他的母亲也是忽必烈的乳母,故和耶律铸密商后即派亲信冒死将凶讯传进了东线的帅帐里,并深含寓意地建言:忽必烈当应"火速北归,以定国家大计"!

蒙哥大汗的亡故,已标志着为原始的征服战争画上了一个句号。要使庞大的游牧帝国有个"长治久安"的未来,那就必须适时地去实现"转型"!但同时这也预示着"也客蒙古兀鲁思"又一轮汗位争夺的开始,将由此而决定汗国的未来!

而忽必烈此时已突破宋军淮西防线,直逼长江沿岸。回首遥望漠北草原,似已可感阵阵阴风向背后袭来。北返南征,何去何从?这成了他必须首先面对的难题。

忽必烈立马江岸,久久凝望着滚滚东去的长江水,伟岸的身影一动不动!

他在思考,他在决断,他在关注着风云的变幻!

大元王朝正步步走来……

元史演绎系列
李治安 主编

冯苓植 著

震撼崛起
成吉思汗及其英武儿孙 下
读史随笔

内蒙古出版集团
远方出版社

图书在版编目(CIP)数据

震撼崛起：成吉思汗及其英武儿孙/冯苓植著.－呼和浩特：远方出版社，2015.12
（元史演绎系列）
ISBN 978-7-5555-0632-4

Ⅰ.①震… Ⅱ.①冯… Ⅲ.①长篇历史小说－中国－当代 Ⅳ.①I247.5

中国版本图书馆CIP数据核字(2015)第312256号

元史演绎系列

主　　编：李治安
副主编：包明德　苏那嘎
民俗顾问：托　娅
蒙语顾问：巴拉吉
史学顾问：阿拉腾巴根

震撼崛起——成吉思汗及其英武儿孙

作　　者	冯苓植
总 策 划	苏那嘎
责任编辑	董美鲜
责任校对	张　旭
装帧设计	晓　乔　韩　芳
出版发行	内蒙古出版集团　远方出版社
社　　址	呼和浩特市乌兰察布东路666号　邮编 010010
电　　话	（0471）2236471 总编室　2236460 发行部
经　　销	新华书店
印　　刷	北京振兴源印刷有限公司
开　　本	710mm×1000mm　1/16
字　　数	460千
印　　张	29.5
版　　次	2016年5月第1版
印　　次	2016年5月第1次印刷
印　　数	1—5 000册
标准书号	ISBN 978-7-5555-0632-4
定　　价	59.80元（全二册）

如发现印装质量问题，请与出版社联系调换

目录

第一辑
忽必烈驻马长江之艰难抉择　　002
阿里不哥执掌汗廷之图谋不轨　　011

第二辑
察苾与忽必烈之南北遥相呼应　　020
忽必烈"海纳百川"之潜行北返　　026

第三辑
兄弟对峙，心照不宣均为谋汗位　　034
中华开统，忽必烈在开平新都率先称汗　　040
两汗对决首战秦陇地　　048
新任"大哈敦"之坐镇新都　　059
攻陷汗都，忽必烈草原也称雄　　064

第四辑
返开平，任人唯贤组中枢　　074
重农桑，彻底由"武功"向"文治"转型　　077
兴儒学与王文统之理财赋　　084

第五辑
阿里不哥死灰复燃地再次角逐汗权　　090
李璮之乱所造成的历史倒退　　096
历史分水岭前乍现的"罢黜世侯"　　104

目录

第六辑

阿里不哥走投无路之前来归降　　114

郝经失踪之谜与忽必烈之备战大一统　　125

圣僧八思巴之抚治西藏　　131

行汉法之立太子与册封皇后　　136

第七辑

忽必烈之从容部署与南宋之风雨飘零　　144

腐败，终使南宋小朝廷"寿终正寝"　　155

再创历史之辉煌与阿合马之坐大　　162

第八辑

忽必烈和儒臣之渐行渐远与殃及后宫　　172

察苾之死与阿合马之位极人臣　　179

第九辑

权奸之暴毙与文天祥之大义凛然　　190

忽必烈的壮怀激烈与太子的英年早逝　　200

第十辑

自觉走下神坛的"千古一帝"　　208

最后的亮相与精彩的谢幕　　214

跋

研究中国近代史之必要的历史回顾　　赵文嫱

第一辑

【本辑提要】蒙哥大汗意外猝死在钓鱼城，突然终结了一代英雄的征服梦。大元王朝仍是显得那么遥远，因为汗位的空悬必然会引发新一轮的汗权之争。但更可悲的是，蒙哥大汗生前并未钦定汗位继承人，似早已隐伏下"兄弟阋墙"与"手足相残"之必然。此时的阿里不哥不但身为"监国"且又享有"幼子守灶"权，同时还广受守旧的宗亲贵胄的拥戴。再反观忽必烈，他不仅未占上述任何优势，反而远离草原母地，仍金戈铁马地战斗在长江边，并且绝不容失败，只要稍有疏忽便会成为皇族的"替罪羔羊"。北返难归，求胜难速，两眼茫茫，路在何方？而此时的阿里不哥却急欲抢登汗位，竟置民族大义与手足亲情而不顾，反倒为他暗布罗网……

忽必烈驻马长江之艰难抉择

1259年七月,"也客蒙古兀鲁思"之第四任大汗蒙哥猝死于四川钓鱼城。

史称,他是犯了"万乘之尊,不宜轻动"之大忌,乃"张千金之弩,为鼷鼠而发"。究其原因,皆因"不改陈规、不思变通、逞匹夫之勇"所造成。众所周知,古代向来是以成败论英雄,所以蒙哥大汗第二次西征中的战功也似乎连带被后人遗忘了。但有一点却是肯定的:他的猝死,暂时延缓了腐败不堪的南宋政权覆灭的时间。

而忽必烈的处境更是进退两难……

须知,在此之前他的"仁治后方"就曾引起颇多的怀疑,有人竟推测这是忽必烈"蓄意拖延时间,以观川蜀用兵进展"。其实,这均是阿里不哥等唯恐他再次"坐大"背后之恶意中伤。试想,忽必烈刚刚受命统率东路大军,难道不加整顿调配就能立即再次去冲锋陷阵吗?况且,襄樊历来易守难攻,塔察儿已经失败过一次,难道会重蹈覆辙吗?再加上战略重心已选定长江对岸之鄂州(今湖北武汉),难道重新进行军事部署不需要时间吗?更何况,其时正处于炎热酷暑之季,难道非要逼喜寒恶暑的蒙古铁骑冒烈日之晒烤去逞一时之快吗?问题多了!比如还有重振军威、安定民心、筹措粮秣（史载，仅为此就从"济南调运盐数百万斤，散于军队所经州郡，换取粮食"）等，而解决哪一个问题不需时间？有史可考，即使在蒙哥大汗猝死前，由于阿里不哥从中"告鸟状"，忽必烈已身陷于进退维谷的局面了。

眼望长江滚滚东流水，似也只能仰天长叹……

还必须提到的是，早在庶弟末哥报讯之前，由于钓鱼城历时近半年久攻不下，西线已传来蒙哥大汗"染疾"甚至"不测"等种种流言蜚语。为此，忽必烈也曾急忙与连襟霸突鲁商议，并曾说："我们率领了多得像蚂蚁和蝗虫般的大军来到这里，怎么能因为谣传便无所作为地回去呢？"（见《史集》）霸突鲁"心领神会"，遂决定"全军继续南下"。忽必烈自己坐镇"殿后"，又派遣蒙古八鲁拉思部亲信为先锋，"捕杀了南宋军的哨兵，以防他们把蒙哥大汗猝死的流言传播出去"。可见长江边上已不仅仅是战事，也有着更深层次的"心理博弈"。

没有胜利便没有发言权，随之便是捷报频传——

1259年八月，忽必烈率大军渡过淮河。二十日，攻入大散关，南宋戍军纷纷溃退。二十一日，进抵黄陂。

1259年八月中，千户董文炳、刘思敬率部攻克南宋光山县。县城欲效钓鱼城，"已移所于台山寨上"。刘思敬登城被流矢所伤，故忽必烈派廉希宪前来助董文炳着重于"劝说"，光山县终降。

1259年八月中旬，汉世侯张柔也奉命正在攻南宋五关之首——虎头关。其子张宏彦与宋军激战于沙窝，败之，攻陷虎头关。

1259年八月中旬，另一路汉世侯严忠济、严忠嗣兄弟渡淮以后，率军出挂车岭，与宋军激战三昼夜，杀获甚丰，进抵蕲州（今湖北蕲春）。

1259年八月底，忽必烈麾下的东路大军，已经全部突破南宋的淮西防线，直逼长江北岸。

1259年九月一日，正当忽必烈准备渡江攻鄂时，庶弟末哥派人传来了明确无误之蒙哥大汗猝死的消息，并请他"火速北归以定国家大计"！前面提过，末哥之母又是忽必烈之乳母，二人关系非同一般。他的报讯已证实大汗猝死确凿无疑，故

震撼崛起——成吉思汗及其英武儿孙

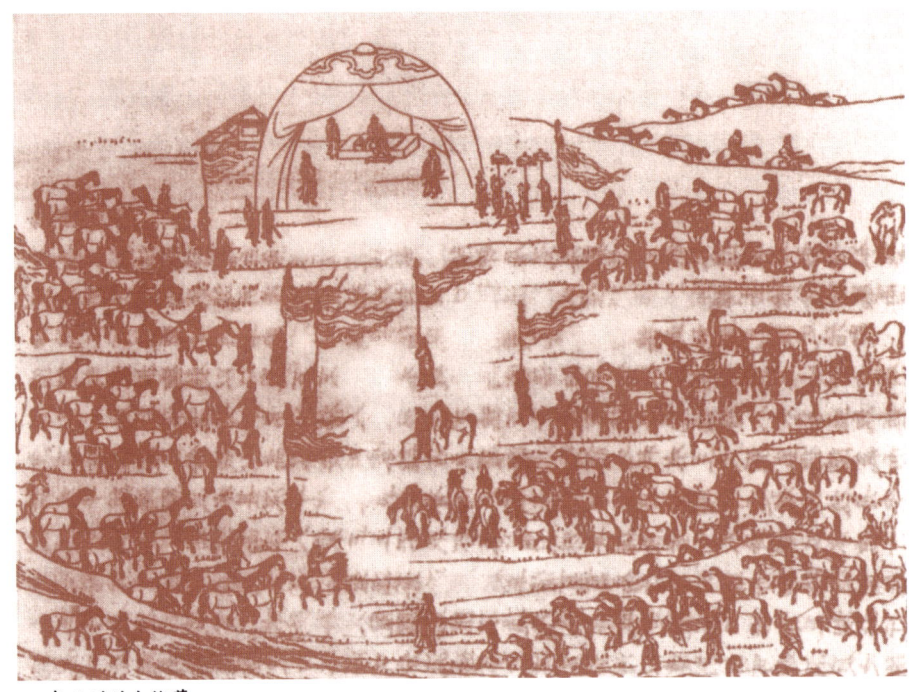

忽必烈的大帐幕

"装聋作哑"似再无余地了。

噩耗果然迅速传开,军心顿时大乱……

综合中外相关史料可以看出,从九月一日到九月二日的这两天,可称为忽必烈做出人生抉择最艰难的两天。文臣武将纷纷进入帅帐争相进谏,甚至当着忽必烈之面争得面红耳赤。有的主张从皇庶弟末哥之议,应"火速北归以定国家大计";有的则主张决不能"自投罗网",当"先图中原再作他日谋"!在文臣武将的激辩声中,忽必烈却顿失往日的从容大度,竟罕见地拂袖走出帅帐,远远站立于江岸之上,再一次久久凝视着"滚滚长江东逝水"。

无人再敢轻易去打扰,只剩下个英雄孤寂的背影……

也不知又过了多少时间,还多亏赵璧从漠南开平王城传驿报前来。有外史载,此次赵璧疾驰数昼夜,却仅带来察苾王妃的只言片语。众皆以为此番轻易打扰必遭训斥,谁料忽必烈展阅后竟意外地纵声大笑,再不犹疑,旋即重归帅帐。事后群儒也曾问过赵璧是何锦囊妙计,赵璧回答:"王妃仅曰,当用蒙古心思之……"有些儒僚似仍大惑不解。须知,这位王妃自十七岁嫁到藩邸后,不仅助宗王"纳儒习儒",而且近二十年来也深得"儒学要义",日渐成为在中原推行"汉法治汉"的领军人物。此次她受命坐镇后方开平王城,北络汗廷、南控燕京、直连前沿,其才智似早已超越华夏历朝历代的"贤后"。难怪王鹗、许衡、窦默等前朝状元、一代大儒、理学名家在忽必烈远征大理时,均能在金莲川团结在她的周围视之为"主心骨"。而奇怪的是,她今日为何竟只字不提历朝典故,反而一反常态仅示意宗王"当用蒙古心思之"!

莫非神鹿的化身又在展示其神奇之处……

果然,忽必烈重回帅帐之后,除一脸凝重之外,两目尽显难掩之悲愤之情,再不遮不掩,当即通令东路大军全体将士为蒙哥大汗志哀。战马悲嘶、旌旗低垂,成千上万的蒙古铁骑陷入了一片惘然和悲痛之中。但当有蒙将也有人又在建议"立即北归"时,忽必烈却厉声回之曰:"吾奉命南来,岂可无功遽还?"声音回荡于千军万马之间,意思是说:大汗虽去,汗命犹在!作为圣祖子孙,岂能够就这样蒙受屈辱，无功而返？（见《元史·世祖本纪》）但是进是退，何去何从，似仍在他心灵深处激烈地相互冲撞着。据外史载，这时多亏有霸突鲁赶来与他促膝长谈，而现在也唯有这位带有连襟关系的木华黎之孙才敢于"冒犯"。果然他一见到忽必烈就开门见山直指察苾来函说："王妃所见，愧煞吾辈蒙古男儿！'当用蒙古心思之'，在此噩耗传来之际确有振聋发聩之功。我'也客蒙古兀鲁思'自圣祖以来唯崇英雄，而前贵由大汗也确因有过失败最终导致窝阔台家系汗位不保。再看此次大汗空国而出灭宋，东西两路均由大汗兄弟亲率，剩下南路还是由家臣勋将统领。如今大汗于西路猝死，南路军尚在苦战未卜吉凶，如宗王再无功而返急欲北上，请试想我草原母地将如何看待宗王与拖雷家系？恕末将直言，到时恐怕不仅是一两小儿作乱，而是引发诸王争霸导致圣祖基业之分崩离析！王妃所言切中要害，当以蒙古心决断之！不与小儿争一时长短，当以胜利论长久英雄！"

忽必烈果不愧如史载：度量弘广，海纳百川……

次日，即尽将随征诸王与众将召集于帅台之前，展示了他慷慨激昂的另一面。首先，他出人意料地历数起蒙哥大汗的种种丰功伟绩，称其为攻无不克的伟大征服者，战无不胜的圣祖皇嫡孙，圣明无比的蒙古大汗，卓越超群的中原君主！随之，更进而道出蒙哥大汗率军是如何过关斩将，如何攻城拔寨，如何用兵如神，如何所向披靡，如何荡平川蜀……使听者莫不为自己的大汗引以为荣，莫不以自己身为蒙古骁将而深感骄傲。而在此时，这位东路军最高统帅却话锋蓦地一转，突然声泪俱下地沉痛宣布："然而，天不假年！深受万众敬仰之无敌大汗，却为续写圣祖伟大征服事业之辉煌，英勇无畏，积劳成疾，最终竟病逝于烈马雕鞍之上，然阴魂不散，临死尚吓死敌将数员！谁料'南家思'竟无耻敢称之为胜，此真乃对我大汗之亵渎，对我大蒙古之侮辱！是可忍孰不可忍，本王不日将率师跨江南征雪耻，凡有血性之蒙古男儿当应奋勇当先，争报此仇！"此言颇具蛊惑性！瞬间便又出其不意地将蒙哥大汗"奉若神明"，不仅威镇住了东道蒙古诸王，而且也凝聚了众蒙将骁勇的野性战斗力。

汉臣儒士们受冷落了，竟远远被排除在外……

【第一辑】

在长江北岸的一座军帐里,群儒们纷纷前来探视累趴下了的驿使赵璧。询问焦点均为:王妃除了那半句话,到底还说了些什么?为何能促使忽必烈宗王一夜间竟有如此巨大的转变?但也有一部分谋臣早看出其中端倪,似甘愿受此冷落"乐观其成",曾与忽必烈同甘共苦的郝经便是颇具代表性的一个。别看他与赵璧同为晋人,但发展方向却大为不同。忽必烈似早已培养赵璧向能臣干将发展,而郝经却似乎渐渐取代姚枢成了帅帐的首席谋臣。闻群儒发问,郝经已摇扇代赵璧答曰:"吾主是何等天纵聪慧,有贤妃半句话足矣,况且又有勋贵霸突鲁将军作彻夜长谈,则更显吾主超凡之远见卓识。果然,今日才有了此骇世惊人之举!不计前嫌,甘受屈辱,竟出人意料地仍高扬大汗旗号,尽颂大汗伟绩!将大汗重新奉若神灵,其意蕴深远,更显吾主之胆略与魄力,若再能渡江接回南路之兀合良台老帅,迎来皇庶弟所率之师,则天下大事即已初步可定矣!汗廷之事当由蒙古人决断,吾等应静候王令,姑且'袖手旁观'!慧哉,王妃!壮哉,大王!"群儒皆若有所悟,遂均待"吾主"再施其雄才大略。

志哀仅两日,忽必烈就把复仇的烈焰引向了长江北岸……

1259年九月三日,这位皇太弟便高扬着蒙哥大汗的旗号,亲自登上了北岸的制高点香炉山,依瞰大江,遥望南岸。虽早探知南宋方面"陈兵十万,列舟两千",但现再登高一望,果见得对方"筑堡于岸,水陆戒备,以大船扼江渡,扬战帆确有横截江面之势"。长江自古便被称为"天堑",江面开阔,风急浪大,无兵防守尚且难越,何况大船锁江戒备森严!如若忽必烈只空喊复仇口号而逞一时匹夫之勇,那必然等于驱成千上万蒙古铁骑去"浪淘尽千古风流人物"。好在忽必烈乃马背民族又一代杰出的统帅,在这八个多月的备战时间里早做好了跨江围鄂的充分准备。他不仅调来了"深谙水战"的汉世侯张荣、水军万户解诚和部将朱国宝,而且早已命董文炳与董文忠兄弟操练和组建了水师精锐。无论在战略还是战术上早已做到心中有数,马背民族就是要大展水战的功夫!

夜色茫茫,滔滔江水尽隐没于一片黑暗之中……

此时,忽必烈方走下香炉山峰顶,回到帅帐之中果断地宣布了自己的决定:次日凌晨开始渡江！当夜，尚命蒙将木鲁花赤、汉臣张文谦专门负责"组织准备船只桨楫"，并事先部署将士们趁夜色奇袭，"夺取南宋两艘大船"。指挥若定，尽显统帅风采。

却谁料！天有不测风云……

1259年九月四日，乃忽必烈下令渡江之日。时至黎明，不仅风雨交加，而且天色晦暗，真可谓"烟雨锁大江"，唯可闻"风呼浪啸、江水拍岸"。史载，"诸将均以为不可为渡，忽必烈却不予理睬"。唯董文炳主动请战曰："长江天险，宋所恃以为国，势心死守，不夺之气不可，臣请尝之！"忽必烈脸色阴转晴。史书又有详尽描述："忽必烈以为然，亲自拨于敢死之士近百，大型战舰一艘，尚亲手为勇士们挑选甲胄！"众文臣武将一旁静观莫不动容，士气遂为之大振。随之，忽必烈又现身江边，"严令诸将帅扬旗击鼓，分三路一起进发"！恰在此时，天气放晴。史又载，"蒙古大军竞相争渡，董家兄弟率敢死之士冲在最前，艨艟鼓棹急趋，疾呼奋进，二百艘战船直抵南岸"，由此可见，忽必烈显然是做了周密的安排。这么大的阵式，这么多战船组成的庞大舰队，足可见他是一位既胸怀雄才大略又思维缜密的军事天才。

不仅于此，尚有史实与蒙哥大汗形成鲜明对比……

1259年九月四日，就在董文炳兄弟率先登上长江南岸的同时，忽必烈却留在北岸，为转移敌方的注意力，还同时在指挥着另一场歼敌的规模宏大的水战。史称"深谙水战"的汉世侯张荣"严遵忽必烈之号令"，以小船突袭南宋北岸守军，"缴获大船二十艘，俘虏水军二百名，并斩杀宋军将领吕文信"。而水军万户解诚奉忽必烈之命，也尽率精锐于"大江中流"和南宋水师决战，更是"前后十七战，夺敌舰千艘，毙敌甚众"。而此时忽必烈正驻马香炉山顶峰，俯瞰江面，挥斥方遒，见南宋水师溃败，遂指点蒙古铁骑纷纷渡江。百年江防，一日而破，金戈铁马如钢铁洪流般涌向江南。

正面突破长江，这在蒙古战争史上尚属首次……

1259年九月四日下午，远眺长江南岸，渡江前锋张宏（另一张姓名将，可见

【第一辑】

忽必烈为水战用汉将汉兵之多矣！）于南岸高地"树起'北斗旗'为信号"，以示"抢滩"成功。而董文炳也派其弟董文忠用疾划小船返北岸报讯，史载，"忽必烈闻之，急策马下山询问胜况"，并踏镫立于马上，竖起马鞭直指苍穹曰："天也！"意涵颇深，似不仅仅是指"老天保佑"或"天意如此"，似尚有马背民族对"长生天"之原始崇拜。但不管怎样，一股神秘的力量霎时又激起万千铁骑狂热的欢呼。随之，忽必烈尽显统帅风采，当即挥鞭指令众将士曰："今夕毋解甲，明日将围城！"也就是说今夜将士们不得脱掉铠甲，以备明日围攻鄂州。同时，又传令汉世侯张柔及严忠济、严忠嗣兄弟立即率众过江，"间道赶赴鄂州，参加围城之战"。

一日之内突破长江天堑，古今少有……

而这似乎只展现了忽必烈天才军事家之一面，尚且有一件事展现了他作为杰出政治领袖的超凡风度的另一面。据史载，他并没有随蒙古大军一起渡江去展示其

钓鱼城古战场遗址——蒙哥大汗丧命于此

震撼崛起——成吉思汗及其英武儿孙

征服者叱咤风云的气势,而是仍驻扎于长江北岸的浠黄州,一连颁布了数道严肃军纪的命令:军士有擅入民家者,以军法处置;凡是俘获人口者,全部释放……郝经在《青山矶市》中诗曰:"渡江不杀降,百姓皆安堵。"可以为证。对被俘获的儒士,忽必烈又接受廉希宪之建言,予以"官钱购遣还家"的特殊优待,"所放还的江南儒士竟多达五百余人"。而上述一切均非凭"现代化思维"之杜撰,均有史可考,有史可查。

武略、文韬,已尽显其一代英主之追求……

当然,浩浩渺渺的大江还是要亲自渡过的,因为只要再拿下鄂州就等于重新改写了历史。随之,他便又纳群儒之建言,先派出王冲道、李宗杰、訾郊等三人赴鄂州城下"谕降",遭拒,又在数日内调兵遣将,彻底完成了对鄂州城的包围。并于城东北头陀峰上建立起五丈高楼,号"压云亭",直插云天,巍乎高哉。忽必烈登临亭上,纵目以观察城中敌情。好大的气魄!故郝经曾作《压云亭》之诗,以志其状——

> 重岭绕郭峻,高亭下临鄂。
> 艨艟断江流,甲骑蹙城脚。
> 拒命始进攻,铁匝长围合。
> 顾已无头陀,径欲椎黄鹤。

但毕竟离漠北汗廷越来越远,离"也客蒙古兀鲁思"的权力中枢也越来越远,而且还阻隔着一条蒙古铁骑从未逾越过的滔滔大江,谁知在故乡的茫茫大草原又会发生些什么?

谁料忽必烈竟越来越"忘乎所以",不但围困了南岸军事要塞鄂州,而且还计划进而攻入南宋的腹地搅他个"周天寒彻"!

难道说,他只顾逞"匹夫之勇"而忘了汗位的重要性吗?

须知,为此草原母地已不存在亲情……

【第一辑】

阿里不哥执掌汗廷之图谋不轨

为了恢复历史的原貌，似乎还得从头说起。有史可考，当蒙哥大汗的死讯最初传回草原时，汗都哈尔和林顷刻间便陷入了一片混乱之中。人心惶惶，谣言四起，甚至还对拖雷家系的汗位正统性产生了怀疑。

也难怪！马背民族只承认成功的英雄……

往事悠悠！蒙哥大汗重振游牧帝国的种种丰功伟绩似都被遗忘了，一时间人们似乎只看到了蒙哥大汗攻不下钓鱼城给汗国所带来的屈辱。况且汗位由窝阔台家系更替而来尚不到十年，随之一些心怀叵测的贵胄也开始煽阴风点鬼火了。流言越来越多，竟有人敢于把蒙哥大汗称为"蒙古战争史上第一个败亡之君"！

可以说，当时的万安宫已陷入一片风雨飘摇之中……

好在大哈敦忽都台虽然资质平庸，但在万分悲痛中尚能明辨大理。她深知单凭自己那几个年轻的儿子是难以力挽危局的，若想保住拖雷家系的汗位，还需倚重大汗的几个兄弟。但忽必烈和旭烈兀均远在他乡，身边只留有幼弟阿里不哥，再加上她又特别迷信"幼子守灶"权，随之便急召来幼弟阿里不哥，公然宣称：蒙哥子孙从此放弃汗位继承权，俱效忠于当今"监国"。唯求差遣皇长子阿速台前去火速迎回大汗灵柩，以使他早日魂归大草原。

似显几分精明，又显几分糊涂……

就这样，阿里不哥也可称得上"临危受命"了，竟不费吹灰之力便糊里糊涂地成了"汗位继承人"。但这位少汗却怎么也高兴不起来，须知就连平日围绕在他身旁的那帮悍臣悍将也开始疏远他了。也难怪！除忠于蒙哥大汗的勋将仍坚守成都、浑都海仍驻扎六盘山外，大多诸王贵胄均率自己的部众作鸟兽散了。当然骏马要比灵柩快，不久便纷纷返回了草原母地似欲"寻衅闹事"了。而阿里不哥也不敢抗争，竟也认为长兄生前所统率的三路大军确实是"乏善可陈"：东路军塔察儿败了，只好派个兄弟"废王"去抵挡，南路军的统帅兀良合台原本就是他的家臣勋将也至今未能杀出重围，而长兄自己所亲率的西路军又受阻于钓鱼城最终又饮恨而亡……难怪人家都在责骂：拖雷家族不配称圣祖成吉思汗的子孙！为了维护马背民族至高无上的荣誉，大汗之宝座似又该到轮替的时候了！据史载，就连野心勃勃的阿里不哥也曾为此"惶惶然不可终日"。

多亏有一位看他自幼长大的汉臣及时进谏……

此人即伟大母亲唆鲁禾帖尼为幼子请来的"讲读"——真定名儒李璮。他首先对阿里不哥指出，作鸟兽散的诸王贵胄首先就违反了"札撒"，少汗可充分利用"监国"之职怒斥他们"背主弃逃，导致大汗身亡"！不用担心，这些狂吠的诸王贵胄均随征两年，早已筋疲力尽，除了以惊吓谢罪，无力反叛了。阿里不哥听后深以为"然"，李璮遂又向其献上三策：控"怯薛"（即大中军），重南征，缓称汗！最终经过谆谆告诫，这才使得这位"监国"彻底稳住了神儿！由于那些奸佞悍臣尚处于远离汗廷旁观"风云变幻"的阶段，故在师傅李璮的教诲下，阿里不哥在心领神会后竟干得还颇为"有声有色"。他不但不惜动用皇室巨金先后收买了四大"怯薛台"（即大中军之四大将领），而且还以"监国"之名将忽必烈之南征归咎为自己的"战略部署"。尤为重要的是，他甚至竟能强压住自己从小养成的"恃宠自傲"、"骄横跋扈"的暴烈性格，而

清朝时所刻的"钓鱼城"三个字

七百多年前在峭壁上所凿的用于打仗的小洞

迟迟没有"称汗"。果然，在忽必烈高擎蒙哥大汗为国献身的旗帜，亲率蒙古铁骑史无前例地突破长江天堑之后，无形之中他竟成了遥远的汗廷里最大的"受惠者"！

消息传来，风向顿变、谣言自灭……

是呀！蒙哥大汗那可是为圣祖伟业英勇献身的，而拖雷家系的诸子也依然在为马背民族的荣誉奋力征战着。不仅是忽必烈率千万铁骑首次跨越长江直插"南家思"心脏，而且庶子末哥统率部分西路军仍在拼杀，就连家臣兀良合台老帅统领的南路军也在向北力争会师……当然，尤为突显的还是皇太弟：是他，以德报怨，依然高擎着蒙哥大汗圣明的旗帜；是他，顾全大局，独撑着为拖雷家系力保汗位；是他，千方百计重又激活了东、西、南三路大军的战斗力；是他，以身作则重又维护并夺回了马背民族永不言败的荣誉！难能可贵的是他的"度量弘广"，就连敌对的窝阔台家系（汗位原来是他们的）中的一些新生代王子，也对忽必烈不禁顿生敬佩之情。

但这一切竟又使阿里不哥再次陷入惶恐不安之中……

这倒不是因为李璮疏于开导，而是因为那些善观风云的奸佞悍臣重新又回到了他的身边。他们那献媚的歌功颂德，他们那无时无刻不在的提示和恐吓，最终使阿里不哥不仅恢复了往日的"恃宠自傲"、"骄横跋扈"，而且一提到忽必烈便又可使他"惶惶然不可终日"。而这些人要的也正是激发出这个：仇恨！因为这些悍臣不仅是顽固的守旧派，同时大多也是和忽必烈结怨甚深之人。比如布只尔在任燕京大断事官时，就因滥杀无辜受过忽必烈的严斥以至于被罢官；阿兰答儿对忽必烈那莫名的仇恨就更不用说了，况且他早已和刘太平一起在"钩考"中几乎把忽必烈置于死地；至于脱里赤、孛罗欢、脱因等也均因与忽必烈政见不合或权益受损，早在蒙哥大汗生前便成了贬废忽必烈的御用打手……难怪史书将这批人称之为"仇忽必烈派"，但他们在草原汗廷都身为重臣，实力均不容小觑。有他们的力挺，阿里不哥"监国"的宝座也就坐得更加"虎虎生威"了。而且他们大多长于权谋、善于察言观色。据史载，他们面对阿里不哥说得最多的一句话便是："难道少汗也要等着

震撼崛起——成吉思汗及其英武儿孙

和臣下一起,像羊一样被咬断脖子吗?"致使原本虽骄横跋扈但生性仍算坦荡的阿里不哥,竟日渐也学会心狠手辣,暗施阴谋诡计。

只不该!对准的目标竟是自己的亲兄长……

阿里不哥深知,在长兄蒙哥于钓鱼城猝死之后,忽必烈就成为他登上汗位最后的障碍。须知,老三旭烈兀是最早退出嫡亲四兄弟竞争的,他早已在远天远地征战开辟出自己的伊利汗国。他性格孤傲,绝不会再来参与这场有伤亲情的权位之争了。而面对只顾激战于长江南岸无暇他顾的忽必烈,阿里不哥似乎也只有占据"监国"的优势抢先登上汗位此一途了。为此,他日思夜想的便是尽早抢占汗位,无时无刻不把嫡亲兄长当作假想敌。但越是急不可待似乎就越不可能,因为尚须迎回蒙哥大汗的遗体落葬起辇谷,尚须等待买通东西道诸王召开那登基必不可少的"忽里台"大会。但这一切肯定需要时间,而时间却只能使忽必烈成为马背民族所推崇的"征服英雄"归来……不能再往下想了,更不能再无所作为,只顾等待!多亏有阿兰答儿、布只尔、脱里赤等悍臣及时提醒:"除掉心腹大患即等于早日登上汗位!"此时阿里不哥终于彻底抛却亲情开始行动了。师傅李璮也曾从中劝过:"少汗以灶主身份得天时,凭监国权位得地利,唯欠人和,当以仁取之!"但阿里不哥一听这个"仁"字就烦,反而认为这绝对有碍于自己早日除去"心腹大患",随后竟将李璮逐出了核心议事圈子,改由阴险狡诈、诡计多端的脱里赤担任首席谋臣。

权欲!又一次使同胞兄弟势不两立、水火难容……

但这一次阿里不哥在阿兰答儿、脱里赤、布只尔等奸佞之徒的"调教"下,竟然也能心怀狡诈,日渐成熟起来。因为他也明白,如果立即就动用武力除掉"心腹大患",自己绝非是统率胜利之师的兄长忽必烈的对手。而此时的"仇忽必烈派"也确实全心全意投靠了他,因为他们也深知如果忽必烈凯旋,自己绝对没有好下场,似也唯有倾全力辅佐阿里不哥,才是他们唯一的出路。故这些善弄权谋的老手竟也累劝阿里不哥"少安毋躁",为除却"心腹大患"的第一步当应是"隐而不发,攫取汗权",进而充分利用"监国"居高临下的政治资源,继续将忽必烈的跨江南征宣扬为少汗的"战略部署"。随之便是派出使者以重金大肆收买东西道诸王贵胄，并同时以"监国"的名义宣布一系列所谓的"新政"。这似和李璮所提的"以仁取之"有异曲同工之妙，但其内容却是"彻底恢复祖制，扩大封国自主权，绝不蹈袭他国所为"等陈年杂货。宽纵滥赏，复古归旧，根本无视马背民族和游牧帝国的命运和前途。但效果却奇佳！不仅换来了一封封"效忠信"，竟使得"监国"地位日益突显。不是大汗，胜似大汗！致使阿里不哥欣喜之余这才发现，原来不动用武力也可使忽必烈先变成"孤家寡人"，稍有异动，即属反叛。从此，阿里不哥不但对这帮"仇忽必烈派"越加倚重，而且自己也日渐飘飘然起来，又现往日一贯骄横跋扈的风格。

偏偏这时忽必烈也在长江南岸遇到了麻烦……

有史可查，在胜利突破长江天堑之后，忽必烈即在鄂州城东北头陀峰山顶，搭建起五丈高楼，起名"压云亭"，自己常登高俯视"城内敌情"，居高临下指挥千军万马，颇显草原统帅的指挥雄风。但南宋除奸相贾似道之流祸国诸臣外，却也不乏民族气节的忠义之将。继钓鱼城的王坚后，鄂州城守将张胜也可算得一个，软硬不吃，顽强抵抗到底，诈降骗退手段用尽，终于得以时日，又将由重庆驰援而来的吕文德部迎进城里（即被史天泽打退的那千艘战船）。更何况贾似道虽为古今贪腐集大成者，又身为首辅权倾朝野，但在这关键时刻也怕败国露馅，遂也赶紧与高达等宋将从汉阳各地策应支援。一时间战况又成胶着状态，似眼前又要出现一座钓鱼城。而忽必烈却又颇具马背民族的特点，是一个永不言败之人。他日夜运筹帷幄，苦思破敌之计，似乎早把汗廷的种种风云变幻置之于脑后了。

这更给阿里不哥留下了足够的时间和空间……

等到围困鄂州"久攻不下"的消息传回汗廷后，这位监国和他身旁那些宠信的悍臣们竟"欣喜若狂"。他们根本无视民族的大义与尊严，便又抓紧时机研究起下一步"应对之策"。脱里赤、阿兰答儿、刘太平、布只尔等均认为，现草原母地，汗廷内外，均已成为少汗天下，名虽仍为"监国"，实已行使大汗全权。唯一所惧者，乃忽必烈所率之精锐之师，汗廷上下尚无任何悍帅或骁将可敌之，故依然是少汗之"心腹大患"。今被阻于江南鄂州，此乃天赐良机。少汗既已"攫权"成功，便当应趁此主动"出击"。而首席谋臣脱里赤更具体建言道:"少汗当应继续'隐而不发',火速分东西两路派出心腹重臣机密行动:一路直插漠南与燕京诸地,断其后路,毁其老巢;一路西下秦陇川蜀诸地收编大汗余部,再控晋豫,斩断其腰!今少汗所缺者乃汉地矢忠之武力,而此时也正好借机携巨资于中原扩充人马,收买各路汉世侯及杂牌军。趁忽必烈只顾做那灭宋的英雄梦,我即以迅雷不及掩耳之势悄然行之!等他大梦醒来,早已进退不得,似也只能跪地向少汗俯首称臣!"群悍闻之,俱惊讶脱里赤何来此"雄才大略"?而少汗听后,也奇怪脱里赤何来此"远见卓识"?说也可怜!原来是李璮憋了一肚子妙计却被幼主日渐生厌,没处发泄似也只好向同朝旧臣详述以示效忠。谁料竟被脱里赤听来献上以作晋升之阶,而阿里不哥为避絮烦竟把李璮也打发南下幽燕"扩兵"去了。儒者之可悲可哀,此乃又是一例。

然更悲的是,忽必烈仍不思"退路"……

压云亭下,围困鄂州的"攻坚战"依旧处于胶着状态,而这位皇太弟却仍在高扬着复仇的旗号照打不误。南宋之精锐兵力越聚越多,他竟然越打越来劲儿。是胸

蒙古汗国时的车帐

有成竹有意而为之,还是无意间又在重蹈长兄在钓鱼城之覆辙?他竟然对郝经、赵璧、廉希宪诸亲信儒僚的提醒和警示均"置若罔闻",反倒有闲心对汉世侯李璮派来的使者给予高规格的接待。此人曾被塔察儿大王以"旷世奇才"推荐过,这次乃奉命前来送粮劳军以示效忠皇太弟的。这是一个特别复杂的历史人物,故必先插叙几句以兹介绍。王文统,金代大定府(今内蒙古宁城西)人,生年不详。金末曾举经义进士,史称"喜读权术谋略之书,好以奇言惑人,曾将历代奇谋诡计之策摘编成书"。乱世之中也曾四方"择主",最后投靠于李璮门下,妻之以女,遂成为心腹幕僚。而李璮也依靠其异策奇谋游走于宋蒙之间,实力日渐坐大。对其为人史籍多贬,然若以现代目光看来,王文统也可算得一位颇有想法,颇有追求,同时也颇有施政能力的干练人才。此次奉命而来,他好像又在"择主"。而除塔察儿的推荐外,忽必烈也早从藩臣刘秉忠、廉希宪、商挺、张文谦等口中得知此人为"才智之士",后只因姚枢、许衡等以"儒学不纯、心术不正"等谏之,方未召至幕府。今日不请自来,如果说是为通过他了解南宋的情况尚且可以理解,但忽必烈却一连三夜与他促膝长谈就似乎显得太过分了,其中似有隐情。

果然,似乎灾难已经悄然逼近了……

首先是阿里不哥的发难。自从排挤走李璮之后,他就变得更肆无忌惮、不择手段,根本不顾胞兄仍在江南为拖雷家系的荣誉打拼,已开始密派悍臣对其实施"断腰掏心"之战术。任命脱里赤、阿兰答儿为"行尚书省官事"分赴燕京与漠南,目的在于"掏心";任命刘太平、霍鲁怀为"行尚书省官事"分赴川陕与六盘山,目的在于"断腰"。共同的任务是:扩充兵源,掌控税赋,断其退路,逼其就范!

而此时忽必烈正酣战于江南,受阻于鄂州城下,根本无暇还手。

滚滚东逝长江水,似正在淘尽他的希望。

阿兰答儿已悄然逼近金莲川。

开平王城静悄悄……

震撼崛起——成吉思汗及其英武儿孙

狩猎

第二辑

【本辑提要】忽必烈在鄂州城下的强攻受阻,似更激起了他强烈的草原英雄主义。为了马背民族的荣誉与尊严,他似早已将草原汗廷所策划的种种阴谋置于脑后,几乎使大元王朝渐行渐远,就连那本来已经临近的脚步声也似就要消失了。而在此关键时刻,又有一位杰出的蒙古族女政治家挺身而出了,这就是王妃察苾。她不但代丈夫坐镇开平、掌控幽燕,于漠南观察漠北汗廷的风云变幻,而且还善于激发丈夫的雄才大略,及时发出了那名垂史册的"柔声呼唤",最终使得忽必烈在迫使南宋"称臣纳贡"后,广纳群儒之谏急速北返,突然现身于燕京。南北对峙的局面由此开始,兄弟争位之比拼也从此拉开了大幕。

大元王朝来临的脚步声又突然响起……

震撼崛起——成吉思汗及其英武儿孙

察苾与忽必烈之南北遥相呼应

是该说到这位"神鹿化身"的时候了……

察苾,当是中国历史上一位杰出的蒙古族女政治家。波斯史学家拉施特曾在《史集》中这样形容她:"容貌秀丽,禀赋娴雅,深得忽必烈喜爱。"而当代史学家李治安更进而评价她说:"聪明敏捷,晓达事机,在忽必烈即汗位前后,还能左右匡正,给予忽必烈有力的支持和辅佐。"难怪近人所编《历代后妃传》更称她:"具有经天纬地之才,佐夫终成帝业。"由此不难看出,她留在漠南绝非仅仅是因为"战争让女人走开",而是经忽必烈委以重任坐镇开平王城。

忽必烈对妻子才能的倚重和信赖,由此可见一斑……

也难怪!忽必烈在远征云南时,就是她坐镇金莲川,出色地处理了漠南的军政事务。而在蒙哥大汗死后初期引发的一片混乱之中,又是她派人里应外合将忽必烈的另外两位王妃和次子芒哥喇接回了开平。绝非杜撰,以上均详见于史。但毕竟夫妻情深,忽必烈出征时还是为她留下了王府尚书姚枢、和尚刘秉忠、大儒许衡和窦默等重臣作为辅佐。要知道,这实在太难为一个女人了!因为她必须坐镇于此,北观汗廷变幻,西察京兆动向,东控燕京局势,南观战争进展。东南西北四面八方均得兼顾，即使是一个精明强干、学富五车的男人也难以应付啊！

但她却极具主见，而且遇事从容镇定，以德服人，突显其人格魅力。难怪金莲川幕府之无论文臣或武将均愿为她效命，据史载，以致后来竟有了"后党"之诬说。而在这次处理因蒙哥大汗之死引起的突发事件过程中，她更极具远见和政治智慧。"当用蒙古心思之"就是她命亲信重臣赵璧火速传往长江前线的。随后，当阿里不哥由蠢蠢欲动到决定暗施狠手时，她也早有所觉察并且相当从容镇定。在大儒许衡和窦默一片惶恐劝谏声中，她竟然含笑以对，"拒不干政"。

显然，她对忽必烈的雄才大略还是心有灵犀的……

果然，忽必烈与王文统的彻夜长谈绝非"即兴之作"。由于王文统跟着汉世侯李璮常游走于蒙宋之间攫取实力，通过此次长谈，忽必烈既可尽窥南宋内幕，又可寻找其"软肋"。在忽必烈的心目中，围困鄂州只不过是为了吸引南宋更多的精锐兵力，从而寻找其"软肋"，发动奇袭插入其心脏腹地，以迎接老帅兀良合台所率的南路军，并接应庶弟末哥所统率的残留的西路军。似也只有三路大军会师打出个"成功"来，再凯旋方能获得更大的发言权。若现在即半途而废，急于北返，那等于自投罗网，也只能向阿里不哥俯首称臣。更何况尚有察苾坐镇开平为自己应对汗廷的风云变幻，暂时后顾无忧。

随之，便是果断地一声令下——

1259年十月，在下令张柔率领诸多汉世侯大张旗鼓地加紧围攻鄂州的同时，忽必烈已暗派挚友霸突鲁率一支蒙古大军杀向岳州，以接应北上的南路军统帅兀良合台；又派出巨无霸郑鼎率领另一支蒙古大军直插江西诸地骚扰南宋后方，还大肆声张，三军会合将直捣南宋的都城——临安！此举效果奇佳，致使被腐败蛀蚀的南宋王朝一时间腹背受敌、内外交困、首尾难顾、风雨飘摇。宋廷一度极为惊恐，有人甚至提议迁都逃亡（见《宋元战争史》第一百六十四页）。而此时忽必烈却仍坐镇于鄂州城外的帅帐里，而且还不时登上那座头陀峰顶的压云亭。目的只有一个：吸引被围困宋军的注意力！

喜讯传来，开平王城的察苾却隐隐感到不安了……

鹿岩画

察苾皇后

她是深知忽必烈的,并且早已判断出他是绝不会就此"善罢甘休"的。追求"完胜"是他作为圣祖子孙的天性,为此,她已主动着手应对来自汗廷的种种不测之举了。比如,幽燕中枢燕京虽早已被忽必烈的亲信重臣孟速思与赛典赤·赡思丁所掌控,但她还是派出王府尚书姚枢前去协助"虚以应对,聊表顺从";对京兆等地也分派重臣前往如此行事,唯一的目的便是,暂不激化矛盾,给忽必烈留下足够的空间和时间。但当这样一个消息传来后,却使她再也坐不住了。原来,在忽必烈里外开花的重重打击下,南宋奸相贾似道这一祸国殃民的花花公子终于再难支撑,原形毕露了,竟暗中派出使者向蒙古大军"乞和",甘愿向忽必烈"称臣纳贡"。这是个多么好的凯旋北返的时机啊!但据说忽必烈却非要坚持先拿下鄂州再议。察苾深知自己对此再不能"无动于衷",来自汗廷的背后危机已容不得忽必烈再进而展现自己的雄才大略了。

再不能让他有第二次失误了……

正因为夫妻感情至深,察苾也就更了解忽必烈性格中的某些"弱点"。而这些"弱点"又是那样令人可敬可爱,尽皆反映了蒙古民族那种豪放、坦荡、宽厚、忠诚、黑是黑、白是白的性格特点。但也正由于这种特点,使他产生了第一次重大的失误。据《元史·郝经传》记载,当蒙哥大汗的遗体置于两驴之间的驮架上即将北返时,郝经曾建议截灵枢以迎归军中的帅帐祭奠。如果照此而行，当不会有今日之阿里不哥与群悍们挟汗玺之如此嚣张。而忽必烈竟挥泪而言道："我与大汗一母同胞，怎忍再用其遗体去做文章？尊祖俗，当任其早日魂归草原。"遂罢此议……而现在呢？他显然是深受马背民族传统的英雄主义所鼓舞，又要为圣祖"一统中华"的遗愿一举攻克鄂州以奠基础。但显然时机并不成熟，而这一切又有姚枢赴燕京后送回的密报可充分加以证明。姚枢以自己的亲历列举种种事实详加分析，最后竟似蘸血而书道："凶险可见，危机四伏，我主若不火速北返，必将抱恨终生！"

是不能眼看着忽必烈再有第二次失误了……

随之，就连察苾也再难从容镇定了，赶忙急召近臣刘秉忠相商。而刘秉忠详看姚枢密报后，竟然自告奋勇愿跨江前往鄂州"助姚公一臂之力"。但这位王妃似乎觉得这仍然不够，便又罕见地亲自动起了笔。也难怪！既不能一味地只顾劝谏和进言，又不能有损于忽必烈的威望和尊严，为此她采用的是一种只有夫妻间才能相互看懂的"密语"。有史可考，在古代蒙古民族间的确存在这种独特的文化现象，局外人极难破译。写毕，她又召来亲信家将脱欢与爱莫干，命他们护送刘秉忠尽快跨江前往鄂州城下，并亲手将此信交于忽必烈！

是的！强悍的草原英雄主义仍在忽必烈的心中发酵……

当应指出，忽必烈已经知道了守鄂主将张胜已战死城内，而且南宋奸相贾似道也确实已派密使暗来屈膝求和。而作为圣祖的杰出子孙，忽必烈身上那股奔腾的热血似乎总不允许他就此罢休。他一生追求完胜，偏执的完胜，虽然一生均未做到。为此，他现在更关注的却在于：兀良合台老帅所统领的南路军是否和自己派去接应的部队会了师？庶弟末哥所率部众折返东进，何时来到长江边？一种近乎偏执的荣誉感使他认为：只有这东、西、南三路大军齐聚于他的麾下攻克鄂州，才能真正地凯旋。攻下一座军事重镇，当然要比一纸协议更能产生强烈的震撼力！

而更重要的还在于，他显然轻视了阿里不哥……

在忽必烈看来，这位一母所生的幼弟除了桀骜不驯、骄横跋扈外，似乎就是再坏也坏不到哪里。一不懂军事，二没有政治头脑，除了"灶主"那特殊的身份之外

震撼崛起——成吉思汗及其英武儿孙

一无所长。为此当他听说阿里不哥的种种野心勃勃之举时,也认为其幼稚可笑而没有给予足够重视。只是当有人提到李璮的名字时,他才突然警觉起来。他深知这位真定名儒还是颇具远见卓识的,如果阿里不哥能一改骄横善用此人,说不定日后也能形成气候。只不该随之又有人告知他李璮的可悲下场:现已被发配随布只尔等南下扩军。忽必烈闻之放心大笑曰:"非吾不讲手足之情,乃其自断臂膀也!"

点燃一颗蒙古心容易,冷却一颗蒙古心难……

其实,忽必烈之持续攻鄂,也早已引发了以郝经和廉希宪为首的众多儒臣幕僚之焦虑和不安了。如侍臣董文忠就曾"一日三谏,力主班师,以为神器(即汗位)不可久旷,待登上大汗之位后,遣一支偏师,即可了结江南事"(见《元朝名臣事略·内翰董忠穆公》)。而忽必烈不纳,竟反而命蒙将骁骑集中兵力突破鄂州城,迫使郝经也只能再疾书《班师议》,而廉希宪也只能去求助于刚刚返回的大将霸突鲁。

机不可失,时不再来……

在这关键时刻,多亏脱欢和爱莫干已及时将刘秉忠跨江送进了帅帐。而忽必烈一见刘秉忠竟也能如此"惊慌失色",故一把拿过姚枢那封"密报"便急切地阅读起来。再加上刘秉忠也在"别有用心"地制造紧张氛围,故忽必烈也越读越"神色大异"。原来,姚枢密报中尽言李璮虽被逐,然脱里赤已尽得其策,"掏心"、"断腰"、"釜底抽薪",无所不用其极。阿里不哥现御玺在手,更加行事嚣张,燕京漠南均岌岌可危,尤以秦陇川蜀情况更为严重,"换置将帅、分赐金帛"已使留驻诸军纷纷归顺矣!仅以六盘山为例,浑都海将军已率四万余骁骑倒戈于阿里不哥……应该说,忽必烈是早已估计到了这一点,只不过就是没想到事态会发展得如此迅速,如此严重!再经刘秉忠"添油加醋"地从旁解释,连呼差点让人家端了老窝,最终恰似一盆冷水浇头,致使忽必烈那颗激荡的蒙古心顿时便冷静下来。

知夫莫如妻!或许这正是察苾有意而为之……

这一天,忽必烈再没有登上高耸的压云亭观战,而是斥退左右,一个人单独在帅帐里反复阅读着察苾那封密信。前面说到过,当时的马背民族有个颇为特殊的习惯：令信使传递文书讯息时，往往使用有韵的微言隐语来表达心情或说明问题，言简意深，非有特殊关系的人，很难理解其内涵。忽必烈轻轻地打开这封密信，刹那间便觉得一股熟悉的温馨气息弥漫了整个帅帐，沁人心脾，顿时只感到察苾已踏过滚滚的长江波涛来到了自己身旁。她秀眉紧锁，明眸含泪，面带忧戚，神伤哀怨，似在无言地向他发出了责问。忽必烈猛然意识到自己似乎是太固执了，比如自己就曾多次说过："率领了多得像蚂蚁和蝗虫般的大军来到这里，怎么能无功而返呢？"（见《史集》）而为了这"功"，几乎让人家端了老窝，几乎让老婆孩子成了人家的战俘和人质！忽必烈本来不想看那封密函了，但最终还是被那股特殊的温馨气息所吸引而展开了。谁料信里竟没有一丝哀怨、责难、委屈和不满，有的只是理解、尊重和妻子的柔情、适可而止的建言。她说——

大鱼的头被砍断了，在小鱼中除了你和阿里不哥以外，还剩下谁呢？你回来好不好？

没有一句哗众取宠之语，倒好像一个平常妻子在丈夫耳畔轻柔的提示。但就是察苾丝毫不带政治或军事色彩的私语密信，却使得风云突变，起到了扭转乾坤的作用。故史称她"鄂渚班师，洞识时机之会"，即指此而言。一个杰出的蒙古族女政治家，竟采用了这种最朴素的平常妇女的手段。难怪忽必烈的高傲自尊心毫未损伤，却顿时做出了颇具历史意义的战略决断！

而此时又有一事凸显了察苾的先见之明……

这一天，阿里不哥竟一改桀骜不驯，谦恭地亲自派使者特来前线谒见忽必烈，并且还一进帅帐就跪禀曰："我们是被派来给安达转达问候的！"忽必烈立即直问："阿里不哥把他所调出的侍卫和军士派到哪里去了呢？"来使吞吞吐吐回答："我们这些奴仆们一点也不知道，显然这是谣传！"忽必烈见其鬼鬼祟祟、神情慌张，当即觉察到来使此行尚有窥察甚至拉拢自己部众之心。随之便命人严密监控，立即召集亲信臣僚计议。（见《史集》卷二）

忽必烈更庆幸自己能有如此的贤妃……

但察苾此时却正经历着一次凶险。表面看来开平王城静悄悄的，实际上早有人暗中窥视着，图谋不轨。阿里不哥见自己的亲信脱里赤在燕京竟然被"接纳"了，随着便又暗派阿兰答儿"乘驿传"悄然赴漠南"扩兵抽丁"。为早日于草原自立为大汗，他显然是要在兄长背后捅刀子了。而阿兰答儿却隐蔽得如此彻底，竟鬼鬼祟祟潜行至距开平王城仅有不到一百里的大草原，只要跨马挥鞭即刻便可冲进城内。形势显得是如此诡诈和凶险，但察苾得悉后竟相当"从容镇定"，她只派出使者前往责问："发兵大事，圣祖成吉思汗曾嫡孙真金在此，何故不令知之？"一字不提自己坐镇开平，却突然打出了"圣祖曾嫡孙"的旗号。这招果然厉害，要知道按"札撒"这是要掉脑袋的！果然，阿兰答儿一时语塞。再看茫茫的丛莽之间，王府宿营卫也突然张弓拔刀纷纷闪现。阿兰答儿一看大惊失色，似也只好托词慌忙告退了（见《元史·后妃传一》）。

有史将此事记于发"密信"之前，有史则记于后。但似乎这并不重要，关键在于是察苾唤醒了忽必烈的危机感。地北天南，遥相呼应，大元王朝的脚步声仿佛由沉寂又突然变得清晰起来。

"你回来好不好？"察苾似仍在柔声发出呼唤。

忽必烈也终于稳坐于帅帐倾听群臣之议。

滚滚长江一时间似也变得风平浪静……

忽必烈"海纳百川"之潜行北返

忽必烈一改压云亭上唯求完胜的霸气，再现昔日"度量弘广"之风，致使帅帐里气氛相当热烈，儒臣幕僚们均纷纷进言献策。

第一个发言的乃帅帐首席谋臣郝经，他以其《班师议》中所列内容，从三方面进行了分析。其一，南宋方面：百足之虫，死而不僵。虽鄂州受困，但从海上腹地均尚有各路大军可以调集。如闻我大汗业已猝死，而内争又迫在眉睫，南宋必将誓死顽抗，甚至配合阿里不哥以夹击于我。而我则很可能腹背受敌，孤军就有"欲归不能之忧"！所幸南宋"方惧大敌"，现在尚"无暇谋我"，故眼前真正的危险不在宋方，而在"国内空虚"之内部！

众皆以为然，忽必烈颔首让他继续往下说……

郝经随之便谈到第二个方面，即内部形势。他认为在背后"塔察国王（即塔察儿）与李行省（李璮）肱髀相依"，已成潜在威胁，而西道诸王也在"窥觎关陇"，阻隔了殿下与旭烈兀大王的联系。更重要的是"病民诸奸（系指汉地的诸多汉世侯）各持两端，观望所立。莫不觊觎神器（大位），染指垂涎"。如果其中有一狡诈者，万一趁机起兵，先人而作乱，我则更"腹背受敌，大势去矣"！

众皆察言观色，却只见忽必烈听得更加专注耐心……

郝经似受到了莫大的鼓励，继续分析最重要的一方面，即汗都之动作。郝经更直言相告曰："阿里不哥已行赦令，任脱里赤为断事官，行尚书省事，据燕都、按图籍、号令诸侯，行皇帝事矣！"又道，"殿下虽然'素有人望，且握重兵，独不见金海陵王故事乎？'"讲到兴起，郝经竟不看忽必烈的眼色，便干脆把金海陵王的悲剧绘声绘色复述了一次，声泪俱下，致使群儒莫不为金海陵王扼腕叹息。原

蒙古军队出征图

震撼崛起——成吉思汗及其英武儿孙

来,金海陵王与其弟争位本逞强势,也是不听劝阻急欲渡江再创伟业,最终受弟与南宋夹击,兵败而亡。而郝经还敢进而言道:"如不接受教训,何其相似乃尔?"

似在犯上,但再看忽必烈,却显然被强烈震撼了……

而郝经一鼓作气大胆指出,今日之事颇似金海陵王与金世宗之争位!如果阿里不哥自称"受遗诏,更正位号,下诏中原,行赦江上",殿下欲要回去还可行乎?为此,应效古之圣王,该进则进,该退则退!凡事当应"以祖宗为念,以社稷为念,以天下生灵为念!奋发乾纲,不为需下,断然班师,亟定大计,销祸于未然!"最后,郝经更慷慨激昂总结道:"若殿下再以轻骑北返,直趋燕都,阿里不哥等必定以为殿下从天而降,尔等'奸谋僭志'也必然随之冰释瓦解!"(见《陵川集》卷三十二)

只见忽必烈竟听得入神,两目炯炯闪光……

廉希宪见之也当即挺身而出,从正面劝谏曰:"殿下圣祖嫡孙,先皇母弟,前征云南,克期抚定,及今南伐,率先渡江,天道可知!且殿下收召才杰,悉从人望,子惠庶民,率土归心!今先皇奄弃万国,神器无主,愿速还京,正大位以安天下!"而众儒群僚也纷纷响应,均跪伏于地齐呼曰:"愿殿下火速返燕京,早继大位以安天下!"(见《元史·廉希宪传》)

但忽必烈并未当即表态,反令群僚姑且退下……

应当说,对于当时的事态,这位雄才大略的宗王还是尚且有一定的认识,但远不如郝经分析得那么深刻,亦不如廉希宪指出得那么明确。一句话:立即北返,角逐汗位!郝经为他分析出残酷的现实,廉希宪为他指出了必达之目的!为此,忽必烈竟不由得又拿出了那份散发着温馨气息的密函,顿时觉得那别具魅力的声音又在耳旁轻柔地回荡着:

你回来好不好?……你回来好不好?……

似有一种水滴石穿的力量,一声声温情的呼唤正在消融那偏执的草原英雄主义。好像老天也在帮忙！这时不但老帅兀良合台率部已被接应部队迎归，而且那南宋丞相贾似道也为屈膝求和步步退让：唯求划江为界，甘愿称臣纳贡。只要撤军，愿每年向蒙古纳银二十万两，绢二十万匹。现正由赵璧任专使与贾似道密使宋京谈判，或进或退，主动权皆在忽必烈的掌控之中。

但作为圣祖的子孙，似总感到仍有稍许缺憾……

而就在此时，就闻得挚友霸突鲁大将军帐外求见。忽必烈得知慌忙起身亲自迎了出来，并执其手欲进帐促膝长谈。然霸突鲁却未当即奉命而入，竟挽其手遥指压云亭让其观看。忽必烈放眼向耸立入云的高台望去，便只见得往日自己指挥千军万马的高台之上端坐着一位僧人，双掌合十，宛如铜铸，任鄂州城下杀声四起，就是岿然不动。忽必烈失声惊呼："刘秉忠……"霸突鲁答曰："是他！闻其言之，乃奉王妃之命为殿下'叩六丁之灵'，已作法两天两夜也！"没错儿！此乃察苾早设计好的决定性的一招。须知，忽必烈当时虽已皈依藏传佛教，但仍坚信占卜之术。

蓝天白云间，刘秉忠仍纹丝不动地端坐着……

回到帅帐之内，忽必烈内心尚存的遗憾早消失得无影无踪了，只顾倾听着霸突鲁将军尽抒己见。当然，这位勋贵原不打算插手皇族内争，但禁不住廉希宪与郝经等的"晓以利害"，还是挺身而出了。老帅兀良合台也是如此，也请他代转"效忠殿下"的决心。果然，霸突鲁完全同意郝经《班师议》之说，而且尚自告奋勇愿率军压后以使"殿下火速机密北返早定大位"！而忽必烈见两位勋贵均已成为自己坚强的后盾，故也施展雄才大略，开始安排北撤计划。

声东击西！真可谓滴水不漏……

其一，传唤阿里不哥派来的使者，命人护送其速返汗廷报捷。沿途遍传南宋已"称臣纳贡"之胜利消息，以壮军威，使阿里不哥暂不敢轻举妄动！

其二，为了暂时稳定军心和迷惑南宋军队，对外声言：东攻临安！此消息同时透露给汗廷来使，作用如前。

其三，命赵璧不卑不亢而又速战速决地加紧与贾似道的密使宋京谈判。果然赵璧不辱使命达成了协议，使得蒙古军队当日即体面地撤回了北岸。两万江南降众，

震撼崛起——成吉思汗及其英武儿孙

也遵忽必烈命令回到了江北。（见《元史·世祖纪一》）

其四，与霸突鲁、兀良合台以及汉世侯张柔等，缜密研究了撤至江北的军事部署。其时忽必烈已将汉世侯李璮的使者王文统留在自己的帐前为臣，见其果然具有卓越的组织和理财才能，遂留其协调并保证后勤供给。

其五，已着手令廉希宪先行北上，探明并掌控幽燕局势；令赵良弼以查看食邑为名了解秦陇川蜀变幻，并令郝经、赵璧、耶律铸、张文谦、刘秉忠等诸儒，脱欢、爱莫干等宿将轻骑随从，采郝经"置辎重，以轻骑归，渡淮乘驿，直造都"之策，择日即神出鬼没北返。（见《元史·世祖本纪》）

而历经三天三夜后，刘秉忠也从压云亭上下来了……

虽已灰头土脸、弱不禁风，但还是引起忽必烈的高度关注，忙亲自搀扶问曰："叩六丁之灵有何结果？"谁料刘秉忠颤颤巍巍答道："龙飞之时已至，可速回辕！"（见《佛祖历代通载》）说毕竟饿晕过去了，似有些大煞风景！但据史载，忽必烈却严遵佛示，于1259年十一月二十八日，从牛头山启程北归。

但智者千虑，必有一失……

归程是机密的，也是十万火急的。但在途经怀孟州（今河南沁阳）附近时，忽必烈还是派张文谦快马去向驻扎于此的商挺询问情况。商挺却对张文谦说："殿下班师，师屯江北，脱有一介驰诈发之，军中留何符契？"张文谦听罢，急忙追赶忽必烈转达商挺之言。忽必烈闻之大悟，罕见地骂道："无一人为吾言此，非商孟卿，几败大计！"随之，立即遣使赴江北军中订立调兵契约。不久，阿里不哥的使者果然到江北军中行诈，遂被军将依事先之约定杀掉。（见《元朝名臣事略·参政商文定公》）

除此之外，北返途中尚有一桩奇遇……

一乃路过燕南，得悉被阿里不哥贬于中原扩兵的李璮，现正被另一征兵官脱忽思阴差阳错地械系于狱中。说法颇多，有的说是他倚老卖老，动不动就拿"少汗乃吾弟子"吓人，惹恼了同行的蒙将；有的说是布只尔就在此地，乃他与脱里赤相议，唯恐其多嘴坏事而杀人灭口。众儒闻之皆曰："该！助纣为虐者下场也！"而

【第二辑】

大汗亲征

忽必烈却言道："否！各为其主，李璮何罪有之？"遂率众直趋械人监牢喝令放人。一阵慌乱，就连布只尔也闻讯连忙赶来。忽必烈见之大笑曰："也算有缘，你我又于此相会也！布只尔大人，本王应诏赴汗廷朝觐少汗，可赏脸相伴而行乎？"布只尔充满幻想且又不敢不从，遂下令释放李璮，只看皇太弟眼色行事。只可悲李璮蓬头垢面出得大牢，竟跪地向北长揖哭拜曰："少汗啊！非老臣不忠，乃皇太弟非要救吾于械狱之中！老臣当效曹营中之徐庶，从此不再设一谋！"令人哭笑不得，但忽必烈竟无一丝责怪。于危急时刻插手此类意外之事，似有些不顾全局小题大做。其实不然，李璮乃闻名幽燕的真定大儒，此举不但深得燕南民心，而且使忽必烈由一位杰出的军事统帅转化为一位礼贤下士的仁儒贤王。

眼前就是燕京，廉希宪已早于城内做好安排前来迎接了。

忽必烈驻马命令宿将脱欢火速回马江北，现在可告知霸突鲁与兀良合台了：立即如约率兵北上！

然后，竟命文武随从就地歇宿一晚。

他要重复昔日的故事。

悄然入城……

第三辑

【本辑提要】忽必烈果不愧为一代雄主，他不但具有卓越的军事才能迫使南宋"称臣纳贡"，而且具有高度的政治智慧以应对燕京的种种突发事件。既能当机立断地瓦解对手"掏心"、"断腰"之图谋，又能巧于周旋地暂不捅破这层"窗户纸"。虽阿里不哥占尽了草原汗廷天时与地利等诸多优势，但忽必烈的突然现身燕京还是使他有些手足无措。先是派人送猎鹰以示抚慰，后更进而设计欲诱使忽必烈赴汗都"束手就擒"。忽必烈似被逼加速了行动，终于在1260年三月于开平"中统建元"先行登上汗位，颁发"中统诏书"，誓言"鼎新革故"，遂使大元王朝"不期而至"。但阿里不哥焉能善罢甘休，四月也在哈尔和林称汗。兄弟阋墙、两汗对峙，随之便是同室操戈！

首战对决于秦陇，再战对决于草原……

兄弟对峙，心照不宣均为谋汗位

金朝故都燕京又迎来了一个安谧的黎明……

而于故宫大内，阿里不哥派来的宠臣脱里赤，现仍在销魂帐里拥美人而呼呼大睡。踌躇满志，在睡态中尽显无遗。

也难怪！他现在是汗廷里最当红的政治明星……

自从尽得李璮的"真传"以来，他真可谓红得发紫，热得烫手。深受"监国"信任，职位一升再升，现在已不仅是在燕京"行尚书省官事"，掌控中原各地，而在汗廷也被擢升为"扎鲁忽赤"。这在蒙廷之中可是一个至高无上的官职，可以说是位列朝班之首。而来到燕京之后，更是奇迹般未遇到一丝反抗。什么忠耿正直之臣赛典赤·赡思丁，什么干吏能臣孟速思，这不都经不住少汗的高官厚禄、财宝封赏而乖乖地归顺了吗？扩军、抽兵、控税、调动人马，均不用自己亲自动手，似乎"掏心"战术就这样轻而易举地彻底完成了。而他还为久久得不到同侍一主的阿兰答儿之消息暗自窃喜，真盼望开平那位能干的王妃能帮自己把这个潜在对手给淘汰掉。燕京真好！燕京的美女更好！燕京的莺歌燕舞尤为出色！

只可惜！竟有人敢这么早就打扰他的好梦……

脱里赤大怒，本想就要动手杀人，但一听来人禀报：皇太弟有请！顿时便惊坐而起，几乎被吓破了胆子。什么？忽必烈竟神出鬼没地归来了？这简直是从天而降，这简直就如晴天霹雳！但转念一想，好在燕京文臣武将俱已被自己收买，又何惧之？遂忙更衣穿靴，率数名宿卫，匆匆跟随来者奔赴燕京行台衙门。谁料未进门，贴身宿卫便被一位身穿甲胄的色目将军拦下，此人即碧眼短髭之廉希宪。脱里赤无奈只好单身而入，远远便见忽必烈宽衣松带消闲而坐。他神爽气定，飘逸自如，正与陪坐于两旁的赛典赤·赡思丁与孟速思侃侃而谈。而脱里赤也深知，现今大位未定，对这位皇太弟稍有不敬很可能就要触犯"札撒"，故也只好先行叩拜大礼曰："臣脱里赤不知皇太弟驾到，未曾远迎，还盼恕罪！"谁料忽必烈闻之竟哈哈大笑应之道："快请起，快请起！同朝为臣，何罪有之？来人呀！看座奉茶！"脱里赤一听"同朝为臣"这才敢起身落座，见并未撕破脸皮方稍稍定了心。但没想到忽必烈突然便开口发问："敢问大人！依照'札撒'，为大汗守丧期间，不得擅自调动兵马！而本王此次北返期间，见大人主持所调大批兵马纷纷北上幽燕，严重扰民，横行不法，怨声载道，毁誉于皇室汗廷！不知大人当作何解释？"脱里赤措手不及只能谎称曰："此……此乃大汗遗命！"更没料到忽必烈竟拍案而起道："荒唐！可有遗旨？可有御批？分明是想嫁祸于死去的大汗！而现今监国远在漠北，本王在此代皇室宣示：命你立即下令遣散违犯'札撒'所征集之士兵！"（见《元史·世祖纪一》）

所幸忽必烈尚未捅破最后那层窗户纸……

脱里赤下来后忙私下问计于赛典赤·赡思丁与孟速思，谁料二人均"难得糊涂"地对应道："非吾等不忠于监国！乃现今大位未定，皇太弟当仍为皇室尊长！然而其尚未对大人荣任燕京大断事官提出异议，又足见其对少汗图谋似尚茫然不觉！大人还不如遵其令先行遣散征集兵丁，以免眼前之祸，再与少汗商定对应之策！"脱里赤又问："知其为何突然归来乎？"二人又答："未敢妄问！只闻其随从私下议论道：大王虽已迫使南家思纳贡称臣，但犹心有不甘。数万铁骑仍驻屯江岸就是一例，似随时准备发动奇袭直捣临安。此次悄然归来似只为后顾无忧，或数日后又会悄然南返江岸。故见大人便问扩兵事，皆因幽燕乃其腹地！"脱里赤听后竟回应曰："莫非也欲效旭烈兀大王另辟封国？当然腹地粮秣辎重兵源不容他人染指了！你我当好生伺候，但愿皇太弟能早日放心南归！"随之，便连夜遣亲信北去汗廷面见阿里不哥，并建议其"现在最好由您派遣万户长和急使们一起带着海冬青（猎鹰）、猎兽（猛犬）来此说明，以去除忽必烈之疑虑！"（见《史集》）而据史载，忽必烈也在此前遣使向阿里不哥提出了"责问和严求"。阿里不哥见图谋就要败露，又知忽必烈已迫使南宋"纳贡称臣"正逞强势，对于跨江另辟封国，却颇为怀疑。但不管怎样，自己尚未登上大汗宝座，似也只能姑且委屈一时，如脱里赤所奏以争取时间。遂真派遣一位万户长及使者带来了五只名鹰海冬青（据说数百名奴隶未必能换回一只海冬青），敬献于忽必烈驾前，还代少汗致以诚挚的问候，并"遵照阿里不哥的旨令，对忽必烈说了许多悦耳动听的话，使他感到安全和放心"。但更重要的一点是，"他们还慎重地向忽必烈禀告：阿里不哥已经停止征发兵士"！见幼弟退让，忽必烈也以柔和的姿态相对曰："既然你们已经解释了这些无谓的谣言，那就一切太平无事了！"（见《世界征服者史》）

仍似互做让步，还是谁也不肯捅破那层窗户纸……

作战图

【第三辑】

作为燕京最高的行政官员，脱里赤却似乎越来越感到不自在了。其中最重要的原因之一，那便是在"一切太平无事"之后，忽必烈似也被燕京的繁华深深吸引了。不仅未迅速南下直捣临安，反而在汉世侯史天泽于京华的府邸住下，更安之若素了。除察苾王妃之外，那两位趁乱南归的王妃均前来伺候，门前一时间车水马龙，好不热闹。脱里赤到此时才发现，自己多日来的苦心经营算是白费了，皇太弟的突然"从天而降"早已使这一切化为泡影，就连少汗白花花的银子和大大小小的官帽也像打了水漂，赛典赤·赡思丁和孟速思等诸位要员也突然隐而不见了。到后来更发现，原来自己所抽的税赋竟全是账簿文章，就连自己亲信所征回的兵丁也早纳入了人家早布好的网罗。听说少汗另一亲信布只尔已被孟速思部下掌控，分明是"杀鸡儆猴"让自己看的。明显是上当了，却又有苦难言！脱里赤想到这里不由得心惊胆战，但这层窗户纸没捅破前自己又无法抽身。走，怕少汗斥之为临阵脱逃；留，又唯恐随时飞来横祸。苍天啊！一面是皇室尊长潇洒燕京，一面是少汗监国大位未定，这可让自己在这儿怎么当这个"行尚书省官"啊！

典型的"夹板气"，多会儿才能熬到头……

也是！燕京与哈尔和林隔空对峙，双方均在相互摸底以增加自己胜算的筹码。先看阿里不哥一方：虽已占尽游牧帝国的政治资源，但有得就必有失。比如说，迎回了蒙哥大汗的灵柩是占尽了登位优势，不仅可得御玺以号令天下，而且尚可借此掌控大皇后与诸皇子以证实自己荣登汗位的合法性与正统性。但灵柩回到草原，显然也给他带来诸多不必要的麻烦。须知，经过忽必烈的重塑，蒙哥大汗早又成为马背民族心目中的英雄，不经隆重的祖传仪式安葬就抢先称汗，势必适得其反……再看忽必烈一方：虽已迫使南宋"纳贡称臣"而凸显圣祖嫡孙雄风，却因远离草原难得汗廷任何政治资源，尚须深谋远虑防患于未然，绝不能在时机成熟之前提到"汗位"二字。况且还需防"螳螂捕蝉，黄雀在后"的发生……总之，兄弟二人均需要充裕的时间，均需要运筹帷幄、从长计议。故双方均心照不宣，谁也不愿首先把这层窗户纸捅破。兄弟俩只顾相互巧以应对，当然脱里赤似也只能受这份"夹板气"了。

实在是度日如年，真让人再难熬下去了……

恰恰相反，好在这时似乎少汗送来的那极品"海冬青"发挥作用了，便见得忽必烈竟然带着两位南归的王妃纵情狩猎于幽燕山林之间，不但放松了对他这位少汗心腹的监管和警惕，而且还"乐不思蜀"到竟不返回自己的开平王城。甚至就连察苾王妃似乎也被遗忘了，而渐渐淡出了人们的视线……这是一种什么动向？脱里赤终于找到了不召自归的借口：情况有异，急需亲禀，随之便带着亲随"不辞而别"，匆匆北返了。但他绝对没想到，刚等他前脚一走，后脚那"游戏"便戛然而止了。原来，这一切均是忽必烈有意而为之。虽说脱里赤算不上什么高明的对手，但他毕竟是幼弟任命的燕京大断事官，犹如一条毛毛虫爬在心窝子上，一时又动他不得。

现在好了！这小子竟自动脱落了……

忽必烈闻之哈哈大笑一番后，便急召姚枢、郝经、廉希宪等诸亲信儒臣相议。采姚枢建言："由圣祖嫡重孙真金坐镇燕京，孟速思与赛典赤·赡思丁辅之！"出手不凡，这的确堪称又是一张"王牌"。真金，乃忽必烈长子，时年十七岁。据史载，此前忽必烈曾有二子先后夭亡，为祈其长命百岁，自幼即由汉族乳母抚养，并起汉名"真金"。稍长又先后师从姚枢与窦默等习儒，现已学有所成，初露锋芒。由他坐镇幽燕号令诸侯，当属蒙汉皆服之最佳人选。至此，忽必烈完全放心，在燕京部署好相应的军事力量后便急返开平王城了。

重中之重！便是尽快与自己的另一半"合而为一"……

而在此时，渴望见到丈夫的察苾王妃也情同此心。应当指出，让她"沉寂一时"，或许正是忽必烈有意而为的。由自己突然现身燕京，牢牢吸引住汗廷的注意力，而使察苾淡出政坛视野，暗中去施展才华。果然，这位足智多谋的王妃也心领神会，不久即按忽必烈的部署悄然投入了这场"隔空对决"。绝非杜撰，她的孙子元成宗铁穆耳就在追念她的谥文中这样说过："鄂渚班师，洞识时机之会；上都践祚，居多辅佐之谋。"上都，即指开平。践祚，系指登上汗位。居多辅佐之谋，便是指她在这场政治对决中无可否定的卓越贡献。再详查《元史》更可发现，她的

"辅佐之谋"也绝不仅仅是停留在口头上的出谋划策，而更多的却在于她的当机立断与行事敏捷。有史可考，起码下列三事与她有关：

其一，耶律铸的回归。

耶律铸，契丹大儒耶律楚材之次子、蒙哥大汗生前的御用"必阇赤"（即书记官）。在扶灵柩回到汗都哈尔和林后，因对阿里不哥所作所为不满，欲投忽必烈。史载，"由藩邸留守燕真与阿合马接应，始得潜抵上都"。耶律铸的到来，不仅使汗廷图谋尽皆暴露，而且也使阿里不哥再难矫大汗遗命发号施令。而当时忽必烈尚在江南鏖战，其间不难看出察苾的作用。

其二，庶弟末哥的率众到来。

末哥与忽必烈的特殊关系，前面已多次提过。而他所率的残留西路军在送大汗灵柩进入草原后，即准备转向忽必烈靠拢。开始时受到层层阻困，后多亏开平派出王府将领率兵接应方得如愿以偿。末哥的到来意义更加重大，不仅打破了皇族铁板一块拥戴阿里不哥的神话，而且随着其他庶弟的"闻风而至"，也形成了皇室中的"拥忽派"。而其间即使忽必烈在江南有所指令，但具体实施与指挥者显然仍是察苾。

其三，早已遣使游说东西道诸王。

但这个"使"却未必是王府的高官重臣，"游说"也未必是只针对诸王贵胄。她只是不惜重金鼓励有意愿的部众家属回草原母地去"探亲"，没有具体的任务，只要能把对自己宗王的骄傲感带回东西道各大封国就成。但奇怪的是，所到之处诸土贵胄莫不纷纷前来打探。

忽必烈与察苾最终于开平王城相会了……

但是与汗廷的"隔空对峙"并未因此而停止。尚不待他们"久别胜新婚"，就传来了阿里不哥准备动手的消息。据波斯史学家拉施特在《史集》中所述，确实在脱里赤由燕京潜归哈尔和林禀报后，阿里不哥就曾下过这样的指令："既然忽必烈对我们的计划已有所闻，最好把住在各'禹儿剔'（即汉地）和自己家里的宗王、异密们（即大臣）召集起来，找一处僻静的地方，把继位问题给解决了吧！"（原

震撼崛起——成吉思汗及其英武儿孙

文照录)。显然,阿里不哥在听脱里赤禀报忽必烈"犯糊涂玩鹰"后,认为自己已经掌控着母地的一切政治资源,该当"胜券在握"了。但蒙哥大汗的落葬似乎仍挡着道,谁料他却能借此又心生一招妙计,遂又派脱里赤重为急使前往开平,以整个游牧帝国的名义通知忽必烈:"为了举行蒙哥合罕的丧礼,务请忽必烈和全体宗王都来。"(见《史集》)据说,阿里不哥与其属下还密谋了届时逮捕忽必烈及其部属的计划(见李治安《忽必烈传》)。

喜相逢没有了,忽必烈顿时陷入了进退两难之境……

须知,无论按祖制还是从亲情考虑,这样的聚会忽必烈必须参加,否则将会受到朝野唾弃。然而,这明摆着又是阿里不哥为忽必烈设下的陷阱。如若应召赴会,肯定又会是前途未卜、凶多吉少!

开平王城一时间变得紧张起来,儒臣蒙将们似都在忐忑不安地等待着忽必烈的抉择!

唯有察苾仍然那样从容镇定,娴雅端庄。

只有她从中看出了机遇。

因为她深知忽必烈的心结之所在……

中华开统,忽必烈在开平新都率先称汗

的确!忽必烈是有个扭曲的心结……

根据多种中外史籍综合分析,此心结似完全可归结在一个问题上:是回到草原再称汗,还是称汗后再回到草原?很显然,这是一种典型的传统思维,带有一种原始的草原英雄主义色彩。但这就是马背民族与生俱来的一种本能,似乎就连忽必烈这样转战南北、志向高远的非凡人物也难免落俗。或许这并没有什么不对,或许这更能体现出他对草原的热爱和对民族尊严的维护。但这一切却给忽必烈带来诸多的困扰,使他往往在隔空对峙中处于守势。

这回好了!终于有人逼他当机立断了……

难怪察苾如此之从容镇定，娴雅端庄地保持了她那"宗王于旁，绝不干政"的一贯作风。同时她也深知忽必烈身边也绝不乏"洞察时机"之士，他们的劝谏或许更有说服力。果然，王府一位极具帅才的亲信重臣闻讯已挺身而出了，此人即人称"廉孟子"之廉希宪。这位畏兀儿儒将一拜便开门见山直谏曰："今阿里不哥虽殿下母弟，彼以前尝居守。设有奸人，俾正位号，以玺书见征，我为后时。今若早承大统，颁告天下，彼虽迁延宿留，便成叛逆。安危逆顺，间不容发，宜早定大计！"（见《元朝名臣事略·平章廉文正王》）大意是说，阿里不哥虽是你的母弟，可人家担任"监国"执掌汗廷大权也好几年了。如果人家抢先登上汗位，捧着御玺下旨或征调你或讨伐你，咱们落后被动，也只能等着挨打。你如果能当机立断，早日宣布承继大统，那情况就颠倒过来，大不一样了。阿里不哥虽执掌汗廷，但稍有异动我方便可称他为叛逆。殿下的安危逆顺，随时可能产生变化，还是宜早定大计为好啊……而随后赶来的能臣商挺说得就更直白了，似在直插忽必烈的心窝子："先发制人，后发人治！天命不敢辞，人情不敢违！事机一失，万巧莫追！"（见《元朝名臣事略·参政商文定公》）大意是说，先下手为强，后下手遭殃！如果连老天爷给的机会你都抓不住，就是有再多的智谋也只能追悔莫及了……两位重臣的性格语言虽不同，却似都暗含着一层意思：别再挑地方了，关键是抓紧时机！

这正中察苾的下怀，忽必烈却仍在沉吟不语……

但在次日，情况就大不一样，这位皇太弟在谈笑风生间又再现了往日俊逸潇洒的风度。先是接待幼弟特使脱里赤，酒席上开始声称"少汗令旨怎敢不从"，但随之又说"奈南征脚疾复发，稍待痊愈即可奉命而行"。最后更是赠以诸多珍宝而"务请特使先行向监国禀告之"。就这样，脱里赤拿了人家的大笔金银，似也只能即刻返回汗廷"上天言好事"去了。开平王城似乎一切又均归平静，只不该忽必烈还真的在察苾的侍奉下去内宅疗养脚疾去了。绝非杜撰，可能是由于长期跨马征战，他的脚疾曾在《元史》里被提及过多次。

但心结显然是解开了，绝不会再影响他的呼风唤雨……

态度明显地转变，节奏明显地加快，而且察苾王妃在前期所策划的一切也在明显地发酵。前面说过,东道诸王之封地大多靠近辽东一带农业地区,历经辽金两朝的过渡,大多比较容易接受农耕文明。加之他们又曾参加过忽必烈所统率的南征东路军,故因政治意念之相同,大多还是倾向忽必烈的。再看西道诸王,似乎也与过去不可同日而语了。不仅仅是圣祖时期的四大嫡子封王了,而是由更多的新生代在西部广袤无垠的疆域内斗智斗勇。如前所说,这批新生代大多已开始摆脱"陈年老账",用自己的眼睛看世界了,为了圣祖的基业,当然会寻找那真正能主宰"也客蒙古兀鲁思"的时代英雄了。而察苾所派出的那批探亲访友的"无所任使节"果然也作用非凡,他们的嘴巴竟成了东西道诸王一窥全貌的"窗口"。

但也有例外,而且问题又偏偏出在塔察儿身上……

须知,塔察儿乃成吉思汗幼弟之嫡孙,下属千户最多,威望也在东道诸王中最高,而且尚和忽必烈在跨江南征中"相处甚谐"。但就是他,竟然却迟迟还没有表态。其实,关键时刻"掉链子"的原因也很简单,皆因他看到阿里不哥主政汗廷尚占据天时地利之颇多优势,由此畏首畏尾,还拿不定主意。而此时的忽必烈又展现其超人智谋了,他果断地派人会见塔察儿的首席谋臣——王傅撒吉斯。果然随后撒吉斯便驰驿赶来劝说塔察儿道:"(忽必烈)宽仁神武,中外属心,宜专意推戴,若犹豫不决,非计也!"(见《元文类·高昌契氏家传》)史载,"塔察儿猛悟,从之"。但忽必烈并不到此为止,似仍要继续发挥他的"能量",遂决定以"赐予饮膳"的方式以示鼓励,而廉希宪也自告奋勇作为使臣前往。塔察儿一见果然异常高兴,竟谈起与忽必烈跨江征战之事。廉希宪也乘兴劝说道:"主上圣德神功,天顺人归,高出前古,臣下议论已定。大王位属为尊,若至开平,首当推戴,无为他人所先!"史载,塔察儿听后十分赞同,竟答应主动承担这项重任(见《元朝名臣事略·平章廉文正王》)。这就是说,这位东道诸王之尊不但不再动摇了,而且还要带头成为忽必烈称汗的"劝进者"。

真可谓:高人一出手,便知有没有……

果然,于1260年一月前后,为召开"忽里台",东西道诸多宗王勋贵已开始出现在开平王城了。据史载,其间有西道诸王合丹(窝阔台之子)、阿只吉(察合台之孙）、只帖铁木儿（阔端之子）等。东道诸王有塔察儿、耶孙哥（哈撒儿之子）、呼拉忽尔（哈赤温之孙）、爪都（别勒古台之孙）、纳林合丹（哈赤温之孙）等。其他尚有诸多勋臣贵戚，比如中原国主木华黎的曾孙忽林池、纳陈驸马、帖里垓驸马、孛里察（宿敦之子）、亦只里（图儿赤之子），以及启昔礼、巴达尔等答拉罕之后裔。而且，开平王城尚建有原为蒙哥大汗过冬的辉煌宫阙，原为诸王重臣待命的藩邸和豪宅。尤为重要的是，开平王城尚有一对理财和待客的高手：王文统和阿合马。

只有中原的热忱待客之道，似绝无其他诉求……

就连波斯史学家拉施特在其《史集》中也这样记述，似忽必烈和他的臣僚们均未参与，这些诸王勋贵们便经过协商一致认为："旭烈兀已去到大食地区，察合台的子孙在远方，术赤的子孙也很遥远。与阿里不哥勾结在一起的人做了蠢事……如果我们现在不拥立一个合罕，我们怎么能生存呢？"（原文照录）但有的史书也载，"忽里台"前协商并非完全没有异议，但塔察儿事前早写好了拥立忽必烈的策文，并经在西道诸王中极具威望的合丹大王的全力支持，最终才达成了一致拥立忽必烈的共识。（见《元文类·湖广行省左丞相神道碑》）

至此，登上大汗之位的条件也已成熟……

1260年初春三月，漠北草原冰雪依然未化，但漠南大地却已淡淡地涂上了一抹新绿。依神制，开平城外滦水河畔的茫茫碧野上，正在顺利地举行着"忽里台"诸王贵胄大会。参加者除以合丹为代表的西道诸王，以塔察儿为代表的东道诸王，以纳陈驸马与帖里垓驸马及以忽林池为代表的功臣贵戚之外，还多了以庶弟末哥为代表的皇室宗亲，以耶律铸为代表的汗廷重臣。但察苾王妃能够亲临参加，似乎尚依赖于马背民族的祖俗祖风。有史可考，历代大汗均不像汉族皇帝那样把后妃们"深锁后宫"，而是凡遇大事或朝贺均要和后妃们一起接受臣民觐见。只不该当受到诸王贵胄一致"拥立"后，忽必烈竟顿失豪放，也"谦让"了一番，颇具几分中原儒文化的色彩，后多亏了与会的近臣孟速思、廉希宪、商挺等也均"心领神会"，并纷纷及时地轮番"劝进"曰："蒙哥皇帝奄弃臣民，神器不可久旷。太祖嫡孙，唯

震撼崛起——成吉思汗及其英武儿孙

大王最长且贤，宜即皇帝位。"听听！不称大汗称皇帝，似更具有在汉地登位的二元文化之诸多因素。而与会蒙古族诸王贵胄竟也没有提出异议，并跟着也相继"劝进"道："殿下太祖嫡孙，大行（死去之大汗）母弟，以贤且长，当有天下！"（见《元史·世祖本纪》）总之，这次"忽里台"既开得不违祖制，又开得别开生面。

隆重，热烈，乃两种文化融合的必然结果……

最终，忽必烈经"再三推让"，似这才"勉为其难"地慨然而言："汝等能叶心辅翼，吾意已决！"（原文照录）于是，忽必烈在远离汗廷的中原大地登上大汗之位，时年四十六岁。从此，庞大的游牧帝国开始向中原王朝转型。

此次忽里台的高潮，便是忽必烈与察苾一起接受朝贺……

经过这一系列的繁文缛节之后，随之便又迅速恢复到了那种颇具草原特色的古代习俗之中。依照马背民族的惯例，全体到会的诸王与勋贵要立下誓约，然后再解下腰带搭于右肩，依照祖制向新的大汗下跪。当然那时还没有以后那种三跪九叩首

1260年，忽必烈宣布即位称汗

等诸多严格的规矩，但坦坦荡荡真真切切，颇显那种质朴之风气。蒙古族诸王勋贵大多性格豪放率真，也根本不会注意儒僚们早已从中塞进了许多"私货"。比如，他们将蒙哥大汗改称为"蒙哥皇帝"，但这可是从草原汗国迈向中原王朝的重要一步。

然而，忽必烈从此就只顾应对未来了……

难怪四月，他便经过深思熟虑，借亡金状元王鹗之大手笔，又经反复推敲之后，终于抢在幼弟阿里不哥之前，将自己的"即位诏书"颁告于天下。诏书曰——

朕唯祖宗肇造区宇，奋有四方，武功迭兴，文治多缺，五十余年于此矣。盖时有先后，事有缓急，天下大业，非一圣一朝所能兼备也。先皇帝即位之初，风飞雷厉，将大有为。忧国爱民之心，虽切于己，尊贤使能之道，未得其人。方董夔门之师，遽遗鼎湖之位。岂期遗恨，竟勿克终。肆予冲人，渡江之后，盖将深入焉。乃闻国中重以签军之扰，黎民惊骇，若不能一朝居者。予为此惧，驲骑驰归。目前之急虽纾，境外之兵未戢，乃会群议，以集良规。不意宗盟辄先推戴，左右万里，名王巨公，不召而来者有之，不谋而合者皆是。咸谓国家之大统。不可久旷，神人之重寄，不可暂虚。求之今日太祖嫡孙之中，先皇母弟之列，以贤以长，止予一人。虽在征伐之中，每存仁爱之念，博施济众，实可为天下主。天道助顺，人谋与能，祖训传国大典，于是乎在，孰敢不从！朕峻辞固让，至于再三，祈恳益坚，誓以死请。于是俯顺舆情，勉登大宝。自唯寡昧，属时多艰，若涉渊冰，罔知攸济。爰当临御之始，宜新弘远之规。祖述变通，正在今日，务施实德，不尚虚文。虽承平未易遽臻，而饥渴所当先务。呜呼！历数攸归，钦应上天之命；勋亲斯托，敢忘列祖之规？体扳建元，与民更始，朕所不逮，更赖我远近宗族，中外文武，同心协力，献可替否之助也！诞告多方。体予至意！

诏书的内容主要包含两层意思：其一，说明自己征宋北返的原因和被拥立为大汗的由来及过程，并抨击阿里不哥的篡军乱国以阐明自己继承大统的正确性与合法性；其二，指出自圣祖以来之"武功迭兴，文治多缺"，以及蒙哥大汗的"尊贤使能之道，未得其人"等缺失，并呼吁"宜兴弘远之规"，主张在"祖述变通"基础上建立一种蒙汉皆宜的二元政治文化秩序。敢于揭示过去的缺憾、敢于坦诚地面对未来，这实属历代大汗中的头一位。然而，似这才算得上成吉思汗的子孙，他正在继承圣祖的遗愿过程中迈开关键性的一步。知不足而后进，这完全可视之为是忽必烈登上大汗之位后的首次施政表述。开诚布公，诏告天下，以使所有臣民完全知道今后帝国的走向。

充分利用软实力，但这却需要胆识、勇气和魄力……

而阿里不哥却不一样了，却似乎仍只顾蛮横凶悍地依靠着自己独霸汗廷的硬实力。除了四处派出急使对忽必烈进行诋毁和诅咒外，便是靠着"怯薛"将领的战刀支撑，唯求尽快也登上汗位。一切似乎还处于半原始的蒙昧状态，既没有自己的政治主张，更没有对未来的施政打算。故在收到忽必烈的"即位诏书"之后，更是气急败坏地又大开了杀戒。好在草原母地仍有保留着他这种思维的诸王勋贵和部族首领，而且还不在少数。据史载，1260年四月，在汗都哈尔和林西按坦河畔初绿的草原上，阿里不哥最终也被立为大汗。这样，"也客蒙古兀鲁思"就前所未有地出现了两位并立的大汗，而且还是同为圣祖成吉思汗嫡孙的一母兄弟。

但阿里不哥毕竟比忽必烈晚了一个多月……

忽必烈果不愧是一位杰出的政治家和军事家，他料事如神地看出了阿里不哥不登汗位即难以发动战争。其仅靠精锐的汗廷"怯薛"还是不行的，必须掌控了各封国各部族的军力方可肆凶逞狂。而别小看了这一个多月，这足以使忽必烈尽情施展他的雄才大略。除了在王鹗的大手笔协助下完成了"即位诏书"外，他又继而完成了"中统建元"的诏告，并广颁天下，尤其对所在汉地产生了极大的影响。真可谓"纲举目张"，随之又有了施政方略、内阁架构、人事布局、抚治各地以及尤为重要的军事部署等种种备战设防。现先将其"中统建元"的诏告照录于后，以示其

"鼎新改故"之气魄。敕文曰——

祖宗以神武定四方，淳德御群下。朝廷草创，未遑润色之文，政事变通，渐有纲维之目。朕获缵旧服，载扩丕图，稽列圣之洪规，讲前代之定制。建元表岁，示人君万世之传；纪时书王，见天下一家之义。法《春秋》之正始，体大易之乾元，炳焕皇猷，权舆治道，可自庚申年五月十九日建元为中统元年。唯即位体元之始，必立经陈纪为先，故内立都省以总宏纲，外设总司以平庶政。仍以兴利除害之事，补偏救弊之方，随诏以颁。于戏！秉箓握枢，必因时而建号，施仁发政，期与物以更新。敷宣恳恻之辞，表著忧劳之意。凡在臣庶，体予至怀！

圆顶式铁盔

这短短文字，对于这个游牧汗国迈向大元王朝极为重要。原来的"也客蒙古兀鲁思"是用十二生肖纪年的，如鼠儿年、猪儿年等。从成吉思汗直至蒙哥，四位大汗均没有使用过年号。忽必烈以"中统"为年号，已表明其入继"中华开统"的决心不可动摇。再观其公然定都开平，则为其广为吸收汉地文化，改变其政权形式和内涵铺平了道路。但老天爷绝对不会给他那么多时间

铜重甲

弥补自己的"略输文采"或"稍逊风骚",刚刚有所眉目,阿里不哥的声讨檄文已由专使送到新的汗都开平。

看来,反目成仇、同室操戈这种情况已经不可避免了。因为这不仅仅是由于政治理念的不同,而且也是因为那唯我独尊、至高无上的权欲也是如此之诱人。即使如唐太宗这样的一代明君也避免不了手足相残的故事,更何况在古代草原呢?

反目成仇,水火难容,必然导致势不两立……

随之,在忽必烈抢先登上汗位不久,掌控汗廷的阿里不哥也在哈尔和林草原称汗了。绝没有什么政纲,第一件事便是杀气腾腾地准备南下"讨逆平篡"!

剑拔弩张、气势汹汹的无数强悍铁骑随时可能不期而至,迫使忽必烈再也难以稳坐开平新都了。

什么政治理念,什么施政方针,似也只能重又全权委托于察苾,由她代已处理或许更可无后顾之忧。

忽必烈又带着亲信臣将重返燕京。有真金坐镇,帅帐就设在居庸关下。

对峙演变成了对决,战事随时都可能一触即发!

但突破口却不可能仅仅在这里……

两汗对决首战秦陇地

从中也不难看出,拥立阿里不哥的怯薛将领也绝不乏精明之人。他们早探知,忽必烈主要的兵力均驻于居庸关下。由于山势险峻,又有古长城可依,突破这唯一可杀向中原的关隘绝非易事。倒不如佯装进攻,而趁其不备突袭其软肋。

而阿里不哥初次称汗,竟也能暂压骄横,且从长计议……

多亏了这位草原新汗能暂敛横暴之风,那居庸关下早已是雄兵布阵,只待"瓮中捉鳖"呢!要知道,忽必烈那"即位诏书"一经颁告天下,所产生的能量显然是超出预期的。虽大都庶民并不解诏书的深刻意涵,但却都对相连带的几件事儿颇感鼓舞:其一,改称皇帝!其二,建都开平!其三,年号"中统"!其中,尤以年号更引人们关注。中统,据称来自于儒家经典《春秋》与《易经》之中,乃为"中华开统"之意。(见《元文类·东昌路贺平宋表》)似与前任历届大汗与监国不一样,看来这位新登基的圣上是要以仁治国,给整个天下当皇上了。而似乎还不仅是庶众舆论如此,就连以史天泽、张柔、刘黑马、李璮等为代表的诸多汉世侯,也因此份"诏书"纷纷率兵彻底效忠于忽必烈了。而这些汉世侯又大都深谙蒙古铁骑用兵之道,故居庸关下更早已形成"众志成城"之势。更何况,阿里不哥在此之前就已犯下了一个致命的错误,即当忽必烈与诸王贵胄遣使向他禀报"滦水忽里台"会议结果时,他竟一怒之下将一百多位被派来的家臣和使节全杀掉了(据《史集》记载,其中尚包括两位"王级"人物)。这显然是把以合丹为代表的西道与会诸王、以塔察儿为代表的东道诸王,以及与会的蒙古勋将贵戚通通逼进死角,似也只能"义无反顾"地与他血战到底!

好在阿里不哥这回面对怯薛将领尚能听谏……

必须指出,在此次嫡亲两兄弟各自称汗之后的对决中,阿里不哥依然占据着天时、地利、人和等绝对优势。天时:他享有祖制"幼子守灶"权,并得到忽都台大哈敦的全力支持;地利:他任"监国"有年,已充分掌握了汗廷所有的政治资源;人和:他不但有从父母那里继承来的许多"千户",而且是被更多拥有重兵而又传统守旧的诸王贵胄于草原拥立称汗的——其中,旭烈兀的伊利汗国,拔都之弟别尔哥之钦察汗国,尚声称"严守中立"——故这也是阿里不哥还能摆出大汗的谱儿,"从容纳谏"的重要原因之一。的确,阿里不哥能同时开辟两个战场,而当时的忽必烈却尚不具备这种能力。随之,在汗廷一群悍臣悍将之策划下,一场将忽必烈"置于死地而后快"的战略部署终于完成了:东线以强大的兵力进而不攻以吸引忽必烈的注意,西线却需要暂时静悄悄的……显然"斩首"、"断腰"之计又在暗中复活,一待时机成熟,便以暴风骤雨之势从东西两线突然发动夹击!

难道雄才大略的忽必烈只是顾前不顾后吗?

显然不是。作为一个曾平云南、战长江的天才战略家,他自然也有他相应的战略战术。忽必烈不但深知自己所处的劣势,而且也充分地利用着自己所掌控的优势：那就是中原汉地所具有的经济实力！要知道，当时漠北草原铁骑所需的粮秣辎重及日用物资无不来自于农耕地区，一经使用惯了还真难再回归到那半原始的征战方式。而据史载，忽必烈正掌控了这各条运输要道的重重隘口，凭手中的经济实力随时调节着战争的节奏。"认祖归宗"的草原英雄主义依旧未改，只不过这一次他采用了一套更正确的战略战术，即以漠北为主，秦陇为辅，诱敌西进，始终将主要兵力集中于漠北，以确保在蒙古母地作战的胜利。

随之，秦陇鏖战的序幕便由此拉开了……

但这需要见识，需要胆略，更需要善于甄别和使用人才。1260年四月，忽必烈在开平即位伊始，并未向西线地区派多少兵卒，就已颇有眼力地任命极具帅才的廉希宪、商挺、八春（蒙将）为陕西、四川等路宣抚使，命赵良弼为参议。（见《元史·世祖纪一》）因赵良弼早在随忽必烈北归时已奉命了解过此处情况，而廉希宪此前也曾任过京兆宣抚使，政绩极佳。显然忽必烈派此三人去的目的，就是要他们充分利用昔日对秦陇军将故吏的统属关系"就地筹军"。故商挺才有"西师可军遍地"之说（见《元朝名臣事略·参政商文定公》），意思是说：圣上大可放心！川陕一带遍地皆可组织起我们西线抗敌之师！

忽必烈果然放心了，目标仍紧盯漠北……

而再看阿里不哥一方，显然比其兄"稍逊一筹"。似也不能完全怪他：一从未领过兵，二从未打过仗，三从未离开过草原，四更从未见过世面。虽占尽天时、地利、人和等诸多优势，但谋臣郝经还是对忽必烈这样评价说：阿里不哥"以次则幼，以事则逆，以众则寡，以地则偏，兵食不足，素无人望！"（见《陵川集》卷三十八）似并不过分，也更使忽必烈北望母地，充满信心。

但阿里不哥也偶有他机敏之处……

据史载，他的行动并不迟缓，漠北派出的重臣已于1260年四月底抢先进入京兆府城。只不该，他任命的"行尚书省事官"显然用错了人，竟会是当年大行"钩考"制造冤狱的干将刘太平，还有一位也是毫无政治头脑的蒙臣霍鲁海。他们狐假虎威地到来，当即引得众官百姓莫不人心惶惶，致使京兆上下对他们所崇奉的大汗也充满了畏惧和抵触情绪。无形中，反倒在两汗对峙中，为后来者帮了大忙。

而廉希宪等是五月三日抵达京兆的……

虽迟到数日，然刘太平及霍鲁海于城内却仍处处抓瞎，乱无头绪。原因很简单："百官俱隐，黎庶远避！"而廉希宪等到来，却突然"城门洞开，百官郊迎，黎庶齐候于道路两旁"。也难怪！廉希宪曾任京兆宣抚使，不仅其"仁政惠民"广为人知，就连其高鼻深目的形象也令人感到格外亲切。而等刘太平与霍鲁海得知这一切后，竟发现所据官府早被京兆驻军严加控制。这才叫进来容易出去难，似也只能团团乱转成热锅上的蚂蚁了。

很显然这是里应外合，事先早已策划好了的……

果然商挺所言"西师可军遍地"开始实现，随之便有重要的汉世侯诸如刘黑马、汪惟正、汪良臣等均率部来投。而廉希宪虽碧眼紫髯乃畏兀儿族重臣，却严格遵循汉地汉法，先大力宣示忽必烈即位的相关诏旨，以阐明"更始大势"，进而安抚百官及黎民百姓之心。几乎与此同时，他还派出随行蒙臣朵罗台前往六盘山说服浑都海，希望这位具有极高声望的草原名将也能够"深明大义"。却不料，浑都海乃蒙哥大汗最亲信的死忠分子，向来是喜蒙哥大汗之所喜，恶蒙哥大汗之所恶，故对忽必烈也成见极深。为此一见朵罗台前来为忽必烈当说客，他竟不顾同族情分，更不分青红皂白地当即杀了朵罗台解气。浑都海明确地表态支持阿里不哥，并暗中派人密赴京兆设法与刘太平、霍鲁海取得联系，还密遣使者分赴成都与青城，请纽璘手下的两位副帅明里火哲和乞里不华"共同讨逆"。

形势岌岌可危，八力精锐铁骑将闻风而动……

而廉希宪与商挺、赵良弼等，也果不愧雄才大略的忽必烈所选定之能臣良将，见情势极其严重，廉希宪即与同僚曰："今皇上大位初定，即委以吾等如此重任！现应早定大计提前行动，不然将有负圣上追悔莫及！"众皆应之："然！"随之便果断指命汉世侯刘黑马逮捕刘太平与霍鲁海，然后更进而擅自采用"先处置后迎赦免诏书"之法，下令将阿里不哥这两位死党绞死狱中。依"札撒"律，不经大汗裁定任何人均无权擅杀汗廷重臣。由此可见廉希宪等的"出手不凡"和"胆大妄为",但确实从此使得忽必烈政权在秦陇川蜀突显"一枝独秀"。而彻底消除"里应外合"似这才开始,进一步"剪除羽翼"尚需急速而为之!

在此次行动中廉希宪表现得尤具魄力……

时不待人!他竟敢"矫命"——假传圣旨——又派汉世侯刘黑马十万火急奔赴成都,巩昌总帅汪惟正十万火急奔赴青城,分别去捕杀已倒向阿里不哥的蒙军将领明里火哲与乞里不华。而刘黑马与汪惟正也果不辱使命,竟都以新汗圣旨为名镇住了咸思北归的从众。一个杀掉了成都军将明里火哲,一个命力士勒死了青城军将乞里不华。而他们的统帅纽璘正在奉命北返觐见的途中,故刘黑马与汪惟正便又矫旨顺利接管了川蜀蒙古军团。廉希宪是行事果断,举措及时,尽显名将风范,但这也算提着脑袋"忠心事主"啊!要知道,即"矫旨"一项罪名成立,就得人头落地!(以上引言及事迹均可从《元史》相关列传中查到出处)

多亏了忽必烈之疑人不用,用人不疑……

而廉希宪又为人光明磊落,志向高远,现在他所虑的问题只有一个,即如何对付六盘山之浑都海部了。虽日显孤单,但他却仍率有精锐铁骑四万余众,且扼守中原通往草原母地之要冲,故大兵压境的危机仍在眼前!好在商挺也早看在眼中,遂为廉希宪剖析其动向曰:"现浑都海率军有上、中、下三条出路:乘虚直捣京兆,为上;

"至正辛卯"款铜火铳

战衣

恃财聚兵坐视，为中；重装北归和林，为下！"廉希宪急问："其将何择？"商挺答："必急于重装北归也！"廉希宪又问："何出此言？"商挺又对曰："其统兵于六盘山处已近三年，不战不去早令人心躁，思乡心切矣！加之蒙哥大汗猝死，两汗又新并立，更促使军心涣散，致使数万铁骑均不知该为谁而战？虽浑都海已倒向阿里不哥，然手下军将未必人人如此！四顾无援，浑都海似也只能先北归而后言战！"（见《元朝名臣事略·参政商文定公》）廉希宪同意商挺之说，然却仍在扩军备战，以防万一。

越加敢作敢为，越加足智多谋……

廉希宪先是就地于川陕一带筹组一支地方武装，交于蒙将八春统领，以防浑都海部的东犯。随后即采取了更为大胆之举动，来不及请示忽必烈，竟将金虎符、银印、一万五千两白银俱授予汉世侯汪良臣（与死于钓鱼城下的汪德臣为兄弟），命他征调巩昌、秦州、平凉等二十四城诸军，以组成一支可由自己掌控和指挥的军事力量。川蜀矫旨斩将已属"胆大妄为"，现又在秦陇擅自征调军队就更属"胆大包天"了。他眼里还有新任的大汗吗？还有中统开元的大皇帝吗？

关键就看忽必烈事后怎么和他算这笔账了……

而廉希宪这位畏兀儿重臣，似乎竟被儒家学说冲昏了头脑，好像就是要无愧于"廉孟子"之称，竟在孟子的"舍生取义"上大做起了文章，一切以"江山社稷"为重，甘冒风险为忽必烈支撑着半壁江山。中统元年夏，四川统帅纽璘的"奥鲁"官（即负责随军眷属和后勤之将领）逃脱，率部投奔浑都海，被蒙将八春阻截俘获送至京兆。赵良弼闻之即向廉希宪建言曰："纽璘统兵有方，颇得军心。年少鸷勇，可教化也！今应释其奥鲁官，令其追劝其主归顺我朝。笼以重职，疾解兵权，唯借其名，则川蜀可永无忧矣！"（见《元史·赵弼传》）廉希宪采纳其议，后纽璘果然归顺忽必烈。中统元年仲夏，泸州南宋名将刘整受奸相贾似道的迫害，命悬一线，商挺自荐前往招降，并授其忽必烈之"即位诏书"以助刘整了解新朝大政。后商挺果然不辱使命，竟使得忽必烈又轻而易举地得到了大块宋地及许多宋军。（见《元史·商挺传》）

至此，廉希宪已由无师之帅成为统兵数万之名将……

而在此之前，六盘山的浑都海部却没有乘虚而入一举拿下西部战略要地京兆。果不出商挺所料，由于军心涣散长期举棋不定于秦陇交接地带。也难怪！其下属就有一员南征归来的大将哈拉布花力主北归，就连浑都海拿他及其部众也毫无办法。最后在联络刘太平与霍鲁海无望，策动明里火哲与乞里不华失败等诸多因素下，终于决定如商挺所预言"重装北归和林"然后再听新汗号令行动。

从中也可看出阿里不哥治军和施政之无能……

所幸由阿兰答儿统率的南伐大军也终于走出草原母地，浩浩荡荡地进入河西走廊，并在甘州（今甘肃张掖）与浑都海所率的北撤大军相遇。在这里必须先说说这位三朝悍臣了：他们真是"心有千千结"，一生竟莫名其妙地与忽必烈结下了深仇大恨。此次在和脱里赤及布只尔诸悍臣的争宠内斗中，阿兰答儿显然比后两者略胜一筹。首先结交四位举足轻重的"怯薛台"，随后又毛遂自荐愿为其主分担"西线之忧"。现在他终于如愿以偿了，将成为统率数万骁勇的超级封疆大吏。正如他跪别阿里不哥时所言："臣当如当年木华黎效忠圣祖成吉思汗一般，也将矢志效忠于伟大圣明的当今大汗！生为大汗生，死为大汗死！讨平叛逆，誓作当今大汗驾前之木华黎！"悍臣悍语，无意间流露出他也想成为"中国国主"之勃勃野心。

志在必得，当然更显骄横跋扈了……

却不料这次"甘州会师"并不愉快。虽然说阿兰答儿长得"鹰鼻、鹞目、两肩挺耸，身姿别显凶悍"，但拥兵自重的哈拉布花却根本不买他的账，竟意见不合，拂袖而去，坚持率部北返草原了。留下的浑都海还算听命，而被迫随同折返的部众却变得更加军心涣散。再看廉希宪这方，由于抓紧时机处置得当，早今非昔比、兵强马壮了。不仅八春又收编了诸多流散的蒙骑，实力大增，就连汪良臣也凭金虎符征调起平凉、巩昌、秦州等二十四州城数万大军，阻敌于甘州一带，致使阿兰答儿嚣张的气焰屡屡受挫。欲作"木华黎第二"的美梦眼看就要幻灭了，似处处都使他感到怀疑。

而忽必烈所选用的人才却坚信：事在人为！

比如,奉忽必烈之命在外执行军务的藩邸蒙将昔班,在率军归来后又奉命督粮于今宁夏一带,偶然得知草原万户阿失铁木儿等正欲率军投靠阿里不哥,竟然也敢"矫旨"称忽必烈召其急赴麾下,并规劝其曰:"皇帝兄也,阿里不哥弟也!从兄顺势,又何疑焉?"阿失铁木儿思考一夜从其言,忽必烈便又白白拣了两万铁骑。难怪这位新汗兼皇帝喜出望外,曾不禁赞叹道:"战阵之间,得一夫之助,犹为有济。而昔班以两万军至,其功岂少哉?"(见《元史·昔班传》)而还有史可考,这两万铁骑随之便成了决战秦陇之主力,致使廉希宪坐镇京兆闻之极为兴奋,几近拍案而起。但这位一代名将稍后又坐下了,因为他深知"事在人为",必须先分清:己可为与己不可为!

好在商挺已经事前为他想到了……

这又足以看出忽必烈之用人之道:既能使臣下"各尽其能",又能使臣下"同心协力"。故商挺见状即对廉希宪曰:"吾已深知大人难处。现决战在即,面对阿兰答儿与浑都海所率数万草原铁骑,你我无论谁来领军均缺少威慑力!必须由圣祖子孙亲任统帅,方能震慑对方使我主之讨伐更加师出有名。商某已代大人草拟奏章一份,现呈大人阅之。"廉希宪却曰:"商大人真思吾之所思,急吾之所急!不看了。你我就此联署遣快使急呈圣上!"

而君臣似乎也心灵相通,燕京已早开始行动了……

居庸关云台浮雕

居庸关云台过街塔刻文

震撼崛起——成吉思汗及其英武儿孙

作为一位杰出的军事家,忽必烈从一个少数民族君王的角度考量似更早就发现了这个问题,不等廉商二人的奏报到来,据史载,1260年六月底,即在亲征漠北的前夕,便派出声名显赫的合丹大王率蒙将哈必赤、阿赫穆领一支铁骑前来参战。合丹,圣祖成吉思汗的皇嫡孙,第二代大汗窝阔台之子,拥立忽必烈登上汗位的西部诸王之首,无论从身份或地位上均能给对手造成极大的心理压力。无论他的军事能力如何,任用他为西线统帅已足显忽必烈"择人善任"之卓越政治才能。更何况!这位日理万机的新汗尚有密旨,仍然命令藩邸旧臣廉希宪与商挺掌控全局。尤为值得称道的还在于,这位马背民族的又一代天才统帅,为保证西线的"万无一失",于1260年七月已在频频调动兵马后"转守为攻",突然师出居庸关,大军直逼漠北,致使阿里不哥首尾难顾,顿时乱作一团,似也只能仓皇间"顾头不顾腚"了。

未曾决战,早已为统筹全盘奠定了胜局……

据史载,1260年九月,在廉希宪、商挺与赵良弼等总的部署下,西线决战在甘州山丹附近的耀碑谷展开了。合丹大王任统帅,八春、汪良臣率部也来听其统一号令指挥。而此时阿兰答儿与浑都海的南伐大军却更加人心涣散,不仅统帅和主将心中无底,就连军将们一听要与另一圣祖皇嫡孙对决也毫无斗志。唯一可依靠的是装备精良的金戈铁马尚显锐不可当,再加上血腥的激励和奖赏:可杀、可抢、可烧、可掠!所房女人俱归自己享用,所俘男丁俱归自己为奴,所得金银财宝俱归自己所有!所以重赏之下,必有勇夫。除此之外,似也只好听天由命了。

然而即使如此,天公也似要从中作梗……

恶煞煞的耀碑谷荒野上弥漫着一股野性气息。远远望去,便可见得在合丹大王的统一号令指挥下,忽必烈一方已兵分三路准备迎敌。史载,合丹列阵于北,八春列阵于南,汪良臣列阵于中。而若天气晴好,阿兰答儿与浑都海之数万铁骑冲出峡谷尚可一战。但天公偏不作美,据史载,刹那间"大风吹沙、天色阴晦"(即今之所谓沙尘暴),致使战马惊嘶,铁蹄纷乱,混沌间相互冲撞莫辨方向。此时不但阿兰答儿一方惊慌失措,就连合丹所率铁骑也难以迎敌。而在此关键时刻,汉世侯汪良臣所率汉军却尽显步战的本领。汪良臣在风沙中急令军士挥刀专砍马腿,用短兵器趁混乱突袭敌军左翼。而骁勇们向来是人马合一的,故缺一便彻底失掉了战斗力。然汪良臣又趁其逆风蒙眼,率兵更绕至阵后击溃了敌军右翼。此时风沙稍息,八春便借着顺风直捣敌军正面,合丹则指挥精锐铁骑截断敌军之归路。真可谓名副其实的一场昏天黑地之血战,最终以阿里不哥之"腰斩"计划彻底破产而告终。史载,"斩杀阿兰答儿和浑都海于耀碑谷,杀伤俘获其精锐不计其数",只有极小部分残兵败将逃回了漠北草原。(见《元史·汪良臣传》)

从此,西线便再无后顾之忧……

不久合丹大王即"奉旨班师回朝",仍留廉希宪、商挺及赵良弼等处理秦陇川蜀事宜。为进而震慑残敌、稳定局势,廉希宪下令将阿兰答儿与浑都海"枭首于京兆市中三日",即把脑袋砍下来挂在城门上示众三天。浑都海那颗紧闭的双目倒也显得悲壮,而阿兰答儿那颗却面露狰狞似仍死不瞑目。

枭雄气短,下场悲惨……

而作为一代名臣廉希宪、商挺等活着,就得战战兢兢做人,尤其在这样具有雄才大略的人主驾前。为此,在大获全胜代主巩固了半壁江山之后,廉希宪即首先做"深刻的自我检讨"。连夜上书忽必烈,自劾有三大罪状:其一,擅杀刘太平与霍鲁海;其二,擅自征调军队;其三,擅自委命军帅汪良臣等。光明磊落,独担罪责,颇显

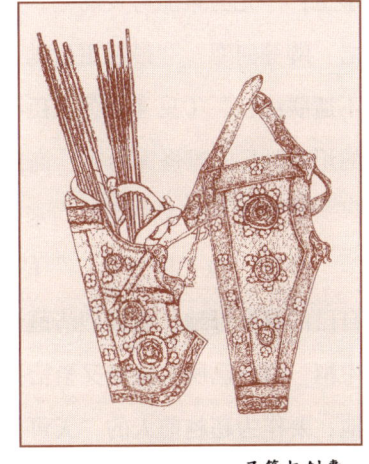

弓箭与剑橐

弓箭

震撼崛起——成吉思汗及其英武儿孙

一代名将风范。谁料商挺、八春、赵良弼等也均非鄙琐之辈,商挺闻之即首先对其曰:"为人臣者,不求有福共享,唯求有难同当!大人单独而为之,将陷吾等于不忠、不仁、不信、不义也!"遂联名上奏自劾,突显了一种孔曰"成仁"孟曰"取义"的儒臣精神。

而儒家天下也绝不乏狡兔死走狗烹的故事……

多亏创业之主在初期大多是英明的、伟大的,而忽必烈也深知廉希宪与商挺等在现今尚是自己难觅的"股肱之臣"。为此,当他接到这份急使送来的奏章后,不但没有追究责怪,反而降诏急传给予抚慰,并在诏文中大加赞誉曰:"朕委以卿等此方面大权,卿等当然有权力见机行事!毋用拘束于常制,没有坐失时机应予嘉奖!"(见《元史·廉希宪传》等)事后又曾对廉希宪与商挺当面赞道:"大丈夫事也!"尤为难能可贵的是,他还对二人进而安抚曰:"当时之言,天知之,朕知之,卿等何罪?"最后更激动人心地慨然感叹道:"卿等古之名将也!临机制度,不遗朕忧!"(见《元朝名臣事略·参政商文定公》等)这颇能反映一位蒙古君王的坦荡胸怀,难怪廉希宪、商挺与赵良弼等诸多儒臣日后更加死忠效命了。

更何况!忽必烈当时尚未登上事业的顶峰……

作为一位"度量弘广"的一代蒙古新君,西线之胜更使他后顾无忧地驰战于自己的草原母地!忽必烈清醒地意识到:阿里不哥最后的优势,即占有漠北的汗廷中枢。而自己所欠缺的又恰恰是在祖地也被"心悦诚服"地公认。似总有人在提醒他:要作为超越前人的"天可汗"兼"大皇帝",如不彻底解决阿里不哥的争位问题将全都无从谈起!

现在好了!廉希宪与商挺等不但为自己牵制了漠北的大量精锐兵力,而且使自己彻底解除了两面夹击之忧。

能为我跃马横刀者,能不大加赞誉吗?

现在决战之地主要在漠北!

而后方呢?

新任"大哈敦"之坐镇新都

大哈敦即指察苾,随着忽必烈的称汗称皇帝,在她的蒙古尊称前也加了个"大"字。但这又绝对是有悖于中原皇室礼仪的,有史可考,大约在十年之后,她才被正式册封为皇后。

难道是忽必烈称汗后又有新宠了吗?

不然,相反的是察苾更加受倚重了。就在即将到来的北征之前,忽必烈还将她又召至燕京亲自委以后方军国大任呢,并当着众多的蒙将汉臣,再一次重申北伐之后开平汗廷所有政务均由大哈敦"代朕处置"。随之更一连两天两夜于居庸关下之帅帐里相商,共议新朝未来的架构和走向。据史载,即使在依依惜别之际,忽必烈仍一再尽将"鼎新革故"之重任交于察苾。不称皇后,胜似皇后,似有着更深层次的政治考量。若按新词儿说,简直可称"同志伉俪"、"政治夫妻"。七月,忽必烈终于御驾亲征漠北了,却留给了察苾无穷无尽的思念和回忆。

但这重担从来就没有好担过……

须知,"上都践祚,居多辅佐之谋"绝非是短短的一句话,而是一个颇为漫长的过程。在从游牧汗国转制于中原帝国期间,不但需要极高的政治智慧,而且尚需冒着"身败名裂"的风险。一句话:就是甘愿为实现忽必烈的雄心壮志付出自己的一切。要知道,蒙古民族崛起得太快也太突然,简直是一个奇迹,以至于成了一个地跨欧亚的庞大汗国,相应的配套制度仍赶不上其领上扩张的速度。正如史书所说"部落野居,设官甚简"。最重要的官,蒙古名为"扎鲁忽赤",即大断事官,兼掌政刑。余者便称:万户、千户、百户、十户等,统领部落军民。史称"余无别称"。但在大汗御帐下却设有世袭的专门执事,均为贵族,地位不亚于官。后来又有了"怯薛"。四位高层的"怯薛台"地位就更高了,常成为大汗最私密的亲信或顾问。总之,一切设置均适应游牧民族的游牧文化,要放在以农耕为主的中原大文化背景下显然是很难适应了。

震撼崛起——成吉思汗及其英武儿孙

而察苾就承担着这样一个庞杂的改制任务……

虽然说，忽必烈已有了一个总体的构想，而两份诏书中也均有所说明，但真做起来还是困难重重。比如只要动一下某位世袭执事，即使是小小的"博儿赤"，就是把某位宗室贵族得罪了。与汉臣的思维方式不同，他们并不看重汉名官职，却很在乎和大汗的亲疏远近。好在忽必烈知人善任，特命通古知今的大儒许衡、刘秉忠等前来辅佐。尊"农桑为本"，以适应"中华开统"之现实；采秦汉以来"历代之所长"，沿辽金以来"行汉法之道"。在察苾亲自主持下，终于完成了适应新形势的一系列政权架构方案。总领内阁事务的称为"中书省"；执掌兵权的称作"枢密院"；掌控司法的称作"御史台"。而其下又设置有寺、监、院、司、卫、府等，总称为"内官"。而下属各省又设置有行省、行台、宣抚、廉访种种，统称为"外官"。行省下属又有"路"有"府"，有州有县，均"官有常职，食有常禄"。（见《元史》及《元典籍》等）史载，就此"一代规模、创始完备"。虽有忽必烈及群儒诸臣的早期准备，但却是在察苾"居多辅佐之谋"主持下变成现实的。但构想仅仅是构想，面对两汗对峙的严峻形势下，如果就此而全盘托出，显然会给忽必烈对蒙古诸王勋贵的"统一战线"造成伤害。

察苾又为此在替忽必烈日思夜想了……

如前所述，这一天察苾刚应诏而来，这位新汗就率近臣郝经返回燕京巡视了。明摆着除了面对幼弟的大兵压境外，现在他最关心的莫过于自己将建立怎样一个王朝了。到达当日，忽必烈即与察苾一起接见许衡、刘秉忠等受命建制儒臣。听完详细禀告后，他竟连声称"好"给予肯定曰："天下国家，譬犹一人之身，中书省是吾之右手，枢密院是吾之左手，御史台吾可用来医治左右两手也！"（见《元史·世祖本纪》）遂望察苾相视而笑，群臣皆感欣然。只不谈此时郝经又"旧话重提"，竟当即跪奏曰："国家（指蒙古汗国）数朝代立之际，皆仰推戴。故近世以来，几致于乱，不早定储贰（即太子）之失也！若储贰早定，上下无所觊觎，则一日莫敢争者。且使其朝夕视膳（即伴君之旁），或出而抚军，守而监国，练达政事，此盛事也！"（见《陵川集》）目的明确：更彻底地推行汉法，废除游牧的"忽里台"体制。但郝经估计错了,他本以为察苾会第一个出面支持,却谁料她竟会首先出面劝阻忽必烈。她说:"郝大人所言乃'为固国本',然当前先需固国!不宜引发诸王猜忌,此事当从长计议!"忽必烈笑问郝经:"如何?"郝经跪答:"微臣敬服矣!有此深谋远虑,圣上江山必传千秋万代!"

众臣退后,为应对诸王勋贵夫妻二人又进行更私密的协商……

此时的忽必烈,正处于和幼弟阿里不哥决战的前夜。应当说,当阿里不哥派出悍臣阿兰答儿统重兵西行后,便认定"腰斩"之战必然"马到成功"。故在汗廷整日狂欢纵酒,竟把东线战场形同摆设。而忽必烈却看出了这在战略上可是个绝佳的转折机遇,随之便出人意料地及时对战术进行了调整:主动出击漠北以掩护西线战略部署,趁其分兵借势或可直捣哈尔和林。故此次戎马倥偬间急返燕京与察苾相会,纯属是为新朝体制的架构和未来的走向做进一步设想,以探索如何能做到既能在蒙古宗亲贵胄间不失正统,又能在中原汉地尽得民心。此乃北征成败之所在,当如何应对之?谁料察苾竟早有准备,进而提出了自己的看法:对草原来说,仍唯崇祖俗祖法,暂不动宗亲贵胄之权益;对中原汉地,却大胆为新王朝"鼎新革故"铺路,以真正做到如年号所称"中华开统"!也就如后代史学家所言:内蒙外汉!

内外有别?忽必烈顿时陷入了深深的沉思……

以现代人的眼光看,察苾这是以自己高度的政治智慧,在"祖述变通"的基础上,力图建立一种适合汗国广阔疆域的蒙汉二元文化的政治秩序。内蒙则是对内实施蒙古祖制:承认诸王之分领权,承认"怯薛"宿卫之地位,承认各类执事之世袭权等。外汉则是对外实施汉地汉法:由卜至上,由地方到新都。首试中原,承袭历朝历代的文官制度。"祖述变通",以仁治国。忽必烈闻之认为与他的想法"不谋而合",并随之有了令藩邸旧臣任宣抚使分头下去"宣政支前"之设想。之后又急召郝经、刘秉忠、许衡、王文统、张文谦等诸臣当众宣示道:"大战在即,朕将带郝经立刻返归帅帐!从今以后,凡朕不在,大哈敦即朕!汝等均需听大哈敦懿旨行事,违者当以大不敬论处!"

内蒙外汉,彻底化解了眼前的困局……

据史载，中统元年（1260年）五月，即以忽必烈令旨名义宣布设置十路宣抚司。大都启用原王府儒僚旧臣，具体安排如下：赛典赤·赡思丁与李德辉为燕京路宣抚使，徐世隆为副使；宋子贞为益都济南等路宣抚使，王磐为副使；史天泽为河南宣抚使；杨果为北京等路宣抚使，赵炳为副使；张德辉为平阳太原路宣抚使，谢瑄为副使；孛鲁海牙、刘肃为真定路宣抚使；姚枢为东平路宣抚使，张肃为副使；张文谦为大名、彰德等路宣抚使，游显为副使；粘合南合为西京路宣抚使，崔巨济为副使；廉希宪为京兆等路宣抚使。元人姚燧所言"尽出藩府旧臣，立十道宣抚使"（见《元文类·中书左丞姚文献公神道碑》）即指此而言。

这里必须单说说张德辉，似关系到一个历史之谜……

查非正史类典籍，似乎张德辉宣抚于平阳太原是察苾有意安排的。据晋北民间传说，好像金代文学巨匠元好问被北掳期间，曾于弘吉拉授业于少年察苾兄妹。而正史也确有记载，忽必烈之重要谋臣郝经也是元好问引荐的。同时，现存元好问在故乡之陵园也确系起始于此期间。尤可佐证的是《元史》上张德辉到任后的施政记载，确实是在尽心尽力地"护佑三晋地"。史载，当时"太原平阳一带地广人众，地方官世守，胥吏结为朋党，侵渔贪贿，视官府纪纲与民间疾苦犹若土渣。宣抚张德辉，将其中奸赃尤其之太原石抹氏、平阳段李、河中忽察忽思等数十人，械系庭下，数其罪恶，一一杖责！"然后"搜剔吏弊，遴选官属，庶政一新"，经此整治，所部肃然。部民以手加额称誉道：六十年不期复见此太平官府！忽必烈对其政绩也颇为赞赏，称其为"十路之最"（见《元朝名臣事略·宣慰张公》）。三晋人何来这份福气？张德辉何来这份胆量？明显地可看出背后肯定有一位超乎寻常的人物在支持。更何况！晚年的察苾似对山西一带更加关注，曾力促忽必烈将自己亲手抚养长大的长孙甘麻剌，由梁王改封为晋王以长期治理三晋之地。再加上忽必烈的亲信重臣郝经（今山西陵川人）、赵璧（今山西怀仁人）、姚枢（虽祖籍今辽宁朝阳，却生于今山西汾阳）的鼎力相助，故在山西曾产生过极其难解的历史现象，即元末明初天下大乱战祸连绵、空野千里人口锐减时，唯山西独能幸免。各地为了恢复生机竟都得到洪洞县的大槐树下去"领人"。难怪至今晋地还残存着一座颇具争议的"可汗庙",另加考证或许能解开察苾和山西这类特殊关系的种种历史之谜。

但不管结论如何,这仅是一段插话……

总之,忽必烈这次和察苾分手之后,就极少再返回燕京过问朝政大事,完全集中心力掌控军事以应对战争的变幻,而把"中华开统"、"祖述变通"、"鼎新改故"、"创立新制"种种大任均交托给了自己这位未来的大皇后。

随之,察苾也及时返回了暂定的新都开平……

元代的权

然而,身负重任"居多辅佐之谋"并不仅仅表现在出谋划策上,而更在其"知人善任"等诸多方面。比如,大部分干练的中青年儒臣幕僚均被忽必烈带去"唯掌军事"了,她竟能调动诸如许衡、窦默、王鹗这样的老夫子充分施展政治才能,在立朝改制中激发他们的潜力,使这些大儒日后均成为大元王朝的忠谏之臣。

还有另外两位人物也必须提到……

一为忽必烈亲自任命的首位"平章政事"王文统,一位是陪嫁而来的家臣阿合马。虽然察苾对二人均各有看法,但均能"隐而不发",尽量调动他们"尽显其能"。以王文统为例:自从于南征被忽必烈留在身边之后,便越来越被"新主"的行事风格和豪放魅力所吸引。常以其与"旧主"李璮相比较,越比就越觉得忽必烈犹如一座大山而李璮只不过一小丘耳!尤其在新主

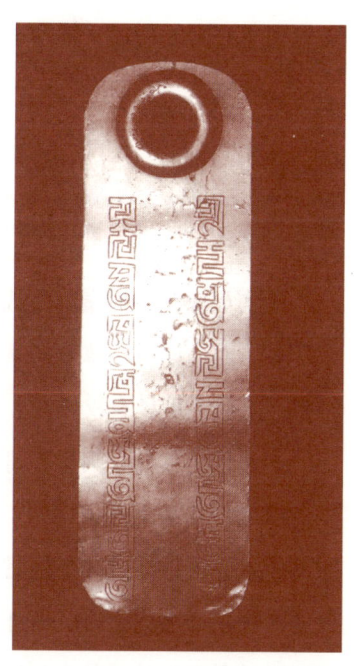

令牌

震撼崛起——成吉思汗及其英武儿孙

抢先登上汗位之后,王文统于大战在即更突显其理财治国的巨大才能。"凡民间开发,宣课盐铁诸事"均由他裁处,致使"钱谷大计,虑无遗策"(见《元史》),从而令无论是忽必烈的"治军"或察苾之"施政"均暂无"后顾之忧"。说到阿合马,他由一个陪嫁家奴渐渐成为忽必烈身旁掌管军需的重臣。只不该在外人看来这似乎是"主子之提携",故察苾日后声誉颇受其累。

但此一时彼一时,当时只需要"尽显其能"……

察苾率臣众之重新返回开平,不仅使这座中统皇城又重现王者之气,而且更显示了草原汗国政治中心南移中原汉地之决心已绝不可更改。

内蒙外汉!察苾仍在谦恭谨慎地为创建一个全新的帝国默默奉献着。

而她又是一个母亲,尚有着四个性格各异的孩子:既有仁儒涉政的真金,又有没心没肺的芒哥喇;既有从小就自命为"灶主"的那木罕,又有初长成的小女儿昂佳真。

同时他们的命运又均维系在一个人身上:忽必烈!

但忽必烈的命运又维系于这场漠北的决战!

生死攸关,吉凶未卜……

攻陷汗都,忽必烈草原也称雄

确实如此,当时秦陇之战胜负尚未见分晓,阿里不哥尚占有政治和军事上的诸多优势。而且他身在草原还掌控着汗廷,对于庞大的游牧帝国来说,他的汗位从传统意义上似乎更具有权威性。

也正因为如此,阿里不哥的气焰才变得特别嚣张……

其实,从登上汗位伊始,忽必烈的战略目标就是极为明确的:立足于变被动为主动,以成吉思汗嫡孙与拖雷家系兄长的身份,名正言顺地去逐鹿草原,去夺回漠北的控制权,去战胜阿里不哥,去证明自己才是合乎蒙古传统的大汗!

这才是根!这才是本!这样才能有资格入继中华大统……

【第三辑】

　　为此，在中统建元之后，忽必烈便把文治方面的立国要务均交给察苾处理，自己则放手只顾于燕京全力调兵遣将、筹措军需粮草，集中蒙军和汉军主力，遥控着政治和经济的动向，声东击西地积极做好决战漠北的一切准备。比如说，即位前便派史天泽赴长江北岸向勋将霸突鲁与兀良合台下达命令："立即从鄂州撤围回来，因为人生的变化如命运之旋转！"（见《史集》）由于调动大胆，指挥果断，据史载，在不到两个月的时间里，忽必烈竟在幽燕一带调集了塔察儿、也孙哥等东部诸王所率之军；霸突鲁、兀良合台等勋将所率南征之军；严忠济、张柔等所率的汉世侯之军；郑鼎、昔喇芒古等家将所率的新签征之军，共计达十五万之众。真可谓是在蒙古征战史上"前无古人"，故无论是防守幽燕或进攻漠北均做到了"万无一失"。

　　目的只有一个：为实现圣祖遗愿……

　　随后，在掌握"人生的变化如命运之旋转"上，他更不愧为成吉思汗"寄予厚望"的皇嫡孙，充分展现出一位军事统帅的天才指挥艺术。比如说，阿里不哥派人掌控秦陇之时，不但已有倒向自己的浑都海及纽璘部约八万铁骑，而且要比忽必烈先行一步。但忽必烈却能"智"于应对，更进而展现其"知人善任"的雄才大略，终使秦陇"西师可军遍地"变为现实，明显地可看出阿里不哥已被激怒而分兵于西线，此时再不主动出击使其"首尾难顾"更待何时？

　　但在漠北，阿里不哥却只顾"荣登汗位"而忘乎所以……

　　应当指出，在忽必烈调兵遣将之际，阿兰答儿和浑都海均还远未遭到毁灭性的打击。如果阿里不哥稍有政治头脑和军事才能，他本来可凭着无数凶悍的草原铁骑占尽先机。但此时的汗都哈尔和林却仍是一片改朝换代的混乱和混沌。在此期间，阿里不哥除了为"以姻结盟"隔三岔五不断地迎娶"哈敦"外，便是在一片阿谀奉承中三天一小宴五天一大宴。既没有明确的施政方针，又没有服众的治国理念，手下委以重任的更大多是异化了的蒙古人之中的奸佞之臣，故就连那些"唯崇祖制"拥立他的宗亲贵胄也开始为他这种"歌舞升平"有所不满了。但更可悲的还在于，在汗都称汗之后他便以"最高统帅"自居，连"怯薛"将领的劝谏也听不进去了，也自称"用兵如神",坚持"声东击西",继续进行"腰斩"计划。他不仅用人不当,而且"分兵西援"顾此失彼。好在他尚能利用蒙哥大汗"不好侈靡"积攒下的大量金银财宝,凡对他歌功颂德者均能得到大笔封赏。虽日渐形成了"报喜不报忧,两耳唯闻捷报声"之势,但尚能维持一种"上赏下骗"其乐融融的"大好局面"。

谁曾想,人家却突然"声西击北"从天而降了……

据史载,1260年七月,忽必烈于燕京便不再温良恭让了,而是大气磅礴地展现出闪电雷鸣之势,突然率师越过大漠,排山倒海似的向哈尔和林奔袭而来。这是一场草原上典型的夺位之战,故蓝天碧野间驰骋的大都为骁勇无比的蒙古铁骑。充当先锋的乃东道诸王中能征惯战的移相哥和纳林,而坐镇中军的却是巍然挺立于战车之上的忽必烈。精锐骁骑的环绕列阵,金戈铁马的护驾前行。再看,两旁有汉人巨无霸郑鼎、色目巨无霸阿里海牙执戈捧钺,帅座后尚立有一位银盔银甲的少年将军近身护卫——十二岁便追随于忽必烈身旁的未来宰相小安童!

装备精良、训练有素,恰如一股铁旋风席卷着茫茫草原……

而再看阿里不哥这一面,似乎早已被忽必烈此次突然的铺天盖地袭来打懵了。他本来安享尊荣于富丽堂皇的万安宫中,只等阿兰答儿与浑都海会师后那"腰斩"成功之捷报。谁料想自己在东线的"守株待兔"防线却形同虚设,忽必烈竟"反守为攻",突然便如"群狼扑食"般奇袭而来。这里必须补上一笔:阿兰答儿与浑都海是中统元年九月才被彻底歼灭,而忽必烈七月便出其不意地突袭而来。故万安宫内顿时乱作一团,致使"莺歌燕舞"也戛然而止。直到这时阿里不哥似才惊觉到王兄的厉害,他手中尚有一张比"幼子守灶"权更重要的王牌!就在蠢臣纷纷对阿里不哥"歌功颂德"时,忽必烈已经借此开始对他"釜底抽薪"了。当然,阿里不哥当时是不懂这叫"经济牌",但忽必烈早已下令封锁粮食运输,而哈尔和林也早已是"人心惶惶、民怨沸腾"了。(见《元史·世祖本纪》)物价飞涨,就连富丽的王府豪宅也已"十室九空"。更何况军用物资如鞍辔、刀枪、弓矢、战甲,甚至连布匹等全都被卡断了,无数的精锐铁骑也似乎顿失了往日的凶悍。

似只能仰天长叹:今非昔比……

遥想当年,在辽金重压之下蒙古人不堪忍受屈辱,尚处于半原始状态之崛起确有一种火山喷涌的爆发力。那时的骁勇确实可以靠着几条肉干一革囊奶酒奔袭冲杀上千里。他们一身革衣,夏天毛朝外,冬天毛朝里,遇大雪即可挖雪洞钻入而眠。游牧生活可以满足他们的一切,以至冲出草原杀向世界。但现在似乎不行了。有了胜利、有了财产、有了物质享受,便很难再回到原点了。比如,大批的粮食得从汉地运来,更精良舒适的军事装备得在汉地制造,更有杀伤力的弓矢战刀也出自汉地工匠之手。况且还需要享受,还需要满足女人的要求,于是从金银珠宝到绫罗绸缎,以至胭脂水粉到玉镯头饰等,全都得取自于汉人汉地。怪谁呢?全世界都从这儿来"各取所需",以至唐代开始就有了一条闻名于世的丝绸之路。

而忽必烈现在正拥有这一切……

破晓时的进击

前面已说过，阿里不哥既没统过兵，又没打过仗，甚至没离开过草原一步。除了野心勃勃之外几乎一无所长，故听闻忽必烈的大兵突然压境后，竟依旧只顾死抱着自己那张"王牌"还不断发出声嘶力竭的怒吼："朕是灶主！大汗之位是天定的！这个背叛祖宗的恶人竟敢谋逆，还不给朕杀了去！砍了去！捉住，车裂喂狗去！"但除了尽逞凶悍骄横之号叫，竟拿不出任何应对良策。故越喊便越发人心惶惶，越喊便越发朝堂混乱。后多亏了首席谋臣脱里赤想到了李璮留下的四个字：兵不厌诈！一经献上才终于激发起阿里不哥应变的"灵感"。随之他便决定以"诈"激发各大封王子孙骁勇凶悍的战斗力，竟公然"诈"称谁能大破忽必烈即是自己汗位的铁定继承人。这样，不但可激起各大王族为夺汗位争先恐后，而且在忽必烈面前突显自己周围"众志成城"。果然此招立见奇效，旭烈兀长子主木忽儿和术赤之孙合剌察儿为夺未来汗位成为先锋，众骁勇也因"杀忽必烈者封王"而纷纷奋勇争先。

但脱里赤却"诈"称自己压阵而没有前去冲锋陷阵……

据史载，两军交战于一个叫"巴昔乞"的荒原旷野上。如果装备相当的话，还未必能那么快分出谁胜谁负。由哈尔和林冲杀而来的上万铁骑个个在重赏之下凶悍无比，刹那间便让茫茫的荒原上弥漫起一股恶煞煞的野性气息。但毕竟忽必烈一方装备精良多了，粮秣充足、兵强马壮，猎猎旌旗下也毫不示弱。对峙，即将厮杀前的短暂对峙！同一民族分成的两大阵列拔刀相向怒目对视着，是那么相同却又那么不同。一方仍保持着游牧文化鲜明的特点，个性张扬，跨在烈马之上发出野性的呐喊；一方似已受了农耕文明的洗礼，紧控铁骑静穆地等待那一声令下。野性的呐喊终于达到了高潮，漠北的骁勇如脱弦之箭蓦地便冲杀奔腾而来。但忽必烈的大军却随着将令调动，刹那间便波开浪列般分组成铁翅般地包剿两翼。更出乎北军意料的还在于，那巨大的大汗车帐竟然就在眼前。但刚待要恃勇逞强扑上，阵形一变顿时他处又出现一座同样豪华的车帐。扑朔迷离，瞬息万变，随之万马军中似处处都在闪现着忽必烈的战车帅帐，致使阿里不哥手下悍将悍勇们真假莫辨晕头转向，竟为抢先生擒忽必烈纷纷"自投罗网"。而在此时，早埋伏好的宿卫早已后发制人万箭齐发，两翼也突然排山倒海地席卷而来，致使北军冲阵的铁骑眨眼间便折损了大半。而本来要后续冲上来的骁勇，一见这神秘莫测之布阵变幻锐气顿失一半。再回头看时，便是那真的帅帐战车竟突然在背后闪现了。华盖下威严挺立的正是在汉地称汗的忽必烈，而在他两旁尚有两位巨神般的将军护驾，身后尚有一位银甲闪烁的小将护守于战车上。挥手间，便又见得一支骁勇铁骑突然神出鬼没地闪现了，致使阿里不哥几乎惊栽于马下。怪不得他！只因他从来就没上过战场。而在此时，偏又听得那巨无霸惊天动地的一声呐喊："大汗有令，请皇幼弟进帐一叙！"谁料声未了阿里不哥已阵脚大乱，随着一声马的惊嘶落荒而逃了。但也有史学家考证称，非阿里不哥不够骁勇，其胯下之稀世汗血宝马也是初历战场。

看来，兄弟俩都在使用"兵不厌诈"，只不过结果不同罢了……

而在《元史》中之记载却只称："巴昔乞之役三战皆捷，大败阿里不哥之军。"而综合各种史类也可看出，忽必烈这次亲征的初步结果大体是这样的：阿里不哥因"粮草不足"之诸多因素，一时"陷入了困境"，面临着彻底覆灭的危险。故在忽必烈大军即将包围汗都哈尔和林之前，仓皇地弃城而出，远逃往自己世袭的封地吉里吉思去了。

这样，忽必烈又进入了折磨他大半生的旧都……

不仅仅是往事不堪回首，而是阿里不哥的迅速溃败使他更看出了这座草原都城的局限性。仅仅靠游牧生产是很难支撑汗国的心脏跳动的，必须迁都于汉地才能确保祖宗的事业更加发扬光大。故他拒绝了臣众请他进万安宫发号施令的倡议，而是在战车之上便下令全军立即停止全线包剿之举。随后他却又派出了猛将阿里海牙率部继续追袭，佯装进攻以造成誓必全歼之势。他度量弘远，其实目的并不在于全歼而在于迫使其认罪服输。忽必烈以一个政治家的目光早已看出：赶尽杀绝并非上策，在草原母地留下个"手足相残"的印象绝对有害于未来的大一统。姚枢曾向他多次讲过"七擒孟获"的故事，看来对桀骜不驯的幼弟也得如此。此次取胜得靠汉地汉法，解决家族问题似也得靠仁靠义。

忽必烈就是怀着这样的心态回到旧时藩邸的……

铁蒺藜

窄檐式铁盔

作为一代新朝的雄主明君，他深知现在仅仅依靠军事胜利已远远不够了。虽然说马背民族一向只推崇胜利的英雄，但如果只留下一个烂摊子还是很难实现"得民心者得天下"的。为此，他竟将大军交由宗王移相哥和纳林统率，自己却开始集中精力在广袤的漠北草原试行"广施仁政"。好在他早有物质准备，并得到了理财能臣王文统和阿合马源源不断的供应。果然立竿见影，人心向背顿时泾渭分明，致使忽必烈又一次深切体会到"以仁治国"这玩意儿太好了，儒家学说不但能降服汉地汉人同时也能治理蒙地蒙人。比如，他稍稍放松了对哈尔和林粮食及消费品的控制，黎庶们便尽情欢呼懂得了感恩戴德。再比如，他刚刚宣布了"既往不咎"，宗亲贵胄们便又纷纷搬回矢志效忠以享都城的繁荣。总之，就在阿里海牙率部继续佯作追袭之余，忽必烈之"广施仁政"已在汗都内外凸显成效了。随着哈尔和林的再次乍显繁华，已由"两汗并立"日显"一枝独秀"了。

但毕竟尚留有某种遗憾……

谁料，竟会由阿里不哥自己来补足了。据史载，1260年十月初，这位在草原登基的大汗已得知"西线腰斩"彻底失败的消息，再加上阿里海牙之佯攻佯袭也演得有声有色，使得阿里不哥在逃窜中处处感到"风声鹤唳，草木皆兵"。万般无奈似也只能再行"诈"术，阿里不哥接受脱里赤等佞臣的建议派出使臣向忽必烈"请求饶恕"。

留得青山在，还怕没柴烧？

忽必烈明知有诈，待之却相当超凡洒脱。他不顾宗王移相哥与纳林的一再提醒并建言"一劳永逸"地解决问题，还是相当热情地接待了幼弟派来的使者。他态度和蔼，亲切感人，使者竟为之热泪盈眶当即禀告道："少汗说：'我们这些弟弟们有罪，是出于无知而犯罪的。你是我的兄长，可以对此加以审判。无论你吩咐我到什么地方，我都会去，绝不违背兄长的命令。我养壮了牲畜就来见你！'"（见《史集》）忽必烈听后竟望着宗王移相哥与纳林等，大为欣喜地说："浪子们现在回头了，清醒过来，聪明起来，回心转意了，他们承认自己的过错了！"（见《世界征服者史》）并下令全军立即停止追剿，放其自由回归遥远的封地吉里吉思。宽大得实在可以，致使移相哥与纳林等一时难以理解。

但在汗廷内外却引起了一片欢呼……

显然，忽必烈此役不仅仅在军事上取得了巨大的胜利，而且在道义上他也在草原母地绝对占据了上风。不继续追剿和"斩尽杀绝"是完全正确的，要知道蒙古汗国是如此庞大，封国又是那么多。如果追剿得阿里不哥逃窜于世袭诸王之间，将会使战线越拉越长而成为永无休止的蒙古人之间的内战。而现在已命来使写下"请求宽恕"的全文并画了押，这就有了足够的资本游说于各大封国以彻底孤立阿里不哥！至此，"两汗对峙，兄弟阋墙"的局面总算告一段落。既然一方承认"有罪"并答应"绝不违背兄长命令"，那草原的天空上也就"只剩下一个太阳"了。

忽必烈这才在战后首次欲踏进汗都的万安宫……

哈尔和林的贵胄和庶众们沿街欢呼着，似乎草原母地为他补开了一个更为隆重的"忽里台"盛会。忽必烈心潮激荡，往事又一幕幕重新闪过。但就在这万众欢腾的时候，他却似乎隐隐听到了圣祖成吉思汗对他那曾有过的预言："彼将有一日据吾宝座，使汝辈将来获见一种命运，灿烂将如我在生之时！"但没有伴随笑声，似更难听出有所欣慰，反倒更像是一种提醒，一种期待，顶多也不过像一种激励……不知为什么，等他再看昔日金碧辉煌的万安宫时，顿时便感到是如此老朽沉重，仿佛化成了一块巨大的拴马石,似企图绊住他而无法奔向辉煌。史称"圣上未入内,仅绕之三圈"。

是成吉思汗的遗愿促使忽必烈立即返回漠南……

随之,他便派东部宗王移相哥为统帅,率数万重兵镇守哈尔和林,威慑漠北草原,随时监视阿里不哥的一举一动。完全可以这样说,忽必烈是在大获全胜之后而南归的。因为阿里不哥早公然承认:"是我们这些弟弟们有罪,是出于无知而犯罪的。你作为兄长,可以对此加以审判……"有如此的"请求宽恕",似乎也可看作他已"自动退出历史舞台"了。不言而喻,现在的"也客蒙古兀鲁思"名正言顺的大汗只剩下了一个,即中统建元的蒙古族大皇帝:忽必烈!

1260年初冬,他终于回到了万众欢呼的开平新都。

掌控漠之北,遥望江之南,欲求天下大一统,势必首先经略中原!

似早已成竹在胸,忽必烈变得更迫不及待了!

"灿烂将如我在生之时"……

第四辑

【本辑提要】忽必烈征漠北大胜而归后，不仅使他兼有了"大汗"和"皇帝"两个称号，也使他成为草原和汉地的"共主"。而更重要的还在于，他竟然能从中总结出获胜的重要原因：借"儒学仁政"之力，受"汉法治汉"之惠，如没有来自中原人力物力之支援，很可能至今尚很难在汗位承袭中决出胜负。另外他还能把幼弟阿里不哥当作一面镜子，从中看出了"食古不化，唯崇祖制"的可悲下场。故忽必烈这次一返回新都开平，便义无反顾地大力推行一系列新政。从政权架构、扶持农桑、改革税制、重儒兴学、任人唯贤等诸多方面，均迈出了"鼎新革故"的大胆步伐。完全可以这样说，这个阶段的忽必烈不但是义无反顾的，而且也是踌躇满志的！

只可惜对守旧的力量尚估计不足……

返开平,任人唯贤组中枢

1260年冬,忽必烈凯旋于自己的新都开平。

正如法国史学家格鲁塞在《草原帝国》中所说:"他想获得的最伟大的名声也许不是'他是世界上第一位征服全中国的人',而是'第一位治理中国的人'!"并又说:"在中国,他企图成为十九个王朝(原文)的忠实延续者,其他任何一位天子都没有像他那样严肃地扮演着自己的角色。"这里的"人"系指我国的北方少数民族而言。而"延续者"确系我国北方少数民族所共有的历史追求。

其中,忽必烈便是最具代表性的历史人物……

回到漠南之后,他的确没有为在草原已"独领风骚"而止步不前,而是在中原更加严肃地扮演起"天子"的角色。为了实现其"中统诏书"中之"祖述变通"(也可视之为:与时俱进)与"鼎新革故"(也可视之为:大胆改革)之种种诉求,他解下帅甲便立即以帝王之身尽显雄才大略了。首先针对的便是原游牧汗国的"官无常制,机构混乱,兵庶一体,以武乱政"之种种弊端,决心以儒家学说为核心,兼采历朝历代之所长,建立一套突显新朝政治架构的文官体制,意在实现未来的南北江山大一统。

而在这方面，察苾大哈敦似已为他打好了基础……

回首往事，忽必烈此次在漠北取得决定性胜利之前，似乎把主要精力全用于"唯掌军事"之上，而把新朝未来的政权形式等诸多问题，则大多交于坐镇开平新都的察苾，按他的意图加以先行构想。故有了这位杰出的蒙古族女政治家广招群贤，采纳亡金大儒许衡、刘秉忠、姚枢、王鹗、窦默之议初步设计出了一套方案。随后才又有了忽必烈在临出征前闻之后的赞语："天下国家，譬犹一人之身，中书省是吾之右手，枢密院是吾之左手，御史台是吾用来医治左右两手之疾耳！"（见《元史·世祖纪二》）可见忽必烈对这个方案还是十分满意的：一改祖制，设"中书省"以掌管全国政务，设"枢密院"以执掌全国军务，设"御史台"以司监察与反映民情民愿之职。表面看来互不隶属，唯听命于皇上而各行其是，但实际上"中书省"因负责协调似仍略高于后两者。典型的汉地汉法，明显的是由游牧文化在大胆向农耕文明过渡。

极具魄力！但关键却仍在于如何用人……

这可是一件关系国家走向的大事，当即引起了"万众瞩目"。虽然说历经北魏辽金数百年的统治，长江以北的民族意识已很模糊和淡漠了，但中原的士人们却仍想从这次人事安排上了解，这位"认祖归宗"扬威草原的大汗回来后将如何再当好中国的皇帝？这的确是一件牵动人心的大事：是恢复草原祖制？还是继续实施"儒家仁政"做华夏的"共主"？

引颈等待，终于盼来了结果……

据史载，中统二年（1261年）初春，在忽必烈凯旋仅两个月之后，即依据察苾与姚枢、许衡等大儒的初步意见，又经自己的反复思考和筛选，忽必烈最终拿出了一套极具眼力的人事布局方案。重点对中书省，也可称之为内阁，首先宣布了重要阁僚的正式任命：布华、史天泽为右丞相；忽鲁布花、耶律铸为左丞相；塔察儿、王文统、赛典赤·赡思丁、廉希宪为平章政事；张启元为右丞；张文谦为左丞；商挺、杨果为参知政事。（见《元史》）其中，左右丞相统领内阁，管辖六部；平章政事乃丞相副手；左右丞各一人，参知政事二人为执行内阁决议之执政官。又因蒙古人以右为上，故右丞相高于左丞相。

切莫小看这份内阁人事任命名单……

这不仅反映了忽必烈入继华夏大统的意愿和决心，而且也反映了他对民情民意的高度重视。从民族成分上来看：其中蒙古族三人，汉族六人，契丹族一人，畏兀儿一人，回族一人。说明忽必烈特别注重启用各民族的精英，排除民族歧视尚能坚持"任人唯贤"标准。再从思想倾向来看，其中除个别人外，不分民族大多为儒家学说的忠实门徒。这更说明忽必烈开始已摒弃了"唯崇祖制"，放手推进向中原先进文明的过渡。总之，这一内阁人事任命一经公布影响巨大，中原士人仅看阁僚组成的民族比例便欢呼雀跃不已了。当时他们并不知和谐交融此类词儿，只认为这是忽必烈要继续"行中国事，为中国主"了。一时间为新朝带来一种全新的气象，竟产生了一股前所未有的凝聚力。人心振奋，已开始有人视其为"一代明君"。

但这次组阁中也并不能说没有一点失误……

比如说，王文统和阿合马这二人的任命就颇值得商榷。虽然这次阿合马尚未进入中枢阁僚名单，但作为"上都留守同知"（相当于首都一把手），不是阁僚，胜似阁僚，已为日后埋下隐患。再说王文统，果不愧"治世能臣"、"理财高手"。忽必烈在北征前就几乎把他任命为丞相，后多亏姚枢、许衡、郝经等以"心术不正、学术不纯"力谏，忽必烈方只任命他为"平章政事"而委以重任。后果然日显"心术不正"，目标竟对准了比他更加才华横溢的郝经。1260年忽必烈北伐时，为避免"腹背受敌"与"催讨岁贡"即准备遣使赴南宋"见机行事"。而王文统却为了搬开自己当首辅的最有力的竞争对手，竟大加赞扬着力推荐"天下第一能臣"郝经。谁料忽必烈也认为这只不过是"分别数月之事"，故也就采纳了王文统的建言。显然忽必烈是不如他了解南宋的底细，终使郝经受尽折磨十五年后才再得君臣相见。难怪众多史学家称："若郝经在，帝多次失误均可避免也！"

这是后话！但当时这套班底的确给臣众带来了希望……

再加上察苾也深得儒家精髓及时隐退了，而许衡、姚枢、刘秉忠、窦默等诸多儒僚也甘愿退居幕后出谋划策。众星捧月一般，只为了凸显忽必烈的雄才大略！

【第四辑】

儒家之道尽显无遗，此时不干更待何时？

"祖述变通"，忽必烈开始行动了！

志向弘远，义无反顾……

重农桑，彻底由"武功"向"文治"转型

忽必烈虽是第一位"入继中华大统"的蒙古族帝王，但若论远见卓识却比中原历代明君毫不逊色。

他有着极其清醒的头脑，他有着极其锐敏的目光，更有着超凡的综合判断能力。早年的纳儒习儒，中年的试行汉地汉法，已使他早看清了一点：马背民族若仅靠游牧生产便想再创辉煌已经不合时宜了；若想再造武力攻掠尽取天下财富那更等

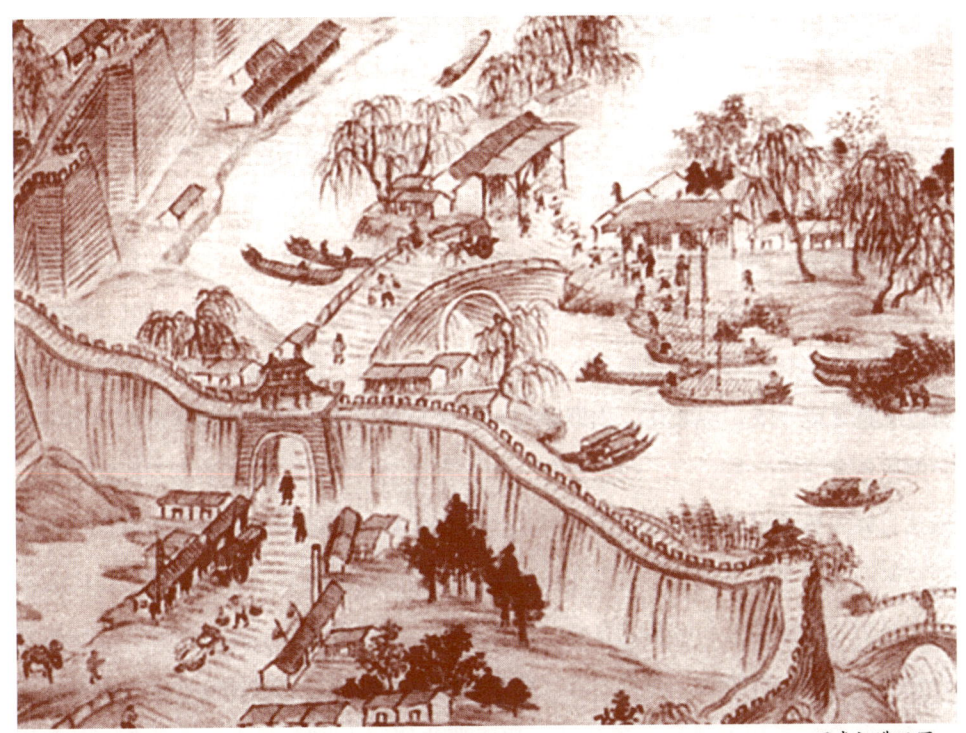

通惠河漕运图

震撼崛起——成吉思汗及其英武儿孙

于"竭泽而渔，杀鸡取卵"；而再想回到游牧生活的原点以求永葆不衰那更等于痴人呓语……为此，当他深刻地认识到绝无回头之路之后，在开平即位后更决定由"武功"向"文治"大胆转型了。更难能可贵的是，继而他很快就参透了儒家学说的实质似可概括为三个字：重农桑！

这就是农耕文明之根、之本……

有史可考，在1260年三月建中统年号称帝后，忽必烈便立刻下旨诏告天下曰："国以民为本，民以衣食为本，衣食者以农桑为本！"（见《元史·世祖本纪》）好英明的论断！随后便又采取了一系列措施，力图尽快恢复战争创伤所破坏的北方农业生产。从本能地关心草原游牧，转型为劝农桑，政策性地重视发展农业生产。这说明了忽必烈已从经济入手，施政重点已向物产丰富的中原倾斜。

政治智慧，经济眼光，均堪称历代帝王之佼佼者……

1261年夏，在忽必烈凯旋刚刚完成人事布局不久，即下令在中书省内专门设置劝农机构——劝农司；并派出陈遂、崔斌、成仲宽、粘合从忠等为滨棣、平阳、济南、河间等地劝农使，李士勉、陈天锡、陈膺武、忙古岱等为邢州、河南、东平、涿州等地劝农使；分头行动，立即深入上述各地检查和督促农业生产。

而更重要的还在于一系列配套的政策和措施……

查遍史书，确未见这位蒙古大皇帝一句"重游牧"之说，却可见其"严禁蒙古军践踏农田，损害庄稼"之多种诏令。如1262年正月，他就曾下令"禁止诸道戍兵及权势之家放纵牲畜侵害桑枣禾稼"。1263年七月，他又颁旨"禁止野狐岭行营蒙古人进入南、北口纵牧畜，损践桑稼"。而后更以圣旨形式条画规定："诸军马营寨及达鲁花赤、管民官、权豪势要人等，不得恣纵头匹，损坏桑枣，践踏田禾，骚扰百姓"等等，并首次规定出"另加治罪，并勒验所损田禾桑果分数赔偿"等惩罚措施。七百多年前犹知"损害庄稼要赔"，实属难能可贵。不仅如此，这位蒙古族大皇帝还懂得劝告和鼓励老百姓"开荒垦田，种植桑枣"，还进而推出定期减免开荒者税收的鼓励措施。并且还首次谕令河南蒙古驻军，"除城邑近郊可保留部分马场，其余应听还民耕"。还公开下诏于那些依旧大权在握的勋戚贵胄，命令他们："不得擅兴不急之役，严禁妨夺农时！"以上所述绝无杜撰，均可详见于《元史·世祖纪二》。而更难能可贵的还在于，也就在1261年组阁后不久，这位游牧民族出身的蒙古君主，竟命两位汉族能臣王允中与杨端仁，奉旨于孟怀路开凿广济渠，引沁水经过五县直达黄河，全长达六百七十七里，可灌溉农田三千余顷。如此规模宏大的水利工程，竟出自于一位来自草原大汗之手，这在历代入主华夏的少数民族帝王之中是前无古人的。值得一提的是，他从中还发现了许多杰出的科技人才，比如"习知水利、巧思绝人"的郭守敬，不但后来助其完成了多项更宏大的水利工程，而且还以天文历法上的多项杰出成就而成为闻名后世的伟大科学家。郭守敬系刘秉忠的弟子，似属儒家的"实用主义"派。（以上史料分别见于《元史》相关分传及类志）总之，忽必烈在此阶段为一统天下还是抓住了根、找准了本，措施也是颇为得力的。

完全可以这样说，这是忽必烈施行仁政最辉煌的时期……

不分民族，选贤用能，人尽其才，地尽其力，短短的一段时期内，黄河流域的农业生产已恢复得初见成效。但天有不测之风云，随之便是阿里不哥的诈降复叛，汉世侯李璮的背后插刀。危机四伏，汉臣汉儒顷刻间变得似人人可疑……但即使是在这样的情况下，重农桑之政策他也从未动摇或中断过（腹背夹击的叛乱将有专辑来讲）。总之，在行施汉法治汉时，忽必烈却又凸显出游牧民族那种执着和坚忍不拔的性格。在事态平息之后，更进而下诏以重农桑之成效为地方官员奖惩标准。据《元史》载："高唐州官员因勤于劝课受升秩奖赏"，而"河南陕县尹王仔却以惰于农事被降职"。

遥想当年鏖战长江，忽必烈重启"重农桑"似更重启上瘾了……

毋庸讳言，察苾也是幕后的"推波助澜"者中的核心人物之一，当忽必烈沉浸于蒙俗古风中时，她也不忘及时提醒。有一次，在刚定都大都以后，四位亲信"怯薛台"竟还请求割取郊外的一片土地为牧场。忽必烈考虑他们是为放牧保卫京都的战马而用，没有多想便应允了。察苾这时恰好路过，外闻便知此乃自毁"重桑农"之举。但为了皇上的尊严，又不好进去当众劝谏。而这时刘秉忠也凑巧欲进殿面君，察苾即将其拦下故意予以谴责曰："汝乃汉臣中最明达事理者，圣上把汝依为朝堂重臣。汝之所言，圣上均极为重视，而为何唯独在此事不加以谏阻？如若在定都之前尚可规划战马牧场，而现今众百姓在其农田上久已安居乐业，又焉可让其众弃农桑重新流离失所耶？"刘秉忠乃一聪明绝顶之人，一看察苾眼色即在外大声承认错误道："请大哈敦息怒！此确系微臣未尽到职守！"忽必烈在内听二人一训一答，随之竟也顺水推舟地将此事"从长计议"。（见《元史·后妃传》）而更重要的还在于，随后忽必烈又将"劝农司"升格为"大司农司"，并擢升藩邸儒臣张文谦为"司农卿"，位列阁辅，专掌农桑水利，"巡行劝课，察举勤惰"。还有史可考，他还下令大司农司编纂《农桑辑要》一书。史称，此乃"遍求古今所有农家之书，披阅参考，删其繁重，撷其切要"所辑。故才有了元王朝令后世惊叹之举：不仅将《农桑辑要》推而广之，而且取其精要"相风土之宜，以讲究可否"，拟定

元朝拥有当时最发达的交通运输业。四通八达的驿站、草原丝绸之路、海上丝绸之路，使东西方经济文化大交融，元朝成为中国历史上最开放的朝代

和颁布了"农桑之制十四条"（见元代《农桑辑要·王磐序》）。七百多年前就知"科技务农"、"因地制宜"、"农业多少条"等，而且出自于一位蒙古皇帝之手，确实令人难以置信。

而其令后人惊叹之举尚不仅仅于此……

这位马背民族的大皇帝，总体来说似乎还是受儒家学说拘束较少。他度量弘广，玩什么总能玩出些名堂。就拿兴修水利来说，除前面已说过的开凿怀孟路的广济渠等诸路河渠外，1264年又命张文谦率"习知水利、巧思绝人"的郭守敬，修复疏浚唐来、汉延二渠，可灌溉田地近十万顷。对恢复久经战乱破坏的黄河流域农业生产，可以说是居功至伟。但这仍不算惊人之举，可叹之处乃这位蒙古君王颇喜"新鲜事物"，而且一喜便又大胆发挥。比如陕甘村屯间，秦汉年代即有"社"一说。闹个社头，办个祭祀，农忙时也相互帮个工。这种乡俗被忽必烈听说之后，顿

忽必烈视察大运河工程

觉如获至宝。与深通农桑的儒臣相商之后,竟下旨曰:"立社是好公事也!""既是随路已立了社呵,便教一体立去者!"(原文照录,见元档案)现在听起来是有些别扭,但这确系七百多年前元代的口语。随之,便因皇长子领中书省事,又将此事交于其处置。而真金自幼即随姚枢与窦默苦学儒学汉法,领旨又经自己儒化,后交左丞相史天泽、司农卿张文谦立即各地"广为推行"。据史载,"于乡间村屯,又实行五十家立一社,择年高晓农事者为社长。敦本业,抑游末,设庠序,崇孝悌。"(见《元史·世祖本纪》)史又称,此乃忽必烈"亲自推动立社劝农桑",遂使七百余年前的中原大地似也走上了一条"农业互助合作化"的道路。后统一江南后又推向全国,"社"最终竟也成为元帝国最基层的行政单位。当然,绝对的今非昔比,但令后人还是叹绝。而这种立社显然是以儒家思想为基础的,故又受到汉臣们的大力推崇和敬服。

潇洒、从容、自信地操控转化着软硬实力……

岁月匆匆而过,忽必烈"重农桑"之政策,"功效大著,民间垦辟种艺之业,增前数倍","凡先农之遗功,陂泽之伏利",总体皆"靡不兴举",基本上做到了"野无旷土,栽植之利遍天下",使黄河流域的农业生产得到了较快的恢复和发展,这在前朝历代入主华夏的少数民族帝王中是绝无仅有的。须知,当时全世界尚处于农业社会(有的还未进入),农业经济的迅猛发展也就代表他掌握了世界的先进文明。(以上引言见于《农桑辑要·王磐序》及《秋涧集》卷三十七等)总之,若真的"增前数倍",那肯定人均"GDP"也增长了不少。黎庶的初步温饱暂时解决了且不说,也为忽必烈"大显祖风"奠定好了物质基础。

这是一次由"武功"到"文治"的成功转型,充分展现了忽必烈的雄才大略。而将"重农桑"作为切入口,更使得大元王朝这条初建成的航船乘风扬帆航向不可逆转!

作为一位志向宏远的少数民族的杰出帝王,他已经成功地向未来迈出了第一步——

重农桑,蓄大志,以图天下……

【第四辑】

元朝科技、农业、商业、手工业大发展

震撼崛起——成吉思汗及其英武儿孙

兴儒学与王文统之理财赋

当然，作为一位开创新王朝的新主，也不能说只"重农桑"就算功德圆满可以高枕无忧了。要知道成功的转型是个颇为复杂的系统工程，要想使一个草原的游牧帝国成功跨入农耕文明还必须全方位抓起。比如说，既然已宣称"入继中华大统"，那就必须承袭历朝历代封建帝王所崇奉的"孔孟之道"。再比如，既然重农桑"所获颇丰"，那就必须一改昔日的横征暴敛重新制定"利国利民"之税赋之策。

好在忽必烈在多方面均是个治国能君……

度量弘广，日理万机，在狠抓"重农桑"的同时已出手不凡地也在抓这两件大事了。他在为藩王时在这两方面均积累了丰富的经验。比如说，在命廉希宪治理京兆食邑时，就曾任命一代大儒许衡为"提学"，赴秦陕一带以儒学"教化黎庶"。再比如，在命张耕与刘肃以汉法治理邢州时，已试行过税赋的改革。故在中统建元后推行起来也是极具魄力的，以下分别从两方面简略概谈。

一、重儒兴教

有史可查，从汉唐以来入主中原的历代帝王，无论是汉族或少数民族，均视尊孔祭孔为承袭传统。这倒不是说儒家学说是万能的，但在七百多年前的特定历史环境下离开它也确是万万不能的。否则就别想在中原立住脚，更别提天下大一统。据史载，蒙古汗国前四任大汗均对儒家评价不高。虽契丹大儒耶律楚材事蒙后略有改观，但并未曾使儒家思想在游牧帝国中占过统治地位。所幸忽必烈在青少年时期为探索草原汗国的未来，就曾系统地学习过儒学，被史称"主动接触儒学儒法之蒙古诸王第一人"。正如前面所说的，后来便有了"纳儒习儒"之举，并曾被元好问、张文谦、王鹗等尊之为"漠北儒教大宗师"。故他的"先天条件"极好，承袭儒家学说这份传统似乎是"水到渠成"自然而然的。

但忽必烈还是不敢有丝毫大意……

据史载，自中统登基伊始，为尽得中原人心，实现一统天下的宏誓大愿，他始终将这段话放在嘴边："孔子言三纲五常：人能自治，而后能治人，能齐家，而后能治国！"（见《元史·朵罗台传》）足可见他已把"三纲五常"作为"立国之本"了。为此，他不但下令拨款维修各地文庙，主动承袭了历代所有祭孔之举，而且还下令解除了所有读书人的徭役之差和税赋之苦。总之，前期尚可谓对儒者特别客气，比如对亡金状元王鹗竟不直呼其名，而是礼贤下士地称之为"状元公"。而且还将一些闻名中原的大儒和理学大师，如许衡、窦默、王鹗等均加封为"翰林学士"，并设"昭文馆"为翰林学士的议事机构。虽对"科举考试"尚显犹疑并"久议不决"，但立朝初期就能如此，已足以使中原士人认为这完全符合"儒家正统"的要求了。更何况他还在1261年八月即接受了"翰林学士承旨"（即御用头号大笔杆子）王鹗的建言，已特诏各路设立"提举"为学校官，并选取了老儒王万庆与敬铉等三十余人赴各路担任（相当于现在的省市教育厅长）。并钦命"作成人才，以备选用"，这已意味着地方官办儒学的全面恢复和重建。（见元代《庙学典礼·设提举学校官》）随后又专门成立了"国子学"（即国立儒生大学），并特任命许衡为国子学"祭酒"（即校长）。当然，"国子监"（即国家主管教育的最高权力机构）的设立是多年后的事情，但还是可以看出前期的忽必烈虽怠慢科举，却还是颇为热衷于儒学教育的，是已隐伏下"九儒十丐"之种种矛盾，而在立朝之初就能如此尊孔敬孔也颇引人瞩目了。须知，前几任蒙古大汗均没有这么善待过汉人的老祖宗，看来这位蒙古皇帝是要认认真真地当"中国之主"了！

转型的过程中，在继"重农桑"之后，这确实又是一步高棋！

二、整顿税赋

忽必烈之雄才大略，尚表现在他及时"收拾残局"的魄力之上。没错！他是于1260年三月抢先一步在开平称汗的，但所面临的中原局面却是一个地道的烂摊子。原汗廷和各大封国于汉地根本没有什么固定的税赋政策，而是只顾杀鸡取卵式地层层横征暴敛，致使昔日的"粮仓"和"银库"早已名不副实，大多数地区均沦为"赤旱千里，流民遍野"。况且尚面临着内忧外患、封王的年赏、军队和臣众的巨大开支等问题，看来加速改变这种"竭泽求渔"所造成的混乱局面已势在必行了。

如若不然，即使再提"重农桑"、"尊孔孟"也只是两句空话。

而在这方面，忽必烈的高明之处即在于"知人善任"……

被他所选用之人即为：王文统，一位极为复杂又颇多争议的历史人物。前面对他相关的来历已有过较客观的介绍，现在主要展现他如何替忽必烈"理财"成为一代"治世能臣"的。有史可考，这位蒙古族皇帝果然"独具慧眼"，即位不久便将"整顿财赋"之大权放手交于王文统"见机行事"。他对王文统信任有加，并且任命他为中书省"平章政事"以便于行使职权。史载，"凡民间差发，宜科盐铁等事，一委文统裁处"。（见《元史·廉希宪传》）而儒臣杨果、张易、刘秉忠等也对忽必烈的"知人善任"颇为叹服，称王文统"材略规模，朝士罕见其比"。而这位蒙古族皇帝还又突现马背民族"襟怀坦荡"的特点：用人不疑，进而还特许他"不必劳于奏请，平时可运筹中书省，遇大事则面陈"。作为大元王朝首任副首相衔的"财政大臣"，他能不为这样的"恩宠"以"肝脑涂地"而回报吗？

王文统的理财改赋主要体现于以下三个方面——

其一，整顿户籍和差发。据史载，于中统元年（1260年），即在王文统主持下对中原汉地进行了一次彻底的"户籍普查"。这在前四届大汗时是从未有过的，其时尚只知征服和盘剥，根本不知人口到底有多少。而王文统在全面普查后却还能进而将户口分类和整顿，使中原汉地的百姓"分门别类"地俱纳入新朝的户籍。而尤为重要的是，他又根据贫富贵贱的差别将其细分为：成丝银全科户、减半科户、止纳丝户、止纳钞户以至全科系官户等。目的在于，使他们"交纳"的丁粮、丝料和包银，又依户别等第而有高下"。故虽已涉及权贵利益，但确实为全国的"理财改赋"打下了"广施仁政"的坚实基础。（见《元史·食货志一·科差》）

其二，食盐权卖。必须指出"重农桑"乃一项尚需时日方可见效的"工程"，而迅速增加税收却仍需靠盐铁等"大户"。故中统二年（1261年），忽必烈即依据王文统的申奏："欲差发办而民不忧，盐课不失常额。"遂颁布诏谕"申严私盐"改由官家掌控，史称"食盐权卖"。并当即"由每引（计量单位）白银十两减至七两"，这样就"便于官府向盐商批发和推销行盐盐引"了。同时，王文统还置官管理各大盐池盐场，还在各地设立"解盐司"统辖其事。与民与商均有利，从而结束了历届大汗均不懂盐务只顾掠取之混乱局面。其他如铁、茶、酒等均都有应对措施，故仅山东一地盐运司的办盐收入就提高至白银两千五百锭（详见《元史·食货志二·盐法》），致使国库逐渐充盈，忽必烈尽得了多项稳定而又可观的财赋入账。

其三，推行中统宝钞。这更可证实忽必烈用人之凡，王文统的确具有一般儒臣难有之"经济头脑"。早在中统元年（1260年），即以中书省名义于全国发行"中统元宝交钞"。面值从"文"到"贯"共十种，钞之一贯相当于白银之一两，显然是以银为本位。并规定全国通行，就连各级官府上缴的盐铁茶酒之诸类岁贡税赋也必须以中统宝钞为主。由此信誉日增，加速了货物的流通，激活了经济的发展，中统宝钞也成为世界上最早的由国家统一发行的纸币。再加上措施得力、规章严密，银本充足不动，故史载，很快便使臣众"视宝钞重于金银"。难怪意大利的旅行家马可·波罗也在他那闻名于世的《马可·波罗游记》中这样记叙说——

在汗八里城中有大可汗的造币厂。内部设备非常好，我们可以说大可汗是一个完全的炼金家……他采取桑树的皮……和胶一齐捣成糨糊，然后卷成薄片……他把它们切成大小不同的小块，但全是长方形……所有这些大小纸块上，全印着大可汗的图章。你们必须知道，所有那些钱发出去和纯金纯银有一样的势力和威严。有一定的官吏，特别委派在每张纸币上写上他们的名字并盖上各人的印。当钱制好后，那些官的领袖，奉大可汗特别委派守印，将官印涂上朱红，盖在纸上，所以纸上留着朱红色官印的痕迹。以后这张纸币就变成有效的了。如有人伪造纸币，必受斩首的死刑。大可汗造出如此多的纸币，能够拿他付换世界上所有的钱币……在他所统治的各省、各国和各地方中，这纸币皆通行使用。没有人敢拒绝，违者处以死刑。我还要切实告诉你们，在他所辖的各国各民族中之臣民，皆愿意接受这纸币，偿付各种款项。因为他们无论到了什么地方，总能用它购买一切东西，如珍珠、宝石和金银等各种货物。

震撼崛起——成吉思汗及其英武儿孙

综合上述，不难看出：忽必烈用人是恰当的，王文统的理财也是卓有成效的。致使与其有政见分歧的姚枢，也不得不承认王文统在中统年间做到了"民安赋役，府库粗实，仓廪粗完，钞法粗行，国用粗足，官吏转换，政事更新"。（见元代《牧庵集·中书左丞相姚文献公神道碑》）由此可见，继组内阁、重农桑、兴儒学之后，忽必烈在大搞经济上也可称"硕果累累"。当然，也必须指出，尚有一位"幕后英雄"以身相挺！此人即著名的汉世侯、原拖雷家系在中原食邑的守土臣、忽必烈多年来的亲信追随者，也是在汉臣汉世侯中唯一能荣膺内阁首辅的右承相：史天泽！是他主持中书省定规十条，使政务处理有章可循；是他奏罢色目大臣与贵胄"占役"，实行统一的税赋科差规则；是他在多民族的宰辅间"弥缝协调"，以至自身"委屈论列"；是他在皇帝与大臣之间上传下达，使组阁、重农、尊儒、理财等均能得以顺利推行。故《元史》载："中统初元之治，史天泽功不可没！"只不过不如王文统那样"才略横溢"，而甘愿隐没于政务之中而不如王文统那样出名罢了。

总之，转型顺利，前景辉煌……

但智者千虑，必有一失！就在忽必烈采用"内蒙外汉"之策，并未触动草原母地的诸多旧制之时，一些守旧的宗亲贵胄已因他们在中原的利益受损而怨气冲天了。他们才不管圣祖的遗愿不遗愿呢，竟联名上书诘难忽必烈："本朝旧俗（指草原汗国）与汉法异，（你）今留汉地，建都邑城郭，仪文制度。遵用汉法，其故如何？"而这位蒙古族皇帝却依然是那么坦荡而执着，除派出使臣赴草原宣示成吉思汗的遗愿外，竟傲然地"置之不理"，继续推行他的转型改革。

显然对保守势力的能量估计不足，更没料到幼弟阿里不哥在这么的短时间内就会借此"死灰复燃"！

矛盾的突然激化和爆发，使"思大有为于天下"只能暂停！

仅仅才一年，阿里不哥便背弃诺言"卷土重来"！

两汗对峙的局面重又再现，只有战争！

而且是来势汹汹……

第五辑

【本辑提要】中统建元，正当忽必烈为了马背民族的未来成功地转型时，阿里不哥却"借尸还魂"般地突然"卷土重来"了。如果说这场战争并未影响到他对汉臣汉法的初衷，那么随后发生的两件大事却使他对汉人汉地渐渐产生了疑惧：一是汉世侯李璮"背后捅刀"的叛乱，二是南宋背信弃义扣押郝经的事件终被戳穿。随之而来的便是"蒙汉共荣"局面的结束，四等人制度等民族歧视政策的产生，中书省阁僚的大撤换，中路宣抚使的大换血，以致使色目奸相弄权几近二十年……真可称得上一次历史性的大倒退。后还多亏了忽必烈"海纳百川"从未放弃汉地汉法，这才使大元王朝跌跌撞撞最终走向了南北大一统。

波澜迭起，千回百转……

震撼崛起——成吉思汗及其英武儿孙

阿里不哥死灰复燃地再次角逐汗权

1261年八月，正值茫茫草原秋高气爽……

遥远的吉里吉思旷野上，寒气已开始阵阵袭人。但一匹匹战马经过夏秋的精心放牧，还是个个膘肥体壮生龙活虎的。一阵阵激昂的嘶叫，顿使这广袤无垠的荒原上弥漫起一股杀气腾腾的野气。

阿里不哥的汗帐就屹立在一片萧瑟的秋风之中……

残酷的现实，似乎已使得这位从小只知骄横跋扈的"灶主"开始变聪明了，已懂得掩饰自己凶悍残暴的本性，充分利用古俗古风传给自己的优势蓄势待发。比如那自己派出的使臣签字画押骗阻忽必烈追袭归来，他竟能只连连哀叹其为什么要纸上画押？因为传过去的话只是一阵风，而留下了字据就变成了一座山！致使当场便把不屈的骁勇激怒了，那使臣的脑袋随之也就落了地。脑袋没了也就否认了曾经有过那座"山"。阿里不哥为这种"牺牲"竟然伤心落过泪，但很快便又被贵胄联名诘难忽必烈的消息激动起来。看来草原上人心所向仍在自己一边，只要称"恢复祖制"便可"一呼百应"！总之，为夺回汗位，阿里不哥各方面均有所收敛，致使除挟三位皇子外，尚团结了一大批坚守祖法的宗亲贵胄，如孛罗欢、图满、阿里察等拥兵"那颜"（即贵族将领）之全力支持。

星星之火可以燎原，阿里不哥悄然反攻了……

按说，忽必烈在转型改制时也不是毫无防备的。有史可考，他不但严加控制流向漠北的军用物资和马匹等，而且钦命东道宗王移相哥率重兵驻守哈尔和林严加防范。只可惜这位宗王也犯"成者王侯"的老毛病，一进这昔日的汗都便难免产生一种飘飘然的感觉。从偏安一隅到掌控辉煌的汗都，竟使他在一片"歌功颂德"中似只能应对一场场的"莺歌燕舞"了。而更为可悲的还在于，他竟认为圣祖子孙必定个个"一诺千金"，如有谎言将是终身的"奇耻大辱"，势必会被逐出黄金家族，永世遭受万人唾弃。故他一直相信阿里不哥的"请求恕罪"宣言，甚至期待其"养壮了牲口就来见你"以助自己再立旷世奇功。

凛冽秋风中，阿里不哥竟"果不食言"……

在中外相关史料上，有关这次诈都战役均相当简单。只称"当阿里不哥接近驻守哈尔和林的移相哥驻军时，派出急使说道：'我是来投降的！'移相哥深信不疑，表示欢迎。阿里不哥则趁移相哥麻痹大意不加防范之机，突然发动袭击，大败移相哥，重新攻占汗都哈尔和林"。从此，移相哥便很少在史书上出现，而阿里不哥则注定要重返万安宫。（见《史集》）

所幸忽必烈处乱不惊，应对及时……

作为成吉思汗皇嫡孙，在他的血液里似乎就流淌着潜在的军事才能。他不仅临危不惧，而且反应迅速果断。因阿里不哥声称要踏平中原，此次反击忽必烈他大胆地动用了汉地的汉世侯。据史载，仅"万户侯"他就动用了张柔、邸浃、王文干、解诚、张荣实、严忠嗣、张荣等著名将领。但为了使汗位的争夺更合乎正统性，打先锋的仍启用东道诸王和蒙古贵胄。如塔察儿大王、纳领合丹、纳陈驸马等所率一万多之精锐草原铁骑。而且绝不被动防守，竟毅然采用了主动北上出击。随之，命令亲信将领赵璧与怯烈门等布军于燕京直至关陕一带"以防万一"，而后便准备率大军再一次赴草原母地"御驾亲征"。（见《元史·世祖纪一》）

用兵神速，最终对决于漠北昔木土……

震撼崛起——成吉思汗及其英武儿孙

昔木土（今蒙古国苏赫巴托省南部），全称昔木土脑儿（或"淖尔"，蒙古语湖泊之意）。时值初冬，广袤无垠的戈壁荒漠上已浸透了一股刺骨的寒意。无根的沙蓬随风四处滚动着，但双方对峙的金戈铁马却怒目相视纹丝未动。阿里不哥驻马高耸的帅台猛地一声号令，顷刻间便闻得旷野里同仇敌忾地响彻起一片呐喊："一雪前耻还我汗位！"明显是想"先声夺人"，在气势上压倒敌众。却谁料呐喊声尚未落定，反激起忽军阵中一片排山倒海似的呼应："败降之将！何颜称汗！"阿里不哥被戳到痛处，霎时便恼羞成怒挥师杀将过来。而忽必烈也沉着应战，顺势就摆开阵势张弓驰马迎敌。一时间只杀得天昏地暗，一时间只杀得日月无光。而这回阿里不哥显然是总结了上次失败的教训，竟然能有备而来地相持甚久。

这就是《元史》上著名的昔木土鏖战……

可惜！没有《三国演义》或《隋唐演义》等演义中的"名将迭出"之展现，更没有"丈八蛇矛"或"青龙偃月刀"的"来往过招"之描述。恶煞煞的，似只剩下了一场场野性的厮杀，戈壁荒漠无处不呈现着一种群体性之力量和速度的交锋。人和马交融在一起，撞击中战刀并不需要锐利。一切均在刹那间决定，或血洒疆场，

作战图

或驰向胜利。极少有战将单独施展武功的机会，而更重要的却是统帅的军事天分与指挥才能。据史载，忽必烈的战略部署显然略高一筹。他命令以凯旋的宗王合丹、驸马腊真、重臣线真和兀鲁等组成右军，以塔察儿大王、汉世侯史天泽及太丑台等组成左军，以宗王哈必赤统领中军。在姚枢的辅佐运筹下，真可谓"用人得当，布阵有方"，遂为昔木土麕战早奠定了大胜的基础。而反观阿里不哥一方，则行事颇为粗犷，唯挟凶悍骁勇而已，只要前锋受挫必首尾自乱，故首次在这寒冬茫茫戈壁上的交锋，即如拉施特的《史集》中所述：忽必烈之"三军奋力进击，没命地厮杀起来。宗王合丹等斩其先锋霍儿赤及部下三千人众，塔察儿与哈必赤大王等复分兵奋杀，致使初战即大败阿里不哥统帅之军！"（见《元史·世祖纪一》及《元朝名臣事略·丞相史忠武王》等）

但这仅仅只是麕战的开始……

据史载，十天之后，蒙哥大汗的长子阿速台率后卫部队赶来支援岌岌可危的阿里不哥了。这是一位没有野心的血性男儿，却也是一个没有思想的"唯崇祖制"者。他率领复仇大军的到来，明显地又给被打得支离破碎的阿里不哥军队注入了一针强心剂。须知，马背民族是向来不肯承认失败的，他们往往视部族荣誉胜过自己的生命。更何况一旦被击败成为"反叛者"，即使投降也难逃血腥的覆灭命运。为此，在皇长子阿速台狂怒的复仇呐喊中，阿里不哥东逃西窜的队伍霎时又汇聚在了一起，千军万马又调头向忽必烈稍事休整的大军突袭而来。这是一场血肉横飞、力量和速度的对决，一连数天在茫茫的戈壁荒原上杀得昏天黑地。虽然说，忽必烈一方奋然击溃了阿里不哥的右翼，然而"毙敌一千，自损八百"，自己也损失惨重。谁也不曾料想到，阿里不哥也能"狗急跳墙"发挥出超常的潜力。他用封王封侯、赐金赐银、赏女赏妻、奖牛奖马等手段激励手下，表现出极大的慷慨；用"把篡逆者带来的汉人赶出草原"、"为圣祖的荣誉去踏灭开平"等口号刺激着每颗蒙受屈辱的心！致使忽必烈似也只能暂时按下汉兵汉将，比如贴身儒将董文炳所率的一千弓箭手，为扬起高傲的头颅竟给对手留下可乘之机。随之，便见得阿里不哥竟干脆放弃了溃败的右翼，竟与皇长子阿速台会师，一起向自己左翼凶悍无比地冲杀过来。果真令忽必烈有些措手不及，幸亏姚枢早有安排方能挥师奋力相迎。这才算达到了昔木土鏖战的高潮。据国外有关文献资料描述："战马疾驰，踏碎戈壁；刀戈相击，惊天动地；铁骑悲嘶，骑士绝叫；直杀得日月无光，直杀得人仰马翻；鲜血染红了旷野，尸骨遍陈于荒漠……"直到夜幕降临了，一片漆黑笼罩了惨不忍睹的大地。虽双方仍未见胜负，但也只好暂时收兵，双方各自回到自己的宿营地。

黑暗中警觉的对峙，静穆中唯闻声声喘息……

在帅帐中，忽必烈正在任侍从为其泡脚敷疼。虽然还有姚枢候命于军帐里，而这位蒙古族君王却似只顾对阿里不哥尚能保持这样的顽强战斗力而感叹了。这或许正是一种马背民族独特的思维方式，也或许是出于对幼弟的另类思念之情，总之竟脱口而言道："不愧朕之幼弟，孺子尚可教也！"然姚枢却在一旁进言曰："否！阿里不哥尽逞凶悍，此乃自取灭亡！"忽必烈急问："何出此言？"姚枢对曰："如其尚知该进则进，该避则避，保存实力，周旋于我，则必成圣上之心腹大患！而其自不量力，倾巢而出，气焰嚣张，决战于昔木土，已注定其必然覆灭的命运！"忽必烈又问："先生可否详述之？"姚枢这才娓娓道来："其逞凶败亡景象，乃皆因圣上英明之决策！断其粮秣，绝其军需，已早使其成为无源之水，无本之木！经此次昔木土大战，已毙其骁骑十之六七、耗其军储十之八九！我方表面虽尚未高奏凯旋，却已使彼捉襟见肘、进退两难矣！而我方后备兵源充足，军需粮秣供路畅通。依臣所见，我方应按兵不动，挑其凶焰，耗其储备，损其兵员，毁其心志，以使其早日成为蜡尽油干之风中残烛！"忽必烈听后哈哈大笑曰："好一个足智多谋的姚公茂，俱道出朕之心思！传令赐酒赐肉于诸军，朕决定将于昔木土与诸帅共度此冬矣！"

以逸待劳，似准备耗尽阿里不哥之实力……

光阴如箭，其时已至1262年初。因漠北春来其晚，故忽必烈为落个"不轻易杀戮"的名声倒也过得颇为潇洒。由于此役尽得转型改革之利，又尽得汉地人力物力的支持，故这位蒙古族皇帝对随征的儒臣和汉世侯均深感亲切。不分民族，大有一种互建一种特殊君臣关系的趋势。而就在这时，却从新都开平传来了一件十万火急的密报：汉世侯李璮高举"还我河山"的旗号反叛了。顿时，忽必烈为之震惊了，一眼便看穿这是要"趁火打劫"，这是在自己"背后插刀"！

乍猛生疑的目光，沉着冷静地应对……

所幸忽必烈毕竟是位"度量弘广"的杰出君王，很快便从震怒中恢复了常态。好在此时他尚把此事只当"个案"对待，涉及面也并不那么广，故仍把姚枢当作知己愤而大呼曰："朕待其不薄，汉儿何其忘恩负义也？"姚枢大胆应对道："陛下应慎言，勿以一叶而障目！而眼下当务之急乃阿里不哥之乱。臣以为其内耗几至殆尽，我方已可改按兵不动为全面出击！全歼其有生力量使之再难死灰复燃，然后圣上再巧布迷阵突然南下幽燕。有察苾大哈敦坐镇开平，有燕王真金坐镇燕京，只要敕赐圣旨即可助陛下暂解后顾之忧！万万不可前功尽弃就此撤军南征，此将陷首尾难顾，国将永无宁日也！"此番谏言似句句都冒着风险，但似乎也正是由于这种置生死于度外的儒者胸怀打动了忽必烈。

更何况！又提到了使人心头一暖的察苾和真金……

故这才有了和姚枢进一步的彻夜相谈，致使第二日忽必烈便又成为一位度量恢宏的草原君王了。他根本不提急报奏章之事，竟只顾依姚枢之策开始调动兵马。仅仅在一天一夜之间就调集了所有的精锐，随之便以迅雷不及掩耳之势击溃了阿里不哥疲惫不堪、内耗空虚的军队。就连其最凶悍的大将阿脱等也被打得均纷纷投降，阿里不哥似也只好率残部没命地向遥远的大西北逃窜而去。忽必烈不但西征宗王合丹又趁机收复了哈尔和林，而且整个蒙古母地似乎也再没有阿里不哥的立锥之地了。表现得特别悍勇的阿古拉竟自告奋勇要去生擒"逆首"，但忽必烈却制止曰："不要去追他们！他们都是些不懂事的孩子。应当使他们明白过来，后悔自己的行为！"（见《史集》第二卷）

也难怪！有了大胜，自然便会有"大度"……

须知，草原上也颇尊崇"成者王侯败者寇"的法则，在昔木土溃败之后阿里不哥似乎已彻底失掉争夺汗位的资格了。蒙古人一贯崇拜英雄，一败再败者即使拥有"灶主"的身份也渐渐变得一钱不值了。更何况东西道各大宗亲贵胄均见风使舵又纷纷先后表态支持忽必烈,现在仍对阿里不哥表示同情的好像也只剩下了察合台遥远的封国。据说还在发生着王位之争的内讧,对于长于政治谋略的忽必烈来说也只需稍动心思而已。

难怪昔木土大捷名垂青史……

表面上看,无数铁骑正簇拥着巨大的车载帅帐向着哈尔和林滚滚而去,似欲尽快去重新收复昔日的汗国故都。

而事实上,忽必烈与姚枢此时却在秘密南返途中。

风云突变,形势紧迫!

必须一举定乾坤……

李璮之乱所造成的历史倒退

说到此次"趁火打劫"的叛乱,似必先了解李璮其人……

李璮,金代潍州(今山东潍坊)人。史籍对其多贬。然换一个角度来看,在历经辽金两代近二百年的统治后,其受蒙廷封官晋爵尚能保留强烈的民族意识实属难能可贵。也难怪!其父李全就是在金末反抗女真人的统治而成为地方军阀的,到李璮袭位之后仍不改其父貌视异族统治的遗风,总认为屈身事蒙乃"狐居兔穴"(原文),无时无刻不在思考"汉家男儿当独领汉家天下"。因其封地在今山东益州与江淮一带与南宋接壤,故利用其地理优势不断与蒙、宋及中原其他汉世侯周旋。他甚至迎娶了塔察儿大王之妹为妻,借此以提高自己在蒙廷中的地位。

然真正使他懂得运用权谋者乃王文统……

前文说过,王文统金末曾举经义进士,但游说四方竟无主赏识。后投奔于李璮帐下,方总算"英雄有了用武之地"。李璮根本不管他学术纯不纯,更不睬诸儒鄙夷不鄙夷,只顾深爱其"权术谋略"之才,并将其倚为心腹幕僚。而王文统也果不负"知遇之恩",教授其"挟南宋以自重",不时向蒙廷虚报战功,经常向汗都夸大南宋威胁,借口难抽兵力不服从调遣遂成惯用手段。随后为突出李璮在大汗眼中的地位，王文统又教其用钱财收买人心，进而攻取南宋沿边州郡以扩充实力。后王文统虽在劳军时被忽必烈"慧眼识才，破格起用"，但李璮已尽得其"权术谋略"之精髓，坐大成为汉世侯之中的佼佼者。而且谅他也不敢出卖旧主，有其女尚在身旁为己之妻。

蒙哥猝死，汗位争战不休，似使李璮看到了时机……

雄心乍起，壮志当酬，终于使他要趁天下大乱一搏了。随之他便暗中广为联络中原汉世侯，力图唤醒他们已快泯灭的民族意识而跟随自己揭竿而起。与此同时，他似乎也已掌握忽必烈为争夺汗位首尾难顾的复杂心理，时而以攻取南宋涟水诸城讨封要赏，时而又"伪造边警、恫疑虚喝，挟敌国以要挟朝廷，而自为完善益兵计！"（见《元史·李璮传》）而忽必烈如此雄才大略又焉能不知，只不过为了全力应付阿里不哥而暂时采取了隐而不发之策。不仅赐金符、银符、赏银三百锭及多次下诏奖谕，并进而下旨命令"蒙古、汉军之在边者，咸听节制！"（见《元史·李璮传》）真可谓"皇恩浩荡，宠信有加"，但李璮却"壮志未酬，不为所动"。一旦大权在握、羽翼丰满、城池修固、兵精粮足，便趁阿里不哥诈降夺回哈尔和林举兵南下之际也开始动手了。他暗中接回质子李颜简只是个信号，事实上大规模的反叛活动已不可能遏止了。

作战图

作战图

震撼崛起——成吉思汗及其英武儿孙

壮怀激烈,当即发出了"还我河山"之声讨檄文……

据史载,1262年一月,趁着忽必烈与阿里不哥争夺汗位难分胜负之际,李璮已于山东南部的根据地益州暗暗起兵了。为避免腹背受击,更避免各汉世侯疑其"怀有异心",竟又转而献上涟水等四城向南宋称臣,以彰显其"靖康耻,犹为雪;臣子恨,何时灭"之矢忠,从而想唤起更多汉世侯"一呼百应,高举义旗"之响应。而南宋之腐朽政权也巴不得借此"自慰"一番,遂也封其为什么"节制幽燕各路兵马之节度使",后更晋封为什么"齐郡王"。至于收到其联络密函的诸多汉世侯,大多早已民族意识荡然无存皆纷纷袖手作"壁上观"。

开弓难有回头箭,已绝无挽回的可能了……

而李璮为了表达自己的"民族大义",不仅早下令将留驻的蒙古兵将囚禁于帅台之下高墙之内,而且更进而将自己的蒙古妻子——塔察儿大王之妹——押往帅台令其劝降。谁料这往日温柔多情的蒙古郡主突遇此事竟表现得大义凛然,泪流满面地对着囚徒便声嘶力竭而呼:"蒙古男儿膝下有黄金!蒙古男儿膝下有黄金!"李璮吓阻道:"小心汝的脑袋!"而她却还能应对曰:"脸都丢尽了,要脑袋又有何用?"随之又悲天怆地连呼两声:"我兄误我!我兄误我!"遂栽下高台而死,相随殉难者尚有蒙古侍女数人。众蒙兵将见之均哀号欲拼死一搏,李璮当即挥泪下令全部击杀之。据野史载:"其蒙妻甚美,李璮抚尸大恸三日,并命以王妃之礼厚葬之,足见伉俪尚且情深。"

似也只有义无反顾"直捣黄龙"……

两汗鏖战,后方空虚,这确实是难得的绝佳时机。据史载,李璮不仅是个统兵数万的世侯,尚是个喜爱舞文弄墨的骚客。初起兵时,他也曾"意气风发,胸怀大志",颇具王者风范。曾泼墨挥毫作《水龙吟》词一首,以抒发其雄心壮志。词中感慨曰:"奈群生几番惊扰?干戈烂漫,无时休息,凭谁驱扫?"并期待:"眼底山河,胸中事业,一声长啸,太平时将近也,稳稳百年燕赵!"(见《记录汇编·前闻记·李璮》)如果他能如词中所述,目光弘远,意志坚定,率五万精兵乘虚直捣幽燕,将强敌驱于居庸关外。那百姓、汉世侯、南宋也必将态度大变,而这段历史也必将改写。只可惜他徒有大志,未曾兵戎相见便偏遇到了两个高明的对手。

他们虽未手握重兵,却似更善于运用软实力……

此即坐镇新都的大哈敦察苾,还有坐镇燕京的皇长子真金。临危不乱,处变不惊。当闻知李璮留质于燕京的儿子李颜简潜归益都后,察苾就已觉察此即谋反的先兆。她不仅火速驰报仍在鏖战的忽必烈,而且很快便把正于燕京执行公务的王文统召回新都。隐而不发,照常重用,唯更加信任地垂问李璮平生之为人……而皇长子真金虽年方十八岁,却也能坐镇燕京初露锋芒。他不仅按父皇密旨频频调动赵璧等留守居庸关的驻军以乱敌耳目,而且还扬言将亲赴山东曲阜"祭孔"。

意在摸清底细,争取时间……

果然效果奇佳,尤其是"祭孔"竟产生了"四两拨千斤"的巨大功效。中原汉地历经辽金近二百年的统治本来民族意识就很淡漠,现又闻蒙古皇帝即有此举便更纷纷寄希望于他施仁政了。能承认孔孟为共同的老祖宗就好,老百姓早被连年的战祸搞得怕之又怕了。而"祭孔"对于各地汉世侯来说也是如此,均不知虚实更纷纷拉开距离"乐观其成"了。特别应提到的是南宋的态度,闻有"祭孔"之举更不知忽必烈"葫芦里卖的到底是什么药",竟干脆采取了按兵不动"坐山观虎斗"的策略。因为他们不但早就习惯于"偏安一隅"的腐朽生活,而且也早巴不得借他人之手把卧榻之旁这头"恶虎"除掉。而李璮也早闻知察苾乃一代"女中豪杰",贤能而又行事沉稳,故竟然不辨虚伪,随之便急调兵马唯取济南,自挫其锋,还声称:"先据齐鲁,以擒其皇子换取中原也!"

幽燕暂时无忧,终于赢得了时间……

事实上也的确如此,忽必烈在此期间终于得以迅速调动兵马,避免了被拒关外腹背受敌的危险局面。其实,在巧布疑云、秘密南归时,忽必烈就曾忧心忡忡,向姚枢问过李璮的可能动向,姚枢对曰:"李璮可选有三:若趁我北征之隙,濒海直捣燕京,扼控居庸关,拒我于关外,惊骇人心,波动中原,为上策。若是与宋联和,据守益都为长久计,经常出兵扰我边地,使我疲于往返奔救,是为中策。若出兵济南,待山东诸侯应援,必将被擒,此乃下策。"忽必烈急问:"叛贼将取何策?"姚枢只答:"出下策!"(见元代《牧庵集·中书左承姚文献公神道碑》)忽必烈似仍有所疑虑又问:"何处可见?"姚枢回应曰:"此人志大才疏,狡诈多疑,命中早已注定矣!"

忽必烈闻之一振,事实也证明果然如此……

据史载,这位大汗兼大皇帝是1262年二月返回燕京的。皇长子真金携赵璧等诸将亲自迎候于郊外,忽必烈大为高兴曰:"皇儿行事镇定从容,不负朕望。然岂可言而无信?待为父荡平叛贼皇儿再赴齐鲁祭孔!"遂即日颁布诏书,历数李璮背信弃义背叛朝廷之种种罪恶。其中有一条即"窃据济南,横阻祭孔,亵渎圣地,罪莫大焉!"其实,此时以宗王哈必赤和汉世侯史天泽所率的蒙汉重兵已先后赶来,而阿里不哥也因和察合台家系争夺粮草越打越远去了。再无须遮遮掩掩,随之便是挥师齐鲁彻底讨平李璮叛乱了。

但忽必烈所受的心灵重创也绝不容小视……

他表面上看来从容镇定,似毫不受干扰地坐镇燕京指挥这场"除逆平叛"之役,但内心却从此变得苦楚不安,开始用狐疑的目光重新审视身旁的每一个汉地汉臣。毋庸讳言,这位蒙古君王是对李璮采取了"隐而不发"之策,但在怀疑之余还是给了他那么多封赏、那么多武器、那么多权力,甚至将驻扎于他周边的蒙古军也交由他节制。真可谓恩重如山,目的却只有一个:因李璮已娶蒙古郡主为妻,而自己也早将其视为同族,只盼他悬崖勒马回

骑马勇士

立式灰陶驮囊马

铸铁马镫

心转意，起码也应适可而止。谁料他竟出手这么凶、这么毒、这么狠！不但背信弃义地趁危向自己背后猛捅一刀，而且丧尽天良地逼死了黄金家族堂堂的郡主，屠戮了来自蒙古众多的骁勇……还有那个令众儒鄙弃的王文统，是谁从破烂堆里拾回了他？是谁起用他成了中书省首辅？也是同样的忘恩负义，也是同样的贼心不死！竟敢里外串通放走人质，竟敢图谋不轨暗做内应！长生天在上！今后除了"国族"还有何人可信？

再加上蒙臣蒙将也均纷纷为此义愤填膺……

李璮之乱显然对忽必烈此后的施政及用人之道产生了消极的影响，甚至可以说是对大元王朝的转型产生过某种破坏性的作用。但忽必烈毕竟是一位极具雄才大略的少数民族帝王，虽内心极为矛盾外表却仍应对自如指挥若定。据史载，1262年春三月，即下令宗王哈必赤统率各路兵马前往征讨，并任命赵璧等"行中书省事"于山东。动员各地汉世侯之多前所未有，虽不明言其深刻内涵却令人人唯有竞比矢忠奋力。后又委任史天泽、赵璧也同为统帅，并分别私赐予二人密诏"蒙古汉军听其节制"。一军三帅等于无帅，这足见当时经此剧变之后忽必烈颇为复杂矛盾的心态。既猜忌汉臣，而眼下又离不开汉臣。多亏了史赵二人受命后尚知"谦退缜密"，均知维护哈必赤蒙古统帅的地位，这才稍稍解除了忽必烈的重重疑虑开始放手用兵。（见《西岩集·元故荣禄大夫中书平章政事赵公神道碑》）

李璮的末日眼看就要到来了……

忽必烈坐镇燕京，稍加调整好了心态便又凸显了其杰出的军事才能。四月，即切断了李璮的退路，阻截了其各处叫突围之要道。五月，又将其围困于济南郊外一带，逼使其只能退守城内接受"请君入瓮"的现实。六月，采用史天泽之计："李璮诡计多端，又有精兵，不宜与其硬拼，当以岁月拖毙之！"遂于城外"乃深沟高垒，绝其奔轶"，并驻以重兵围困之。同时也采纳赵璧计，趁济南城内军心涣散，高声宣扬李璮之败绩，继而大肆招降纳叛，还当众赦免了博兴等处的胁从者，更进而瓦解了守城兵将的军心。七月，李璮由于长期被围，早已粮草断绝。济南因饥而乱，以致发展到人食人的地步。忽必烈亲信侍卫指挥使董文炳自告奋勇单骑赴城下劝呼，果然说动李璮大将田都帅缒城而降。十三日，李璮纠集残部组织最后一次突围，终因人马饥残败回城内。二十日，李璮见大势已去，遂含泪吩咐部众舍己去"自寻出路"，随之便"亲手杀死爱妾（即王文统之女也），乘舟入大明湖，投水自尽未能溺死，被元军捕获"。（见《元史》上述有关人等传）

李璮之乱就此结束，而失败者往往只有身败名裂……

忽必烈闻之并未"大喜过望"，而是余怒未消地急返新都开平清除"叛徒内奸"去了。王文统的末日眼看就要到来，但比他下场更为惨烈的，应当还数投大明湖未死被俘的李璮。济南城外阴风惨惨，宗王哈必赤闻之擒获叛首便命押进帅帐，与汉世侯史天泽与严忠范等当即加以会审。因忽必烈早有令旨：一经擒获，就地严审！火速查清同党共犯，立即统兵搜剿追捕！据史载，严忠范首先厉声问道："此是何等做作？"李璮竟挺胸反咬一口："你每与我相约，却又不来！"史天泽又问："忽必烈有甚亏你处？"李璮还是奋不顾身大加反咬："你有文书约俺起兵，何故背盟？"众汉世侯被"咬"得人人自危、十分被动，史天泽知"献俘"之后果将不堪设想，遂以统帅之一兼右丞相的身份宣称"宜即诛之，以安人心"，当即下令将李璮肢解后枭首军门。（见《元史·李璮传》）李璮拒不悔罪，死状惨不忍睹。至此，尚具民族意识的一道闪电也就稍纵即逝。好在此时忽必烈已返回上都开平，而皇长子真金坐镇燕京也并未深究，并引忽必烈的前旨"发兵诛璮耳，毋及无辜"，这才阻止了宗王哈必赤依旧法对济南的屠城。真金还命令史天泽火速率兵捣灭李璮的老巢益都，使他避免了当即被追查示问之可能。而史天泽也果然不负皇恩浩荡战果辉煌。后因此事牵扯到皇长子真金之坐镇指挥，致使忽必烈怒火难发似也只能对史天泽"擅杀李璮"隐忍应对。

然而，新都开平尚处于战战兢兢之中……

忽必烈一回到开平即以内奸之首的儒臣王文统入手彻底清查里勾外连的朝堂同谋。就连察苾委婉劝其的"稍事歇息当以龙体为重"也置若罔闻，归来之日便立刻召王文统当面质问曰："汝教璮为逆，积有岁年，举世皆知之！今朕问汝所策云何？其悉以对！"王文统却借口道："臣亦忘，容臣书写以禀。"但他呈上的书文中却只说："蝼蚁之命，苟能存全，保为陛下取江南！"仍恃才乞怜，不知死期将至。恰好此时偏偏从益州查出王文统给李璮的三封信，其中有"甲子之期"等隐语。王文统见之大惊失色，似也只能为己急辩曰："圣上恩重如山，岂容臣有丝毫反意？然璮旧主也，也不忍见其身家陷灭门。甲子之期诸语，乃为拖延时日使其悔悟尽早臣服于陛下矣！"忽必烈愤而打断而言道："无多言！朕拔汝布衣，授之政柄，遇汝不薄，何负而为此？"遂械系于狱，交姚枢、许衡、刘秉忠、张柔等儒臣汉将议处。大有深意，致使张柔老将当即大呼："宜剐！"又令诸儒"同声各说己见"，诸儒均言："当死。"（见《元史·王文统传》）

其实，暗中放走旧主的质子已早决定了他的命运……

最终，一代能臣王文统和其子王荛一起被杀了。虽然一些儒者称其"学术不纯"，但说到底也还是儒家的一幕悲剧。困囿于忠义之间，夹缝之中仍想成为仁者，徒显奸巧，反自取灭亡。然其仍不愧一位杰出的政治家，故连时人也多承认元初立国之规模制度"出于文统之功为多焉"！他虽被杀，其所制定的理财法度也"一直行而不废"（见《元史》）。总之，悲剧，性格之悲剧，人生之悲剧，儒家子弟之悲剧！

但忽必烈却似乎仍感到"意犹未尽"……

也难怪！作为一位来自草原的君王，他仍坚持着马背民族那种爱憎分明的性格特点。相互忠诚时，尽可为"知己"付出一切甚至于生命，而一旦发现上当受骗时，即便是再好的朋友也会毫不犹疑地加以唾弃。而现在？不仅是李璮反了，王文统在出卖自己，似乎就连自己一贯视为兄长的史天泽也在急于"杀人灭口"。而刚才对王文统的论刑，除了张柔装腔作势地高喊"宜剐"外，其余儒者却众口一词地只表态"宜死"……其间到底隐藏着什么？要知道也正是这些人向自己极力推举王文统的。从此，胸怀坦荡的君王开始变得"满腹狐疑"了……

尤其当听到讨逆统帅哈必赤归来详细禀奏后，他这种疑惧似乎日益加重了。李璮难道仅仅是反咬吗？史天泽的急于杀人灭口难道仅仅是怕激起众变吗？

再加上一代权奸阿合马也就此急速"脱颖而出"！

震撼崛起——成吉思汗及其英武儿孙

累进谗言下,忽必烈突然变得"虎视眈眈"了!
目标对准了汉地汉臣汉世侯——
他要"清君侧"!

历史分水岭前乍现的"罢黜世侯"

其结果可想而知:在忽必烈威严的目光扫视之下,一时间朝堂上下战战兢兢,汉臣汉将人人自危。往日里那和谐相对、坦诚共议的情景不见了,似只剩下了一片令人提心吊胆的沉寂。

一道历史转折的分水岭霎时便横在了眼前……

由此可见,李璮之乱对忽必烈心灵打击之大、刺激之深。但似也不能完全怪他,要知道益州城下尚有那因李璮背信弃义惨死的蒙古族郡主,以及那众多死在屠刀下的蒙古族将士。而塔察儿大王为了其妹,一些世袭封侯为了自己的子弟兵,也都在含泪沉默地盯视着他,迫使他不能再无所作为,迫使他也只能再现蒙古大汗的风姿。

前后两次大胜没带来喜悦,似只带来了"扩大化"……

朝堂形势瞬息万变,汉臣儒僚更加人人自危,偏此时还有人在火上浇油。此人乃远在大西南的兴元同知费正寅,原为蒙哥大汗征蜀时的一个降人。后犯死罪遇赦释放,宣抚使廉希宪"恶其为人"故再不启用。此人是典型的小人心态,便衔恨北上欲鸣冤叫屈。恰逢李璮在山东谋反,遂乘机向朝廷诬告廉希宪、商挺、赵良弼等在秦川"聚兵完城,当有异志"等九项罪名。其中竟称廉、商、赵三人或是王文统"西南之朋"。而更不该的是,有位贴身近臣早嫉妒廉希宪的才智与声威,竟在此时偏又向忽必烈耳边多了一嘴:"王文统一穷措大,由廉某、张易举,遂至大用,今日岂得不坐(即没牵连)?"于是,"扩大化"更不可遏止,忽必烈的怀疑竟延伸到了曾随自己出生入死的藩邸旧臣。甚至认为廉、商、赵"足智多谋"更为危险,乃王文统之"亚流"。震怒之余,竟当即召回廉希宪、商挺、赵良弼三人。

因廉希宪乃属色目人还算客气,只暗派蒙臣赴京兆查其"罪证"。而当即便把商挺幽禁于新都、将赵良弼械系于狱中。不顾三人乃开国之功臣、忠贞之儒将,竟一一加以亲自审问。问商挺在关中"聚兵完城"是否有异志?问赵良弼在西南"拥兵自重"意欲何为?其中赵良弼乃那种"士可杀而不可辱"之儒家门徒,竟敢抗上"力辩其诬"。据史载,忽必烈闻之大怒,甚至"威刑临恐,谴诃百至"。其惨其烈,可见一斑。后又将廉希宪由软禁处召入宫中严加询问,而廉则保持一贯光明磊落的态度,只承认随声附和地推荐过王文统,然也说过"其心固未识也"!(见《元朝名臣事略·平章廉文正王》《元朝名臣事略·枢密赵文正公》及《元史·商挺传》等)此时,虽已中统建元,但仅仅是个新皇登基的年号而已。如果再任这股猜疑之风蔓延下去,圣祖"入继中华大统"之遗愿也可能付之东流。

朝野惶恐,黎庶震惊……

事态的发展似已很难掌控,君王一怒之下很可能重新回过头来走向另一个极端。用现代话说,由于李璮之乱,忽必烈很可能放弃继续汲取中原文化,重又回到

忽必烈在元上都举行宫廷盛会,召见各国使节

震撼崛起——成吉思汗及其英武儿孙

旧有的老路上去。一个"思大有为于天下"的大皇帝没有了，就此只剩下个唯见茫茫草原的蒙古大汗。

姚枢、许衡等儒臣再也坐不住了……

但令人惊诧的是，正在危难的时刻忽必烈却突然又"控马收缰"了。个中缘由，颇难猜测。正史只曰："帝雄才大略，目光若炬，稍加慎思，即辨忠奸。"而野史却另有说法，似还是"居多辅佐之谋"的察苾起了关键作用。当忽必烈返回后宫，急欲发泄对付真金"胆敢矫令"之不满时，野史载，察苾早"恭迎于大内"竟为此伏地坦承曰："为祖上基业千秋万代，察苾不得不承认，与皇长子无关，贱妾就是这等内贼的主使，这等内贼的后台，这等汉人图谋不轨的罪魁祸首！"此言一出，忽必烈大为震惊。

沉寂！宫闱内片刻内竟变得寂然无声……

然正当忽必烈大感不解之际，察苾却又开始伏地泣述了："确凿无误，有证可查！圣上连年北征时，曾托臣妾代理朝政。在此期间，是察苾纵用王文统之才只顾命其筹集军资；是察苾为防西线无虞只顾令廉希宪等三人在关中聚兵完城；是察苾为安后方众心只顾漠视所谓朋比为奸；就连史天泽之拒不献俘杀人灭口，也是察苾胆大妄为差人密嘱而为之！现圣上挟雷霆震怒欲尽灭乱党，臣妾以为永解后顾之忧当'射人先射马，擒贼先擒王'。而察苾即罪魁祸首，愿承担一切罪责以助圣上重新'思大有为于天下'！请废臣妾，使贤臣良将皆能悉心辅佐我主成为前无古人之'大皇帝'与'天可汗'！"

忽必烈似被当头浇了一盆冷水，但余火仍未全灭……

而察苾却似乎已将生死置之度外，近似泣血般开始泣谏了："君王如难以抉择，臣妾当自贬自废以担罪责！察苾即将永别于君王，还盼圣上日后能三思之！我主起事于中原，用人于汉地，纳财于汉地，取法于汉地，建功于汉地，今后也必将立业于汉地！如因李璮之乱则见汉必疑、见汉必虑、见汉必防、见汉必斥，恕察苾妄言：我主将无立身之地！孔子云：博爱为仁，还是当以圣人之道以治天下！即以史天泽之'杀人灭口'而论，如将李璮献上任其血口反咬，圣上将如何鉴别之？众世侯人人自危将如何自处之？须知，阿里不哥在母地随时都可能死灰复燃，中原焉容得再频生内乱乎？肢解枭首李璮已算得为郡主报仇，诛杀王文统父子及彻底平乱已算得为草原骁勇雪恨。臣妾此时再献上此贱身，已足可令圣上对得起草原父老重显宏誓大愿！察苾深知圣上不忍，而臣妾也绝非轻言之人，就此泣别即返草原以谢天下！"

忽必烈这回才算彻底清醒了，忙阻拦……

此说虽未见于正史，却颇为可信。因为在当时那种众皆"噤若寒蝉"的情况下，似乎也只有共创天下的察苾敢于如此大胆进谏，姑妄存之，权作参考。但也有史可查，确实忽必烈次日离开皇宫之后，再现身于群臣之中便又尽显昔日"豁达大度"的帝王风范了。然也有奸佞小人不知其中内幕，仍在瞅机会累进群儒谗言。此人还是察苾之原家奴阿合马，他于1261年已被任命为"上都同知"，李璮之乱后又被迅速升任为"中书左右部兼诸路转运使"。这一天，竟先见君又面进谗曰："色目人虽盗国财物，未若秀才敢为反逆！"居心叵测，意在廉希宪、商挺、赵良弼等诸儒必杀。却不料偏此时群臣毕至，忽必烈竟当众驳之曰："在昔潜邸，商定天下人物，亦谈及王文统。姚公茂即言'此人学术不纯，游说于诸侯，他日必反！'去年窦汉卿（即窦默）上书累千言，亦揭发其必为叛首！秀才岂尽皆斯人乎？"（见《元史·世祖纪二》）群儒闻之均大出意外，惊讶之余竟长长松了口气。

唯有姚枢知功在何人，敬佩之余竟也挺身而出了……

这不仅仅是因他已看出"时机已到"，而更是智者知君王现在正需摆脱尴尬之台阶。遂赶忙跪于忽必烈前面，为廉希宪、商挺、赵良弼辩诬。据史载，其"极言廉、商、赵等之忠纯，且以阖门百口担保"。（见《元文类·中书左丞姚文献公神道碑》）忽必烈闻之哈哈大笑曰："姚公茂以为朕不知三人忠纯乎？非也！廉希宪等乃朕之肱股之臣，知其等如知己之左右手！然奸佞进谗，群臣尚疑，朕欲以此替其等洗诬辨冤也！现已查明费某乃一无耻叛主小人，受其影响反诬朕肱股之臣者皆为无知之辈！"特着姚枢亲往解三人监禁，速来朝堂面君议事！"

人人自危遂解，个个竞相伏地山呼万岁……

震撼崛起——成吉思汗及其英武儿孙

而廉希宪、商挺、赵良弼等重返朝堂，竟也均深感皇感浩荡受宠若惊。不仅毫无怨言，反而决定尽效犬马之劳以报圣恩之万一。为此，当忽必烈向他们议及有人状告史天泽有"擅杀李璮灭口之嫌"，且"子侄布列朝野，权威太甚，久将难制"，蒙将色目诸臣均建言"罢其丞相职而鞫问其罪"。此时方获释不久的廉希宪竟又坦然而出竭力加以劝阻，理由竟和察苾所言如出一辙。忽必烈闻之竟也赞其"为国不避嫌"，最终还是决定对史天泽"给予优容"。（见《元朝名臣事略·平章廉文正王》）其实，忽必烈暗下早已采纳察苾之策，此番重新提及纯属"别有用心"之"抛砖引玉"。果然，廉希宪、商挺、赵良弼等儒臣备受鼓舞，争相以史为鉴向忽必烈提出了"罢黜世侯，收揽权纲"之建言。正中下怀，忽必烈当即赞三臣既忠且纯，个个皆果不愧为圣人门生！

况且早已暗命姚枢去说动史天泽……

而据史载，蒙古灭金后的中原，有如唐末的藩镇割据一般。汉世侯实际就是地方军阀，既统兵又管民且尚是子孙世袭。不仅掌握地方的赋税及生杀大权，而且常

忽必烈兴建元大都，1287年工程告竣。忽必烈在大都召见意大利旅行家马可·波罗

为争夺地盘战乱不断。虽然有利于历代大汗分而治之，但对有志于大一统者却绝有碍于施展其政治抱负。此次李璮之乱即为一例。而老百姓也早已为此苦不堪言，遂忽必烈闻"罢黜世侯，收揽权纲"如获至宝。其实郝经在时早已提及过了，姚枢也曾多次提过类似建言，只不过没有这八字简洁明了罢了。现在时机业已成熟，竟由群儒提出，正是"以汉治汉"的绝好时机。而对于史天泽这位世故颇深的汉世侯来说，在他敢于下手擅杀李璮之时就想到会有今日。他要比张柔刘黑马等著名汉世侯在政治上成熟很多，颇讲信义，乃武夫中难得的孔孟忠实门徒。见姚枢单身到来，便知忽必烈"圣意有变"。他并不急于分辩什么："史某自圣上分领漠南'汉法治汉'以来，已舍生忘死追随其十数年矣！怎忍再看任李璮血口乱咬，诸世侯人人自危被逼自卫而反？为圣上大业及天下苍生计，史某也只能不顾后果采此下策！"而是坦然面对曰："姚公既来，史某当随往接受鞫问！"姚枢适时制止并告知朝堂所议其详，而史天泽也颇心领神会，当即便决定主动去"面君"。

识时务者为俊杰！忽必烈也果然坐收其成……

据史载，史天泽在见君之后，即跪地主动提出请求："兵民之权，不可并居一门，行之请自臣家始！"忽必烈也大加赞赏其"率先垂范，忠鉴日月，果不愧有大丞相之风也"！随后便命其坐于自己身旁，抚慰间立即加以"恩准"。而且在一日之内，"将真定史天泽子侄解除虎符及金银符者多达十七人"。（见《元文类·平政事史公神道碑》等）并下诏旨，从今后"诸路管民官理民事，管军官掌兵戎，各有所司，不相统摄"。（见《元史·世祖纪二》）后又采用"罢诸侯世守，立迁转法"——如后世之各大军区首脑调动；"设置诸路转运司"——将军的粮秣统一由中央掌控；"撤销世侯封邑"——从根上断绝军阀割据之可能；"委任近臣亲信监战与监领万户"——当然由蒙古"怯薛"将领出任；"易兵而将切断与旧部隶属关系"——虽据史载，为构建中央集权制度，忽必烈审时度势此六大任务于1265年十月方才完成。但在当时由于史天泽"顺应天命"的带头，张柔、刘黑马、严忠济等众多汉世侯似也只能"纷纷效法"了。从此只能为"官"而再不能为"侯"，为大元王朝一统天下奠定了坚实平稳的基础。（见《元史·世祖纪三》）

震撼崛起——成吉思汗及其英武儿孙

借力发力，借危扬威，雄才大略可见一斑……

确实如此，自唐末以来藩镇割据军阀称霸，断断续续已达三百余年，而其间历朝历代帝王均难以解决这个"民不聊生"的问题。这回好了，竟由一位入主中原的少数民族的一代明君彻底解决了。而且传之于后世，从元起始似乎就再没有发生过"藩镇割据"的问题。而忽必烈似乎对此并不满足，玩"恩威并施"似乎玩上瘾了。为抚慰汉臣汉儒，据史载，1262年冬十二月，忽必烈在群臣毫无思想准备的情况下，突然庄严诏告："封皇长子真金为燕王，领中书省事。"燕王即驻跸燕京，领中书省事即成为内阁中枢之首。这在蒙臣汉儒间均产生极大的反响，甚至截然不同的解释。在蒙臣看来这似乎并没什么，只要不动"忽里台"制度，大汗封自己儿子为"王"那是天经地义的。至于"领中书省事"，那更是让蒙古人名正言顺地统领内阁理当欢呼。而在群儒看来却意义非同一般，此乃由草原旧俗"幼子守灶"向汉地祖法"长子嫡传"过渡！燕王领中书事，实际上已当"储君"使用，足以证明大皇帝并未因李璮之乱歧视汉儒，仍唯遵圣人之道治理天下。而忽必烈对双方不加以解释，高高在上，惜语如金，颇显高深莫测，且又让人无不敬畏。仅从此点看来，他行事之果断与魄力是要远远超过察苾。因而这位大哈敦除了只能感恩于儿子被封王之外，从此似乎也渐渐淡出历史舞台了。

只可悲！汉臣汉儒们竟认为从此将后顾无忧了……

其实不然！因李璮和王文统之乱所造成的阴影，却永远留在忽必烈心头挥之难去了。虽然说转型已成为必然趋势，汉地汉法也必不可少。但从此他对汉臣汉将竟充满了警惕，甚至扩大到了所有的汉地汉人。也难怪！作为一个少数民族君王，他面对的是几十倍于己的汉民族的一举一动。更何况握有兵权的蒙古族"怯薛"将领向来就是不入阁的阁员，他们的意见往往要比中书省的阁僚更有分量。不断地告诫，不断地劝谏，终于使忽必烈心中形成了一套"防患于未然"治理天下的方案。好在他仍拒绝了"武功"，依然坚持了"文治"。表面上对众多儒臣们仍相当宽容和尊重，实际上他已开始由十路宣抚使和中书省的改造"任人唯族"了。

李璮与王文统之乱所造成的后果不堪设想……

首先，在"罢黜世侯，收揽权纲"之后，便在"国族"的基础上，已按征服的顺序初步将民众分四等：一等为蒙古人，又称"国人"或"自家骨肉"，享有诸多特权；二等为色目人，为来自西域或更远的"各色名目之人"。因其追随圣祖西征较早，故被"高看一眼"；三等为汉人，指原辽金及云贵川康早被征服了的汉族，以及汉化了的契丹、女金等族之众；四等为南人，系指新占或尚未占领南宋所辖的黎民百姓直至皇亲国戚。当然"严禁民间私藏军器"也是为此而订的，后来发展到强制拘收汉人的铁尺、手挝等铁器，甚至严禁汉人猎户狩猎，这当然不是为了生态平衡。（见《元典章》卷三十五等）

后世对元王朝的大加贬损多源自于此……

随之，便是在此基础上对中枢内阁等机构彻底"大换血"。据史载，1265年八月，忽必烈即将"原任中书省诸宰皆罢"，改为以蒙古族为主重新安排：安童与伯颜为右丞相与左丞相（直至1267年，才因政治需要又以史天泽代伯颜为左丞相）。以下平章政事，蒙古人、汉人各一；右丞和左丞，蒙古人、色目人各一；参知政事，色目人、汉人各一。而且蒙古人以右为大，这已可以看出忽必烈之蓄意所谋：依靠蒙古人，借重色目人，压抑或牵制汉人！更有甚者，对基层各路、府、州、县也莫不如此，等再次设立十路宣抚使时，已和上次绝对今非昔比了。上次是不论民族选贤任能，而此次绝对是以蒙古人和色目人为主，共为九人，而且汉人大多为副。但并不到此而止。忽必烈还更有令宗亲贵胄放心的手段，1265年又特意下诏规定："以蒙古人充各路达鲁花赤，汉人充总管，回回人充同知，永为定制！"（见《元史·世祖本纪》）"达鲁花赤"，有的译为"镇守者"，有的译为"监临官"或"宣差"，在地方机构中地位最高，却又往往不管具体事务。真令后人惊叹，忽必烈在七百多年前就知为"国族"专设此种职务。还应指出，"达鲁花赤"和前面所提到的"扎鲁忽赤"完全是两个概念，两个不同类型的官职。"扎鲁忽赤"乃"大断事官"，而"达鲁花赤"是地方军政的真正首脑。由此可见，李璮之乱给忽必烈造成的刺激之深，故从此之后助他开国之真儒汉臣，如王鹗、姚枢、刘秉忠、廉希宪、赵良弼等，便渐渐成了政治摆设或淡出历史舞台了，而一代权奸阿合马却大红大紫，一跃而成为中枢内阁中最耀眼的"政治明星"。

似又要回到辽金两朝的老路上了……

却又全不尽然！这主要表现在以下几个方面：其一，大方向未变，忽必烈一直在延续着转型的各项改革，迈向华夏大一统的目标始终坚定不移。其二，对汉臣的怀疑并不等于对汉法的拒绝。比如，他曾令诸皇子皆从儒习儒，并令诸多蒙古族贵胄子弟均入"国子学"，拜大儒许衡"习业"。其三，他对蒙古族的宗亲贵戚似乎也并不完全放心，故"宁用奴才，而舍诸王"。阿合马的迅速蹿升便是一例，史称皆因"色目家奴贪而不反也"！

难怪元代著名学者孔齐在《至正直记》中说："世祖（即忽必烈）能大一统天下者，用真儒也。用真儒以得天下，而不用真儒以治天下。"

但他却似乎具有一种特殊的人格魅力，吸引着诸多儒臣终生不悔地为他效命卖力。

这或许就是失之于民族性格，得之于也在民族性格。

一场危机就这样度过，幸运又格外垂青于他。

随之，老天又助他消除了最后一块心病——

使他可以更加放手地去"问鼎天下"！

第六辑

【本辑提要】阿里不哥经过近三年惨烈的拼搏和挣扎,似在众叛亲离的情况下也只能主动向忽必烈"归降"了。兄弟间汗位之争就此画上了一个句号,身处汉地的蒙古族大皇帝也终于消除了最后一块心病。这不仅反映了忽必烈在才智谋略方面均远远高于幼弟之上,而且也说明了阿里不哥唯崇武力的攻掠方式是多么落后于形势。随着幼弟的归降,忽必烈更适时地改年号为至元,建中都于燕京。义无反顾地迈向终极目标:实现天下大一统!而此时,多年杳无音讯的郝经也意外有了消息,忽必烈闻之大怒,曾欲就此发兵讨伐南宋。后多亏了群儒挺身相谏,这才使他意识到时机和条件并不成熟。随之便有了命赛典赤·赡思丁的抚治云南,诏圣僧八思巴的抚治西藏,慧眼识珠地选名将以图江南。

尽显雄才大略,最终以大元王朝取代旧国号……

阿里不哥走投无路之前来归降

之所以在这里还要回顾一下阿里不哥归降前的整个过程,其目的不仅是为说明在草原母地尚存有"革新"和"守旧"的激烈斗争,而且在此期间仍展示着鲜明的民族特点和草原特色。比如说,昔木土大败后阿里不哥已绝难再重返汗都哈尔和林了,在被追袭中似也只能逃出母地草原流窜于遥远的西部封国。但他那"幼子守灶"权的幌子和"大汗"的旗号,却似乎仍在部分贵胄和牧众间具有相当的影响力。

忽必烈的"后顾有忧"也正在这一点上……

但阿里不哥却不思悔改,竟仗着自己这两张"王牌"仍继续肆无忌惮地横冲直撞。比如对待唯一尚敢借给他国土称汗的察合台封国就仍不知珍惜,刚搭起汗帐便更变本加厉地作威作福以突显自己大汗的权威。此时,察合台封国国主已死,由老王妃担任监国,她曾给予过阿里不哥一切力所能及的帮助。但阿里不哥现早已被忽必烈断绝了粮道、财路及一切军用物资的来源,遂觉得这位老王妃还是有碍自己大搜大刮,便将其囚禁起来,并自以为是地任命一位曾追随自己左右的察合台之孙阿鲁忽为新的国主,期盼察合台封国从此成为自己取之不竭的"箭库粮仓"。他甚至还有闲心大摆其谱,依旧得意扬扬地做着长远规划,他对阿鲁忽布置曰:"汝去阿力麻里(今新疆伊犁霍城西)为封国之主,以便把粮食和武器送来援助我们,并守卫质浑河边境,使旭烈兀和别儿哥之军队不能大搞阴谋诡计前来援助忽必烈!"谁料阿鲁忽经近距离观察早对他有了深刻认识,表面唯唯诺诺百依百顺让其最后再过一次"大汗之瘾",其实心儿早"像离弦的箭般地飞走了,并着手安排自己的事"。果不愧也是圣祖子孙,阿鲁忽回到阿力麻里后很快便"聚集了大约十五万勇士",不但彻底剪除异己夺取了察合台封国的全部权力,而且还直接掌控了原由大汗直辖的中亚城郭地区。目的在于再不受制于阿里不哥,也能构建一个如伊利汗国或钦察汗国那样相对独立的汗国。(见《史集》)

而忽必烈度量之大,眼界之阔,焉能无视这一切……

在平定李璮之乱的同时,在周旋于诸儒汉将之余暇,早已从亲信蒙将中派出重量级人物携一方御赐王印远赴阿力麻里,以高度的尊重和极大的热忱对阿鲁忽成功登上王位进行了祝贺。除此之外,他并未提及任何可能令主人为难的要求,只是耐心地向其解释这方稀世珍玉雕就的王印上那蒙汉对照的篆文:察合台汗国合罕之宝玺。且莫看只将封国改称为汗国,仅一字之变竟令阿鲁忽立即跪地泪流满面曰:"知我者乃忽必烈大汗也!阿鲁忽从此愿唯听其诏旨,子孙万代永世称臣!"此时,来使似为尽表忽必烈豁达大度的胸怀,这才告诉其曰:"大汗将从按台山(阿尔泰山)至阿母河之间的土地,早已策划尽归阿鲁忽大王统辖!"其疆域之广袤辽阔前所未有,致使阿鲁忽再次"喜极而泣"。然忽必烈似还在"高瞻远瞩",来使竟转述其谆谆嘱告道:"须谨慎行事,可暂不张扬,当巧妙应对阿里不哥之骚扰!"如此仁厚大汗,怎能令人不死心塌地?而阿里不哥却仍"惘然不知",甚至仍在变本加厉地"官逼民反"。(见《世界征服者史》及《史集》等)

昔木土大败后尤为甚之……

必须指出,阿里不哥绝不是一个因文学需要创作出来的历史人物。有中外诸多历史文献可以证明,他本人确是这样一位骄横跋扈、志大才疏、头脑简单、生性凶残、缺智少谋、反复无常的犹如漫画式的人物。而他手下那批铁杆追随者也大多

震撼崛起——成吉思汗及其英武儿孙

如此，事已至此仿佛也只能拼死追随到底。唯蒙哥大汗之庶皇子昔里吉例外。他见状已动员另两位皇子玉龙答失等"另谋出路"了。而阿里不哥却不顾别居野心的昔里吉已在暗聚人马，竟因阿鲁忽"侍奉不周"就又要派爪牙到察合台封国横征暴敛了。恰好当时阿鲁忽正巡幸于中亚城郭，爪牙们便趁势"传诏征集到牲畜、粮草、马匹和武器等很多东西"。真可谓掘地三尺，闹得阿力麻里处处"民不聊生"。而阿鲁忽闻知后当然会勃然大怒，见阿里不哥视自己"连条看家狗也不如"，遂奋而反抗，当即密令亲随火速前往将其派来的爪牙全部扣押，并夺回了那大批被征敛的武器、粮草、战马等财物。随后又干脆一不做二不休，公然宣称察合台汗国将支持忽必烈为全蒙古大汗。（见《史集》）

而阿里不哥却尚不知反省，仍狂妄地一意孤行，似根本忘了自己是在和忽必烈争天下，更不顾自己的军事对手早已占据了权力中心汗都哈尔和林。当然更不懂只要能保存或恢复实力，就会对忽必烈形成牵制，无形中在草原母地仍维持着两汗并立对峙的局面。而阿里不哥倒好，一听阿鲁忽竟公开投靠了忽必烈便暴跳如雷怒不可遏，连连狂骂其"忘恩负义，该当天诛地灭"，随之竟亲率大军前去征讨。这显然在客观上给忽必烈帮了大忙。难怪其下令军队不必去追还，把他们称之为"不懂事的孩子"！有多少大事成就在此期间？当然忽必烈也会遥看远方"乐观其成"了。而阿里不哥也果然越打越远越忘乎所以，不但穿越大漠直穿甘陇打到了现今新疆广袤的地域，同时还横扫伊犁河谷打到了中亚撒马耳干一带。有反对阿鲁忽的众多王位觊觎者的支持，远离忽必烈倒颇打出一些威风。（见《史集》）

但有人终于跟着拖不起了……

这就是蒙哥大汗庶出的三皇子昔里吉。这位"心怀异志"的年轻皇子在诸皇子中始终扮演着谜一样的角色，但另两位皇子却因他的"足智多谋"似乎也更倚重他了。他可算得第一个因阿里不哥愚蠢才支持其争夺汗位的，但现在面对的却不是"两败俱伤"而是"此消彼长"。自己是暗中掌控了不少军队，但再随着阿里不哥这样折腾下去必然也会跟着把老本赔光，再拿什么向忽必烈讨价还价？再拿什么以待他日东山再起？但现在"改弦易辙"必然要冒极大风险，而忽必烈对自己远不如对玉龙答失那样充满好感。因为按祖制来说,这位王兄才算得父汗之"嫡幼子"(也有称乃蒙哥大汗最倚重最偏爱之嫡子),而且在忽必烈倒霉时他确也多次挺身相助。再说他为人忠厚老成,在众多将领中也极具人气和威望,由他带头"改弦易辙"才能令忽必烈深信不疑留有更大的余地。

昔里吉暗中开始行动了,对王兄日夜左右不离……

而可悲的是阿里不哥却仍浑然不知,甚至还沉浸在战胜阿鲁忽的巨大喜悦里。他才不管什么这里原本就应该是他的后方根据地,而只顾为称汗以来第一次突显"军事才能"而狂喜不已。伊犁河谷本来就草丰水美,他占据了王城阿力麻里,夺取了人家美丽的妃子,逼得阿鲁忽只能率着残兵败将又西行远避于撒马耳干,随之

作战图

便决定驻兵于此过冬以"养精蓄锐"。骄横颐指，不可一世，竟不知忽必烈早已派密使暗中策应三位皇子了。而阿里不哥还是白天似只顾在别具西部风韵的阿力麻里王宫里，当众肆无忌惮地凌辱和杀戮一批又一批的所谓叛逆，夜晚则搂着人家的妃子纵情狂欢阅尽西部舞乐，致使1263年寒冬未到，广袤的察合台封国已因他的所作所为凝结起深深的仇恨。（见《史集》等）

此时三位皇子终于行动了……

密使带来的忽必烈口谕是：不计前嫌，唯记亲情！理解皇侄过去乃被迫所为，并愿将原拖雷家系吉里吉思及所属一切永远划归皇室遗孤所辖。且不要求皇侄反目与阿里不哥王叔血战，唯愿自保以免将来玉石俱焚！昔里吉一闻"封地"与"一切"之保留，当即大呼曰："足矣！足矣！王兄稳坐于此处理皇室事务，所余之事小弟当代为妥善处理！"

而阿里不哥却仍沉浸在乐过大汗瘾之中……

据史载，其实"众叛亲离"早已开始了。比如，旭烈兀的长子主木忽儿曾被裹胁支持过阿里不哥，这时却严遵父嘱借口有病及时远走他乡"疗养"去了。而偏在此时，王城阿力麻里内外又发生了饥荒，但阿里不哥却仍只顾横征暴敛纵情享乐，不仅饿殍遍野，而且还将敢劝谏者当作"逆党"继续杀戮不断，致使就连最忠实的追随者也开始私下议论："他如此残酷地糟蹋成吉思汗征集起来的蒙古军队，我们怎能不感到而愤怒离他而去呢？"（原话照录）而忽必烈的诸多密使也不失时机地传来信讯：忽必烈大汗对适时脱离者既往不咎！故阿里不哥手下的将领和异密们便纷纷寻找借口，一个个在大肆歌功颂德之余先后离他而去。

随着人怨的积累，天怒也终于爆发了……

到1264年春，饥情更加严重，当地"回族长老亦多饿死"。史载，"人民无计，群祷于天，诉兵士残暴横行，求上苍护佑"。而阿里不哥却仍不思改悔，竟还在伊犁河谷绿野架起豪华的丝质汗帐，与群臣众将朝会于巨顶之下，又在歌舞升平狂欢纵乐。似乎苍天也再难强压怒火，突然在一次宴饮中"狂风乍起，撼天动地，固定大帐之钉数千尽拔，丝质大帐之穹顶顿悉被撕裂随风卷去，支撑大帐之木柱也随狂风纷纷折断，参与宴饮者大多不是受了轻伤便是受了重伤"。估计这是七百年前突然袭来的一场沙尘暴或戈壁龙卷风，但在当时就连阿里不哥的铁杆追随者也均认为此乃极为可怕的不祥之兆。（见《史集》或《世界征服者史》）

而阿里不哥也既惊又怕躲回了王城阿力麻里……

也就在这一天晚上，昔里吉却突然出现在陷入一片惶恐的王宫之中。往日别具西部风韵的舞乐没有了，只突现出皇子玉龙答失的前来"道别"。这倒并不可怕，可怕的是他身后昔里吉那张生冷凶狠的面孔。阿里不哥早已知其掌控着一支精悍的骁勇，知其有备而来，似也只好答应。这才有了拉施特所说：昔里吉临别时"尚代玉龙答失讨回了父汗留下的那颗最大之御玺"。（见《史集》）

夕阳西下，断肠人在天涯……

据史载，玉龙答失等三位皇子告别了日暮穷途的阿里不哥，大约是在1264年夏四月到达新都开平的。忽必烈似对汗兄的嫡幼子特别眷顾，竟当着诸臣又一一历数其当年对自己的关照，颇动感情，致使昔里吉在一旁甚感失落。于是昔里吉忙将索回的大玉玺献上——原来他并未交于玉龙答失——却谁料忽必烈并不感兴趣，竟又将其交于玉龙答失手中曰："新朝当有新印，作为汗兄的嫡幼子，皇侄就留它当作念想吧！"随之，忽必烈又特意赐予他专用印章，又以蒙哥大汗位下的猎户赏赐予他，同时还封卫州的汲县、新乡、苏门、获嘉、胙城五县为其中原食邑分地，并专为他设立总管府，列河朔第一路。（见《元史·世祖纪二》）当然，对皇长子阿速台与昔里吉也多有封赏，只不过依祖法稍次于嫡幼子罢了。阿速台天性忠厚倒没有什么，唯有昔里吉为此却有些惴惴不安了。他总怀疑忽必烈已觉察了此次两汗对峙中自己之所作所为，竟认为不是没有这种可能，而是人家欲擒故纵隐而不发而已。

但确见于史，从此这三位皇子就开始分道扬镳了……

至此，远在伊犁河谷的阿里不哥已日渐成为"孤家寡人"，只剩下了孛罗欢、阿里察、脱火思等一些"绝无退路"的顽固分子死忠于他。表面看来，忽必烈潇洒于中原并未派兵去"赶尽杀绝"。其实不然，他早已密派蒙古族能臣干吏悄然前往，暗中相助察合台封国之主阿鲁忽"重整旗鼓，收复失地"。但他又不愿落下

震撼崛起——成吉思汗及其英武儿补

"叛兄杀弟"的坏名声,为此又通过密使向阿鲁忽发布旨令"只逼不打"。目的只有一个:迫使阿里不哥主动前来投降,以向天下诏示自己汗位的正统性与合法性。这也可算是"英明决策",果然阿里不哥在三位皇子走后仅一个月就再也支撑不下去了。他先是将阿鲁忽的妃子送还以求和解,谁料人家就是不答应,还开始了兵强马壮的步步逼近。众叛亲离,腹背受敌,粮秣断绝,人心惶惶,日渐孤立,阿里不哥已明显地无力自存了。

但更可怕的还在于汉地中原传来的那些讯息……

阿里不哥并不知道忽必烈在李璮之乱后受刺激之深,更不知其早已对汉儒官僚士大夫"已由充分信任转向多疑而严加戒备防范了"(李治安语),只知道忽必烈一改往日之"儒风",竟首先在内部宣称蒙古人为"国族",进而在汉地下令"禁民间私藏军器",并且重新重用色目奴才,开始在十路使中裁减汉臣,大量重用蒙古人和色目人。种种迹象表明,他正动手将蒙古人逐步抬向了"至高无上"的地位,其所作所为似乎与其汗兄蒙哥大汗相比毫不逊色。阿里不哥是不知个中原因,还以为这只不过是玩汉儒玩腻了。却谁料这些消息一经传入军中似比千军万马来袭还令人可怕,骁勇中竟有人敢于公然高呼:"忽必烈当为大汗!忽必烈当为大汗!"

去者更众,孤立无助,似只剩下归降一条路

元人步射图

猎鹰

……

据史载，1264年夏历七月，阿里不哥走投无路似也只能带着一批残兵败将，前来新都开平向兄长忽必烈低头认输了。他们相会于开平郊外的草原上，这里早扎起了只有大汗才配用的金顶汗帐。兄弟二人均心态特别复杂，有怨有恨还有难以割断的血缘亲情。起先，忽必烈降旨聚集了众多的军队排列成威严无比的阵容，并传令阿里不哥按照草原"有罪人请罪"的祖俗，必须披大帐毡帘方能入内觐见，而且只允许他站在"必阇赤"侍从的位置，以示其地位已不可与往昔同日而语。其屈辱之状可想而知，似乎就连忽必烈也于心不忍了。这时多亏了东道宗王塔察儿善于察言观色出面说情，忽必烈这才趁机批准其与宗王们同坐于一起宴饮。然宗王贵胄哪有心思纵酒宴乐，均默默注视着这对曾为汗位同室操戈的亲兄弟。而忽必烈这时似也只顾了凝视着阿里不哥，任往事一页页重新在心头掀过：父亲的猝死，母亲的遗嘱，曾有过的共经患难，为汗位的反目成仇……但幼弟毕竟是幼弟、亲情毕竟是亲情，为此忽必烈竟难过地流下了眼泪，又只见阿里不哥也是"一触即发"，顿时也泪流满面。忽必烈擦去泪水，强忍悲痛，打破沉默问："我亲爱的兄弟，在这场纷争中谁对了呢？是我们还是你们呢？"阿里不哥眼泪未干却这样回答："当时是我们，现在是你们。"（以上对话与情节均源自《史集》）似有些顽固不化，但细思量其中尚且能保留有几分蒙古男子汉的率真与刚强。难怪忽必烈又只能叹息道："还是个不懂事的孩子啊！"

话中有话，似已对阿里不哥的处理定好了基调……

果然，在随后的"忽里台"贵族大会的议处中，宗王贵胄们一致决定："鉴于都是圣祖成吉思汗的子孙，宽恕阿里不哥，赐他以自由。"忽必烈十分满意，当即表示"尊重"。然怒火仍需发泄，随之他便降旨质问那些受审的"叛乱的挑唆者"曰："在蒙哥大汗之世，当时的异密们甚至连想也没有想违抗他，也不曾有过大的叛乱。人们知道，只要他们稍想有所反抗，就会受到怎样的惩处。你们引起了这一切纠纷，在一切人中散布了这样的骚动和叛乱，毁灭了这么多宗王、异密和军队，你们该当何罪？"没有一句汉儒们的之乎者也，无论是对阿里不哥或"挑唆者"的

震撼崛起——成吉思汗及其英武儿孙

处理均为典型蒙古式的。言外之意尚对某些桀骜不驯的宗亲有"敲山震虎"之意，但只可惜阿里不哥可数之从众竟有千人之多。多亏了昔日的小安童现已快十八岁了，早已成为忽必烈身旁有胆有识的四大"怯薛台"之一，见忽必烈"生杀未断"即进谏曰："人各为其主尔！陛下刚刚平定了这场皇室大乱，便要以私愤杀人，今后何以用广阔的胸怀再容纳未归附者？"似又深带儒家的味道，但却又使忽必烈恍然大悟。遂赦免其中绝大多数，仅将字罗欢、阿里察、脱火思、秃满等十位"首恶者"处死。（用语及情节均取自于《史集》）影响与效果均极佳，致使这位现在已可"唯我独尊"的大汗又常常垂询于诸儒与汉臣之间。

果然，又受益匪浅……

比如说，他对阿里不哥的处理曾通告几大超级封王：伊利汗国的旭烈兀、钦察汗国的别儿哥、察合台汗国的阿鲁忽等，谁料各大封王均无异议，唯独自己的亲兄弟旭烈兀竟专门遣使前来进行质问，并毫不客气地公然指责："让阿里不哥披门帘入见的做法，令宗亲蒙受耻辱！"此事若放在重新垂询诸儒之前，他这位已成为全蒙古唯一认为的大汗必然震怒。而现在他却能以中原历代杰出的帝王为鉴，竟有容乃大地"欣然接受"，并主动"承认自己做得有失礼节"（见《史集》）。之后这种儒家"仁者知礼"的做法在各大封国产生了颇为深远的影响，旭烈兀及其子孙均更加臣服于后来的大元王朝。"伊利"突厥语即"从属"之意，他们一直将忽必烈尊奉为"薛禅合罕"，避免用汉称"皇帝"，意为"集大智慧之大汗"。（见《元史》）

而阿里不哥的命运就稍显悲惨了……

忽必烈是大度地赐还给他"自由"，并保证了他的子女和整个家族仍继续享有黄金家族的一切特权。如果他能像三国时刘禅那样"乐不思蜀"，那么便可在美女与美酒种种高规格待遇中"尽享天年"。只可惜在本质上他尚属那种蒙古族的血性男儿，愤懑和幽恨最终导致了他"天不假年"，史书上记载极为简单，只言"第二年秋，阿里不哥便患病死去了"。也有外国史学家为其"打抱不平"，比如大元王朝晚期之埃及马木路克史学家乌马里在记录元朝的帝王系列时，就大有深意地将阿里不哥排在蒙哥与忽必烈之间，也称之为皇帝（大汗）。

再说回眼前，阿里不哥率残部之归降，显然使忽必烈喜不自禁。也难怪！他必定发祥于蒙古广袤无垠的草原，承袭的是圣祖成吉思汗的丰功伟业。而他欲作"天可汗"兼"大皇帝"的宏愿，当务之急便是尽快结束这种"两汗对峙"的局面。而现在好了！幼弟阿里不哥终于彻底认输，连续四年"同室操戈"的战争也终于结束了。大蒙古汗国首先又重新归于大一统，万方来朝也只能唯尊他这位大可汗了。

数不尽的庆功盛宴，听不完的歌功颂德……

然忽必烈乃一位极具鲜明个性的帝王，既随机应变，且又极具主见。尤其在中统建元之后，似乎已开始"唯我独尊"，事事要打上个人的印记。就在阿里不哥彻底归降以后，也曾有宗室亲王建议他"还都于哈尔和林"。谁料为此他竟"掷杯罢宴"，反而又尽召儒臣又大谈特谈"民以食为天"了。从此"查奸除祸"就再未提及，而是无论对蒙将或汉臣所议及的多是以"农桑为重"。不但如是说，而且是"身体力行"。据史载，在开平修筑皇家凉楼时竟率先垂范。诏命"修凉楼待农事之隙，周之牧地则分赐无地农户"（见《元史·世祖本纪》），急汉地之所急，想汉地之所想，中原历代圣主明君也莫过于此，致使群儒与汉臣们又满怀希望也唯有歌功颂德了。

有的史学家称，忽必烈之施政似一位平衡术大师……

但还是元史专家李治安说得对：忽必烈是从此义无反顾地走上了一条缔造蒙汉政治文化二元结构的道路。目的是创建一个与大蒙古汗国和汉地历代王朝均有传承联系的全新帝国。明知这条道路依然十分艰难和曲折，必将面临许多困扰和挑战。

然而，忽必烈还是极具魄力地面对着未来——

首先，他又在建年号和改国号上大作文章，因为他深知此乃"吸收汉地文化，改变其政权形式与内涵的两个重要步骤"（李治安语）。为此，他不仅在1260年于开平称汗时即建年号"中统"（意即"中华开统"），而且在阿里不哥彻底败降之后，又于1264年依汉制进而将年号改为"至元"（取儒家经典《易经》"至哉坤元"之义），已暗伏隐笔，为将来将国号改称为"大元王朝"奠定了基础。

震撼崛起——成吉思汗及其英武儿孙

草原的传承关系解决了,现在是该到解决与历朝历代接轨的问题了……

随之,为实现其天下大一统的雄心壮志,他竟不惜对传统的草原中心主义部分背叛。不仅未受贵胄们的诱惑还都哈尔和林,反而将政权的统治重心步步移向漠南汉地。据史载,1263年,已将其登基之地开平定名为"上都",1264年八月,更进而又颁《建国都诏》将燕京定为"中都",后更定名为"大都"。而窝阔台大汗所建的草原都城哈尔和林则被废弃,改立宣抚司加以管理。(见《元史·世祖本纪》等)

雷厉风行,唯我独尊……

稍后,更为在漠北草原及漠南汉地树立新皇帝的"绝对权威",又汲取中原历代帝王之经验开始"立朝仪"。怪只怪过去散漫而又不懂规矩惯了。凡遇到节庆朝贺之时,大小官员,不分贵贱,均聚集于忽必烈帐前,熙熙攘攘,一片混乱。执法官嫌人员过多,甚至挥杖敲打驱赶,"逐去复来,顷刻数次"(见《元史·礼乐志一》)。成何体统?有失大雅!置帝王至高无上的威严而不顾,何谈君临华夏号令万方?遂在改年号为"至元"之前,便任命大儒刘秉忠和许衡主持"立朝仪",从议者竟有名儒赵秉温等十余人。这回好了!儒臣可算有事可干了,而蒙臣蒙将蒙古骁勇却觉得"自由奔放的好日子"就要到头了。

气魄宏伟,朝野震惊……

紧接着便是为"鼎新革故,务一万方",雷厉风行地对政权机构继续进行组建。大胆采用"历代遗制,内而省部,外设监司"(见元代《牧庵集》卷十五),结束了草原汗国时期杂乱无章的局面。所谓"省部",即中书省(内阁)及其下属的左三部和右三部。所谓"监司",即具体指对地方之十路宣抚使和宣慰司。前面已说过,在忽必烈北伐阿里不哥期间,由察苾代为主持下"内而省部,外设监司"已初具规模,只因李璮叛乱十路宣抚司才暂时撤销。而现在忽必烈似更对宗亲贵胄们的"怨声载道"置若罔闻,除上述职权机构坚持不改外还又加强了枢密院,以"掌管天下兵甲机密之务,与中书省分领行政与军事大权"。此外还重整了御史台,为中央的最高监察机构。从此,行政、军事、监察三大权力机构俱在中央,互不隶属,只听命于皇帝一人。当然联系三方还需右丞相出面,故中书省似仍略高于后二者之上。天哪！原来大汗和皇帝的差距竟这么大，权力尽在其手，宗亲贵胄们再难"自行其是"了。

改年号、建新都、立朝仪，大树特权绝对权威！

一时间使宗亲贵胄们目不暇接，就连汉臣儒僚们也有点眼花缭乱！

而他却仍在虎视龙骧而又沉重地迈着每一步！

或许这还因为他又想到了一个人；

曾经同生死共患难……

郝经失踪之谜与忽必烈之备战大一统

这是一个永远在忽必烈心头难以抹去的人……

虽然现在"终成帝业"，但这位蒙古族的皇上却始终念念不忘这个名字：郝经！

在忽必烈看来，自己过去的每个关键时刻，他总是相伴于自己身旁。为自己排

作战图

震撼崛起——成吉思汗及其英武儿孙

忧解难,为自己出谋划策,帮自己挣脱险境,助自己问鼎江山。难道不是这样吗?仅从自己跌入人生最低谷开始,他就甘愿化身为奴与自己同生死共患难,而且还"洞察时局"伴自己重返前线,鏖战长江又多亏他那真知灼见。随之便是"鄂渚班师"的急返燕京以及布局中原的抢登汗位。完全可以这样说,在忽必烈的心目中他和郝经的关系,似早超越了民族和君臣之界线,已进入一种如手足般情深的更高境界。

在忽必烈看来,这才是儒家真正的代表性人物……

原来他以为分别只不过数月时间,但在李璮之乱后他发现这或许已经上了王文统的当了。久久没有音讯,难道已被其勾结李璮于江北暗害了吗?而由于连续两次与阿里不哥争位的漠北鏖战,再加上平息李璮趁火打劫的叛乱的干扰,除命人对郝经的妻儿老小格外关照外,却一直无暇深查。两线告捷后终于腾出时间了,在严审王文统之后竟发现问题很可能还是出在南宋。

现在终于有人出面证实了……

一位因与南宋权相贾似道有"夺妻之恨"的武弁,终于历经九死一生叛逃到燕京来了。据这位降者称:郝经似乎还活着,只不过被暗中扣押在某个秘密的地方。而具体在哪儿他也不知道,上述消息他也是"听说"。

但由此可见南宋已腐朽沉沦到何等地步……

原来,早在1259年忽必烈率军北归争位后,南宋奸相贾似道竟隐瞒其"称臣纳贡"卖国求和之真相。据史载,更进而谎报在其指挥下"全线大捷"。并大言不惭地称之为"鄂围始解,江汉肃清,宗社危而复安,实万世无疆之休"。(见《宋史》)而荒淫无耻、昏聩无能的宋理宗却也"信以为真",竟下令晋升贾似道为"少帅",封卫国公,几乎将朝政交由其全权处理,致使一批无耻文人如廖莹中、甄凝、苟乐等竟为其编撰《福华编》(见《宋史》),纷纷将其歌颂为"擎天国柱"、"再造功臣"。故明知"索贡"是虚,此行"议和"才是实。但不仅在"两汗相争"的有利情况下毫无作为,反倒听说郝经率使团前来顿时慌了手脚,生怕戳穿了其"再造宋室"的神话。故立即派甄、苟二人速赴真州(今江苏仪征),将郝经一行秘密扣押于手下爪牙的忠武军营中，对宋廷及对外均严格保密，竟还佯称不知有此一行人等。

忽必烈能不为此发"雷霆之怒"吗？……

一些"怯薛"将领也纷纷义愤填膺了，竟然喊出了什么"打狗还得看主人"呢，并争先表态："为雪此奇耻大辱，末将愿率轻骑前往讨伐之！"而忽必烈又是一位民族自尊心极强的蒙古君王，况且他面对的是与自己亲如手足的臣子。这一下他终于"拍案而起"急赴朝堂了，怒不可遏地传谕将士"举兵伐宋"，并特下诏曰：

朕即位之后，深以戢兵为念，故年前遣使于宋，以通和为好。宋人不务远图，伺我小隙，反启边衅，东剽西掠，曾无宁日。朕今春还宫，请大臣皆以举兵南伐为请，朕重以两国生灵之故，犹待信使还归，庶有悛心，心成和议，留而不至者，今又半载矣。往来之礼遽绝，侵扰之暴不已。彼尝以衣冠礼乐之国自居，理当如是乎？曲直之分，灼然可见。今遣王道贞往谕，卿等当整尔士卒，砺尔戈矛，矫尔弓矢，约会诸将，秋高马肥，水陆分道而进，以为问罪之举。尚赖宗庙社稷之灵，其克有勋。卿等当宣布朕心，明谕将士，各当自勉，毋替朕命！

——《元史·世祖本纪》

此份诏书虽仍采用了儒家笔法，尽显草原君王绝不"略输文采"，但字里行间却处处透露出怨愤，似一道杀气腾腾的檄文。对共患难近臣郝经之情之义跃然纸上，然仓促起兵这又绝非是明智之举。此时又多亏了许衡、刘秉忠、姚枢、张文谦等藩邸儒臣挺身相谏了。力陈"只为传言、尚无实据，若当即用兵反而会将郝经置于死地。消尸灭迹，使我师出无名"！见忽必烈已有所动，遂更进而力陈"若此时用兵，宋尚有大西南可退据。战线必将拉长，时日必将久拖不决。还不如继续施行包抄之策，安云南、抚西藏！从长计议，全盘布局，然后则可一举大一统天下

居庸关云台四大王浮雕

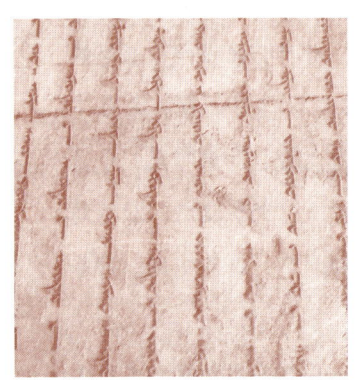

居庸关云台畏兀儿刻文

居庸关云台西夏文刻文

矣!"(见《元史》之诸臣分传)忽必烈是何等"度量弘广"之人,史载"闻后即曰:此即'小不忍乱大谋也'"!遂罢兴师问罪,而改为"隐而不发"。即使到阿里不哥彻底归降之后,却仍不忘调整中枢、抚治云南、经略西藏,以为未来之大一统做准备。

此间,又再现了他昔日"选贤用能"的风采——

其一,任命安童为相。安童,蒙古族,原中原国主木华黎之嫡重孙。幼年即被其叔父霸突鲁带入忽必烈藩邸,师从许衡习儒。他不仅与皇长子相善,而且稍长即"异于常儿",尤喜"指点江山"。如果说,历史演义中曾有的"周瑜一十三岁即为东吴八十万水军大都督"纯系小说家之言,那"安童一十三岁即成为四大'怯薛台'之一"却是不争的事实。是为笼络以霸突鲁为代表的中原众多蒙古族贵胄和勋戚,但安童确也突显少帅雄风,两次随忽必烈赴漠北征伐。而在阿里不哥归降次年(1265年),忽必烈竟又将他任命为内阁首辅——中书省右相。这使无论蒙将和汉臣均大感错愕,须知安童时年刚刚十八岁!但这前无古人的"创举"又确实反映了忽必烈用人之雄才大略。因为确立"国族"之布列台阁的现状已无法更改了,而采用此种特殊任命却可化解诸多矛盾以相对保持蒙将儒臣间的平衡。而其间皇长子真金已被晋封为"燕王",执掌中书省全权，且有自幼与他一同长大的安童与之搭配，自然是绝佳搭配。况且二人均从小学儒习儒深知汉地汉法，这样的蒙古族绝佳搭配也必将受到汉地汉人的广泛欢迎。

难得的政治平衡术，果然效果奇佳……

其二，阿合马之被擢用。阿合马，色目人，原为察苾之陪嫁家奴，后成为中国历史上遗臭万年的一代权奸和巨贪。但由此就将他视为忽必烈政治生涯之一大败笔似有点过分，似反倒可视之为忽必烈的另类"慧眼识珠"。因为谁也难估计到一个人未来的走向，而阿合马初期也确只表现出卓越的理财才能和干练之风。如从另一个角度看，能大胆擢用一个"家奴"似也不失为雄主的一种圣明之举。况且这阶段阿合马尚表现得唯命是从，使用起来也颇为得心应手。理财更突显政绩，竟为未来的大一统聚敛了大量的财富。尤为难能可贵的是，他对皇室那种"坚定不移"的效忠。据史载，皇长子真金因鄙视他曾亲自动手打过他，平章政事廉希宪也因厌恶他而命人杖责过他，而他却均能"委曲求全"绝不去惊动皇上，依然"任劳任怨"地"恪尽职守"。至于后来和儒臣严重对立走上了一条弄权巨贪的不归路，似有多种原因，随后还将详加分析。

总之，擢升无错，初期尚为备战多有建树……

其三，赛典赤·赡思丁之治滇。赛典赤·赡思丁，西域人。据考，为伊斯兰教什叶派创始人阿里之后裔。成吉思汗时期即归附，因才智出众累任高官要职。忽必烈登基之后，更因其为人忠直被重用为理财的副相——中书省平章政事。坚定的"鼎新改故"派，颇知儒学汉法之要义。忽必烈因在藩王时就曾于1252年远征过大理，深知云南连川贵、通青藏，欲图天下必然使此成为阻敌之天然屏障。故阿里不哥归降后不久，即封庶出的皇五子脱哥赤为云南王，以掌控这块战略要地，并改任赛典赤·赡思丁为"川陕行中书省平章政事"以作接应。后脱哥赤被原驻守蒙帅宝合丁下毒暗害，忽必烈悲痛之余很快便深刻认识到，单靠皇子出镇很难解决复杂的政治问题。遂于1274年任命赛典赤·赡思丁为"云南行省平章政事"，临行前并对他曰："云南朕尝亲临，比因委任失宜，使远人不安，欲选谨厚者往抚治之，无如卿者！"（原文照录）而赛典赤·赡思丁也果不负"圣恩"，到任后即"广施仁政"。面对民族多、部落多、原始信仰多之种种特点，一改往日的"武力坐镇"，大力推行"文治抚滇"。利用原国主段兴智，行化解民族间矛盾之策；改部落林立而重设州路府县，渐使云南彻底成为大元王朝之一"行省"；后继而又在劝农使张立道协助下大兴水利扶植农桑，遂有了史称"耕民获利十倍"逐渐富庶之说。故在忽必烈灭宋前夕，事实上云南已成为阻敌之"铁壁铜墙"。而其所推行之仁政也果然"以德服人"，难怪赛典赤·赡思丁1279年病逝后，送葬的百姓竟"号泣震野"，祭文中甚至还有"生我育我，慈父慈母"之语。（见《元史·赛典赤·赡思丁传》）

忽必烈为大一统之"使贤用能"由此可见一斑……

其四，伯颜之被留用与选帅。伯颜，蒙古族，原蒙古八邻人，世代为八邻左手千户长。祖父阿喇犯罪被诛，其曾沦为忽必烈所分得之奴隶。后因随旭烈兀西征留居波斯，渐显才华又累升为官。1265年，随使团赴上都觐见大汗，忽必烈见其"身躯伟岸，举止不凡"甚感惊异，后了解此人原为自己的藩邸奴隶遂留在身边。见其谋划国事，颇有章法；处理政事，明智果断，便放手使用，大力提拔，竟然在几年间就完成了"从奴隶到将军"的全过程。1271年之后，他又被擢用为中书省左丞相、同知枢密院事（相当于总参谋长）。为让其更好地执掌军权，还让他先师从许衡习儒以了解历代名将故事。不仅仅如此，在此期间他还以敕令主婚将安童之妹嫁与伯颜为妻。明眼人一看便知，右相和左相联姻，这明显是为彻底改变伯颜的身份从而使其名正言顺地列身于宗亲贵胄。但事后又将伯颜久久闲置不用，使得明眼人又开始犯了糊涂。而再看伯颜，却更加突显为人厚重，行事越发谨言慎行。他从不显山露水，似生来就只知对圣上唯命是从……唯有姚枢一针见血地曾私下对群儒指出：此乃圣上欲效汉武之对卫青，实为灭南宋提前选帅也！事后证明，也果真如此。忽必烈自从压下"郝经事件"隐而不发之后，竟未因母地之承袭成功志得意满骄奢淫逸，而是用了近乎十年的时间为天下大一统积累财富和选拔人才。仅以选拔将帅而论，除了伯颜之外还特别注意培养新生一代。如张柔之子张弘范、兀良合台之子阿术、史天泽之诸弟诸子、色目巨无霸阿里海牙、汉族猛将郑鼎及董家兄弟等。不拘一格,慧眼识才,既颇具魄力,又颇具耐心。高瞻远瞩,尽显圣祖昔日之雄风。

但更突显其雄才大略的还不仅仅于此,在此期间他的目光还紧紧盯着国之大西南!

绝不食言:"鼎新改故,务一万方!"

日理万机,为的就是大一统天下!

当然包括雪域高原……

圣僧八思巴之抚治西藏

从相关史籍所提供的史料中可以看出,西藏与祖国的关系源远流长。自从文成公主入藏与松赞干布汉藏联姻以来,这种关系似已变得世代相传密不可分了。(见《汉藏史籍》)但真正确立它为祖国不可分割的一部分,似乎还是在七百多年前的元王朝。据史载,早在窝阔台大汗时期业已经略西藏,并已与当时占统治地位的藏传佛教有所接触。只不过方式过于简单和原始罢了,竟把人家的教主萨迦班智达扣留于凉州久久不予放还。直到忽必烈南平大理时这种现象才有所改观,并从此结识了教主之侄——少年圣僧八思巴。别看他比忽必烈年龄小几乎二十岁,但对这位蒙古族皇帝却有着终生影响。尤其在中统建元后,他促使忽必烈对大一统有了更弘远的理解。

佛法无边,后来八思巴竟被尊为"国师"……

一代圣僧,前面已有所介绍。在萨迦班智达圆寂后,他便继任为藏传佛教萨迦派之教主,成为藏区政教合一的主要奠基人。他先被忽必烈奉为国师,后又尊为帝师,至今仍被藏族人民公认为"雪域圣僧",当代史学家则更把他称为"多民族统一国家的伟大推进者"。史有详载,忽必烈经两次"灌顶"之后已彻底皈依藏传佛教,而马背民族的宗亲贵胄开始也大多追随他改变了宗教信仰。一时间不但在两都

震撼崛起——成吉思汗及其英武儿孙

喇嘛召庙甚多，甚至就连皇宫大内也多描金有梵文佛号。1264年，忽必烈专门设置了宣政院（原名总制院），以掌管"普天下佛教"并"兼治吐蕃之境"，首次以宣政院直辖的方式，将西藏纳入中央政权的支配之下。这显然得到了圣僧八思巴的支持，随之便首次在吐蕃建立了"以帝师为首脑的政教合一体制"（李治安语）。而此前忽必烈即在1262年，就曾派出一位得力蒙将为宣抚使前往吐蕃首次设立驿站和清查户口。此将名叫答失蛮，忽必烈并亲自下达圣旨对其曰：

> 答失蛮听旨，吐蕃之地，人民勇悍……现今吐蕃之地无王，仰仗成吉思皇帝之福德，广大国土俱已收归我朝统治。萨迦喇嘛也接受召请，担任我朝的上师。上师八思巴伯侄，本是一方之主，其学识在我等之上，如今也在我朝管辖之下。答失蛮，汝品行良善，速前往萨迦一次，使我听到人们传颂强悍之吐蕃已入我薛禅皇帝忽必烈治下……路上所需各种物品，俱由御库存官员拨给。自萨迦以下，可视道路险易，村落贫富，选择适宜建立大小驿站之地，仿照汉地设立驿站之例，立起驿站来。
>
> ——《蒙藏关系史略》

一切都准备好！在答失蛮初步建好驿站（亦称驿赤）和查清户籍的基础上，1264年五月一日，圣僧八思巴携其弟恰纳多吉终于返回阔别近二十年的故土了。忽必烈不但派重兵护送，而且特别授予他一道"珍珠诏书"。全文如下：

> 长生天气力里，大福荫护助里，
>
> 皇帝圣旨：
>
> 晓谕众僧人及俗民等：
>
> 此世间之完满，由成吉思皇帝之法度而生，后世之福德，须依法积聚。明察于此，即可对佛陀释迦牟尼之道生起正见。朕善知此意，已从明白无误之上师八思巴处接受灌顶，封彼为国师，任命其为所有僧众之统

八思巴宴见忽必烈

领。上师已对敬奉佛法、管理僧众、讲经听法修行等罚明降法旨。僧人们不可违了上师的法旨,应敬奉佛法,懂得教法者讲经,年轻心诚者学法,懂得教法而不能讲经听法者可依律修习。如此行事,方合乎佛陀之教法,合乎朕担任施主、敬奉三宝之意愿。

汝僧人们如不依律讲经听法修习,则佛法又何在?佛陀曾谓:吾之教法如兽王狮子,体内不生损害,外敌不能毁坏。朕驻于通衢大道之上,对遵依朕之圣旨、懂得教法的僧人,不分教派一律尊重服事。如此,对依律而行的僧人,无论军官、军人、守城子官、达鲁花赤、金字使者,俱不准欺凌,不准摊派兵差赋税劳役,使彼等遵照释迦牟尼之教法,为朕告天祝祷着。朕并颁下圣旨使彼等收执。僧人之佛殿及僧舍里,金字使者不可住宿,不可索取饮食及乌拉差役。寺庙所有之土地、水流、水磨等,无论如何不可夺占、收取,不可强逼其售卖。僧人们亦不可因为有了圣旨而违背释迦牟尼教律而行。

朕之诏命于鼠儿年孟夏一日在上都写来。

在这份被称为"珍珠诏书"的重要历史文献中,忽必烈首次向吐蕃僧俗民众公布了:元朝皇帝已接受圣僧八思巴"灌顶"皈依佛法,并与萨迦教主结成了"施主"与"福田"的关系。他更进而强调了"帝师之命,与诏敕并行于西土",从这个意义上来说,"珍珠诏书"也是一道授权书。它授权八思巴在吐蕃建立一种隶属于元王朝,而又别具特色的、政教合一的统治体系。从此,"珍珠诏书"不仅为八思巴的治理西藏提供了政治依据,而且也使西藏彻底皈依了伟大的祖国。

而八思巴也果不辱使命,在此期间"居功至伟"……

史载,他佛学造诣极深,天生一副"庄严法相",在藏族地区有着极高的威望和人气。而他本身的归来就更说明问题,顿使得"珍珠诏书"的分量倍增,很快便传遍了整个藏区,深受僧俗民众敬仰,皆认为此乃"大慈大悲、救苦救难"之举。不久,忽必烈又适时地封圣僧之弟恰纳多吉为"白兰王",成为元朝方面委任的第一位吐蕃行政首脑，也成为八思巴在世俗界的代理人。从此，这位雪域圣僧虽仍在"苦修苦研佛法"，但对"珍珠诏书"却"照行不误"。不仅很快解决了教派和部族间的冲突，而且在政教合一的前提下设定了一套规章制度和相应的行政机构，颇具民族特色而又行之有效，从而结束了吐蕃地区各自为王内乱连绵的局面。（见《雪域圣僧——帝师八思巴传》，陈庆英著，中国藏学出版社出版）更难能可贵的是，八思巴还经常往来于拉萨与京都之间，日渐加深蒙、藏、汉及其他少数民族间的了解和感情。似完全可以这样说，好像在七百多年前他已懂得在各民族间促进"我中有你，你中有我"，难怪后代学者将其称之为"多民族统一国家的伟大推进者！"

菩萨！真正的活菩萨……

而忽必烈对八思巴的每次到来，也均以极为隆重的礼遇欢迎，返归时则更是依依惜别情深义重。就拿1274年为例，忽必烈竟命已经被册封为太子的真金亲自率军护送八思巴返藏，并代表自己充任"施主"，于曲弥举行的七万人大法会上给予每个僧人黄金一钱的"布施"。而早在此前，忽必烈已经免除西藏的一切岁贡。正如藏文史集中所说："由于此上师（即八思巴）之功业，雪山环绕的吐蕃地方，不向皇帝之御库交纳贡赋、差税和兵役。"更何况为保护八思巴政教合一的体制不受侵犯，随后又派皇七子平西王奥鲁赤（即被害云南王忽哥赤的同母弟，均为朵尔别真皇妃所生）统兵驻跸于吐蕃之河州路保护。总之，恰如当代史学家所言："从此，忽必烈彻底皈依了藏传佛教，而西藏也彻底皈依了伟大的祖国！"

由此可见，忽必烈在跨江一统天下之前，在选帅、备战、用能、设围、理财、练兵等诸多方面，均突显了他的雄才大略。在历代少数民族帝王中，绝对堪称是"前无古人"的！

但八思巴难道仅仅是个忠顺的臣子吗？否！君不闻在大一统的前提下尚有另一种说法：挥着战刀出，捧得藏经归！意蕴深远，似在以佛法为未来铺路。

而在此时却"后院起火"，竟使得忽必烈也再顾不得继续施展高超的平衡术了！

震撼崛起——成吉思汗及其英武儿孙

蒙制、汉法，两者必择其一！

不然将"前功尽弃"……

行汉法之立太子与册封皇后

这桩"突发事件"来得相当蹊跷，历经七百多年至今仍是个难解之谜。

中外史学家相关说法颇多……

忽必烈有三位嫡皇子（加庶出的共十二位皇子），而"子以母贵"，也只有察苾所生的嫡皇子：真金、芒哥喇、那木罕有皇位继承权。其中以嫡幼子那木罕略占优势，因为如从蒙古祖制"幼子守灶"他当然占得先机。

但在中原汉地却唯崇"长子守灶"……

据史载，那木罕天生"英俊魁梧"，"尤善骑射"，似比两位兄长更具"统帅气质"。他不仅被蒙臣蒙将寄予极大的期待，而且就连忽必烈从小对他也有所偏爱，故难免也养成一种自以为是、骄横跋扈的习惯，致使察苾也常为这个小儿子忧心忡忡。更不该的却在于，忽必烈由于爱幼子之情切，多年前"曾无意间流露出将

元太祖手诏

由他（即那木罕）继承大位"。这或许只能算作一句应付或逗小孩的话儿，却谁料那木罕长大后竟"一直都在怀着这个热切的愿望"。（见《史集》）

很显然，"后院起火"就是由此引发的……

但内幕到底是怎么一回事儿？却讳莫如深鲜见于正史。留下的似只有猜测，只有众说纷纭。有史者称，或许是那木罕依仗父皇的偏宠，自由地出入美女如云的大内制造了什么"宫闱秽闻"；有的史者道，或者是那木罕借父皇的"金口玉言"，在高级蒙古族将领中已拉帮结伙欲图谋不轨；更有人言之凿凿说，二者兼有，而且色目权奸阿合马似已见风使舵倒向了那木罕一边……上述各种说法虽无史可考，但在此期间确有"突然事件"引得后宫动荡不安。有史详载，此阶段察苾确系"大病一场"。上海文艺出版社所出长篇历史小说《忽必烈大帝与察苾皇后》对此有详尽描述。虽也为一家之言，但仍可供参考。

多亏忽必烈由震怒突然转变为久久的沉默……

沉默是金，重如泰山，这才使得这个历史之谜永远难以破解了。但有一点却是无法遮掩的：又是因为祖制"幼子守灶"权！而眼下正处于大一统天下的前夕，如果再不根除这种因循守旧的习俗，后果将不堪设想。须知，南宋虽早已腐朽不堪，但黎民百姓却大多为汉族而崇信的是儒家之法。如果此时再张扬出什么"幼子守灶"之类的老玩意儿，这不是明摆着给南宋奸佞之"异族入侵"说提供借口吗？而只有名正言顺地入继华夏大统才能变为"武王伐纣"！而现在似尚留有不足：要知道至今除了年号建都之外，为防止各大封王的反弹，国号却一直未改。朦朦胧胧十年了，似尚未列身于历代王朝之序列中。而史载忽必烈"从谏如流"，果然他在与安童、伯颜、姚枢、许衡等相商之后，决心为自己的一时失言而果断地迈出历史性的一大步。

宁舍平衡术，不舍大一统……

为此，忽必烈不顾部分宗亲贵胄的强烈反对，而从《易经》取"大哉乾元"之义以代旧有国号。"元者，大也！大不足以尽之而谓之元者，大之至也！"（见《元文类·经世大典序录·帝号》）似和旧国号中之"也客"（蒙古语：大）也有

震撼崛起——成吉思汗及其英武儿孙

一定传承关系，象征着从成吉思汗到忽必烈"历古所无"之"大业"，似也可对草原母地"有所交代"。据史载，"建大元国号诏书"是1271年十一月颁布的，忽必烈时年已五十七岁。诏文云——

> 诞膺景命，奄四海以宅尊；必有美名，绍百王而纪统。肇从隆古，匪独我家。且唐之为言荡也，尧以之而著称；虞之为言乐也，舜因之而作号。驯至禹兴而汤造，互名夏大以殷中，世降以还，事殊非古。虽乘时而有国，不以利而制称。为秦为汉者，著从初起之地名；曰隋曰唐者，因即所封之爵邑。且皆徇百姓见闻之偶习，要一时经制之权宜，概以至公，不无少贬。我太祖圣武皇帝，握乾符而起朔土，以神武而膺帝图，四震天声，大恢土宇，舆图之广，历古所无。顷者耆宿诣庭，奏草申请，谓既成于大业，宜早定于鸿名。在古制以当然，于朕心乎何有！可建国号曰大元，盖取《易经》乾元之义，兹大冶流形于庶品，孰名资始之功。予一人底宁于万邦，尤切体仁之要，事从因革，道协天人。于戏！称义而名，固非为之溢美；孚休唯永，尚永负于投艰。嘉于敷天，共隆大号！

从此，又有一个新的王朝名正言顺地列入夏、商、周、秦、汉、隋、唐等华夏大一统的王朝序列。一个蒙古人建立的王朝，在中国历史上有着重要意义的王朝。

忽必烈更是其间最杰出的代表性人物……

为"一统天下"之宏伟目标，不干则已，一干便益发不可收拾。就在已发动灭宋战争之际，据史载，1273年三月，他又严格依照汉制，正式将察苾册封为大元王朝第一位大皇后，并上尊号为：贞懿昭圣顺天睿文光应皇后。当然在察苾"内蒙外汉"的坚持下，伯要·兀真、塔喇海，以及早逝的帖木古伦均先后被册封为皇后，在上都开平和大都燕京的大内深宫里还保持着各自的"斡耳朵"，以示对祖俗的尊崇依然不变。然谁的尊号也没有那么多，那么长，那么寓意深刻，故察苾的特殊地位是确定无疑的，在汉臣群儒们看来唯她才是真正意义上的大皇后！游牧帝国前所未有，察苾实为第一个由大哈敦成功转型为大皇后的蒙古族女性。

其实，此时的察苾已经渐渐淡出政治舞台了……

但经历过这一番改国号、立皇后之"大动作"，果然竟使得群臣眼花缭乱，全忘了宫闱曾有过什么"突发事件"。倒似乎只听到战争的脚步声越来越近了，战鼓声也越来越急了。但忽必烈却好像觉得吸引人们眼球的力量仍不够大，随着封后封妃之余，又对嫡出或庶出的皇子一律重新加封。尤其对这次"突发事件"的制造者嫡幼子那木罕，似乎欲盖弥彰地更加宽容，不但未追究他的"出轨"或"闹事"，反而更晋封他为北安王加以重用。并命丞相安童作为辅佐，不日即将重返草原震慑漠北诸王。皇次子芒哥喇也被晋封为秦王，倒是在王相商挺的安抚下乖乖地就任去了。到最后就连其他后妃所生诸皇子都封了王并都委以重任，却对皇长子真金在大战之前的安排仍只字未提。行百步而废于九十九步，难道大元王朝就是偏要拒立太子吗？

看来"幼子守灶"权还是根深蒂固啊……

但大出意料，不久忽必烈却突然召见汉臣曰："自中统以来，诸儒一直建言朕'早立储，固国本'！自郝经起，许衡、姚公茂等年年均有奏章。近日有琅琊人张雄飞果然是'真公辅器'，竟直言谏朕'闾阎小人有升斗之储，尚知付托'，何况江山社稷乎？并用蒙古语反问朕'向使先帝知此，陛下能有今日乎？'胆大妄为，然忠心可嘉，朕欲采用其言！而也有蒙臣蒙王进言曰：燕王真金仁儒体弱，意为汉化较深已非我蒙古之巴突鲁！左右为难，不知卿等当替朕如何着想？"众儒闻后顿时心灰意冷，唯后进之臣张雄飞用蒙古语仍在据理力争。其曰："名儒徐世隆曾言：陛下帝中国，当行中国事！据此，燕王又何错有之？遥想当年，其方十七岁便坐镇燕京力排危难，现更将近十年来为圣上代领中书省及枢密院事。历练多年，从未有违圣意。所谓'仁儒体弱'乃托词也，难道圣上只中意太子仅一赳赳武夫？"或许是因蒙古语说词更加能打动人心，忽必烈听后竟颇为振奋地哈哈大笑曰："忠贞敢谏，乃监察御史之好料，着即日起即到御史台赴任！"似乎立储之事短期尚难有结果。但大出群儒意料的是，第二日忽必烈便堂而皇之地将真金正式册立为太

震撼崛起——成吉思汗及其英武儿孙

子。其册文曰：

> 咨尔皇太子，仰唯太祖皇帝遗训，嫡子中有克嗣服继统者，豫预，选定之。是用立太宗英文皇帝，以绍隆丕构。自时厥后，为不显立冢嫡，遂起争端。朕上遵祖宗宏规，下协昆弟金同之议，乃从燕邸，即立尔为皇太子，积有日矣。比者，儒臣敷奏，国家定立储嗣，宜有册命，此典礼也。今遣摄太尉、左丞相伯颜持节授尔玉册金宝。于戏！圣武燕谋，尔其承奉。兄弟宗亲，尔其和谐。使仁孝显于躬行，抑可或不负所托矣。尚其戒哉，勿替朕命。

从此册文可以看出，忽必烈已对祸乱皇族几代人的"幼子守灶"等旧制下决心抛弃，而用儒家"仁孝"以确立接班人。但他却又得面对蒙室宗亲和"忽里台"等诸多问题，故在册文中又煞费苦心大加解释什么已经"下协昆弟之议"了。但这已使汉臣儒僚们大感满足了。不仅使姚枢、窦默等曾为师者感激涕零欣喜若狂，而且就连广大的汉地汉众闻听后也纷纷鸣炮庆贺。须知，还任命了后起大儒王恂为"太子善赞"（东宫首席大臣），这说明新朝已完全遵从"圣贤体制"了。难怪有史记述，市井之中竟相互传告："这回好了！立了皇太子，这才称得起中国大皇帝！"（见《元史·世祖本纪》《元史·裕宗传》《元史·张雄飞传》等）

是绝对有助于大一统，但树欲静，而风不止……

原来，忽必烈这一系列令人目不暇接的封后、封妃、封王，以至于册封皇太子，首要的目的即吸引臣众眼球使人无暇想到还会有什么"宫闱内幕"。然后再利用这系列张扬汉地汉法的效果以实现其更进一步的图谋。因为即使算"秽闻"放在草原上并不算什么，而在汉地汉法之下却很可能毁了整个皇族和他为之奋斗一生的大业。不知是否曾受八思巴之指点，但忽必烈在处理这件事上却表现出了高度的政治智慧和豁达大度的胸怀。

但那木罕竟把父皇的宽容当作了"无知"……

据史载,他既不像二皇兄芒哥喇那样洒脱和知趣,说走就走,又不像大皇兄真金那样忠厚仁儒,从来就是循规蹈矩。随之在当众正式册立皇太子之后,那木罕闻知竟失去了理智,甚至不顾自己屁股下面有屎,竟敢暴怒地冲进后宫反而质问起父皇。波斯史学家拉施特在其《史集》中曾有过这样的描述:"合罕(指忽必烈)生了气,把他大骂一顿,从自己身旁赶开,并说道:不许再来见我!他(系指那木罕)过了几天就死了。"无论中外均是为尊者讳,大骂了一顿什么也仅一语带过。但从忽必烈将那木罕"从自己身边赶开",并令其"不许再来见我",也绝非仅为不同意大哥当太子而引发的。积怨之深,愤怒之极,很可能是牵扯到了什么"宫闱秽闻",甚至可能触及某个深受宠爱而又野性十足的小嫔妃。更何况敢于公然跳出,也是不知深浅地在破坏大一统的总体战略部署。难怪火气是如此之大,以致几乎引发"父子绝情"……拉施特的记述中唯"他过了几天就死了"不实,查史可见那木罕乃死于1292年。但似乎也可这样理解,那木罕在被戳穿怒斥后吓了个半死,随即大病不起。而拉施特正奉命重返伊利汗国,道听途说遂有此"死了"的记载。

但对于一个"壮怀激烈"的蒙古帝王来说挥之即去……

很快便又只剩下了"胸怀天下",只剩下了号令千军万马指向"天下大一统"

元大都河韵

的宏伟目标。建国号、封皇后、立太子已使他跻身于历代王朝的序列,他要以此来实现历代北方少数民族雄主"逐鹿中原"从未实现过的梦想:入主华夏,成为第一个治理天下少数民族的帝王!

忽必烈的目光重又盯上了那"滚滚东逝的长江水",重又盯上了岸那边最广袤而又最富庶的鱼米之乡。

动员的是无数铁骑,高扬的是"仁义"大旗!

数风流人物还看今朝!

他开始行动了……

第七辑

【本辑提要】从1260年中统登基,到1271年改大元为国号,历经十余年忽必烈方引着马背民族从游牧汗国中"脱颖而出"。随之便是册封皇后立太子,以跻身于历朝历代序列而"问鼎天下"。忽必烈在此展现雄才大略似已一一准备好了,只好像尚缺一个向南宋"兴师问罪"的借口。而这时郝经竟意外地"鸿雁传书"过来,最终使元王朝得以"名正言顺"地全面伐宋。而南宋小朝廷的腐朽乃导致自身灭亡之源,最终使忽必烈成为第一个大一统中华的少数民族大皇帝!但大也有大的难处:随着草原上诸王的逐个叛乱,随着因科举考试和儒臣产生的矛盾,随着阿合马的从中钻营日渐坐大,忽必烈似又走上了一条"好大喜功"、"嗜利黩武"之路。

已近年迈,偏遇多事之秋……

震撼崛起——成吉思汗及其英武儿孙

忽必烈之从容部署与南宋之风雨飘零

国号：大元！年号：至元！

大哉乾元！这从另一个角度，也充分反映了忽必烈那种血脉中与生俱来的征服者的追求。"大不足以尽之而谓之元者"，更充分展示了他欲构建一个超越前人的伟大王朝，而且应当将其权力扩张到极致之追求！

万方来朝，蒙汉皆服，无处不显"水到渠成"的态势……

据史载，早在阿里不哥归降之后，忽必烈即开始策划对南宋用兵。1267年便接受贾似道逼害来降的南宋名将刘整之建言，知其"主幼臣悖，腐朽不堪"，早开始动手了。同年秋天便选年轻将领阿术及刘整为"征南都元帅"，采取"舍川蜀直逼襄樊"之策已使南宋君臣惶惶然不可终日了。而这也只能算忽必烈因"内政待修，国库未盈"之小小练兵，然"业余用兵"竟能达到如此效果更足可见其军事天才了。

而现已万事俱备，只欠东风了……

然而，在汉人汉地当皇上，既有他的好处也有他的难处。儒臣太多，动不动就爱个劝与谏，哪如在草原上来得利落，一声呼啸，千万铁骑便义无反顾地随之而上。尤其对于战争，这些儒臣才不管"大一统"不"大一统"呢！只要一提打仗，他们就敢头顶"仁义"进行死谏。比如，国子学祭酒许衡这位老夫子，刚一听到一点风声，便头不是头脸不是脸突然声泪俱下地跪谏曰："当修德以致宾服！若以力取，必戕两国之生灵以决万一之胜负！"忽必烈不高兴地问："朕当如？"许衡竟慨而言之曰："统一天下，以德不以力！"忽必烈又问："历代开国君主何人曾如此？"谁料许衡还是有理曰："即从我主开始！"（见《元史·许衡传》）真令人啼笑皆非，忽必烈似也只能摇头不语。须知，这些迂腐的老夫子又大都正直无私、清贫自守、不畏强权、恪尽职守。就拿许衡来说，他竟敢藐视阿合马之高居相位，与其整整苦斗了十几年。而且这些老夫子又皆为一时大儒，不仅人人桃李满天下，而且个个均在汉人汉地极具影响。难以动之，否则十数年"善善恶恶"用臣之功将毁于一旦。（见《元史·许衡传》）这使得忽必烈烦恼不断，他绝没想到自己所独崇的儒学，现在竟渐渐转化为自己实现"大一统"雄心壮志的障碍。为此，他对儒臣们这种自命清高、崇尚空谈、不务实际、碍手碍脚之风越来越不满，曾私下对近臣曰："汉人唯务课赋吟诗，将何用焉？"（见《元史·世祖本纪》）这也可视作为一种游牧文化和农耕文化之冲突，随之忽必烈便和儒臣们更渐行渐远。虽仍不忘最初对察苾皇后辅政时"绝不妄杀儒臣"的承诺，但已逐步采取"敬鬼神而远之"的对策了。

天助我也！此时却陡然传来个令人震惊的消息……

天哪！生死不明的郝经终于有了下落。这似乎更像一个神话传说，竟颇似对汉代"苏武牧羊"故事的翻版或抄袭。但确有史可查，有史可证。郝经 行自被贾似道谎报战功秘密扣押以来，至今已将近十五年了（1260—1274）。他一直过着"拘于边郡，蔽幕蒙覆，不使进退，一室之内，颠连宛转，不睹天日，绵历数年"（郝经语）之囚徒生活，直至随从们一个个不堪折磨大多死去。郝经之凄苦可想而知，似只能和偶然拾得的一只伤雁相伴苦度岁月。没想到大雁伤好后竟想要"鸣之欲去"，郝经在悲别之余竟突然也联想到了汉代苏武之"鸿雁传书"，遂裂帛写下一首盛传百世的名诗，诗毕又写下"中统十五年九月一日放雁，获者勿杀"，并落款

震撼崛起——成吉思汗及其英武儿孙

为"国信大使郝经书于真州忠勇军营新馆"。系之于雁足，放飞于高空，心思虽伴大雁北上，但希望却仍十分渺茫。却不料河南开封有一人"射雁金明池"竟恰好获得此雁，一见诗文哪敢怠慢，随即快马上交朝廷。到忽必烈收到帛书之时大雁尚且存活，竟敢面对圣上鸣叫不已似在邀功。故有学者称"南方飞来的小鸿雁"之歌声即起始于此，不然现在之比兴实在无法诠释。而忽必烈阅帛书后虽早已泪流满面，却强忍悲痛仍命许衡当着群儒汉臣一遍又一遍地诵读之。其诗云——

　　霜落风高恣所如，归期回首是春初。
　　上林天子援弓缴，穷海孤臣有帛书！

大有深意！果然老夫子许衡也边诵边唏嘘不已，最后竟在儒臣们的悲戚声中曰："计年仍按中统，竟不知早已改年号至元矣！足可见其不见天日之苦，更可见其历经磨难之忠！此即仁，此即义，老臣当请圣上为如此贤臣速动仁义之师以救之！"似有矛盾，又不矛盾！当对方有如此"不义之举"，且又伤及同类，儒僚汉臣们当然也会一个个义愤填膺了。

忽必烈也终于达到了目的……

因为察苾也经历过同甘苦共患难这段生活，召见群臣后忽必烈即返后宫将帛书持与她看。察苾闻知郝经现尚幸存于人世，竟也感动得两眼落泪。因为这么多年来就是她奉命差人照料着郝经的妻子儿女，还为他的两位老人送了终。这也是蒙古人的一大性格特点：只要他把你认定为"安达"（即朋友、挚交、知己），他似乎更和你模糊了民族界线，剩下的也好像只有炽热的真情。忽必烈虽贵为天子却也不例外，如对郝经、赵璧、董文炳兄弟以及巨无霸郑鼎等，似就从未把他们当作"异族"对待。甚至把伴驾的蒙古亲军反而交董文炳统领，就连睡觉也常令他陪护于榻下（见《元史·董文炳传》）。故忽必烈见察苾垂泪即拍案愤然曰："吾卿暂莫垂泪，朕当代卿以解此心头大恨！择日即下令千万铁骑渡江兴师问罪，踏灭南家思以洗刷此奇耻大辱！"说毕，他竟匆匆走了。但察苾明白他绝不会再去重复上次的冲动,而肯定会首先想到的是如何救人。现在他虽然越来越少进入自己这座"斡耳朵"了,但她还是那么深深了解他的为人。

其时,这对老夫老妻似已只剩下了思想上的交流……

据史载,1274年在截获鸿雁传书不久,忽必烈当即便派出了礼部尚书廉希宪、枢密院都事郝庸(即郝经之弟)等出使南宋就此事进行质问。行动极为迅速,目的又严格保密,再加上廉希宪又是处理难题的干练能臣,故一到临安便把南宋君臣"打"了个措手不及。证据确凿,事实清楚,隐匿地点更难以再瞒下去,致使南宋君臣理屈词穷,顿时陷入了一片慌乱。他们似这才知道了贾似道暗订和约、谎报战功等种种事实真相,然更令他们恐惧的还是江北大元王朝强悍的军事实力。为了有时间擦干净自己的屁股,随即便立刻答应释放郝经及幸存者北返,并卑躬屈膝地特派大内总管段佑以礼相送。知君莫如臣,廉希宪也见好就收,唯恐影响了忽必烈全盘的用兵大计。

元朝文化艺术繁荣,出现了畏兀儿字蒙古文、八思巴蒙古文及阿拉伯文各种文史巨著。散曲和元杂剧空前兴盛

震撼崛起——成吉思汗及其英武儿孙

忽必烈接驿马快报不由得暗笑了……

这里当应先插叙一笔,忽必烈随着国土的扩张已深知通讯的重要。据史载,到1274年他已以两都为中心,建立起无数四通八达的驿站。史称"驿赤"或"急递铺"。建构之严密、速度之快,均是史无前例的。在通讯史上当时确可称之为"前无古人,世界第一"。(见《元史·兵志四·站赤》)故忽必烈所接之驿报,肯定要比早已被折磨得体虚多病之郝经快得多得多。而这位蒙古皇帝恰好又是一位天才的政治家和军事家,他所想利用的也正好是这段时间以实现其"一石多鸟"之计:其一,在道义上占得上风,毕竟江南也是汉人汉地;其二,揭露真相,迫使贾似道垮台,彻底让南宋政权陷入一片混乱;其三,抢时机进行军事部署,并适时选帅以统领全军加速灭亡南家思!尚须指出,大都在刘秉忠与张柔合力下已初具规模,而忽必烈也早开始实行冬夏两都巡幸制。现正在大都宏伟的宫殿里张望着一张巨大的羊皮地图,以使天下大势的变幻尽在自己的掌控之中。眼下郝经已确保无虞了,正好是选一杰出统帅总领三军一举拿下江南的时刻。其实这个人早就呼之欲出了!不仅圣僧八思巴用佛家禅语已向他预示过(见《元史·八思巴传》),而且就连汉地最著名的汉世侯史天泽也曾向他着力推荐过(见《元史·史天泽传》)。然更重要的还在于,他早已心中有数,正在暗中大力培养他。已先后任命其为左丞相、掌枢密院事(最高军事权力机构),并命其就学于姚枢与许衡门下苦研儒学及历代名将事略。(见《元史·伯颜传》)好钢用在刀刃上,此刻是"扬眉剑出鞘"的时候了!

忽必烈所指的这位杰出统帅就是伯颜……

伯颜(1236—1295),前面已有过介绍,而他也果不负忽必烈的心力,已日益显现出杰出的"统帅之才"的才能。再加上伯颜乃与"百雁"同音,南宋当时已有民谚"江南欲破,百雁来过","北风三吹百雁来"等,这岂非天意?而蒙古语中"伯颜"又为"大富"之意,更焉有不胜之理?(见《马可·波罗游记》)遂未雨绸缪,大胆任用,最终进入了大元王朝军政界最高的核心层。据史载,1274年夏,元军在诸多后起之秀的杰出将领,诸如兀良合台之子阿术、张柔之子张弘范、史天泽之子史家众将、董文炳兄弟以及旧将阿里海牙与郑鼎等的合力下，终于将长江的天然屏障襄樊先后拿下，南宋最后一位能征惯战的能将吕文焕似也只能投降。至此，渡江灭宋的时机业已成熟，此时再不置帅统领三军大举进攻更待何时？

由此可见，史载忽必烈"知人善任"绝非虚言……

但即使至此，这位蒙古大皇帝却仍不忘再行儒法。绝非忘了"敬鬼神而远之"，实乃这位蒙古皇帝要突显自己深得儒学要义一点也不比老夫子们差！要知道孔夫子圣裔之一支，金灭北宋后就一直被移往临安作为"镇国之宝"。今日针锋相对也必须"以儒制儒"，方可尽显我大元王朝入主华夏之正统性与合法性。为此便又充分利用"郝经事件"大做文章，未曾出师便于1274年六月向全军颁布了兴师问罪于南宋的诏谕，无师自通地大肆利用"软实力"，先声夺人地发出了战争的动员令。诏谕云——

爰旨太祖皇帝以来，与宋使介交通。宪宗之世，朕以藩职奉命南伐，被贾似道复遣宋京诣我，请罢兵息民。朕即位之后，追忆是言，令郝经等奉使往聘，盖为生灵计也。而乃执之，以致师出连年，死伤相藉，系累相属，皆被宋自祸其民也，襄阳既降之后，冀宋悔祸，或起令图，而乃执迷，罔有悛心，所以问罪兴师，有不得已者。

今遣汝等，水陆并进，布告遐迩，使咸知之。无辜之民，初无预焉，将士毋得妄加杀掠。有去逆效顺，别立奇功者，验等第迁赏。其或固拒不从逆故者，俘戮何疑。

今人细读之，也可以看出这似不仅仅是给蒙汉三军颁布的，而更重要的是说给南宋将士听的。"政策性"极强！除了"无辜之民，毋得妄加杀掠"外，似乎也包含了"胁从不问，立功受奖，顽固到底死路一条"等诸多当时可称之为时髦的内容，颇令人浮想联翩。但忽必烈却仍嫌不够，随之为把处于前沿各自为政的多路人马置于统一指挥之下，竟把全国最高的军事机构"枢密院"设在了灭宋的最前沿。

很明显，伯颜将是蒙汉将士皆服的统帅人选，但居高临下的忽必烈在此时又有惊人之举。据史载，出人意料地，他仅把伯颜任命为副帅，而把汉人左丞相史天泽任命为正帅。

运筹帷幄，总不乏神来之笔……

须知，史天泽为大元王朝中书省左丞相，这次特殊的任命也等于把半个中书省搬到了前线，极有利于协调文臣武将统一灭宋之计。而更重要的原因却还在于，说到底长江以南仍还是汉人汉地。前面是说过，历经辽金两代二百多年的统治。这种民族意识在中原汉地已逐渐淡漠了，甚至因多年来的相互骚扰和战争，南北双方处于长期隔阂下竟改变了称谓：南方人将北方人统称为：北鞑子！而北方人也将南方人统称为：南蛮子！相互歧视，根本谈不上什么共同的民族意识。忽必烈此次"启用"史天泽，明显的是想进一步淡化这种矛盾，以使这场战争彻底转化为一场仅仅是改朝换代的战争。

或许还有更重要的原因：他从史天泽身上看出了什么……

据史载，史天泽天生"仗义疏财"，自幼即爱"行侠仗义"。一辈子似乎就和一个"义"字打上了交道，故以"诚"以"信"在中原汉地极具人缘儿。再加上他绝不像汉世侯刘黑马与张柔等那样"唯崇武力"，政治智商极高且又颇遵孔孟之道。随之便被忽必烈发现，后即"以其人之道还治其人之身"，渐又把他推向了丞相的高位。在平时或许尚可"难得糊涂"，但面临南宋的即将覆灭他心头那个"义"字却在作祟了。毕竟是个年近七旬的老人，已不可能如张弘范这一代彻底与过去一刀两断。往事悠悠，焉能数典忘祖？为此，在灭亡南宋这件事上，他既不想对蒙元王朝不忠，又不想对江南汉地不义。经过反复地思考，似唯有一条路可走：躲避！从种种相关的元史资料中均可看出，他虽未像许衡那样挺身直谏，但对灭亡南宋确实十分消极。先是告老，后又称病，随之更闭门拒客。但忽必烈是何等精明的一代雄主，又岂能放过手中这张回避"异族入侵"的"王牌"？而史天泽似乎也有应对之策，今日举荐安童，明日举荐伯颜，一副病病歪歪的模样儿仍在坚持"此次灭宋当应以'国族'为统帅"！（见《元史·史天泽传》）然而，他又绝非是忽必烈的对手，最终还是被"就是抬也要抬"往了长江前线。

帅旗猎猎！上头大大篆书了个"史"字……

忽必烈双目如炬，私下不由得窃笑了。后代史学家曾有不解：人口很少的蒙古族为何能先后灭掉比自己强大许多倍的金朝和宋朝？原因尽在其中，即充分动员和利用了汉地的人力和物力。其实忽必烈用的也只是他这块招牌，私下早就把统帅的实权全部授予伯颜了。但史天泽虽年迈体弱被折腾得真病了起来，却似乎为了那个"义"字仍在垂死挣扎。据史载，1274年秋元朝大军从襄樊发兵南下，史天泽又一次称病主动上表"请求辞归"。而忽必烈也自有应对之策，特遣使持御用葡萄酒慰问。皇恩浩荡，影响巨大。圣谕曰："卿自吾父祖以来，躬环甲胄，跋履山川，宣勤劳者多矣。忽以小疾暂阻行意，便为忧扰，可且北归，善自调养。"（见《元文类·中书左丞相史公神道碑》）同意北归，似有悖初意。其实不然，此乃见好就收。忽必烈视其任帅之效果已充分发酵达到目的，还真怕这老头子突然死了给自己带来那"未曾灭宋先折帅"之晦气。好在旗号依旧迎风猎猎，汉军见之莫不欢欣鼓舞。而自己又可放手任用中意的蒙古族杰出将领，何乐而不为呢！

史天泽终于"如愿以偿"了……

以现代目光看来，这位曾不可一世的汉世侯之所为似乎有些可笑或可悲。既要对新皇讲"忠"，又要对旧主讲"义"，似特别矛盾而又无聊至极。但若换一个角度去想，或许正是这种可笑而又可悲之举保护了那潜藏的民族意识。据史载，史天泽不久便叶落归根病逝于故乡真定。临终前他竟安详地对子孙曰："知为父者，当今圣上也！使吾终不负大义，死而瞑目矣！"史载，忽必烈闻之大恸，并令皇太子真金代往祭奠。只不该消息传往前沿时，却换来的是汉军汉将人人奋勇争宠。（见《元史·史天泽传》）

但在元大都的巍峨宫殿里却是另一种阵式……

此时，忽必烈已正式任命伯颜为平宋大元帅，以节制全军，而提任阿术为副帅，以默契配合。至此，灭宋战争整体部署完毕，只待新帅用兵如神尽快一统江山。这一天，伯颜离京赴任时再一次觐见皇帝陛下，忽必烈特意召集汉臣名儒同时

震撼崛起——成吉思汗及其英武儿孙

作战图

予以接见。大有深意！明明是当着一位蒙古族骁勇的统帅，却偏偏向他大讲"仁义之师"与儒家之道。也可称之为"活学活用"或"现贩现卖"，目的却似乎又不仅仅是在于游戏或卖弄。除深深地多看了一眼姚枢与许衡之外，竟独对觐见的伯颜告诫曰："曹彬不嗜杀人，一举而定江南。汝其今体朕心，故效彬事，毋使吾赤子横罹锋刃！"（见《元史·伯颜传》）意在向群儒说明：朕比你们更懂仁义，别一提战争就拿这个堵人！不就是宋初大将曹彬不妄杀一人灭南唐的故事吗？今朕也给你们树一个蒙古人的曹彬让尔等看看！一箭双雕：既挫了群儒们的锐气，后伯颜也果然遵旨减少了杀戮破坏并加快了进军速度。

民谚的预言就要应验了：江南欲破，百雁来过……

先说过"百雁"，再来说说那只"孤雁"。据史载，1275年初，也就是伯颜统率三军跨江全面展开灭宋不久，郝经一行历经颠簸终于回到了已经阔别十五年的大都。久别相逢，忽必烈竟执其手热泪盈眶。这充分展示了这位蒙古族大皇帝具浓厚人情味这一面，致使相随的文武百官莫不纷纷跟着落泪。是夜，忽必烈与察苾又设盛宴为郝经接风洗尘，与汉臣群儒们欢聚于大内延春阁。察苾亲自为郝经斟赐马奶酒，而忽必烈则抚其背曰："汝与朕非一般君臣关系，乃生死之交之'安达'也！"又现蒙古人淳厚之一面，顿使郝经感动得伏地泣不成声。只不该随之便口吐鲜血扑倒在地，从此便一蹶不振昏迷不起。也难怪！连续十五六年的囚徒生活和归途之劳累，已耗尽了他全部的体力和心力。虽忽必烈调动了全部御医名家，但不久郝经便悄然离开人世。而忽必烈在悲痛之余，则顿足不止非常惋惜。他特命以王侯之礼厚葬之，并亲临凭吊。故有的史学家也称，郝经的故乡也因此多得关照。皆因郝经临终有嘱，唯愿"仁泽乡梓"而舍谥赐！故三晋之地多受元初晋籍名臣惠及绝非虚言。（见《元史·郝经传》）

当然，忽必烈将他的怒火还是发泄向了南家思……

随之，在一片"兴师问罪"的呐喊声中，南宋小朝廷更日渐陷入一片风雨飘零之中。已明知贾似道是丧权辱国的罪魁祸首，但可悲的是，因群臣纷纷推脱似还只好靠其独撑危局。而伯颜也果不愧忽必烈精心培养出来的统帅，在突破长江后更尽

震撼崛起——成吉思汗及其英武儿孙

显其天才的军事才能。金戈铁马驰骋于江南的河湖港汊之间，战旗猎猎，三军已势如破竹一般直逼临安。忽必烈似每日光听频传的捷报都忙不过来了，谁料这一日却又罕见地御驾亲临察苾在深宫之"斡耳朵"了。

显然又有重要的心事，尚需"唯卿妻也"了……

原来，在灭宋节节胜利之际，草原母地这辽阔的后院又起火了。全是老祖宗留下的祸，窝阔台的孙子海都竟又重提是拖雷家系夺了窝阔台家系的"汗位"，早已从暗中蠢蠢欲动变为公然挑衅了。而那位久蓄异志的原三皇子昔里吉，也早以蒙哥大汗的"嫡传"自居，也公开向忽必烈的正统性提出挑战。现在他们均声称"忽必烈是在替汉人打天下"（海都语），正在互相拉拢聚集兵马，大有"星星之火可以燎原"之势。忽必烈毕竟是由大草原走出的君王，又在为此日夜忧心不已了。为此，他甚至曾有过这样的想法：调回伯颜，先彻底剪灭这些"汗位觊觎者"再说！（见《元史·世祖纪六》）而每逢这种关键时刻，他总会下意识地想到察苾那超人的政治智慧。

现在忽必烈不再注重"色"，而急需"见识"了……

察苾已不再年轻了，但她却仍保持着一种高贵的魅力。似乎她总能随着年龄的增长扮演好每个阶段的角色，故她在听后只轻柔地回答了一个古老的谚语："陛下！恶犬虽然狂吠，驼死照样前行！"忽必烈回问："此当何解？"察苾这才缓缓道："圣上苦心经营多年，岂可闻此而前功尽弃？南宋江山指日可待，调良帅无功而返万万不可！思大有为于天下者当视海都昔里吉之流为疥癣，一统天下后再疗此小疾为时不晚矣！"忽必烈却仍忧心忡忡曰："朕乃唯恐养痈成患啊！"察苾断然回应道："不会！此等人皆贪婪成性，为了一根骨头尚可争夺得你死我活，何况汗位乎？现那木罕与安童深入漠北已教训他们多次，今只需再派老将昔班前去威慑即可！臣妾唯虑者乃那木罕，他尚难服众……"忽必烈沉默不语了，似解开了心头的一个忧结。但为了做到万无一失，还是派快马急使专门召回伯颜再加垂询。（见《元史·伯颜传》）谁料所答竟和察苾如出一辙，致使忽必烈颇为感慨曰："真大皇后也！"遂事事均依其计而行，唯可惜那木罕却未从谏调归。

伯颜很快便又重返江南前线，南宋的末日就要到了！

水陆齐进，各路大军直逼临安！

察苾却又渐渐隐退了……

腐败，终使南宋小朝廷"寿终正寝"

风雨飘摇，临安城内"主政"的竟然会是个年老昏庸的女人……

若从两个王朝最高层的架构来说，这又似乎是一场截然不对称的战争。蒙元方面的大皇帝真可谓"烈士暮年，壮心不已"；而南宋方面的小皇帝则"年方四岁，世事不知"。蒙元方面有一位能干贤德的大皇后却早已"退居深宫，极少参政"；而南宋方面也有一位庸碌无能的老太后则必须"临朝决断，面对危局"。

这就是史称"南宋亡国之后"的谢道清……

这可真称得上一桩天大的历史冤案，纵观她一生的遭遇似即可一窥南宋覆灭的全过程。她和宋理宗的结合并不像察苾与忽必烈那样"郎才女貌，志同道合"，而纯属一种"权臣操纵，皇室内斗"之结果。史载其貌"皮肤黑而粗糙，一目尚患白内障"。立其为后纯属政治需要，以抑制宋理宗的"荒淫无道，欲立妖姬"，此即指贾似道之姊贾贵妃而言。虽后来又史载其因"出疹蜕皮"而全身变得"细嫩白皙"，经御医治疗白内障也已拔除，但宋理宗仍不喜欢这位皇后，依然对贾贵妃宠爱有加。爱屋及乌，纨绔子弟贾似道就是这时逐步进入政坛高层的。后来虽然贾贵妃早夭，但宋理宗却又宠爱上了阎贵妃。好在谢道清虽贵为皇后，却也深知自己的"先天不足"。她甘居冷宫，从不争宠，对于政事毫不过问，后来倒也稀里糊涂地落下个"贤后"的好名声。1264年，宋理宗在纵情酒色中当了四十年皇帝终于驾崩了，宋度宗继位后却继续荒淫无度仍不改"先帝遗风"。除了还是仍重用谎报战功已官至宰相的贾似道之外，并因谢道清"贤后"的好名声将其尊之为"皇太后"。又过十年，宋度宗也驾崩了，又立年仅四岁的赵㬎为恭宗。贾似道此时已在南宋一手遮天权倾朝野了，随之为笼络人心又将谢道清尊为"太皇太后"。或许是因为

震撼崛起——成吉思汗及其英武儿孙

"这草包倒是一堵挡风的墙",进而还被首次供奉于朝堂开始"垂帘听政"了。

皇后,皇太后,太皇太后,多么辉煌的一条女人路……

但造化总是在作弄人,似乎就连有经天纬地之才的察苾奋斗一生也从未达到这个高度,但她却在庸庸碌碌中"得来全不费功夫"。然而,察苾留下了"杰出蒙古族女政治家"的美名,她却背上了"亡国之后"的骂名而成了历史的替罪羊。其实,这个可怜的女人很可能连自己皇帝丈夫的边儿也没沾过几次,又怎么能让她替南宋历代帝王权相的荒淫腐败、擅权乱政承担罪责呢?详查《宋史》,事实上就从南宋第一位皇帝赵构重用权相秦桧开始,这种祸根已经深深种下了。历代帝王莫不倚重权相,而历代权相又莫不擅权乱政。从赵构时的秦桧,到理宗朝的史弥远,直到度宗朝的贾似道达到顶峰,这种纵情声色、贪腐成风的君臣关系始终在延续发展着。据史载,南宋有个掌故,晚上凡有嫔妃宫女陪皇上过夜者,次日尚需进宫面圣"谢恩",并由主事者详书其日月和姓名。而这一天早上,进宫向宋度宗"谢恩"之美女竟多达三十余人。何其雄健?只可悲除此之外竟将江山社稷全交予权相贾似道祸害。他称他为"明君",他称他为"师相",配合得相当"默契",终使南宋王朝这种"昏君奸相"的传统发挥到了极致。

眼看就要玩儿完了,最后还要拉上个老太太当垫背的……

实在令人惋惜!好端端的大好河山眼看就要被这一代代昏君奸相折腾毁了。要知道,南宋当时的科技水平和生产力均处于世界前列。据英国科学家李约瑟考证,在当时的人均GDP竟远远超出了西欧。而且是人才辈出,无论在"软实力"及"硬实力"上整体均优于北方的蒙元王朝。即使单论军事也不示弱,尚有七十余万常备的军队,况且更不乏于钓鱼城大败蒙哥大汗的王坚此类的帅才和良将,而只可叹在昏君们的眼中却唯有"师相"等奸臣"扭转乾坤"之功。随之,造假之风大炽,腐败之风盛行。上贪下效,无官不贪,以至"不贪者很难立身于官场"。卖官鬻爵,明码标价,以至"正人端士,作罢殆尽"。诸如原潼川宣抚使刘整、襄樊守将吕文焕等有名将领,均是因贾似道"嫉功害能"先后被逼投降了蒙元的。就连状元出身的文天祥及李芾这样正直的士大夫也纷纷遭到了排斥和打击,朝廷之中也就只剩下了贾似道一伙蝇营狗苟无耻之徒。到南宋覆灭前几年，度宗仍在夜夜玩他的女人，众臣竟将贾似道齐呼之为"周公"，继续把偏安一隅的小朝廷搞得"贿赂公行，腐败成风，个人生活也相当腐朽"。似乎要的就是这种：在腐败中加速沉沦，在沉沦中加速腐败。从客观上讲，好像从旁为忽必烈一统华夏也在助"腐朽之力"。

贾似道尤值一提，此人乃南宋腐败之集大成者……

史载其整天除贪污受贿迫害忠良外，便是只知吃喝玩乐。在临安西湖边之葛岭上修筑豪华亭堂，题名曰"半闲堂"，并"塑己像于其中"。强娶宫女叶氏及庵堂中之美貌女尼为妾，并广纳临安名妓多人于其中。"日肆淫乐"，口味奇特，似意欲与"明君"一比高下。又建"多宝阁"，强迫臣众为其尽献奇珍异宝。听说"余玠（南宋名将）有玉带，求之，已殉葬矣，发其冢取之！"而且除了玩女人之外还特别喜欢玩蛐蛐儿。整日对养蛐蛐尤其是对斗蛐蛐乐此不疲，尚著有一部传世大作《蟋蟀经》（见《宋史》）。当然，他还常鼓励无耻文人为其"歌功颂德"，专呈给度宗御览以显其"周公之贤"。然而这种上行下效、竞相攀比的穷奢极欲的腐朽生活，除需更加贪污受贿之外，势必也会更狂妄地榨取民脂民膏。为此，田产被夺，房舍充公，货币狂贬，物价飞涨，已日渐把江南百姓逼得苦不堪言。而贾似道之流却仍在巧立名目横征暴敛，甚至连打点醋买根线等都得上税。真可谓"万税！万税！万万税！"最终还是将老百姓逼上了"卖儿卖女，家破人亡"的绝路。故当时南宋著名学者黄震就曾概括出四大弊端："日民穷、日兵弱、日财匮、日士大夫无耻！"（原文。日，系指"日益"或"一天比一天"）文化腐败与文化堕落也赫然列入其中，足可见就连"软实力"也丧失殆尽矣。而当时有一江南名士吴潜则进而总结曰："耕夫无一勺之食，织妇无一缕之丝。生民嗸嗸，海内汹汹。天下之势如以淳胶腐纸粘破坏之器，而置之几案，稍触之，则应手随地而碎耳！"（见《宋史》）但昏君权臣该腐败照样腐败，该穷奢极欲照样穷奢极欲。直至宋度宗因受过多位美女之"谢恩"而死，直至伯颜统率蒙元大军已快兵临城下，贾似道之"谎报战功、蒙蔽圣上"种种罪恶方被揭穿。其下场是不太"完美"，竟于流放途中被义士郑臣用重锤击毙于木棉庵中。但留下了五六十岁的老太太和一个四五岁的小娃娃，面对将倾的危厦又有何用呢？

故史称：江南沉沦，遂使伯颜成名……

但未必全然如此。伯颜乃忽必烈精心选拔和培养的南征统帅，其一举一动必然反映的是忽必烈的高度政治智慧和军事意图。如在伯颜统兵攻入南宋腹地后，就一直严格奉行忽必烈的"奉行宽大，抚戢吏民"之政策。有史可考，确实大体做到了"如曹彬不妄杀一人"。须知，此时草原母地的一些叛王也业已"乘虚而入"频频兴风作浪，而忽必烈却未采用清初的"扬州十日，嘉定三屠"之法以求速战速决，而是几经思考"从容应对"，仅派名将昔班前去平息漠北叛乱。初衷不改，仍命伯颜高扬"仁义之师"的大旗。而身为统帅的伯颜对"圣上旨意"贯彻得既坚定又彻底，遂节节胜利，终于在1276年正月三军会合包围了临安城。本可一声呼啸即可拿下这南宋京都，但伯颜却围而不攻按兵不动唯着重于劝降。这就使老太太与小皇帝被困于深宫之中，先是"钱塘江上雨初干，风入端门阵阵酸。万马乱嘶临警跸，三宫垂泪湿铃鸾"。后来似也只能背负"亡国之后"的罪名，如诗所云——

元代纸币

至元通行宝钞

乱点连声杀六更，荧荧庭燎待天明。
侍臣已写归降表，臣妾签名谢道清。

这是一场莫大的悲剧，但也总算结束了南北

一百多年的分裂局面，自辽金以来又一次实现了长江南北之一统天下。这在历史上少数民族帝王入主中原是从未有过的，而且忽必烈在处理南宋灭国事件上确也突显"大家风度"。据史载，伯颜于临安受降之后也绝对秉承"圣上旨意"：首先，下令严禁纵兵进入临安城，更不得烧杀掳掠，违者以军法从事！其次，即张黄榜向城内外庶众宣谕，提示切勿自扰乱了日常生计。随后更连小皇帝的列祖列宗都照顾到了，当即下令严禁侵扰损毁宋氏山陵墓地。这在封建社会确被视作一件至高无上的"大德之举"，顿使得临安臣民"化敌为友"渐渐踏实下来。而忽必烈似觉得还不够，竟于1276年二月十二日，又亲自颁布对临安新近降伏的府、州、司、县之官吏以及士民军卒人等的安抚诏谕。明确云——

> 尔等各守职业，其勿妄生疑畏。凡归附前犯罪，恶从原免；公私逋欠，不得征理。应抗拒王师逃亡啸聚者，并赦其罪。百官有司，诸王邸第，三学、寺、监、秘省、史馆及禁卫诸司，各宜安居！

忽必烈果不愧和儒家打了几十年的交道，对汉地汉法简直可以说是琢磨到家了，不但使大多数汉族皇帝相形见绌，而且似乎还能从这份诏文中看到某种似曾相识的"现代意识"。但好像这又和他逐渐"轻儒"的种种做法有所矛盾，其实不然。须知南宋或许才算得上是真正的纯汉人汉地，一个胸怀壮志者绝不会因鄙夷儒者的某些作为而对儒法弃之不用。况且草原母地已连续"后院起火"，一些野心勃勃的后起宗王们竟敢先后阴谋作乱觊觎汗位。江南河山是如此之富庶，不施儒法如何能尽得其利以平海都及昔里吉之叛乱？

先把好话说在前头，先一统天下再说⋯⋯

果然又效果奇佳，就连伯颜在给忽必烈呈奏的"贺表"中也说："九衢之市肆不移，一代之繁华如故。"有史可考，这大抵是当时临安"鸡犬不惊，四民晏然，街市如故"的写照。随后忽必烈还有更加高明之举，竟委付南宋降臣在江南推行"安业力农"之诸多政策，将自己在中原"重农桑"之经验也广施于宋室故地。

震撼崛起——成吉思汗及其英武儿孙

"重农桑即儒学之本也!"忽必烈是渐渐疏远了姚枢,但对这句话却仍念念不忘。(以上诗取自宋人汪元量。其他引言和史迹可见《元史·世祖纪六》或《元史·伯颜传》等)但不管怎样,七百多年前的一位少数民族君王,就能如此"掌握政策"毫不扰民地进入被灭国的都城,已足令人浮想联翩也实属历史罕见。而至此,绵延三百余年的大宋王朝也就此灭亡了,唯留下文天祥、张世杰、陆秀夫等民族英雄仍在无力回天地做着最后的努力。

但为时晚矣!大宋江山早已被腐败蛀蚀得无可救药……

而令人感到惊诧的是,在七百多年后中国稍有起色时竟又有所谓"外国学者"大肆赞扬起"宋代模式"。其人乃日本专栏作家土谷英夫,文章更堂而皇之地刊登

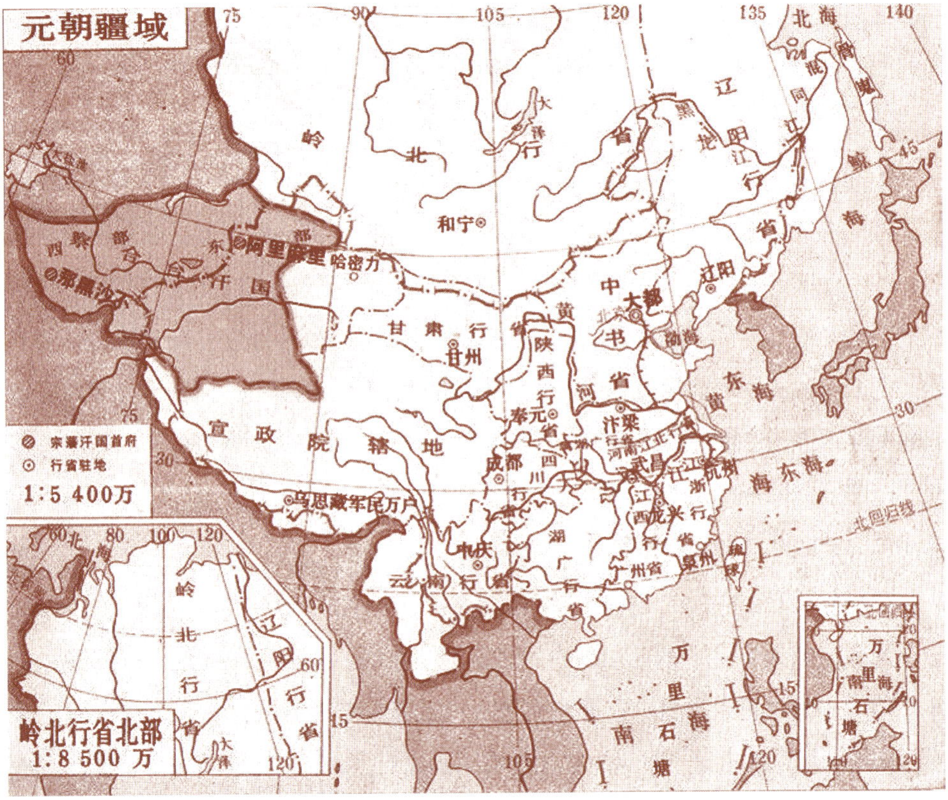

元朝疆域图

在《日本经济新闻》上。中国的《参考消息》也曾转载，题目改为："'宋代模式'可资当今中国借鉴？"反问得特别好，其人其文显然是别有用心，处处均可见其阴谋。文中丝毫不提宋朝的腐败架构，却反而明目张胆地赞扬："宋代没有威胁辽（契丹）和西夏，而是每年向他们赠送大量的银和丝织品，和睦相处。"随之更公然指导当今中国说："看上去宋朝推行的是卑躬屈膝外交，但正是用金钱买来和平，才使经济和文化达到了空前繁荣。""奇文"共赏析！七百多年后尚有外国人为秦桧及贾似道之流"腐败外交"歌功颂德，却不见谢太后与小皇帝就是因此被掳往北国去称臣请降去了。腐败的外交，腐败的内政，腐败的官场，腐败的文化，只能造就腐败的亡国梦！

以史为鉴！万勿再上这种蛊惑腐败的当……

似还是要学雄才大略的忽必烈，放眼四海纵观天下大势之变幻。有史可考，他不仅是中国历史上"一统天下"的少数民族帝王之第一人，而且也是中国历史上"不仅靠血与火"取胜的少数民族帝王之第一人。文韬武略全面展示，故也被后代史学家推崇为"多民族统一国家推进者"中的少数民族帝王第一人！

大哉乾元！忽必烈的历史功绩是绝对无法抹杀的！

首先应该看到，他这个"大一统"比起汉唐王朝来，绝对只有过之而无不及。故近代有些史学家称："只有到了忽必烈的统一，才使国家浑然成为一个整体，再也没有办法分割了。基本上保证了中国元明清以来的大统一，历史上再也没出现过分裂割据的状况。"（见《元史论丛》）据史载，大元王朝统辖的面积为"北逾阴山，西极流沙，东尽辽东，南越海表"。（见《元史·地理志序》）大体上与清朝乾隆全盛时期之疆域相等或有过之。从此奠定了中国统一的多民族的坚实之国家基础，使之成为一个屹立于世界难以撼动的整体。

大元王朝的全貌终于展现在世人的面前了！

马背民族无愧于圣祖成吉思汗的遗愿！

而忽必烈也踏上了人生的巅峰……

震撼崛起——成吉思汗及其英武儿孙

再创历史之辉煌与阿合马之坐大

一个旧王朝的覆灭，一个新王朝的崛起……

中国的历史也就此掀开了前无古人的一页，第一个由少数民族入主华夏的封建王朝终于将南北江山大一统了！

从未有过的历史辉煌，从未有过的盛极一时……

为即将到来的南宋君臣"纳土称臣"之盛典，举国上下、满朝文武、宗亲贵胄、市井黎庶早已等着纵情欢庆了。特别是蒙古族的骁骑悍将更迫不及待地挥戈欢呼、纵酒高歌了。其中，尤以阿合马显得特别受人瞩目，他似乎正在不惜掷尽天下财富只为此一时之"旷世盛典"。用心之良苦，安排之周密，仅从"长街无处不披彩，宫阙无处不挂锦"，便可看出其忠君之"虔诚"。似目的只有一个：唯求"龙颜大悦"！

但这位蒙古族的华夏帝王却又让人大出意料……

据史载，1276年五月初一，忽必烈刚等天亮，便带着几位亲随私下来到了太庙——外史称乃八顶祭祀祖先的洁白而阔大的蒙古包，又称"八白屋"。但忽必烈并未因已列身于"秦皇汉武，唐宗宋祖"而喜不自禁，却久久长跪于圣祖成吉思汗的神主牌位前，热泪盈眶伏地不起。无声，他的思绪和祷告似也只能算后人的推测："圣祖在天之灵啊！多亏您对孙儿这一生的激励！现南宋已亡，群臣皆降，总算不负您的遗愿'入继中华大统'矣！然前程漫漫，大元王朝将何去何从？还祈圣祖示知！"遂伏地泣听，长达半个时辰……而几乎与此同时，南宋众多的降臣也簇拥着四岁的小皇帝及其母亲金太后和其他太妃与宗亲，先行到象征黄金家族太庙的"紫锦罘罳"（即城角之屏，象征着远天的草原母地）向北叩祭过了，以示对圣祖成吉思汗及历任大汗的降服。五月初二才是忽必烈正式接受小皇帝觐见的日子，正规的"受降大典"似也只能从此刻算起。拂晓，即见得留梦炎等众多无耻降臣已经开始忙乱了，先是"铺设金银玉帛一百余桌"于元上都皇宫大殿前，作为小皇帝及其母亲和随众"觐见进贡"之礼品。史载，随后忽必烈是在大安阁接受他们觐见的。大安阁是元上都皇宫中举行重大典礼的正殿。忽必烈和察苾并坐在大殿的宝座上，太子真金率诸王贵胄文武百官列坐于两旁。在一片威严庄重的氛围中，四岁的南宋小皇帝一见两旁铜塑石雕般的蒙古武弁，竟吓得顿时率先尿了裤子。好在降臣之首留梦炎曾是南宋状元，降表倒也不乏文采总算应付了下来。

说完就完，绵延近三百年的大宋王朝眨眼间就这样覆灭了……

是曾有过一个阶段的兴奋和激动，前面曾说过的"一统全席"就是这种心情的代表作。面对亡国的老太后和小皇帝，尽显蒙古大皇帝的豪放和大度。天上飞的地下跑的什么山珍野味都端上来了，再加上"辘轳引酒吸长虹"，"葡萄酒酽色如丹"，那就更可谓"美不胜收"了。更何况！尚有"乐指三千响碧空"，"拍手高歌舞雁儿"，那再吃着熊掌嚼着驼峰气魄就更大了去了。场面是如此豪华盛大，更足以体现新王朝那"大哉至元"的宏伟特点。

铜人面形饰

但就在这尽显帝王胸怀达到高潮时，忽必烈却突然隐身不见了……

有史可考，随后的诸多宴请及探视活动便均交由皇后和太子去处理了。其间理由不难理解：大一统是大一统了，但大一统后江山并不稳固。

高丽青瓷龟形砚滴

震撼崛起——成吉思汗及其英武儿孙

作为一位杰出的少数民族君王,忽必烈似突然感觉到肩上的担子沉重起来。从此,大安阁上再难听到"莺歌燕舞",而是那些累建奇功的勋将,诸如伯颜、阿术、张弘范、阿里海牙、郑鼎等均又会聚在他的周围。

须知"高处不胜寒",大也有大的难处……

首先,便是草原母地的"叛王迭起"。最具代表性的人物便是窝阔台大汗的嫡孙海都、蒙哥大汗的庶皇子昔里吉、成吉思汗幼弟的嫡系后裔乃颜等(注:乃颜当作为一个特例。他不仅是唯一反叛的东道宗王,而且是在忽必烈已平定草原与江南之乱多年后才又起兵的。为使对草原汗权之争有更全面的了解,特提前将他与海都与昔里吉之乱一并详述)。由上不难看出,他们大多和汗权或"幼子守灶"似乎都沾着边儿,均纯属和忽必烈有着血缘关系的近亲们。这些叛王谋反的主要原因有二,史载之乃颜被擒后的"招供"就颇能说明问题:其一,"你总是要改行汉法,用汉人的制度和法令来约束我们。又要加强中央集权,说不定什么时候你就会把我们的封地或封国夺走!"其二,"我们都是黄金家族的子孙,大汗之位总不能让你们一系老去坐吧?"(见《史集》等)总之,在1276年忽必烈跨江统一全国之际,这些叛王们竟借口改国号为大元是"就连大蒙古都不要了",而趁后方空虚纷纷趁机作乱,一时间东西各道封王哄起,把草原母地搅了个"周天寒彻"。到最高峰时刻,昔里吉竟能以诈降方式又诱捕了前来平叛的北安王那木罕与安童,并献给叛王海都以示盟好(后在大兵压境下又被送回)……然而前面已经说过,忽必烈同时也是个特别重视这种草原承袭关系的蒙古族大汗,甚至更认为这才是他的根,他的本。因而在中原完成一个大皇帝一统天下的历史任务之后,随即便将重要兵力俱又挥师北上,以维护自己汗位的正统性和权威性。这种平息内乱的战争几乎贯穿了他的整个晚年,时断时续,此起彼伏,却始终没有动摇过他那二元文化的"大皇帝"兼"大可汗"之顽强斗志。据史载,至元二十四年(1287年),忽必烈时年已属七十三岁高龄了。但为了平息这最后一个叛王——乃颜之乱,似也只能不顾"年迈力衰与腿足关节之肿痛"而去"御驾亲征"。他又一次动用了象阵,而此次乘坐象舆却纯属因行动不便。而关于此次草原激战,马可·波罗在其《马可·波罗游记》

中曾有过绘声绘色之描述。为再现马背勇士们的凶悍，为再现烈士暮年之悲壮身影，更为再现七百多年前古代草原战争的真实场景，现特将有关部分摘述于下。其文云——

大可汗率领全队人马前进，经过二十天，到达一个大平原，乃颜和他的四十万骑军已经在那里驻扎了……大可汗在四只象背上所负的小楼中，站在小山上，左右围以弓弩手。旌旗飘扬在他上面。旗上有日月形象，高插空中，所以各处都能看见。这四只象都盖以极厚的熟牛皮，牛皮上面又盖着丝和金制的布。他的军队排列成三十队。每一队有一万人，全都带着弓箭。大可汗分自己的兵力为三组，两翼展开极长……在每队前面，有五百带弓和短矛的步兵。每当骑兵冲锋时，那步兵就跑到靠他最近的马的臀上，坐在骑兵的后面，两人共同前进。当马停止时，他们跳下马来，用他们的长矛去戮杀敌人的马……大汗确然如此排列他的人马成为许多分队，去包围乃颜的营塞，要和他去决斗……以后人就可以看见和听到许多乐器声（特别是那二弦的乐器，有最愉快的声音），也能听到许多喇叭的吹奏声，和许多的歌声。因为你们必须知道鞑靼人的风俗如此。当他们已经摆布和排列成队伍，在去打仗以前，他们一定要等待领袖的罐鼓声……当双方都预备充足后，大可汗的罐鼓开始发出声来了。先在右翼，后到左翼，罐鼓的声音开始发作，所有阻滞即刻停止。他们用弓箭、矛、锤子和长枪（后者是很少的），冲上前去厮杀。但是步兵都有强弩和许多其他的武器……这战争开始，是非常残暴和凶猛。到处都可以看见箭的飞射，空中全充满了，好似雨的下降。现在又可以看到骑士和马倒在地上死了……奋勇战斗从早到午……最后，大汗得胜了。当乃颜和他的战士，看见自己方面将不能再支持了，于是他们开始逃遁。但是这也不能帮助他们什么。因为乃颜已被捉了。所有他的达官和臣民带着所有武器，全来投降大汗了……

震撼崛起——成吉思汗及其英武儿孙

有箭矢如雨，有丝乐如鸣，有金戈铁马，有罐鼓敲击，当然更有血流成河，还有横尸遍野。总之，一场带有野性气息的古典草原战役就此结束了。为了防止再有人敢于觊觎汗位，忽必烈就此废除了黄金家族"免死"的特权。在他的命令下乃颜被处以死刑了。但忽必烈却为了"不愿让天空、土地和太阳看到黄金家族后人的鲜血"，又特命人将乃颜密裹在一块大毡里活活拖死。（见《世界征服者史》等）从此便再没人敢于对汗位的权威进行挑衅……但这一切还只能算作后话，要知道刚刚一统天下之后便面临着比这更多的巨大的难题。

当时确是：白日接受颂扬，夜晚面临危机……

万字纹图案的蒙古包门

有史可考，当忽必烈将大元王朝列身于夏、商、周、秦、汉、晋、隋、唐、宋诸华夏历代王朝序列时，他已经年过六十三岁了。似乎也曾想过就此"偃兵息武"，专心于"选贤用能"，"以仁治国"。但刚经过举国欢庆的"一统大宴"之后，便难得再继续"莺歌燕舞"了。除上述的海都、昔里吉、乃颜等已开始觊觎汗位纷纷作乱外，江南的宋室遗忠也在前仆后继地奋起抗元救亡。比如民族英雄文天祥、陆秀夫、张世杰等均仍在舍生忘死地"勤王扶宋"，致使皇室虽降江南却处处高举义旗依然顽强抵抗。这就是历

马头琴

史！大元王朝一统天下具有划时代的意义，但信念和气节的浩然之气也应与世长存。然而，对于第一位入主华夏的少数民族大皇帝忽必烈来说，当时确实面对的也只有草原和江南久久难以平息的反叛和战乱。若要想"从头收拾旧河山"，那就需要的不仅仅是胆略和勇气，而更需要的还是人力、物力，尤其是取之不竭的财力资源。

平南镇北！忽必烈开始气势恢宏地加以应对了……

据史载，其时灭宋的正副统帅伯颜和阿术刚刚因战功升任为中书省的左、右丞相，便又立即奉命率领十数万铁骑赴漠北平息海都与昔里吉之乱（当时东部宗王乃颜尚未反叛）。随之又派张弘范、刘整、阿里海牙、郑鼎等众将帅继续转战江南，穷追不舍地扑灭义军刚刚点燃的救亡火焰。而更应指出的是，忽必烈绝不仅仅是个嗜血的镇压者，而且也是个深谙"两手都要硬"的"治国论者"。向北，他随精锐的铁骑派出了许多蒙古族的治世能臣；向南，他随强力的镇压也开始设行省加以抚治。比如，由阿里别与忙兀台等行省江淮，阿里海牙经略湖广，等等。实在人手不够用了，就连执掌中枢的平章政事廉希宪也被抽到江南去应一时之急。

朝堂要员几乎被抽空，唯剩阿合马于身畔独挑大梁……

前面说过，忽必烈敢于把一个家奴擢升为理财大臣并不为错，错就错在随后乱世中对他的过分依赖和放纵。也难怪！就连自己的血脉族亲也在草原上纷纷聚兵谋叛，而昔日藩邸汉臣们也在趁乱哄提"开科取士"意欲取代"国族"。似在此期间，也唯有这个昔日的色目家奴对自己"忠贞不贰"、"唯命是从"。像一条肚里的蛔虫似的总能及时"体察圣意"，更像一条忠犬似的又总能"急圣上之所急"。平云南、抚西藏，以至时下之大一统，哪一处没有他及时提供财力和物力之功？更何况眼下还急需"待从头收拾旧河山"，虽早知其被群臣所不齿，但一时尚难再找到使来这么"得心应手"的干练奴才。

权且继续放手使用，待将来再辨忠奸也不迟……

据史载，随着忽必烈在漠北平叛打得海都叫饶远遁，打得昔里吉被迫再次归降流放于孤岛，再随着江南也渐渐剿灭了救亡图存的各地义军，色目家奴阿合马也因

"敛财"之功终于"位极人臣"了。虽表面上尚有右相伯颜与左相阿术在其之上,但因常年统兵于漠北均都形同虚设了。详查《元史》,在此期间,他曾先后斗败了藩邸旧臣张文谦、畏兀儿平章政事(副相)廉希宪、蒙古族儒相安童,最后就连忽必烈派来监管他的贴身亲信大臣董文炳也中途英年早逝了……致使他"权倾朝野"不可一世,"恃宠专权"竟把执掌中书省的太子真金也敢不放在眼里。顶峰期间,虽名为中枢内阁平章政事(副相或丞相助理),实际上已成为"一人之下,万人之上"的首辅大臣。当时仅在中书省及所属六部之中竟罗织党羽多达七百一十四人,其中不但有色目人、蒙古人甚至还包括多位汉儒无耻文人。而其子侄也大多外放为诸行省封疆大吏,无恶不作,见财必贪,奸人妻女无数。甚至就连自己曾为家奴的阿合马的家奴忽都答儿其人,史称也亦可"久总兵权"。

难道作为一代雄主,忽必烈竟对此一无所知吗?

对此,古今中外已有多位史学家进行过探索:一说,忽必烈在此期间已"垂垂老矣",深居大内很少出宫,而阿合马又"极善掩饰",见之必"谨言慎行",唯唯诺诺只做"忠顺家奴状",故"蒙蔽圣心"更加深受宠信;一说,忽必烈乃老而弥坚更欲突显文治与武功,非不知阿合马的贪赃枉法乃欲充分利用其敛财之能。正如阿合马自己所言:"色目臣众人少,虽贪却从不敢反!"好在"肉烂了在锅里",况且自古明君哪一位不找一个替自己挨唾弃的臭痰盂?而更重要的一说则是,忽必烈深得华夏文化之精髓,早已知管仲谏齐桓公"善善恶恶"用臣之要义。没有奸佞何来明君?没有对峙何显圣裁?育肥了再宰也不迟,要知道儒臣们从来就是只反权奸不反皇上的。总观上述观点,也有史者称"阿合马之坐大,此三说或兼而有之"!

除此之外,似还有儒臣们另类的"相助之功"……

比如,在忽必烈调兵遣将兼施文韬武略的情况下,好不容易才把草原和江南之乱暂时平息下来。但一些重要的儒臣们却容不得人家喘一口气,便又纷纷前仆后继地为"尽早开科取士"轮番进谏了。甚至还把太子和东宫的儒臣们也推出来,一块儿"里应外合"地起这个"哄"——确有此事。据《元史》载,真金也是力主"开科取士"的。这使得忽必烈颇为恼火，竟对这批藩邸儒臣昔日帮自己打天下的动机也开始怀疑起来。

这绝对有助于阿合马巩固自己的权位……

主要的文臣武将尚留在漠北和江南进一步稳定局势，阿合马对付这么几个迂腐的老夫子还是绰绰有余的。首先便是动员投靠自己的汉臣爪牙连上奏章指出："名为广纳天下英才以仁治国，实为以华制夷之借尸还魂！若天下皆是儒臣治国，将把'国族'置于何地？"几乎与此同时，阿合马还买通了留守两都的高级"怯薛"将领，利用他们对儒臣汉法的抵触情绪专戳忽必烈的心窝子。几乎有机会就向他提及"北魏之鲜卑、辽之契丹、金之女真之被消融之遗恨"，并不时地还重提"我马背民族一离开战马即失'国族'天性，唯不断扬威于天下方葆我民族永存！"当应指出，阿合马这一轮暗中操纵的"文奏武谏"效果奇佳，不仅重又激发起忽必烈与生俱来的征服欲望，而且与他原有的"深谋远虑"似也"一拍即合"。

当然，有了战争，阿合马也就有了独享专宠的土壤……

而更为可悲的还在于，那些根本不懂二元文化的老夫子们，还在不识时务地为"以仁治国，开科取士"力谏着。

没完没了，碍手碍脚，似反倒给阿合马无形之中更帮了大忙。

朝堂中竟日渐形成了两大阵营：义理派、功利派！

更可怕的是，还牵扯到了察苾皇后和太子真金的安危！

矛盾进入了皇宫大内，问题变得更为复杂严重起来！

功利派最终占了上风，而义理派几乎全军覆没！

这还算忽必烈"颇念旧情"……

震撼崛起——成吉思汗及其英武儿孙

蒙古军押送战俘

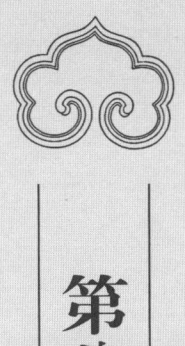

第八辑

【本辑提要】忽必烈在一统天下之后，似尚来不及"备受尊荣"便面临着重重难题：既有来自漠北和江南的叛乱，又有儒臣"力谏开科取士"带来的纷扰，甚至还有宫闱深处动向引发的远忧……种种矛盾均由阿合马的"坐大"而引发，终于导致了他日渐疏远曾助他打天下的众多儒臣，并因此和天下众多儒生结怨甚深，日久天长竟为后世留下了"九儒十丐"之说。而忽必烈却置若罔闻，仍继续展现着马背民族特有的"义无反顾"之性格。不仅放手不按常规地大胆经略天下，而又启动了向邻邦和海外新一轮的征服战争。只可悲儒臣们还在为"开科取士"力谏，为"息战养民"力谏，最终竟将察苾皇后拖入了绝境。

她将面临什么？又将如何抉择……

震撼崛起——成吉思汗及其英武儿孙

忽必烈和儒臣之渐行渐远与殃及后宫

"好大喜功,嗜利黩武!"各类史籍常如是说……

其实,对忽必烈做出这样的历史评价是有欠公允的,似乎也是不够全面的。起码说来,他是为永葆自己民族不被消融的少数民族帝王之第一人。如果说能抛开副作用来看,他的种种做法确保了蒙古民族至今仍能有着自己鲜明的民族属性。这是在北方曾经崛起的少数民族中从未有过的,而且就连后世盛极一时的大清王朝也未能做到。

千秋功过,任人评说,但马背民族的特性却得以永存……

即便就以和汉儒的冲突而论,似也不能仅以"用真儒一统天下,而治天下则不用真儒也"来简单概括。有史可考,忽必烈自一统天下以来,从未在大江南北放弃或中断过"汉法治汉",也从未放弃或中断过"兴办儒学"及诸多祭孔之举。宋朝灭亡之后,他不仅保留了宋朝的机构和全部行政官员,而且还尽一切努力得到了当时任职官员们的个人效忠……这凭什么?难道其中的"保留"和"尽一切努力"不值得更令人深思吗?只可叹!"严肃"得似乎有些过了头,而且好像在"数风流人物,还看今朝"上也有点操之过急。而儒臣们却仍坚持那种"文死谏"的最高境界，难怪忽必烈会越听便越加抵触，竟与他们渐行渐远了。好像矛盾的焦点并不在于"孰是孰非"，似更在于两种文化不同的大背景下民族性格之差异所形成的冲突。

豪放的勇往直前与拘谨的老成守业……

其实，姚枢、许衡、王鹗、商挺、廉希宪、张易等诸多藩邸儒臣，已追随忽必烈出生入死二三十年了。人人均为能生逢这样雄才大略的"明主"而庆幸不已，岂能有一丝半毫的"心怀叵测"？既曾为一统天下而"泪飞顿作倾盆雨"，那就必须再为明主献上"治国之策"以尽臣道。当务之急似应学唐太宗之"天下英雄尽入吾彀中"，随之便有了"开科取士、广纳贤才"之建言（最后发展成为"力谏"）。这本来就是儒文化的一大传统，历朝历代帝王初定大业之后莫不以此来笼络人心。但忽必烈作为一个蒙古族君王却自有自己本民族的传统，似只顾了调兵遣将平息南北之乱，竟越听越烦。也难怪！正如当代元史专家所言：此时的忽必烈已由"早期的学儒用儒"，转而进入了"鄙夷空言义理，强调经世致用"的阶段。颇看不起群儒只知诅咒王文统和阿合马，自己却推举不出个像样的理财能人来。再加上儒臣们那种经常"吟诗作赋"以显自己的"高雅飘逸"，也颇令忽必烈反感并进而视之为向"国族"的一种"文化示威"。总之，当时双方似"杠"在"科举考试"这个焦点上了。一方越听越烦，一方越烦越谏。再加上有阿合马调动顽固势力的从中挑唆，当然儒臣们这种"欲与天公试比高"之举只能是自讨没趣、自找倒霉了。

随之，世上便流传开了"九儒十丐"之说……

详查史籍，"九儒十丐"的说法系出自南宋遗民郑思肖之《大义略叙》。原文为："鞑法：一官、二吏、三僧、四道、五医、六工、七猎、八民、九儒、十丐。"一些学者认为这只不过是"按职业户计的胪列"，并不能全面反映忽必烈时期儒生的实际地位，而且他们尚可免除差役，享受选拔充当教官或儒吏等待遇，虽顶多不过"从八品、正九品"大多皆为"品外流"，但薪俸每月尚有"米三石、钞三两以下"（见《庙学典礼·学官职俸》），与"九儒十丐"之说大有出入。但深加探索，却又可发现这很可能是忽必烈一统华夏之一大败笔。这不仅堵死了大多儒

震撼崛起——成吉思汗及其英武儿孙

士"学而优则仕"之门径，而且也反映了他对自唐宋以来"开科取士"这项重要汉地汉法的蔑视。阿合马的横征暴敛本来就造成了民怨沸腾，再加上儒生们满嘴的牢骚则更可能使他的历史形象沾满污点。果然，那位汪元量又有诗讽世曰："释氏掀天官府，道家随世功名。俗子执鞭亦贵，书生无用分明！"（见《增定湖山类稿·自嘲》）元朝人孔齐则说得更加明白："世祖（忽必烈）能大一统天下者，用真儒也！用真儒以得天下，而不用真儒以治天下！"（见《至正直记·世祖一统》）似有些过分，但确也反映了自李璮之乱后忽必烈对儒生的态度前后变化极大。似放松了软实力，科举考试竟成了他最终的绊马索。

唯可叹的是，他竟把这种怨愤引入了深宫……

有史可考，忽必烈在此期间并未因此怒杀过一个藩邸旧臣，也未因此种流言蜚语大搞过什么文字狱。任阿合马之流再挑拨离间累进谗言，他仍保留着蒙古民族"海纳百川"的胸怀。但在阿合马之流那不怀好意的"柔性提示"下，比如"后党"之说、东宫"鼓动"之说等等，致使忽必烈对未来不能不考虑，对"后院起火"更不得不严防。如果能更深入地研读相关《元史》的浩繁史籍，或许就能从赞颂"后妃之德"或"帝王之俭"篇章中听出某种"弦外之音"。相当矛盾，似乎已呈现出对自己皇后和太子有所怀疑的种种蛛丝马迹。

首先针对的是大皇后察苾……

据史载，早在1276年南宋君臣前来"纳土称臣"时，忽必烈就对这位"佐夫终成帝业"的大皇后初感不满了。《元史·后妃传》中曾有这样的记叙：就在那百年不遇的"一统大宴"上，诸王贵胄与文武百官均举杯喜庆狂欢时，唯独她却表现得郁郁寡欢。忽必烈有些纳闷，宴后私下问其曰："我今平江南，自此不用兵甲，众人皆喜，尔独不乐，何耶？"察苾这回竟立即恭恭敬敬地回禀："妾闻自古无千岁之国，毋使吾子孙及此则幸矣！"她是想提醒该未雨绸缪，忽必烈却颇觉扫兴。再看皇太子也唯默默，而众儒臣更是为此肃然起敬。这还不算，过几天又有南宋所呈献的珍稀国宝在御殿展示，忽必烈又唯准大皇后可任意选取。却谁料察苾这回还是态度依旧，为"不违圣命"竟略看一眼便匆匆离去，还有感而发："宋人贮蓄以遗其

忽思慧饮膳正要

震撼崛起——成吉思汗及其英武儿孙

子孙,子孙不能守而归于我,我何忍取一物耶?"(此间对话,均原文照录)致使太子与儒臣相继效法,也均"何忍取一物"。这一下问题可变严重了!如果说上回只觉得是扫兴,那这次却骤然化作生疑了。

知夫莫如妻!多亏了察苾自觉地彻底隐没了……

也难怪忽必烈生疑,藩邸旧臣大多对这位蒙古族大皇后有一种特殊的敬佩感和亲近感。这不仅是因为她深受儒学的熏陶且又极具女性的人格魅力,同时也应看到在过去的二三十年里藩邸旧臣似乎和她相处的时间更长。忽必烈还曾经去平云南、战长江、应对汗廷、扼守雄关、两次北伐漠野,而察苾却始终坐镇后方与群儒共度时艰,日渐成为他们的主心骨。感情颇深,关系颇近,这是事实。但如果把察苾当作群儒力谏的总后台,这似乎就有些过分了。而这似乎就是历代帝王共有的一个通病,越功成名就便越善变多疑。所幸这位蒙古族大皇帝只"怀疑一切"并不"打倒一切"。忽必烈为了自己两个小孙孙(其中之一便是后来的元成宗)得到一种超级的关爱,见察苾隐退得倒也及时,和诸儒断绝得也算彻底,遂只准备先破破她在群儒心目中"圣洁无比"的神话而已。

这就是《元史》上有名的"世祖崇俭"之故事……

一次,察苾为两个小孙孙缝制衣服,从掌管后宫用物的太府监"支取了缯帛表里各一"。这对于一个总管六宫的大皇后来说,似乎并不"逾制",也很正常。但在忽必烈看来,这可总算抓到一个合适的"把柄"了。史载,忽必烈闻知,当即责备察苾曰:"此军国所需,非私家物,后何可得支?"(原文照录)很可能史官和随从也在一旁,若不然两口子之间的私语也用不着尊称"后"。但这番"义正词严"却又似乎很难和"崇俭"沾上边儿,要知道这"缯帛各一"比起纵容阿合马疯狂敛财实在算不了什么。但效果奇佳,顿时便使对"开科取士"的"力谏"销声匿迹了(他们本来还要力谏"息战养民")。从此诸儒们再不敢以功臣自居或倚老卖老了,似只顾心头滴血看着"母仪天下"的大皇后替自己背这黑锅……但察苾毕竟是察苾!她没有一句分辩,竟在七百多年前就深知"虚心接受批评"。而且"虚心接受"后还能"以实际行动"去改,随之便有了《元史·后妃传》中所记载的种种

"贤良之举"：开始率领宫女们亲自去从事纺织和缝纫，收集了许多旧弓弦"缉捻为线"，织成衣服其坚韧细密"可与绫绮比美"，同时还从主管宫廷膳食的宣徽院废弃物中，专门挑选那些羊前肢上将要丢掉的小皮块拼接为地毯或坐垫。毛色搭配组成绚丽的图案，竟一时间成了抢手的奇货。忽必烈常用此御赐四方觐见者，致使其声名远扬又将"帝德崇俭"推向了一个全新的高度。这才算得"夫唱妇随"，忽必烈为之好不高兴。

只有群儒知道，大皇后内心深处有多么苦楚……

为了化解忽必烈心中的块垒，为了缓和君臣间日渐激化的矛盾，更为了仁儒的太子真金前途无忧，似乎也只有自己吞下这难咽的苦果，自觉而又彻底地退出历史舞台。从此，一位杰出的蒙古族女政治家在大元王朝中渐渐隐没了，正无声无息地悄然走向人生的黄昏……但也不能说只是屈从和牺牲，最终还是换来了忽必烈的"度量弘广"：许衡、姚枢、窦默等一味"崇义斥利"的儒臣虽被逐出政坛枢要，但仍保全诸儒的面子改任国子监祭酒、大司农、翰林学士等闲职；对于太子真金虽仍嫌他过于"仁儒软弱"，却也看在"他娘的面上"更严禁议及"易储"；而且虽"拒绝科举"却仍"热心于儒学教育"（李治安语），并在此期间又专门设立了"国子监"（与国子学不同，国子学似国立大学，国子监似国家教育部）。似乎也是一种相互妥协的结果，同时也体现了马背民族"不忘旧情"的性格特点。

只可惜！谁都没有注意到察苾的身体日渐衰弱……

本来，马背民族对生死的观念就相当豁达，均认为只要长生天没有召唤那就说明还没有尽完责任。而现在忽必烈似只顾了"老当益壮"地尽自己的"天职"，对比自己还要小十几岁的察苾就难免有些忽略了。也难怪！儒臣的噤若寒蝉使他解除了一切羁绊，阿合马的横征暴敛为他提供了突显抱负的财源。随之，他便唯我独尊、天马行空、睥睨一切、为所欲为，尽情地去施展他的雄才大略——

鼎新革故，务一万方！壮怀激烈，毫不动摇！

推行汉法，注重农桑！尊孔祭圣，却又决不受儒臣拘束！

战争！战争！依然是连年的战争！无论是对南宋的反抗，还是对草原迭起的叛乱，他都绝不手软！何惧一时的咒骂，要的就是"天可汗"和"大皇帝"的声名共扬！

征服！征服！继续永无休止的征服！攻安南，侵缅国，跨海征爪哇，舟师十万毁飓风……但也不妨试试汉家"和亲"之策，遂也有了将女儿嫁与高丽国主之另类征服！谁让胸膛里沸腾的是圣祖之血，为的就是让马背民族在征服中永生！

鼎新！鼎新！在革故中不断鼎新！无论对什么新鲜事物，他都好奇，他都探索，他都敞开胸怀尽情容纳：

从单凭骑兵奔袭，到步兵、炮兵，乃至扬帆海上的水兵！

从宗教信仰，到天文历法、兴修水利、建筑泥塑、驿站通讯、开辟海运、引进西技等，他均多方涉猎，并均有所建树！务一万方，绝非虚妄之言！

他甚至命八思巴创造了一种新的蒙古文字，如用其拼音甚至可以拼记多民族的语言。虽其义不懂，但已可看出其追求之博大！

但这所有的追求似乎和他的年龄总有所矛盾，竟使他在七百多年前也有了类似的感慨："一万年太久，只争朝夕！"

血染的黄昏，于是他又在忘却一切中继续追梦！

他顾不了阿合马那只贪婪的手正在伸向太

白釉刻花小罐

白瓷铁锈花龙纹香炉

子!

他顾不了自己相濡以沫的伴侣已病入沉疴!

宫闱是那么华贵,却又那么寂寞!

只有察苾还在挣扎着想……

察苾之死与阿合马之位极人臣

古代的后妃们毫无例外,随着年老色衰大多是空留下难言的孤独和寂寞。而君王们就不一样了,无论再老迈年高身旁却永不乏一茬又一茬妙龄少女。

似乎忽必烈也不例外……

据《元史》有关宫闱制度的记载:"除四皇后外,上还需在弘吉拉部选拔大量嫔妃。"到底选过多少,史无明确记载。但对选拔的过程,却在多种史书中尽有详述。大体情况如下:弘吉拉草原以盛出蒙古美女闻名于世,就连马可·波罗也盛赞"其人甚美"。但即便这样,挑选仍然极为严格。先是由专业人士"检查其肤、发、面、眼、口、唇等部位是否与全身相称",然后再用"打分之法逐个加以筛选"。但在来到两都进宫之前,还要根据美的等级再甄别一次。这还不算!即使入选后,也尚需"与宫中老妇共寝一榻,审视其有无隐疾,肢体有无缺陷,卧后有无鼾声,气息有无恶臭,身上有无秽气"等等。最终入选后,则"六人为一班,轮番侍奉圣上。每班侍奉三天三夜,另一班则候于邻室听候吩咐。如此轮换,周而复始"。这种做法表面看来是对祖制的一种延续,而其更重要的实质的意义却在于种族血脉之"永纯"。而据多种史料分析考证,忽必烈虽"好色"却并不"荒淫"。他把这一茬茬娇美少女大都分给四位皇后管辖,只有生儿育女者才被晋升为嫔妃。故在马可·波罗的笔下,才有了下述记述——

他(指忽必烈)有四个妻子。这四个妻子他都认为正室,她们全叫作皇后,再加上各人特殊的名字。她们每一个都有自己的宫。每一宫至少也有三百个最美丽和娴雅的宫女。她们也有许多太监来做侍仆，和许多其他男女仆人。因此每一个皇后都有一万人在她的宫中（按祖俗后宫也称"斡耳朵"）。

由此也不难看出，忽必烈也是位颇重"情义"的男人。初婚的帖木古伦大皇后已死去许多年了，但他却在两都仍为她保持着宫闱的建制。但更重要的还在于，他通过这种"轮幸"也牢牢掌控着各位皇后及诸皇子的动向。比如说有关察苾的情况，她送来的少女也大都像她那样"文雅贤淑"。即使皇帝大展雄风时，也总能谦恭地有问必答：大皇后福寿安康，整日里以调教小皇孙为乐。现已又拼成另一种坐垫图案，所织弓弦绫衣又够赏十余位勋将功臣了……忽必烈"政务繁重"难得亲自前往眷顾，当然闻大皇后如此般已"成功转型"也只有"深感欣慰"了。

其实，此时的察苾已日益"病情严重，渐难支撑"了……

宫闱深处静悄悄的！由于她与生俱来的特殊人格魅力，似乎整个"斡耳朵"的人们都愿遵从她之命绝不轻易去"打扰圣上"。后来忽必烈似也若有所闻，并亲自几次前来探视，但均被察苾轻妆淡抹起身相迎掩饰过去了。或许是因为忽必烈"日理万机"太忙，也就只命御医加紧为"皇后调养"便匆匆离去了。随后又命太子妃阔阔真"代朕陪护"，从此便绝少再在这座"斡耳朵"露面了。这已算一种很难得的"特殊恩宠"，似要怪也只能怪大皇后的"好强"。

但有谁又能够理解此刻察苾的心情呢？

这位大皇后对三位嫡子都十分疼爱，但却只认为唯有长子承继大统才能彻底避免历史性的"手足相残"。知子莫如母！她看中的正是真金那种自幼习儒所形成的"仁厚宽恕"之天性。上次当众受斥之"忍辱负重"，显然也是为确保真金的太子地位不受伤害。虽因此抑郁致病"终至不起"，但她还是庆幸太子和藩邸旧臣又躲过了一难。然而，她不仅是个慈爱的母亲，同时也是一位多情的妻子。在病痛的折磨中，她似乎在备受责难中却更理解了自己那曾经相濡以沫的丈夫——忽必烈。他有多么难啊！他正在经营着一个如此庞大的帝国，真可谓"前无古人，后无来者"！西至中亚、南亚、甚至东欧，东至穷海，北至极地，南至西沙、南沙，或者更远……好大一个天下，绝对早已超越秦皇、汉武、唐宗、宋祖！但当大皇帝兼天可汗又是如此之难，似也只能老当益壮继续"挥斥方遒"。

但愿父亲创业，儿子治国，群儒们也终得尽展其才……

为此，察苾严禁宫人将自己更加病重的消息再禀告圣上，即使对自己"斡耳朵"当去"轮置"的少女也必亲自详加密嘱。目的只有一个，绝不能因为自己的疾患再次引发宫闱动荡而影响了父子间的平衡。她明白，只要自己在，真金的太子地位就相对安全，藩邸的旧臣们也不会就此彻底沦落飘零。因为她太了解忽必烈了，她深知在他的心目中仍还有着自己，若不然真金和他的儒僚们的处境早就不堪设想了。

她还想活，久久地活，以维护这种平衡……

只可叹！此前那些足以威慑阿合马的能臣谋士已先后相继辞世：至元十一年（1274年）刘秉忠病死了；至元十二年（1275年）史天泽亡故；至元十三年初（1276年）唯一可影响忽必烈决策的元勋贵胄霸突鲁也魂归草原了；至元十四年底（1276年）就连忽必烈最倚重的中枢要臣赵璧也英年早逝。随之，又传来了巨无霸郑鼎于江南舟覆溺水身亡的消息……似天助，奸佞阿合马从此就变得更加恃无恐。他大肆排挤汉臣儒僚，致使追随忽必烈数十年的原"金莲川幕府"人员下场均十分凄凉。而更可悲的是，就在她越病越重期间，又传来了一个个更令她悲痛欲绝的消息，继最早的藩邸儒臣赵璧、刘秉忠等幕僚相继故去后，金莲川幕府的故旧们于郁郁寡欢间还在先后死去。至元十五年（1278年）曾助世祖谋定天下的首席谋臣姚枢离开了人世，同年，曾助世祖平抚云南之董氏三兄弟之一儒将董文忠也死了；至元十六年（1279年）燕京大儒兼能臣杨惟中阖然辞世；随之，屡立奇功的平南统帅张弘范也英年早逝了；至元十七年（1280年）曾助世祖勇登帝位而立下汗马功劳的元勋廉希宪罢相后也离开了人世，年仅五十岁；之后，太子的老师窦默及儒家能臣李德辉也死了；还有藩邸的旧臣宿卫孟速思、赛典赤·赡思丁、牦戈、昔班、阔阔、张耕等等，均先后弃世离她而去了……遥想金莲川，追忆毡帐王城，昔日群英

· 181 ·

震撼崛起——成吉思汗及其英武儿孙

荟萃，今已寥若晨星。

察苾突然感到一种从未有过的凄苦和孤独……

但阿合马却觉得机会来了，"项庄舞剑，意在沛公"，竟又在蓄意挑起事端。史载，此时的阿合马已不可一世，早倚仗他"掘地三尺"为老皇帝实现雄才大略的"敛财之功"，而成为中书省"专横跋扈，为所欲为，内通货贿，外示威刑，廷中相视，无敢论列"说一不二的超级权奸。而此时的忽必烈已属年迈，大多时间均于深宫大内处理天下大事。故而史载，阿合马"援引奸党郝祯、耿仁，骤升同列，阴谋交通，专事蒙蔽"。但又"唯圣上之命是从"，"所需财资无不及时以供"，这似乎比"蒙蔽"更具有作用。（见《元史·阿合马传》）发展到最后，他竟然公开指称一代大儒、国子监祭酒许衡"名为清廉，实为谋反"！当着中枢内阁群臣，还进而声色俱厉地发出质问："公实反耳！人所嗜好者，势力、爵禄、声色也！公一切不好，欲得人心，非反而何？"（见《元史·许衡传》）颠倒黑白到如此地步，显然是又在发出一个讯号：昔日的家主察苾皇后已经被借皇上之手整得悄然隐退，现在似已经到"打狗给主人看"的时候了。目标明确，直指尚在总领中书省事的太子真金，他要除掉头上最后一道紧箍咒！

而几乎与此同时，忽必烈却进入了人生又一辉煌时刻……

据史载，进入1279年，南宋一些残余的抗元力量已被剪灭殆尽了。虽有民族英雄文天祥、张世杰、陆秀夫等率众奋力反抗，但昏君奸相放纵腐败蛀空了的江山社稷早无力回天了。在忽必烈施展雄才统筹全局的指挥下，到年底便先是传来了张世杰为保新立的小皇帝指挥战舰突围，遇风浪船沉而死，后又传来了陆秀夫宁死不屈背幼主蹈海而亡等消息。这些都很悲壮，令忽必烈闻之也"肃然起敬"。（见《元史·世祖纪六》）到1280年初，就连大义凛然的南宋末代宰相文天祥也被押送至了大都，至此忽必烈彻底"南顾无忧"了。但虽令人振奋，却更令人棘手，很显然文天祥是想借此洒一腔热血唤醒大江南北之民族大义。而蒙古民族一向是崇尚英雄的，尤其是对那些铁骨铮铮敢于孤肩担道义的人物。为此，当忽必烈听到文天祥那千古名句"人生自古谁无死，留取丹心照汗青"之后，敬佩之余更是决心将其不惜一切纳入自己麾下。先是命将文天祥安排于国家之馆驿中，享受上宾待遇，谁料文天祥却"义不寝处"而只愿过囚徒生活。无奈忽必烈只好把他改而关押在兵马司空宅内，并谕旨"且令千户所好好与茶饭者"（见《元史·世祖本纪》）。权臣阿合马欲抢头功曾首先前去劝降，没想到竟首尝文天祥"正义凛然，严词以拒"之屈辱，归来即启奏忽必烈曰："不如杀之弃市，以镇反徒！其不识时务，不应世势，留之何用？"而忽必烈当即怒斥以答："汝愚蠢也！与其相比，汝人味尽失给他提靴子也不配！"随之，忽必烈为了争取这位"旷古之忠义奇才"，竟采用了蒙古人"驯马"的办法。时而力伏，时而软降。颇为大度，颇有耐性，当然没有时间再去理会朝臣间这种蝇营狗苟的"斗嘴"小事了。

但这种"小事"却必然会很快传进后宫……

因为这不仅仅说明了察苾在蒙汉百官中均极有亲和力，而且也说明阿合马在朝中的"一手遮天"也早引起"国族"的愤怒了。太子妃阔阔真来后宫侍奉婆婆也越来越勤快，显然带来更多的是太子和东宫诸臣如王恂和不忽木等的忧虑。但察苾听后却出奇地镇定，只是要御医如实告知自己还有多少时日。随之她便给了阔阔真一个更加神秘的任务，而后便是在病痛的折磨中静候着事态的发展……只可悲！忽必烈此时仍认为察苾尚比自己小十几岁，觉得她怎么也不会走在自己前

陶俑

陶俑

震撼崛起——成吉思汗及其英武儿孙

头。除特别恩准所余不多的藩邸旧臣可以进宫探视外，便为排解日理万机的疲劳改为狩猎议事去了。这并不奇怪！史载元代"朝无常制"，皇上的三大任务，即征战、游猎、飨宴！所需议及之事，均在此期间个别谈话或协商便议定了。据说，还是阿合马泣告当应以"龙体为重"，才特殊安排好这次"观沧海以抒怀"之游猎的。好在马可·波罗在《马可·波罗游记》中曾有过此类记述，为突显特色现特详录于后——

> 当大可汗远征到临近大洋的时候，打兽打鸟的美丽景致，是不缺少的……大可汗常常坐在一个美丽的木头寝室中，四只象抬着室走。室中用锤金制成的布匹镶里，外面盖着狮子皮。当打鸟时，因为他有痛风病，所以他常常留在室中。大可汗在室中常常养着十二只好的鹰。里面也有许多贵官和妇女来引他快乐，和他做伴。当他在那放在象背上的寝室中，站起散步时，你们必须知道，如有骑马在他左右的贵官大声喊，"陛下，有鹤飞过去了"。他听到后，即揭开寝室的遮盖物，来看鹤。他叫把所要的大鹰拿来放出。这些鹰最后和鹤争斗，常常把它们捉住。大可汗在窗上看见这种景致，觉得非常快乐和欢娱。

果然"美不胜收"，令人"流连忘返"，这就为阿合马留下了足够的时间和空间。遂在当众诬陷许衡的清廉"乃公实谋反耳"不久，便又对太子所倚重的亲信汉臣狠下杀手了。崔斌，今山西大同人，乃藩邸群儒后起之秀。蒙汉语兼通，在灭宋中多有抚治之功。为人刚正忠直，曾累累弹劾阿合马之"横行不法，朋比为奸"。言之凿凿，迫使忽必烈也不得不下旨彻查。此次太子复掌中书事更显形势岌岌可危，阿合马遂罗织罪名以迅雷不及掩耳之势提前将这位儒臣给诬杀了。据史载，太子真金闻知崔斌被诬杀的消息时正在就餐，遂凄然丢落了手中的筷子，又急派使者阻止行刑，可惜为时已晚矣！（见《元史·崔斌传》）

而察苾闻知此事时，似已只剩奄奄一息了……

但令人惊讶的是，在闻听此讯后竟似突然"回光返照"起来。作为一代卓越的蒙古族女政治家，她似乎也要同时在政治上"回光返照"。她这样做好像已不仅仅为儿子的皇储位置，目的仿佛更在于绝不能让忽必烈一生所创的伟业毁在这个奴才的手里。或许还有更深层次的想法：那就是也只有除掉这个奴才，朝政方能彻底"改弦易辙"……随之，便是秘密的"两个女人世界"。太子妃阔阔真，后来不仅也是一代贤后，而且她和真金的结合本身就是一部曲折的传奇故事。但现在尚顾不得详说，因为察苾皇后眼下最需要的就是一位甘愿为大元王朝赴汤蹈火的人！

似乎她已考虑好了，但却要先接见所有藩邸余臣……

但此时她已衰弱得只能仰卧在眠榻之上，而任太子妃阔阔真代她应对一切。似要当着藩邸余臣，也就此交接班。"金莲川幕府"七零八落的旧臣们是应诏来看她来了，但大多都是叩拜之后唯有默默无语"相对泪千行"。只有一人例外，此人即三晋交城人张易！在"金莲川幕府"时尚且年轻，似与太子等均有过交往。史称其"通术数、有权谋"，曾任中书省"平章政事"且颇有作为。后因遭阿合马诬陷被排挤下台，然其那种"坦然不辩、安之若素"的态度却引起了忽必烈的注意。随之便被任命为枢密副使，执掌京都的宿卫兵权。（见《元史·张易传》）此次觐见慰问察苾唯他有话要说，刚待跪下便猛叩一头伏地曰："臣愿为大皇后肝脑涂地！"没头没脑，颇令人莫名其妙。察苾却听懂了。但随后所发生的一切便鲜见于史了，似只留下一个千古之谜。

察苾本来为此会多活几天的，但谁料随之便是致命的一击……

据史载，1280年冬，秦土芒哥喇薨，王相商挺也跟着遭人诬陷入狱。察苾痛失年仅三十二岁的次子，显然加速了她迈向死亡的进程。她大口大口地吐血，无休无止地垂泪，深陷的眼眶里却依旧溢满了心事，像一只耗干了油脂的红烛，但那残余的烛心还在挺立着。她临终前的意识是完全清醒的，好像还在顽强地等待。好在阔阔真依照她的指点，终于派人找回来那个酷似当年的"自己"。随之，察苾便是紧紧抓住阔阔真的手不放，似还在用目光叮嘱着什么。阔阔真早泣不成声了，谁料察苾却突然又开口说："你们的父皇是……是一个举世无双的大皇帝。他……他没有

震撼崛起——成吉思汗及其英武儿孙

滥杀过一位功臣,更……更没有屠过一座城。他……他是个真正的男人、一个真正的蒙古男人……若有来生,我……我还要跟定他……"

再没话了,似只顾瞪大眼睛在等待什么……

也难怪!当步入人生的终点时,人们总会发现似有什么值得自己如此留恋。而察苾对忽必烈即如此,她早发现自己竟对他是如此难割难舍。似乎往日的恩恩怨怨并不重要了,眼前就连他的种种失误似都具有一种坦坦荡荡的特殊的男性魅力。难道不是这样吗?他本来就是从茫茫无际的大草原跨马冲杀出来的,所思所想所作所为当然会和从独门小院走出的儒臣们有所不同。草原般的胸怀当然难忍"独尊儒术"之拘束了,而"天马行空、海纳百川"也未必不能创造奇迹。意大利人马可·波罗来了,尼泊尔的神奇工匠阿哥尼来了,波斯的技艺侍臣札马鲁丁和史学家拉施特来了,以至阿拉伯、欧洲、中亚诸国的能人高手都纷纷前来愿为他服务。不仅筑

元大都之国子监

起了大都的白塔，建起了当时堪称天下第一的观象台，而且还第一次实地勘测了黄河，并及时颁布了流芳百世的《授时历》……即使就拿用人来说，除了祸国殃民的阿合马之外，他不是知人善任也提携了一批国之栋梁吗？如伯颜、阿术、张雄飞、程巨夫、不忽木……总之，在此即将永诀的时刻，察苾对忽必烈竟感到如此依依不舍。往日的恩恩怨怨顿时全都化解了，似乎只留下了初识时那春情萌动，新婚夜那缠绵缱绻，成家后那恩爱无比，患难时那同舟共济，创业时那齐心协力。和他做夫妻这一辈子真累啊！但他最终使一个少女朦胧的幻想变成了现实，她成了大元王朝的第一代入主华夏的大皇后！真没有和他在一起待够啊，真没有和他在一起待够！此恨绵绵无绝期，但愿还有来生……但她毕竟是个杰出的蒙古族女政治家，她也知道这有多么虚幻。她早把一切都准备好了，只在临终前渴望再见上他一面。

据史载，忽必烈闻知后竟在错愕中几乎栽倒……

这位日理万机的大皇帝本以为，宫闱深处久久无人前来告急，而自己又延请了天下名医，比自己小十余岁的大皇后应在逐步好转。更何况皇二子芒哥喇的突然辞世给他造成的"椎心之痛"，使他陷入悲伤尚未能解脱出来。再加上自己钦派前去辅佐秦王的赵炳随后也莫名其妙地被人暗害了，随之他便听信阿合马之谗言将商挺当作主要疑犯拘押回京下狱审问。显然是悲愤交加只顾此事了，竟然将争取被俘的"南宋绝代贤相"文天祥之事也暂放一边。而就在此时，后宫又慌忙前来报此凶讯，并泣告了察苾的濒危之语。据史载，忽必烈闻之大恸，竟当着众臣捶胸而呼曰："汝不能弃朕而去！唯卿妻也，唯卿妻也！"

但此时的察苾将闭上眼睛，似只有进气而没出气了……

等忽必烈赶来时气氛相当凝重，似已无可救药了。忽必烈却紧握着察苾的一只手，还在悲泣中不断地呼唤曰："唯卿妻也！唯卿妻也……"突然，察苾挣扎着似乎又有了声音。但可悲的是那只是她最后的永诀之语："要……要善待太子，不……不要轻易言废……"随之，任忽必烈再捶胸顿足地答应，再悲天怆地地呼唤，察苾却已安详地合上了眼，再无一丝声息了。（以上史料取自于《元史》与志费尼的《世界征服者史》等）

震撼崛起——成吉思汗及其英武儿孙

史载,忽必烈大恸,一夜间竟老了许多,好像变了一个人似的。

相传,人们都目睹了一只圣洁的白鹿闪着光芒跃上了夜空。

崇高的人格,伟大的母爱,超凡的政治智慧!

走了,终于走完了她传奇的一生。

唯留深深怀念在人间……

第九辑

【本辑提要】察苾之死是大元王朝之一大悲剧。正值人生盛年，如果她能活着看到父子顺利地交接班，肯定展现给后人的会是完全不同的历史篇章。但即使如此，她临终前的种种安排还是显示了一位杰出的蒙古族女政治家的深谋远虑。史籍是从未指出过阿合马暴毙的幕后主谋，而从种种史料提供的讯息来看作如此论断也绝非是捕风捉影。处处均有史为证，似事实已托出了历史真相。但更值得一提的是忽必烈在处理此事时显现出的卓越的政治家风范；翻手为云，覆手为雨，竟把历史遮掩得严严实实而且"皆大欢喜"。只可惜智者千虑必有一失，察苾死后她那替身的出现反倒激发了忽必烈旺盛的活力，使他更像一棵参天的大树，而太子在他的浓荫下却只能扮演一株战战兢兢的小草。

怀才不遇，最终提前枯萎了……

震撼崛起——成吉思汗及其英武儿孙

权奸之暴毙与文天祥之大义凛然

在这惊人的噩耗中,最幸灾乐祸的莫过于阿合马了……

据史载,察苾大皇后死于至元十八年(1281年)春末,时年约五十多岁。她的悄然辞世显然是对汉臣儒僚最沉重的一击,难怪均"如丧姥妣、悲泣不已"。一代大儒许衡就是在这种状态下随后忧愤去世的,临终竟命子女不得请谥,墓碑仅写"许某之墓"四字即可,绝望之情可见一斑。(见《元史·许衡传》)

而阿合马闻此竟在国丧期举杯哈哈大笑……

对这位权倾一时的奸相来说,似乎还不仅仅乐观这位与自己恶斗了十几年老对头之死。而更重要的还在于,他还目睹了大皇帝竟因"丧偶之痛"一夜间老了许多,就像变了个人似的。而皇太子真金正在外地巡视,闻母丧归来后早失魂落魄似成了扶不起的阿斗。确实如此!据史载,真金闻母死讯悲痛欲绝,一连三日水米未进而只顾日夜兼程赶回宫里。他为母守灵时竟扑倒在地瘫作一团,似从此便被抽掉了主心骨。许多中外史书均称:"阿合马于朝中唯惮太子也!"当然这种状况下他更"乐观其成"。须知,阿合马当时已权倾朝野,爪牙党羽已密布天下。而大皇帝时年已六十七岁,太子真金又过于仁弱多病。宫闱之乱作一团,绝对有助于他进一步独揽朝纲，玩老皇上与病太子于手掌之中，从此昔日的家奴或将成为真正的主人！

只不该他太小瞧察苾的深谋远虑了……

忽必烈痛心疾首一夜间似老了许多，一直沉浸在对察苾的回忆之中。多日之后似精神尚很恍惚，但太子妃阔阔真还是谨遵母后的遗嘱，适时向忽必烈呈上一封察苾留下的密函。还是用那种只有夫妻间才能懂得的私语写成的，果然忽必烈阅后便当即挣扎而起，摇摇晃晃向察苾昔日所居的宫闱走来。侍臣绝不敢阻拦，只以为此皆因情困扰所致。但忽必烈还在惘然地走着，似乎要去追逐察苾给他留下的一个神话。却谁料正当他哀思戚戚地步入时，眼前竟又重现了昔日的辉煌：烛光摇曳，香烟袅袅，如梦如幻，处处弥漫着一片可人的温馨。再看纱帐之内，竟隐隐闪现出一位婀娜多姿的身影。忽必烈惊呼了："谁？"这时却恍若坠入幻境，有人竟掀开纱帐应声而出了。只见她头戴着大皇后的"罟罟"，盛装着大皇后的服饰，明眸、皓齿、笑靥，与少女时期的察苾一模一样，分明是她"浴火重生"又再次回到了自己身边。忽必烈喜极而泣惊呼曰："察苾！朕之察……"又不料那少女却跪迎道："那是我的姑母，臣妾南必！"宫闱静悄悄的，人们均目瞪口呆了。（取材于多种野史笔记）

有了南必，后宫的情绪迅速在改观……

切莫以现代思维评价此事，要知道在七百多年前这完全是符合民俗民风的。十九岁的南必的出现，不仅重新激活了忽必烈，而且也使仁儒的太子从此更"内顾无忧"了。这说明察苾大皇后的别具深谋远虑，阿合马在这方面绝非自己女主子的对手。为此，她早已为防自己出现"万一"选定了亲侄女。她不但与自己相像而且又极有教养，尤为重要的是她了解男人，更了解忽必烈。他现在尚不能跟随自己一起离去，大元王朝还需要他那雄才大略稳定政局。况且自己设计的那秘密的"清君侧"也还在进行，唯留下真金也很可能难以面对此波大风大浪。史载察苾有"经天纬地"之才，由此可见绝非虚言。

死诸葛吓死活司马，历史故事似乎马上要重演了……

震撼崛起——成吉思汗及其英武儿孙

阿合马当然会大失所望了。他所期望的宫室瘫痪不仅未曾出现,而且面对着新皇后他仍得自称为"家奴"。据史载,不久南必即被正式册封为皇后,入继了姑母的"斡耳朵",开始执掌六宫。她颇有政治头脑,行事大有察芯之遗风。她着力保护并以身作则地尊重太子,致使汉臣儒僚又恍若看到了希望。家族内部承袭,阿合马面对这位十九岁的大皇后也只有唯唯诺诺了。

但其仍不知死期将至,却仍在朝中横行不法……

至元十九年(1282年)三月,据史载,忽必烈"照例北上巡幸,驻跸于察罕淖尔,太子真金从行",而"左丞相阿合马与枢密副使张易奉旨留守大都"。也就在这种特殊的情况下,一件惊天动地的大事发生了。表面看来,果然是"燕赵多慷慨悲歌之士",以王著与高和尚为首的众多民间豪杰终于开始行动了。王著,山东益都人。曾投笔从戎,当过代理千户长。史载其"疾恶如仇,沉毅有胆气"。高和

百眼窑壁画宣教图

尚,又名高菩萨。自称有秘术,"能役鬼神为兵"。而马可·波罗在其《马可·波罗游记》中却只说:"高和尚的母亲、妻子、女儿都被阿合马奸淫了。他在盛怒之下,与王著合谋杀掉阿合马。"也可算权相恶贯满盈,王著与高和尚竟很快便在身旁聚集了众多愿"杀身成仁"的民间义士。只因阿合马也深知自己罪孽深重必须严加防范以备不测,故面对其"出没无常、行踪诡秘、夜眠则换地再三",再加上宿卫众多,为此竟久久难以得手。而后者显然得到幕后高人指点,遂才有了趁皇上太子均不在大都的惊人之举。

明目张胆,假扮太子,组织严密,诈开皇城……

从各种中外相关史料来看,这次行动显然是一次"大家手笔"。虽已入夜,但皇城上下火把通明,巡查仍很严谨,但假扮太子、侍臣、众宿卫,却仍可从容镇定。无论从装束到扮相上,朦朦胧胧中都几乎均可以假乱真。然而再是"大家手笔"也必有漏洞,比如来到皇城根竟不知太子平时从何门而入,张九思等臣已"惑其伪而拒开西门"。多亏了王著之机敏,伪太子之沉着,这才急速改向了南门。也合当阿合马该死,因平时"朝中唯惮太子",正亲率百官在外恭迎真金。随之便如史书所述:"先是唤中书省官员上前,叱责数语,王著即牵起阿合马,以袖中铜锤猛击其脑,当场毙命!"历代义士均是反权奸不反皇上的,随后王著即弃锤哈哈大笑曰:"天助我也!我王著虽死而无憾矣!"

结果可想而知,就连高和尚等众义士也纷纷束手就擒……

据元代郑所南所著《心史》载:阿合马被击身亡后,"军民尽分脔阿合马之肉而食,贫人亦莫不典衣,歌饮相庆,燕京酒三日俱空"。足见世人对这位权奸仇恨之深。而在察罕淖尔巡幸的忽必烈闻知后却只有震怒、暴怒以致狂怒,竟认为此乃"汉人造反",遂命令蒙古族枢密副使孛罗与司徒霍礼合孙紧急赶往大都"严厉镇压"。三日后,即将王著与高和尚及其同党近四百人,全部押于大都街市当众诛杀,致使血流成河,头颅遍地滚落。但大多义士均慷慨赴义,而王著尤显突出。他竟沿街高呼曰:"王著为天下除害,今死矣,异日必有人为我书其事者!"(见《元史·阿合马传》)王著时年仅二十九岁。

当然，作为禁卫军的首领，张易也因"失职"被拘审了……

而忽必烈毕竟是位了不起的政治家，数百颗人头终于从震怒中换来了他的冷静和沉思。他眯起一副老而狐疑的眼睛，反复召见王思廉等汉臣谈话，似想从中套出什么阴谋来。但王思廉等深知后果之严重，均婉转应对只暗示"王著等人此举唯反阿合马，并不反圣上"。他们不仅讳言张易，更对其他汉臣绝不涉及。其实有史可查，张易与王著等早有来往，并曾举荐过他们。（见《元史·世祖纪八》）为此，据野史载，忽必烈曾秘密提审过张易，追问过："是何人令汝如此大胆？"张易却答："臣自少即追随陛下创业天下，皇上即臣之至上，皇后即臣之至尊，皇太子即臣之至要。无须问也！臣甘愿以此头颅为陛下换回百年盛世，叩请圣上请速诛臣下以传首四方！"忽必烈若有所悟，但张易却早把察苾留给他的那道救命诏旨焚烧灭迹了。临被押下，他仍伏地泣奏曰："大皇后临终唯向臣留两嘱，一乃文丞相当尽快成全其志；二乃商挺绝非下作之人，若此焉能无兵即可解除我主西顾之忧？臣再无他言也，临终尚能见圣上一面，足矣！"儒者所谓的"高风亮节"，在张易身上得到了充分的展现。随之竟含泪退下，致使忽必烈目送间，也不由得泪眼蒙眬。

但最关键的还是与不忽木的彻夜长谈……

别看这位新皇后方才过了十九岁，但却继承了其姑母的遗风。她虽然初次走出弘吉拉草原，但已从太子妃处早知了朝堂的风云变幻。见老皇上久思不语，便按早有的安排请出一位特别的人物——康里人燕真之子不忽木。由于其父与忽必烈自幼一起长大，而他从小又是太子真金的伴读，君臣关系颇为特殊，故忽必烈待之竟如子侄一般。但平时深受太子拘束，生怕他多嘴多舌给东宫惹出祸来。而现在好了，有小皇后和太子妃做主似可一吐为快了。但也规矩甚严，绝不允许他涉及太子和东宫一字！果然，忽必烈看他到来也不见外，顿时便向他打听起朝野之议论。而不忽木也就此侃侃而谈，随之，便大量转述了蒙古与色目众臣对此事的反映：人们早对这位权相恨之入骨，闻之被王著以锤击毙莫不欢欣鼓舞！而确有史可考，阿合马后期也太专横跋扈无法无天了，不仅敢擅杀太子的亲信重臣崔斌，竟敢公然蔑视在蒙古族中有着极高声望的元勋功臣，比如灭宋统帅伯颜胜利归来，阿合马竟敢拦路索要宋室珍宝。索要未成便反诬伯颜藏宋之国宝图谋不轨。忽必烈闻之大怒，竟将伯颜置于狗圈之中以辱之。（见《元史·伯颜传》）副帅阿术也因相同原因，更"皆受囚系"。（见元代郑思肖《大义略叙》）虽后均真相大白，但阿合马却未受到任何处理。故此次这位奸相之被击毙，同时也受到了蒙古族上层极多有识之士的欢迎。有些人竟"主动施于海东青衣袄三千件，焚烧而祭奠王著等"。（见元代《秋涧集·中堂纪事》）就连一些色目仁臣，也对阿合马之擅权无耻极为反感，遂早就形成了"各族共讨之，朝野欲诛之"的态势。而忽必烈闻不忽木伏地忠心坦言，竟在久久的沉思中突然开口自语曰："朕不能与此厮同队阿鼻地狱！"几乎与此同时，南必也不失时机地进言道："先大皇后也早有遗言在前——"谁料忽必烈竟伸手掩其口曰："勿言！朕已心领神会矣！"

遂行事之风大度，一夜间来了个一百八十度大转弯……

从此，绝口再不提"汉人造反"，更彻底停止了对张易"同党与主谋"的彻查。据称，乃因有人密告，阿合马竟将商人献给皇上的一颗巨钻和南宋献上的两颗特大珍珠，均私自扣留据为己有。而遣使前往其宅搜取，也果然从其爱妾居处获得。又据载，忽必烈闻讯"大为震惊"，痛心疾首之余竟当着众臣不无自责叹息连连，似乎在告诉众臣：绝没想到二十年来非常顺从听话的阿合马，竟敢利用自己的信任如此大胆妄为地欺骗自己！而众臣也诚心诚意地相信：皇上一贯圣明，今日之事皆因阿合马奸诈蒙骗所致！随之，忽必烈再现明君风度，当即命太子真金主持中书省，更进而彻查阿合马之种种罪恶。此举真可谓一箭双雕！不仅使汉臣儒僚们彻底放了心，而且也彰显了皇室内部之合力齐心。而太子真金也命枢密副使孛罗及时向圣上禀报进展情况，故忽必烈得知阿合马背着自己所犯种种令人发指的罪行后，终于若有领悟地说出了那句话："王著杀之，诚是也！"（见《元史·世祖纪九》）

难怪史称："宠臣"即"蠹臣"……

阿合马也确实是太无法无天了。其长子忽辛曾任大都路总管、潭州行省左臣，次子莫速忽曾任杭州路"达鲁花赤"，侄子别都鲁丁则为河南行省参政。就连

震撼崛起——成吉思汗及其英武儿孙

马可·波罗在其《马可·波罗游记》中也称："他（指阿合马）有二十五个儿子，都居高贵的官职。有几个用他们父亲的名义，在他的保护下，同他一样去奸淫妇女和做出许多凶猛残恶的事情。"而其本人，《元史》则更称之"专横暴虐，贪赃荒淫"，妻"四十余"妾"四百余人"。在察苾皇后去世后，他更网罗群奸肆无忌惮地打起了太子甚至是皇上的主意。得意忘形，死有余辜！

顺应民意，绝对要让天下百姓宣泄个够……

本来阿合马被击杀后已经极其隆重地埋葬了，而随着他的种种罪行的暴露，忽必烈终于怒不可遏了。他下令将阿合马重新从坟墓中挖出来，不仅"剖棺戮尸"，而且将其尸体"脚下系绳，拖至市街，任车马从其身上往来驶过"，最后"纵犬食之"。不仅如此，忽必烈还下令籍没阿合马的全部家财。据史载，在搜查其另一爱妾家藏时，竟"得二熟人皮于柜中，两耳具存矣！"忽必烈闻之几近怒发冲冠，当即下令"活剥了阿合马之子忽辛、阿散等人之皮"，并且将其全部家财充了公，"四十个妻子与四百个妾"也均充公后全都"分配"了。尚有"大快人心事"！还将其抢占的民女下令还给原主，阿合马的爪牙与党徒也得到相对彻底的清算。果不愧一代雄主，软硬两手均施展得十分到位。致使无数黎庶均奔走相告，击掌相庆。（见《元史·阿合马传》）

而儒臣似仍担心着对张易的处置，还尚有商挺……

要顺应民意就顺应个够，果然忽必烈要做好事也做到底了。他不失时机地采用了缓和汉人汉地的舆情，竟采纳了太子真金的主张，将张易的罪名改为"应变不审"而免于"传首四方"。出了这么大的娄子该杀还得杀，若不然不顾王法只念私情也该露馅了。但对于一些有牵连的人或家属却一概不予追究，这已足使张文谦与赵良弼这样的藩邸老臣彻底放心和感恩不尽。藩邸旧臣不剩几个了，这又得牵扯到商挺。好在忽必烈还在继续"圣明"，仍命太子真金彻查赵炳被害一案。这一查才知道，主要原因乃赵炳过于"忠直刚愎"、"驭下甚严"，得罪了部下郭氏兄弟这对转运使。因惧其严惩，遂借安西王突然辞世造成的混乱将其杀害。忽必烈闻之内情遂将商挺释放出狱，并抚慰其曰："此皆因阿合马之诬也！然朕早在思忖，商孟卿（即商挺）若如此下作，焉能成为一代名臣兼名将？今得以证实，朕当仍重用也！"（见《元史·张易传》《元史·商挺传》《元史·赵炳传》等）

但再查史书，商挺好像从此再无任何大作为了……

据史载，到至元十九年（1282年）十二月初，忽必烈已"借力使力、因势利导"，最终化解了大元王朝有史以来最严重的一场内部危机。现在似该轮到处理那位"文丞相"（朝野均以此尊称文天祥）的时候了，须知他之正义凛然似正在唤醒沉睡数百年北方之汉民族意识。而忽必烈又在混乱之中成为一代明君，当然会想到及时处理掉这颗"烫手的山芋"。放，曾是他的选项之一，以彰显大度，并可暗中继续怀柔之。谁料竟遇到曾为南宋状元，也曾为南宋宰相，现为降臣的无耻文人留梦炎之坚决反对，若以现代话来说，即把文天祥描述为一颗随时可引爆之"人体炸弹"。当然，还有更重要的原因，那就是通过张易所转述的察苾遗言："成全其志！"为此，历时三年的劝降即将告一段落，至元十九年（1282年）十二月八日忽必烈亲自出马做最后一次争取工作。颇为尊重，颇为耐心，见文天祥被押至并不要求其下跪，即循循善诱曰："汝以事宋者事我，即以汝为中书宰相！"绝口不提"投降"二字，而仅以"事我"相劝，宰相高位乃为突显重

居庸关

白塔寺

震撼崛起——成吉思汗及其英武儿孙

其人品也!然文天祥却断然拒绝道:"天祥为宋状元宰相,宋亡,唯可死,不可生!"忽必烈又曰:"汝不为宰相,则为枢密!"意思是说,我把最高军事统帅权都交给了你,还信不过我的一片诚心诚意吗?谁料文天祥的回答还是:"一死之外,无可为者!"忽必烈敬佩他的忠贞,似仍不忍杀他,权且先让他退下。这表现了蒙古人自古崇奉英雄的一种品质,后多亏了又有一批大臣奏言:"文天祥不愿归附,当从其请,赐之死!"忽必烈这才最终予以批准。(见《宋史·文天祥传》等)

一代民族英雄终将慷慨就义……

据史载,至元十九年(1282年)十二月九日,文天祥在大都被押往了柴市口刑场。沿途其"过市扬扬,颜色不变","且吟且行,悠然自得"。而"观看者,送行者如堵"。到达柴市口刑场,则更显"从容自若",临刑前尚索笔写下了最后两首七律绝笔。气贯长虹,笔走龙蛇,其平静浩然之气令围观与送行者莫不"泪如雨下"。其诗云——

昔年单舸走维扬,万死逃生辅宋皇。
天地不容兴社稷,帮家无主失忠良。
神归嵩岳风雷变,气咽烟霞草树荒。
南望九原何处是,尘烟黯淡路茫茫。

衣冠七载混毡裹,憔悴形容似楚囚。
龙驭两宫西江月,神麀万灶海门秋。
天荒地老英雄丧,国破家亡事业休。
唯有一腔忠烈气,碧空常共暮云愁。

写毕,则掷笔于地,向市人问清南北方向,"南面再拜而就死"。长歌当哭,时年仅四十七岁。据说,忽必烈曾命使者传诏停止用刑,但为时已晚矣,唯见遍地送行者之跪泣。欲用不能,欲杀不忍,足见忽必烈颇为复杂的心态。而此时文天祥却已义薄云天地撒手而去，唯留"一片丹心照汗青"。（诗见《庐陵文丞相文山全集》卷十四，引语见《申斋集·文丞相传》）总之，文天祥已将古之所谓的"文人风骨"又推向了一个更高的境界。

然而，忽必烈在其间也表现得相当不俗……

他之所作所为深刻地表达了：不必非白即黑，非正即邪，非善即恶，非忠即奸，甚至简单化地互作对立面。忽必烈在这方面做得相当出色。据史载，在他巡幸经晋北雁门关时，闻知关下即杨家将故里，因早知其"一门忠烈"，故下旨敕建"杨家宗祠"，以示敬仰。现赴山西代州，仍可见其敕赐之遗匾。而对文天祥，他更亲自下令于大都建"文丞相祠"。一码归一码，古人似比现代人更高明。

当然，这其中也包含了在无师自通地运用"软实力"……

总之，忽必烈在处理这次因阿合马被杀引发的政治危机中，既显示了他博大的政治胸怀，又展现了他高超的政治手腕。或放或收，掌控自如；或扬或抑，游刃有余。既借"不明真相"，果断出手，残酷镇压，三日内便将王著与高和尚等成百上千民间仁人义士一网打尽斩草除根，又借"幡然大悟"，及时转向，重审权相，数日内便将阿合马剖棺戮尸尽把天下之怒气齐引到这恶奴身上宣泄；既宣扬"宫室内睦"，推皇太子出面主持彻查，以抚慰汉臣汉儒汉地汉民之心，又抑"起事内因"，对张易及所有受牵连的人一概免于深入追究，尽掩事实真相唯求宫室内外一片祥和。黑脸白脸一人兼扮，但最后换来的却是朝野共呼：大皇帝圣明！

果真圣明！但他的内心深处却对汉人汉法越加警惕……

察苾似乎并没有死，她那卓越的政治智慧仍在后宫中处处可见；南必新皇后始终牢记着姑母的临终密嘱，始终在维护太子真金的独特地位；而太子妃阔阔真本来就很贤能，再加上有同是弘吉拉草原来的新后之支持更日显干练。

但智者千虑必有一失！察苾似乎只注意了"后顾无忧"，却忘了一位小皇后所激发出的旺盛活力又意味着什么。

而忽必烈又绝不是那种沉湎于酒色的君王！

当然会：烈士暮年，壮心不已！

震撼崛起——成吉思汗及其英武儿孙

他的目光又望向了世界……

忽必烈的壮怀激烈与太子的英年早逝

而忽必烈这一放眼不要紧,随之便是"天翻地覆慨而慷"!

据史载,至元二十一年(1284年)正月,诸王百官为忽必烈七十大寿上尊号曰:宪天述道仁文义武大光孝皇帝!此时,太子真金早荣任"监国",表面上已代理年迈的父皇开始"执政"。其实忽必烈仍紧紧控制着所有大权,龙骧虎视地观察着太子的一举一动。

他仍在为圣祖成吉思汗子孙的未来殚精竭虑着……

用现在的话来说,他唯恐太子以"小农经济"的目光来治国。他要的是儿子也能施展雄才大略以继承圣祖之伟业。再加上阿合马之死如李璮之乱一般,本能地使他对汉人汉地更严加防范,对汉儒汉臣也颇多猜忌。为此,他还为儿子特别任命了一位蒙古贵胄、宿卫大臣霍礼合孙为中书省右丞相,主持朝政。霍礼合孙,即用残酷手段镇压王著等诸多义士者,原任"蒙古翰林学士承旨"。忽必烈本以为此人"文武双全",必会"深察朕意",谁料霍礼合孙上任后竟反而又和汉臣儒僚搅在了一起,还与何伟与徐琰等儒臣一起听太子训示:"汝等学孔子之道,今始得行,宜尽平生所学,力行之!"(见《元史·裕宗纪》)这使忽必烈大为失望,只因还念父子之情尚能强忍继续观望着。

政见不同造成父子间的矛盾,情况相当复杂……

这倒不是说,他放弃了汉地汉法和儒家学说,而只能是说他嫌太子"小家子气"!忽必烈自己深信儒学是博大精深的,他只是鄙夷儒者之"空言义理"动辄"诗词歌赋"。而太子则无视他们不懂"经世致用",却只跟着儒者"言必称孔孟",尽受条条框框约束。更重要的是自己虽很热衷于儒学教育,从有了"国子学"一直到专设"国子监"。但那是"为我所用",利用其"君君、臣臣、父父、子子"之说永固大元王朝一统江山。而太子却总在时时暗示当"开科取士",难道他竟不知如此下去将来天下会"谁主沉浮"吗？李璮之乱，汉人！击杀阿合马之教训更该铭刻在心，蒙古人绝不能再像辽之契丹人、金之女真人那样被滚滚洪流吞没了！

流水不腐，户枢不蠹，似还需要征战！征战！征战！

忽必烈想到此又开始热血沸腾了，虽已年过七十却早已又在"雄心壮志冲云天"了。这也和马背民族的生死观有关系，他们一向对生死看得极为豁达。只要不死，他们就认为长生天留你在世上必负有更大的使命。年纪越大越是如此，以老而推辞将是亵渎神灵。为此，即使有妖娆温柔的小皇后常伴身旁，他还是大气磅礴地越来越坐不住了。他还有很多事要做：亲手建立的驿站还得继续延伸；海运还得继续扩展；外来能工巧匠和西技还得继续应用；陆上和海上的丝绸之路还得继续繁荣……更何况，尚需一雪跨海东征遇飓风失败之耻，对安南缅国也需扩大用兵，跨海征爪哇还得扩大战果，对高丽除了下嫁公主尚有更多的事要做……夜不安寝，夜不安寝！一万年太久，只争朝夕！

而眼前的一切，却似乎均很令人失望……

尤其是宰相霍礼合孙，虽面对王著等众汉人义士出手凶狠，原来也只是唯尊一个"忠"字！其实这位蒙古族骁将实质上乃一个彻底儒化了的蒙古贵胄，自上任以来竟循规蹈矩只按孔孟之道行事。为安抚大江南北的人心只顾做三件事：其一，彻底惩治阿合马之党羽，层层审计核查尽将贪渎之财"收归国库"，忽必烈尚很满意；其二，裁减冗官，废罢阿合马从中央到地方滥设的官署一百七十一所，忽必烈尚可予以批准；其三，重用儒士汉臣，竟又重新奏请"开科取士"。忽必烈终于忍无可忍了。如以历史眼光来看，这纯属一位"贤相之举"。忽必烈若能稍加"甘于寂寞"，大元王朝从此或许是另一番景象。但是，他却对霍礼合孙"唯重儒术"而"讳言财利事"大为不满，尤对其动摇蒙古贵族入仕特权之举更为恼火。于是在霍礼合孙上奏不到一个月，竟将这位可能扭转乾坤的贤臣"罢相"了。（见《元史·世祖纪八》《元史·世祖纪九》《元史·裕宗纪》《元史·霍礼合孙传》等）

故态重萌！但对太子真金还算客气……

震撼崛起——成吉思汗及其英武儿孙

这对传统的义理派汉儒和受儒家影响的蒙臣均是一次沉重的打击。改革彻底失败，忽必烈又把朝政拉回到以"理财"为中心的旧有轨道，并且再也不甘居于二线了，一跃而重新现身于第一线。

烈士暮年，壮心不已，他又在筹划着一场场战争……

而不断地征战就需要源源不断的财力物力加以支撑。为此，朝中的"义理派"又空欢喜了一场，"息战养民"的追求也就重新化为了泡影。而阿合马虽已"遗臭万年"，但"功利派"却又"借尸还魂"了。忽必烈此后又相继启用了两位理财的权相：一为卢世荣，今河北大名人，是受掌管佛教的总制院使桑哥推荐和支持而登上高位的，也是一位"擅权乱政"之小人，但最后居然"胆大妄为"竟敢触动"蒙古权贵和色目权商"之利益而下场悲惨。再一位便是桑哥，原吐蕃葛洛部族人，通晓蒙、汉、藏、畏兀儿多种语言，因充当过帝师八思巴的译吏，故颇受忽必烈的注意。史载，桑哥其人"狡黠豪横，办事干练，好言财利，圣上欢心，日渐器重"，故在卢世荣理财失败后便"亲自出马"了。他之主要敛财之法便是"钩考"，胁迫地方官吏，对黎庶更加"敲骨吸髓"。他借天子之恩宠并假圣僧八思巴之名"无恶不作"，甚至命其党徒伪称蕃僧横行不法于江南，杨琏真加就是颇具代表性的一个。1276年围困临安时，忽必烈为争取民心，曾下令不得侵犯南宋历代皇陵。但尚不到十年（即1283年至1284年），权奸桑哥却密令他的爪牙杨琏真加，假征战急需之名掘陵取宝。为得宋理宗口含之一颗夜明珠，他们竟将其遗体倒悬于树三日"以沁其腹中水银"。并将其他皇陵也劫掠一空；还将历代帝后尸骨与兽骨杂堆一处。上筑一塔，起名镇南塔。（见《南村辍耕录·发宋陵寝》）种种劣形致使南人处处又现反相，忽必烈之苦心经营几近毁于一旦。而他们所利用的也正是"忽必烈日益老迈年高，似也只能于深宫大内指点江山"，所使用之策却如出一辙，仍是"蒙蔽"。故早在元代，时人即曰："桑哥之贪暴残忍，又十倍于阿合马！"（见《南村辍耕录》卷二十二）只有一点尚可肯定，他们从未使皇上的战争断了财源。

太子真金的日子从此又变得越来越不好过了……

于至元二十一年（1284年），叛王海都终于被打服了，就在此前便早已放归了安童与三皇子那木罕。绝无易嫡迹象。然忽必烈出于一种莫名的愤懑，对这位嫡幼子虽封王晋爵却始终拒而不见。（见《史集》）而那木罕经过了多年的磨难似也意志消沉，归来后也唯愿侍奉父皇和太子，仅为一名出征的兵帅。闻母后已死，兄弟俩相拥而泣反倒更加亲密了。问题不在这儿，问题竟然来自于那些把他当作希望的儒士汉臣们。他们绝不甘心于霍礼合孙的被"罢相"，竟不管他艰难的处境，做出了迂腐的惊人之举。至元二十二年（1285年），江南御史台有一位监察御史竟上封事说：忽必烈"春秋高，宜禅位于皇太子，皇后不宜预外事！"（见元代《菊潭集·平章政事致仕尚公神道碑》）

而这对于太子真金来说，简直就像一道催命符……

多亏中央御史台尚有一位明白人，即神道碑中所提之"尚公"尚文。时任御史台"都事"，见此奏章深感关系重大，便将其暗中悄然压下。却谁料阿合马残余的党羽达吉古阿散却似早有所闻，遂以种种借口要求彻查御史台所有文牍。而尚文也算得一代精明儒史，就是执意扣留拒不交于此辈。达吉古阿散如疯狗狂咬一般随即上告，致使忽必烈大怒，亲自派人前来索取。情况越来越危急，尚文似也只能向御史大夫玉昔帖木儿禀明愿承担一切责任，并进言曰："此乃上危太子，下陷大臣，流毒天下庶众之阴毒计谋！而达吉古阿散乃阿合马余党，赃罪狼藉，证据确凿！依臣所见，不如抢先揭发，以戳穿其阴谋！"玉昔帖木儿从之，忙与归来即接任中书省丞相的安童商议。原来二人均倾向于太子真金的政见，虽身为蒙古族重臣却都是坚定的汉法派官员。于是二人便入宫主动奏明事情原委，并呈证指出"达吉古阿散乃阿合马之余孽也"。然忽必烈仍大为震怒，当面质问二臣曰："汝等无罪耶？"但安童却颇为平静进奏道："臣等无所逃罪，但此辈名载刑书，此举动摇人心，宜选重臣为之长，庶靖纷扰！"（见《元史·安童传》）意思是说，我等并不想回避什么罪责，而这帮想把事情闹大危及太子的人才值得注意。御史台也接到许多揭发他们的奏章，他们均想借此谋害太子为阿合马复仇！当务之急是应派能臣彻查，以固国本以安天下人心！对于忽必烈这样一位杰出的政治家来说，有这样发自肺腑的提醒已经足够了。随之便"从容纳谏"尽皆采用了安童和玉昔帖木儿的建言。不久即对达吉古阿散及其同伙以奸赃罪处死，南台御史之禅位奏章之事也就不了了之。（见《元史·裕宗纪》《元史·尚文传》等）难得糊涂，似七百多年前就已被一位衰年的君王掌握了。

只是太子真金似乎再也支持不下去了……

从小就受汉族乳母哺育，六七岁就在名师指点下饱读儒家经典，十七岁就被封为燕王出镇幽燕，三十一岁才被正式册封为太子，三十六岁又被御批为代父执政的监国……眼见得一步步走向人生的顶峰，但他却在年迈父皇狐疑目光无所不在的逼视下渐渐支撑不住了。过多人对他寄予了期望，但父皇却永远对他失望。别人总以为他是"大树下面好乘凉"，但他却无时无刻不感到"泰山压顶难伸腰"。尤其是这次的"禅位奏章"事件，更使他惶惶然不可终日。坦然以陈不是，故作不知也不是。他深知父皇的性格，谁要阻碍了他"雄心壮志"的施展，他是绝对不会顾及什么坛坛罐罐和儿女情长的！悠悠万事，唯祖业为大！

果然，父皇悄然开始对东宫动手了……

这倒不是说忽必烈已有什么"易储"的打算，反而似乎应视之为一种"舐犊情深"的体现。他绝对忘不了察苾"善待太子"的临终遗愿，更无心否定真金辛劳问政的仁厚之风。只是因为在李璮叛乱和阿合马被杀之后，他竟突然发现太子过于儒化和文弱了。近朱者赤，近墨者黑，看来改造东宫已势在必行了。随之，他便将真金身旁的汉臣儒僚先后调出，并调入了一个个性格鲜明的蒙古族大臣充任东宫各级宦吏。意在"淬钢"，使自己未来的继承人永不失圣祖子孙的鲜明本色！在他看来，这是"亡羊补牢，犹未晚也"，但在东宫内部却引得人人自危，惶惶然不可终日。"太子善赞"王恂首先忧愤而死，其他儒臣更难免"兔死狐悲"地含泪告别"旧主"而去。唯一留下的只有从小为太子当"伴读"的不忽木，那也是因为他不属于汉臣，也算一种关爱，以免怯懦的太子一时感到孤单。

但在这种特殊的关爱下，真金还是病倒了……

空怀满腔的治国理念竟招致这样的结果，似乎他已再无力挣扎了。如果父子间能有一次彻底而坦诚的对话，本来可怕的后果是可以避免的。但父皇却抢先动了手，再加上他从小就敬畏父皇如神，似乎一切都变得"无可救药"了。东宫寝帐旁除了相濡以沫的妻子阔阔真，似也只剩下了从小一起长大的不忽木。但泪眼相对又能说什么呢？似乎也只能在"禅位奏章"事件的阴影下等候命运的摆布。要知道，禅位之奏显然是对父皇的公然蔑视和大不敬，随后更可能演变为"谋反"、"逼宫"！自己或许侥幸逃过此劫，但幕后主谋的恶名还是难以躲过的！还是自己先走了吧，以免无数的仁臣儒僚跟着自己人头落地！

空怀一腔大志，真金终于有苦难言病入膏肓了……

到南必皇后赶来悄悄探视时，他已经病到一个"新的境界"。当听到南必告诉他说"禅位奏章"事件已经"转危为安"，东宫调动也只不过"淬钢"而已时，真金却只是说："父皇圣明！父皇大度！而儿臣累矣，心血已耗干矣……"再没话了，但那幽愤的目光却依然似在说："父皇是一棵参天大树，儿臣只不过旁边之一株小草……然即是小草，也是圣祖之苗裔……儿臣也无愧于为圣祖子孙，儿臣也想使我大元王朝永葆长治久安……"

极为罕见地面露绝望，似已预示着不祥？

果然，太子妃阔阔真已泣不成声，而真金仍在久久凝视着南必不断蠕动着的嘴唇。已听不清说什么了，似也只能从他的嗫嚅中大体猜测为："唯对不起皇后……

蒙古贵族下象棋

震撼崛起——成吉思汗及其英武儿孙

您为我挡下了诸多迂儒之奏章，化解了父皇一次又一次的震怒……然您却留下了'干预外事'之诬名，此……此也算得'舍身成仁'。我……我已将后事尽托于阔阔真，还……还盼皇后今后多加扶持……但愿就此一了百了，无……无须再问罪于东宫臣僚……儿臣去矣……"在太子妃阔阔真悲痛欲绝的恸哭声中，大元王朝的第一位皇太子就这样走了。死时年方四十三岁。

从此，汉法儒臣派彻底失掉了依托……

这也可算作古代"两条路线斗争"的一个结果，随着太子真金的辞世，残余之汉法改革派官员似早溃不成军了。从此便是桑哥等"功利复旧"派权臣奸相的更加横行不法，阿合马似乎又"借尸还魂"了。难怪业已年迈的契丹儒臣耶律铸竟悲愤不已，蘸泪赋诗悼念真金太子云——

象辂长归不再朝，痛心监抚事徒劳。
一生盛德乾坤重，万古英名日月高。
兰殿好风谁领略，桂宫愁而自萧骚。
如何龙武楼中月，空照丹霞旧佩刀。

就这样，继睿智多谋的察苾大皇后辞世之后，皇太子真金也终于撒手西去了，致使深宫大内一时间变得"冷冷清清，凄凄惨惨戚戚"。从小即为太子"陪读"的东宫色目儒臣不忽木竟为之泣血，捶胸顿足仰天悲号："天灭吾曹！天灭吾曹……"而丞相安童闻知，思及童年往事更当即晕倒在地。

史载，真金自幼习儒，过于汉化。其实不然，又有多方史料可证实他也是个颇有抱负的太子。似早已从辽金两代难成气候中汲取了教训，对民族振兴与国家命运均有自己宏远的构想。

只可惜！父皇的身影太伟岸了。

他终于撒手走了……

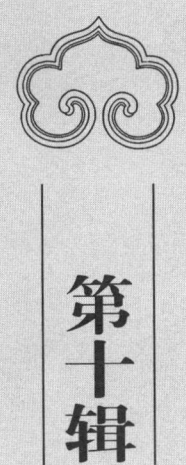

第十辑

【本辑提要】大皇后察苾先他而去了,太子真金也先他而去了,而次子芒哥喇更是先他而去,唯一留下的嫡幼子那木罕却又被下令"永不得朝见"……虽然说忽必烈身旁照样有以南必为首的诸多美女,有以桑哥为首的诸多歌功颂德的媚臣,但那种"高处不胜寒"的孤寂似乎只有他心里体会最深。然而,自己酿就的苦酒也只能强咽下去,况且他已经"骑虎难下"了。为此,在人生的最后时刻,大元王朝的政治舞台上仍闪现着他伟岸而悲壮的身影。既要以古稀之龄去平定"乃颜之乱",又要经失子之痛重新去培养皇位继承人。但最难能可贵的还在于,他临终前那义无反顾的"衰年变法"。这不仅反映了各民族间从"磨砺"到"融合"的曲折复杂过程,也反映了忽必烈那马背民族特有的豪放和恢宏之气质。

一个伟大的少数民族君主,一个前无古人自觉走下神坛的蒙古族帝王!

他为中国历史掀开了全新的一页……

震撼崛起——成吉思汗及其英武儿孙

自觉走下神坛的"千古一帝"

忽必烈年纪越大，似越陷入了可怕的孤寂之中……

先是与之奋斗一生历经磨难共创大业的妻子离去了。虽说有惟妙惟肖的小皇后陪伴于身旁，但只有他内心能感受到其间的差距有多少大。

现在皇太子又继可爱的芒哥喇离去了……

这使他陷入了一种前所未有的悲苦之中。他曾老泪纵横狂怒地诅咒过真金不该"弃父皇而去"，但很快便陷入了久久的沉默之中。似有回忆，似有怀念，好像还有深深的自责。当他再开口说话时，人们惊讶地发现他竟总重复着一句话："是朕活得太久矣……是朕活得太久矣……"意蕴深远，老年丧子之痛展现无遗。

其实，此时他已骑在虎背上难以下来了……

据史载，忽必烈也曾为白发人送黑发人"悲恸不已"，但作为圣祖成吉思汗杰出的子孙他又很快振作起来了。放眼于两位一直在身边长大的皇嫡孙：甘麻剌与铁穆耳，他这次要亲自动手培养自己心目中的继承人。忽必烈一改昔日让子女"从儒受教"之做法，竟把两位少年皇孙尽早封王而置于大漠荒原锤炼，在亲信大臣辅佐下早早便统兵镇守漠北及中亚一带，以使他们一扫其父"仁儒"之风。他一生经营着一个如此庞大的帝国，真可谓"前无古人，后无来者"！但当大皇帝兼天可汗又是如此之难，似也只能拖着年迈的身躯极力支撑了。

但在此期间，他似乎也出现了逆向思维……

据史载，越老他便越思及藩邸旧臣，常常自觉或不自觉地当众议及当年姚枢智谋之高明、郝经料事之精准、廉希宪用兵之必胜……尚有野史载，他还常常梦见他们以及许衡、窦默、赵璧、张易以及随后死去的商挺等诸儒还在向他"进谏"。他们似在地下仍向他力陈"马上得天下，马下治天下"之种种要义，甚至还公然向他指出"鱼与熊掌二者不可兼得，唯'以仁治国'方可光耀千秋"！而他听着似乎也不反感了，竟在梦中也能对他们真诚地回应说："快了！快了！吾当后顾无忧以'仁'治天下矣！"似乎他终于想到了转向，想到了回归。

足可见！由"磨砺"到"融合"也是个颇为曲折艰难的过程……

但新的挑战却还在考验着年事已高的忽必烈。前面已经说过，势力最大的头号叛王海都已被打得远遁中亚蛰服了，第二号叛王昔里吉也被迫归降，死于流放的孤岛上了。按说，如果到至元二十四年还有人敢于公然向忽必烈挑战，那就显得有些不自量力，似在"以卵击石"了。但偏偏就有这样的例子，这就是在前面已一并提到过的"乃颜之乱"。此役虽已在"平定草原内叛"有关章节综合说过了，现仅略微补充几句。乃颜，塔察儿大王的嫡孙，成吉思汗幼弟斡赤斤·铁木哥是其先祖。史载，由于塔察儿大王居"拥戴首功"，故忽必烈曾给予这个家族丰厚的封赏，遂使他的子孙成了东道诸王之首。由此看来，乃颜的反叛不但有点"忘恩负义"，似还在犯其老祖宗斡赤斤丁乃马真监国时"自投罗网"的老毛病。但这似乎也给了忽必烈一个绝佳的展示机会，他要"御驾亲征"彻底为大元王朝铲除最后这股顽固的"复辟势力"！

意蕴深远，似在为自己的身后事铺路……

以史载忽必烈年表计算，至元二十四年（1287年）他已是七十三岁高龄了，但他却不顾"年迈力衰与腿足关节肿痛"非要"御驾亲征"不可。如晚霞般的瑰丽多彩，巍然高乘于象舆之上又再现了伟大统帅的雄风。结果是可想而知的，随之，便

震撼崛起——成吉思汗及其英武儿孙

出现了前面已引述过的马可·波罗所记叙的那震撼人心的场景。最后的亮相,最精彩的谢幕!但高乘在象舆之上大获全胜的忽必烈却并未豪情溢于言表,而是任银须飘然,在沉默中远眺苍凉的茫茫荒原。

确有多种相关的史料佐证,随后之事便不可逆转了——

忽必烈"高高在上",越走便越被眼前的惨景强烈震撼了,也没有谁敢来打破这死一般的寂静。到处都是倒毙的战马,漫山遍野都是累累的尸体和白骨。秃鹫和乌鸦正在放肆地啄食,还有那流淌出的血正在变黑和凝固……蓦地,便见得一位老妇人,衣衫褴褛,白发飞舞,双目深陷,正迎风站在尸体之间,挥动着枯柴般的双臂向苍天凄凉地泣号着:"长生天啊!再不能打了!草原上的男人们都快死光了:淹死在大海里,热死在雨林里,横死在箭矢里,病死在瘴气里,还相互拼杀,自己死在自己人手里……不能再打了,母亲没有了儿子,女人们没有了男人,男孩子刚出生就准备去战死,女孩子刚出生就准备没有丈夫……大汗在哪儿?大汗在哪儿?我……我要告诉他,再打就连人种也快没有了……"

显然有人认为这是冒犯,随之竟有一支冷箭射了出去……

定亲仪式

忽必烈下意识地闭上了眼睛，但那老妇人的声音还是传到了耳中："谢谢……"再睁眼一看，那老妇人已安详地倒在尸堆里了。忽必烈大怒，但那忠诚的射冷箭者却再也找不出来了。恍然间，耳边似响彻了无数亡灵的咒骂，从此他就陷入了一种不祥的预感之中。

忽必烈将此视为长生天召唤之征兆……

归来，他就隐没于大内深处，从此就再没有迈出大安宫一步。而臣下却以为这只是因为他老了，累了，毕竟已经迈入古稀之年了。但无论是"义理派"和"功利派"均不盼望他早死，因为或许只能凭他崇高的威望和娴熟的政治手腕姑且能稳定政局的平衡。故而没人能理解他在宫闱深处那痛苦的反思和痛苦的抉择。

似乎只有南必皇后尚能微微觉察到……

她已看出了身为大皇帝的忽必烈在功成名就后竟落得如此孤独寂寞。忽必烈会常常沉思不语，又常常像是在和谁对话。时间久了南必才发现，他最多的还是向察苾大皇后倾诉，还有时会问次子芒哥喇的"治秦之法"……终于有一天，他似乎在和太子真金对话了，好像总在问：为什么？为什么？……南必感觉时机已到了，一咬牙终于把太子临终前那些"唐突的表现"告诉了他。忽必烈果不愧为一代雄主和明君，听后蓦地一怔便急速地回转到现实中来。当即召见真金从小的陪读不忽木，似要问问自己这个怯懦的儿子是否真也曾有过雄心大志。

而不忽木并不知圣上用意何在，倒好像是为赴死而来……

显然他是甘愿为太子真金辩诬赴汤蹈火的，未经发问便跪伏于忽必烈脚下滔滔不绝地泣奏起来：从"货币贬值，通货膨胀"（见《元史·食货志一·钞法》）到"士卒苦战、民不聊生"等种种可怕现实，统统一股脑儿端在了忽必烈眼前。多亏了南必的及时提示，他这才知道皇上是为了解太子的政治主张召他而来的。但既然是准备前来"舍生取义"的，故也就豁出去了，详加阐述了太子的种种设想：息战、养民、抑豪强、重农桑，以"仁"治天下。即使是"开科取士"也是"蒙汉分开，各自录取"，岂有汉儒独领风骚之虞？随后并进而转述了太子"于漠北永葆游牧，以利我蒙古人世世生息繁衍"以及"圣祖之子孙不但能马上打天下，而且能马上治天下！一统华夏仅仅是开端，而更重要的乃是使大元王朝永葆长治久安"等主张。奇怪的是忽必烈紧闭双目正襟危坐，似听非听脸上竟毫无表情。

久久无语，不忽木看南必手势只好战战兢兢暂且退下……

但出人意料的是忽必烈竟听之任之，侍臣似乎也只好等待"于无声处响惊雷"了。但没有。第二日他又似突然想起早已被"罢相"的安童，并命人立即把这个"病秧子"召进后宫。也难怪，安童虽十三岁任"怯薛台"（高级将领），十八岁便拜相，但一生的经历也太坎坷了。陪皇子那木罕镇北被骗俘，一过半囚徒生活就是十几年。归来后虽曾官复原位，但却因儒臣身份累受三代权奸阿合马、卢世荣、桑哥的打压和排挤。最后终因"不识时务"被彻底罢了官，因精神和肉体饱受摧残早已成"病秧子"了。虽然年龄刚刚跨过四十，却早已憔悴不堪、咯血不止，仿佛提前进入老年了。这也是位愿为太子正名不要命的主儿，正巴不得临死前能"一吐为快"呢！而他和太子的关系颇为特殊，故满朝文武均猜测：昨日召见不忽木，今日又召见这个"病秧子"，莫非"太子党"眼看要大难临头了？只能是人人自危，提心吊胆地听候着大安宫内的动静。却谁料两天两夜竟不见安童出来，遂都估计凶多吉少，太子将死难安寝了。

但大安宫内依然是静悄悄的，还是没有任何讯息传出……

只有南必在一旁听得明白，这一君一臣两个蒙古人，似乎从未提及太子，交谈中只是围绕着已逝的察苾大皇后转，有热泪，有泣诉，最终还是归结于她曾说过的一句话："草地大了什么牲口都会有，国家大了什么乱子都会有！适可而止，当专于治……"两天两夜了，始终谈论的就是这个"治"。随之，安童竟由此向圣上列举了一件令人发指的事件，即杨琏真加等毁掘南宋皇陵"吊尸取宝"等诸多恶行。安童最后说："至今江南人心不稳，暗乱不断，我主十年心血几近毁于一旦。由此可见，实现圣祖'一统天下'之遗愿今后当专于'治'也……"南必看到，忽必烈听后并未立即震怒遣恨于他人，而是面孔抽搐着不断自责地长长叹息。一连两天均是这样：听多语少，只是在久久的沉默中痛苦地反思着，艰难地抉择着，以至于他头上的白发骤然多了许多。但南必感到留在心头的却只有敬、只有爱，她几乎就要失声高呼了：只有我们蒙古人，才能产生这样襟怀坦荡豪放豁达的君王！

是的！忽必烈正是在痛苦的反思中开始自觉走下神坛……

第三天，满朝文武是看着安童被抬出大安宫的，据说是因为"呕血数升"。正当众臣惊恐不安时，却又传来一个更令人惊诧的消息：不忽木被召进宫内成为圣上首席贴身重臣。忽必烈就是这样，他不会像汉武帝那样下一道"罪己诏"了事，更不会像某些帝王那样"永称圣明"。临终前他仍保持着马背民族特有的坦荡胸怀，从容纳谏只争朝夕地为大元王朝的未来铺路。身后功过任人评说，眼前是非必须及时理清！

这是忽必烈生命最后展现的辉煌：清醒、睿智、果断及祥和……

他开始行动了，于1287年先是处死了理财的权臣卢世荣，于1291年又诛杀了理财的蕃相桑哥，绝不手软，使得人心大快。同年，又重组了以不忽木为核心的中书省。虽完泽名为右丞相，却大量重用了一批太子真金的亲信儒臣，如何祖荣为右丞、马绍为左丞、贺胜、高觽为参知政事等。并将当年被贬的御史中丞崔彧、监察御史周祚等彻底平反并重新启用，而且还将大批汉臣名儒如姚燧、王恽、高道、程钜夫、赵居信等也纷纷调回朝中委以重任。这是个明显的讯号：从此将"息战养民"，一心"以仁治国"了。很可能《新元史》中所说的"纪纲法度，灿然明备；致政之隆，庶几贞观"就出现在这个阶段。只可惜姚枢、许衡、窦默、廉希宪、刘秉忠、赵璧、张易等藩邸旧臣均早已先后逝去了，没有等到他重又回归到儒学汉法的道路上来。（见《元史·世祖纪十四》）唯一可重用的藩邸旧臣安童，却因彻底长谈后竟渐渐病入膏肓了，无法再主持中枢，并死在忽必烈前头（于1293年逝去），时年也只不过四十七岁。（见《元史·安童传》）

这里必须要再次强调一下不忽木……

不忽木，康里人燕真之第二子，属当时之"二等公民"色目人。其父即藩邸元老，曾在最关键的时刻提醒忽必烈应向蒙哥大汗请战。不忽木乃太子赞善（东宫主持大臣）王恂的学生，而王恂又为刘秉忠之学生。王恂曾受刘推荐为真金"侍读"，少年不忽木也跟着当了真金的"伴读"（"侍读"与"伴读"乃两个概念：

震撼崛起——成吉思汗及其英武儿孙

前者必须有学问,后者乃陪着读书的小伙伴而已)。总而言之,不论师徒父子均是围绕太子从一个"窝儿"出来的。由于从小就是亲眼看着长大的,就连察苾也将他视若己出,故忽必烈因思念真金,爱屋及乌晚年竟对不忽木日渐宠信。他病重期间更破"非国人勋旧不得入卧内"之规矩,特命其以近侍身份"日视医药,不离左右"。忽必烈本来是要以不忽木为相执掌中枢的,但不忽木却以"非国族勋旧,且资历尚浅"婉辞之,并力荐为官清正而倾向汉法的蒙古族元勋完泽为右丞相,耶律铸为左丞相。实际上还是不忽木运转着中枢内阁的一切,乃事实上的宰相。完泽开始还卖弄老资格有点不服气,但经平南统帅伯颜说明真相他也就心服口服了,与其相处甚谐,故史载"完泽、不忽木为相"。其实,不忽木当时的名义仅为"平章政事"而已,但其意义重大,故当时的汉臣儒士代表人物王恽闻之即喜极赋诗曰:"学术自初希圣哲,羽毛今果见云霄。心存经济开公道,天予精神一本朝!"(见《元史·不忽木传》)

但关键还在于忽必烈的"知人善任"和"从谏如流"……

进入至元三十年(1292年)岁末,久处压抑状态的三皇子那木罕也在悔恨郁闷交加中悄然辞世了。这显然对忽必烈又是致命的一击,似现在方觉得均可理解但悔之已晚矣。内心痛苦的煎熬可想而知,到次年年底,这位华夏历史上最杰出的少数民族帝王终于一病不起了,致使群臣均以为他难度年关。

但尚有许多亟待解决的问题摆在眼前——

比如,谁是临终的顾命大臣,这绝对有关未来政局的走向。

比如,南必新后未来将扮演的角色,这绝对影响皇室的安危。

而更重要的还在于,到底谁是皇储?

忽必烈又有惊人之举……

最后的亮相与精彩的谢幕

总算熬过了年关,到了1294年的正月初一……

忽必烈显然又创造了一项新的纪录，年过八旬，寿数已远远超过了秦皇、汉武、唐宗、宋祖，在此前的华夏历代帝王之中实属罕见。他临终前还反复指出此点：功过是非任人评说，但他确实创造了中国历史上多个第一。而在即将告别人世前，他仍在为自己的失误力挽狂澜。

这一年，通常都要举行的元旦朝贺被取消了……

没有鞭炮齐鸣，也没有锣鼓喧天，大年初一这一天变得是如此反常的萧瑟和静穆。大都皇城绝无一丝声息，群臣百官再无一人敢轻举妄动。他们都在默默遥望着皇上寝居的宫闱，战战兢兢地等着从那里发出的第一声嗬。

天色是阴晦的，致使宏伟的大都皇宫显得毫无生气……

但忽必烈的生命是如此顽强，仿佛在生死之间也可以来往得如此游刃有余。久卧于御榻之上，却显得仍是那样从容不迫。时而久久昏迷不醒，似正在和另一个世界里的亲人絮语。其中似有太子真金、次子芒哥喇、三子那木罕，但更多的还好像是察苾。呓语中似乎并非仅是儿女情长，尚有令人莫解地哈哈大笑。他时而清醒如常，平静地面对着守护在一旁的南必皇后和不忽木，反倒抚慰二人曰："勿悲、勿悲矣！长生天已对朕殊加眷顾矣！"

只准二人侍待身旁，他人不得擅自而入……

而至元三十一年（1294年）正月初一这一天，忽必烈却有些反常，竟曰："爆竹当响，未响；锣鼓应鸣，未鸣！可传告天下，朕二十日后方去，尚不会影响黎庶过元宵佳节！一切如旧，钦此！"豁达大度，尽显无遗。然就在锣鼓喧天、鞭炮齐鸣时，他却老泪纵横别有一番惊人的议述。他对不忽木曰："这就是人生无常啊！本该是应由儿子去完成老子的心愿，现在却反倒让老子为完成儿子的心愿而活着……朕累了，活得太久了，或许该轮到孙儿来替朕了……"这超凡的大度令不忽木大惊失色，赶忙敬服地跪伏于地悲泣不已。这可能在中国历代帝王中也是唯一，足可见其草原般胸怀的博大与坦荡。而忽必烈却曰："当为朕之后事做准备矣！"（以上均见于野史）

随之，他便有条不紊地下了一系列谕旨——

震撼崛起——成吉思汗及其英武儿孙

蒙古民族在草原上继续创造着引人瞩目的历史和文化

其一，任命"领枢密院事"（军事总长）伯颜，"御史大夫"（总检察长）玉昔帖木儿，"平章政事"（中枢首脑）不忽木，三人同为"顾命大臣"。

其二，谕旨南必皇后从此不得擅自干政，尊太子妃阔阔真为太后，并听命于三位顾命大臣的安排。

其三，钦命速将太子遗玺——"太子之宝"尽快交予皇孙铁穆耳。（也有史载早已交予）这显然是忽必烈临终前又一惊人之举！须知，皇长孙甘麻剌早以"忠恕仁厚"闻名，而铁穆耳在少年时却曾为不可救药的"酒鬼"。据拉施特在《史集》中记述，忽必烈曾千方百计规劝都无济于事，甚至为此亲自动手狠狠杖责了他三次。现虽统兵镇北战功卓绝，但谁能保证他当了皇上后能不故态复萌？走下神坛仍不乏惊人之举，这或许正是这位雄才大略的大皇帝临终之时的骇世绝唱！（见《元史·世祖纪十四》）

不忽木似乎也只能寄希望于尚且保留"忽里台"之重议……

随后，这位"一代天骄"迈向死亡的步伐似乎加快了。据史载，正月十二日，他已自知不行，将"知枢密院事"伯颜从大同紧急召回大都，当面密嘱"托孤"的诸多事宜。正月十九日，果不负所言，让庶民百姓好好过完年后，忽必烈渐陷入病危。在垂危之际，他终于盼来了两位皇嫡孙的归来。正月二十二日夜，这位大元王朝的缔造者终于走到了人生的尽头。在众皇子皇孙之跪泣送别下，平静而又安详地告别了这个世界。据《南村辍耕录》说，临合上双眼前，唯听他隐隐约约喊了一声："唯卿妻也！等着朕……"天哪！似大皇后察苾亲自前来引领圣上。浩然之气死而犹在，忽必烈就这样从容地告别了人世。

生得磊落，死得坦荡……

《元史·世祖纪十四》载：至元三十一年正月二十二日子夜，世祖于大都紫檀殿阖然长逝，在位三十五年，享年八十岁。其孙铁穆耳继位，是为成宗，并尊谥祖父为"圣德神功文武皇帝"，庙号"世祖"。蒙古族尊称其为"薛禅皇帝"或"薛禅大汗"。死后葬于漠北草原母地之起辇谷，从蒙俗，至今不知坟冢何在。（见《元史·世祖纪十四》）

震撼崛起——成吉思汗及其英武儿孙

但历史是绝对无法掩埋的……

"蒙汉杂糅梦,功过纷纭说!"(当代元史学家李治安语)但随着忽必烈的灵车滚滚北返茫茫大草原时,无论是正方和反方均对他留下的重要历史业绩持肯定态度。如——

他是少数民族帝王入主华夏统一南北的第一人!

他是将云南和西藏纳入华夏大统版图的第一人!

他是对台湾、南沙、西沙、东沙实行有效治理的第一人!

他是推动多民族统一国家发展的第一人!

他是"内蒙外汉"探索实施"二元文化"统治的第一人!

他是"拓展海运"、"引进西技"、"注重市舶贸易"的第一人!

他是在国内同时海纳佛教、道教、基督教、伊斯兰教以及犹太教的第一人!

他是在历代少数民族帝王中既热心儒家教育又拒绝科举、既注重儒家学说又鄙

元大都之团城

夷儒士空言义理的第一人！

多矣！多矣！似比康熙、乾隆只有过之无不及……

而最为重要的还在于，在历代帝王中他也是敢于在临终前为力挽危局果断走下神坛的第一人！

豪迈的大皇帝、坦荡的蒙古人……

史书上还举例记述了许多有关他"轻刑惠政"、"知人善任"、"乐于纳谏"、"从善如流"等多种事例，颇为生动，但又与他反复任用阿合马、桑哥、卢世荣等权臣奸相害民有所相悖。但有三点却是可信无疑的：其一，他没有无辜滥杀过一个创业功臣；其二，他一生从未搞过文字狱；其三，在历届大汗中他首倡在征伐中"不妄杀一人"，绝没出现过"嘉定三屠"、"扬州十日"那样恐怖血腥的历史场面。而在这方面，他确也可算作少数民族帝王中的第一人！

但既是蒙汉杂糅的历史梦，那就必然有喜又有悲……

由于大元王朝的存在尚不到一百年，而后辈儿孙又均欠雄才大略。故当蒙汉杂糅的历史梦破灭后，他的历史形象竟渐渐变得模糊起来。有人指责他过于推崇儒学，简直成了个汉人皇帝；有人惋惜他过于推崇祖制，简直还是个蒙古大汗。加之，随后便是明代三百余年来以汉文化为本位的统治，他似乎也只剩下了"好大喜功，嗜利黩武"可言。倒是国外的史学家或亲历者首先为他"打抱不平"了，比如马可·波罗就首先说——

> 大可汗（指忽必烈），是一个最具智慧，在各方面看起来，都是一个有天才的人，他是各民族和全国最好的君主。他是一个贤明的人，鞑靼民族从来所未有的。

而波斯史学家瓦撒夫，就更对忽必烈推崇备至了。他在旭烈兀的伊利汗国生活过，故他在其所著的《瓦撒夫书》中，公然把忽必烈称之为世界性的"千古一帝"。他说——

> 其（指忽必烈）智慧深沉锐敏，其判断鲜明，其治绩之可惊羡……皆优于迄今所见的伟人之上……（随之列举了"若罗马之诸恺撒，支那之诸帝王"等历史伟人后，总结曰）皆不足道也！

美国蒙古史学家罗沙比对忽必烈的评价似又更进了一步，与法国的格鲁塞相同，也指出了忽必烈二元文化的特征，似在揭示这位历史伟人的内心世界，他指出——

> 他（指忽必烈）在政治上的成就可能是令人印象深刻的：他希望使汉人相信他日益汉化的同时，本民族同胞仍对他信任。他设立了进行统治的行政机构，在中原建立了一座首都，支持中原宗教和文化，并且为朝廷设计出合适的经济和政治制度。然而，他并未抛弃蒙古传统，保持着大量的蒙古习俗。
> ——《剑桥中国辽西夏金元史》

罗沙比说得或许是准确的，但没有磨砺哪来融合？况且中国至今仍鼓励各民族保持自己的习俗，从而达到"你中有我，我中有你"之和谐共存。在二元文化的基础上，当代著名元史专家李治安似乎更有体会。他说——

> 因此，我们认为，忽必烈既是第一位征服和统一了中国南北的少数民族皇帝，也是第一位有效治理全中国的少数民族皇帝。少数民族皇帝统一和治理中国南北的第一人，统一和治理共辉煌，应是对忽必烈政治生涯恰当的概括总结。

千秋功过，任人评说！但无论如何评价，这位曾为中国历史书写辉煌的第一位少数民族帝王终于阖然而逝了。事后人们又为他的"料事如神"惊叹不已了,果然皇孙铁穆耳不仅彻底戒了酒,而且在他的母亲阔阔真皇太后辅佐下竟也干得颇为有声有色。总之,忽必烈上无愧于伟大的圣祖成吉思汗,下对得起马背民族对他的企盼。他为子孙们留下个辉煌的大元王朝,只希望他们能"继往开来"一代胜似一代。在他去世后历代继承皇位的有——

元成宗铁穆耳在位十一年,其父真金被追谥为裕宗。

元武宗海山在位四年,其父甘麻剌被追谥为显宗。

元仁宗爱育黎拔力八达在位十年。

元英宗硕德八剌在位四年。

元泰定帝也孙铁木儿在位五年。

元明宗和世㻋在位半年。

元文宗图帖睦尔在位三年。

元宁宗懿璘质班在位两月。

元顺宗妥欢帖睦尔在位三十六年(包括北归后)。

据统计,如果按元太祖成吉思汗统一草原各部开国称汗算起,至元顺帝北归为止,其间共计一百六十三年。如果从元世祖忽必烈中统建元算起,到元王朝被明王朝取代,其间共计八十九年。

一个堪称伟大的君主,一个相对短暂的王朝……

若从根本去探究其历史缘由,这或许是因为铺的摊子太大了,积攒的问题太多了,而思想准备又是这么匆忙而不足。即使如忽必烈这样杰出的"先知先觉"者,虽从青年起即接触到了"以仁治国"等当时尚属最先进的政治理念,但仍困囿于原始的草原文化难以自拔。他一生都在顽强地摸索,但"二元政策"之推行似只会给后代留下"积重难返"之沉重包袱。比如国族、四等人制、内蒙外汉等,必定会形成两套班底,衙门重叠、官员臃肿、以族代政、腐败成风、民族对立、矛盾丛生……再加上此后再没出现过像忽必烈这样雄才大略的杰出帝王,故在他死后才五十多年,不可一世的大元帝国便彻底崩塌了。

震撼崛起——成吉思汗及其英武儿孙

除此之外,似乎还应提及一下蒙古民族的双图腾……

这也是从游牧汗国到大元王朝的一大特点:自成吉思汗伟大的母亲诃额仑以来,代代均有杰出的蒙古族女性支撑着汗国的半壁江山!从孛儿帖,到唆鲁禾帖尼,到察苾,以至再到阔阔真。似乎一旦失去杰出蒙古族女性的智慧,江山也会随之黯然失色!(见《元史·后妃传》)大元王朝后期的混乱和衰败,仿佛就更印证了这一点。

但不必惋惜!他们均为中华民族建立过不朽功业……

更何况!这似也可算马背民族另一次更大的"游牧",为华夏大地留下一笔丰厚的大礼,而又重新回到草原母地。正如圣僧八思巴所预示的那样:挥得战刀出,捧得藏经归!

绝不能以成败论英雄……

君不见!华夏历史上许多强悍的民族,如匈奴、突厥、鲜卑、契丹、女真、羯、狄、戎等均在历史中逐渐消融了,而蒙古民族却至今仍保有自己的独特的语言文字,独特的生产和生活方式,独特的民族习俗和民族性格。他们热爱着骏马,追逐着自由,眷恋着茫茫的大草原和蒙古包里的家。

或许对于这一切,他们也是早有思想准备的……

这就是从"草原汗国"到"大元王朝"所经历的风风雨雨,其中主要是讲成吉思汗之嫡孙忽必烈由"武功"到"文治"转型的复杂过程,以及在两种不同文化的大背景下,如何从磨砺最终达到交融。

《震撼崛起——成吉思汗及其英武儿孙》绝不是说因"大话"就可信口开河,而是说这个由蒙古民族开创的中央王朝的确值得大书特书!

早在七百年前它就促成了各民族间的"你中有我,我中有你"!

并且曾为伟大的祖国有过卓越的建树!

是该历史地、真实地大话元王朝!

追溯民族团结的源与流……

研究中国近代史之必要的历史回顾

◎ 赵文嬙

综观世界风云变幻,似乎总要牵扯到一个重要的话题:民族问题!从20世纪60年代的阿以战争,到90年代的波黑战争、科索沃战争、俄罗斯的车臣战争,以及时至今日的伊拉克战争和阿富汗战争,从本质上来说,莫不牵扯到这个重要的话题。这是西方大国惯用的历史手法:挑起民族矛盾,制造民族分裂,肢解一个国家(如南斯拉夫),以达到他们分而治之称霸世界之目的。

再看中国近代史,也绝不乏这种先例。在鸦片战争之后,西方列强便公然在西藏和新疆等少数民族地区"大做文章"。从明目张胆地派兵入侵西藏,到暗中扶持乌斯满匪帮欲分裂新疆,翻阅中国近代史,似页页均可见这样的史实。到日本帝国主义公然侵略我国的时候,借民族问题欲肢解我们伟大祖国的图谋就变得更加明显。竟扶植傀儡先后在我东北三省成立了伪满洲国,在我内蒙古地区成立了伪蒙疆自治政府,狼子野心昭然若揭。即便时至今日,为遏制我国的进一步崛起,西方某些大国也仍在重复着这种"贼喊捉贼"的卑劣伎俩。常常假人权和民主之名,行诋毁和干涉他国内政之实。豢养热比亚之流和接见达赖之举,莫不反映了他们用心之险恶。

但也有一点必须指出,这就是西方大国这些历史性的图谋,在中国却往往难以得逞。重读中国近代史便可得知,即使在国力最衰败的历史时期,各民族维护祖国统一的意志也是不可动摇的。事例之多,举不胜举。比如说,在雪域高原藏族同胞曾两次奋起抗击英国人的入侵,在新疆地区各族人民也曾共同声讨乌斯满匪帮的叛

【跋】

乱。就连日寇侵华最为猖狂嚣张时，虽已在统治区以肢解为目的分别建立了伪满、伪蒙疆、伪汪逆政权，但我国各民族儿女共同抗击日伪的英勇斗争却从未停止过。白山黑水间就出没着无数的满族抗联战士，茫茫的大草原也驰骋着众多的蒙古族抗日健儿，江南的河湖港汊中也涌现着各民族的抗日英雄……"用我们的血肉筑成我们新的长城"，似早已成为我国各民族撼天动地共有的心声！而在研究近代史的过程中，这一切曾引起过我深深地思索。尤其是面对诸如当代的阿以战争、科索沃战争、波黑战争，以至伊拉克战争、阿富汗战争等，我曾久久地思索着一个问题：为什么西方在这些地区挑动民族矛盾至今仍屡屡得手，而即便在衰败的旧中国他们也往往徒劳无功呢？

答案似乎只有一个：用现代话来说，那就是我国的民族团结极具鲜明的"中国特色"。绝非一朝一夕所形成，而是历经近两千年的磨砺而达到了持久的融合。君不见！早在西方殖民主义者倚仗炮舰灭绝印第安人和玛雅文化的一千多年前，中国在汉代即实行了"和亲"政策。至今王昭君和匈奴单于的后代仍在漠北草原繁衍着，成为一曲民族交融的颂歌。即使进入盛唐，这种政策仍在延续着，文成公主和松赞干布的结合仍被藏族同胞视为千古佳话。况且随后还有唐朝公主出嫁到了西域，也为新疆各民族的交融起到过历史性的作用。而到了清代，虽回避与汉族结亲，但历代满族皇帝娶蒙古族贵胄之女为后却屡见不鲜。横向的民族交融，孝庄皇后就是最为著名的一例。这种血缘式的"你中有我，我中有你"，是在西方早期殖民主义中很难见到的。总之，和亲政策虽仍值得商榷，但却绝少西方早期白人至高无上的那种血腥的殖民主义之举。中国从未有过跨海而出去贩卖非洲黑奴的先例，也未曾有过越洋而去另一大洲消灭当地土著居民的劣行。民族间是曾有过摩擦甚至撞击，但那大多却是双向平行的。正如史学大师翦伯赞先生1957年视察呼伦贝尔大草原所说："这里曾是北方少数民族的演兵场，一经演练成熟便冲向前台逐鹿中原，演出了一幕幕波澜壮阔的历史剧。北魏的鲜卑、辽之契丹、金之女真、元之蒙古、清之满族，莫不如此……"这是客观事实，均有大量史料为证。虽说这种撞击往往是极其惨烈的，但更多的却是经过日久天长的磨砺所达到的民族文化交融。故

震撼崛起——成吉思汗及其英武儿孙

经过历朝历代的更迭，我国早形成了一个多民族和谐共处的大家庭。

作为一个中国近代史的研究者，面对当前全球性的民族问题，以及西方势力妄图对我国也欲借此推波助澜时，我也曾向学生们多次提到过研究我国近代的民族问题，全面地回顾历史是完全必要的。比如研究元王朝，就很可能是破解当前西藏和新疆问题的一把钥匙。史载："若元（到了元朝），则起朔漠，并西域，平西夏，灭女真，臣高丽，定南诏，遂下江南，而天下为一。"似在七百多年前我国的民族疆域问题早已得到解决。但七百多年后某些西方大国却仍在借此寻衅滋事，显然是值得我们高度关注和警惕的。必须重新回顾这段历史，以铁的史实给予他们有力的回击。但由于相关古今中外的史料浩繁，加之民族文化的独特性，一般人似很难在短时期内理清头绪。比如似急需一部简明的蒙元史，乃供近代史学者得以"一目了然"。

2008年，我从天津文学老前辈刘品青先生处得知，内蒙古正有一位退休老作家在从事这项研究。好像只是为以此安度晚年，唯求无愧于在茫茫草原生活了大半辈子。刘品青先生还告诉我说，这位老作家正应远方出版社之约，欲将其诸多读史随笔和札记汇总，写成一部《震撼崛起——成吉思汗及其英武儿孙》，并打算请一位具有现代意识和全球视野的年轻史学家为顾问，刘品青先生遂推荐了我。我既为这种"不谋而合"而深感欣喜，又为这种专找年轻人当顾问而感到错愕。品青老师继续向我介绍说，这是一位从不趋时、不媚俗的老作家。作品虽曾获国家和省市奖，但为人行事却特别恬淡低调。从不知政府大门在哪儿，更对名人和权贵敬而远之。退休退得很彻底，甚至就连作协也退了。唯对年轻一代"敬畏有加"。他欲找一个青年人做史学顾问是诚心诚意的，目的在于扩大视野，让他的这部作品更具现代意识。后来我们在天津相识了，我这才知道他是我国著名作家冯苓植先生。

或许是出于对品青老师的敬重，或许是出于研究近代史需要急于了解我国民族团结的源与流，我冒昧地答应了下来，并且和这位满头银发的谦谦长者开始有了交往。通过电话和见面，除了蒙元历史外，他大多向我咨询的是当代全球性民族问题的走向，以及古罗马与古日耳曼民族的变迁史，甚至还有苏丹达尔富尔地区的问题及土耳其政府和库尔德人的矛盾等，绝没有代沟，似只有一老一少间传统思维和现

【跋】

代意识的和谐交融。现在，这部《震撼崛起——成吉思汗及其英武儿孙》的书稿终于完成了，在我看来起码有以下特点——

首先，这部作品虽名为《震撼崛起——成吉思汗及其英武儿孙》，但却是以极其严谨的治学精神而完成的。其间涉及中外古今史料之浩繁，涉及蒙汉以及其他各民族历史人物之众多，涉及军事、财经、宗教、地理、建制以及蒙古族民俗民风等诸多门类学科之庞杂，非潜心研读诸史是难以下笔自如的。但综观全书却可发现，这部著作中的每个历史人物，每个历史事件，甚至引用的每句话，均有史可考，有史可查。严格地尊重历史，绝不"信口开河"。依我的理解，其所以起名为《震撼崛起——成吉思汗及其英武儿孙》，乃在于这是第一个由少数民族"入继华夏"一统南北所建立的封建王朝，并对我们祖国这个多民族大家庭的发展有着历史性的贡献。当应纠正以汉文化为本位的思想，是该对蒙元王朝予以大书特书的。

再者，《震撼崛起——成吉思汗及其英武儿孙》之定性，也反映了作者的用心良苦。不仅反映了作者一贯的谦谨和低调，也反映了作者那"回报草原"的独特追求。按说，这部作品所涉史料之广泛，研究古代蒙古民俗之翔实，不时展现的独到见解，诠释历史的现代意识，本可以成为一部极具学术价值的史学著作，但作者却没有这样做，而仅仅把它定位为一部"通俗史话"。事实上也确如此，似乎作者一直在追求着四个字：通俗易懂！比如说，他一开始便引用了《蒙古秘史》的一段神话似的传说作为开篇，着力烘托出大元王朝的缔造者、成吉思汗之嫡孙忽必烈的出生和如何深受祖父喜爱。随后便暂留悬念转而先交给读者两把解密民族文化的"钥匙"，目的似在于让读者了解古代游牧民族独特的生存环境、独特的生产分工，以及独特的生活习惯和民俗民风，从一个民族的文化入手解决读者翻阅这部"史话"的重重障碍。而且作者还在写史中动用了多种文学手法，也引用了大量时人的野史笔记以及中外史籍中的相关传说，去伪存真，捋顺弄通，也似在为"通俗易懂"煞费苦心。舍"阳春白雪"而着力追求"下里巴人"，这反映了作者对当代民族问题的更深思索。让中国人一看就懂，让外国人一看也明白，让世人都能知道中国民族团结的源与流。

震撼崛起——成吉思汗及其英武儿孙

最后，当应提到的是这部"史话"的严肃性。全书读来是让人感到那么兴趣盎然，却又从始至终凸显了作者那"不趋时、不媚俗"的一贯风格。绝少见为迎合时尚去拔高某个历史人物，而是严格地忠实于历史，客观依据史实进行着叙述。比如对大元王朝的缔造者忽必烈，就绝没有一开始便简单地把他归结为一个先知先觉的"多民族统一国家的推进者"，而是严格地尊重历史，将他放置于激烈的二元文化矛盾冲突之中加以展现。元代学者孔齐在其所著《至正直记》中就曾说："世祖（即忽必烈）能大一统天下者，用真儒也。用真儒以得天下，而不用真儒以治天下。"正反映了他这种复杂的心路历程。而作者为更全面地再现这位"华夏少数民族第一帝"的历史风貌，随之便既写了他对中华民族所做出的诸多卓越贡献，又写了他对"以仁治国"的疑虑、反复，甚至倒退的全过程，以及由于他的失误所造成的民族矛盾，从而还导致了他晚年的家庭悲剧……但更难能可贵的是，作者还依据翔实的历史写出了忽必烈那特有的坦荡胸怀和民族气质，以及晚年是如何自觉地走下神坛：息战，养民，回归仁政，重塑了民族的辉煌。

总之，作为一个中国近代史的研究者，为研究当代西方大国累累挑衅的西藏或新疆问题，熟知元王朝似成了必要的历史回顾。因为正是由于这是我国第一个由少数民族缔造的南北一统的新王朝，不仅在七百年前就确立了西藏为祖国不可分割的一部分，而且也正是由忽必烈的敕令才初步奠定了政教合一的体制。完全可以这样说，没有元世祖和雪域圣僧八思巴的历史功业，甚至连达赖这个封号也很难有的。同时新疆也是如此，在七百多年前就顺应西域各民族的心愿融入祖国这个大家庭了。史载畏兀儿名臣廉希宪为大元王朝的"开国元勋"就是一例，这种历经七个世纪的民族团结史是很难被别有用心者加以篡改的。

遥在天津，我祝贺《震撼崛起——成吉思汗及其英武儿孙》的完成。虽作者一再声称这只不过是一部"通俗史话"，但我却认为对研究中国的近代史来说，仍极具学术价值。

难能可贵的发挥余热，极为必要的历史回顾。

（本文作者系天津工业大学近代史教研室主任，史学论文曾获多种奖项）